Fantasy

Herausgegeben von Friedel Wahren

Ein Verzeichnis aller bisher erschienenen Romane der
SAGA VON DRAY PRESCOT
finden Sie am Schluß des Bandes.

ALAN BURT AKERS

Die Scorpio-Bänder

Drei Romane
in einem Band

Transit nach Scorpio
Die Sonnen von Scorpio
Der Schwertkämpfer von Scorpio

Sonderausgabe

WILHELM HEYNE VERLAG
MÜNCHEN

HEYNE SCIENCE FICTION & FANTASY
Band 06/5497

Titel der Originalausgaben
TRANSIT TO SCORPIO/THE SUNS OF SCORPIO/
WARRIOR OF SCORPIO

Deutsche Übersetzungen von THOMAS SCHLÜCK
Das Umschlagbild malte ROMAS R. KUKALIS
Die Karten auf den Seiten 10/11, 14/15, 244/245
und 460/461 zeichnete Erhard Ringer

Umschlaggestaltung mit einem Motiv
von Vicente Segrelles/Norma
durch Atelier Ingrid Schütz, München

Umwelthinweis:
Dieses Buch wurde auf
chlor- und säurefreiem Papier gedruckt

Redaktion: Friedel Wahren

Printed in Germany 1996
Technische Betreuung: M. Spinola
Satz: Schaber Satz- und Datentechnik, Wels
Druck und Bindung: Ebner Ulm

ISBN 3-453-10969-4

INHALT

Transit nach Scorpio

ANMERKUNG ZU DEN TONBÄNDERN AUS AFRIKA

Bei der Vorbereitung der seltsamen Geschichte Dray Prescots für die Veröffentlichung hat mich zuweilen die Macht und Eindringlichkeit seiner Stimme mitgerissen.

Ich habe die Tonbänder, die Geoffrey Dean mir gab, immer wieder abgehört, so daß ich heute das Gefühl habe, den Menschen Dray Prescot durch seine Stimme ebenso zu kennen wie durch die Taten, die er in seinem Bericht enthüllt. Zuweilen gelassen und nachdenklich, dann wieder lebhaft und erhitzt von der Leidenschaft des Erinnerns, vermittelt seine Stimme absolute Verläßlichkeit. Ich kann für die Wahrheit seines Berichts nicht einstehen; aber wenn je eine Stimme glaubhaft klang, dann diese.

Wie die Tonbänder aus Afrika in meinen Besitz kamen, ist schnell berichtet. Geoffrey Dean ist ein Freund aus meiner Kindheit, ein grauhaariger penibler, zielstrebiger Mann mit festen Angewohnheiten, was mir eigentlich weniger liegt; doch als er mich von Washington aus anrief, war ich um unserer alten Freundschaft willen froh über das Wiedersehen. Er ist Regierungsangestellter in einer jener geheimnisvollen Organisationen, die mit dem Außenministerium zu tun haben, und er hat mir vor drei Jahren erzählt, er habe Gelegenheit, nach Westafrika zu reisen, um dort in einem Hungernotstand an der Front zu arbeiten. Viele kluge junge Männer und Frauen arbeiten draußen für das Entwicklungshilfeprogramm, und Geoffrey berichtete mir von einem dieser Leute, einem idealistischen Jüngling namens Dan Fraser, der dort schwerer geschuftet hatte, als er sich hätte zumuten dürfen.

Geoffrey erzählte, eines Tages, als die Situation fast unhaltbar geworden war und täglich schreckliche Todeszahlen gemeldet wurden, eines Tages sei ein Mann aus dem afrikanischen Wald getaumelt. Ringsum starben Menschen, da bot dieses Bild nichts Ungewöhnliches. Aber der Mann war völlig nackt, schwerverwundet und – er war ein Weißer.

Ich traf ihn mit Geoffrey Dean auf einem Blitzbesuch in Washington zum Mittagessen. Wir speisten in einem exklusiven Klub. Geoffrey brachte das Gespräch auf seinen Anruf und berichtete, Fraser, der fast durchgedreht gewesen sei, habe sich von diesem Fremden tief beeindrucken, ja aufwühlen lassen.

Tausende von Menschen starben vor Hunger, schreckliche Epidemien wurden auf wundersame Weise täglich neu im Zaum gehalten, Flugzeuge stießen auf ihren Versorgungsflügen immer wieder auf neue, fast unüberwindliche Hindernisse; doch mitten in diesem Chaos fühlte sich Dan Fraser, ein idealistischer, aber erfahrener Entwicklungshelfer, durch den Charakter und die Persönlichkeit Dray Prescots ermuntert und gestärkt. Er hatte Prescot Wasser und Nahrung gegeben und seine Wunden verbunden. Prescot brauchte anscheinend erstaunlich wenig zum Leben, seine Wunden verheilten schnell, und als er den allgemeinen Notstand erkannte, lehnte er jede Sonderbehandlung ab. Als Gegenleistung gab ihm Fraser seinen Kassettenrecorder, damit Prescot Aufzeichnungen machen konnte. Prescot hatte Pläne – das glaubte Fraser zu erkennen.

»Dan sagte, Prescot habe ihn gerettet. Sie waren auf Meilen von Wildnis umgeben, und er hatte allein gearbeitet. Die Ruhe und die Lebenskraft Dray Prescots waren erstaunlich. Er war nur mittelgroß, hatte aber erstaunlich breite Schultern. Sein Haar war braun wie seine Augen, und sie blickten ruhig und – wie Dan sagte – seltsam überlegen in die Welt. Dan spürte die tiefe Ehrlichkeit und den unerschrockenen Mut dieses Mannes. Nach Dans Worten war Prescot ein Dynamo.«

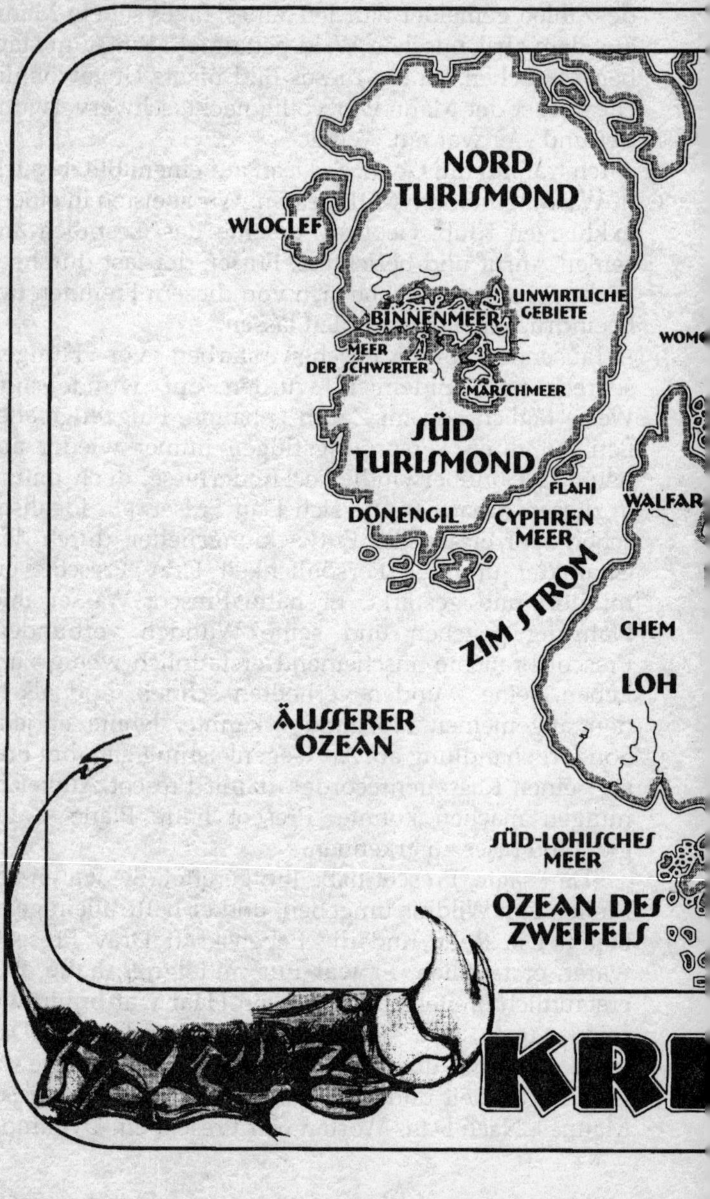
NORD
TURISMOND
WLOCLEF
UNWIRTLICHE
GEBIETE
BINNENMEER
MEER
DER SCHWERTER
MARSCHMEER
SÜD
TURISMOND
FLAHI
DONENGIL
CYPHREN
MEER
WALFAR
ZIM STROM
CHEM
LOH
ÄUSSERER
OZEAN
SÜD-LOHISCHES
MEER
OZEAN DES
ZWEIFELS

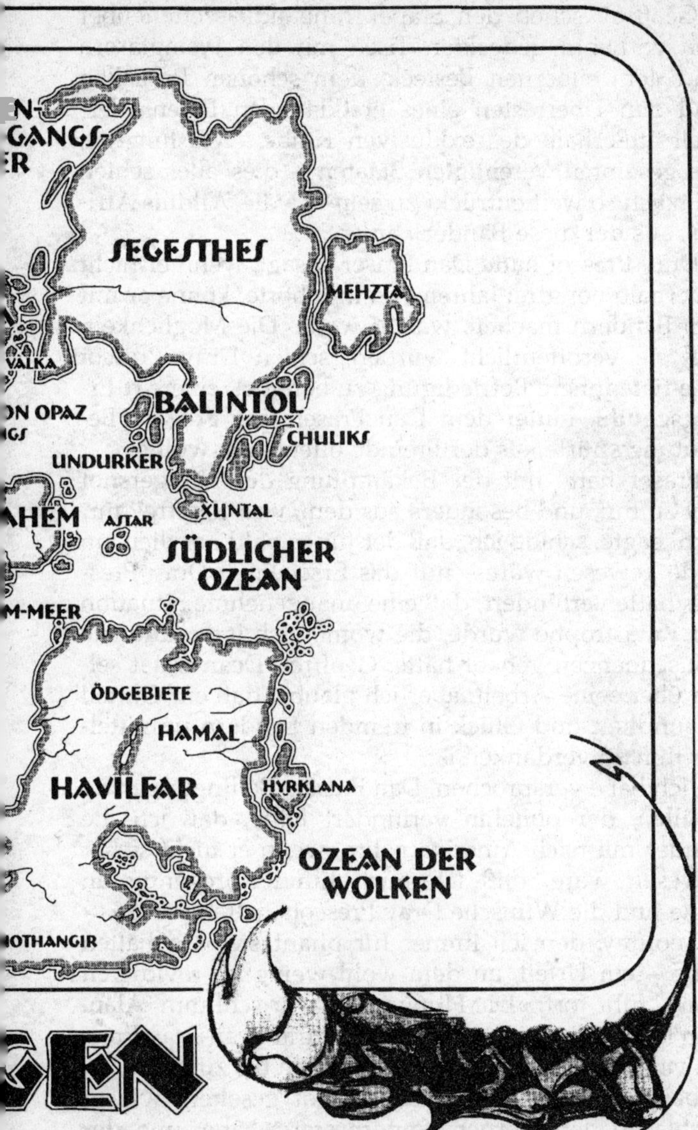
SEGESTHES
MEHZTA
BALINTOL
CHULIKS
UNDURKER
XUNTAL
ASTAR
SÜDLICHER OZEAN
ÖDGEBIETE
HAMAL
HAVILFAR
HYRKLANA
OZEAN DER WOLKEN

Geoffrey schob den Stapel Tonbandkassetten über den vornehm gedeckten Tisch mit den Weingläsern und dem silbernen Besteck, dem schönen Porzellan und den Überresten eines erstklassigen Essens. Die Welt außerhalb des exklusiven Klubs – Washington, die gesamten Vereinigten Staaten – dies alles schien plötzlich so weit entrückt zu sein wie die Wildnis Afrikas, aus der diese Bänder kamen.

Dray Prescot hatte Dan Fraser gesagt, wenn er nicht innerhalb von drei Jahren von ihm hörte, könne er mit den Bändern machen, was er wolle. Die Möglichkeit, daß sie veröffentlicht wurden, schien Dray Prescot eine tiefe innere Befriedigung zu bereiten, eine Art Erfolgsgefühl, hinter dem Dan Fraser eine größere Bedeutung spürte, als der Fremde offenbaren wollte.

Fraser hatte mit der Bekämpfung der Hungersnot viel zu tun, und besonders aus dem, was Geoffrey mir nicht sagte, schloß ich, daß der Junge bald nervlich am Ende gewesen wäre – nur das Erscheinen Dray Prescots hatte verhindert, daß eine unangenehme Situation zur Katastrophe wurde, die womöglich internationale Konsequenzen gehabt hätte. Geoffrey Dean redet selten über seine Arbeit; aber ich glaube, daß ein Gutteil Gesundheit und Glück in fremden Ländern unmittelbar ihm zu verdanken ist.

»Ich habe versprochen, Dan Frasers Bedingungen zu erfüllen, der ohnehin verhindert hätte, daß ich die Bänder mit nach Amerika nahm, wenn er nicht sicher gewesen wäre, daß ich mich hundertprozentig an seine und die Wünsche Dray Prescots halten würde.«

Geoffrey, den ich immer für phantasielos gehalten hatte – ein Urteil, an dem wohl wenig zu revidieren war –, fuhr fort: »Die Hungersnot war schlimm, Alan. Dan hatte zuviel zu tun. Als ich eintraf, war Dray Prescot verschwunden. Wir beide steckten bis zum Hals in Arbeit. Dan sagte, er habe Prescot gesehen, wie er nachts zu den Sternen emporgestarrt habe, und der

Gesichtsausdruck des Mannes sei ihm seltsam vorgekommen.«

Er berührte die Kassetten mit den Fingerspitzen.

»Hier sind sie also. Du weißt, was du damit machen mußt.«

Und so lege ich hier die Niederschrift der Tonbänder aus Afrika in Buchform vor. Die Geschichte, die erzählt wird, ist bemerkenswert. Ich habe so wenig wie möglich verändert. Wahrscheinlich werden Sie den Einzelheiten des Textes entnehmen, wie Dray Prescot vom Stil eines Zeitalters in den eines anderen wechselt, ohne daß sich das Gefühl eines Bruchs einstellt. Ich habe viele seiner Anmerkungen über die Sitten und Gebräuche auf Kregen ausgelassen; aber ich hoffe, daß eines Tages eine vollständigere Niederschrift möglich ist.

Die letzte Kassette endet abrupt mitten im Satz.

Die Tonbänder werden in der Hoffnung veröffentlicht, daß sich Personen melden, die vielleicht Licht in die merkwürdige Schilderung bringen können. Aus einem Grund, den ich nicht erklären kann, glaube ich, daß Dray Prescot seine Geschichte deshalb inmitten von Hungersnot und Epidemien erzählt hat. Ich bin zuversichtlich, daß wir eines Tages mehr über diese seltsame und rätselhafte Gestalt erfahren werden.

Fraser ist ein junger Mann, der den weniger Glücklichen der Welt helfen will, und Geoffrey Dean ist ein Beamter, dem jede Phantasie fehlt. Ich kann mir deshalb nicht vorstellen, daß einer der beiden die Bänder hätte fälschen können. Die Berichte werden in der Überzeugung vorgelegt, daß ihnen zwar die Beweiskraft fehlt, daß sie aber wirkliche Begebenheiten schildern, Erlebnisse, die Dray Prescot tatsächlich durchgemacht hat – auf einer viele Milliarden Kilometer entfernten Welt.

Alan Burt Akers

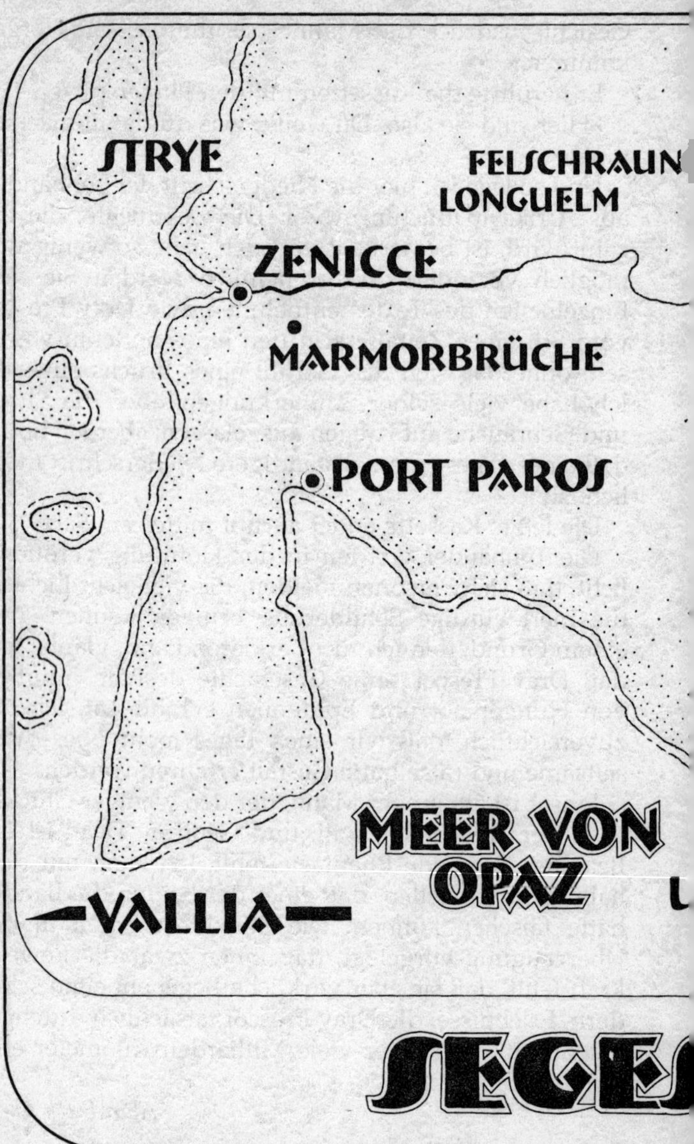
STRYE
FELSCHRAUN
LONGUELM
ZENICCE
MARMORBRÜCHE
PORT PAROS
MEER VON
OPAZ
VALLIA
SEGES

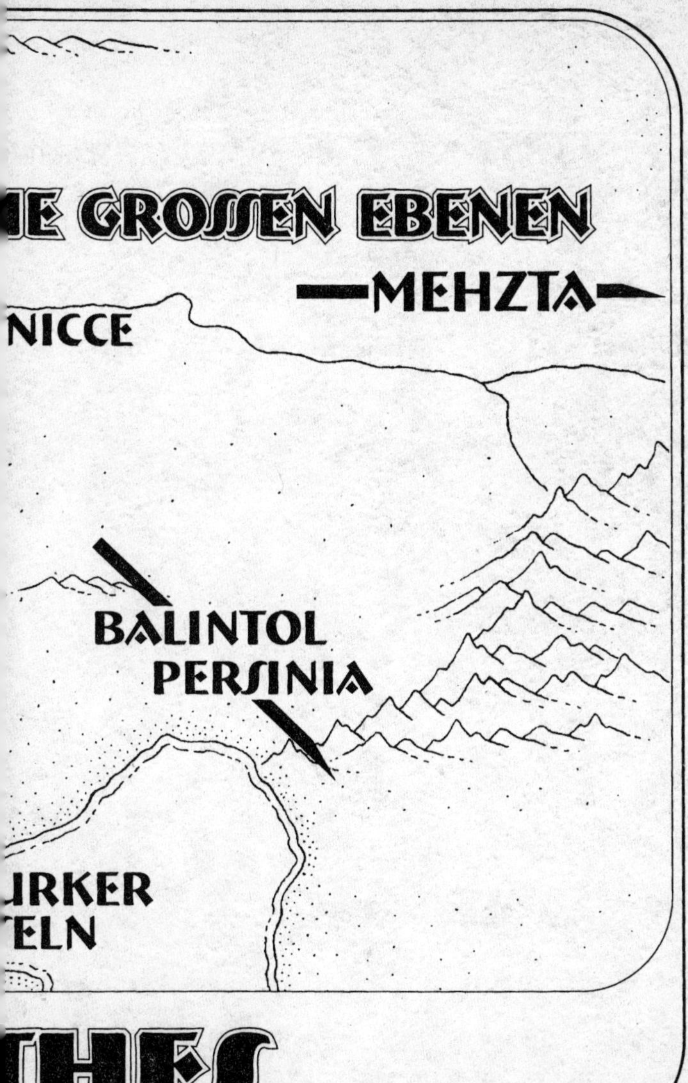

IE GROSSEN EBENEN
MEHZTA
NICCE
BALINTOL
PERSINIA
URKER
TELN
THES

1

Wenn ich auch schon viele Namen hatte und von Menschen und Ungeheuern zweier Welten mit manchen Schimpfworten belegt wurde, so bin ich doch schlicht als Dray Prescot geboren worden.

Meine Eltern starben, als ich noch jung war; aber ich kann mich an beide noch gut erinnern und liebte sie sehr. Nichts Rätselhaftes umgibt meine Herkunft, und ich würde es als schändlich empfinden, wollte ich mir heute wünschen, mein leiblicher Vater sei ein Prinz, meine leibliche Mutter eine Prinzessin gewesen.

Ich kam als einziges Kind meiner Eltern in einem kleinen Haus in einer Reihe ähnlicher Häuser zur Welt. Heute frage ich mich oft, was meine Eltern von meinem seltsamen Leben halten würden und wie entzückt sie wohl darüber wären, daß ich heute mit Königen verkehre und als Gleichgestellter mit Herrschern und Diktatoren spreche, entzückt auch über all die Paläste und Tempel und phantastischen Orte des fernen Kregen, die mich zu dem Mann gemacht haben, der ich heute bin.

Mein Leben ist lang gewesen, unglaublich lang, wie man es auch sieht, und doch stehe ich erst an der Schwelle der vielen Möglichkeiten, die mir die Zukunft bietet. Soweit ich mich zurückerinnern kann, flößten mir vage Träume und großartige Ehrgeizgefühle den Glauben ein, das Leben selbst gebe die Antwort auf jede Frage, und man müsse nur das Universum verstehen, um auch das Leben zu begreifen.

Schon als Kind pflegte ich in eine seltsame Betäubung zu verfallen, wobei ich mich zurücklehnte und ins Leere starrte, nur empfänglich für ein warmes weißes Licht, das überall pulsierte. Ich vermag nicht mehr zu sagen, welche Gedanken mein Gehirn erfüllten, denn ich glaube nicht, daß ich in solchen Momenten überhaupt geträumt habe. Wenn es sich um jene Meditation oder Kontemplation handelte, die von den östlichen Religionen so eifrig angestrebt wird, dann war ich auf Geheimnisse gestoßen, die mein Verständnis bei weitem übersteigen.

Was mir aus meiner Kindheit besonders lebhaft in Erinnerung geblieben ist, sind die ständigen Änderungen an meiner Kleidung, die meine Mutter vornehmen mußte; ich wuchs sehr schnell. Sie holte ihren Nähkorb, wählte eine Nadel aus und sah mich liebevoll mit einem Ausdruck von Hilflosigkeit an, während ich vor ihr stand, das Hemd wieder einmal an der Schulter zerrissen. »Du paßt bald nicht mehr durch die Tür, Dray, mit *den* Schultern«, sagte sie tadelnd, und dann kam mein Vater ins Zimmer, womöglich mein Unbehagen belachend, obwohl wir in jenen Tagen herzlich wenig zu lachen hatten.

Das Meer, das mit seinen weißen Schaumkronen in die Flußmündung rollte, hatte mir stets wie Sirenengesang in den Ohren gelegen; doch mein Vater, der Tag und Nacht seine Schiffsdienstbefreiung bei sich trug, wehrte sich dagegen, daß ich zur See fuhr. Wenn Möwen über den Sümpfen schwebten und den alten Kirchturm umkreisten, lag ich im Gras und dachte über meine Zukunft nach. Hätte mir damals jemand von Kregen unter Antares erzählt und von den Wundern und Geheimnissen dieser wilden Welt, wäre ich wohl wie vor einem Leprakranken oder Wahnsinnigen geflohen.

Die natürliche Abneigung meines Vaters vor dem Meer gründete sich auf einem tiefen Mißtrauen gegenüber der Moral und dem System der für die Mannschaftszuteilung Verantwortlichen. Er selbst hatte ein lebenslanges Interesse an Pferden gehabt, kannte sich mit allen Aspekten der Pflege und des Trainings dieser Tiere aus, und als ich 1775 geboren wurde, ernährte er seine Familie als Pferdedoktor. In der Zeit, die ich bei den Klansleuten von Felschraung auf Kregen verbrachte, fühlte ich mich meinem Vater – lange nach seinem Tod – näher verbunden als je zuvor.

In unserer blitzsauberen Küche standen unzählige grüne Flaschen voller geheimnisvoller Mixturen, und der Geruch nach Einreibemitteln und Ölen kämpfte mit Kohlgerüchen und dem Duft frischgebackenen Brots. Stets wurde von Kollern, Koliken und Erkältungen gesprochen. Logischerweise konnte ich reiten und ein Pferd über ein Hindernis setzen, ehe ich ohne Hilfe von der Küche zur Haustür zu gehen vermochte.

Eines Tages wanderte eine alte, abgehärmte Frau mit seltsamem Blick und krummem Rücken durch die Straßen, in Lumpen gekleidet, in die sie Stroh gestopft hatte, und plötzlich waren alle Nachbarn begierig, sich die Zukunft vorhersagen zu lassen. An diesem Tage stellte ich fest, daß mein Geburtstag, der 5. November, mich zu einem Skorpion machte, und daß der Mars mein Geburtsplanet war. Ich kannte die Bedeutung dieser Dinge damals natürlich noch nicht; aber der Gedanke an einen Skorpion nahm mich derart gefangen, daß ich mich insgeheim sehr freute, wenn ich mich auf die Knuffereien mit meinen Freunden einlassen mußte, als sie mich den ›Skorpion‹ zu nennen begannen. Ich fühlte mich sogar getröstet, daß ich kein Schütze war, weil ich es mir eigentlich gewünscht hätte, oder gar ein Löwe, der meiner Vorstellung nach lauter gebrüllt hätte als der Bulle von Bashan, den unser Lehrer so gern imitierte. Seien Sie nicht überrascht, daß ich Lesen und Schreiben lernte, denn meine Mutter hatte es sich in den Kopf gesetzt, daß ich Schreiber oder Lehrer werden und mich so über jene niedere Masse des Volkes erheben sollte, für die ich stets tiefen Respekt und Sympathie empfunden habe.

Als ich etwa zwölf Jahre alt war, wohnte eine Gruppe Seeleute in der Schenke, in der mein Vater zuweilen bei den Pferden aushalf, sie striegelte und mit ihnen sprach und ihnen sogar Klumpen westindischen Zuckers besorgte, die sie ihm aus der Hand nibbelten. An einem jener Tage jedoch erkrankte mein Vater und wurde ins Hinterzimmer der Schenke getragen und behutsam auf den alten Diwan gelegt. Sein Gesicht bestürzte mich. Er lag schwach und wie leblos da und hatte nicht die Kraft, aus dem Bierkrug zu trinken, den das nette Schankmädchen ihm hingestellt hatte. Ich schlich betrübt in den Hof, auf dem Stroh- und Misthaufen und der Geruch nach Pferden, Bier und Pisse eine fast greifbare Wand bildeten.

Die Seeleute standen lachend und trinkend um einen Korb, in dem sich irgend etwas bewegte, und neugierig wie alle kleinen Jungen sind, ging ich hinüber und drängte mich zwischen den stämmigen Gestalten hindurch.

»Wie würde dir das im Bett gefallen, Kleiner?«

»Sieh mal, wie er hin und her huscht! Wie ein Seeräuber!«

Sie ließen mich in den Korb blicken, schütteten ihr Bier hinunter und unterhielten sich lachend auf ihre ungezwungene Seemannsart, die mir später leider nur allzu vertraut werden sollte.

Im Korb eilte ein seltsames Wesen hin und her; es schwenkte seinen Schwanz wie eine Waffe herum und ließ mit der Heftigkeit seiner Bewegungen den ganzen Körper zucken. Sein schuppiger Rücken und die beiden mächtigen Scheren, die sich drohend öffneten und schlossen, stießen mich ab.

»Was ist denn das für ein ekliges Vieh?« fragte ich.

»Ein Skorpion, Kleiner.«

Das war also das Wesen, dessen Namen ich trug!

Ich spürte, wie mir heiß wurde vor Scham. Ich hatte gehört, daß Menschen wie ich, Skorpione, angeblich zurückhaltend waren; doch ich vermochte meine Reaktion nicht zu vertuschen. Die Seeleute lachten laut wie über einen Witz, und einer schlug mir auf die Schulter.

»Der kommt schon nicht an dich ran, Junge. Tom hat ihn aus Indien mitgebracht.«

Ein Skorpion aus Indien!

Ich murmelte einen Dank – Höflichkeit war eine gesellschaftliche Verhaltensweise, die mir meine Eltern gründlich eingebläut hatten – und setzte mich ab.

Wie solche Dinge passieren, ist ein Geheimnis, das vom Himmel oder dem Herrn der Sterne gut gehütet wird. Mein Vater versuchte mich noch einmal anzulächeln, und ich sagte ihm, Mutter würde bald mit einigen Nachbarn kommen, um ihn auf einer Trage nach Hause zu tragen. Ich saß eine Zeitlang bei ihm und ging dann los, um noch ein Bier zu erbetteln. Als ich mit dem Zinnkrug zurückkehrte, wollte mir das Herz in der Brust stocken.

Mein Vater lag halb vom Diwan gerutscht, die Schultern auf dem Boden, die Beine in die Decke verwickelt, die man über ihn gebreitet hatte. Er starrte in stummem Entsetzen auf das Ding vor ihm; und doch war das Entsetzen von einer eisigen Maske der Selbstbeherrschung eingedämmt. Der Skorpion kroch mit einem entsetzlichen, zuckenden Hin- und Herrollen seines obszön häßlichen Körpers auf ihn zu. Voller Entsetzen und Ekel ließ ich den Krug auf den widerlichen Körper fallen, als das Ding zustieß. Es gab einen unangenehmen Laut.

Dann war das Zimmer voller Menschen; die Seeleute brüllten nach ihrem Tier, die Schankmädchen kreischten, Stallknechte, Lehrjungen, Gäste, alle riefen durcheinander und weinten.

Nach dem Tod meines Vaters lebte meine Mutter nicht mehr lange, und da stand ich dann vor ihrem Doppelgrab, allein und ohne Freunde, denn ich hatte keine Vettern oder Tanten oder Onkeln, und ich war entschlossen, mein Land zu verlassen. Die See hatte mich immer gerufen; jetzt wollte ich diesem Ruf folgen.

Das Leben eines Seemanns war gegen Ende des achtzehnten Jahrhunderts besonders hart, und ich kann es mir nicht als Verdienst anrechnen, daß ich diese Zeit lebendig überstand. Viele andere überlebten mit mir. Viele nicht. Hätte ich romantische Vorstellungen vom Meer und von der Seefahrt gehabt – sie wären mir schleunigst ausgetrieben worden.

Mit einer Beharrlichkeit, die meiner Natur entspricht, ob ich es zugeben will oder nicht, kämpfte ich mich vom Unterdeck empor. Ich fand Gönner, die mir zu der nötigen Bildung verhalfen, damit ich die Prüfungen bestand, und vielleicht sollte ich hier sagen, daß mein instinktives Begreifen der Navigation und der Schiffsführung ausschlaggebend dafür war, daß ich schließlich auf das Achterdeck vorrückte. Im Rückblick will es mir scheinen, als hätte ich diesen Lebensabschnitt in einer Art Trance zurückgelegt. Da war meine Entschlossenheit, dem Gestank des Unterdecks zu entkommen, der Wunsch, die Goldlitze eines Schiffsoffiziers zu tragen, da waren die gelegentlichen Augenblicke äußerster Gefahr und großen Entsetzens und, wie um die Emotionen auszugleichen, auch ruhige Nächte, da das ganze Firmament von Sternen erstrahlte.

Ein Navigator mußte sich mit Sternen beschäftigen, und immer wieder war mein Blick magisch angezogen von der unausgewogenen Konstellation des Skorpions, dessen Schwanz vor der Milchstraße drohend und arrogant in die Höhe ragt. In der heutigen Zeit, da der Mensch den Mond betreten hat und Sonden über die Jupiterbahn hinaus vordringen, um nie mehr ins Sonnensystem zurückzukehren, ist kaum noch das Staunen und die innere Angst vorstellbar, mit der die Menschen früherer Generationen die Sterne betrachtet haben.

Ein Stern – Antares – schien mit geradezu hypnotischer Kraft auf mich einzuwirken.

Ich starrte zu ihm auf, wenn wir mit Handelsschiffen kreuzten oder eine Blockade durchbrachen oder in langen, windstillen Tropennächten vor uns hin dösten, und stets stierte jener ferne Lichtfleck mich an, in der Biegung des unheimlich erhobenen Skorpionschwanzes funkelnd, und drohte mir das gleiche Schicksal an, das meinem Vater widerfahren war.

Wir wissen heute, daß der Doppelstern Alpha Scorpii, Antares, vierhundert Lichtjahre von unserer Sonne entfernt ist und daß er viertausendmal so hell wie sie strahlt; damals wußte ich nur, daß dieser Stern eine unheimliche Faszination auf mich ausübte.

Im Jahr der Schlacht bei Trafalgar – im gleichen Jahr, da ich wieder einmal vergeblich versucht hatte, befördert zu werden – gerieten wir in einen der schlimmsten Stürme, die ich je erlebt hatte. Unser Schiff, die *Rockingham,* wurde herumgeworfen von Wellen, die sich gischtend überschlugen und uns auf der Stelle vernichtet haben würden, wenn sie uns mitschiffs erwischt hätten. Die Gilling stieg steil zum Himmel auf, und sank, als der nachfolgende Brecher heranrollte, unglaublich tief hinab, als würde sie sich nie wieder heben. Unsere Bramrahen waren längst abgebrochen und der Wind ließ nun auch die Bramstangen splittern, zerfetzte sogar die harte Leinwand der Sturmsegel. Jeden Augenblick mußten wir die Kontrolle über das Schiff völlig verlieren, und noch immer hämmerten die gigantischen Wellen auf uns ein. Irgendwo vor uns lag in Lee die Küste Westafrikas, und in die Richtung wurden wir von der Wut des Sturms hilflos abgetrieben.

Es wäre nicht richtig zu sagen, daß ich an meinem Leben verzweifelte; ich hatte genausoviel irrationalen Lebenswillen wie jeder andere; aber der war inzwischen nur mehr ein rituelles Aufbegehren gegen ein böswilliges Schicksal. Das Leben schenkte mir wenige Freuden; meine Beförderung, meine Träume – dies alles hatte sich zerschlagen und war mit der Vergangenheit untergegangen. Ich war es satt, in einem bedeutungslosen Tagesablauf zu erstarren. Wenn jene schwarzen Wellen sich über mir schlossen, würde ich kämpfen und schwimmen, bis ich nicht mehr konnte; aber wenn ich dann alles unternommen hatte, was ein Mann zur Erhaltung seiner Ehre tun konnte und sollte, gedachte ich dem Leben adieu zu sagen – mit großem Bedauern über die Dinge, die ich nicht erreicht hatte, doch ohne Bedauern um das Leben, das mir leer vorkam.

Während die *Rockingham* in der aufgewühlten See schlingerte und stampfte, hatte ich das Gefühl, mein Leben verschwendet zu haben. Ich sah keinen Sinn mehr darin, weiterzuleben. Ich hatte oft und mit vielen Waffen gekämpft, ich hatte mir meinen Weg durchs Leben erfochten, rücksichtslos, schnell zur Hand, um eine Missetat zu sühnen, jeder Opposition verächtlich entgegentretend; aber schließlich hatte das Leben mich doch besiegt.

Wir strandeten auf den Sandbänken an der Mündung eines jener breiten Flüsse, die sich aus dem Herzen Afrikas in den Atlantik ergießen, und das Schiff zerbrach und sank. Ich fand mich in der hochgehenden See wieder, klammerte mich an einen Balken, wurde hilflos umhergetrieben und halb ertrunken auf einen Strand aus grobem gelbgrauen Sand geworfen. Völlig durchnäßt lag ich dort. Wasser rann mir aus dem Mund.

Die Krieger fanden mich im Morgengrauen.

Ich öffnete die Augen und sah einen Ring schmaler schwarzer Schienbeine und breiter Füße. Fußbänder aus Federn und Glasperlen sagten mir sofort, daß die Schwarzen Krieger und nicht Sklaven waren. Ich hatte mich nie auf das dreckige Dreiecksgeschäft des Sklavenhandels eingelassen, wenn die Versuchung auch oft groß gewesen war; aber das konnte mir hier nicht helfen. Als ich aufstand und die Federn und den grotesken Kopfschmuck betrachtete, ihre Schilde und Speere, dachte ich zuerst, sie wollten mich als einen Weißen behandeln, der an der Küste mit den Schwarzen Handel trieb.

Sie schrien mich an, und einer ließ versuchsweise seine Speerspitze auf meinen Magen zuzucken. Ich brüllte zurück, doch nach wenigen Sekunden erkannte ich, daß hier niemand Englisch verstand, und mein Pidgin-Englisch stammte aus Ostindien. Ich war inzwischen herangewachsen, mittelgroß und mit kräftigen Schultern, die meine Mutter schon zur Verzweiflung gebracht hatten. Meine Schultermuskeln hatten mir schon in manchem Kampf geholfen.

Auch die Wilden überwältigten mich nicht ohne Mühe. Sie versuchten mich nicht zu töten, denn sie gebrauchten ihre Speere mit dem stumpfen Ende, und ich nahm an, daß sie mich den Arabern im Landesinnern als Sklave verkaufen oder mich über einem stinkenden Dorffeuer rösten und auffressen wollten.

Sie schlugen mich nieder, und ich kam wieder zu mir, als sie mich an einen Baum gefesselt hatten. Ich befand mich in einem übelriechenden Dorf, das über den Mangrovesümpfen angelegt war, jenen Sümpfen, in denen ein einziger falscher Schritt den qualvollen Tod bedeuten kann, wenn einem das eklige Wasser langsam in den Mund steigt. Das Dorf war von einer Palisade umgeben, auf der Menschenschädel aufgespießt waren. In der Umzäunung qualmten Feuer und jaulten Hunde. Ich war allein. Ich konnte nur ahnen, was mit mir geschehen sollte.

Die Idee der Sklaverei ist mir stets widerlich gewesen, und es war eine Ironie des Schicksals, daß ausgerechnet ich das Opfer einer Rache für Verbrechen sein sollte, die ich selbst verabscheute. Wieder überkam mich der Gedanke an ein Geschick, das mich vorandrängte. Wenn ich schon sterben sollte, wollte ich um jeden Fußbreit kämpfen – und wenn es nur zu beweisen galt, daß ich ein Mann war.

Meine Armfesseln waren grausam fest, doch als sich der Tag in Hitze, Gestank und niederdrückender Schwüle hinzog, vermochte ich durch ständiges Reiben und Drehen, das meine Handgelenke aufschabte, die Schnüre etwas zu lockern. Am Nachmittag wurden zwei weitere Überlebende von der *Rockingham* ins Lager geschleppt. Der Bootsmann, ein großer, griesgrämiger Bursche mit rötlichem Haar und Bart, der sich offenbar heftig gewehrt hatte, denn sein Haarschopf war blutverkrustet, und der Zahlmeister, noch immer dick und schmierig, ein Mann, den nie jemand gemocht hatte und den sie übel zugerichtet hatten. Die beiden wurden links und rechts von mir an Pfählen festgemacht.

Fliegen leisteten uns Gesellschaft, während wir an den Pfählen hingen und vor uns hinstanken, bis endlich die Sonne unterging. Nun machten sich andere Insektenhorden daran, unser Blut auszusaugen. Ich möchte nicht näher beschreiben, was aus meinen unglückseligen Schicksalsgenossen wurde, die beiderseits von mir an ihren Marterpfählen hingen; aber ihre qualvollen Schreie brachten mich dazu, noch heftiger an meinen Fesseln zu arbeiten.

Rückblickend sehe ich den Grund, warum ich als letzter an die Reihe kam, in der Hoffnung der Schwarzen, daß sie ihre teuflischen Künste an mir bis zum Äußersten auskosten konnten – zweifellos deswegen, weil ich zweimal am Tag die Beine angehoben und neugierigen Zuschauern kräftig in den Magen getreten hatte. Als meine beiden Leidensgenossen qualvoll starben, erkannte ich, warum man uns die Füße nicht angebunden hatte.

Inzwischen war es dunkel, und der Widerschein des

Feuers flackerte auf den schiefen Hüttenwänden und der Palisadenmauer, zuckte auf den nackten Kieferknochen der aufgespießten Schädel. Die Schwarzen umtanzten mich, schüttelten ihre Waffen, schlurften und stampften durch den Staub, eilten herbei, um Speere in meine Richtung zu schütteln, sprangen zurück, damit ich sie mit den Füßen nicht mehr erreichen konnte. Jede physische Müdigkeit lernt man auf See bald zu ertragen. Meine Erschöpfung ging jedoch tiefer. Dennoch wollte ich verbissen und unnachgiebig in Ehren sterben, wie meine angelsächsischen Vorfahren gesagt hätten.

Trotz meiner Situation grollte ich den Farbigen nicht. Sie handelten nur, wie sie es gewohnt waren. Zweifellos hatten sie manches elende Sklavenhäufchen gesehen, das wie Vieh an Bord der wartenden Leichter getrieben wurde; vielleicht irrte ich mich auch, vielleicht waren diese Männer Angehörige der hiesigen Stämme, die den Farbigen und Arabern aus dem Landesinnern Sklaven abkauften, um sie den Händlern an der Küste mit Gewinn zu verkaufen. Wie dem auch sein mochte – es betraf mich nicht. Mir ging es nur darum, die letzte Faser meiner Armfessel zu lösen. Wenn ich nicht bald loskam, war es zu spät und ich starb hier am Pfahl.

Der Feuerschein spiegelte sich in den Augen der Wilden und warf grelle Schlaglichter auf ihre Speerspitzen. Sie rückten näher heran, und ich erkannte, daß der Augenblick gekommen war, da sie ihre teuflische Kunst an mir ausprobieren wollten. Ich unternahm eine letzte verzweifelte Anstrengung; meine Muskeln spannten sich, und das Blut rauschte mir in den Ohren. Die Fessel zersprang. Meine Arme brannten wie Feuer von dem sich belebenden Kreislauf, und im ersten Augenblick hatte ich das Gefühl, als hätte ich meine Arme in einen Kessel mit kochendem Wasser getaucht.

Dann sprang ich vor, entriß dem ersten verblüfften Krieger seinen Speer, schlug ihn und den Mann neben ihm nieder, stieß einen schrillen Schrei aus, wie wir ihn immer beim Entern von uns gegeben hatten, und hastete so schnell ich konnte zwischen die Hütten. Das primitive Palisadentor vermochte mich nicht aufzuhalten; Sekunden später hatte ich die Leinenstreifen durchschnitten, die das Tor hielten, riß es auf und rannte in die Dschungelnacht hinaus.

Wohin ich eilte, wußte ich natürlich nicht. Der Gedanke an Flucht trieb mich an. Die Krieger waren mir bestimmt schon auf den Fersen, nachdem sie ihren ersten Schreck überwunden hatten; sie waren mir bestimmt wie Jagdhunde auf der Fährte, die Speere zum tödlichen Wurf erhoben.

Der Instinkt, der mich leitete, war so tief in meinem Unterbewußtsein vergraben, daß ich kaum begriff, warum ich überhaupt rannte. Es war doch klar, daß ich sterben würde. Aber daß ich mich wehren und jedes Mittel ergreifen würde, um mein Leben zu verlängern, war ebenso offensichtlich angesichts meiner Natur, wie ich sie schließlich zu verstehen lernte.

Wenn man in pechschwarzer Nacht über die schwankende Vor-Oberbramrah läuft, mitten in einem Sturm, läßt sich die Brücke zur Hölle ebenso leicht überschreiten.

Ich rannte. Sie kamen mir nach, und doch hatte die Verfolgung nicht den Schwung und das Tempo, das ich erwartet hatte, und ich begann mich zu fragen, ob sie womöglich mehr Angst vor der Dschungelnacht hatten als ich. Aber sie verfolgten mich, und die erneute Gefangennahme schien unvermeidlich. Wo lag meine Rettung in diesem Raubtierdschungel voller unbekannter Gefahren und Gifte? Als ich eine Lichtung erreichte, auf der ein Baum umgestürzt war und einige Nachbarn mitgerissen hatte, kletterte ich auf den halb zerfallenen alten Stamm, und störte dabei einige seiner

Bewohner auf, und ich spürte ein Kribbeln an den Füßen wie von Sandkörnern, die im Wind herumgeblasen wurden. Immer höher kletterte ich, wo, befreit von der Vegetation ringsum, die Sterne des Himmels leuchteten.

Die Lichtpunkte schimmerten über mir, und als ich die vertrauten Konstellationen erkannte, drehte ich mich instinktiv zu einem bekannten Sternbild herum, das mich schon immer mit hypnotischer Kraft in seinen Bann gezogen hatte, eine Faszination, die ich nicht begreifen, geschweige denn erklären konnte.

Ja, dort funkelte das Sternbild des Skorpion, mit Alpha Scorpii, Antares, blendend hell. Alle anderen Sterne des Himmels schienen dagegen zu verblassen. Eine Art Fieber überkam mich, mir schwindelte, ich fühlte mich schwach, wußte ich doch, daß der sichere Tod meinen fliehenden Füßen durch den Dschungel folgte. Ich hatte die Sterne als Richtungszeichen benutzen wollen, so wie sie mich oft über das Meer geleitet hatten. Ich hatte die Sterne betrachten wollen, um einen Weg zurück zur Küste zu finden. Was ich dort zu erreichen hoffte, mag Gott wissen. Ich starrte den Skorpion an.

»Du hast meinen Vater umgebracht!« Schweiß rann mir beißend in die Augen. Ich war halb von Sinnen. »Und jetzt willst du mir dasselbe antun!«

An die folgenden Ereignisse erinnere ich mich nicht, denn der Schweiß blendete mich, und jeder Atemzug schmerzte. Doch ich war mir eines Umrisses bewußt, der wie ein riesiger Skorpion aussah, in blaues Feuer getaucht. Ich reckte dem Skorpion-Stern die Faust entgegen. »Ich hasse dich, Skorpion! Ich hasse dich!«

Ich stürzte.

Blaues Feuer flimmerte ringsum, blaues Feuer in den Sternen, blaues Feuer in meinen Augen, in meinem Kopf, blendend, betäubend. Das Blau wurde zu einem hellen, beißenden Grün. Ich stürzte. Ich fiel hinab – zusammen mit dem blauen und grünen Feuer, das sich in ein grelles pulsierendes Rot verwandelte, als sich mir das rote Feuer des Antares entgegenstreckte, um mich zu umschließen.

2

Ich lag flach auf dem Rücken, als ich erwachte.

Die Augen geschlossen haltend, spürte ich Wärme auf dem Gesicht, den Hauch einer leichten Brise und unter mir eine vertraute Bewegung, die mir verriet, daß ich mich auf einem Boot befand. Diese Information kam mir ganz und gar nicht seltsam vor; hatte ich nicht die letzten achtzehn Jahre meines Lebens auf dem Ozean verbracht? Ich öffnete die Augen.

Das Boot war nichts weiter als ein großes Blatt. Ich stierte um mich wie ein Mann, der aus Copleys Schankraum in Plymouth taumelte und mißtrauisch in das erste Morgengrauen blinzelt. Das Blatt trieb in der Mitte eines breiten Flusses dahin, dessen grünes Wasser frisch schimmerte und fröhlich plätscherte. An beiden Ufern erstreckte sich eine Ebene aus grünlich-gelbem Gras, deren Grenzen vor einem hitzeflimmernden Horizont verschwammen. Der Himmel strahlte weißlich auf mich herab. Ich stemmte mich auf die Ellenbogen hoch. Ich war splitternackt. Meine Handgelenke waren wund, und der Schmerz nagte unangenehm an etwas in meiner Erinnerung.

Im nächsten Augenblick erstarrte ich und rührte mich eine Zeitlang nicht mehr. Das Blatt war groß, gut fünf Meter lang, und sein gekrümmter Stengel erhob sich in einem anmutigen Bogen wie der Hintersteven einer altgriechischen Galeere. Ich saß stumm und reglos am Bug. Wo sich bei einem gewöhnlichen irdischen Boot der Steuermann befunden hätte, hockte ein fünf Fuß langer Skorpion.

Das Ungeheuer hatte eine rötliche Hautfarbe und pulsierte im Takt seiner Bewegungen, die es auf seinen acht haarigen Beinen vollführte. Die Augen saßen auf Stengeln, waren rund und scharlachrot, halb bedeckt von einer dünnen Membrane, und sie bewegten sich auf und nieder, auf und nieder, mit einer hypnotischen Kraft, die ich gewaltsam bezwingen mußte. Die Scheren hätten einen mittelgroßen Hund zerdrücken können. Die Spitze des stachelbewehrten Schwanzes erhob sich in die Luft und der Stachel, von dem eine giftig aussehende grüne Substanz tropfte, war genau auf mich gerichtet.

Um das Maul bebten Fühler, und die Eßwerkzeuge knirschten gegeneinander. Wenn die Kanten sich um meinen Hals schlossen …

Dieses makabere Tableau blieb eine Sekunde lang unverändert, während mein Herz einige heftige Schläge tat, die mich ziemlich erschreckten. Ein Skorpion! Das Wesen war kein vergrößerter Erd-Skorpion. Innerhalb des grotesken Körpers, der von einem ektoskelettähnlichen Schutzpanzer umgeben war, mußte es ein richtiges Säugetierskelett haben, das sein Gewicht stützte. Und die ständig bewegten Augen waren nicht die Augen eines normalen Skorpions. Aber die Scheren, die Eßwerkzeuge – und der Stachel!

Ein Skorpion! Ich erinnerte mich an die afrikanische Nacht und an das Lagerfeuer und die blitzenden Speere und die wilde Flucht durch den Dschungel. Wie konnte ich mich nun plötzlich hier befinden, auf einem Fluß, auf einem riesigen Blatt, mit einem riesigen Skorpion als Steuermann? Antares – jener rote Stern, der mir so mächtig geleuchtet hatte, als ich fliehen wollte – Antares, gegen den ich meinen winzigen Haß geschleudert hatte; ohne jeden Zweifel wußte ich, daß eine unbegreifliche Macht mich von der Erde entführt hatte und daß Antares, Alpha Scorpii, nun grell am Himmel über mir leuchtete.

Sogar die Schwerkraft war anders, geringer; ich fühlte mich freier, und das, so überlegte ich, mochte mir eine kleine Überlebenschance gegen das furchteinflößende Monstrum geben.

Skorpione suchen ihre Nahrung in der Nacht. Am Tage lauern sie unter Ästen und Felsen. Vorsichtig zog ich zuerst ein Bein und dann das andere zurück und richtete mich in eine hockende Stellung auf. Und die ganze Zeit waren meine Augen auf die schwankenden Augenstengel vor mir gerichtet. Eine Chance hatte ich. Eine winzige Chance – wenn ich zunächst den zupackenden Schlägen der doppelten Scheren, dann dem herabzuckenden Stich auswich und dann versuchte, das Ding mit mächtigem Ausheber über Bord zu werfen.

Meine leeren Hände ballten sich zu Fäusten. Wenn ich nur eine Waffe gehabt hätte! Irgend etwas, eine kräftige Wurzel, eine zerbrochene Flasche oder ein Ruderholz, sogar ein Stutzsäbel hätte mir genügt – ein Mann mit meiner Vergangenheit weiß, was eine Waffe bedeuten kann, und respektiert sie deswegen. Wie geschickt ich auch mit bloßen Händen einem Gegner das Genick brechen oder die Augen ausstechen konnte – die natürlichen Hilfsmittel eines Sterblichen sind ein armseliger Ersatz für die Waffen aus Bronze und Stahl, mit denen sich die Menschheit aus den Höhlen und Dschungeln hervorwagte. In diesem Augenblick spürte ich meine Nacktheit, war mir meines ungeschützten Fleisches, meiner zerbrechlichen Knochen und meiner armseligen Muskeln bewußt, und sehnte mich nach einer Waffe. Die unbekannte Kraft, die mich hierher versetzt hatte, war nicht so freundlich gewesen, mir auch noch eine Pistole oder einen Säbel, einen Speer oder Schild zu geben – und ich hätte Schwäche vermutet, hätte die geheimnisvolle Macht so gehandelt.

Mir kam damals nicht in den Sinn, daß ich über

Bord springen und ans Ufer schwimmen könnte. Ich weiß nicht, warum ich nicht daran dachte, und ich stelle mir manchmal vor, daß das vielleicht an meinem inneren Widerstand lag, ein Schiff im Stich zu lassen und mein Vertrauen in mich selbst zu enttäuschen, an dem Gefühl, daß ich keinem Tier gestatten durfte, mich zu besiegen – und daß dieses einfache Blattboot der Preis war, wenn es zum Kampf zwischen uns kam.

Ich atmete langsam tief ein, stieß die Luft vorsichtig wieder aus und machte noch einen Atemzug, füllte meine Lungen. Die Luft war frisch und süß. Mein Blick löste sich nicht von den roten runden Augen am Ende der auf und ab zuckenden Stengel.

»Na, alter Knabe«, sagte ich mit leiser, beruhigender Stimme und achtete darauf, mich nicht so zu bewegen, daß sich das Monstrum zum Angriff veranlaßt sah. »Du oder ich – das ist hier wohl die Frage.« Die Augenstengel setzten ihre Bewegung fort. »Und glaub mir, du häßlicher Teufelsbraten – ich bin es nicht!«

Leise und beruhigend sprechend, so wie sich mein Vater oft mit seinen geliebten Pferden unterhalten hatte, fuhr ich fort: »Ich würde dir am liebsten den Bauch aufschlitzen, damit deine Gedärme in den Fluß fallen, du ekliges Ungeheuer!«

Die Situation war lächerlich, und rückblickend wundere ich mich über meine Gefühllosigkeit, obwohl mir klar ist, daß ich nicht mehr der Mann von damals bin, frisch aus dem harten Leben an Bord eines Segelschiffs aus dem achtzehnten Jahrhundert gerissen, ein Opfer all des abergläubischen Unsinns, von dem ehrliche Seeleute geplagt werden. Doch inzwischen ist viel geschehen.

Und um die Wahrheit zu sagen – ich redete nicht nur, um das Ungeheuer in Sicherheit zu wiegen, sondern auch um den Moment hinauszuschieben, da ich handeln mußte. Ich sah die Schärfe und die gezackten Kanten der Scheren, die Stärke der Eßwerkzeuge und die hervorsickernde Flüssigkeit des Giftstachels. Ich erinnerte mich an die Fabel: Der Frosch glaubte dem Skorpion und gewährte ihm Geleit über seinen Fluß, und der Skorpion stach den Frosch tot, weil, so sagte der Skorpion entschuldigend, dies in seiner Natur läge. »Also, Skorpion, es liegt in meiner Natur, mich von nichts und niemand besiegen zu lassen, ohne mich zu wehren, und so eklig wie du aussiehst, liegt es sicher in deiner Natur, mich zu töten, deshalb mußt du meiner Natur schon zubilligen, daß sie dich daran hindern will. Und daß sie dich, wenn nötig, töten will, damit ich geschützt werde.«

Das Ding schwankte auf seinen acht Beinen sanft hin und her, und es pulsierte, und die Augen am Ende der Stengel fuhren auf und nieder, auf und nieder.

Beide Handflächen flach auf die grüne Membran des Blatts zwischen den dunkleren Grüntönen der Blattadern gelegt, machte ich Anstalten, aufzuspringen, mich gegen die gewaltigen natürlichen Waffen zu stellen und das Ding über Bord zu hieven. Ich spannte die Muskeln, hielt den Atem an und stieß mich mit aller Kraft ab.

Der Skorpion richtete sich auf, der Schwanz krümmte sich und entspannte sich wieder, die Scheren klapperten zusammen – und mit einem gewaltigen Sprung warf sich das Tier in einer Art Salto aus dem Boot. Ich eilte an die Bordwand und starrte ins Wasser. Gischt umgab einen achteckigen Umriß mit einem hochpeitschenden spitzen Schwanz – dann verschwand der Skorpion.

Er war fort.

Ich ließ den aufgestauten Atem aus meinen Lungen entweichen. Zum erstenmal wurde mir bewußt, daß das Ding keinen Geruch gehabt hatte. War es überhaupt wirklich gewesen? Oder hatte es sich um eine Halluzination gehandelt, die meiner überhitzten Phantasie entsprungen war? Hastete ich noch immer verzweifelt durch den afrikanischen Dschungel, halb wahnsinnig und dem sicheren Tode nahe? War ich vielleicht noch an den Pfahl gefesselt, während mein Geist in eine Phantasiewelt entfloh, um den Qualen zu entgehen, die meinem Körper zugefügt wurden? Nein, ich *wußte,* daß ich hier war, auf einer Welt, die nicht die Erde war, unter der Riesensonne Antares. Ich *wußte* es, ich hatte nicht den geringsten Zweifel.

Ich schirmte meine Augen ab und blickte zum Himmel auf. Das Licht strömte von der Sonne herab, rötlich, wärmend und beruhigend. Doch eine neue Farbe kroch über den Horizont herauf und ließ das gelbe Gras grüner erscheinen; mit tränenden Augen, durch die Blitze zu zucken schienen, starrte ich auf eine zweite Sonne, die am Himmel aufstieg, in einem weichen Grünton leuchtend, den Fluß und die Ebene in neues Licht tauchend.

Der grüne Stern war der Gefährte des roten Riesen, jenes Sterns, den wir Antares nannten – später sollte ich begreifen, daß ›Roter Riese‹ eine unrichtige Bezeichnung war –, und das sich daraus ergebende Zwielicht störte mich nicht so sehr, wie man hätte annehmen können. Und es warteten noch weitere Überraschungen auf mich in dieser neuen Welt, Überraschungen, die wir auf der Erde nicht kennen, gewöhnt an das Licht, das wir von unserer gelb leuchtenden Sonne erhalten.

Das Blatt war wieder zur Ruhe gekommen, und das Manöver hatte nur wenig Wasser ins Boot schwappen lassen. Ich trank eine Handvoll davon; es war sauber und erfrischend.

Die beste Möglichkeit war nun wohl, mich vom Blatt flußabwärts tragen zu lassen. Es mußte Ortschaften am Ufer geben, falls diese Welt bewohnt war; aber ich fand es ein wenig zu einfach, mich nur von der Strömung treiben und die Ereignisse auf mich zukommen zu lassen.

Der Fluß strömte in weiten Bögen dahin. Da und dort leuchteten gelbe Sandbänke. Bäume schien es hier keine zu geben; doch an einigen Stellen wuchs Ried an den Ufern. Ich ruderte mit den Händen, und mit den Instinkten eines Seemanns, der die Strömung zu nutzen weiß, setzte ich das Fahrzeug schließlich an einem vorspringenden Uferstück an Land. Ich zog mein Schifflein ziemlich weit auf die Böschung hinauf. Mir lag nicht viel am Laufen, wenn ich ein Boot zur Verfügung hatte.

Es gab zahlreiche Riedgewächse. Ich suchte mir eine hohe Gattung mit geradem Stengel aus und konnte nach langem Biegen und Zerren ein zehn Fuß langes Stück abbrechen. Dieser Stock sollte mir in den Untiefen zum Staken dienen. Eine andere Pflanzenart erweckte meine Aufmerksamkeit, weil ich mir zufällig den Arm an einem Blatt stach. Ich fluchte lästerlich – eine berufsbedingte Krankheit auf See. Das stechende Ried wuchs in Gruppen und hatte glatte runde Stengel von etwa drei bis vier Zentimetern Durchmesser; stutzig machte mich jedoch das Blatt, das oben an der Spitze jedes Stengels aufragte – vielleicht fünfzig Zentimeter lang. Das Blatt war scharf. Es war etwa fünfzehn Zentimeter breit und hatte die Form einer breiten Speerspitze. Ich brach einige dieser Gewächse an einer weicheren Stelle zwei Meter unterhalb des Blatts ab und gewann auf diese Weise ein Bündel Speere, die ich mir schon vor einer Stunde gewünscht hätte, als meine Mannschaft noch an Bord war.

Die Riedstengel trockneten zusehends und verhärteten sich dabei, und die Kante der Klingen war scharf genug, daß ich mir weitere ›Speere‹ damit abschneiden konnte.

Dann bedachte ich meine Situation und blickte über den schimmernden Fluß. Ich hatte ein Boot. Ich besaß Waffen. Wasser gab es im Überfluß. Und wenn ich Riedstengel der Länge nach zerschnitt, konnte ich mir

Leinen machen, mit denen ich Fische fangen mochte, die zweifellos im Überfluß den Fluß bevölkerten und mit offenen Mäulern darauf warteten, an Land gezogen zu werden. Wenn ich mir nicht aus einem angespitzten Riedstück oder Dorn einen Haken machen konnte, konnte ich Reusen flechten. Die Zukunft, mit oder ohne Menschen, kam mir bestürzend attraktiv vor.

Was für ein Leben hatte mich auf der Erde erwartet? Die endlose Qual des Seemannsberufs bei magerem Lohn. Mühen, die für den verweichlichten Menschen des zwanzigsten Jahrhunderts unvorstellbar waren. Ständig den Tod vor Augen, ständig die Möglichkeit, verkrüppelt zu werden, einen Arm oder ein Bein zu verlieren, bei Gefechten eine Schrapnelladung oder Splitter abzubekommen und entstellt oder gar entmannt zu werden, mit herausgerissenen Eingeweiden auf das geschrubbte Deck zu sinken und elend zu krepieren. Ja – welche Macht mich hierher gebracht hatte – sie hatte mir keinen schlechten Dienst erwiesen.

Etwas Weißes blitzte auf. Eine Taube kreiste am Himmel, kam neugierig näher, bekam Angst und flatterte davon. Ich lächelte. Ich wußte nicht mehr, wann ich zum letztenmal eine derartige Grimasse geschnitten hatte.

Über der Taube bemerkte ich einen Schatten, gefährlich, falkengleich, wachsam kreisend. Der Vogel war riesig und besaß ein rotes Federkleid, das im Licht der Sonnen blitzte, goldene Federn umgaben seinen Hals und seine Augen, die langen Beine waren schwarz, die Klauen starr ausgestreckt. Das Tier bot ein großartiges Schauspiel der Farbe und Kraft.

Ich brüllte und winkte der weißen Taube zu.

Der Vogel begann ein Stück entfernt weiter zu kreisen, und wenn er den flachköpfigen Umriß mit den ausgebreiteten Flügeln über sich bemerkt hatte, ließ er sich das nicht anmerken. Der gefährliche Falkenvogel mit den breiten Flügeln und den fingerspitzenähnlichen Verlängerungen daran, dem keilförmigen Schwanz, dem gedrungenen, muskulösen Kopf signalisierte schon durch sein Äußeres Gefahr. Es liegt in der Natur des Raubvogels, seine Beute zu töten; aber ich konnte die Taube wenigstens warnen.

Ein Stück Ried, das ich nach dem weißen Vogel warf, bewirkte nur, daß es eine anmutige Kurve in der Luft beschrieb. Der Adler oder Falke – der großartige rotgoldene Vogel war keiner irdischen Spezies zuzuordnen – tauchte herab. Er kümmerte sich nicht um die Taube, sondern hielt direkt auf mich zu. Instinktiv warf ich den linken Arm hoch, während mein rechter Arm einen Speer hochzucken ließ. Der Vogel bremste mit mächtigen, nach unten gewölbten Flügeln und einer Krümmung des gewaltigen Schwanzes ab, verharrte einen Augenblick fast reglos in der Luft, stieß einen schrillen Schrei aus und sauste dann mit ungeheuer kraftvollen Schlägen der breiten Flügel wieder in die Höhe.

In Sekundenschnelle schrumpfte er zu einem Punkt zusammen und ging dann im Hitzeflimmern unter. Ich sah mich nach der Taube um und stellte fest, daß sie ebenfalls verschwunden war.

Da überkam mich das Gefühl, daß die beiden Vögel keine gewöhnlichen Tiere gewesen waren. Die Taube hatte etwa die Größe der irdischen Tauben; doch der Raubvogel war weitaus größer gewesen als etwa ein Albatros, dessen Umriß mir auf vielen Reisen in der südlichen Hemisphäre am Himmel über unseren Segeln vertraut geworden war. Ich dachte an Sindbad und seine Zauberreise auf einem Vogel; doch dieses Tier war nicht groß genug, um einen Menschen zu tragen; dessen war ich sicher.

Ich fing mir mein Abendbrot und fand mit einiger Mühe auch ausreichend trockenes Holz. Mit Hilfe eines Riedbogens erzeugte ich durch Reibung eine

Flamme, und in kurzer Zeit saß ich bequem zurückgelehnt an meinem kleinen Lagerfeuer und aß gebratenen Fisch. Ich hasse Fische. Aber ich war hungrig und aß, und die Mahlzeit schmeckte nach zehn Jahre altem Salzfleisch aus dem Faß und muffigen Keksen geradezu köstlich.

Ich lauschte immer wieder.

Ohne zu wissen, welche gefährlichen Lebewesen sich in der Nähe herumtrieben, hielt ich es für ratsam, an Bord des Bootes zu schlafen; mein geduldiges Lauschen hatte kein fernes Donnern von Wasserfällen vernommen, die hätten meine Flußreise zu einem vorzeitigen Ende bringen können. Denn ich war inzwischen überzeugt, daß ich in einer ganz bestimmten Absicht hierhergebracht worden war. Ich hatte keine Ahnung, welche Absicht, und um ehrlich zu sein – mit meinem wohlgefüllten Magen und dem hübschen Grashaufen als Bett war mir das auch ziemlich egal.

So verschlief ich den roten und grünen und goldenen Nachmittag auf dem fremden Planeten.

Als ich erwachte, strömte noch immer das grünlichrote Licht vom Himmel, satter nun, doch die Farbwerte der Gegenstände stimmten noch. Nach einer Weile hatte ich mich an das alles beherrschende Rot des Lichtes gewöhnt und vermochte auch weiße und gelbe Färbungen auszumachen, als befände ich mich unter der altvertrauten Sonne, die mich mein bisheriges Leben begleitet hatte.

Der Fluß entfaltete sich in endlosen Windungen vor mir. Ich sah viele seltsame Wesen auf meiner unheimlichen Reise. Einmal entdeckte ich ein dünnbeiniges Tier mit einem kugelförmigen Körper und einem komischen Gesicht darauf, das wie eine Märchenfigur aussah. Es marschierte auf acht übermäßig langen und dünnen Beinen über die Wasseroberfläche dahin, die in verwirrenden Bewegungen auf und nieder fuhren. Die dünnen Membranen an den Füßen mußten fast drei Fuß breit sein, und ich schätzte, daß eine Art Ventilwirkung dafür sorgte, damit der von dem Gewicht bei jedem Schritt hervorgerufene Saugeffekt aufgehoben wurde. Das Wesen umkreiste mein Blattschiff und huschte dann davon.

Einer der Speere gab ein ausgezeichnetes Paddel ab, mit dem sich das Boot steuern ließ. Das Zählen der Tage hatte ohnehin keinen Sinn, also gab ich es schnell auf.

Zum erstenmal seit vielen anstrengenden Jahren fühlte ich mich frei und aller Lasten ledig – der Sorge, der Angst, des Ärgers, frei von all den Schrecken, mit denen ein Mann kämpfen muß, der sich durch ein sinnlos gewordenes Leben quält. Wenn ich sterben sollte – nun, der Tod war mir längst ein vertrauter Begleiter geworden. Ich fürchtete ihn nicht.

In einer Art Betäubung den Fluß hinabtreibend, die Stunden nicht zählend, gab es dennoch überraschende Momente und Gefahren, wie einmal, als eine gewaltige Wasserschlange mit ihren kurzen Vorderbeinen an Bord klettern wollte.

Der Kampf war kurz und unglaublich heftig. Das Reptil zischte mit der dünnen Zunge nach mir und ließ seine Scheunentorkiefer aufklappen. Ich blickte in die lange, schleimige Rachenhöhlung, in der mich das Wesen verschwinden lassen wollte. Ich balancierte auf dem Blatt herum, das wild auf dem Wasser tanzte und schwankte, und stieß mit meinen Speeren nach den Augen der Wasserschlange. Meine ersten verzweifelten Hiebe trafen ins Ziel, das Vieh stieß ein Kreischen aus, das sich anhörte, als ob dicke Taue durch verzogene Flaschenzüge rasten, zuckte mit der Zunge und ließ seine Beinstümpfe wirbeln. Darüber hinaus verbreitete das Wesen einen fürchterlichen Gestank – im Gegensatz zu dem reinlichen Skorpion, der mir am ersten Tag hier begegnet war.

Ich hieb und hackte um mich, und kreischend und

quiekend glitt das Ding wieder ins Wasser. Es entfernte sich und wand sich dabei wie eine Folge riesiger S-Buchstaben flach durch den Fluß.

Diese Begegnung brachte mir nur noch klarer zu Bewußtsein, welches Glück ich bisher gehabt hatte!

Als mir das erste ferne Dröhnen von Stromschnellen an die Ohren drang, war ich bereit. Links und rechts ragte das Ufer zu einer Höhe zwischen fünf und sechs Metern auf, aus schwarzen und roten Felsen bestehend, an denen sich das Wasser gischtend brach. Vor mir war die Wasserfläche vielfach durchbrochen. Ich stemmte mich gegen ein Gestell, das ich aus zurechtgestutzten Riedstangen gebaut und zwischen die Blattkanten des Bootes gestemmt hatte, deren Stärke ausreichte; den Oberkörper in eine Halterung aus weiteren Stangen gelehnt, vermochte ich mich weit hinauszulehnen und mit meinem Paddel einen guten Steuereffekt zu erzielen.

Die wirbelnde Fahrt durch die Stromschnellen machte mir Spaß. Gischt übersprühte mich. Wasser dröhnte und schäumte überall, das Boot kreiselte und wurde mit einer Paddelbewegung wieder gefangen; die schwarzen und roten Felsen huschten vorüber, und die ruckelnde, hinabtauchende, wirbelnde Fahrt ließ mich an Phaeton denken, der mit seinem Wagen die hohen Gipfel des Himalaya überfuhr.

Als das Boot das Ende der Stromschnellen erreichte und der Fluß sich wieder friedlich vor mir erstreckte, war ich fast enttäuscht. Aber es folgten noch weitere Katarakte. Wo ein kluger Mann das Boot ans Ufer gelenkt und auf dem Rücken weitergeschleppt hätte, genoß ich den Kampf gegen den Fluß; je heftiger das Wasser ringsum gegen die Felsen dröhnte, desto lauter brüllte ich meinen Trotz hinaus.

Nachdem ich nackt und ohne Hilfsmittel in diese Welt gekommen war, besaß ich keine Schnur für mein langes Haar, das mir nun durchnäßt bis zu den Schulterblättern herabhing. Ich entschloß mich, es etwas zu kürzen und niemals wieder den obligatorischen Zopf zu tragen. Einige Seeoffiziere hatten Zöpfe gehabt, die ihnen bis in die Kniekehlen hingen. Aber meistens trugen sie das Haar eingerollt und ließen es nur sonntags oder zu anderen besonderen Gelegenheiten herab. Dieses Leben lag nun hinter mir – samt dem Zopf.

Am Horizont, auf den der Strom zufloß, erhob sich langsam eine Bergkette, die von Tag zu Tag höher wurde. Ich sah Schnee auf den Gipfeln, kalt und abweisend blinkend. Das Wetter blieb warm, die Nächte angenehm, und der Himmel war voller Konstellationen, die ich nicht enträtseln konnte. Der Fluß war nun schätzungsweise drei Meilen breit. Seit einer Woche hatte es keine Stromschnellen mehr gegeben – das heißt, seit sieben Sonnenauf- und -untergängen –, doch nun drang ein beständiges Donnern an mein Ohr und nahm schnell zu, während sich auch die Strömungsgeschwindigkeit des Flusses erhöhte. Das Flußbett verengte sich zusehends; am Morgen waren die Ufer kaum noch sechs Kabellängen voneinander entfernt.

Als der Strom nur noch zwei Kabellängen breit war, paddelte ich zum nächsten Ufer hinüber, fast betäubt von dem ständigen Dröhnen, das mir entgegenscholl. Weiter vorn verschwand der Strom zwischen zwei senkrechten Felswänden, die, von schwarzen Streifen überzogen, blutrot leuchteten und eine halbe Meile hoch aufragten.

Ich zog das Boot aus dem Wasser und überlegte. Die gekrümmte Oberfläche des Flusses zeigte mir an, welche Energien dort konzentriert waren. Der Strom war hier sehr tief, das Wasser vor den Felswänden aufgestaut. Das Ufer, auf dem ich stand, war ein Felsvorsprung, über dem sich die Klippen erhoben, so daß ich ihre Oberkante nicht mehr erkennen konnte. In der Nähe wuchs ein Busch, den ich wiedererkannte, tiefgrün und mit einer Vielzahl gelber Beeren, die so groß wie Kirschen waren; ein willkommener Anblick. Ich nahm die gelben Kirschen und aß sie – sie schmeckten wie vollmundiger Portwein –, während ich meine weiteren Schritte bedachte.

Nach einer Weile nahm ich einen Speer und machte mich auf den Weg zu den Wasserfällen.

Der Anblick faszinierte mich. Indem ich mich an der äußersten Kante festklammerte, vermochte ich die majestätische Wasserfläche zu überschauen, die ins Nichts hinausschoß und dann in mächtigem Bogen hinabstürzte, tief unten auftreffend. Eine Gischtwand erstreckte sich an der Außenseite des Wasserfalls und verdeckte mir die Sicht. Unten war das Wasser wie eine riesige weiße Lilie, die sich in unendlichen Schaumkreisen ausbreitete, während sich die dröhnende Wassersäule unentwegt mitten in ihre Blüte ergoß.

Es gab keine Möglichkeit, die Felsen hinabzuklettern.

Ich überlegte. Eine unbekannte Macht hatte mich hierhergebracht – aber sicher nicht nur, damit ich hier staunend vor diesem Wasserfall stand! Gab es nicht mehr, was ich suchen mußte? Und wenn ich die Felsen nicht hinabsteigen konnte – gab es denn keine andere Möglichkeit, in die Tiefe vorzudringen. Der gewaltige Wasserfall schien mir die Worte zuzubrüllen: *»Du mußt! Du mußt!«*

3

Von den köstlichen Kirschen essend, die ich schon oft weiter oben am Fluß gefunden und genossen hatte, kehrte ich zu meinem Blattboot zurück. Es besaß dieselbe federnde Härte wie die Riedstangen nach dem Abschneiden. Doch es hatte zugleich eine Elastizität, die auf seine Blattstruktur zurückzuführen war. Es konnte sich förmlich durch die Stromschnellen winden und ducken, wie ich mehr als einmal befriedigt festgestellt hatte.

Aber konnte es den Kräften widerstehen, die nun auf das Boot einwirken würden? Konnte ich einer solchen Belastung standhalten?

Das Boot wieder flußaufwärts gegen den mächtigen Strom zu rudern, war eine unlösbare Aufgabe. Hier konnte ich nicht bleiben. Ich aß etwas von meinem Proviant, ein Tier, das ich tags zuvor mit dem Speer erlegt hatte. An beiden Ufern hatten sich riesige Herden verschiedener Tiergattungen herumgetrieben, von denen viele unseren heimischen Vieh- und Wildbeständen ähnelten. So war ich in der Lage gewesen, meinen Speisezettel zusammen mit Fisch und Gemüsen, Beeren und diesen gelben Kirschen abwechslungsreich zu gestalten.

Ich hob die flachen Steine aus dem Bootsrumpf, die ich zur besseren Stabilisierung als Ballast benutzt hatte. Als dies getan war und ich die Speere mit Riedleinen zusammenband und an den Bordwänden festmachte, wußte ich, daß ich die Entscheidung längst getroffen hatte.

Das Blattboot würde umschlagen, also band ich mich mit Leinen am Boden fest, die zehn Fuß lange Stange griffbereit. Das Boot raste auf dem Fluß dahin. Ich spürte, wie wir ins Nichts hinausschossen und einen Augenblick schwerelos in der Luft hingen.

Das Boot kippte. Die Luft wurde mir aus den Lungen getrieben. Meine Ohren begannen zu schmerzen. Mir war, als ob ich schwebte. Als wir aufprallten, mußte ich bereits das Bewußtsein verloren haben, denn als nächstes erinnere ich mich daran, daß das Boot kieloben im Kreis schwamm, ruckelnd und dümpelnd, und daß ich an meinen Riedfesseln über der schäumend grünen Wasseroberfläche hing. Jeder Atemzug tat mir weh, und ich fragte mich, wie viele

Rippen ich mir wohl gebrochen hatte. Aber ich mußte aus dem Strudel heraus. Ich hatte nicht einmal Zeit, dankbar zu sein, daß ich noch lebte.

Es gelang mir, mich mit einer Speerklinge loszuschneiden. Das Boot aufzurichten dauerte etwas länger; doch meine breiten Schultern schafften es, und ich kletterte schließlich hinein, griff nach einem Speerpaddel und brachte mich mit einigen kräftigen Stößen aus der gefährlichen Nähe der herabstürzenden Wassersäule. Kurz darauf schwamm ich wieder in der Strömung dahin.

Ich atmete tief ein. Die Schmerzen waren nicht schlimm; also hatte ich nur Prellungen davongetragen.

Nur ein Narr oder ein Wahnsinniger – oder ein Mann, den die Götter liebten – hätten gewagt, was ich getan hatte. Ich blickte an der mächtigen Wasserwand empor, betrachtete den gewaltigen glatten Bogen und den schäumenden Kessel, wo das Wasser toste und sich in gischtender Wut aufbäumte, und ich wußte, daß ich – Glück oder nicht, verrückt oder nicht, Geliebter der Götter oder Opfer des Skorpions – etwas überstanden hatte, das wenige Menschen überlebt hätten.

Nun sah ich, was sich auf der anderen Seite der Berge befand.

Sie nahmen als gewaltige Kette den ganzen Horizont ein. Doch direkt in meiner Richtung versperrte etwas die Sicht, was ich auch jetzt nicht hinreichend zu beschreiben vermag: den atemberaubenden Anblick Aphrasöes, der Stadt der Savanti.

Die Mauer der Berge bildete einen Krater, wie wir sie von unserem irdischen Mond kennen, und genau in der Mitte erweiterte sich der Fluß zu einem großen See. Aus der Mitte dieses Sees stiegen riesige Riedgewächse auf. Doch ihr Eindruck entzieht sich jeder Beschreibung. Sie waren verschieden dick – von jungen Exemplaren, die etwa einen Meter durchmaßen, bis zu ausgewachsenen Stämmen, die sechs Meter dick sein mochten; und da und dort wiesen die Stämme in unregelmäßigen Abständen birnenförmige Auswüchse auf, wie an Schnüren aufgereihte chinesische Laternen. Unvorstellbar hoch stiegen diese Riedgewächse auf, und erinnerten mich an Seetang, der unter Wasser phantastische Formationen bilden kann.

Von den anmutig geschwungenen Spitzen der Riedgewächse sanken lange Bänder herab, und ich sollte bald begreifen, wie diese Vielfalt von Fasern genutzt wurde.

Ich habe lange gelebt und kenne die großartigen Stahl- und Betontürme New Yorks, ich bin auf dem Eiffelturm gewesen, ich habe die Felsenklöster Tibets besucht; aber an keinem anderen Ort, auf keiner anderen Welt habe ich eine Stadt gesehen, die sich mit Aphrasöe vergleichen ließe.

Die Luft war von einem Dufthauch erfüllt, als das Boot mich über den Fluß trug.

Von Steuerbord schlängelte sich ein zweiter Fluß über die Ebene heran, zwängte sich durch die Kratermauer und mündete etwa drei Meilen von der Stadt entfernt in den Fluß und den See. Der eigentliche See mochte einen Durchmesser von fünf Meilen haben, und die Höhe der Pflanzentürme … ja, damals saß ich nur da und starrte mit offenem Mund nach oben.

Wie konnte man diese herrlichen Pflanzenriesen Riedgewächse nennen? Von den zahlreichen Bändern, die von ihren Spitzen herabhingen, vorbei an den Auswölbungen der Stämme, von denen viele so groß waren wie indianische Bungalows, viele auch so groß wie ein Einfamilienhaus, bis hinab zur Masse der Stämme, die im Wasser verschwanden, waren sie etwas Eigenständiges, Unabhängiges, Besonderes, sie wahrten eine eigene Wesensart, trotz all der Dinge, die ringsum vorgingen. Je näher ich herankam, desto größer wurden sie. Schon mußte ich den Kopf in den

Nacken legen und konnte wegen des Gewirrs herabhängender Wedel die Spitzen nicht mehr erkennen. Die Bänder waren ständig in Bewegung und schwangen in jede Richtung. Ich wunderte mich darüber.

Ein Boot näherte sich gegen die Strömung.

Nackt wie ich war, konnte ich nur mein nasses Haar aus der Stirn wischen, mir einen Speer zurechtlegen und abwarten.

Fachmännisch und kritisch musterte ich das näherkommende Wasserfahrzeug. Es handelte sich um eine Galeere. Lange Ruder mit silbrigen Blättern stiegen in sicherem Rhythmus auf und nieder, tauchten perfekt synchron ein – mit jenem kurzen, kräftigen Schlag, wie er bei der Marine üblich ist. Eine solche Rudermethode war zweckmäßig auf Gewässern, wo es Wellen gab; in diesem See wäre ein stärkerer Schlag möglich gewesen. Ich vermutete, daß die Rudereinrichtung – um es binnenländisch auszudrücken – ein langes Ausholen und Rückfahren der Ruder verhinderte.

Der hochgeschwungene Bug war schön geformt und mit allerlei Silber- und Goldverzierungen versehen. Die Galeere hatte keine Masten. Ich wartete stumm. Bald hörte ich über dem Geräusch der Ruder und über dem Gurgeln der Bugwelle laute Kommandos; die Steuerbordbank schlug rückwärts an, das Backbord zog weiter vorwärts, und die Galeere schwang elegant herum. Einem weiteren Befehl folgte das gleichzeitige Anheben der Ruder – wie oft hatte ich ein ähnliches Kommando gegeben! – und die Galeere trieb quer in der Strömung.

Aus diesem Blickwinkel ließ sich das Schiff gut überschauen – lang und flach, bis zum Bug und einem hohen von einer Plane geschützten Achterdeck und Poopdeck von Menschen bevölkert. Einige winkten. Ich sah weiße Arme und farbenfrohe Kleider. Sogar Musik erschallte, wurde von der Brise bruchstückhaft herübergeweht.

Hätte ich fliehen wollen – mir wäre kein Ausweg geblieben.

Als ich weiter dahintrieb, senkte sich ein einzelnes Ruder ins Wasser. Mein Boot kam längsseits. Meinen Speer packend, sprang ich auf das Ruderblatt hinüber und lief leichtfüßig den Baum hinauf auf das Schandeck zu. Ich sprang über die Reling und landete auf dem Achterdeck. Die Plane über uns raschelte im Wind. Das Deck war weiß wie auf den Schiffen seiner Majestät. Ein Mann in einer weißen Tunika und Segeltuchhosen kam mit ausgestreckten Armen und freudigem Lächeln auf mich zu.

»Dray Prescot! Wir freuen uns, dich in Aphrasöe willkommen zu heißen.«

Sprachlos vor Staunen ließ ich mir von ihm die Hand schütteln.

Über dem Achterdeck erhob sich die Poop in schmuckvoller verzierter Pracht. Dort oben standen bestimmt die Rudergänger. Ich drehte mich um und blickte nach vorn. Dort sah ich zahlreiche Reihen bronzefarbener Gesichter, die mich ansahen, anlächelten oder zu mir herauflachten. Kräftige Arme griffen nach den Rudern, Muskeln wölbten sich, als ein Mädchen – ein Mädchen! – nickte und leicht auf ein Tamburin zu schlagen begann. Im Rhythmus ihrer sanften Schläge tauchten die Ruder ins Wasser, und die Galeere fuhr los.

»Du bist überrascht, Dray? Aber natürlich. Ich muß mich vorstellen – ich bin Maspero.« Er machte eine abfällige Geste. »Wir haben in Aphrasöe nicht viel für Titel übrig; aber ich werde oft auch Lehrer genannt. Du bist natürlich durstig und hungrig? Wie rücksichtslos von mir – bitte gestatte mir, daß ich dir Erfrischungen anbiete. Wenn du mir folgen würdest ...«

Er führte mich zur Heckkabine, und ich folgte ihm wie betäubt.

Das Mädchen mit dem maisfarbenen Haar und dem

lachenden Gesicht, mit dem Tamburin den Rudertakt schlagend – sie hatte nicht die geringste Notiz von meiner Nacktheit genommen. Ich folgte Maspero, und wieder hatte ich das Gefühl, daß sich hier ein längst vorherbestimmtes Geschick erfüllte. Er hatte meinen Namen gekannt! Er sprach Englisch! War ich vielleicht doch in der Gewalt eines Fiebertraums und hing womöglich noch an meinem Pfahl im afrikanischen Dschungel, dem Tode nahe!

Die Abschürfungen an meinen Handgelenken waren völlig verheilt. Nichts verband mich mehr mit der Wirklichkeit.

Ein letzter Blick über die Schulter zeigte mir, daß unser Bug nun auf die Stadt deutete. Wir fuhren mit gleichmäßiger Bewegung, ungewohnt für einen Seemann, der an das Rollen einer Fregatte auf gewaltigen Ozeanwellen gewöhnt ist. Eine weiße Taube flog vom hellen Himmel herab, umkreiste die Galeere und setzte sich auf das hochgereckte Bugspriet. Ich starrte auf die Taube, und mir fiel auf, daß sie seit unserer ersten Begegnung oft in mein Blickfeld geraten war, während sich der herrliche rotgoldene Raubvogel nicht mehr hatte sehen lassen. Die Menschen, die ich vom Boot aus gesehen hatte, standen lachend und plaudernd an Deck, und ihre Kleidung leuchtete hell im Sonnenschein; sie wirkten fröhlich wie Jahrmarktbesucher.

Der Mann, der sich Maspero nannte, nickte lächelnd. »Wir versuchen stets die Sitten und das Verhalten der Kulturen zu respektieren, die nach Aphrasöe eingeladen werden. In Ihrem Fall wissen wir, daß Nacktheit verlegen machen kann.«

»Ich bin daran gewöhnt«, sagte ich. Doch ich akzeptierte das einfache weiße Hemd und die Leinenhosen, die er mir reichte – aber als sich meine Finger über dem Material schlossen, wußte ich, daß ich so etwas noch nicht in Händen gehalten hatte. Es war keine Baumwolle und auch kein Leinen. Nachdem nun auch die Erdbewohner den Gebrauch künstlicher Fasern für die Kleidung entdeckt haben, sind solche oder ähnliche Dinge in jedem Kaufhaus zu finden. Doch damals war ich ein schlichter Seemann, der an schwere Kammgarnstoffe und rauhe Baumwolle gewöhnt war, und die einfachsten wissenschaftlichen Wunder konnten mich verblüffen. Maspero trug hellgelbe Satinslipper. Ich dagegen war die meiste Zeit meines Lebens barfuß gegangen – jedenfalls bis zu der Zeit, als ich auf das Achterdeck kam. Aber auch da waren meine eckigen Schuhe nur von einfachen Stahlschnallen verziert gewesen, denn ich konnte mir nicht einmal Tomback leisten. Natürlich kaufte ich mir Goldschnallen, wenn wir eine wirklich große wertvolle Prise einbrachten, aber die mußte ich regelmäßig versetzen, bevor sie meine Schuhe zieren konnten.

Wir schritten durch die Heckkabine mit ihrer schlichten, geschmackvollen Einrichtung, die aus einem leichten Holz bestand, das dem Sandelholz nicht unähnlich war, und Maspero bedeutete mir, auf einem Sessel unter dem Heckfenster Platz zu nehmen.

Nun vermochte ich ihn mir näher anzusehen. Der erste und vordringliche Eindruck war der einer großen Lebhaftigkeit, von Vitalität und Lebensfreude, von Wachsamkeit und einem seltsamen Gefühl der Erfüllung, das seine Worte und Taten begleitete. Er hatte dunkles, lockiges Haar und war glattrasiert. Mein dichtes braunes Haar war ziemlich zerzaust; doch mein Bart war wohl nicht zu unansehnlich, wie ich mir einzubilden wage. Später, als er allgemein Mode wurde, trug dieser Bartstil den Namen Torpedo.

Ein junges Mädchen in einem bezaubernden, wenn auch unzüchtig kurzem blattgrünen Kleidungsstück brachte mir etwas zu essen. Frisches Brot in langen Laiben, wie es die Franzosen backen, und eine Silberschale voller Früchte, zu denen, wie ich zu meiner Freude sah, auch die gelben Portweinkirschen gehörten. Ich nahm eine und kaute sie befriedigt.

Maspero lächelte, und die Haut um seine Augen legte sich in Falten. »Du findest unsere kregischen Palines wohlschmeckend? Sie wachsen überall wild auf Kregen, wo das Klima paßt.« Er sah mich fragend an. »Du bist erstaunlich gut in Form.«

Ich nahm noch eine dieser Palinen und schob sie in den Mund. Was er mit dem letzten Satz seiner Rede gemeint hatte, verstand ich nicht.

»Du mußt verstehen, Dray, wir haben dir einiges zu erzählen, und du mußt noch viel lernen. Doch indem du Aphrasöe erreicht hast, ist für dich die erste Prüfung bestanden.«

»Prüfung?«

»Ja, natürlich.«

Ich hätte nun wütend werden können. Ich hätte mich hitzig darüber äußern können, daß ich leichtfertig in große Gefahr gebracht worden war. Mit welchem Recht verfügten sie überhaupt über mich. Doch ein Punkt sprach zu Masperos Gunsten. »Als ihr mich hierherbrachtet«, sagte ich, »wußtest du da, was ich tat, wo ich war, was aus mir geworden ist?«

Er schüttelte den Kopf, und ich wollte schon meiner Wut freien Lauf lassen.

»Aber wir haben dich nicht hergebracht, Dray. Du hast die Reise nur durch eigene freie Willensentscheidung durchführen können. Nachdem das geschehen war, war die Fahrt über den Fluß allerdings eine sehr reale Prüfung. Wie ich schon sagte, ich bin überrascht, daß du so gut aussiehst.«

»Die Reise den Fluß herab hat mir Spaß gemacht«, sagte ich.

Seine Augenbrauen fuhren in die Höhe. »Aber die Ungeheuer ...«

»Der Skorpion – war wohl ein Haustier von dir? –

hat mich mächtig erschreckt. Aber ich bezweifle, daß er wirklich war.«

»O doch!«

»Dann soll mich doch …!« entfuhr es mir. »Wenn ich nun getötet worden wäre!«

Maspero lachte. Trotz der schönen Umgebung, trotz des Weinkrugs und des Essens ballten sich unwillkürlich meine Fäuste. »Hätte die geringste Chance bestanden, daß du stirbst, wärst du nicht auf dem Fluß abgesetzt worden, Dray. Der Aph ist keine Kleinigkeit.«

Ich erzählte Maspero von meiner Lage in dem Augenblick, da mich das rote Auge des Antares im afrikanischen Dschungel angeblickt hatte, und er nickte mitfühlend. Und dann begann er mit meiner Ausbildung und sagte mir vieles über diesen Planeten, der Kregen heißt.

Kregen. Wie dieser Name mein Blut in Wallung bringt! Wie oft habe ich mir gewünscht, auf jene Welt unter der roten und der smaragdgrünen Sonne zurückzukehren!

Aus einem eingelegten Wandschrank nahm Maspero einen mit Gravierungen bedeckten Kasten und aus diesem Behälter eine durchsichtige Röhre. Darin ruhte eine Anzahl runder Pillen. Ich hatte nie viel Zeit für Ärzte gehabt; ich hatte auf dem Ruderstand zuviel von ihrer Ungeschicklichkeit mitbekommen und weigerte mich nachdrücklich, mir jemals Blut abzapfen oder Blutegel ansetzen zu lassen.

»Wir Bewohner Aphrasöes sind die Savanti, Dray. Wir sind ein altes Volk und schätzen jene Dinge, die wir als die höchste Weisheit und Wahrheit ansehen und die wir mit Freundlichkeit und Verständnis fördern. Aber wir wissen, daß wir nicht unfehlbar sind. Vielleicht bist du nicht der richtige Mann für uns. Es gibt viele Fremde, die zu uns wollen; viele sind aufgerufen, aber nur wenige sind auserwählt.«

Er hob die durchsichtige Röhre. »Auf dieser Welt

gibt es viele unterschiedliche Sprachen, unvermeidlich auf einem Planeten mit Wachstum und Fortschritt. Aber es gibt eine Sprache, die jeder versteht, und die mußt du können.« Er hielt mir die Röhre hin. »Öffne den Mund.«

Ich gehorchte. Fragen Sie mich nicht, was ich in diesem Augenblick dachte, oder ob mir nicht der Gedanke an eine Giftkapsel kam. Ich war hierhergebracht worden, aus freien Stücken – vielleicht –, aber all die Mühen, die man sich gemacht hatte, wurden doch sicher nicht schon jetzt verworfen. Oder – doch? Hatte ich etwa schon versagt angesichts der unbekannten Pläne, die man mit mir hatte? Ich schluckte die Tablette, die Maspero mir gab.

»Also Dray, wenn sich die Tablette und ihre genetischen Bestandteile in deinem Hirn aufgelöst haben, wirst du die Hauptsprache Kregens beherrschen – die Schriftsprache ebenso wie das gesprochene Wort. Diese Sprache ist das Kregische – natürlich kommt dafür kein anderer Name in Frage.«

Für mich, einen einfachen Seemann des späten achtzehnten Jahrhunderts, war das schlichtweg Zauberei. Damals wußte ich nichts vom genetischen Kode, von der DNS und den anderen Nukleinsäuren, die, mit Informationen versehen, durch das Gehirn absorbiert werden können. Ich schluckte die Tablette und nahm die Wunder hin, die da auf mich warten mochten.

Was die Sprachenvielfalt Kregens anging, so kam mir das ganz natürlich vor, und jeder andere Gedanke wäre töricht gewesen. Wir auf der Erde hatten fast eine gemeinsame Sprache, die von der äußersten Westküste Irlands bis zu den Ostgrenzen gegen die Türken verstanden und gesprochen wurde. Auch das Lateinische war eine solche Sprache; die aber mit dem Aufstieg des Nationalismus und der Landessprachen weitgehend verschwunden war.

Es gab einen leichten Ruck, und Maspero sprang auf. »Wir haben angelegt!« rief er lebhaft. »Jetzt mußt du Aphrasöe kennenlernen, die Stadt der Savanti!«

4

Aphrasöe war das Paradies.

Mir fällt kein anderes Wort ein, diese Stadt zu beschreiben. Sehr oft habe ich mich damals gefragt, ob ich nicht in Wirklichkeit tot wäre und mich im Himmel befände. So viele Eindrücke, so viele herrliche Erkenntnisse, soviel Schönheit. Flußabwärts lieferten viele Morgen Gärten und Obstplantagen, Milchfarmen und offene Weiden Nahrungsmittel im Überfluß. Überall glühten Farben und Licht, und doch gab es viele kühle Orte, wo man sich erholen und ausruhen oder meditieren konnte. Die Einwohner Aphrasöes waren durchweg freundlich und rücksichtsvoll, gut gelaunt, sanft und mitfühlend – voller edler Gefühle, von denen auf unserer alten Erde soviel gesprochen wird und die im täglichen Leben so beharrlich ignoriert werden.

Natürlich suchte ich nach dem Haar in der Suppe, sozusagen, nach dem düsteren Geheimnis dieses Volkes, das sie als Täuscher, als eine Stadt der Heuchler entlarvt hätte. Ich suchte nach Zwängen, die ich mutmaßte und doch niemals fand. In aller Offenheit – wenn je das Paradies unter Sterblichen existiert hat, dann in der Stadt der Savanti, in Aphrasöe, auf dem Planeten Kregen unter der roten und der grünen Sonne Antares.

Von all den Wundern, die sich mir jeden Tag erschlossen, war der Eintritt in die Stadt am ersten Tag eines der größten.

Maspero und ich verließen die Galeere und traten auf ein Granitdock, das mit Blumen geschmückt worden war. Viele Menschen drängten sich hier lachend und plaudernd, und als wir auf einen großen runden Torbogen zugingen, riefen sie fröhlich: »Lahal, Maspero! Lahal, Dray Prescot!«

Und ich wußte, was »Lahal« bedeutete – es war ein Wort der Begrüßung, der Kameradschaft. Und als sich die Sprachtablette auflöste und ihre genetischen Bestandteile sich in meinem Gehirn festsetzten, erkannte ich, daß »Lahal« auch ein Wort der Begrüßung zwischen Fremden war, eine formellere Anrede.

Ich lockerte meine Lippen, die den abweisenden Zug gewohnheitsmäßiger Strenge tragen, zu einem Lächeln, hob den Arm und erwiderte die Begrüßung. »Lahal«, sagte ich und folgte Maspero.

Der Durchgang führte uns in das Innere eines gewaltigen Stamms. Da ich die Erde immerhin im Jahr der Schlacht von Trafalgar verlassen hatte, war ich nicht darauf vorbereitet, daß der Raum, in dem ich mich befand, plötzlich in die Höhe stieg, meine Beine gegen den Boden gepreßt wurden und mir die Knie einknickten.

Maspero lachte leise.

»Du mußt ein paarmal schlucken, Dray.«

Meine Ohren machten die üblichen Sperenzien, als die Eustachischen Röhren durchgepustet wurden. Es ist natürlich überflüssig, Fahrstühle und Rolltreppen zu beschreiben, außer daß sie für mich zu den Wundern der Stadt gehörten. Während meines Aufenthalts in Aphrasöe suchte ich unwillkürlich – und mit fortschreitender Zeit gegen meinen Willen – nach dem sprichwörtlichen Haar in der Suppe, nach der Wahrheit hinter der Fassade, nach dem Haken – nach all dem, was ich vermutete und was ich zu finden fürchtete. Damals wußte ich schon, daß es Zwangsmethoden gab, hatte ich doch selbst schon danach gehandelt. Die Rekrutierkommandos, die ihre menschliche Fracht auf den Schiffen abluden; elend, seekrank, ängstlich, trotzig. Die neunschwänzige Katze und Billy Pitts Quotenmänner zähmten sie. Disziplin wurde allseits verstanden, eine nackte Lebenstatsache, unter den gegebenen Umständen ein notwendiges Übel. Auch hier vermutete ich Kräfte, die hinter diesen ehrlichen Menschen im dunkeln wirkten.

Später habe ich viele Systeme der Kontrolle erlebt und studiert. Auf Kregen lernte ich Disziplin und Ordnungsmethoden kennen, die alle berüchtigten Gehirnwäschemethoden der politischen Imperien der Erde daneben wie Ermahnungen einer grauhaarigen Mädchenschuldirektorin erscheinen lassen.

Wenn es Gehirnwäschen oder andere Zwangsmethoden in Aphrasöe gab, so war ich mir solcher geheimen Kontrollen damals wie heute nicht bewußt – und mein Wissen hat sich seither erheblich vertieft.

Als der Fahrstuhl hielt und die Türen von allein aufgingen, fuhr ich zusammen. Ich hatte keine Ahnung von Selenzellen und Solenoiden und von ihrer Anwendung bei selbsttätigen Türen. Es mag in diesem Zusammenhang drollig klingen, daß zu meinem damaligen Wissen bereits einige ›moderne‹ Aspekte gehörten; so wußte ich, daß es einen Stoff gab – ob nun fest, flüssig oder was sonst, wußte niemand –, der *vis electrica* genannt wurde, von dem englischen Physiker Gilbert so bezeichnet, abgeleitet von dem griechischen Wort für Bernstein – Elektron. Ebenso wußte ich von Hauksbees Versuchen mit Funken. Ich hatte auch von Volta und Galvani gehört, und ihre Forschungen hatten mich gefesselt – und dann brachte mich die Vorstellung, daß man einen Froschschenkel zum Zucken bringen könnte, sofort auf die Fabel mit dem Frosch, die mir im Blattboot eingefallen war, als der große Skorpion mich anstarrte und dabei seine Augen auf und nieder fahren ließ wie die Fahrstühle in den Baumstämmen.

Ich trat in frische, würzige Luft hinaus. Ringsum erstreckte sich die Stadt. Die Stadt! Ein Anblick, den kein Mensch in sich aufnehmen und wieder vergessen konnte. Aus dieser Höhe zeigte der See eine fast runde Form, nur durch die vielen riesigen Stämme unterbrochen – unwillkürlich nannte ich sie Stämme, aber sie gehörten bestimmt einer älteren Pflanzengattung an als Bäume. Von ihren Spitzen hingen die Bündel der Fäden und Bänder hinab. Ich muß zugeben, daß mir bei diesem Anblick ein schändlicher Gedanke kam, denn die herabhängenden Streifen erinnerten entfernt an die neunschwänzige Katze, wie sie in der Faust des Bootsmannsmaats angehoben wird, um einen Matrosen auszupeitschen.

Im Geländer vor uns führte ein Durchgang ins Nichts. Maspero näherte sich zuversichtlich der Öffnung. Er berührte einen farbigen Knopf an einer Kontrollanlage auf einem kleinen Tisch, über der zu lesen stand: *Schneise Süd Zehn*. Eine Plattform mit einem umschließenden Geländer, die vier Passagiere aufnehmen konnte, segelte durch die Luft auf uns zu und hakte sich an der Öffnung der Plattform fest, auf der wir standen. Sie war zu uns heraufgeschwungen. Ich bemerkte ein Seil, das von einer Halterung in der Mitte der Luftplattform nach oben führte – und erriet sofort, daß das Seil in Wirklichkeit eine Faser der großen Pflanze war. Maspero forderte mich mit höflicher Handbewegung auf, an Bord zu gehen. Ich trat vor und spürte das Nachgeben, als das Seil mein Gewicht trug. Maspero sprang hinter mir auf, löste den Koppelmechanismus, und sofort schwangen wir in einem weiten Bogen abwärts und beschleunigten dabei erheblich, wie ein Kind beim Abwärtsschwung auf seiner Schaukel.

Wir schwangen durch die Luft, und das Seil bog sich im Winddruck über uns, flog zwischen den Stämmen und ihren gewölbten Häusern dahin, und während wir noch unterwegs waren, sah ich, daß viele andere

Leute in allen möglichen Richtungen an uns vorbeipendelten. Maspero hatte sich gesetzt, damit sich sein Kopf hinter dem durchsichtigen Windschutz befand und er mit mir sprechen konnte. Ich aber blieb stehen, ließ mir den Wind um die Ohren wehen, so daß mein Haar wie eine Mähne flatterte.

Er erklärte mir, daß ein zentrales Steuersystem ein Verheddern der Bänder verhinderte; es war kompliziert, aber sie hätten Maschinen, die das schafften. Rechenmaschinen waren mir als Segelschiffoffizier natürlich unbekannt. Das Erlebnis auf dieser Plattform, der wilde Sturzflug durch die Luft, gehört zu den großen befreienden Momenten meines Lebens. Im Perigäum sausten wir dicht über der Wasseroberfläche dahin und stiegen dann zu einer anderen Plattform auf, wo wir wechselten. Diesmal mußte Maspero das durchsichtige Windruder verändern, das sich am Seil über unseren Köpfen befand und wie ein senkrecht stehender Vogelschwanz aussah. Er berichtigte unseren Kurs, so daß wir knapp an einer anderen fliegenden Plattform vorbeihuschten. Ich hörte das entzückte Kreischen eines Mädchens.

»Was für Streiche!« sagte Maspero seufzend. »Sie hat ganz genau gewußt, daß ich ihr ausweichen würde, das Luder!«

»Ist das nicht gefährlich?« lautete meine törichte Frage.

Wir sausten an unserem Band abwärts, schwangen in weitem Bogen auf den See zu und dann hinauf und immer höher hinauf, bis wir wieder an einer Plattform festmachten, die sich um einen Stamm zog. Hier stiegen eben andere Leute um und ließen sich fröhlich wie Kinder in die Tiefe schwingen. Auf diese Weise legten wir eine Entfernung von etwa einer Meile zurück. Die Schwünge fanden nur in bestimmten Richtungen statt, wodurch Zusammenstöße im rechten Winkel unmöglich waren. Ich hätte den ganzen Tag so weitermachen können. Schwinger wurden die fliegenden Plattformen genannt, und Aphrasöe hieß deshalb auch die Schwingende Stadt.

Auf einer hohen, geschützten Plattform wartete eine Gruppe auf unseren Schwinger, und nach dem Gruß »Lahal, Maspero« und einigen höflichen Worten zu mir sagte einer der Männer: »Drei Graints sind gestern über Lotis Paß gekommen. Kommst du mit auf die Jagd?«

»Leider nein. Ich habe etwas vor. Aber bald ... bald ...« Die Gruppe betrat den Schwinger, und dann hörte ich zum erstenmal jene Abschiedsworte, die mir soviel bedeuten sollten: »Fröhliches Schwingen, Maspero«, rief sein Freund.

»Fröhliches Schwingen«, erwiderte Maspero lächelnd und winkte.

Fröhliches Schwingen. Wie zutreffend diese Worte die Lebensfreude ausdrückten, die in der Schwingenden Stadt herrscht!

Von den Leuten, die von Plattform zu Plattform schwangen, saßen viele jüngere auf schlichten Stangen, hielten in der einen Hand den Griff ihres Windruders und winkten mit der anderen den Entgegenkommenden zu. Das sah alles so herrlich frei aus, so vereint mit Luft und Wind, daß ich den Wunsch verspürte, es auch einmal zu versuchen.

»Wir müssen manchmal das Durcheinander auseinanderklauben, das die Jungen anrichten«, sagte Maspero. »Aber obwohl wir nur langsam altern, werden wir immerhin älter. Wir sind nicht unsterblich.«

Als wir unser Ziel erreichten, führte mich Maspero in sein Haus, das sich in einer riesigen runden Ausbuchtung befand. Wir mußten uns fünfhundert Fuß über dem See befinden. In der Mitte verlief der Stamm mit dem Fahrstuhl, und ringsum zog sich ein Ring aus Zimmern mit breiten Fenstern, von denen aus man die Stadt und die Pflanzen und den See erkennen konnte, schimmernde Fragmente zwischen den Stämmen und Schwingbändern.

Die Wohnung war sehr geschmackvoll und luxuriös eingerichtet. Einem Mann, dessen Vorstellungen von Komfort mit dem Umzug vom Unterdeck in die Offiziersmesse identisch waren, raubte das natürlich den Atem. Maspero bewirtete mich sehr zuvorkommend. Ich mußte noch viel lernen. In den folgenden Tagen erfuhr ich so manches über Kregen und begann etwas von der Mission zu ahnen, die die Savanti planten. Ganz einfach ausgedrückt – so daß auch ich es verstehen konnte –, hatten sie die Aufgabe übernommen, diese Welt zu zivilisieren, aber dabei durfte kein Zwang ausgeübt werden, das Ziel sollte durch Ratschläge und gute Beispiele erreicht werden. Aber es gab nur wenige ihrer Art. Soweit ich mitbekam, nahmen die Savanti zur Verstärkung Rekruten von anderen Welten auf, und ich war so ein Kandidat. Ich wünschte mir keine andere Zukunft.

Die Savanti fühlten sich vor allem verpflichtet, der ganzen Menschheit zu helfen – und das tun sie immer noch –, aber sie brauchten Hilfe, um diese selbstgestellte Aufgabe zu bewältigen. Nur gewisse Menschen waren dazu in der Lage, und man hoffte, daß ich dazu gehörte. Es ist mir seltsam schmerzlich, im einzelnen all die wunderbaren Ereignisse meines Lebens in Aphrasöe zu schildern, in der Schwingenden Stadt, der Stadt der Savanti. Ich lernte viele reizende Menschen kennen und wurde in ihr Leben und in ihre Kultur aufgenommen. Auf Ausflügen lernte ich ihre abgeschlossene kleine Welt inmitten des Riesenkraters kennen. Hier formten sie das Instrument, das der ganzen übrigen Welt ein ähnliches Maß an Glück und Bequemlichkeit schenken sollte.

Ich besichtigte ihre Papiermühlen und sah zu, wie die Masse allmählich in den surrenden und wirbelnden Maschinen zu glattem, samtenem Papier wurde, zu herrlichen Bögen, die geeignet schienen, die schönsten Worte der kregischen Sprache aufzunehmen. Doch ein Geheimnis steckte in der Papierherstellung. Ich erfuhr, daß die Savanti zu gewissen Zeiten im Jahr Karawanen mit Papier losschickten, die sich überall auf Kregen Ziele suchten. Aber das Papier war leer, jungfräulich; es wartete darauf, beschrieben zu werden. Ich spürte ein Geheimnis dahinter, vermochte es jedoch nicht zu ergründen.

Nach kurzer Zeit sagte man mir, ich solle mich auf die Taufe vorbereiten. Ich benutze hier unser Wort als die nächste Entsprechung der kregischen Bezeichnung, ohne blasphemischen Hintergedanken. In aller Frühe machten wir uns auf den Weg, Maspero, vier andere Lehrer, die ich kannte und mochte, und ihre vier Kandidaten. Wir nahmen eine Galeere, die stromaufwärts fuhr, nicht auf dem Aph, sondern dem Zelph. Die Ruderer lachten und scherzten, während ihre muskulösen Arme vor- und zurückfuhren. Ich hatte mit Maspero über die Sklaverei gesprochen und in ihm den gleichen unstillbaren Haß auf diese unwürdige Einrichtung gefunden, wie er auch in mir brannte. Unter den Ruderern erkannte ich den Mann, der Maspero gefragt hatte, ob er auf Graintjagd gehen würde. Ich selbst hatte auch schon Dienst an den Rudern getan und dabei gespürt, wie meine Rückenmuskeln die vertraute Arbeit willkommen hießen. Die Sklaverei war eine der Einrichtungen auf Kregen, die die Savanti unbedingt abschaffen mußten, wenn sie ihre Mission erfüllen wollten.

Wir fuhren den Zelph aufwärts, solange es der Tiefgang der Galeere erlaubte, und stiegen dann in ein Langboot um, das abwechselnd von uns allen gerudert wurde. Ich hatte bisher keine alten Männer oder Frauen auf Kregen gesehen, auch keine Kranken oder Krüppel, und alle halfen fröhlich auch bei den geringsten Arbeiten. Die Galeere kehrte um, die Mädchen an den Rudern winkten, bis wir zwischen den zerklüfteten grauen Felswänden nicht mehr zu sehen waren. Das Wasser rauschte an uns vorüber. Es hatte eine tiefblaue Farbe, ganz im Gegensatz zur Färbung des Aphs. Wir zehn ruderten gegen die Strömung.

Dann erreichten wir Stromschnellen, trugen das Boot am Ufer daran vorbei und ruderten schließlich weiter. Maspero und die anderen Lehrer besaßen Geräte, die große Macht hatten. Ein riesiges spinnenähnliches Wesen sprang von einem Felsen und wollte uns den Weg versperren. Ich stierte darauf – Maspero hob ruhig seine Waffe; ein silbriges Licht strömte aus der Mündung – ein Licht, das das Ungeheuer lähmte, bis wir vorbei waren. Es schnappte träge mit den Fängen, die großen Augen waren leer und feindselig, doch es konnte die Beine nicht bewegen. Ich glaube nicht, daß die Wissenschaft der Erde selbst heute einen so friedlichen Sieg über brutale Gewalt bewirken könnte.

Einer der Kandidaten war ein Mädchen, mit klaren Zügen, langem dunklen Haar, nicht reizlos, doch auch keine Schönheit. Wir ruderten weiter und überstanden viele entsetzliche Gefahren, die durch das silbrige Feuer unserer Lehrer bezwungen wurden.

Endlich erreichten wir ein natürliches Amphitheater aus Felsgestein, wo der Fluß in einem Wasserfall herabstürzte. In ihm befand sich eine Höhle – der erste unterirdische Ort, den ich auf Kregen aufsuchte. Das Licht strömte mit seinem gewohnten hellrosa Schimmer herein; doch es ließ allmählich nach, und der rosa Schimmer wurde langsam durch eine allgegenwärtige Blautönung abgelöst – ein Blau, das mich lebhaft an das blaue Feuer um das Abbild des Skorpions erinnerte, als ich im afrikanischen Dschungel zum Himmel gestarrt hatte.

Wir versammelten uns am Ufer eines Teiches im Felsboden der Höhle. Das Wasser bewegte sich sanft, wie heiß werdende Milch, und Dampfschwaden begannen aufzusteigen. Die feierliche Atmosphäre des Moments beeindruckte mich. Eine Treppe führte in den Teich hinab. Maspero führte mich beiseite und ließ höflich die anderen vor.

Diese zogen sich einer nach dem anderen aus. Dann, mit hochgereckten Gesichtern und festem Schritt, gingen wir alle die Stufen hinab ins Wasser. Ich spürte, wie die Wärme mich einhüllte, gefolgt von einem prickelnden Gefühl, als küsse mich ein warmer Mund am ganzen Körper, eine Empfindung, als durchstieße eine Milliarde winziger Nadeln meine Haut, ein Gefühl, das in die innersten Fibern meines Ich vordrang, wo ich *Ich* war, einzigartig und allein. Ich ging die Felsstufen hinab, bis mein Kopf unter die Wasseroberfläche sank.

Ein gewaltiger Körper bewegte sich in der trüben Flüssigkeit vor mir.

Als ich den Atem nicht länger anhalten konnte, stieg ich wieder nach oben. Ich bin ein guter Schwimmer – jemand hat einmal behauptet, ich müsse der Sohn einer Meerjungfrau sein, und als der Kerl, der das behauptet hatte, mit blauem Auge wieder hochkam und sich entschuldigte, denn ich dulde keine Bemerkungen über meinen Vater und meine Mutter, mußte ich einräumen, daß er es sicher nicht böse gemeint hatte, doch in meiner Jugend stand ich mit dem Humor stets auf Kriegsfuß.

Ich war der letzte, der wieder herauskam. Ich sah die drei jungen Männer, und sie kamen mir plötzlich bemerkenswert kräftig, gesund und gutaussehend vor. Das Mädchen – ja, war es noch dasselbe Mädchen, das mit uns in den Teich gestiegen war? Sie war mit einemmal eine attraktive Frau mit leuchtenden Augen und einem lachenden Gesicht mit roten Lippen, die zum Küssen einluden. Sie sah mich an und lachte, doch dann veränderte sich ihr Gesichtsausdruck, und sogar Maspero sagte: »Beim Großen Savanti! Dray Prescot – du *mußt* zu den Erwählten gehören!«

Ich muß zugeben, daß ich mich besser fühlte als je zuvor. Meine Muskeln fühlten sich geschmeidiger und fester an; ich hätte zehn Meilen weit spurten, ich hätte eine Tonne heben können, ich hätte eine Woche lang ohne Schlaf auskommen können. Maspero lachte, reichte mir meine Kleidung und klopfte mir auf die Schulter.

»Und noch einmal willkommen, Dray Prescot! Lahal und Lahal!« Er lachte leise und fügte beiläufig hinzu: »Wenn du tausend Jahre gelebt hast, magst du hierher zurückkommen, um noch einmal getauft zu werden.«

5

Tausend Jahre!

Wir waren wieder in Masperos Haus. Ich konnte es nicht glauben. Ich fühlte mich fit und gesund wie nie zuvor – weiter nichts. Doch ein tausendjähriges Leben!

»Wir sind nicht unsterblich, Dray; aber wir haben uns eine Aufgabe gestellt, und diese Arbeit läßt es nicht zu, daß wir schon nach wenigen Jahrzehnten sterben.«

Dieses Wunder beschäftigte mich lange Zeit, ehe ich es zu unterdrücken vermochte. Immerhin wurde das Leben noch immer von einem Tage zum nächsten geplant.

Maspero entschuldigte sich für die atavistische Haltung der Savanti, wenn sie auf Graintjagd gingen. Von Zeit zu Zeit kamen größere Wildtiere über die wenigen Pässe, die in den Krater führten, und da sie die Felder verwüsteten und Menschen töteten, mußten sie gefangen und zurückgebracht werden. Aber die Savanti waren auch einmal so kriegerisch und wild wie die anderen Kreganer gewesen. Sie mochten den physischen Kampf; aber sie ließen es nicht zu, daß ihre Gegner gefährdet wurden. Die Gefahr war einzig und allein auf seiten der Savanti.

Wie eine kreganische Kriegshorde zogen wir also auf die Ebene flußaufwärts und jagten den Graint. Ich trug besondere Lederkleidung. Weiche Ledertücher gürteten meine Hüfte und zogen sich zwischen den Beinen hindurch. Am linken Arm verhinderte ein kräftiger Lederschutz, daß gierige Kiefer meinen Arm herausrissen. Das Haar hatte ich mit meinem Stirnband gebändigt. In diesem Band steckten keine Federn, wenn auch Maspero, wenn er gewollt hätte, zahlreiche Federn hätte tragen können – etwas, das die Indianer ›Coup zählen‹ nannten. Ihm gefiel die Jagd sehr; zugleich beklagte er niedergeschlagen sein wildes und primitives Verhalten.

Ich trug ein Schwert, das mir Maspero gegeben hatte. Diese Waffe war nicht zum Töten bestimmt. Die Savanti hatten große Freude daran, den Ungeheuern mit verschiedenen Waffen gegenüberzutreten; doch am größten war ihr Spaß mit dem Savantischwert, einer herrlich ausbalancierten Waffe, eine gerade Klinge, nicht Kurzschwert, nicht Breitschwert, auch kein Rapier – eine feine Kombination aller Elemente, die ich nicht für möglich gehalten hätte. Sie fühlte sich wie eine Verlängerung meines Armes an. Ich wußte nicht, wie viele Menschen ich mit Stutzsäbel, Messer oder Enterhaken getötet hatte, Pistolen werden auf See unweigerlich feucht und brennen nicht los; erst zwei Jahre nach meiner Reise nach Kregen sollte auf der Erde der schottische Reverent Alexander Forsyth seine Zündkapsel vervollkommnen. Ich wußte, wie man ein Schwert handhabt, und hatte eine solche

Waffe schon öfter inmitten des Pulverdampfs donnernder Breitseiten im wilden Ansturm auf ein gegnerisches Deck geschwungen. Ich gehörte nicht zu den vornehmen Universitätsfechtern, die ihre Waffe schwangen wie einen Staubwedel; vielmehr hatte mich der alte Spanier Don Hurtado de Oquende im Gebrauch des Rapiers unterwiesen, und er war so großzügig gewesen, mich auch die französischen Griffe und Angriffssysteme üben zu lassen. Ich war nicht stolz auf die Zahl der Menschen, die ich aufgespießt oder deren Schädel ich mit meinem primitiven britischen Marinesäbel gespalten hatte.

Wir jagten den Graint. Diese Tiere ähneln entfernt einem Bären, haben aber acht Beine und Kiefer, die wie die eines Krokodils etwa fünfzig Zentimeter lang sind. Unsere einzige Chance lag in der Geschwindigkeit. Wir wechselten uns ab, sprangen vor und parierten die Angriffe der weit ausholenden gefährlichen Pfoten, die voller rasiermesserscharfer Krallen waren. Wir parierten, duckten uns, stießen dann zu, und das Schwert der Savanti brachte den Tieren einen psychischen Schock bei, der genau der Kraft des ausgeführten Schlags entsprach. Wenn ein Graint ausgeschaltet war, wurde das Tier versorgt und dann aus dem Talkessel gebracht. Zu diesem Zwecke setzten die Savanti etwas ein, das ich damals ebenfalls für ein Wunder halten mußte.

Sie besaßen eine kleine Flotte blattförmiger Fluggleiter, auf eine Weise angetrieben, die ich erst später verstehen konnte. Der Graint wurde gefesselt und mit ausreichend Nahrungsmitteln und Wasser versehen zur Steppe zurückgeflogen und an einem günstigen Ort abgesetzt. Wenn er stur genug war, den Krater noch einmal aufzusuchen, konnten die Savanti guten Gewissens erneut zur Jagd ausziehen.

An einem hellen Sommertag zogen wir los, bereit zu einem Sport, der unserem Opfer nicht schaden sollte, aber auch uns nicht, wenn wir nur schnell und geschickt genug waren.

Ich hatte einmal gesehen, wie ein Mann mit einer tiefen Wunde in der Hüfte zurückgebracht wurde; schon am nächsten Tag war er wieder auf den Beinen. Doch das Spiel konnte auch gefährlicher werden, und das akzeptierten die Savanti als Würze des Lebens. Sie sahen die eigenen Schwächen in diesem Wunsch, nahmen sie jedoch als Elemente ihres Charakters hin, die ihren Tribut forderten.

Wir hatten bereits zwei Graint ausgeschaltet, und ich war allein losgezogen, um die Spur des dritten zu finden. Meine Freunde ruhten sich in unserem kleinen Lager aus. Plötzlich fiel ein Schatten auf mich, und als ich hochblickte, sah ich ein Flugboot vorbeihuschen. Ich duckte mich, und das Ding flog weiter, prallte auf den Boden, wurde wieder hochgeschleudert, kam aus dem Gleichgewicht und landete mit einem heftigen Ruck. Ich eilte los, in der Annahme, die Savanti, die das Monstrum zurückbrachten, würden Hilfe brauchen.

In diesem Augenblick brach der gesuchte Graint durchs Unterholz und griff das Luftboot an.

An Bord befanden sich drei Männer in Tuniken aus einem seltsam rauhen, gelben Tuch mit Kapuzen und Gürteln aus roter Schnur mit Quasten an den Enden. An den Füßen trugen sie Sandalen. Alle drei waren tot. Als vierter Fahrgast war ein Mädchen an Bord, das entsetzlich schrie.

Sie trug eine Augenbinde.

Man hatte ihr die Hände auf dem Rücken zusammengebunden. Sie trug ein silbriges Kleid. Ihr Haar war kastanienbraun, eine Farbe, die ich stets reizvoll gefunden hatte. Ich hatte keine Zeit, weiter auf sie zu achten, denn der Graint hatte offenbar vor, sie zu zerfleischen. Ich stieß einen lauten Schrei aus und rannte los.

Irgendwie war es dem Mädchen gelungen, die Binde abzustreifen. Während meines Angriffs konnte ich ihr einen kurzen Blick zuwerfen. Ihre großen braunen Augen waren schreckgeweitet; doch kaum sah sie mich, erschien ein völlig neuer Ausdruck darin. Sie hörte sofort auf zu schreien und rief etwas in aufgeregtem, schrillem Tonfall – ein Wort, das sich wie »Jikai!« anhörte.

Ich verstand sie nicht, doch ich wußte, was sie meinte.

Der Graint war ein stattliches Exemplar, fast acht Fuß hoch, wie er sich jetzt auf die Hinterbeine erhob und mit dem oberen Prankenpaar nach mir hieb. Er öffnete seine lange Krokodilsschnauze und entblößte spitzige Zähne.

Für mich mochte dieser Kampf ein Spiel sein; für ihn jedoch nicht. Er hatte Hunger, und betrachtete das weiche Fleisch des Mädchens sicher als besondere Köstlichkeit.

Ich griff an und sprang sofort wieder zurück, so daß sein erster Hieb die Luft an der Stelle zerteilte, wo eben noch mein Kopf gewesen war. Ich stieß hastig zu; doch er drehte sich um, und ich mußte wegtauchen und mich herumrollen, als die anderen Tatzen bei dem Versuch zusammenklatschten, meinen Körper zu zermalmen. Ich rappelte mich auf und stellte mich ihm erneut. Er knurrte und schnaubte, senkte alle Pranken zu Boden und raste auf mich zu. Ich trat im letzten Augenblick zur Seite und hieb nach ihm, als er an mir vorbeizischte. Der Schlag hätte ihn glatt ein Bein gekostet, wenn das Savantischwert nicht diese wunderbare Macht physischer Unverletzlichkeit besessen hätte. So verlor er nur die Kontrolle über die getroffene Tatze; sie war gelähmt. Wieder sprang ich vor, wich den klaffenden Fängen aus und stieß zu. Diesmal wurde seine andere Vorderpfote ausgeschaltet. Er brüllte, schlug nach mir, und ich parierte den Hieb; die Klinge verletzte sein Fell nicht, doch wieder entzog ihm die lähmende Kraft Energie.

Aber ich war zu langsam gewesen. Sein zweites Pfotenpaar erwischte mich an der Flanke, und ich spürte, wie mir das Blut am Körper entlanglief. Auch spürte ich den Schmerz, aber ich biß die Zähne zusammen.

»Jikai! Jikai!« rief das Mädchen wieder.

Ich mußte ihm einen Hieb auf den Schädel versetzen. Ich hatte es für unsportlich gehalten, meine ungewöhnliche Sprungkraft in dieser geringen Schwerkraft auszunutzen; das Wesen folgte doch nur seinen natürlichen Instinkten. Aber jetzt ging es um das Leben dieses Mädchens, und ich hatte keine andere Wahl. Als der Graint wieder angriff, sprang ich gut zehn Fuß in die Höhe und versetzte ihm einen Hieb über die Augen und die lange Schnauze. Er ging zu Boden, als habe ihn ein 32-Pfünder voll erwischt. Das Monstrum rollte zur Seite und streckte die acht Pranken in die Luft. Ich hatte sofort Mitleid mit ihm.

»Jikai!« sagte das Mädchen zum drittenmal, und ich erkannte, daß sie es jedesmal in einem anderen Tonfall gesprochen hatte. Es war bestimmt ein kregisches Wort, das ich jedoch aus irgendeinem Grund bei der Tablettenlektion nicht mitbekommen hatte.

Jetzt eilten Maspero und unsere Freunde herbei; sie sahen mich besorgt an.

»Du bist unverletzt, Dray?«

»Natürlich. Aber kümmern wir uns um das Mädchen – sie ist gefesselt …«

Während wir ihr die Fesseln lösten, murmelte Maspero leise vor sich hin. Die anderen Savanti starrten mißmutig – so mißmutig wie dieses Volk überhaupt sein konnte – auf die Leichen der drei gelbgekleideten Männer.

»Sie versuchen es«, sagte Maspero und half dem Mädchen auf. »Sie glauben daran, und es ist wahr; aber sie nehmen solche Risiken auf sich.«

Ich starrte das Mädchen an. Sie war ein Krüppel. Ihr linkes Bein war verdreht und seltsam abgewinkelt, und jeder Schritt bereitete ihr Mühe, entrang ihr einen keuchenden Atemzug. Ich trat vor, nahm sie auf die Arme und drückte sie gegen meine nackte Brust.

»Ich trage dich«, sagte ich.

»Ich kann dir nicht danken, Krieger, denn ich hasse jeden, der mich meines körperlichen Gebrechens wegen verachtet. Aber ich verdanke dir mein Leben – hai, Jikai!«

Maspero sah sehr bekümmert aus.

Sie war auffallend schön. Ihr Körper fühlte sich in meinen Armen warm und fest an. Das lange, seidige braune Haar mit dem aufregenden kastanienroten Schimmer fiel wie ein rauchiger Wasserfall über ihre Schultern – ein Wasserfall, in den ich mich mit Freude gestürzt hätte. Ihre braunen Augen betrachteten mich ernst. Ihre Lippen waren weich, doch zugleich fest und wohlgeformt.

Von ihrer Nase kann ich nur sagen, daß ihre Keckheit mir das Äußerste abverlangte, mich nicht vorzubeugen und sie zu küssen. Aber ich hatte keine Ahnung, was dann passieren könnte, deshalb hielt ich mich zurück.

Ein Luftboot kam von der Stadt herüber. Es war hellweiß, was mich überraschte, denn alle Gleiter, die die Tiere über die Pässe brachten, waren braun, rot oder schwarz. Savanti stiegen aus und nahmen mir das Mädchen behutsam ab.

»Fröhliches Schwingen«, sagte ich, ohne nachzudenken.

»Remberee, Jikai«, sagte sie.

Remberee, das fiel mir sofort ein, war das kregische Wort für *Auf Wiedersehen*, oder *Bis bald* oder so ähnlich. Aber Jikai?

Ich rang mir ein Lächeln ab und stellte zu meiner

Verblüffung fest, daß es mir leicht fiel, sie anzulächeln – etwas zu leicht.

»Darf ich deinen Namen nicht erfahren? Ich bin Dray Prescot.«

Die weißgekleideten Savanti trugen sie zum Luftboot.

Ihre ernsten braunen Augen musterten mich. Sie zögerte. »Ich bin Delia – Delia aus Delphong – Delia aus den Blauen Bergen.«

Ich machte einen Kratzfuß, als befände ich mich im Wohnzimmer meines Admirals inmitten seiner Ladies.

»Ich werde dich wiedersehen, Delia aus den Blauen Bergen.«

Das Flugboot stieg auf.

»Ja«, sagte sie. »Ja, Dray Prescot, ich glaube, du wirst mich wiedersehen.«

Das Flugboot kehrte zur Stadt der Savanti zurück.

6

Ich erfuhr viel über den Planet Kregen unter seiner smaragdgrünen und seiner roten Sonne, und diese Kenntnisse lassen sich am besten bei passender Gelegenheit erwähnen, denn ich muß viele fremdartige und schreckliche Dinge und Taten schildern, für die sich nur schwer ein Name finden läßt. Ich pflegte auf Masperos großem Balkon zu stehen, wenn die Zwillingssonne untergegangen war, und in den Nachthimmel zu starren. Kregen hat sieben Monde, von denen der größte fast zweimal so groß ist wie der Erdmond und der kleinste ein rasch dahinhuschender Lichtfleck. Unter den sieben Monden Kregens dachte ich lange über Delia aus den Blauen Bergen nach.

Maspero setzte seine umfangreichen Versuche mit mir fort. Ich hatte die erste Prüfung erfolgreich bestanden, indem ich die Stadt erreichte, und das amüsierte ihn noch immer. Die Reise auf dem Aph hatte mir gefallen. Ich vermutete, daß viele nicht durchgekommen waren, daß die Situation, die mir Spaß gemacht hatte, für andere unüberwindlich gewesen war.

Er führte Messungen durch, von denen ich heute weiß, daß es sich um eine umfassende Analyse meiner Gehirnwellenmuster handelte. Ich gewann dabei aber den Eindruck, daß die Dinge gar nicht so gut standen.

Ein großer Teil meiner Zeit war den Sportarten der Savanti gewidmet. Ich erwähnte bereits den durchweg guten Körperbau dieser Menschen und ihre Neigung zu physischer Betätigung. Ich kann nur sagen, daß ich mich dabei nicht blamierte. In der Regel gelang es mir, jenen zusätzlichen Zentimeter, jenen letzten Spurt oder jenen letzten kräftigen Schwung herauszuholen, der mir den Sieg brachte. Es waren natürlich nur leere Siege, denn solange ich nicht als Savanti anerkannt wurde – und es gab viele Anwärter –, war mein Leben nicht vollkommen.

Als ich Maspero nach Delia fragte, war er ungewöhnlich wortkarg. Ich sah sie von Zeit zu Zeit. Sie war auf der anderen Seite der Stadt untergebracht worden, aber sie humpelte auf ihrem verkrüppelten Bein herum. Sie wollte mir nicht sagen, woher sie kam – ob aus eigenem Antrieb oder auf ausdrücklichen Befehl der Savanti, wußte ich nicht. In dieser Stadt schien es keine formelle Regierung zu geben; eine Art gütige Anarchie schien zu herrschen, die davon ausging, daß sich stets Freiwillige finden würden, wenn etwas zu tun war. So half ich dabei, Ernten einzubringen, arbeitete in der Papiermühle, fegte und machte sauber. Was immer Delias Zunge im Zaum hielt, war eine noch unbekannte Macht für mich. Und Maspero schüttelte nur stumm den Kopf, wenn ich ihn danach fragte.

Als ich wissen wollte, warum nichts für ihr verkrüppeltes Bein getan würde, was für die Savanti doch kein Problem sein konnte, erwiderte er, sie gehöre im Gegensatz zu mir nicht zu jenen, die aufgerufen worden seien.

»Weil sie nicht die Reise auf dem Aph gemacht hat?«

»Nein, nein, Dray.« Er breitete hilflos die Arme aus. »Soweit wir wissen, brauchen wir sie nicht, um unsere Aufgabe zu erfüllen. Sie kam unaufgefordert.«

»Aber ihr könnt ihr Gebrechen doch heilen.«

»Vielleicht.«

Und mehr wollte er nicht sagen. Ein Frösteln überkam mich. War dies die Kehrseite der Medaille, die ich geahnt hatte, der Abgrund, an dessen Existenz ich schließlich nicht mehr geglaubt hatte?

Seltsamerweise hatte ich Maspero niemals von dem herrlichen rotgoldenen Vogel erzählt. Wir kamen schließlich ganz zufällig auf das Thema; doch kaum hatte ich gesagt, ich hätte den Raubvogel gesehen, drehte er sich mit hastiger Bewegung um, und in seinen Augen stand ein seltsamer Glanz. Sein Körper wirkte merkwürdig starr. Ich war zutiefst überrascht.

»Der Gdoinye!« Er wischte sich die Stirn. »Warum du, Dray?« flüsterte er. »Meine Versuche zeigen an, daß du anders bist als erwartet. Deine Werte stimmen irgendwie nicht, die Ergebnisse widersprechen allem, was ich über dich und deine Herkunft weiß.«

»Die Taube kam aus Aphrasöe?«

»Ja. Das war nötig.«

Wieder einmal mußte ich daran denken, wie wenig ich eigentlich über die Savanti wußte.

Maspero verließ die Wohnung, zweifellos um sich mit seinen Kollegen zu beraten. Als er zurückkehrte, war sein Ausdruck ernster als je zuvor.

»Du hast vielleicht noch eine Chance, Dray. Wir

möchten dich nicht verlieren. Wenn wir unsere Mission erfüllen wollen – und trotz deiner bisherigen Erkenntnisse weißt du noch nicht, wie diese Mission aussieht – brauchen wir Männer deines Zuschnitts.«

Während die Monde Kregens in ihren vielfältigen Phasen über den Himmel tanzten, aßen wir bedrückt zu Abend. Eine Zeitlang waren fünf Monde zu sehen. Ich kaute Palines und musterte Maspero. Er blieb schweigsam. Schließlich hob er den Kopf.

»Der Gdoinye kommt von den Herren der Sterne, den Everoinye. Frage mich nicht nach ihnen, Dray, denn ich kann dir nicht antworten.«

Ich stellte meine Frage nicht.

Ich spürte die plötzliche Kälte. Ich wußte, daß ich auf eine mir unerklärliche Weise versagt hatte, und spürte den ersten Anflug von Bedauern.

»Was werdet ihr tun?« fragte ich.

Er hob die Hand. »Es ändert nichts, wenn sich die Herren der Sterne für dich interessieren. Das war schon bekannt; deine Gehirnwellen verraten es. Dray ...« Er stockte. Schließlich fragte er: »Bist du glücklich bei uns, Dray?«

»Glücklicher als je zuvor – vielleicht abgesehen von meiner frühen Jugend, als ich bei meinen Eltern lebte. Aber ich glaube, das gilt in diesem Zusammenhang nicht.«

Er schüttelte den Kopf. »Ich tue, was ich kann, Dray. Ich möchte, daß du ein Savanti wirst, daß du zur Stadt gehörst, daß du uns bei unserer Aufgabe hilfst, sobald du sie voll begriffen hast. Aber das ist nicht leicht.«

»Maspero«, sagte ich, »diese Stadt ist für mich das Paradies.«

»Glückliches Schwingen«, sagte er und ging zu seinem Schlafzimmer.

»Maspero!« rief ich ihm nach. »Das Mädchen, Delia aus den Blauen Bergen. Wirst du sie heilen?«

Aber er antwortete nicht. Leise schloß sich die Tür hinter ihm.

Am folgenden Abend sah ich das Mädchen bei einer der vielen Parties, die in der Stadt stattfanden. In Aphrasöe wurde gern gesungen und gelacht und getanzt, es gab formellere Unterhaltungsveranstaltungen, Musikwettbewerbe, Dichterlesungen, Kunstausstellungen, eine ganze Palette der Lebensfreude. In der Schwingenden Stadt fand sich alles, was das Herz begehrte. Etwa zwanzig Gäste genossen die entspannte Atmosphäre dieser ruhigen Party Goldas, einer rothaarigen Schönheit mit kühlen Augen und einer herrlichen Figur, eine Frau, mit der ich schon einige angenehme Abende verbracht hatte. Sie begrüßte mich, ein Buch unter dem Arm, einen dicken Band aus dünnem Papier, und lächelnd hielt sie mir zum Begrüßungskuß die Wange hin.

»Das wird dir gefallen, Dray. Es wurde in Marlimor herausgebracht, einer einigermaßen zivilisierten Stadt ziemlich weit entfernt auf einem der sieben Kontinente und neun Inseln, und die Legenden sind wirklich sehr ansprechend.«

»Vielen Dank, Golda, sehr nett von dir.«

Sie lachte und hielt mir das Buch hin. Ihr Kleid, das aus einer Art Silberlamé bestand, schimmerte. Ich trug wie üblich nur mein weißes Hemd und die Hose und war barfuß. Mein Haar war, wie ich es mir an Bord des Blattbootes vorgenommen hatte, sauber auf Schulterlänge getrimmt, und zur Ehre von Golda trug ich eine Spange im Haar, eines der vielen Geschenke, die ich von Freunden in der Stadt erhalten hatte, eine der Trophäen, die ich gewonnen hatte.

»Du hast mir von Gah erzählt«, sagte Maspero und brachte mir einen Krug Wein. Er trank aus seinem Gefäß.

Wieder lachte Golda; aber diesmal schwang in ihrer tiefen Stimme ein anderer Tonfall mit. »Gah ist wirklich eine Beleidigung für jede Nase, mein lieber Maspero. Man genießt dort förmlich die Primitivität.«

Gah war einer der sieben Kontinente Kregens, eine Landmasse, auf der die Sklaverei akzeptiert wurde, wo nach Angaben der Männer jede Frau nur den Ehrgeiz hatte, angekettet vor einem Mann auf dem Boden zu kriechen und entkleidet und mit Zeichen der Erniedrigung überschüttet zu werden. Es gab dort sogar Eisenringe am Fußende der Betten, wo eine Frau nachts angekettet liegen mußte, in der Kälte zitternd. Die Männer behaupteten, dies trage dazu bei, daß die Mädchen sie liebten.

»Dieses Verhalten gefällt natürlich manchen Männern«, sagte Maspero. Dabei sah er mich an.

»Krankhaft«, meinte Golda geringschätzig.

»Man behauptet aber, es sei eine grundlegende Wahrheit, dieses Bedürfnis der Frau, von einem Manne beherrscht und erniedrigt zu werden, und gehe auf Verhaltensweisen in unserer primitiven Vergangenheit zurück, als wir noch Höhlenmenschen waren.«

Ich sagte: »Aber wir reißen unserer Jagdbeute nicht mehr das Fleisch vom Leibe und essen es roh. Wir glauben nicht mehr, daß der Wind die Frauen schwängert. Donner und Blitz, Unwetter und Sturmfluten sind uns keine geheimnisvollen Götter mehr, die uns übel wollen. Ein Mensch ist ein Mensch, ein menschliches Individuum, und der menschliche Geist verdirbt und erkrankt, wenn ein Mensch einen anderen Menschen versklavt, unabhängig vom Geschlecht, unabhängig von interessanten Diskussionen über die Natur der Sexualität.«

Golda nickte. Maspero sagte: »Du hast recht, Dray, wenn es um zivilisierte Menschen geht. Aber auf Gah unterstützen ein Großteil der Frauen solche barbarischen Sitten.«

»Sie sind eben leichtgläubiger«, sagte Golda und fügte hastig hinzu: »Nein – das meine ich eigentlich nicht. Ein Mann und eine Frau sind ähnlich, aber doch anders. Viele Männer haben Angst, wenn sie nur an Frauen denken. Sie reagieren übermäßig heftig. Auf Gah hat man keine Vorstellung, wie eine Frau wirklich ist – als Person.«

Maspero lachte leise: »Ich habe stets behauptet, Frauen seien auch Menschen.«

Im weiteren Verlauf drehte sich das Gespräch um die neueste Moderichtung, die Aphrasöe auf unbekanntem Weg aus der Außenwelt erreicht hatte. Die Stadt hatte bedauernswert wenige Einwohner, um einen Planeten zu führen. Jeder wurde gebraucht. Maspero sagte mir später, er beginne zu hoffen, ich sei tatsächlich vom rechten Saft – wie er sich ausdrückte –, ich wäre einer der privilegierten wenigen, die die Verantwortung der Savanti mittragen könnten. Und das bedeute harte Arbeit, fügte er hinzu. »Glaube ja nicht, du wirst ein leichtes Leben haben; du mußt kräftiger zupacken als je zuvor in deinem Leben …« Er hob die Hand. »Oh, ich weiß, was du mir von den Zuständen an Bord eurer 74-Kanonen-Schiffe erzählt hast. Aber du wirst dich nach jenen Tagen zurücksehnen und sie für das Paradies halten im Vergleich zu dem, was du als Savanti durchmachen mußt.«

»Aphrasöe ist das Paradies«, sagte ich schlicht – und ich meinte es ehrlich.

Gleich darauf humpelte Delia von Delphond herbei, das Gesicht verzerrt von der Anstrengung des Gehens, laut keuchend und schwer atmend.

Ich runzelte die Stirn.

»Und im Paradies«, fragte ich Maspero, »wie steht es da …?«

»Ich kann nicht darüber sprechen, Dray, also bitte frage nicht danach.«

In diesem Augenblick mit Delia zu reden wäre ein Fehler gewesen.

Als die Party zu Ende ging und die Gäste einander

»Glückliches Schwingen« zuriefen und mit ihren Plattformen ins Nichts sprangen, fand ich Delia, schob ihr wortlos eine Hand in die Achselhöhle und half ihr auf die Landeplattform, wo sich Maspero fröhlich mit Golda unterhielt. Nach einem ärgerlichen Achselzucken ließ sich Delia von mir helfen. Sie sagte kein Wort, und ich erriet, daß ihr die Verachtung für ihren Zustand und ihre heftige Abneigung gegen mich die Zunge lähmten.

»Delia und ich«, sagte ich zu Maspero, »machen morgen eine kleine Bootsfahrt flußabwärts. Wie ich sehe, liegt mein altes Blattboot noch im Hafen.«

Golda lachte amüsiert. Sie betrachtete Delia freundlich. »Sicher brauchst du doch nichts zu beweisen, Dray? Wenn Delia nur ...« Dann bemerkte sie Masperos Blick und verstummte, und ich hätte sie umarmen können. Ich verstand noch nicht allzuviel, und vor allem wußte ich nicht, was die Savanti mit all ihren Fähigkeiten auf einem wilden Planeten wie Kregen erreichen wollten.

Ich küßte Golda auf die Wange, verbeugte mich stumm vor Delia, die mich mit einem Gesichtsausdruck musterte – der eine Mischung von Verwirrung, Ärger, Pikiertheit – und amüsierter Zuneigung – widerspiegelte. Zuneigung zu mir, dem einfachen Dray Prescot, eben dem stinkenden Schlachtenqualm auf dem Achterdeck meines irdischen Lebens entronnen?

Daß sie nicht kommen würde, war eine Möglichkeit, die ich erst bedenken wollte, wenn sie eintrat. Aber sie wartete tatsächlich am Kai, in eine einfache grüne Tunika mit kurzem Rock und in silberne Slipper gekleidet – der eine jämmerlich verdreht. Sie trug einen Riedbeutel in der Hand, in dem sich eine Weinflasche, frisches Brot und Palines befanden.

»Lahal, Dray Prescot«, begrüßte sie mich von weitem.

»Lahal, Delia aus den Blauen Bergen.«

Maspero sah zu, wie wir ablegten. Ich hatte zwei Ruder mitgebracht und legte sofort den vertrauten Rhythmus vor. »Ich dachte mir, du möchtest heute früh vielleicht die Weingärten sehen«, sagte ich laut, damit Maspero mich hörte. Ich fuhr flußabwärts.

»Remberee!« rief Maspero.

Delia drehte sich um, und zusammen riefen wir: »Remberee, Maspero!«

Mir war plötzlich kühl in der warmen Sonne Antares'.

Wir sahen uns die Weingärten nicht an. Ich fuhr am äußersten Seeufer zurück, und die grüne Sonne, die wegen ihrer Kreisbahn um die rote Sonne in einem unabhängigen Rhythmus auf- und unterging, legte einen dunkleren Schimmer über das Wasser.

Ich paddelte in die Mündung des Zelphflusses.

Wir hatten kaum gesprochen. Auf meine Frage nach ihrem Unfall hatte sie erwidert, sie sei vor etwa zwei Jahren von einem Tier gefallen – sie nannte es einen Zorca, wohl eine Art Pferd. Sie hatte keine Erklärung dafür, wie sie in die Stadt der Savanti gekommen war. Als ich die drei Toten in den gelben Roben erwähnte, runzelte sie verwirrt die Stirn. »Mein Vater«, sagte sie, »hat ganze Welten in Bewegung gesetzt, um Heilung für mich zu finden.«

Ich fuhr den Fluß hinauf, bis wir außer Sichtweite neugieriger Augen waren, und hielt dann auf das Ufer zu. Hier verzehrten wir unser Mittagessen – das sehr gut schmeckte; ich saß in meinem alten Blattboot unter der smaragdgrünen und der roten Sonne Antares', in Begleitung eines Mädchens, das mich interessierte und betörte und das mich nur als Krieger ansah; wir tranken den schweren rubinroten Wein, aßen frisches Brot und duftenden Käse und genossen die köstlichen Palines.

Am Ufer zog ich Hemd und Hose aus und legte meine Lederkleidung an, die ich unter einer Decke im

Boot versteckt hatte. Das weiche Leder umschloß meine Hüften und zog sich zwischen den Beinen hindurch; der Schurz wurde von einem breiten Ledergürtel gehalten, dessen Goldschnalle ich in einer Arena gewonnen hatte. Den ledernen Schwertgurt legte ich mir um die Schulter, damit die Savantiklinge an meiner linken Seite hing. Am linken Arm waren kräftige Lederstreifen befestigt. Ich hatte mir auch lederne Jagdhandschuhe mitgebracht, weich, doch kräftig, am Handgelenk eng; diese zog ich an. Die Lederstiefel sollten im Boot bleiben, bis wir zu Fuß gehen mußten; ich trage ungern Schuhwerk an Bord eines Schiffs, auch wenn ich das auf dem Achterdeck hatte tun müssen.

Der einzige Gegenstand, der nicht zu einer savantischen Jagdausrüstung gehörte, war der Dolch, den ich trug. Natürlich stammte er aus der Stadt; aber er bestand aus schlichtem blanken Stahl und hatte nicht jene wundersame Macht, zu betäuben ohne zu töten. Oft hatte ich mich beim Entern oder bei einem Angriff durch einen schnellen Stich retten können, den Dolch in der linken Hand – der, wie ich hörte, früher eine *main gauche* genannt wurde.

Delia schrie überrascht auf, als sie mich sah, zeigte aber sofort wieder ihre gewohnte Gelassenheit. Spöttisch rief sie mir zu: »Und was jagst du heute, Dray Prescot? Doch nicht etwa mich?«

Wäre ich empfindlicher gewesen, hätte ich mir jetzt wie ein herausgeputzter Idiot vorkommen müssen; doch ich wußte nur zu gut, was uns bevorstand, so daß mich kleinliche Einwände nicht störten.

»Wir fahren jetzt weiter«, sagte ich, stieg ins Boot, nahm die Ruder und stieß ab.

Wenn Delia Angst hatte, mit einem Mann in einem Boot allein zu sein, ließ sie es sich nicht anmerken. Vermutlich hatte sie schon etwas vom Charakter der Savanti mitbekommen und wußte, daß zum Beispiel das

Verhalten der Menschen von Gah in der Stadt nicht geduldet würde. Draußen und im Bereich anderer Städte war das etwas anderes, denn was dort geschah, ging im Augenblick nur die Leute dort etwas an. Und auch in Delias heimatlichem Delphond bedeutete eine gemächliche Flußfahrt mit einem Mann eben nur wohl so viel oder so wenig, wie die beiden daraus machen wollten.

Als ich das Boot unterhalb der ersten Stromschnellen ans Ufer lenkte und Delia hinaushalf, sah sie mich fragend an.

»Du mußt mitkommen, Delia.«

Sie warf den Kopf zurück, als sie die kurze Anrede hörte; aber ich hatte keine Zeit, diese Reaktion zu ergründen. Sicher hatte sie mit meiner Anrede zu tun, nicht mit dem Weg, den wir nun einschlugen.

Ich mußte sie tragen. Sie schien etwas von dem zu erwarten, was ich plante; und ich bin sicher, daß sie keine Angst hatte oder sich zumindest nichts davon anmerken ließ.

Rückblickend auf diese wilde und mühsame Wanderung am Zelphufer entlang zum Wasserfall und Taufteich kann ich mich nur über meine Tollkühnheit wundern. Hier trug ich das Wesen, das mir auf zwei Welten am liebsten war, und trat in aller Ruhe Gefahren entgegen, die ohne den Schutz der Silberwaffen der Savanti jeden anderen in Panik versetzt hätten. Ich weiß nicht mehr – ich will es auch gar nicht mehr wissen –, wie oft ich Delia hastig absetzte, mein Schwert zog und den Angriff eines aufgebrachten Ungeheuers parierte.

Die Mühen nahmen kein Ende; ich mußte all meine Schlauheit und meine Kräfte aufbieten. Ich kämpfte Spinnenwesen nieder und Käferwesen, die sich kriechend und krabbelnd auf mich warfen. Ich wußte, daß ich es schaffen würde. Diese Gewißheit erfüllte mich. Delia blieb völlig ruhig, wie in Trance, und humpelte oft krampfhaft atmend weiter, damit ich unbehindert kämpfen konnte. Mein Schwertarm wurde nicht müde. Mein linker Arm war bis zur Schulter in Blut gebadet. Der kalte Stahl lähmte nicht – er tötete.

Sie waren schlau und gefährlich, diese Wachmonster.

Aber ich war schlauer und noch gefährlicher, zu allem entschlossen, nicht weil ich grundlegend besser war als sie, sondern weil ich Delia aus den Blauen Bergen schützte.

Schließlich erreichten wir das kleine sandige Amphitheater zwischen den Felsen und stürzten in die Höhle.

Als das rote Licht verging und der unheimliche blaue Schimmer zunahm, hob ich Delia in die Höhe und begann wie ein Irrer zu lachen!

Delia vermochte nicht mehr zu humpeln; sie hatte die Lippen fest zusammengepreßt, um ihr schmerzhaftes Keuchen zu unterdrücken; ich mußte sie also in den trüben Teich tragen. Kleine Dampfsäulen stiegen auf. Ich schritt die breite Treppe hinab. Die Flüssigkeit schwappte mir um die Füße, dann um die Beine, schließlich um die Brust. Ich neigte meine Lippen zu Delia.

»Du mußt tief einatmen und den Atem so lange wie möglich anhalten. Ich hebe dich wieder hinaus.«

Sie nickte, und ihre Brust preßte sich gegen die meine.

Ich ging die letzten Stufen hinab und blieb stehen, den Kopf in die milchige Flüssigkeit getaucht, die nicht nur Wasser war, und spürte sofort das prickelnde Küssen, die Einstiche unzähliger Nadeln am ganzen Körper. Ich versuchte zu erraten, wann Delia wieder nach oben mußte, denn sie konnte bestimmt nicht so lange den Atem anhalten wie ich, und stieg wieder ins Freie.

Unsere Kleidung, mein Schwert, mein Gürtel – alles

hatte sich aufgelöst. Nackt kamen wir aus dem Teich, nackt, wie wir ihn hätten betreten sollen.

Delia wandte den Kopf und blickte mir in die Augen.

»Ich fühle…«, sagte sie. Dann: »Setz mich ab, Dray Prescot.«

Sanft legte ich Delia von Delphond auf den Felsboden.

Ihr verkrüppeltes Bein war gerade, wohlgerundet und fest, anmutig wie jedes hübsche Mädchenbein. Ein überwältigendes Glücksgefühl ging von ihr aus. Sie reckte sich, atmete tief, ordnete ihr herrliches braunes Haar und lächelte mich staunend an.

»Dray!« sagte sie.

Aber ich sah nur sie, nur ihr Lächeln, die schimmernde Tiefe ihrer Augen; auf allen Welten gab es für mich nur das Gesicht Delias von den Blauen Bergen – alles andere verblaßte in einem schemenhaften Schimmer.

»Delia!« hauchte ich und begann heftig zu zittern.

Eine Stimme flüsterte durch die ruhige Luft.

»Oh, wie unglückselig ist die Stadt! Jetzt muß geschehen, was vorherbestimmt…«

Hinter Delia hob sich ein gewaltiger Körper aus dem Teich. Flüssigkeit strömte an glatter Haut hinab. Rosa Fleisch zeigte sich durch die Blässe. Die Größe des Wesens ließ uns zwergenhaft klein erscheinen. Delia stöhnte auf und preßte sich an mich, und ich schloß die Arme um sie und starrte trotzig in die Höhe. Auch spürte ich plötzlich ein seltsames Gefühl in mir. Wenn die erste Taufe einen neuen Menschen aus mir gemacht hatte, dann war ich durch das zweite Bad nun über alle Maßen verjüngt worden. Während ich mich vorher schon stark und kräftig gefühlt hatte, war diese Empfindung nun verzehnfacht. Ich war von einer unbändigen Lebenskraft erfüllt, voller Gesundheit und Energie.

»Das verkrüppelte Bein ist geheilt!« brüllte ich.

»Fort mit dir, Dray Prescot!« Die Stimme des gewaltigen Körpers klang traurig. »Du hättest die Pforte durchschreiten können – und wie dringend benötigen die Savanti Männer wie dich! Aber du hast versagt. Fort, fort und niemals Remberee!«

Delias nackte, weiche Gestalt lag in meinen Armen. Ich neigte den Kopf und drückte meine Lippen auf die ihren, und sie reagierte mit einer Leidenschaft, die mein ganzes Wesen erschütterte.

»Fort!«

Ich spürte, wie mich die blaue Helligkeit bedrängte. Ich entglitt dieser Welt, ich verließ Kregen. Ich brüllte auf.

»Ich komme zurück!« schrie ich.

»Wenn du das kannst«, seufzte die Stimme. »Wenn du das kannst.«

7

»He, Jock!« sagte eine heisere Stimme. »Da ist ein armer Teufel aus dem Dschungel gekrochen!«

Ich öffnete die Augen. Dann wußte ich, wo ich war. Ein hölzerner Palisadenzaun, von Schädeln gekrönt. Strohhütten. Der Rauch von Feuern. Eine Gruppe Sklaven, die zum Strand und den wartenden Kanus geführt wurden. Mitten im Fluß, in einer braunen, übelriechenden Brühe, war eine Brigg verankert. Es stank unbeschreiblich. O ja, ich wußte, wo ich war.

Das gelbe Sonnenlicht stach mir in die Augen.

Ich halte es nicht für nötig oder gar klug, ausführlich von den nächsten Jahren zu sprechen. Ich vermochte mich vom Sklavenhandel zu lösen, durch eine widerliche Fahrt an Bord der Sklavenbrigg, und nahm dann irgendwie mein altes Leben wieder auf. Ich sehnte mich nach Kregen. Ich war nicht böse auf die Savanti. Ich erkannte ihre grundlegende Güte und wußte, daß ich nicht alle Antworten auf meine Fragen erhalten und verstehen konnte. So begriff ich nicht, warum sie sich geweigert hatten, Delia zu behandeln – meine Delia! Delia aus Delphond, Delia aus den Blauen Bergen. Unzählige Nächte stand ich an der Achterdeckreling und starrte zu den Sternen empor, und unzählige Male suchte mein Blick den roten Stern, Antares, der, das wußte ich, all die Hoffnung, all das Glück umschloß, das ich mir vom Universum erhoffte.

Ich wußte, was mit mir geschehen war. Ich war aus dem Paradies vertrieben worden.

Das Paradies. Ich hatte meinen Himmel gefunden, und der Eintritt war mir verwehrt.

Nach meinem elenden, mühsamen Leben war Aphrasöe das Paradies gewesen. Und um so unerträglicher erschien es mir nun, in dieses Leben zurückzukehren.

Nachdem ich nun inzwischen so lange gelebt und die Erde so oft besucht habe, will mir scheinen, als könnte ich über meine Gefühle am freiesten in Streß- und Krisensituationen berichten. Damit Sie besser begreifen, was für eine Art Mensch ich bin, der hier in Ihr kleines Aufzeichnungsgerät spricht, möchte ich erwähnen, daß ich im Laufe der Jahre aus meinen Geschäftstransaktionen ein erhebliches Vermögen auf der Erde angesammelt habe. Hätte ich die hundertfache Summe besessen – damals, als ich auf dem Achterdeck hin und her ging und mich in die Seeschlachten auf allen Meeren der Erde stürzte –, ich hätte sie, und ein Vielfaches dieser Summe, verschenkt, um wieder auf Kregen unter Antares zurückkehren zu können.

Als Lloyds Patriotischer Fonds mir ein Ehrenschwert im Werte von fünfzig Pfund zuerkannte, packte ich das bunte Ding mit der Goldverzierung und den Zuchtperlen und sehnte mich danach, wieder den festen Griff eines Savantischwerts in der Hand zu spüren.

Ich halte es nicht für möglich, daß jemand meinen inneren Aufruhr ermessen kann, wenn ich damals an die rote und grüne Sonne Kregens dachte, an die sieben Monde, die nachts vor Konstellationen schimmern, die fremd sind für die Erde, doch vertraut für mich. Meine selbstquälerische Sehnsucht bewog mich zu einem seltsamen Schritt; ich erwarb einen Skorpion und hielt das Wesen in einem Käfig. Minutenlang starrte ich das häßliche Tier an in der Hoffnung, die hypnotische Schläfrigkeit würde mich wieder überkommen wie damals ...

Die Männer verfluchten das Insekt, wenn wir das Schiff klar zum Gefecht machen mußten, und sobald die Kabinentrennwände entfernt und niedergelegt wurden, ließ ich meinen Skorpion mit den anderen Schiffstieren nach unten bringen.

1808 brach der Krieg gegen Frankreich aus, und ich wurde zum Ersten Leutnant an Bord der *Rescommon* befördert, einem lecken alten Kahn mit vierundsiebzig Kanonen, dessen Kapitän zu den berühmten Kapitänen der Marine gehörte, deren Verrücktheit von der Admiralität für Tapferkeit gehalten wurde. Offenbar lag eine endlose Leutnantskarriere vor mir – bis ich in Ehren und Pulverdampf ergraut war und schließlich auf Halbsold entlassen wurde, um an Land zu versauern. Nur würde mein Haar in den nächsten tausend Jahren nicht ergrauen.

Wir führten eine Anzahl interessanter Manöver durch – interessant nur insoweit, als sie ein starkes Linderungsmittel für den Schmerz in meiner Seele waren. Wir kaperten ein französisches Achtzig-Kanonen-Schiff und wurden dafür bejubelt. Ich hörte Bemerkungen der Offiziere über meine Tollkühnheit während des Enterns. Das störte mich nicht. Nach der Schlacht, aller Gefühle beraubt, stand ich auf dem

Achterdeck, umklammerte die Reling und hob immer wieder die Augen zum Himmel. Alpha Scorpii starrte mich spöttisch funkelnd an.

War da der Hauch eines blauen Schimmers um Antares? Ein blauer Umriß, der zu mir herableuchtete? Die Gestalt eines Skorpions?

Ich hob die Arme.

Ich hörte einen Schrei des Obersteuermanns, und der Leutnant der Wache rief dem Steuermannsmaat etwas zu. Ich kümmerte mich nicht darum. Der blaue Schimmer nahm zu. Es war soweit!

Ich streckte die Arme aus und spürte, wie sich der Schimmer erweiterte und mein Bewußtsein aufnahm, und ich brüllte laut und triumphierend: »Kregen!« Und: »Delia – Delia von Delphond, meine Delia aus den Blauen Bergen! Ich kehre zurück!«

Ich öffnete die Augen. Ich lag auf einem Sandstrand; Brandungswellen rauschten.

Verzweiflung überkam mich. Ich stand auf, blickte über eine unendliche, unruhige See und auf einen Sandstrand, eine Reihe Büsche und dahinter eine Prärie, die sich bis zum Horizont erstreckte.

Die Schwerkraft – die Sonne – die Sonnen! – die Weichheit der Luft – ja. Dies war Kregen unter Antares. Aber – aber wo war die Stadt? Wo der Aph? Wo war Aphrasöe, die Stadt der Savanti, die Schwingende Stadt?

Meine Augen paßten sich schnell dem warmen rosa Sonnenschein an, doch ich vermochte nicht zu erkennen, was ich sehen wollte. Ich schlug mit der Faust in den Sand. Wo mochte ich mich befinden auf diesem unbekannten Planeten? War ich auf Loh, jenem Kontinent der Geheimnisse und Schleier und ummauerten Gärten? Oder auf Gah, jener pathetischen Inkarnation kranker Männerträume – wo Frauen an Bettgestelle gekettet wurden? War ich auf Havilfar oder Turismond, auf Kontinenten, über die ich nichts wußte – so wenig wie über die anderen Landmassen und die neun Inseln und das weite Meer dazwischen?

Wie sehr ich nun meine Unkenntnis über Kregen verfluchte!

Ein Schatten huschte zwischen mir und der aufgedunsenen Sonne hindurch. Ich sah einen rotgefiederten Vogel mit goldenen Hals- und Kopffedern, die schwarzen Füße mit den gefährlichen Krallen weit nach hinten gestreckt, die mächtigen Flügel reglos ausgebreitet; das Wesen kreiste majestätisch über mir. Ich stand auf, starrte zu dem Gdoinye hinauf und schüttelte die Faust. Das Tier stieß ein heiseres Krächzen aus. Nach einiger Zeit begann es mit langsamen Flügelschlägen höher zu steigen; als es nur noch ein Punkt am Himmel war, hörte ich am Strand plötzlich einen schrillen Schrei, den Schrei einer Frau.

Ein Mädchen lief über den Strand auf mich zu. Das konnte nur Delia sein.

Mit lautem Freudenschrei eilte ich auf sie zu.

Der Teufel sollte mich holen, wenn es mir etwas ausmachte, wo ich auf Kregen war, wenn ich nur Delia bei mir haben konnte!

Zwischen den Dünen hinter Delia erschien plötzlich eine Reitertruppe – die Männer hockten auf seltsamen Tieren, die sehr kurz waren und vier lange dünne Beine hatten, so daß die Reiter höher saßen als auf einem irdischen Pferd. Jedes Tier hatte ein gewundenes Horn auf der Stirn. Die Männer trugen hohe Helme aus goldschimmerndem Metall. Sie waren in purpurfarbene, mit Messingnägeln beschlagene Wamse gekleidet und führten Waffen mit sich. Sie würden Delia schneller erreicht haben als ich.

Sie war – wie ich – völlig nackt.

Die Luft brannte wie Feuer in meinen Lungen. Ich sprang mit mächtigen Sätzen auf sie zu, meine irdischen Muskeln spotteten der hiesigen Schwerkraft. Schon einmal hatte ich all meine irdischen Kräfte zur

Verteidigung dieses Mädchens aufgeboten; und nun wurden meine Sprünge geradezu phantastisch. Sand spritzte mit jedem Schritt auf. Aber die Reiter verkürzten den Abstand zu Delia, und jetzt erkannte ich, daß es sich nicht um Menschen handelte, wenn sie auch zwei Arme und zwei Beine hatten; ihre Gesichter glichen dem schnurrbärtigen Gesicht unserer Hauskatze. Ihre geschlitzten Augen flammten, ich brüllte etwas und konzentrierte mich dann wieder aufs Laufen.

Delia warf beide Arme hoch, als sie über ein Stück Treibholz stolperte und stürzte. Ich hörte ihren Schrei: »Dray Prescot!«

Ein Reiter streckte einen langen haarigen Arm aus und faßte sie um die Hüfte. Ich warf mich wie ein Wahnsinniger vorwärts. Ich durfte sie jetzt nicht verlieren – so kurz nachdem ich sie wiedergefunden hatte!

Der Anführer der Reiter zügelte sein Tier, die überlangen Beine des Wesens wirbelten in die Höhe. Sand sprühte auf, das Reittier glitt zurück und hatte dann mit schrillem Wiehern das Gleichgewicht wiedergefunden. Doch schon hatte ich den Steigbügel erreicht. Ich packte den gestiefelten Fuß und zerrte daran, als könnte ich dem Fremden das Bein abreißen.

Das Katzenwesen schrie auf, und etwas knallte mir auf die Schultern. Ich starrte in die Höhe. Delia stöhnte. Der Reiter warf aufgebracht seine Reitgerte fort und zog ein langes Krummschwert, das er in die Höhe hob. Ich streckte die Hände hoch, packte seinen Arm, drehte ihn herum und hörte Knochen knirschen und brechen. Wieder kreischte das Wesen auf.

Delia öffnete die Augen; Entsetzen stand darin. »Hinter dir ...«

Ich wirbelte herum und duckte mich, und das Krummschwert zerteilte die Luft. Jetzt waren sie überall. Schwerter hoben sich zu einem Netz aus Stahl.

Wieder griff ich nach dem Wesen, dem ich schon den Arm gebrochen hatte. Es stieß einen pfeifenden Schrei aus und zerrte verzweifelt an den Zügeln seines Reittiers. Das Wesen richtete sich auf die Hinterhand auf und schleuderte mich zur Seite. Einem Schwerthieb ausweichend, sprang ich meine Beute wieder an und klammerte mich an die Hinterhand des Wesens, während sich mein rechter Arm um die Hüfte des Reiters legte und meine Rechte seinen Kopf mit dem pompösen Helm nach hinten zerrte. Ich hörte, wie ich ihm das Genick brach, und schleuderte ihn zu Boden. Dann glitt ich in den Sattel, packte die Zügel und spornte das Biest mit den nackten Fersen an. Es erschauderte, schnaubte und galoppierte los.

Im nächsten Augenblick kreiselte die Welt um mich in flammenden Funken, und ich sah, wie der Sand auf mich zukam, und einen winzigen Sekundenbruchteil lang spürte ich die Härte der Sandfläche, die mein Gesicht traf.

Sie mußten mich für tot gehalten haben.

Als ich erschöpft und zerschlagen wieder zu mir kam und mich umsah, lag der Strand still und verlassen da, und nur die jämmerlichen Gestalten des toten Reittiers und des Katzenwesens kündeten von der Tragödie, die sich hier abgespielt hatte.

Im Augenblick meines Erfolgs, unmittelbar vor der Flucht, hatte jemand das Tier unter mir erstochen. Die Waffe ragte noch aus der Flanke des armen Wesens, ein acht Fuß langer Speer mit Bronzespitze, schwer, aber nicht sonderlich scharf. Es war eine unhandliche Waffe.

Unter dem Reiter – ich sollte später erfahren, daß die katzengleichen Halbmenschen Fristles genannt wurden – fand ich das Krummschwert. Trotz seines gebrochenen Ellbogens hatte er den Griff der Waffe nicht losgelassen. Als ich ihn aus dem hohen Sattel warf, war er so unglücklich gestürzt, daß die Klinge seinen Körper durchdrungen hatte und nun zwei Handbreit aus seinem Rücken ragte. Sein Blut war geronnen und nachgedunkelt, und einige Fliegen – die es offenbar überall gibt – stiegen bei meiner Annäherung auf.

Ich drehte ihn mit dem Fuß um, löste seine Hand vom Schwertgriff, setzte ihm einen Fuß auf die Brust und zerrte die Klinge heraus. Dann säuberte ich sie gründlich mit Sand, den es hier im Überfluß gab. Meine Gedanken waren nicht sonderlich klar. Ich hatte keine Lust, die Kleidung des Wesens anzuziehen, also zerschnitt ich das purpurne Leder und machte mir nach Art der savantischen Jagdkleidung ein Lendentuch zurecht; außerdem schnitt ich von seiner Tunika ausreichend Stoff ab und wand ihn mir um den linken Arm. Seine Stiefel paßten mir erstaunlich gut. Ich warf mir das Schwert über die Schulter, dessen Scheide an einem Ledergurt hing, und fühlte mich nun für meine nächste Begegnung mit den Katzenwesen gewappnet.

Hufschlag erklang im Sand wie eine Folge dumpfer Hiebe. Ich hob das Schwert und wandte mich dem näherkommenden Reiter zu.

»Lahal!« rief er, als er ziemlich nahe heran war. »Lahal, Jikai.«

»Lahal«, antwortete ich. Ich wußte inzwischen, was das Wort ›Jikai‹ in seinen verschiedenen Betonungen bedeutete: ›Töte!‹ oder ›Krieger‹ oder ›Eine gute Waffenleistung‹; es bezeichnete noch verschiedene andere verwandte Begriffe, die mit Ehre und Stolz und dem Kriegerstand und unvermeidlich auch mit dem Töten zu tun haben. Delia aus den Blauen Bergen hatte das Wort bewundernd ausgesprochen und auch als Kommando. Ich musterte den Fremden und sagte: »Lahal, Jikai.«

Denn er war eindeutig ein Krieger.

Aber damit hatte ich schon einen Fehler gemacht; er verzog das Gesicht und deutete auf den toten Reiter und sein Tier. »Mir steht es zu, dich Jikai zu nennen; welche Tat habe ich begangen, von der du wüßtest?«

»Was das angeht«, sagte ich, »so bezweifle ich nicht, daß du ein großer Krieger bist. Aber ich suche ein Mädchen, das von diesen Ungeheuern entführt wurde.«

Er hatte ein offenes, ehrliches Gesicht, von den Sonnen Antares' gebräunt, helles Haar, das im gleichen Licht gebleicht worden war. Er führte einen Helm am Sattelhorn mit, und sein Reittier war von derselben langbeinigen Art wie das tote Wesen vor mir im Sand. Er trug rotbraune Lederkleidung, die nach Neuenglandart an den Nähten gefranst war, und saß mit jener entspannten und zugleich wachsamen Haltung im Sattel, die einen vorzüglichen Reiter verrät.

»Ich bin Hap Loder, Jiktar der ersten Gruppe des Klans von Felschraung.« Das letzte Wort sprach er mit tiefer Stimme und mächtigem Räusperlaut aus, wodurch es sich drohend, stolz und arrogant anhörte.

»Ich bin Dray Prescot.«

»Nachdem wir nun Pappattu gemacht haben, kämpfe ich mit dir.«

Inzwischen brachte mich nur noch wenig aus der Ruhe. Zu jeder anderen Zeit hätte ich mich gern mit ihm gemessen, wenn das sein Wunsch war; doch jetzt mußte ich Delia finden. Er stieg ab.

»Du hast mir noch nicht gesagt, ob du ein Mädchen gesehen hast …«, begann ich. Seine Lanze zuckte vor meinem Gesicht herum.

»Unzüchtiger Barbar! Weißt du denn nicht, daß wir über nichts außer Obi sprechen dürfen, bis wir gekämpft haben und Obi empfangen oder gegeben haben?«

Zorn packte mich. Pappattu, das begriff ich, bedeutete die gegenseitige Vorstellung. Hier war der

Förmlichkeit Genüge getan; aber nun wollte mir dieser Idiot keine Auskunft geben, ehe er nicht mit mir gekämpft hatte! Also gut – meine eroberte Klinge blitzte auf. Das konnte ja nicht lange dauern.

Er kehrte zu seinem hochbeinigen Tier zurück, steckte die schmale, biegsame Lanze in ihren Sattelschuh und kehrte mit zwei Schwertern zurück. Das eine war lang, schwer und mit gerader Klinge, ein mächtiges Breitschwert. Das andere war kurz, ebenfalls gerade, einfach gestaltet, ein dolchartiges Kurzschwert. »Ich habe dich herausgefordert. Welches Schwert – immerhin besitzt du diese Waffe auch – nimmst du?«

Ich musterte ihn. Wenn ich die Sache auch möglichst schnell hinter mich bringen wollte, spürte ich doch die Ehre, die mir mit dieser Geste erwiesen wurde. Der junge Mann, Hap Loder, bot mir eine Überlebenschance und riskierte selbst den Tod. Das gewaltige Breitschwert konnte gegen meinen Krummsäbel nichts ausrichten, außer vielleicht im Ring. Ich deutete mit einer Kopfbewegung auf das Kurzschwert. Er lächelte. »Es ist mir egal«, sagte ich. »Aber beeil dich.« Immerhin war er ein nett wirkender junger Mann und, wie ich später feststellen sollte, durch und durch ehrlich und furchtlos, und ich fügte hinzu: »Aber ich denke, es wäre gut, wenn du das Kurzschwert wählst.«

»Ja«, sagte er, nahm es am Griff und steckte das lange Breitschwert in die Scheide zurück, die am Sattel seines Reittiers hing. »Solltest du siegen, habe ich nichts dagegen, Obi zu gewähren; aber ich möchte nicht unnötig sterben.«

Mit welcher hübschen Logik wir loslegten.

Er war ein guter Schwertkämpfer, wenn ihm auch die Vorteile des schnellen und gefährlichen Kurzschwerts im Augenblick abgingen. Diese Waffe läßt sich am besten zusammen mit einem Schild verwenden, mit ausreichend Bewegungsfreiheit in den langen Rängen einer disziplinierten Armee, bei der sich jeder auf seinen Nachbarn verlassen kann. Oder im engen, heißen Durcheinander eines Angriffs, wenn sich der Ellbogen nur im engsten Körperbereich bewegen läßt – auch dann beherrscht das Kurzschwert die Szene. Selbst das Breitschwert läßt sich durch einen kühnen und beweglichen Kämpfer damit ausschalten, und ich glaube, er hatte die bessere Wahl getroffen. Doch er hatte nichts gegen die verzweifelte Leidenschaft zu setzen, die mich antrieb.

»Jikai!« brüllte er und machte einen Ausfall.

Ich begegnete dem mit einigen schnellen Pässen, die seine Klinge zurückwarfen und ins Stocken brachten; und mit der alten Über-Unterhandkehre entriß ich ihm das Schwert, das in hohem Bogen davonsegelte. Meine Schwertspitze belauerte seinen Hals. Mit plötzlich weit aufgerissenen Augen starrte er mich an.

»Und jetzt, Hap Loder, sag's mir schnell! Hast du ein Mädchen gesehen, das von Wesen verschleppt wurde – von Wesen wie dem da?«

»Nein, Dray Prescot – und ich sage die Wahrheit.«

Er rappelte sich auf und entfernte sich einige Schritte von meiner Schwertspitze. Dann richtete er sich steif auf, hob die Handflächen an Augen, Ohren und Mund und verschränkte sie schließlich über dem Herzen.

»Ich erweise dir Obi, Dray Prescot. Mit meinen Augen will ich nur Gutes von dir sehen, mit meinen Ohren nur Gutes von dir hören, und mein Mund soll nur Gutes von dir sprechen. Und mein Herz steht dir zur Verfügung.«

»Ich will dein verflixtes Herz nicht«, sagte ich. »Ich will wissen, wo Delia aus den Blauen Bergen ist!«

»Hätte ich dieses Wissen, würde ich es dir schenken.«

Ich starrte ihn an und wußte nicht, was ich sagen

sollte. Er war ein junger Mann, stolz und aufrecht, und ein guter Schwertkämpfer. Wenn er noch mehr Kämpfe absolvierte, würde er Obi schließlich nur noch gewinnen.

Er bewegte sich verlegen, bückte sich und nahm sein Schwert auf. Ich beobachtete ihn aufmerksam, doch er betastete die Waffe nur und ging zu seinem Tier. Er redete einen Augenblick mit ihm, beruhigte es. Dann kehrte er zu mir zurück, das Reittier am Zügel führend.

»Mein Zorca gehört dir, Dray Prescot, da du doch zu Fuß bist, was keinem Klansmann passieren sollte.«

Ein Zorca – dies war also das Reittier, von dem Delia gestürzt war.

»Bist *du* kein Klansmann? Würdest du denn nicht laufen müssen?«

»Ja. Aber ich habe dir Obi erwiesen.«

»Hmm.« Dann fiel mir eine andere Frage ein. »In welcher Richtung liegt Aphrasöe, die Stadt der Savanti?«

Er starrte mich verständnislos an.

»Es gibt nur eine Stadt. Von einer anderen weiß ich nichts.«

Das war die Antwort, die ich zu hören befürchtet hatte. Ich mußte in einer entlegenen Gegend Kregens gelandet sein. Dann kam mir die Wahrheit schmerzhaft zu Bewußtsein. Es war Aphrasöe, die isoliert und versteckt lag; diese Menschen hier entstammten dem Planeten Kregen und lebten ein natürliches Leben. Ich dachte an das Katzenvolk.

Mir blieb nichts anderes übrig, als Hap Loder zu begleiten und möglichst viel von ihm zu lernen. Ich wollte Delia finden, und ich würde sie finden! Aber um sie zu finden, mußte ich lernen, und das schnell, verdammt schnell!

Ich musterte den Zorca mit dem gedrechselt wirkenden Einhorn. Der Sattel war reich verziert, jedoch zweckmäßig und bequem, und die Steigbügel waren lang, damit der Reiter nicht mit gekrümmten Beinen auf seinem Tier hocken mußte. In diesem Sattel konnte man weite Entfernungen zurücklegen. Wahrscheinlich stand mir das bald bevor.

Abgesehen von den beiden Schwertern und der biegsamen Lanze besaß Hap Loder eine seltsam geformte Axt, eine Doppelklinge mit Spitze, aus blinkendem, flachem Stahl. Auch führte er einen kurzen Bogen mit. Amüsiert betrachtete ich sein Arsenal, dann wieder den Bogen, und zwar mit wachsendem Respekt. Er hätte mich damit niederschießen können, ohne daß ich ihn zu erreichen vermochte. Ich blickte ihn von der Seite her an.

»Zeig mir, wie geschickt du mit dem Bogen bist, Hap.«

Er ging bereitwillig darauf ein. Mit schnellem, geübtem Ruck spannte er die Waffe und sah mich dabei entschuldigend an. »Dies ist nur ein leichter Jagdbogen, Dray Prescot; er hat nicht viel Kraft. Aber ich zeige dir gern meine Geschicklichkeit, Obi-Bruder.«

Ein Stück Treibholz lag fünfzig Meter entfernt im Sand.

Hap Loder schickte vier Pfeile in das Holz – mit dumpfem Laut prallten sie auf, so schnell er die Sehne zurückziehen konnte.

Ich war beeindruckt.

Vielleicht war das im Grunde alles, was er an Waffen brauchte.

Der Sattel war wegen der Kürze des Zorca relativ klein; dennoch waren verschiedene Teile einer Rüstung daran festgemacht. Die meisten bestanden aus Stahl, einige auch aus Bronze, und es hatte den Anschein, als habe sich Hap seinen Panzer zu verschiedenen Zeiten und aus verschiedenen Materialien schmieden lassen. Er erzählte mir, ein Jiktar befehle über tausend Männer, und mein Respekt vor ihm nahm zu. Der Klan von Felschraung lagerte weniger als zehn Meilen entfernt. (Bis jetzt habe ich die kregischen Entfernungen stets mit irdischen Längenmaßen angegeben; ich will an anderer Stelle ausführlicher über die heimischen Maße, Zahlen und Uhrzeiten berichten. Bei zwei Sonnen und sieben Monden ist besonders die Zeitmessung kompliziert und faszinierend.)

Ich hatte mich jahrelang danach gesehnt, auf Kregen zurückkehren zu können; jetzt war ich hier und durfte keine Zeit verschwenden.

»Warte hier, Hap«, sagte ich. Ich sprang in den Sattel. Das Gefühl war seltsam und vertraut zugleich, doch vor allem erhebend. Es ließ sich natürlich nicht mit dem Abschwung in einem aphrasöischen Schwinger vergleichen; doch als ich dahingaloppierte und den Wind im Haar spürte, überkam mich ein ähnliches Gefühl der Freiheit und Freude. Ich würde Delia finden – ganz bestimmt!

Ich zügelte das Tier vor Hap Loder und sprang ab.

»Wir gehen miteinander, Hap.«

Und so machten wir uns auf den Weg zum Klan von Felschraung.

Loder zog den Fristle-Speer aus dem toten Zorca. »Ist nicht gut, eine Waffe liegenzulassen«, sagte er.

»Woher kommen diese Wesen, Hap? Wohin werden sie Delia bringen?«

»Das weiß ich nicht. Vielleicht können die Weisen dir eine Antwort geben. Wir sind erst vor kurzem in diese Gegend gekommen, denn wir legen im Jahr viele Meilen zurück. Wir sind ständig auf den großen Ebenen unterwegs.«

Wir kehrten dem Meer den Rücken, und ich machte mir klar, daß ich auf der weiten Wasserfläche nicht ein einziges Segel gesehen hatte.

Ich erfuhr, daß viele Klans auf den Prärien dieses

Kontinents ein Nomadendasein führten, eines Kontinents, der nach Haps Angaben Segesthes genannt wurde. Zwischen den Stämmen herrschte angeblich ständig Zwietracht auf der ewigen Wanderung von Menschen und Tieren von einem Weidegebiet zum nächsten. Die Stadt, die einzige Stadt, von der er wußte und die er nie gesehen hatte, hieß Zenicce. Wenn er von dieser Stadt sprach, lag in seiner Haltung nicht nur Haß, sondern auch eine gewisse Verachtung.

Einige Meilen vom Meer entfernt erreichten wir die Jagdgruppe, von der sich Hap Loder bei der Verfolgung eines Tiers entfernt hatte – eines Tiers, das er dann aus den Augen verlor –, und er stellte mich vor. Als wir Pappattu gemacht hatten, der erforderliche Auftakt zur Herausforderung, rief Hap, daß er mir Obi erwiesen habe.

Auf den bronzenen Gesichtern der Klansleute dämmerte Respekt. Es waren zwölf Reiter, von denen mich zwei offenbar trotzdem herausfordern wollten – denn nach ihren Gebräuchen konnte jeder Mann jeden anderen zum Kampf fordern, um Obi zu nehmen. Die anderen wußten jedoch, daß ich sie vermutlich besiegen würde, wenn sich Hap Loder mir ergeben hatte. Hap sah sich hochmütig um. Bei diesen Klansleuten spielten Ehre und Stolz offenbar eine große Rolle. Jede Schwäche wurde sofort unnachgiebig aufgedeckt. Ich erfuhr später von den komplizierten Riten, die das Leben eines Klansmannes bestimmten, ich erfuhr, wie mit einem System von Duellen und Wahlgängen die Anführer gefunden wurden. Doch in diesem Augenblick war ich auf alles, auch auf einen Kampf, gefaßt. Und nach den Regeln hätte Hap an meiner Seite gekämpft, wenn ich es verlangt hätte, bis wir entweder besiegt worden wären oder uns die anderen ausnahmslos Obi erwiesen hätten.

Daß sie alle Hap Obi erwiesen hatten, galt im Augenblick eines neuen Pappattu nichts; immer wenn eine neue Herausforderung ausgesprochen wurde, erstarben alle alten Obis. In der Praxis kam es nicht dazu; man überließ die Herausforderung und das Geben und Nehmen von Obi den beiden Streitern.

Einer der Männer, ein mürrisch wirkender Riese, rang sich zu einem Entschluß durch. In jeder Gruppe scheint es einen solchen Burschen zu geben, der verärgert ist, daß er einem anderen Obi erwiesen hat, was er nur dem Zufall oder seinem Pech zuschreibt, und stets begierig ist, es zurückzugewinnen. In diesem Fall handelte es sich um einen abgesetzten Jiktar. Er sprang von seinem Zorca, nachdem das Pappattu vorbei war, und sagte verächtlich zu mir: »Ich kämpfe!«

Hap erstarrte und sagte dann: »Nach unseren Gebräuchen sei es denn.« Er zog das Schwert. »Dieses Schwert steht im Dienste Dray Prescots. Denk daran.«

Der Mann, der Lart hieß, stellte sich auf die Zehenspitzen, einen Stahlspeer kampfbereit erhoben. Ich bemerkte Haps Blick. Er deutete auf den Speer, der quer auf unserem Zorca lag.

»Es wird mit Speeren gekämpft, Dray.«

»Also gut«, sagte ich, nahm den Speer und stellte mich auf.

Wie ich vermutet hatte, war die Waffe an der Spitze schwer und hatte nur einen leichten Schaft – sie war also unausgewogen und schwer zu handhaben. Sie ließ sich bestimmt gut werfen und war zweifellos auch dafür gedacht. Aber wenn Lart seine Waffe schleuderte und ich der Spitze ausweichen konnte, wollte ich ihm lieber das Genick brechen.

Während wir einander vorsichtig umkreisten, begriff ich, daß mich Hap zum Schwertkampf herausgefordert hatte, weil ich diese Waffe selbst führte. Auch das schien zu den Lebensregeln dieser Männer zu gehören.

Lart ging zum Angriff über und stach und hieb mit

der Lanze wild um sich – wohl in der Hoffnung, mich mit seinem Tempo und seiner Heftigkeit zu erschrekken. Ich sprang geschickt zur Seite, ohne meinen Speer zum Einsatz zu bringen. Plötzlich erfüllte mich die gleiche verzweifelte Eile, die mich schon bei meinem Kampf gegen Hap Loder angetrieben hatte; ich mußte Delia finden und durfte nicht mit einem riesigen rachedürstigen Tölpel Lanzenspiele treiben. Aber ich wollte ihn nicht sinnlos töten. Das zumindest hatten mich die Savanti gelehrt.

Aber es sollte nicht sein. Mit einem schnellen Hin und Her meiner Bronzeklinge machte ich links eine Finte, wirbelte nach rechts herum und stieß zu, und da stand Lart, einen verblüfften Ausdruck auf dem Gesicht, den Schaft meines Speers umklammernd, der ihm durch den Körper gedrungen war. Rot sickerte es aus der Wunde. Als ich mit heftigem Ruck die Lanze zurückzog, spritzte das Blut.

»Er hätte mich nicht herausfordern dürfen«, sagte ich.

»Na«, sagte Hap und schlug mir auf die Schulter. »Eins ist sicher – er ist zu den Ebenen des Nebels eingegangen. Er kann dir jetzt nicht mehr Obi geben.«

Die anderen lachten über die scherzhafte Bemerkung.

Ich fiel in das Gelächter nicht ein. Der Narr war selbst schuld; dabei hatte ich mir geschworen, nur zu töten, wenn es keinen anderen Ausweg gab. Doch dann erinnerte ich mich an meine Vorsätze und fragte knapp: »Wenn einer von euch ein Mädchen gesehen hat, das von Fristles entführt wurde, sagt es mir schnell und wahrheitsgemäß.«

Doch niemand hatte Delia gesehen oder von ihr gehört.

Ich übernahm Larts Zorca, wie es sich wohl geziemte, und erfuhr auch, daß sein gesamter Besitz mir gehören würde, nachdem die Klanführer ihr Urteil gesprochen hatten. Umgeben von Klansleuten ritt ich zu den Zelten des Klans von Felschraung. Delia schien mir unvorstellbar weit entrückt.

8

Ich, Dray Prescot von der Erde, saß bedrückt im Fellzelt eines Mannes, den ich getötet hatte, und litt unter der Wut und Frustration und Qual meiner Reue und meines Kummers.

Delia war tot.

Die Klanführer selbst hatten es mir gesagt, die von Kundschaftertrupps unterrichtet worden waren. Die Reiter hatten gesehen, wie die Fristles von »seltsamen Ungeheuern auf noch seltsameren Ungeheuern« – so drückten sie sich aus – überfallen wurden, und es gab keinen Zweifel mehr. Aber es *mußte* Zweifel geben. Wie konnte Delia tot sein? Der Gedanke war unvorstellbar, unmöglich. Irgend jemand mußte sich irren. Ich befragte die Kundschafter persönlich, unwillig das Pappattu und die gelegentlichen Herausforderungen übergehend. Das ganze Lager wußte, daß Hap Loder, ein Jiktar über tausend Krieger, Dray Prescot Obi erwiesen hatte, und es gab wenige Kämpfe. Ich schickte mich jedoch in die Sitten des Reitervolks und erkannte, wie es möglich war, daß zehntausend Männer zusammenleben konnten, ohne daß es ständig zu Zweikämpfen kam. Bei der ersten Begegnung konnte Obi gegeben oder genommen werden. Danach oblag die Klärung dieser Frage den Weisen und den Klanführern, aber es gab auch bestimmte Riten und Erfordernisse und auch Wahlen, wenn einer der Anführer starb oder im Kampfe fiel. Dies alles erfüllte mich mit Ungeduld. Ich suchte das Lager nach den Kundschaftern ab und stellte ungehindert meine Fragen, nachdem ich die ersten drei getötet und von den übrigen

Obi entgegengenommen hatte, von allen sechsundzwanzig. Die Aussagen stimmten überein. Seltsame Wesen, die auf Ungeheuern ritten, hatten die Fristles überfallen, und die ganze Gruppe war erschlagen worden.

Ich, Dray Prescot von der Erde, saß also in meinem Zelt, umgeben von den Trophäen, die meine Suche mir beschert hatte, und trauerte mit qualvollen Erinnerungen um das Verlorene.

Aber auch jetzt waren meine Zweifel noch nicht völlig beseitigt. Gewiß war doch kein Mensch so töricht, eine Schönheit wie Delia aus Delphond zu töten? Aber die Angreifer waren keine Menschen gewesen. Ich erschauderte. War Delia für sie womöglich nicht schön? Und wenn doch – mir kam ein entsetzlicher Gedanke, war es dann vielleicht nicht besser, wenn sie getötet worden wäre?

Sie, die Sie jetzt die Tonbänder abhören, werden mir sicher verzeihen, wenn ich mein Leben bei den Klansleuten von Felschraung nicht in allen Einzelheiten schildere. Ich verbrachte fünf Jahre bei ihnen. Ich wurde nicht älter. Durch Herausforderungen, Wahlen und Duelle stieg ich in der Hierarchie auf, obwohl mir gar nicht daran lag. Es ist eine erstaunliche und ernüchternde Tatsache, sich die Macht von zehntausend Kriegern vorzustellen, die einem Manne Obi erwiesen haben. Gegen Ende der fünf Jahre hatte jeder einzelne Klansmann von Felschraung mir Obi gegeben, entweder direkt als Ergebnis eines Zweikampfs oder durch die indirekte Methode, nach der ich mit aller durch das Obi bedingten Förmlichkeit als Herr und Meister anerkannt wurde.

Das alles bedeutete mir natürlich nichts. Im wesentlichen wurde mir das Obi durch die Umstände und durch mein Bestreben aufgezwungen, die eigene Haut zu retten. Ich wußte, warum ich leben wollte. Ganz abgesehen von meinem Abscheu vor dem Selbstmord, und trotz der Niedergeschlagenheit, die mich zuweilen überkam – wenn ich mein Leben freiwillig aufgab und Delia aus den Blauen Bergen womöglich noch lebte und mich brauchte, wie hätte ich mich dann auf den Ebenen des Nebels gefühlt?

Zu gewissen Zeiten, wenn die Sonne schien und wir im frischen Wind auf unseren Zorcas über die endlose Prärie ritten, hielt ich Delia für tot. Und an anderen Tagen, wenn der Regen uns und die Packtiere peitschte, die endlosen Wagenkarawanen über die Ebene rollten und die Wagen bis zu den Achsen im Schlamm versanken, stellte ich mir vor, daß sie vielleicht noch irgendwo am Leben war. Oft überlegte ich, daß sie vielleicht auf wundersame Weise wieder nach Aphrasöe, in die Stadt der Savanti, zurückgeholt worden war. Das wäre eine Tatsache gewesen, die ich verstehen und gutheißen konnte. Ich war aus dem Paradies verwiesen worden, weil ich ihr geholfen hatte, weil ich deshalb dieser Ehre nicht würdig war. Vielleicht hatten die Savanti ihr Urteil inzwischen revidiert. Durfte ich mich darauf freuen, die Schwingende Stadt eines Tages wiederzusehen?

Daß ich zehntausend wilde Kämpfer befehligte, war mehr ein Zufall.

Die Hauptwaffe des Reitervolks war der geschichtete Bogen. Auch ich lernte es, fünf Pfeile mit fünf Schüssen in das Auge eines Chunkrah zu setzen. Das Chunkrah war das Zuchtvieh der Klans – ein Wesen mit mächtiger Brust, ausladenden Hörnern, hitzigem Temperament und mit Fleisch, das gebraten köstlich schmeckte. Die Treffsicherheit mit dem Bogen war wichtig für mich, denn mehr als einmal, wenn meine Gegner durch Wahl bestimmt wurden, hatten mir Männer mein Obi mit dem Bogen abnehmen wollen. Auf dem Rücken eines Zorca oder eines Vove sitzend, hatte ich eine primitive Freude daran, meinen Gegner zu beschleichen, der wie ich lederne Jagdkleidung trug, ihn mit dem Bogen zu beschießen, seinen Pfeilen auszuweichen und meine Geschosse in seiner Brust zu versenken.

Was die Kriegführung anging, so hatten die Klansleute ein altes und gut durchdachtes System. Zwar verwendeten sie gelegentlich ihre mächtigen Chunkrahherden, um feindliche Palisadenmauern oder Wagenburgen zu durchbrechen, doch war dies im Grunde eine Verschwendung guten Chunkrahfleisches. Wenn nötig, kämpften sie aus einem Kreis eng zusammengefahrener Wagen heraus, doch am meisten liebten sie ihre Reittiere, den Vove und den Zorca. Als Klansmann teilte ich ihre Freude an so völlig verschiedenen Dingen wie ein Knie-an-Knie-Angriff in massiven Vove-Phalanxen oder ein offener Kampf auf dem Rükken der beweglichen und wendigen Zorcas, während unsere blitzenden Pfeile in die feindlichen Reihen zischten.

Für die erste Angriffswelle auf den Voves, die den Boden mit ihren mächtigen Hufen zum Erzittern brachten, setzten die Klansleute die lange, schwere Lanze ein, mit Eisen und Stahl verstärkt. Dann griffen sie nach ihren Äxten, die ihnen große Überlegenheit verliehen. Auch wurde oft das Breitschwert eingesetzt; doch eigentlich nur, wenn in der Hitze des Gefechts eine Axt verlorenging oder beschädigt wurde. Mit meiner Tomahawkerfahrung aus so manchem Enterkampf vermochte ich mich durchzusetzen. Doch hat eine Axt eine relativ kurze Schnittfläche, während ein zuschlagendes Schwert in der gesamten Länge seiner Klinge Wunden schlagen kann. Dennoch vermochte mich niemand zu übertreffen, auch nicht von den hohen Sätteln der Zorcas und Voves aus. Ich stellte fest, daß im berittenen Nahkampf, wenn sich die mächtigen Voves Kopf an Kopf abmühten und man keinen Platz zum Ausholen hatte, eine Axt mehr Schaden anrichten konnte, die sich mächtig durch

Stahl, Bronze und Knochen fraß. In solchen Momenten war die Axt eine nützliche Waffe. Aber wenn der Druck zunahm, der Staub blendend und beißend aufstieg, die Augen zum Tränen brachte und sich in unseren Halstüchern verfing, dann gewann auch das Kurzschwert seine Berechtigung und machte kurzen Prozeß mit Gegnern, bei denen Äxte nichts ausrichten konnten.

Das ausbalancierte Wurfmesser war bei bestimmten Klans der großen Ebenen sehr beliebt, der Terchick, wie es bei den Klansmännern hieß – wohl wegen des Geräusches, das es beim Flug machte –, war schnell und zielsicher. Dennoch war es im Grunde eine Frauenwaffe, und die temperamentvollen braunhäutigen und helläugigen Mädchen der Klans brachten ihre Terchicks sicher ins Ziel. Bei der Hochzeit diente der Bräutigam seiner Braut als Zielscheibe, während sie einen Köcher Terchicks in den ausgestopften Sack hinter seinem Rücken jagte. Wenn sie dann alle ihre Waffen aus der Hand gegeben hatte, nahm er sie lachend in die Arme und hob sie zärtlich auf seinen Vove, um den Hochzeitsritt zu beginnen.

Die Voves waren temperamentvolle Tiere, mit Hörnern und rötlich-struppigem Fell, das im Schein der Sonnen von Antares herrlich schimmerte. Ihre Ausdauer war sagenhaft. Ihre Herzen pochten notfalls tagelang auf wilder Verfolgungsjagd, loyal bis in den Tod. Die Voves bildeten die wichtigsten Kampfabteilungen der Klansleute und wurden wegen ihrer Körpermasse eingesetzt. Die Zorcas waren leichter und gewandter und hatten längst nicht die eindrucksvolle Kondition der Voves.

Nach fünf Jahren kamen wir in eine Situation, die es erforderlich machte, daß ich den Klan von Longuelm besiegte und übernahm. Wieder hatte ich nur wenig Freude an dieser Aktion. Hap Loder, der als mein Assistent fungierte, war der Meinung, daß ich, wenn ich wollte, sämtliche Klanvölker der Ebene zu einer einzigen gewaltigen Streitmacht vereinen könnte.

»Aber wozu, Hap?« fragte ich.

»Denk doch an den Ruhm!« In seinem Gesicht spiegelte sich eine herrliche Zukunft. »Eine Streitmacht, der sich niemand in den Weg stellen würde. Du brächtest so etwas fertig, Dray.«

»Und wenn ich es täte, wen sollten wir bekämpfen?«

Er verzog das Gesicht. »Daran habe ich gar nicht gedacht.«

»Vielleicht wäre es doch die Mühe wert – eben weil es dann keinen Gegner mehr gäbe.«

Aber er verstand nicht, was ich meinte.

Ich hatte in jenen fünf Jahren ein gewaltiges Vermögen angehäuft. Ich besaß Zorcas und Voves zu Tausenden und viele zehntausend Chunkrahs. Ich war Kommandant über zwanzigtausend Kämpfer und etwa dreimal soviel Frauen und Kinder. Die Wagen enthielten Truhen mit Juwelen, seltene Seidenstoffe aus Pandahem, Gewürze aus Askinard, Elfenbein aus den Chemdschungeln. Mit einem Fingerschnipsen konnte ich ein Dutzend der schönsten Mädchen in mein Zelt rufen, damit sie für mich tanzten. Wein, köstliche Nahrung, Musik, Literatur, anregende Gespräche, die Weisheit der Weisen der Klans – all dies gehörte mir, ohne daß ich einen Gedanken daran zu verschwenden brauchte.

Doch ich führte im Grunde ein elendes Leben, denn mir lag nur Delia aus den Blauen Bergen am Herzen, und durch sie sehnte ich mich nach Aphrasöe, wo der Luxus unendlich süßer geschmeckt hätte.

Doch das Leben war dazu da, gelebt zu werden.

Wenn ich in meiner Schilderung den Eindruck erweckt habe, das Obi sei eine Sache der Herausforderung und eines relativ wilden Kampfes, dann tue ich den Klansmännern unrecht. In dem Begriff steckt weitaus mehr. Von den Weisen konnte man zum Beispiel in ihrem Alter nicht erwarten, daß sie ständig aufsprangen, ein Schwert schwangen oder Pfeile verschossen. Das Wahlsystem balancierte sich letztlich zugunsten des Klans aus, und der Klanführer war ein kräftiger Kämpfer, wie es bei den Lebensbedingungen auf den großen Segesthes-Ebenen unerläßlich war.

Ich wußte, daß ich mich auf die absolute und fanatische Loyalität jedes einzelnen Angehörigen der Klans von Felschraung und Longuelm verlassen konnte. Ich hatte es mir zur Aufgabe gemacht, Typen wie Lart von vornherein auszusondern. Der Erste Leutnant eines königlichen Schiffes lernt den Umgang mit Menschen schnell. Ich empfand einen lächerlichen Stolz bei dem Gedanken, daß die Männer mir Loyalität schuldig waren, ohne daß ich die Peitsche schwingen mußte, und wenn ich mir vorstellte, daß sie vielleicht auch eine gewisse Zuneigung zu mir empfanden, hätte ich kein Mensch sein müssen, um mich darüber nicht zu freuen.

Dies alles aber war ein armseliger Ersatz für meinen Verlust.

Die Klansleute hielten keine Sklaven. Ich brauchte also nicht einzuschreiten und Sklaven zu befreien – ein Vorgang, der Tränen, Verwirrung und Tragödien ausgelöst hätte. Hier auf der großen Ebene wäre die Loyalität zwischen Mann und Mann und zwischen Mann und Frau durch die Sklaverei nur gestört worden. Wir ritten wie der Wind, und wie der Wind waren wir hier und dort. Der Mystizismus war ein ständiger Begleiter auf den großen Ebenen unter den sieben kregischen Monden.

Die meisten Obi-Herausforderungen wurden auf einem Reittier ausgefochten; daß ich bei meinen ersten Kämpfen auf beiden Beinen stehen durfte, hatte mir einen Vorteil verschafft, den ich erst später erkannte. Ein Klansmann lebt im Sattel. Wenn ein Mann und eine Frau sich bei der einfachen Hochzeitsfeier verbanden, ritten sie zusammen auf ihren Tieren davon – eine natürliche Erweiterung ihres bisherigen Lebens. Dabei kam es ihnen darauf an, in den Sonnenuntergang der roten Sonne zu reiten – und nicht etwa in das Licht der grünen Sonne. Das konnte ich verstehen. In den vielen Sprachen Kregens – ich beherrschte die Sprache der Klansleute bald so fließend wie das Kregische – gab es viele verschiedene Namen für die rote und die grüne Sonne und für die sieben Monde und die verschiedenen Phasen dieser Monde. Es möge mir erlaubt sein, im Bedarfsfall die passendsten Namen zu verwenden; denn Namen sind wichtig auf Kregen, wichtiger als auf der Erde. Mit einem Namen, mag sich ein primitiver Mensch vorstellen, verfüge er über das Wesen des benannten Gegenstandes. Namen wurden nicht leichtfertig vergeben und genossen Respekt. Ja, Namen sind wichtig und sollten nie übergangen werden.

Ich möchte nun nicht mehr allgemein über die Klansleute von Segesthes berichten, sondern auf einen bestimmten Tag im Vorfrühling zu sprechen kommen (– ja, die kregischen Jahreszeiten laufen wie die unseren ab: es gibt eine Zeit des Säens, eine Zeit des Wachstums und eine Zeit der Ernte und des Ruhens; doch die Doppelsonne veränderte diesen elementaren Zyklus langsam von Jahr zu Jahr). Ich ritt an der Spitze einer Jagdgruppe. Die Männer waren glücklich und sorglos, denn das Leben war angenehm, und bei den Klansvölkern hieß es, man hätte nie zuvor einen größeren Kriegsherrn, keinen mächtigeren Vovetier oder wilderen Zorcander gehabt als Dray Prescot.

Wir waren viele Meilen nach Süden vorgestoßen und hatten das schimmernde Meer weit hinter uns gelassen – die Klansleute hatten keinen Namen dafür, denn sie waren Bewohner der großen Ebene. Wir konnten neuerdings in unser Weideland unbekannte

Gebiete einschließen, die uns die Verschmelzung mit dem Klan von Longuelm erschlossen hatte. Das war einer der Gründe für meine Diplomatie gewesen.

Doch nun waren wir in eine Gegend vorgedrungen, die selbst den Männern von Longuelm unbekannt war; unsere Gruppe sollte nicht nur jagen, sondern auch kundschaften.

Rückblickend muß ich meinen Leichtsinn tadeln oder meine schlechte Strategie. Aber hätte unser Vorreiter nicht übersehen, was er hätte melden müssen, ehe er starb, wären all die nachfolgenden Ereignisse nicht eingetreten, und Sie würden jetzt nicht meine Stimme hören.

Überall um uns war Frühlingsgrün, als wir uns zwei runden Hügeln näherten, auf denen Bäume wuchsen. Für uns waren Bäume immer ein untrügliches Zeichen, daß es in der Nähe Wasser gab – eine willkommene Abwechslung in der Eintönigkeit der Ebene. Die Luft duftete angenehm frisch, wie immer in den schönen Gegenden dieses Planeten. Die Doppelsonne leuchtete, ihr grünes und rotes Feuer warf farbige Doppelschatten, an die ich mich längst gewöhnt hatte.

Wir ritten frische Zorcas; eine Gruppe ungeduldiger Voves folgte uns als kleine Herde. Einige Packtiere – Calasnys und kregische Esel – trugen unsere Vorräte und die Ausrüstung, die wir für unser Lager benötigten. Ja, das Leben war angenehm und frei – für mich und all die jungen Männer, die mir folgten.

Der heranzischende Pfeilregen tötete vier meiner Männer und meinen Zorca, der mich in den Staub warf. Ich war sofort wieder auf den Beinen, doch schon zog sich ein Netz um meinen Kopf zusammen. Ich sah, wie seltsam aussehende Wesen Netze über uns warfen, und hieb verzweifelt mit dem Schwert um mich – doch dann traf mich ein Knüppel am Kopf, und ich stürzte bewußtlos zu Boden.

Ich war kaum überrascht, als ich wieder zu mir kam und feststellte, daß ich bis auf einen Lendenschurz nackt war, daß man mir die Hände auf dem Rücken zusammengebunden und mich mit dem Rest meiner Männer zusammengefesselt hatte.

Wir wurden hochgescheucht und mußten marschieren.

Die Wesen, die uns aufgelauert hatten, stanken bemerkenswert. Sie waren knapp vier Fuß groß, hatten ein dichtes braunes Fell, das an den Spitzen schwarz schimmerte, und jedes hatte sechs Gliedmaßen. Die beiden unteren Beine steckten in groben Sandalen, das obere Paar trug Speere, Netze, Schwerter und Schilde, und die beiden mittleren Organe schienen je nach Bedarf einzugreifen. Die Wesen hatten geschlitzte Tuniken aus hellgrünem Stoff an – der Farbe der grünen Sonne von Antares –, und auf dem zitronenförmigen Kopf mit den aufgedunsenen Wangen und dem schlaffen Maul trugen sie ulkige flache Kappen aus grünem Samt. Sie hielten ihre Speere, als wüßten sie damit umzugehen.

»Alles in Ordnung, Zorcander?« fragte einer meiner Männer, und der nächste Wärter begann wie ein Hund zu knurren und versetzte ihm einen Schlag über den Kopf. Er schrie nicht auf. Er war ein Klansmann.

»Wir müssen zusammenbleiben, meine Klansleute!« rief ich, und ehe mich das Untier schlagen konnte, erhob ich die Stimme und brüllte: »Wir schaffen es, Freunde!«

Die Speerspitze traf mich seitlich am Kopf, und eine Zeitlang stolperte ich geblendet und betäubt dahin.

Das Lager, in das wir gebracht wurden, enthielt prunkvolle Zelte mit farbenfrohen Markisen, und überall deuteten Reichtum und Luxus darauf hin, daß die Jagdgruppe sich das Leben auf der großen Ebene so bequem wie möglich machen wollte. Reihen von Zorcas, mit Leinen zusammengebunden, standen anderen Reittieren gegenüber, achtbeinigen Wesen, die den Voves nicht unähnlich waren, außer daß sie kleiner und leichter wirkten und nicht ganz so wild aussahen – ihnen fehlten die Hörner und Fänge. Wie ich feststellte, wurden unsere Zorcas ebenfalls ins Lager gebracht und bei den anderen angebunden. Die Voves dagegen hatten unsere Häscher wohlweislich in Ruhe gelassen. Ich lächelte.

Ein Mann trat aus einem Zelt, baute sich breitbeinig davor auf, die Hände in die Hüften gestemmt, und betrachtete uns mit einer Mischung aus Herablassung und Arroganz. Er war sehr hellhäutig und dunkelhaarig und trug elegante Lederkleidung, die ebenso grün war wie die Wamse der Wesen, die uns gefangen hatten.

Ich kam zu dem Schluß, daß es mir Spaß machen würde, dem Mann den Hals umzudrehen; etwas, das die Trübheit meiner Tage aufhellen konnte.

Er wandte sich um; das Zelt war das prunkvollste im ganzen Lager. Wir standen niedergeschlagen und nackt im Staub.

»Hallo, meine Prinzessin!« rief der Mann. »Die Ochs haben Beute mitgebracht, die dir vielleicht gefällt.«

Na bitte, dachte ich, sie haben sogar eine Prinzessin dabei!

Die Prinzessin kam vor das Zelt.

Ja, sie war schön. Auch jetzt noch muß ich bekennen, daß sie schön war. Zuerst fiel einem das Haar auf, gelb wie reifes Korn auf der Erde, von der Morgensonne beschienen. Ihre Augen waren so blau wie die Kornblumen, die in diesem Feld zu finden sein mochten. Ich weiß noch genau, wie ich sie an jenem Tag im Zelteingang erscheinen sah, stolz auf uns herabblickend, die wir als ihre Gefangenen in den Staub gestoßen worden waren.

Sie trug ein smaragdgrünes Kleid, das Hals und Arme und ihre Beine vom Knie an freiließ. Um den

Hals schimmerte eine Smaragdkette, die eine ganze Stadt wert sein mochte. Sie blickte auf uns herab und rümpfte die Nase, als stiege ein widerlicher Geruch von uns auf. Sehr schön und befehlsgewohnt sah sie aus an jenem Tag.

Ich hob das Gesicht und blickte sie an.

Der Mann kam herüber und versetzte mir einen Tritt.

»Wende deinen Blick in den Schmutz, wenn die Prinzessin Natema vorbeigeht.«

Ich blickte noch immer zu ihr auf, obwohl der Mann sehr fest zugetreten hatte.

»Wünscht sich die Prinzessin nicht Bewunderung?«

Der Lackaffe drehte durch. Er begann wie wild nach mir zu treten. Ich rollte mich zurück, doch dabei kamen mir die Fesseln in den Weg. Ich hörte die Prinzessin einen zornigen Ruf ausstoßen. Dann fragte sie: »Warum reinigst du deine Stiefel an dem Unwürdigen, Galna? Stoß ihm den Speer in den Leib und fertig. Ich habe genug von dieser Jagd.«

Wenn ich sterben mußte, dann nicht ohne diesen Affen. Dazu war ich fest entschlossen. Ich stellte ihm ein Bein, rollte mich über ihn und legte ihm die gefesselten Handgelenke um die Kehle. Sein Gesicht lief dunkelrot an, die Augen traten ihm aus dem Kopf. Ich starrte ihn an.

»Wenn du mich noch einmal trittst, Süßer, bist du dran!«

Er gurgelte etwas Unverständliches. Es gab einen wilden Aufruhr im Lager. Die Ochs rannten speerefuchtelnd herum. Ohne Galna loszulassen, richtete ich mich auf, gefolgt von meinen Männern, die an mich gefesselt waren. Dem ersten Och versetzte ich einen Tritt in den Magen, daß er kreischend zurücktaumelte. Ein Speer zischte an mir vorbei. Galna trug ein hübsches kleines Schwert, das von Juwelen übersät war. Ich ließ ihn fallen wie eine Klapperschlange und zog dabei den kleinen Juwelenzahnstocher aus der Scheide. Der nächste Och bekam die Klinge in den Hals. Der Stahl brach ab, als das Wesen aufschrie und röchelnd sein Leben aushauchte.

Den Griff warf ich dem nächsten Och an den Kopf. Dann zerrte ich Galna hoch, meine Armmuskeln bäumten sich in den Fesseln auf und schleuderten ihn mit voller Kraft der Prinzessin entgegen.

Sie stieß einen Schrei aus und verschwand in ihrem Zelt.

Wie so oft, wenn die Dinge interessant werden, schien mir plötzlich der Himmel auf den Kopf zu fallen.

Keiner von uns beiden würde die erste Begegnung zwischen mir und der Prinzessin Natema Cydones aus dem Noblen Haus des Esztercari aus der Stadt Zenicce vergessen.

9

Die widerspenstigen Sklaven wurden in die Jettbergwerke der Marmorbrüche von Zenicce geschickt. An der Oberfläche lagen die Steinbrüche offen im Schein der Doppelsonne, deren grünroter Schimmer auf den weißen Marmor fiel und ihm Hunderte verschiedener Farbtöne abrang. Der Abbau des Marmors war eine harte, unangenehme Arbeit; wo wir uns befanden, tief unten in den Bergwerken, war das Dasein eine einzige Qual.

Wie viele Menschen wissen, wenn sie eine schöne schwarze Marmorstatue, eine anmutige Vase oder herrliche Architrave betrachten, daß die Herstellung von unsäglichen Qualen und Entbehrungen begleitet war? Schwarzer Marmor erhält seine Farbe aus der Beimengung bituminöser Stoffe. Wo sich der Marmor teilt, strömt er bei jedem Hammerschlag einen ekligen Gestank aus.

Wir waren völlig nackt, denn wir wanden uns die Lendentücher vor Mund und Gesicht, um damit wenigstens etwas den Leichenhausdunst zu mindern, der uns bei jedem Hieb entgegenschlug.

Dicke Kerzendochte flammten und zuckten in schwarzen Marmorschalen und erhellten die Dunkelheit der Stollen ein wenig. In diesem Bergwerk waren wir sechsundzwanzig, und die Wächter hatten die groben Balkentüren hinter uns geschlossen. Nur wenn wir die erforderliche Marmormenge herausmeißelten und zum Schacht schleppten, bekamen wir zu essen, und wenn wir die Quote nicht erreichten, gingen wir leer aus. Sieben Tage lang arbeiteten wir dort unten und versuchten uns verzweifelt an den widerlichen Gestank und die Hitze zu gewöhnen, dann wurden wir herausgelassen, um sieben Tage lang in den Marmorbrüchen an der Oberfläche zu arbeiten, und weitere sieben Tage lang durften wir die Steine auf den Kanälen in die Stadt rudern.

Meine Klansleute und ich verpaßten diese dritte Periode offenbar meistens, denn wir kamen nach der Arbeit im Marmorbruch über Tage gleich wieder nach unten. Ich erinnerte mich kaum noch an die Reise hierher. Die Stadt war groß und eindrucksvoll gewesen, von Kanälen und Flüssen und breiten Straßen durchzogen, schöne Gebäude und luftige Arkaden, überreich an grünen und purpurnen Pflanzen, die fast an jeder Mauer wuchsen. Manche seltsam aussehenden Gestalten bevölkerten die Straßen, halb Tier, halb Mensch, und alle in niederen Stellungen, wie ich hörte; kaum besser als die Sklaven und deren Aufseher.

Die widerspenstigsten Sklaven Zenicces arbeiteten in den Marmorbergwerken. Mein Widerwillen gegen die Sklaverei war so groß, daß ich – ich muß es gestehen – oft unvernünftig reagierte, indem ich mich wehrte, den Wächtern mehr als einmal ihre Peitschen entriß und sie ihnen über den Schädel zog.

Als der junge Loki, ein guter Klansmann, dessen Obi ich mir als hohe Ehre anrechnete, unten vor Ort in meinen Armen starb, als der faulige, üble Gestank der kantigen Marmorwände wie ein Gifthauch über uns dahinstrich, während wir hilflos zusehen mußten, wie er im Todeskampf auf dem Boden lag, und wußten, daß seine Augen nie wieder das Doppelfeuer von Antares schauen würden – da wurde mir klar, daß ich für seinen Tod verantwortlich war, daß ich selbstsüchtig gewesen war in meinem Haß. Aber die Wächter waren gerissen. Sie hatten meine Klansleute in drei Gruppen aufgeteilt, die jeweils in verschiedenen Schichten arbeiteten. Wenn ich mich also oben in dem weißen Marmorbruch befand, wo die Flucht nur eine Sache exakter Planung und Durchführung war, konnte ich dennoch nichts machen, weil meine restlichen Männer nicht bei mir waren – ein Drittel sogar unter Tage.

Die Wächter entstammten verschiedenen Rassen. Es gab Ochs und Fristles und andere Tiermenschen, in erster Linie die Rapas, widerliche Ungeheuer, die wie eine Kreuzung aus Mensch und Aasgeier aussahen. Sehr schnell mit der Peitsche bei der Hand waren die Rapas, schnell, brutal und grausam.

Bei all den törichten Dingen, die ich in meinem Leben getan habe, muß meine Tat an jenem Tag in den Marmorbergwerken zu den dümmsten gehören, denn ich weiß, daß ich mir die Entscheidung abringen mußte. Als wir am Ende unserer siebentägigen Bergwerksschicht hinausgelassen werden sollten, um oben im Marmorbruch zu arbeiten, setzte ich mich von den anderen ab, ging hinter einem stinkenden Felsen in Deckung und wartete auf eine neue Schicht. Einer meiner Klansleute griff sich einen entgegenkommenden Freund aus der Gruppe, die das Bergwerk betrat, und zog ihn an meinen Platz, so daß die Zahl wieder stimmte.

Als die massiven Balkentüren zuknallten, richtete ich mich im Licht auf.

»Lahal, Rov Kovno«, sagte ich.

Rov Kovno musterte mich stumm. Er war ein Jiktar über tausend Männer, ein furchtloser Krieger mit mächtigem Körper, blondem Haar und eingeschlagener Nase. Er reckte sein Kinn trotzig vor. Er gehörte zu den Klansleuten von Longuelm. Ich dachte schon, ich hätte mich verrechnet, ich hätte einen Fehler gemacht. Als ich da im flackernden Kerzenlicht inmitten des infernalischen Marmorgestanks vor ihm stand, glaubte ich schon, er gebe mir die Schuld an unserer Gefangennahme. Ich wartete stumm ab.

Rov Kovno trat vor. In den Händen hielt er Hammer und Meißel – unsere Werkzeuge. Er ließ sie in den losen Schotter fallen und streckte mir beide Arme entgegen.

»Vovetier!« sagte er mit erstickter Stimme. »Zorcander!«

Einer der Männer seiner Gruppe – kein Klansmann, sondern ein Unglücklicher, der bei einem Überfall auf seine Stadt versklavt worden war, spuckte vor mir aus. »Er ist nach seiner Schicht hiergeblieben!« sagte er staunend. »Der Mann ist ein Narr – oder verrückt. Verrückt!«

»Sprich mit Respekt, Kerl, oder halt den Mund«, knurrte Rov Kovno. Er führte die Handflächen an Ohren, Augen und Mund und legte sie dann über sein Herz. Er brauchte kein Wort zu sagen, und das freute mich, denn nun wußte ich, daß mein Plan wie vorgesehen ablaufen konnte. Eine Sorge weniger.

Ich ergriff seine Hand. »Ich kann nicht fliehen, ohne alle meine Klansleute mitzunehmen«, sagte ich. »Ich habe einen Plan. Sobald du mit deinen Männern fliehst, folgt Ark Atvar mit seinen Leuten deinem Beispiel. Meine Schicht geht als letzte.«

»Weiß Ark Atvar von dem Plan, Dray Prescot?«

»Noch nicht.«

»Dann bleibe ich bis zur nächsten Schicht hier im Bergwerk, um es ihm zu sagen.«

Ich lachte. In der Tiefe des zeniccischen Bergwerks stand ich, der nichtssagende Gesten verabscheute, und lachte lauthals.

»So nicht, Rov Kovno. Das ist eine Aufgabe, die deinem Vovetier obliegt.«

Er neigte den Kopf. Er wußte wie ich von der Verantwortung, die in der Entgegennahme des Obi liegt.

Wir alle wußten, daß die erste Flucht ziemlich einfach sein würde, eine überraschende Aktion an Bord der Kähne, die die Marmorblöcke von den Steinbrüchen durch die Kanäle zur jeweiligen Baustelle brachten. Die zweite Flucht war dann nicht mehr so leicht, aber sie müßte noch möglich sein. Der dritte Fluchtversuch war der schwierigste, und der fiel auf meine Schicht, ich wußte, daß meine Männer es nicht anders haben wollten.

Ich mußte Rov Kovno versprechen, daß ich Ark Atvar befehlen würde, er solle als erster fliehen.

Die fanatische Loyalität der Klansleute der gewaltigen Segesthes-Ebenen ist sprichwörtlich.

Am siebenten Tag dieser anstrengenden Schicht im Bergwerk bat mich Rov Kovno, ich möchte ihm erlauben, in dieser Hölle zu bleiben, um Ark Atvar die Anweisung weiterzugeben. Vielleicht ist es ein törichter Stolz, anzunehmen, daß er nicht weniger hoch von mir gedacht hätte, wäre ich seiner Bitte nachgekommen. Und – um ehrlich zu sein – der Gedanke, ans Tageslicht zu klettern und wieder die süße Luft Kregens atmen zu können, war verlockend.

Ich erwiderte ziemlich heftig: »Du hast mir Obi erwiesen, und ich weiß, welche Pflichten das mit sich bringt. Und jetzt frag nicht mehr.«

Er ließ das Thema fallen.

Als Rov Kovno einen ankommenden Klansmann zu

sich herüberzog, um in seiner Schicht die Zahl wieder komplett zu machen, wurde mir fast übel vom Gestank des Marmors, und ich wäre fast losgestürzt. Doch ich hielt mich zurück und vermochte einigermaßen normal zu sprechen, als ich sagte: »Lahal, Ark Atvar.«

Die nun folgende Szene war fast eine Wiederholung des Gesprächs mit Rov.

Es durfte keine Zeit verschwendet werden. Nach der Arbeitswoche in den Steinbrüchen oben würden die Sklaven zum Transport versetzt. Dabei sollte Rov Kovno entfliehen. Diese Woche verging langsamer als je eine Woche in meinem Leben. Es war meine dritte Schicht unter Tage. Man sagte mir, niemand zuvor habe drei Wochen in der übelriechenden Hölle ausgehalten. Mich hielt nur der Gedanke an das Obi aufrecht, das ich diesen Männern abgenommen hatte, und an das Leben und die Freiheit, die ich ihnen schuldig war. Ich gestehe, daß das Bild Delias aus den Blauen Bergen in diesen Tagen zu einem fernen Traum verblaßte, zu einem nebelhaften Ideal.

Als sich die Balkentüren wieder öffneten und die Tiermenschen die Gruppe frischer Sklaven herunterführte, musterte ich die Neuankömmlinge in bebender Erwartung. Den Blicken meiner Männer sah ich es an – sie hatten nicht erwartet, daß ich die Zeit überleben, daß sie mich noch einmal zu Gesicht bekommen würden.

Damit begann meine vierte Woche im Bergwerk.

Am letzten Tag war ich sehr geschwächt. Der widerliche Gestank schien meinen ganzen Kopf zu füllen, rief einen widerlich stechenden Kopfschmerz hervor, wühlte mir mit ekligen Tentakeln auch im Magen und machte es unmöglich, daß ich Nahrung untenbehielt. Meine Männer arbeiteten wie die Wilden und meißelten und verluden um die Wette, damit meine Nutzlosigkeit nicht noch dazu führte, daß kein Essen und kein Wasser an den Seilen herabgelassen wurde. Die anderen Sklaven, die nicht dem Klan angehörten, murrten; aber notwendigerweise hatte sich eine rauhe Kameradschaft gebildet, und wir arbeiteten gut zusammen.

Als an jenem letzten Tag die großen schwarzen Blöcke an ihren Halterungen emporschwangen und im Licht der Dochte schimmerten, warteten wir auf unsere Ablösung. Schließlich öffnete sich das Pfahltor, und die neue Schicht stieg herab. Ich sah die rasierten Köpfe von Goms und rothaarige Gestalten aus Loh und einige Wesen, die halb Mensch und halb Tier waren – doch kein einziger Klansmann wurde hereingetrieben!

Rov Kovno und seine Männer waren geflohen!

Das stand fest.

Als wir die offenen Marmorbrüche erreichten, in denen ringsum gewaltige Marmorblöcke freigelegt wurden, in denen überall Sklaven arbeiteten, Wächter ihre Peitschen schwangen und riesige mastodonähnliche Wesen die fertigen Steine davonschleppten und Kähne unten in den Docks bereitlagen, von langsam schwingenden Kränen beladen – ja, da hatte ich das Gefühl, daß das Leben nun wieder beginnen könnte.

Sklavengruppen aus anderen Teilen des Bergwerks näherten sich unserem zwanzigköpfigen Trupp, als wir davonmarschierten. Tausende von Sklaven arbeiteten hier. Wenn zwanzig entkamen, wurde das den Aufsehern zur Last gelegt; aber deswegen stellte niemand die Arbeit ein.

»Bei Diproo dem Langfingrigen!« sagte ein wieselgesichtiger kleiner Mann und kniff die Augen zusammen. »Wie die gesegneten Sonnen mir in die Augen stechen!«

Er hieß Nath, ein drahtiger und wendiger kleiner Städter mit gelichtetem sandfarbenen Haar und langen

Koteletten, mit narbenübersätem hageren Körper, an dem man jede Rippe zählen konnte. Nach seiner Sprache hielt ich ihn für einen Dieb aus der Stadt – für einen Mann, der für mich und meine Klansmänner von Nutzen sein konnte.

Über dem Marmorbruch hing ständig eine Staubwolke, die vom Meißeln und Sägen aufgewirbelt wurde, und dieser Staub kratzte in den Augen und in der Nase, so daß wir ein Stück von unserem Lendenschurz abschnitten und es uns vors Gesicht banden, wodurch unsere Kleidung recht kurz ausfiel. Gegenüber den von einer Marmorpalisade umschlossenen schiefen Hütten, in denen wir während dieser Schicht wohnten, sah ich eine Gruppe Sklavinnen, die Marmorblöcke trimmten. Auf ihren Rücken schimmerte der Schweiß, auf dem sich eine Patina aus Steinstaub festgesetzt hatte. Auch sie trugen den Lendenschurz der Sklaven. Um ihre Fußgelenke zogen sich schwere Eisenketten. Hier hatte die Sklaverei keine Romantik, nicht hier in den Marmorbrüchen von Zenicce.

Es waren mehr Wächter zu sehen als üblich.

Einer meiner Männer, Loku, ein Jiktar über hundert Männer, der Bruder des armen Loki, meldete sich bei mir. Sein staub- und schweißverklebtes Kriegergesicht wirkte grau und eingesunken, doch das trotzig vorgereckte Kinn beruhigte mich.

»Die Frauen haben mir Bescheid gesagt, Dray Prescot«, berichtete er. Die Kontaktaufnahme mit den Sklavinnen bei hellem Tageslicht war ein Risiko gewesen. »Es hat zwei Fluchtversuche gegeben. Einer von den Marmorkähnen, der andere hier aus den Steinbrüchen. Gestern nacht. Beide sind geglückt.«

»Gut«, sagte ich.

Nath der Dieb räusperte sich und spuckte Staub aus. »Gut für sie, schlecht für uns. Jetzt schlagen die Rapas bestimmt doppelt so fest zu.«

»Versuch herauszufinden, wer heute die Vosks füttern soll«, wandte ich mich an Loku, »und sorge dafür, daß einer von uns diese Aufgabe übernimmt.«

Die Vosks waren Lebewesen von kaum nennenswerter Intelligenz; sie ähnelten unseren Schweinen, waren etwa zwei Meter lang, hatten sechs Beine, eine glatte, wächsern gelbliche Haut und lange Hauer. Sie wurden an den Wasserrädern und bei den Hebeeinrichtungen eingesetzt; sie mußten Lasten ziehen und lieferten auch saftige Steaks und frischen Speck. Wir Sklaven betrachteten sie natürlich nur als Arbeitstiere und fraßen aber denselben Brei, den sie vorgesetzt bekamen.

Die Mastodone, die die eigentliche Schwerarbeit leisteten, wurden billig mit einem besonderen Gras gefüttert, das von der Insel Strye kam.

Abgesehen von den Rapawächtern gab es viele Rapasklaven, die mit uns arbeiteten – große, raubvogelähnliche Wesen mit faltigen Hälsen und gekrümmten Schnäbeln. Ihr Schweiß stank unangenehm. Als heute abend die Doppelsonne hinter der Marmorwand versank und der hellste der sieben Monde am Himmel stand, waren sie unruhiger als sonst.

Ich ließ mir von Nath erzählen, was er von Zenicce wußte.

Die Stadt zählte etwa eine Million Einwohner – und war damit so groß wie das London meiner Tage, doch in Zenicce gab es darüber hinaus eine unbekannte Anzahl Sklaven, die zwar auf unsägliche Weise ausgenutzt und unterdrückt, aber niemals registriert wurden. Durch Mündungsarme des Nicceflusses und künstlich gebaute Kanäle, wie auch durch außerordentlich breite Boulevards, wurde die Stadt in unabhängige Enklaven unterteilt. Der Stolz auf ein bestimmtes Haus galt in Zenicce viel. Entweder gehörte man einem Haus an, oder man war ein Nichts. Mein Gesicht blieb starr wie Marmor, als ich erfuhr, daß die Hausfarbe der Esztercari-Familie das Smaragdgrün der kregischen Sonne war. Galna, den ich in Fesseln vor Prinzessin Natema besiegt hatte, gehörte also ihrem Hause an. Ich fragte mich, wie er wohl sterben würde – vor die Hörner eines Vove gebunden und auf die endlose Weite der Segesthes hinausgetrieben? Wahrscheinlich starb er jammernd und winselnd – womit ich ihm, wie ich später erfahren sollte, unrecht tat.

Im benachbarten Sklavengehege wurde ein Rapasklave von zwei Rapas gezüchtigt. Sie gebrauchten ihre Peitschen geschickt, und das graue, vogelähnliche Wesen kreischte und zuckte vor Qual in seinen Ketten. Es hieß, der Sklave habe seinen Hammer und seinen Meißel verloren, und wenn es dem Aufseher paßte, war das ein todeswürdiges Verbrechen. Wahrscheinlich würden die Vosks ihn in geduldiger Arbeit an den Winden zur oberen Stufe der Marmorbrüche hinaufschleppen, von wo er dann herabgeworfen wurde, um dreihundert Meter tiefer im Staub und in den Marmorsplittern zu zerschellen.

Im mondhellen Schimmer der Marmormauern kroch Loku heran. Sein Gesicht war grau und zerfurcht wie zuvor; doch die kecke Haltung seines Kopfes gab mir Mut.

»Wir füttern in dieser Nacht die Vosks«, sagte er, und seine Augen leuchteten im Mondlicht.

»Und?« fragte ich.

Er zog einen Hammer und einen Meißel aus dem Lendenschurz. Ich nickte. Es bedeutete den Tod, wenn man in den Unterkünften mit diesen Werkzeugen angetroffen wurde. Unten in den Bergwerken, wo es kein Entkommen gab, trugen die Sklaven ihre Ketten nicht. Doch hier an der Oberfläche hatte jeder seine Fuß- und Beinfessel. »Gut gemacht, Loku«, sagte ich und fügte hinzu: »Wir Klansmänner von Felschraung werden Loki nicht vergessen.«

»Diproo mit den schnellen Füßen stehe mir bei!«

stöhnte Nath erschrocken. Sein schmächtiger Körper zuckte zurück. Loku versetzte ihm einen leichten Schlag und schob ihn in eine Ecke.

Ich nahm nicht an, daß uns Nath der Dieb verraten würde.

Wir warteten unsere sieben Tage in den Steinbrüchen ab, bis wir an die Reihe kamen, die gewaltigen Marmorblöcke in ihren Strohhüllen auf die Lastkähne zu schaffen und in die Stadt zu transportieren. Irgendwo in der Stadt oder auf offener Ebene warteten bereits meine Männer. Sie waren noch nicht wieder gefangengenommen worden. Solche Sklaven erwartete ein unangenehmes Schicksal, sie wurden zur Abschreckung der anderen besonders grausam hingerichtet.

Die ganze Woche über hatten die Wachen Verstärkung, zusätzliche Doppelposten in der rotgrünen Livree der Stadthüter patrouillierten auf und ab – Männer aus allen Häusern Zenicces, die eine Art Polizeimacht bildeten. Die Rapas gingen mit ihren Peitschen sehr freizügig um. Die Rapasklaven waren außer sich vor Wut, während meine Männer und ich uns musterhaft verhielten.

Das Blitzen der Marmorsplitter in der Luft, das ewige Klopfen der Frauen, die die Blöcke trimmten, das Klirren der Hämmer auf den Meißeln überall an den Marmorhängen, das tiefe Surren und Quieken der Sägen, die sich, von Vosks angetrieben, inmitten herumfliegender Splitter und aufsteigendem Staub ins Gestein fraßen – all diese Geräusche gingen uns Tag für Tag auf die Nerven; doch wir blieben ruhig, wachsam und friedlich.

Abwechselnd fütterten wir die Vosks, indem wir die Überreste der Sklavenmahlzeiten in die Tröge schütteten, die zwischen kostbaren Marmorwänden standen. Hier stank es fast so entsetzlich wie unten im Bergwerk. Die Tiere senkten ihre schweineähnlichen Schnauzen und grunzten und schluckten, und der eklige Brei schwappte uns um die Beine und füllte unsere Nasen mit Gestank. Die Männer, die die Tiere sonst füttern mußten und die wir abgelöst hatten, hielten uns für verrückt. Einige Wächter patrouillierten ständig aufmerksam in unserer Nähe; doch kaum jemand kam den Voskgehegen zu nahe, wie sich auch niemand in die Bergwerke wagte. Eine Schicht hatte sich geweigert, den stinkenden schwarzen Marmor emporzuschicken, woraufhin man den Schacht einfach geschlossen hatte, bis die Männer gestorben waren. Als andere Sklaven die Leichen heraufbrachten, ließen die Wächter sie durch den ganzen Marmorbruch schleifen, damit niemand die Lektion verpaßte.

Langsam verminderten wir die Nahrungsmenge der Vosks.

Am drittletzten Tag waren die Vosks hungrig; doch wir gaben ihnen ausreichend zu essen, um ihr Magenknurren zu stillen. Am vorletzten Tag jedoch bekamen sie überhaupt nichts mehr, und sie waren so widerspenstig und aufsässig, daß ich schon dachte, ich hätte mich verrechnet. Aber die Vosks sind dumm. Am Abend knurrten und quiekten sie und trotteten hastig zu ihren Gehegen zurück. Wir warfen ihnen ein paar Bissen hin und beruhigten so ihren Aufstand.

Aber sonst bekamen sie nichts.

Am letzten Tag waren sie mißgelaunt, unberechenbar und aggressiv, schleppten ihre Lasten und drehten ihre Räder mit trotziger Borniertheit. Sie weckten mein Mitleid wegen der Dinge, die wir ihnen antun mußten. Die Sklaven, die die Tiere antreiben mußten – meistens Jungen und Mädchen –, gingen auf Distanz und brachten sich hastig in Sicherheit, als am Abend die Doppelsonne in goldenem und rotgrünem Schein unterging.

Wir schleppten die großen Tröge mit dem Fressen

für die Vosks zu den Gehegen und schwappten dabei einen Teil des übelriechenden Zeugs zwei Rapawächtern vor die Füße. Ich ließ die gutturalen Schimpfworte und die Peitschenhiebe stumm über mich ergehen, denn gleich darauf gingen die Wächter weiter. Wir schüttelten den ekligen Brei außerhalb der Marmorgehege fort. Die Vosks blieben auch an diesem Abend ungefüttert – ebenso am nächsten Morgen, als wir sie zum letztenmal hätten versorgen müssen, ehe wir unten am Fluß unsere Arbeit bei den Kähnen aufnahmen. Die Tiere grunzten und quiekten, und einige, die den Hunger als Ansporn zu primitiver Betätigung empfanden, begannen mit ihren Hauern grimmig die Marmorwände der Gehege zu bearbeiten.

An diesem Morgen stieg die Doppelsonne von Antares in neuem Glanz auf. Wir aßen hungrig von dem Brei, den die Vosks nicht bekommen hatten. Nath wurde von Loku beaufsichtigt. Unsere Ketten waren mit umwickeltem Hammer heimlich aufgemeißelt worden, und wir hatten sie so arrangiert, daß wir sie jederzeit abwerfen konnten. Nath zitterte und rief seinen heidnischen Diebesgott an.

Wir gingen an Bord des Kahns, für den wir verantwortlich sein sollten, und stiegen zwischen den gigantischen Marmorblöcken herum, die die Frauen nach den Kreidezeichen des Steinmetzes säuberlich zurechtgehauen hatten, und ich nahm das größte Risiko auf mich und huschte schnell noch einmal zu den Voskgehegen. Dort zog ich alle Türen auf. Mit einer Rute trieb ich die dummen Tiere ins Freie und bemerkte erfreut die Boshaftigkeit in ihren winzigen Augen. Sie waren hungrig. Und sie waren frei.

Die Vosks begannen den Marmorbruch zu durchstreifen, auf der Suche nach Nahrung.

Wächter liefen ärgerlich brüllend durcheinander und hieben mit der flachen Klinge ihrer Schwerter und den Schäften ihrer Speere zu. Ich sah einen Och, der mit wild strampelnden Armen und Beinen einen Vosk zurücktreiben wollte, und genoß seine Verblüffung, als das sonst so friedliche Wesen auf ihn losstürmte und ihn schwungvoll von den Beinen riß. Ich hätte am liebsten laut gelacht.

Ich sprang vom Pier auf unseren Kahn und kehrte zu meinen Männern zurück. Kurz darauf kamen die Rapawächter an Bord. Ich wußte, daß die Gruppe gewöhnlich zehn Mann umfaßte, denn die Bürger von Zenicce wurden nervös, wenn sie unzureichend bewachte Sklaven in der Stadt sahen. Weil heute früh aus unerklärlichen Gründen die Vosks durchgedreht waren und im Steinbruch herumliefen, kamen nur sechs Wächter an Bord.

Wir stießen ab und stakten mit langen Pfählen vorsichtig durch den Kanal, der links und rechts von Marmorufern gesäumt war.

Bald lösten einfache Feldsteine den Marmor ab, und dann zogen die ersten Häuser vorbei, primitive Gebäude – hier in den Außenbezirken wohnten Menschen ohne Hauszugehörigkeit, die nur dem Namen nach frei waren.

Ich muß gestehen, daß es ein seltsames Gefühl für mich war, wieder auf dem Wasser zu sein.

Wir fuhren unter einem verzierten Granitbogen hindurch, über den die allmorgendliche Prozession verlief – Markthändler und Hausierer, Hausfrauen, Gaffer und Diebe –, dazu die vielfältigen Gerüche und Stimmenklang und Gelächter – dies alles erregte mich seltsam. Das Rosa des Himmels vertiefte sich zu dem leuchtend lebendigen Schimmer eines schönen kregischen Morgens. Je näher wir der Stadt kamen, desto reiner und frischer wurde die Luft – und dies allein schon ist ein Zeichen für die schlechte Atmosphäre in den Bergwerken, in denen wir hatten schuften müssen. Der Kanal mündete in einen breiteren Wasserweg, dessen Ufermauern links und rechts drei

Meter hoch aufragten. Auf jeder Seite starrten glatte Hausmauern, unmittelbar ans Wasser stoßend, auf uns herab; ihre Dächer waren verschieden hoch, und ihre Bauweise folgte unterschiedlichen Stilen, wodurch das Auf und Ab ein interessantes Fries vor dem Licht bildete.

Wächter in den Farben ihrer Häuser standen da und dort auf den Mauern. Zwischen den verschiedenen Enklaven am Rande der Stadt herrschte ein bewaffneter Burgfrieden.

Wir waren unserem Ziel nahe und verließen nun den breiten Kanal, auf dem der Verkehr ständig zugenommen hatte. Leichte, schnelle Fahrzeuge mit doppeltem Bug waren zu sehen, nach den Gegebenheiten der Kanalnavigation wie Gondeln gebaut. Es waren tief im Wasser liegende, von Sklaven geruderte Barken unterwegs, hochherrschaftliche Schiffe mit Markisen und seidenen Sonnensegeln; ihre Ruderer waren oft Menschen, oft aber auch seltsame Wesen in unheimlicher Aufmachung, ganz in Gold- oder Silberstoffe gekleidet, mit Helmen, Kappen, Turbanen und hochwippenden Federbüschen. Ich betrachtete all die fremdartigen Fahrzeuge mit einem seltsamen Hunger des Auges, denn ich hatte seit Jahren kein Boot mehr gesehen, geschweige denn ein Schiff unter vollen Segeln.

Vor uns ragte ein mächtiger Bogen über den Kanal. Eine Seite der Brücke war ocker und purpurfarben geschmückt, die andere Seite schimmerte smaragdgrün. Wir bogen hinter der Brücke in einen Seitenkanal ein, zur grünen Seite hin, und bald wurde die Architektur großzügiger, luftiger. Wir hatten eine Enklave erreicht. Aus den Farben schloß ich, daß es sich um die Enklave des Hauses Esztercari handelte, und eine wilde, ruchlose Freude drohte mich im ersten Augenblick von meinem Plan abzubringen.

Die Baustelle lag in der Nähe eines Steinpiers. Mit

abnehmender Fahrt näherten wir uns dem Kai, und das Wasser wirbelte unter dem stumpfen Bug des Kahns. Ich nickte zwei Männern zu. Sie zogen ihre Staken hoch und verschwanden in der Mitte zwischen den aufgestapelten Marmorblöcken, wo wir eine Stelle freigelassen hatten. Ich hörte ein kurzes Klirren, als schlage Eisen auf Eisen.

Der Rapawächter am Bug wandte sich um und schaute mit fragendem Blick nach hinten. Ich stand auf und schaute ebenfalls zurück, als wollte auch ich die Ursache des Lärms ergründen. Dabei sah ich, daß uns eine zweite Barke folgte, ebenfalls mit Marmor beladen. Sie war mit Rapasklaven bemannt, und die Wächter waren Ochs. Das Boot kam sehr schnell näher, weil wir an Geschwindigkeit verloren hatten, und mußte gleich mit uns zusammenstoßen. Das war mir gleichgültig. Schon hörte ich lebhaftes Plätschern aus der Mitte unseres Boots.

»Was ist das für ein Lärm!« fragte der Rapa mit krächzender Stimme.

Ich hob die Schultern, um anzuzeigen, daß ich keine Ahnung hätte, sprang vom erhöhten Heck und ging nach vorn, als habe er mich gerufen. Dabei zog ich meine Stake hinter mir her. Unsere Barke lag nun schon merklich tiefer im Wasser. Ein Rapawächter, der mittschiffs postiert war, machte Anstalten, mich aufzuhalten. Ich hieb mit voller Kraft nach ihm, worauf er zwischen die Marmorblöcke taumelte, wo ihn zwei meiner Männer packten und überwältigten. Zwei weitere Rapawächter waren schon verschwunden. Das Wasser sprudelte nun fast schon bis zum Schandeck. Wieder wurde ein Rapawächter ausgeschaltet. Ich sah, wie Loku eine Kette warf, die sich um die vogelähnlichen Fußgelenke des fünften Wächters legte, und ihn mit Naths Hilfe wegzerrte. Der Schrei erstarb abrupt, als habe sich eine zweite Kette um seinen Hals gelegt.

Die nachfolgende Barke wurde um uns herumgesteuert und vorbeigestakt. An Bord schien niemand auf uns zu achten – und dann erkannte ich den Grund. Die Rapasklaven auf dem zweiten Boot waren dabei, die Ochwächter mit ihren Ketten zu erschlagen und schleuderten die kleinen Wesen über Bord.

Wir sanken nun spürbar. Nach wenigen Sekunden sprudelte das Kanalwasser über die Bordwand. Unser Plan sah vor, daß wir nun in der Verwirrung, die das sinkende Boot stiftete, ins Wasser sprangen und an Land schwammen. Aber aus allen Richtungen eilten nun Bewaffnete herbei. Die Revolte der Rapas hatte sofortige Gegenmaßnahmen ausgelöst, so ungeschickt und gewalttätig war sie durchgeführt worden. Nun schien es unmöglich, daß unsere Flucht unbemerkt bleiben würde. Die andere Barke stieß gegen das Pier, und die Rapas eilten aufgeregt schreiend an Land, die blutigen Ketten in den Händen schwingend.

10

Prinzessin Natema Cydones aus dem Noblen Haus Esztercari war früh an diesem Morgen zum Steinmetzpier ihrer Enklave gekommen, um neuen Marmor für die Mauern eines Sommerpalastes auszusuchen, den sie an der Ostseite ihres Anwesens bauen ließ. Daß sie damit Marmor verwendete, der eigentlich für den Bau des neuen Wasserzollhauses bestimmt war, kümmerte sie nicht im geringsten. Die Prinzessin konnte sich alles erlauben und alles an sich nehmen, was ihr gefiel.

Während ich in dumpfer Wut die idiotischen Rapas beobachtete, die meinen schönen Plan zunichte machten, ahnte ich nicht, daß sich in der Gruppe prunkvoll gekleideter Edelleute auf dem Pier auch Prinzessin Natema befand, die ungeduldig mit dem juwelengeschmückten Fuß aufstampfte, damit endlich die Hüllen von dem Marmor genommen würden und sie die gewünschten Blöcke aussuchen konnte.

Ich sah nur den angreifenden Mob der Rapas, das plötzliche Aufblitzen von Waffen im Sonnenschein und das Schwingen der blutverschmierten Ketten.

So dumm waren die Rapas offenbar doch nicht. Es war ihnen gelungen, zahlreiche Artgenossen an Bord ihres Bootes zu schmuggeln. Dabei hatte ihnen zweifellos meine List mit den Vosks geholfen. Sie boten einen angsteinflößenden Anblick, wie sie da zerlumpt und mit Ketten bewaffnet krächzend an Land strömten und ausschwärmten. Gleich darauf wirbelten grüne Uniformen durch die Luft und klatschten in den Kanal.

Wir hatten also doch eine Chance.

»Loku!« rief ich. »Los! Nath – jetzt liegt es an dir, uns durch die Stadt zu führen. Wir verlassen uns auf dich – wenn du uns verrätst, weißt du, was mit dir passiert!«

»Auiie!« rief er und packte seinen linken Arm, als sei er gebrochen. »Beim Großen Diproo – ich verrate euch nicht! Ich wage es nicht!« Und er warf sich über die Reling. Wer von meinen Männern nicht schwimmen konnte – bei den Klansleuten keine Seltenheit, denn nur wenige übten in den einsamen Tümpeln der Sumpfgebiete im Norden –, hatten einen Holzbalken bei sich. Alle sprangen nun ins Wasser und begannen auf das entfernte Ufer zuzuschwimmen. Dort hing dann alles von Nath ab.

Ich blieb zurück, wie es sich für einen Vovetier, einen Zorcander gehörte. Der erste Krieger eines Klans wird Anführer genannt. Wenn zwei oder mehr Klans unter einem Manne vereinigt werden, darf er den Namen Vovetier und Zorcander annehmen, Ableitungen von den Reittieren der Klans. Und für einen solchen Mann wird das genommene Obi zu einer noch größeren Verantwortung. Ich wartete also, bis alle meine Männer sicher von Bord waren.

Sie hatten ihre Ketten fortgeworfen; ich hielt meine Fessel noch zwischen den Fäusten, zum Sprung bereit.

Unser Kahn rührte sich nicht mehr von der Stelle; er ruhte mit hochgerecktem Bug an der Steuerbordflanke der Rapabarke. Der Kanal war an dieser Stelle flach, und unsere Marmorlast ragte noch etwa vier Fuß über das Wasser. Ich hockte auf einem Block zwischen zwei anderen Steinen und wartete ab.

Das wilde Geschrei und das Geklirr von Schwertern und Speeren ließ darauf schließen, daß die Wächter Verstärkung bekommen hatten und sich nun daran machten, die Sklaven niederzumetzeln – was den Soldaten sicher sogar Spaß machte. Darum konnte ich mich aber nicht kümmern; meine Verantwortung galt meinen Männern.

Der Lärm verstärkte sich noch. Vielleicht waren die Sklaven doch nicht so einfach zu bezwingen. Ich wagte einen Blick um die Marmorkante und sah das Sonnenlicht, das schräg auf den Pier brannte, sah die Wächter und Rapasklaven, die sich ein wildes Gefecht lieferten. Eine Eisenkette ist als Waffe nicht zu unterschätzen, besonders wenn sie mit dem Mute der Verzweiflung geschwungen wird.

Ich sah drei Männer, die eine Frau in ein kleines Boot an der Kaimauer luden. Offenbar waren sie dort vom Angriff der Sklaven überrascht worden und kamen nun nicht mehr fort. Der Kanal war ihre letzte Chance. Das Boot legte ab, schwang herum und stieß mit der ersten Barke zusammen. Eine herabwirbelnde Kette traf den Ruderer am Kopf und ließ ihn blutend zusammensinken. Die Frau schrie auf. Der zweite Mann packte die Ruder; doch der Tote behinderte ihn. Das kleine Boot tanzte an der Flanke der Barke entlang. Eine Gruppe Sklaven sah ihre Chance.

Mit krächzenden Schreien sprangen sie auf die

Marmorblöcke ihres Bootes und von dort in das kleine Boot herab, das wild im Wasser zu tanzen begann. Die beiden Männer und ihr toter Freund wurden kurzerhand über Bord geworfen. Zwei Rapas ergriffen die Ruder, zwei duckten sich mit wirbelnden Ketten im Heck, während ein fünfter die Frau um die Hüfte packte und sie an sich drückte. Dabei hielt er sie in die Höhe, damit sie vom Pier aus deutlich zu sehen war.

Seine Absicht war klar.

»Laßt uns frei!« rief er schrill. »Sonst stirbt die Frau!«

Verwirrte Rufe wurden über dem Schlachtlärm laut.

Die Schreie gellten mir in den Ohren und machten mich nervös. Ich dachte an meine Männer, die auf mich warteten. Ich dachte an Delia. Ich weiß nicht mehr, was ich dachte.

Ich wußte nur, ich konnte nicht zulassen, daß eine völlig unbeteiligte Passantin auf so sinnlose Weise getötet wurde. Wenn Sie mich fragen, wie ich gehandelt hätte, wenn es sich um menschliche Sklaven gehandelt hätte, die den Körper einer verhaßten Aristokratin als Deckung benutzten – ich weiß die Antwort nicht.

Geräuschlos sprang ich von der gesunkenen Barke auf das kleine Boot hinüber. Ich versuchte Leben zu schonen und warf die beiden Ruderer über Bord. Die beiden Rapas am Heck richteten sich auf; ihre Ketten zischten drohend durch die Luft.

»Sklave – stirb!« brüllten sie. »Fort mit dir – Mensch!«

Ohne den Antrieb dieses Gebrülls hätte ich vielleicht nicht so heftig gekämpft. Meine Kette fegte durch die Luft und zerschmetterte einem den Schnabel; das Wesen gurgelte und sank zusammen. Die Kette des zweiten unterlief ich und zog meine eigene Waffe so schnell hoch, daß ich dabei fast das Gleichgewicht verlor. Die Kette wickelte sich um den unglaublich dünnen und langen Hals. Ich zerrte daran, und der Rapa taumelte auf mich zu, so daß ich einen treffsicheren Schlag landen konnte. Er brach zusammen. Ein Ruf hinter mir ließ mich herumfahren. Ich duckte mich instinktiv, und die Kette fetzte einen riesigen Splitter aus der Bordwand des Bootes. Ohne zu zögern stellte ich mich dem letzten Rapa.

Er wartete mit kreiselnder Kette.

Sein geschnäbeltes Gesicht starrte mich verzweifelt an; er ahnte, daß das Spiel aus war – doch wenn er mich besiegte und in den Hauptkanal rudern konnte, war ihm die Flucht gelungen – mit einer Menschenfrau als Geisel. Er hatte nichts mehr zu verlieren. Ich versuchte ihn zu täuschen, und die Kette zischte los. Ich sprang zurück.

»Menschlicher Abschaum!« Sein kollerndes Krächzen, das mir unangenehm in den Ohren klang, beruhigte mich seltsamerweise, verlangsamte den wilden Schlag meines Herzens. Ich musterte ihn. Mit der Kette konnte er mir glatt einen Arm oder ein Bein brechen oder mich erwürgen, ehe ich an ihn herankam. Ich ging ein wenig in die Knie und stellte mich fest auf die Bodenbretter, die bereits unter Wasser standen. Sicher hatte er nicht meine Erfahrungen mit Booten und unsicheren Decksplanken. Ich begann das kleine Fahrzeug in schaukelnde Bewegung zu versetzen.

Er riß die Arme hoch. Die Kette fuhr wild herum. Die Frau hielt sich mit beiden Händen am Querholm fest. Ich konnte ihr Gesicht nicht erkennen, denn sie trug einen dichten Schleier aus grüner Seide. Wild schwang ich das Boot hin und her. Der Rapa taumelte, gewann das Gleichgewicht wieder – und wurde schon in die andere Richtung gerissen. Mit jeder Bewegung schwappte Wasser über die niedrige Bordwand.

Mit einem Schrei der Wut und Verzweiflung ließ der

Rapa schließlich seine Kette fallen und beugte sich vor, um sich an der Bordwand abzustützen. Mit einer letzten heftigen Beinbewegung kippte ich ihn aus dem Boot. Er flog in hohem Bogen hinaus und landete mit dem Gesicht nach unten im Wasser. Es schäumte herrlich, doch ich lachte nicht. Ich konnte den armen Teufel in seiner Verzweiflung verstehen.

Ich brachte das Boot hastig wieder in Ruhelage und griff nach den Rudern. Der Rapa trieb davon. Ich wandte mich an die Frau.

»Also, mein Mädchen«, sagte ich rauh. »Alles in Ordnung. Dir ist nichts geschehen.«

Ich wollte nicht, daß sie jetzt noch in Panik geriet und womöglich das Boot zum Kentern brachte.

Sie betrachtete mich durch den Augenschlitz ihres Schleiers und rührte sich nicht. Ich stand über ihr, meine nackte Brust hob und senkte sich von der Anstrengung des Kampfes, Wasser und Schweiß liefen mir über die Schenkel, an denen sich die Muskeln hart abzeichneten.

Sie trug ein langes grünes Kleid, ohne jeden Schmuck. Über dem grünen Schleier saß eine Art Dreispitz aus schwarzer Seide mit einer geschwungenen grünen Feder. Ihre Hände stecken in weißen Handschuhen. Drei Finger waren über den Handschuhen mit Ringen geschmückt – ein Smaragd, ein Rubin und ein Saphir. Das mußte ein wohlhabends Vögelchen sein, das mir da zugeflogen war.

Ich begann zum Pier zurückzurudern. Dabei überlegte ich, wie ich meine geöffnete Sklavenkette erklären konnte.

Die Frau hatte kein Wort gesagt. Sie saß so still da, daß ich schon annahm, sie müsse einen Schock erlitten haben.

Als wir den Pier erreichten, stand sie auf und streckte einen juwelengeschmückten Fuß vor. Ich hob die offene Hand, und sie stellte den Fuß hinein und ließ sich von mir auf den Pier heben wie von einem Fahrstuhl in den riesigen Pflanzenstämmen des fernen Aphrasöe.

Ich wurde von einer Sorge befreit, als ich einen Rapawächter im Wasser schwimmen sah; eine Kette war um seinen Hals geschlungen, sein breiter, geschnäbelter Kopf war seltsam verdreht. Er war ein Deldar, ein Kommandant über zehn Wächter – der sechste Wächter an Bord unserer Barke.

Ich kletterte auf den Pier.

Die Frau war von einer aufgeregten Gruppe buntgekleideter Wächter und Edelleute umgeben. Von Sklaven war nichts mehr zu sehen. Der Pier und die Stufen waren von Blut gerötet.

»Prinzessin!« riefen die Stimmen durcheinander. Und: »Wir dachten, deine kostbare Gegenwart würde uns genommen!« Und: »Gelobt sei der mächtige Zim und der dreimal mächtige Genodras, daß du am Leben bist!«

Sie wandte sich um und sah mich mit erhobenem Kopf an; ihr Gewand umgab sie starr wie ein Zelt, ihre juwelengeschmückten Füße waren darunter verborgen. Sie hob eine weißumhüllte Hand, und der Lärm erstarb.

»Dray Prescot«, sagte sie und erstaunte mich damit über alle Maßen. »Ich erweise dir die Gnade, dich vor mir zu verbeugen.«

Ich stand vor ihr im Licht der beiden Sonnen – ein rötlicher Schatten erstreckte sich von meinen Hacken nach Nordnordwest und ein grünlicher Schatten ziemlich genau nach Nordwest zu Nord. Ich hob den Kopf und starrte sie verblüfft an.

In diesem Augenblick drängte sich Galna vor, den ich noch deutlich in Erinnerung hatte. Sein Gesicht war rot vor Zorn und Rachedurst – zugleich schien er zu triumphieren. Seine grüne Lederkleidung schimmerte im antarischen Sonnenschein.

»Ich durchbohre den Rast, Prinzessin, wie du befohlen hast.«

Er zog ein Rapier aus einer samtbezogenen Scheide. Ich achtete kaum auf die Waffe, sondern starrte die Frau an. Ich sollte mich vor ihr verbeugen? Ich wollte nicht sterben und gehorchte also; ich machte einen steifen Kratzfuß, riß meinen imaginären Dreispitz vom Kopf, fuchtelte mit der rechten Hand elegant vor der Brust herum und streckte sie mit anmutig gekrümmten Fingern schließlich in die Höhe; ein Bein nach vorn, das andere nach hinten gestreckt, den linken Arm auf dem Rücken – so beugte ich mich tief hinab.

Wenn diese absurde Geste, die so sorgsam in den europäischen Kammern gelehrt wurde, als Beleidigung aufgefaßt werden konnte, dann… Ich hörte ein Lachen.

»Töte den Rast noch nicht, Galna. Er wird uns noch Spaß bereiten – später.«

Ich richtete mich auf. »Unser Rapawächter hat mir die Kette abgenommen, damit ich besser zufassen konnte…«, begann ich. Galna versetzte mir mit der flachen Klinge seines Rapiers einen Schlag über das Gesicht – wenigstens wäre ihm das gelungen, wenn ich den Kopf nicht blitzartig zurückgezogen hätte. Die Männer ringsum gerieten in Bewegung.

»Auf die Knie, Unwürdiger, wenn die Prinzessin mit dir spricht.«

Ein Arm fuhr mir über den Rücken, ein Fuß trat mir gegen die Schenkel, und ich fand mich auf dem Boden wieder, den Kopf vorgeneigt, das Gesicht schmerzhaft gegen die Steine des Piers gedrückt, so daß mir Marmorstaub beißend in die Augen und die Nase stieg. Vier Männer hielten mich fest.

»Verbeuge dich, Rast.«

Und ich verbeugte mich. Ich wußte nun schon etwas von den Dingen, die ein Sklave im Haushalt der Esztercaris beherrschen mußte, um am Leben zu bleiben. Während ich die Nase immer wieder in den Marmorstaub drückte, verglich ich diese barbarische Haltung mit den ehrenvollen Gesten einer Obi-Zeremonie.

Ich wußte, daß ich dem Tode diesmal sehr, sehr nahe war.

Prinzessin Natema Cydones berührte mich mit ihrem juwelengeschmückten Fuß. Selbst ihre entzückenden Zehennägel waren in der Hausfarbe lakkiert.

»Du darfst dich hinhocken, Sklave.«

Ich hielt es für richtig, diesen Befehl genau zu befolgen, und setzte mich hin wie ein Hund. Niemand schlug mich – also hatte ich wohl noch etwas gelernt. Einige erregte Ausrufe waren laut geworden, verschiedene Leute murmelten vor sich hin, und jemand hatte Befehle gegeben; jetzt hörte ich Kettengeklirr. Es näherte sich ein stämmiger kleiner Mann in einer hellgrauen Tunika, die smaragdgrün umsäumt und auf der Brust mit zwei großen, schlüsselförmigen Zeichen bestickt war. Unter den wilden Blicken und gezückten Rapieren von Galna und den anderen Edelleuten belud mich dieser Mann mit Ketten. Er ließ einen Metallring um meinen Hals zuschnappen, ein zweites Band um meine Hüfte, verpaßte mir Arm- und Fußreifen, und an all diesen gewichtigen Fesseln befestigte er Ketten, die mir mehr als ein Kabel lang zu sein schienen.

»Sorge dafür, daß er in meinen Opalpalast gebracht wird, Nijni«, befahl die Prinzessin beiläufig, als bespreche sie die Lieferung neuer Handschuhe. Nein – das stimmte nicht. Als ich von dem Berufssymbol des Sklavenmeisters, einem Holzstab, angetrieben wurde, überlegte ich, daß Natema auf die Auswahl neuer Handschuhe sicher mehr Zeit und Sorgfalt verwenden würde.

Ich war der Sklaverei entkommen, nur um gleich wieder versklavt zu werden.

Die Zukunft sah so düster, gefahrvoll und trostlos aus wie eh und je. Nur ein Hoffnungsschimmer blieb mir – meine Männer, meine loyalen Klansleute, meine Brüder in Obi waren entkommen – sie waren ihrer Ketten und der Sklaverei ledig.

11

Wie hätten meine Brüder in Obi gelacht, wenn ich ihnen so vor die Augen getreten wäre! Brüllend hätten sich meine wilden und fanatischen Klansleute die Bäuche gehalten, ihren Zorcander, ihren Vovetier wie einen Gecken herausgeputzt zu sehen. Drei Tage waren seit meinem fehlgeschlagenen Fluchtversuch vergangen. Ich wußte, daß man mich den Marmorbrüchen abgekauft hatte. Wenn die Prinzessin Natema einen Wunsch äußerte, zitterten Männer um ihr Leben, bis man ihr den Wunsch zu ihrer Zufriedenheit erfüllt hatte. Jetzt wanderte ich in dem winzigen Holzverschlag hin und her, den man mir im Dachgeschoß des Opalpalastes als Zimmer zugewiesen hatte; seltsam war mir das vorgekommen, als mich eine graugekleidete Sklavin mit verstohlenem, ängstlichem Blick hierherführte. Nun betrachtete ich mich verächtlich im Spiegel. Ich sah aus wie ein Pfau.

Ich hatte mich geweigert, die Sachen anzuziehen; doch Nijni, der dicke, mürrische, stets chamkauende Sklavenmeister, hatte drei mächtige Burschen herbeigepfiffen, die mit ihren kahlgeschorenen Schädeln, den massiven Schultern, den stahlharten Muskelsträngen unter dicker brauner Haut und den kurzen sehnigen Beinen und auswärts gebogenen Füßen gar nicht wie Menschen aussahen. Zwei hatten mich festgehalten, während der dritte mir mit einer schmalen Rute

Rücken und nacktes Hinterteil versohlte. Der ganze Vorgang erinnerte mich so sehr an die Auspeitschungen, die in der königlich-britischen Marine vorgenommen wurden, daß ich nur drei Schläge hinnahm, ehe ich hinausschrie, ich würde die Kleidung anlegen – denn was kam es auf eine lächerliche Aufmachung an, wenn es einem sowieso schlecht ging.

Der Mann, der mich geschlagen hatte – ich konnte ihn mir nur als Mann vorstellen, obwohl ich keine Ahnung hatte, welchem Topf inzestuöser Gene er entsprungen war – beugte sich zu mir herab, ehe er das Zimmer verließ.

»Ich bin Gloag«, sagte er. »Verzweifle nicht. Der Tag wird kommen.« Er sprach mit einer Stimme, die sehr gepreßt klang – das Flüstern von Stimmbändern, die sich sonst nur mit lautem Gebrüll verständlich machten. Ebenfalls ein Merkmal gewisser Dienstgrade in der Marine Ihrer Majestät. Ich fühlte mich fast wie zu Hause.

Ich ließ mir nicht anmerken, daß ich ihn verstanden hatte.

Nun musterte ich mich also unbefriedigt. Ich trug ein Hemd mit grünweißem Rautenmuster, scharlachrot bestickt. Dazu eine gelb-weiße Seidenhose mit einem breiten, grellbunt bestickten Leibgurt. Meinen Kopf umschloß ein riesiger weißer und goldbetreßter Turban, an dem Glasklunker baumelten, lustige Federn wippten und zierliche Perlenkettchen klirrten. Ich fühlte mich wie ein Einfaltspinsel, aufgedonnert wie ein Zirkuspferd.

Wenn meine wilden Brüder der Segesthes-Ebenen mich so sehen würden... Ich wagte nicht daran zu denken!

Nijni holte mich mit Gloag und seinen Männern ab, gefolgt von drei schlanken jungen Sklavinnen. Die Mädchen waren mit allerlei Perlenketten behangen und trugen sonst bemerkenswert wenig. Gloag und seine Männer stammten aus Mehzta, eine der neun Inseln Kregens. Sie trugen den üblichen grauen Lendenschurz der Sklaven, dazu jedoch einen breiten – selbstverständlich smaragdgrünen – Gürtel, an dem die schmale Sklavengerte hing. Ich begleitete sie. In meiner Naivität hatte ich keine Ahnung, wohin wir gingen, warum ich so gekleidet war oder warum ich – was gar nicht unangenehm gewesen war – das neunfache Bad hatte durchmachen müssen. Hierbei handelte es sich um den einfachen Vorgang, durch neun Zimmer zu wandern, mit handwarmem Wasser beginnend, das den Schmutz in dunklen Schlieren ablöste, wobei das Wasser mit jedem Becken heißer wurde, bis mir schließlich der Schweiß am ganzen Körper herablief, und dann wieder kälter, bis ich schnatternd auf und nieder hüpfte und mich fühlte, als stünde ich wie ein Pinguin im Schneesturm auf dem Packeis. Ich protestierte zähneklappernd, doch die Prozedur hatte mich belebt.

Nijni blieb vor einer golden und silbern verzierten Tür stehen, in der zahlreiche Smaragde schimmerten. Von einem Tischchen hob er einen Kasten, dem er ein in Papier eingeschlagenes Bündel entnahm. Sorgsam löste er das Papier. Darin lag ein Paar unglaublich dünner weißer Seidenhandschuhe.

Die Sklavenmädchen halfen mir vorsichtig, die Handschuhe anzulegen. Nijni musterte mich, den Kopf auf die Seite geneigt, ohne dabei seine Kaubewegungen einzustellen.

»Für jeden Riß in den Handschuhen«, versicherte er, »bekommst du drei Schläge mit der Gerte. Für jeden Schmutzfleck einen. Vergiß das nicht.« Dann öffnete er die Tür.

Das Zimmer war klein, prunkvoll eingerichtet, über alle Maßen elegant, ja, dekadent. Wahrscheinlich mußte man so etwas von einer Prinzessin erwarten, der seit ihrer Geburt jeder Wunsch von den Lippen abgelesen worden war, die jeden Luxus als ihr Vorrecht empfand und die niemals die Lenkung einer älteren oder klügeren Hand gespürt hatte oder den gesunden Menschenverstand eines Menschen, dem nicht alles gewährt ist.

Sie lag auf einer Art Chaiselongue unter einer goldenen Lampe; das Lampengestell hatte die Form eines jener anmutigen Laufvögel der Segesthes-Ebenen, die wir Klansleute gern fangen, um die bunten Federn an die Mädchen der riesigen Chunkrah-Herden zu verschenken. Natema trug ein kurzes smaragdgrünes Kleid – war denn hier keine andere Farbe möglich? – und darunter eine silbrig schimmernde Seidenjacke. Ihre Arme waren nackt und schimmerten rosig; ihre Fußgelenke waren schmal, ihre Waden hübsch anzusehen, doch ihre Schenkel kamen mir einen Hauch zu füllig vor, zwar entzückend anzuschauen, doch eine Winzigkeit zu üppig für einen Mann meines Geschmacks. Wohl zu wenig Bewegung, die Kleine. Zuviel Sänfte. Das volle blonde Haar hatte sie auf dem Kopf aufgetürmt, wo es von einer Smaragdnadel festgehalten wurde. Ihr köstlicher Mund schimmerte rot und warm – und lächelte einladend.

Hinter ihr sah ich in einem Alkoven den Unterleib und die Füße eines riesigen Mannes, der einen Kettenpanzer trug. Brust und Kopf waren hinter zwei verzierten Elfenbeintüren verborgen. An seiner Seite, die Spitze auf dem Boden ruhend, erblickte ich ein langes Rapier. Man brauchte mir nicht erst zu sagen, daß der Krieger auf ein kurzes Kommando der Prinzessin Natema mit einem Riesensprung aus seinem Wandschränkchen ins Zimmer eilen würde, um seine tödliche Waffe an meinen Hals zu heben oder sie mir ins Herz zu stoßen.

»Du darfst dich verbeugen«, schlug sie wohlwollend vor.

Ich gehorchte. Sie hatte mich nicht Rast genannt. Ein

Rast, das hatte ich inzwischen rausgekriegt, war ein widerliches sechsbeiniges Nagetier, das in Misthaufen und von Aas lebte. Vielleicht irrte sie sich. Vielleicht war ich trotz meiner vier Glieder und meiner Körpergröße in diesem Palast wirklich nur einem Rast vergleichbar, der in seinem Misthaufen wühlt. Jedenfalls entsprach das seiner Natur.

»Du darfst dich hinhocken«, lautete ihr Angebot.

Ich tat, wie mir geheißen.

»Sieh mich an.«

Auch diese Anordnung befolgte ich, was mir nicht sonderlich schwerfiel.

Geschmeidig erhob sie sich von der Couch. Ihre weißen Arme hoben sich und zogen anmutig und vielsagend die Smaragdnadeln aus dem Haar, das kunstvolle Gebilde des Turms löste sich auf, das helle Haar fiel herab. Dann bewegte sie sich leichtfüßig im Zimmer umher und schien kaum die vielen Teppiche aus Pandahem zu berühren; ihre rosa Füßchen mit den entzückenden grünlackierten Zehennägeln schienen darüber hin zu huschen. Das grüne Gewand sank über die Schultern herab, und ich hielt den Atem an, als zwei feste Rundungen unter der Seide erschienen; tiefer ließen ihre Arme das Gewand sinken, schoben es mit – wie soll ich es beschreiben? –, mit einer Art atemlosen Zischen hinab, worauf sie nur noch das helle Unterkleid trug, das sich unten eng um ihre – hm, ich sagte es schon – Schenkel schmiegte. Silberfäden schimmerten in dem Stoff. Ihr Körper leuchtete in dem Gewand wie eine geweihte Flamme in den heiligeren Bezirken eines Tempels.

Sie starrte auf mich herab, forderte mich heraus, wohl wissend, welche Wirkung ihr Körper auf meine ausgehungerten Gefühle hatte. Ihre roten Lippen schürzten sich, und das Licht der Lampe fing sich darauf und schoß mir blendende Pfeile der Lust in die Lenden.

»Bin ich eine Frau, Dray Prescot?«

»Aye«, sagte ich, »du bist eine Frau.«

»Bin ich nicht die schönste aller Frauen?«

Sie hatte mich nicht berührt – noch nicht.

Ich überlegte, doch wie immer, wenn man mit einer besonders geistreichen Antwort brillieren will, findet man das Gehirn ausgedörrt.

Ihr Gesicht verkrampfte sich. Sie atmete plötzlich heftig. Sie stand vor mir, den Kopf zurückgeworfen, das Haar wie ein schimmernder Vorhang um ihre Schultern, der ganze Körper instinktiv auf den massierten Einsatz sämtlicher weiblicher Waffen konzentriert.

»Dray Prescot! Ich habe gefragt – bin ich nicht die schönste aller Frauen?«

»Du bist schön«, sagte ich.

Sie zog heftig den Atem ein. Ihre kleinen weißen Hände verkrampften sich.

Sie starrte auf mich herab, und ich mußte an den gepanzerten Schwertkämpfer denken, der in seinem Schränkchen wartete.

»Du bist sehr schön«, beeilte ich mich zu versichern.

»Kennst du vielleicht eine Frau, die schöner ist als ich?«

Ich erwiderte ruhig ihren Blick. »Aye, ich kannte eine solche Frau. Aber sie ist tot, glaube ich.«

Sie lachte grausam, spöttisch, verächtlich, aber eine Idee zu schrill. »Was nützt eine tote Frau einem lebendigen Mann, Dray Prescot? Ich verzeihe dir deine Beleidigung ...« Sie stockte und hob eine Hand an die Brust. »Ich verzeihe dir«, sagte sie noch einmal wie in Gedanken versunken. »Bin ich nicht die schönste aller lebenden Frauen?«

Das konnte ich bejahen, denn mein Gedächtnis war nicht das beste. Ich sah keinen Grund, mich wegen einer verzogenen Prinzessin umbringen zu lassen. Meine Delia, meine Delia aus den Blauen Bergen – in jenen Augenblicken mußte ich an sie denken, und wieder durchzuckte mich der Schmerz, so daß ich fast vergaß, wo ich mich befand, und laut stöhnte. Konnte Delia wirklich tot sein? Oder war sie von den Savanti wieder nach Aphrasöe geholt worden? Die Antwort auf diese Frage konnte ich nur erfahren, wenn ich die Stadt der Savanti fand – und das schien mir unmöglich zu sein, auch wenn ich frei gewesen wäre.

Als sei sie plötzlich ihres leeren Spotts überdrüssig geworden, ließ sie sich lässig auf die Chaiselongue sinken, den Kopf zurückgeworfen, die Arme ausgestreckt, das goldene Haar bis auf den Teppich aus Pandahem hinabfallend. »Bring mir Wein«, sagte sie herausfordernd und hob ihren juwelengeschmückten Fuß.

Gehorsam richtete ich mich auf, und goß aus einer bernsteinfarbenen Flasche Wein in einen Kristallkelch. Das Getränk roch nicht besonders angenehm. Es war mir also gleichgültig, als sie mir nichts anbot.

»Mein Vater«, sagte sie, als hätten ihre Gedanken eine Kehrtwendung gemacht, »hat es sich in den Kopf gesetzt, daß ich den Prinzen Pracek aus dem Hause Ponthieu heiraten soll.« Ich antwortete nicht. »Die Häuser Esztercari und Ponthieu sind im Moment verbündet und beherrschen die Große Versammlung. Ich spreche vor dir von diesen Dingen, Tölpel, damit du merkst, daß ich nicht nur eine *schöne* Frau bin.« Ich schwieg noch immer. Sie fuhr verträumt fort: »Die beiden Häuser haben insgesamt fünfzig Sitze. Mit den anderen Häusern, die uns verbunden sind, ob bürgerlich oder von Geblüt, haben wir alle wichtigen Entscheidungen im Griff. Ich werde auch die *mächtigste* Frau in Zenicce sein.«

Wenn sie eine Antwort erhoffte, wurde sie enttäuscht.

»Mein Vater«, fuhr sie fort, richtete sich auf,

stemmte das wohlgerundete Kinn auf die Faust und musterte mich mit ihren schimmernden kornblumenblauen Augen, »mein Vater, der die Macht in diesem Zusammenschluß hält, ist Kodifex der Stadt, ihr Herrscher. Du solltest dich beglückwünschen, Dray Prescot, ein Sklave im edlen Haus von Esztercari zu sein.«

Ich senkte den Blick.

»Ich glaube«, sagte sie mit derselben verträumten Stimme, »ich werde dich an einem Balken aufhängen und auspeitschen lassen. Disziplin ist ein gutes Lehrfach für dich.«

Ich sagte: »Darf ich sprechen, Prinzessin?«

Sie atmete heftig. Ihre Augen schimmerten mich glühend an. Dann: »Sprich, Sklave!«

»Ich bin noch nicht lange Sklave. Diese lächerliche Haltung ist mir unbequem. Wenn du mir nicht gestattest aufzustehen, kippe ich wahrscheinlich gleich um.«

Sie zuckte zurück. Ihre Lippen zitterten. Ich bin mir nicht sicher, auch nach all den Jahren nicht, ob sie wirklich merkte, daß sie verspottet wurde. Immerhin war ihr so etwas noch nie widerfahren – woher sollte sie es wissen? Aber sie erkannte, daß ich mich nicht sklavisch benahm. In diesem für sie schlimmen Augenblick verlor sie die Aura einer Prinzessin, zu deren juwelengeschmückten Füßen alle Männer wie Rasts lagen. Ihr silbernes Gewand bewegte sich mit der Heftigkeit ihres Atems. Dann hob sie das grüne Kleid auf, wand es sich achtlos um die Hüften und trommelte mit den langen lackierten Fingernägeln auf einen Gong, der in Reichweite von der Chaiselongue an zwei Schnüren hing.

Sofort trat Nijni ein – gefolgt von den Sklavinnen und Gloag mit seinen Männern.

»Bringt den Sklaven wieder in sein Zimmer!«

Nijni verbeugte sich unterwürfig. »Soll er bestraft werden, Prinzessin?«

Ich wartete.

»Nein, nein – bring ihn nur fort. Ich schicke wieder nach ihm.«

Mir wollte scheinen, daß Gloag mich bemerkenswert grob aus dem Zimmer beförderte.

Die drei Sklavinnen in ihren Perlenketten lachten und kicherten und musterten mich verstohlen aus den Winkeln ihrer schrägen blauen Augen. Ich fragte mich, was sie zu lachen hatten, dann fiel mir meine Aufmachung ein.

Gloag schlug mir auf die Schulter.

»Wenigstens lebst du noch, Dray Prescot.«

Wir verließen den dufterfüllten Korridor, nachdem man mir die weißen Handschuhe abgenommen hatte. Vom Wein war ein Fleck an meinem rechten Daumen zurückgeblieben. Nijni hob kauend den Kopf.

»Ein Schlag mit der Gerte!« sagte er, enttäuscht, daß es nicht mehr waren. Ein Sklavenmädchen im grauen Lendentuch aller Sklavinnen bog vor uns um die Ecke. Sie trug einen riesigen irdenen Wasserkrug. Eine Lampe, die an goldenen Ketten über ihrem Kopf hing, tauchte ihr Haar plötzlich in einen herrlichen Schimmer und blendete mich. Im gleichen Moment hörte ich einen verzweifelten Aufschrei. Ich hörte, wie der Krug in tausend Scherben zerschellte, und fuhr herum.

Den Kopf erhoben, mit starrem Gesicht, Tränen der Enttäuschung und des Zorns in den Augen, starrte mich Delia aus den Blauen Bergen an – mich, Dray Prescot, in meiner lächerlichen und verräterischen Aufmachung.

Zornig und verzweifelt aufschluchzend stürzte sie davon.

12

War es wirklich Delia aus Delphond, Delia aus den Blauen Bergen?

Wie sollte das möglich sein? Eine Sklavin im grauen

Lendentuch – war das *meine* Delia? Ich befand mich wieder in meinem kleinen Holzverschlag unter dem prunkvollen Schrägdach von Natemas Opalpalast und stöhnte immer wieder: »Delia, Delia, Delia …«

Es war sicher nur ein Mädchen, das im Schein der Lampe wie Delia ausgesehen hatte. Aber warum hatte sie sich mit tränenfeuchten Augen abgewandt, warum war sie schluchzend vor mir geflohen – voller Schmerz oder voller Wut und Verachtung. So verwirrt waren meine Gedanken, daß ich nicht einmal mehr genau wußte, wie das Mädchen eigentlich reagiert hatte.

Die überlebensgroße Statue eines Talus hatte in der Ecke unter der Lampe gestanden – ein Talu ist eine, wie ich annahm, mythische achtarmige Gestalt mit schrägen Augen und Armreifen, aus dem Zahnbein des Mastodonzahns geschnitzt. Die Statue hatte hell geschimmert, als ich losrannte. Ich stieß gegen das Gebilde, fing es instinktiv auf und stützte es, und die acht Arme bildeten eine Art Wagenrad um mich, zahllose Fingerspitzen berührten mich in erotischer Bedeutung. Ich verlor das Mädchen aus den Augen, das zwischen den zahlreichen bunten Dachsäulen verschwand. Ein tiefer Gong dröhnte durch den Palast.

Nijni war außer Atem und kaute wild auf seinem Chem.

»Sie entkommt uns nicht!« rief er außer sich vor Wut; die Worte kamen ihm abgehackt über die Lippen. »Ich lasse sie auspeitschen …«

Ich packte ihn an seiner grauen Tunika und hob ihn in die Höhe, bis die hochgebogenen Spitzen seiner Schuhe den Boden verlassen hatten und er vor mir baumelte. Ich fletschte meine Zähne und hielt mir sein Gesicht dicht unter die Nase.

»Rast!« brüllte ich. »Wenn du ihr auch nur ein Haar krümmst, breche ich dir das Genick!«

Er versuchte zu sprechen und brachte kein Wort heraus; dennoch wußte ich, was er wollte.

»Du kannst mich ruhig tausendmal auspeitschen«, fauchte ich und schüttelte ihn tüchtig durch. »Aber ich breche dir das Genick! Das verspreche ich dir!«

Dann ließ ich ihn fallen, so daß er in die Arme der Sklavenmädchen taumelte, die mich entsetzt anstarrten. Ich bemerkte, daß Gloag und seine Männer ihrem Sklavenmeister nur sehr zögernd zu Hilfe kamen. Jetzt jedoch traten sie vor und ließen ihre Gerten durch die Luft pfeifen. Dann wurde ich wieder in mein Zimmer gebracht. Hier verabfolgte mir Gloag den Peitschenhieb, den mir der Weinfleck am Handschuh eingebracht hatte. Ich hatte das Gefühl, daß die Bestrafung ungewöhnlich kräftig ausfiel. Ehe er ging, flüsterte er mir etwas ins Ohr.

»Es ist noch nicht soweit. Wecke nicht ihr Mißtrauen, oder ich breche dir das Genick, bei Vater Mehzta-Makku!«

Dann war er fort.

Natürlich versuchte ich Informationen über die Sklavin zu bekommen, die ihren Wasserkrug zerbrochen hatte; aber niemand wollte mir Auskunft geben, und ich wollte in meinem heißen, stickigen Zimmer schier verzweifeln. Von Zeit zu Zeit wurde ich in meiner idiotischen Aufmachung auf einen baumgesäumten Hof geführt, um ein wenig Auslauf zu haben, und zweimal sah ich eine grüngekleidete und verschleierte Gestalt herüberstarren, die ich für Natema hielt. Keine edle Frau aus Zenicce verließ die Grenzen ihrer Enklave ohne Schleier.

Drei weitere Gespräche mit ihr fanden statt – ebenso sinnlos wie das erste –, und bei meinem letzten Besuch mußte ich mich vor ihr nackt ausziehen, ein Vorgang, den ich als sehr unangenehm und erniedrigend empfand, aber er war unvermeidlich, wenn ich an den Leibwächter im Alkoven und an die Gerten der Mehztawächter vor der Tür dachte. Ich entnahm den scherzhaften Bemerkungen der perlenbehängten Sklavinnen, daß die Prinzessin mich taxierte wie einen Zorca oder einen Halbvove – die kleinere, leichtere und weniger temperamentvolle Abart unserer großen Reittiere.

Natema überschüttete mich mit ihrer Verachtung; ihre Mißachtung meiner Person zeigte mir, wie sehr sie ihre Mitmenschen verachtete. Aber das war mir gleichgültig. Ich ersehnte Informationen über Delia. Wie bereitwillig mir Natema ihre rosigen Kurven enthüllte. Ich spürte, daß sie mich zu einer großen Torheit verleiten wollte – doch so leicht ließ ich mich nicht in die Falle locken.

Einmal ließ sie mich von Gloag und seinen Männern auspeitschen – wohl aus dem kindlichen Wunsch heraus, mich mit ihrer Macht zu beeindrucken. Diesmal verfuhr Gloag gnädig mit mir, und meine Haut platzte nicht auf, obwohl der Schmerz nahezu unerträglich war. Die ganze Zeit stand Natema dabei, die Unterlippe zwischen den Zähnen, die leuchtenden blauen Augen erwartungsvoll aufgerissen, die Hände vor der Brust verschränkt.

»Du sollst begreifen, Rast, daß ich deine Herrin, die höchste Macht in deinem Leben bin! Unter meinen Füßen bist du Staub!« Sie trat nach mir, und ihre Brust wogte vor Erregung. Ich lächelte nicht, obwohl es mich juckte, aber ich hielt diese Geste für sinnlos. Und doch konnte ich mir nicht verkneifen zu sagen: »Ich hoffe, daß du heute nacht gut schläfst, Prinzessin.«

Sie trat vor und schlug mich mit ihrer zarten weißen Hand. Ein Schlag ins Gesicht, den ich kaum spürte, so heftig schmerzte mein Rücken. Ich blickte sie stirnrunzelnd an.

»Du wärst eine interessante Sklavin«, sagte ich.

Sie wirbelte herum, von einer Emotion geschüttelt, die Gloag nicht miterleben wollte. Er und seine Männer drängten mich aus dem Zimmer, und eine Greisin mit faltigem Gesicht kümmerte sich um meinen Rücken. Ich kannte die Peitsche aus meinen Tagen bei der Marine, als ich noch nicht auf dem Achterdeck fuhr, und nach vier Tagen war ich mit Hilfe von Salben und viel Ruhe wieder ganz auf den Beinen. Gloag hatte sich dabei als Freund erwiesen.

»Kannst du mit einem Speer umgehen?« fragte er mich einmal, als die Alte meinen Rücken versorgte.

»Ja.«

»Und wirst du ihn benutzen, wenn die Zeit reif ist?«

»Ja.«

Er beugte sich zu mir herab, während ich mit dem Gesicht nach unten auf meinem Bett lag. Sein kantiges, grobes Gesicht musterte mich fragend. Dann nickte er, als habe er eine zufriedenstellende Antwort erhalten.

»Gut«, sagte er nur.

Das Edle Haus Esztercari beschäftigte keine Rapasklaven. Nach Auskunft der anderen Sklaven lag das daran, daß unserer Prinzessin der Geruch der Rapas nicht gefiel. Das mochte stimmen. Es gab auch keine Rapawächter im Hause – dafür in ausreichender Zahl Ochs und Mehztas, die zwar auch Sklaven waren, aber die Gertengewalt hatten, dazu andere seltsame Wesen, die ich zuweilen im Opalpalast erblickte. Doch nach wie vor erfuhr ich nichts über Delia – oder das Mädchen, das Delia aus Delphond sein konnte.

Der Palast war ein wahrer Kaninchenbau, wie es oft geschieht, wenn ein Haus über längere Zeit von vielen Dynastien erweitert und umgebaut wird. Ich konnte mich in begrenztem Umfang in den Korridoren und Sälen bewegen; doch alle Ausgänge wurden von Chuliks bewacht, die zwar wie die Menschen mit zwei Armen und zwei Beinen geboren werden, aber ansonsten nichts Menschliches an sich haben. Ihre Haut schimmerte ölig und war von gelblicher Farbe, ihre Schädel waren kahl bis auf einen grüngefärbten Haarschopf, der ihnen bis zu den Hüften herabfiel. Die vogelartigen Augen waren klein, rund und schwarz und blickten mit hypnotischer Starrheit in die Welt. Die

Chuliks waren kräftig und überaus reaktionsschnell. Das Haus von Esztercari kleidete sie in taubengraue Tuniken mit smaragdgrünen Streifen. Die Bewaffnung entsprach der der Bürger und Adligen von Zenicce – sie trugen Rapier und Dolch.

Das Rapier wird allgemein auch Jiktar genannt – ein Kommandant über tausend –; und sein untrennbarer Begleiter, der Dolch, Hikdar, ein Kommandant über hundert. Das Wurfmesser wird oft auch abfällig als Deldar bezeichnet – als Kommandant über zehn. Das halte ich für ungerechtfertigt. Aus unerfindlichen Gründen haben die Segesthen – ob Mensch oder Halbmensch – etwas gegen den Gebrauch von Schilden. Sie wissen, was ein Schild ist, benutzen ihn jedoch nicht. Man scheint ihn für die Waffe eines Schwächlings zu halten, für ein Zeichen der Feigheit, Heimtücke und Täuschung. Angesichts der allgemeinen Geschicklichkeit beim Umgang mit Waffen will es mir seltsam erscheinen, daß die zahlreichen Vorteile eines Schildes nicht erkannt werden. Vielleicht kennt man sie, vielleicht wird die Anwendung nur durch eine Art Ehrenkodex unmöglich gemacht. Ich habe oft darüber diskutiert, wobei mich Freunde schon seltsam zu mustern begannen und sich zu fragen schienen, ob ich nicht etwa schwach und feige wäre – bis ich sie in freundschaftlichem Kampf vom Gegenteil überzeugen konnte.

Inzwischen war mir klar, was mir als Sklave im Hause Esztercari bevorstand. Den geflüsterten Hinweisen und direkten Ratschlägen Gloags entnahm ich, daß die Prinzessin Natema in ihrem Leben noch keinen Mann erlebt hatte, der vor ihrer Schönheit nicht in Ehrfurcht erstarrt war. Sie konnte Männer dazu bringen, auf den Knien vor ihr zu kriechen und ihr die Füße zu küssen. Natürlich konnte sie das bei mir auch erreichen, indem sie mir Folter und Peitsche androhte. Aber sie hatte sich immer ihrer Macht als Frau über die Männer gerühmt, ohne zu Zwangsmitteln greifen zu müssen.

Sie wurde des Spiels allmählich müde und begann zu ahnen, daß ich freiwillig nicht nachgeben würde. Hätte ich es getan, wäre bestimmt sofort der bewaffnete Schwertkämpfer aus seiner Nische gerufen worden, um mir den Garaus zu machen – und Natema hätte sich nach dem nächsten Spielgefährten umgesehen.

Niemand, nicht einmal Nijni, wußte, wie viele Sklaven es im Hause Esztercari gab. Natürlich wurden von den Sklavenschreibern Listen geführt; doch Sklaven starben, wurden verschenkt oder verkauft, frische Sklaven wurden gekauft oder eingetauscht, und die Verzeichnisse waren nie auf dem laufenden. Eine Tatsache machte die Verwirrung noch größer – innerhalb des edlen Hauses gab es viele Familien – von denen die Familie des Cydones die Erste Familie war –, und es konnte geschehen, daß Sklaven im Bereich des Hauses verkauft und von der Liste genommen wurden, während er oder sie noch in den Ställen arbeitete oder Wasser für die Küche eines der zahlreichen Esztercari-Paläste schleppte.

In dieser Zeit verbreitete sich das Gerücht über einen Kampf in den Sklavenunterkünften. Das Bürgerhaus Parang war angegriffen worden – und zwar über einen Kanal hinweg, der die Enklave von der des edlen Hauses Eward trennte. Die Angehörigen der Ewards stritten ab, den Angriff vorgetragen zu haben, und gaben Unbekannten die Schuld. Gloag blinzelte mir zu.

»Das ist das Werk der Ponthieu, beim Vater Mehzta-Makku! Sie hassen die Ewards wie die Pest, und unser Haus unterstützt sie darin.«

Ich erinnerte mich an Natemas Worte über die Machtverteilung in der Stadt.

Diese Winkelzüge lokaler politischer Kleinkrämer bedeuteten mir nichts. Mein Sinn stand nach Delia.

Und doch mußte ich einer unangenehmen Tatsache ins Auge sehen – ich hatte keinen Beweis, daß Delia noch etwas für mich empfand. Wie konnte ich das von ihr erwarten – nach allem, was geschehen war? Denn hätte ich in Aphrasöe nicht eigenmächtig eingegriffen, wäre sie vielleicht geheilt worden und hätte wieder zu ihrer Familie nach Delphond zurückkehren können – wo immer das lag. Der Name war hier bekannt – das hatte mich sehr aufgewühlt –, doch kein Sklave wußte zu sagen, wo Delphond zu finden war und ob es sich dabei um einen Kontinent, eine Insel oder eine Stadt handelte.

Delia hatte bestimmt jeden Grund, mich zu hassen.

Am nächsten Abend wurde wieder von Natema nach mir geschickt, doch nicht Gloag und seine Männer begleiteten mich diesmal, sondern eine Gruppe gelbhäutiger Chuliks, auf deren grauen Tuniken hellgrüne Streifen schimmerten. Ihre Rapiere schwangen mit jedem energischen Schritt. Sie trugen schwarze Lederstiefel, die laut in den Gängen widerhallten. Eine Gruppe neuer Chuliksöldner war kürzlich in Zenicce eingetroffen, und das Haus Esztercari hatte den größten Teil in den Dienst an ihrer zweifelhaften Sache übernommen.

Als ich das parfümierte Zimmer betrat, die weißen Handschuhe an den Händen, bemerkte ich sofort das Fehlen des gepanzerten Schwertkämpfers in seinem Alkoven.

Kettenhemden waren eine seltene und wertvolle Rüstung in Segesthes; die Männer trugen üblicherweise Arm- und Beinschützer und Brust- und Rückenpanzer, die meistens aus Bronze und nur selten aus Stahl bestanden. Das Ideal des segesthischen Kriegers war der Angriff – immer nur der Angriff.

Heute abend sah die Prinzessin unglaublich liebreizend aus; gerade stieg der erste kregische Mond am topasfarbenen Himmel auf. Zur Abwechslung trug sie kein langes grünes Gewand, sondern ein golden schimmerndes Kleidungsstück, das ihre Figur hervorragend zur Geltung brachte. Sie lächelte mich an und streckte die Arme aus.

»Dray Prescot!« Ihr juwelengeschmückter Fuß stampfte auf den Boden, doch nicht im Zorn. Eine seltsame Veränderung war mit ihr vorgegangen, die Aura der Überlegenheit war von ihr abgefallen, so daß sie mir lieblicher vorkam als je zuvor. Sie gestattete mir, daß ich mich wieder erhob, und hieß mich zu meinem Erstaunen neben ihr Platz nehmen. Dann schenkte sie mir Wein ein.

»Du hast gesagt, ich würde eine interessante Sklavin abgeben«, flüsterte sie und senkte den Blick. Mir war sehr unbehaglich zumute. Der verflixte Schwertkämpfer fehlte, das Schränkchen war leer, und ich hatte ihn, so unglaublich sich das anhört, als eine Art Tugendwächter liebgewonnen.

Meine Beziehung zu Natema hatte sich entwickelt, ohne daß ich es recht gewahr geworden war; doch sie schien anzunehmen, daß mich ihre Schönheit in den Bann geschlagen hatte und ich nur von dem Gedanken an eine tödliche Strafe zurückgehalten wurde. Sie war bereit, diesen Mangel zu übersehen. Viele Männer waren für sie gestorben, das wußte ich. Ihr Verführungsritual lief mit großer Perfektion und Selbstverständlichkeit ab, die Routine einer Pythonschlange, die ihre Beute verschlingt. Ich wehrte mich, denn obwohl sie eine herrliche Frau war und ihre Gunst sicher auf subtile Art zu verschenken wußte, konnte ich nur an Delia denken. Damit will ich mir nicht etwa eine übermenschliche Selbstbeherrschung zuschreiben; viele Männer werden mich wahrscheinlich für einen Narren halten, weil ich nicht an den Honig gegangen bin, solange die Blüte noch offenstand. Doch je weiter ihre leidenschaftlichen Avancen gingen, desto mehr stieß sie mich ab.

Wie die Sache ausgegangen wäre, wage ich mir nicht vorzustellen.

Smaragdketten klirrten an ihrem weißen Hals und umgaben ihre nackten Arme, als sie nun auf dem Boden vor mir lag, mir schamlos ihr tränenüberströmtes Gesicht zuwandte. Leidenschaft erfüllte sie.

»Dray! Dray Prescot! Ich kann deinen Namen nicht aussprechen, ohne zu zittern! Ich will dich – nur dich! Ich würde deine Sklavin sein, wenn das möglich wäre – alles, was du willst, Dray Prescot – du brauchst es nur zu sagen. Nur, nimm mich. Weis mich nicht zurück. Nimm mich!«

»Zwischen uns gibt es nichts, Natema!« sagte ich leise.

Sollte sie mich doch umbringen – ich wollte mit dieser parfümierten, verdorbenen Frau nichts zu tun haben!

Sie riß sich das goldene Kleid vom Leib und streckte mir flehend und schluchzend die Arme entgegen.

»Bin ich denn häßlich, Dray Prescot? Gibt es eine zweite Frau in Zenicce, die so schön ist wie ich? Ich brauche dich – ich will dich! Ich bin eine Frau, du ein Mann – Dray Prescot! Uns steht nichts im Wege. Warum zögerst du?«

Ich wich zurück und spürte – das muß ich offen zugeben –, wie meine guten Vorsätze allmählich ins Wanken gerieten. Ihr entblößter Körper, der sich mir wollüstig darbot, verfehlte seine Wirkung natürlich nicht. Sie lag mir zu Füßen, all ihre Verachtung, ihr Spott waren verschwunden – und an ihre Stelle war ein hübsches, verzweifeltes Mädchen mit verwuscheltem Haar und tränenüberströmtem Gesicht getreten, das mich um meine Liebe bat, mich anflehte, daß ich mit ihr schlief. O ja, ich hätte fast nachgegeben – schließlich war ich im Innern nach wie vor ein einfacher Seemann und ausgehungert wie nach einer Weltumsegelung. Ich hätte können...

»Ich habe dich beobachtet, Dray, oh, sehr oft! O ja! Ich habe gegen meine Sehnsüchte angekämpft, gegen meine Leidenschaft, und dabei ist mir fast das Herz gebrochen. Aber ich kann nicht länger widerstehen.« Sie kroch flehend hinter mir her. »Bitte, Dray, bitte!«

Konnte ich ihr glauben? Die Worte gingen ihr eine Idee zu glatt von den Lippen, wie Worte, die einstudiert sind und gegen ein Gefühl gesprochen wurden, als wiederholte sie sie aus bestimmtem Grund. Und doch lag sie hier nackt vor mir. Ich wußte nicht, ob die Szene nicht nur wieder einer ihrer abgefeimten Tricks war, oder ob sie sich wirklich einbildete, mich zu lieben.

Mit ausgestreckten Armen stand sie auf, ihre Brust hob und senkte sich voller Leidenschaft, die roten Lippen schimmerten, in den Augen stand glühende Liebe ...

Die Tür sprang auf, und ein Chulik taumelte herein. Ein dicker Speer hatte seinen Körper durchbohrt, und aus der Wunde spritzte helles Blut.

Natema schrie auf, als habe sie jemand mit einer glühenden Zange angefaßt.

Ich rannte los, hob das Rapier des Chuliks mit der Rechten vom Boden auf und griff gleichzeitig mit der linken Hand nach seinem Dolch. Dann stellte ich mich vor Natema hin und starrte auf die zerbrochene Tür.

Ein zweiter Chulik fiel rückwärts ins Zimmer, versuchte seinen aufgeschlitzten Hals zusammenzuhalten. Männer und Halbmenschen liefen draußen durcheinander.

»Schnell!« Natema packte meinen Arm. Nackt eilte sie zu dem Alkoven, in dem sonst immer der Krieger gewartet hatte. Eine Wandtür glitt zur Seite. Wir traten hindurch, und Natema stieß ein kurzes, boshaftes Lachen aus über unsere gelungene Flucht – im gleichen Augenblick sauste ein Speer herbei, bohrte sich tief ins Holz und verhinderte, daß sich die Geheimtür wieder schloß.

Wildes Geschrei und Waffengeklirr trieb uns zur Eile an, und wir hasteten in trübem Fackellicht eine Steintreppe hinab, bis wir einen Treppenabsatz erreichten. Von hier gingen viele Türen ab. Schritte polterten hinter uns auf den Stufen. Vor einer der Türen lag der tote Krieger im Kettenhemd. Man hatte ihn brutal mit Knüppeln totgeschlagen. Sein Körper war eine unförmige Masse in der flexiblen Rüstung. Im Kreis um ihn lagen zahlreiche tote Sklaven, Menschen und Monstren.

Er hatte sich bis zum letzten Augenblick gewehrt. Als wir noch auf der Treppe waren, hatten wir das Zuschlagen einer Tür gehört, und ich nahm an, daß die Gegner des Toten uns für Wächter gehalten hatten, die dem einsamen Krieger helfen wollten.

Ich bückte mich und nahm ihm den breiten Ledergürtel mit der einfachen Stahlschnalle ab. An diesem Gürtel hingen seine Rapier- und seine Dolchscheide. Die beiden hervorragenden Waffen nahm ich an mich – eine Klinge zog ich aus dem Körper eines Och-Sklaven, die andere nahm ich einem häßlichen Wesen ab, das ganz mit Fell bedeckt war und eine schiefe Nase hatte.

»Beeil dich, du Narr!« kreischte Natema.

Ich lief ihr nach, mein Arsenal an mich gepreßt.

Wir kamen durch eine Tür und erreichten ein System von Gängen, das durch Öllampen schwach erleuchtet wurde, Schatten umtanzten uns in heftiger Bewegung. Vor uns hörte ich Schritte und blieb stehen. Natema klammerte sich schweratmend an mich, das Haar ins Gesicht hängend. Ärgerlich schüttelte sie es aus der Stirn. Ich ergriff die Gelegenheit, mir den breiten Ledergürtel des Kriegers umzulegen. Die geckenhafte Kleidung diente mir nun dazu, die Klingen sauberzuwischen; dann rollte ich die Sachen zusammen und warf sie weg. Nun trug ich nur noch meinen Lendenschurz.

»Nijni wird das gar nicht recht sein«, flüsterte ich.

»Was?« fragte sie verblüfft.

»Seine weißen Seidenhandschuhe sind hin!«

»Du Idiot!« Ihre Nüstern weiteten sich. »Vor uns lauern Mörder, und du redest über weiße Seidenhandschuhe!«

»Ich bin wegen dieser Handschuhe schon ausgepeitscht worden«, entgegnete ich.

Natema trug noch immer ihre Smaragdohrringe und eine Juwelenkette um den Hals, die bis zur Hüfte herabhing. Ich nahm ihr den Schmuck ab, und sie starrte mich mit weit aufgerissenen Augen an. Ich warf die Steine fort.

»Komm«, sagte ich und sah sie an. Dann bückte ich mich, fuhr mit der Hand über den Schmutz des Fußbodens und beschmierte sie damit an Gesicht und Körper, während sie sich schimpfend in meinen Armen wand. »Denk daran«, sagte ich grob, »du bist eine Sklavin.«

Sie durchbohrte mich mit ihren zornigen Blicken. Dann eilten wir vorsichtig weiter auf den Kampfeslärm zu, und ich sorgte dafür, daß die Prinzessin Natema den Kopf gesenkt hielt und dahinschlurfte, wie es sich für eine gehorsame Sklavin gehörte.

13

Sie waren zu fünft in einem schmalen Durchgang, der auf der Etage unter dem Privatboudoir der Prinzessin die Sklavenräume mit den Wohnquartieren des Palastes verband. Sie hatten drei Sklavenmädchen bei sich und wünschten sich ein viertes. Natema und ich waren durch das Chaos des Palastes geschlichen, hatten uns unbemerkt an wilden Kampfszenen vorbeigedrückt, waren ausgewichen, wenn aufgebrachte Ochs oder Chuliks Sklaven verfolgten und töteten oder wenn Wächter von Sklaven erschlagen wurden. Ich besorgte Natema einen grauen Lendenschurz; sie starrte das schmutzige, blutbefleckte Kleidungsstück angewidert an. Doch sie war folgsam und legte den Schurz an. So zogen wir durch die von Sklaven beherrschten Gebiete des Palastes und hielten Ausschau nach Wächtern; es wäre Wahnsinn gewesen, Natema hier als das auszugeben, was sie war. Zu meiner inneren Befriedigung – das muß ich zugeben – schienen hier weitaus mehr Wächter zu sterben als Sklaven, so daß wir abwarten mußten. Obwohl es mir in den Fingerspitzen juckte, in den Kampf einzugreifen und meine Mitsklaven zu unterstützen, wurde ein unverständliches Gefühl der Verantwortung gegenüber Natema in mir wach.

Sie konnte doch nicht durch und durch verdorben sein; vielleicht liebte sie mich wirklich, wie sie gesagt hatte, und das gab mir eine gewisse Verantwortung. Und selbst wenn ihre Gefühle nur gespielt waren, gefiel mir der Gedanke nicht, daß ihre Schönheit durch einen Haufen plündernder, blutgieriger und rachsüchtiger Sklaven zugrunde gehen würde.

Also wanderten wir langsam weiter, auf einen Ort zu, wo wir – wie sie sagte – in Sicherheit sein würden, und nun standen wir hier im Gang, vor uns fünf Chuliks mit drei menschlichen Sklavinnen, mit denen sie ihr vergnügliches Spielchen trieben, ohne sich um den Kampf zu kümmern, wie es als Söldner eigentlich ihre Pflicht gewesen wäre.

Sie entdeckten Natema und begannen mit gebleckten Hauern zu lachen.

»Laß sie los, Sklave, dann kannst du verschwinden.« Und: »Gib sie uns, dann bleibst du am Leben.« Und: »Bei Likshu dem Verräterischen! Sie ist eine Schönheit!«

Ich schob Natema hinter mich. Wir konnten nicht zurück, wenn wir den Schutz ihrer Gemächer erreichen wollten. Die Chuliks hörten auf zu lachen und sahen mich verwirrt an. Drei zogen ihre Rapiere und Dolche.

»Was, Sklave, du widersetzt dich dem Befehl deiner Herren?«

Ich sagte leise: »Ihr bekommt das Mädchen nicht. Sie gehört mir.«

Ich hörte, wie Natema hinter mir den Atem anhielt.

Auf die drei Sklavinnen achtete ich nicht; mein Blick war auf die Söldner konzentriert. Wären sie Ochs gewesen, hätten meine Chancen besser gestanden. Ich trat einen Schritt vor und schwang Rapier und Dolch, wie es mir mein alter spanischer Meister vor vielen Jahren beigebracht hatte.

»Der französische Kampfstil ist sauber und präzise«, hatte er gesagt, »ebenso der italienische.« Er hatte mir die hohe Kunst des Fechtens mit dem kleinen Schwert beigebracht, das irrtümlicherweise oft ein Rapier genannt wird. Mit der beweglichen kleinen Klinge kann man zugleich stoßen und parieren. Mit dem schwereren, etwas unhandlichen elisabethanischen Rapier, einer Klinge, ähnlich der, wie ich sie jetzt in der Hand hielt, mußte man Stößen ausweichen oder mit dem Dolch parieren, dem Helfer des Rapiers, dem Hikdar des Jiktars. Aber auch ohne *main gauche* vermochte ich gut mit dem Rapier auszukommen. Darauf bin ich nicht sonderlich stolz; ich bewertete dies nicht höher als meine Fähigkeit, während eines Sturms auf einer Oberbramrah entlangzulaufen oder lange Strecken unter Wasser zu schwimmen, ohne Atem holen zu müssen. Man ist eben, was man ist, was seiner Natur entspricht.

Zu meiner Zeit wurden die meisten Nahkämpfe allerdings an Bord mit dem Stutzschwert und in den Ebenen auf dem Rücken der Zorca oder Vove mit dem Breitschwert oder Kurzschwert ausgefochten, so daß ich seit Jahren kein Rapier mehr im Kampf benutzt hatte. Wegen der Enge des Korridors, der durch eine riesige Pandahemvase noch weiter eingeengt wurde, konnten die Chuliks nur zu zweit nebeneinander sterben.

Das Geklirr der Waffen hallte zwischen den Wänden wider. Ich parierte den ersten Angriff mit dem Dolch, gleichzeitig wehrte ich das Rapier des zweiten Mannes mit meiner langen Klinge ab, stach zu, zog die blutbefleckte Klinge zurück und begegnete dem zweiten Angriff des anderen Mannes mit dem Dolch.

Mein Rapier wurde von der Klinge des dritten Gegners abgefangen – er stieg über den zuckenden Körper seines Artgenossen, um mich fertigzumachen –, doch ehe er sich wirklich mit mir einlassen konnte, hatte ich dem ersten mein Rapier durch den Hals gejagt, sprang zur Seite und ließ den schwungvollen Angriff des neuen Gegners an mir vorbeihuschen. Schnell faßte ich nach, unterlief seine Deckung und stieß ihm den Dolch in den Bauch. Sofort zog ich die Klingen wieder heraus und stellte mich den beiden restlichen Chuliks – und beim ersten Ansturm brach mein erbeuteter Chulik-Rapier mit hellem Klang mitten durch.

Ich hörte die Frauen schreien.

Das Blut machte den Boden glitschig. Ich schleuderte das abgebrochene Griffstück nach einem Chulik, der sich hastig duckte. Sein gelbes Gesicht schimmerte wächsern im Lampenlicht. Einige Sekunden lang wurde es ziemlich brenzlig für mich, während ich beide Gegner mit dem Dolch abwehrte und das Rapier zog, das ich Natemas Krieger abgenommen hatte.

Seine Klinge war ein herrliches Stück. Was für eine Balance! Welche Biegsamkeit des schimmernden Stahls, der nun zwischen die Rippen des vorletzten Gegners drang!

Der letzte Chulik starrte entsetzt auf seine vier toten Kameraden und versuchte zu fliehen. Ich hätte ihn auch ziehen lassen. Ich trat ein wenig zur Seite und hob meine blutbefleckte Klinge ironisch zum Gruß. Da wurde mein Blick von einer Bewegung abgelenkt, und ich sah, daß sich die drei Sklavenmädchen erhoben. Zwei trugen noch ihre Perlenketten. Man konnte sich darauf verlassen, daß sich diese Raufbolde die hübschesten und erfahrensten Mädchen ausgesucht hatten. Dann sah ich das dritte Mädchen – nackt, erbärmlich zitternd, doch die Augen von einem Feuer erfüllt, das ich kannte und liebte – Delia, meine Delia!

Natema stieß einen entsetzlichen Schrei aus.

Ich fuhr herum. Der Chulik, den ich nach ehrenvollem Kampf ziehen lassen wollte, hatte meine Kopfwendung zu den Mädchen gesehen, nutzte den Augenblick und wollte mir gerade das Rapier zwischen die Rippen stoßen. Meine Meinung über seine Kampfkraft sank. Hätte er auf diese kurze Entfernung den Dolch verwendet, würde ich jetzt nicht meine Geschichte erzählen. So stieß ich die lange Klinge mit meinem Dolch zur Seite und versenkte mein Rapier in seinen Bauch. Er zuckte noch einen Augenblick, bis ich die Waffe zurückzog; dann sank er sich übergebend zu Boden.

Natema eilte herbei und umarmte mich zitternd und schluchzend.

»Oh, Dray! Dray! Ein wahrer zeniccischer Kämpfer, würdig des Hauses Esztercari!«

Ich versuchte sie abzuschütteln.

Ich starrte Delia von den Blauen Bergen an, die sich jetzt aufrichtete, nackt und schmutzig wie sie war, mit staubigem, verfilztem Haar. Sie blickte mich aus ihren klaren braunen Augen an, in denen ein Ausdruck stand – war es Qual? Oder Verachtung und Zorn und kühle Gleichgültigkeit?

Ich stand neben dem riesigen Krug aus Pandahemporzellan.

Urplötzlich waren wir von grüngekleideten Edelleuten umgeben, die in den Korridor stürzten, angeführt von Galna, dessen bleiches Gesicht sich verzerrte, als er Natema erblickte. Er schrie entsetzt auf und legte ihr hastig den Umhang eines Begleiters um den nackten Körper. Ich wurde mit den Sklavinnen zur Seite gedrängt, während sich eine solide Phalanx aus Edelleuten um die Prinzessin formierte. Das ging nicht ohne Durcheinander ab.

Dann sah mich Galna.

Seine Augen blickten stets düster, doch jetzt kniff er sie grimmig zusammen, und der Zorn seines Blicks ließ mir einen Schauder über den Rücken laufen. Er hob sein Rapier.

»Galna! Dray Prescot ist…« Natema stockte. Dann erhob sich ihre Stimme erneut, jetzt wieder arrogant und sicher, die Herrin über die Wunder Kregens. »Er soll gut behandelt werden, Galna. Sorge dafür.«

»Jawohl, Prinzessin.« Galna wandte sich an mich. »Gib mir dein Schwert.«

Gehorsam reichte ich ihm das nächstbeste Chulikschwert und lieferte ihm den Chulikdolch aus, der mich im Gegensatz zum Jiktar nicht im Stich gelassen hatte. Mein Lendenschurz bedeckte den breiten Ledergürtel, und die Scheiden klatschten mir leer gegen das Bein. Galna ließ mir die Sachen, die er wohl für magere Souvenirs meines Befreiungskampfes hielt.

Ich versuchte Delia zu folgen; aber nun herrschte ein lebhaftes Kommen und Gehen in den verbarrikadierten vornehmen Teilen des Palastes; arrogante junge Männer, Edelleute, Offiziere und Söldner aus den Häusern Esztercari, Ponthieu und anderen verbündeten Familien kamen zusammen, um an der bevorstehenden Jagd und Sklavenhinrichtung teilzunehmen. Ich verlor Delia aus den Augen. Natema befahl mir, ein neunfaches Bad zu nehmen und dann auf mein Zimmer zu gehen. Wie ein junger Leutnant, der bei einem kindischen Streich erwischt wird und in den Mastkorb muß!

»Ich lasse nach dir schicken, Sklave«, waren ihre

Abschiedsworte. Sie war mir gleichgültig. Delia ... Delia!

Um ihrer Würde und ihrer Stellung willen mußte Natema vor allen Männern Stolz und Arroganz zur Schau stellen. Sie konnte niemandem die Liebe zu einem Sklaven enthüllen, die sie mir erst kürzlich nackt und flehend offenbart hatte. Aber wenn sie mich holen ließ – was sollte ich ihr sagen?

Es klopfte an meiner Tür – kein lautes Geräusch, eher ein verstohlenes Kratzen. Als ich aufmachte, taumelte Gloag herein. Er war blutüberströmt, das Gesicht krankhaft bleich und schmerzverzerrt, seine Hände umklammerten einen abgebrochenen Speerschaft. Er sah mich an.

»War dies der Tag, Gloag?« fragte ich.

Er schüttelte den Kopf. »Sie landeten mit Flugbooten auf dem Dach, setzten Männer hinter uns ab – Männer und Ungeheuer und Söldner, Schwerte und Speere und Bogen. Wir hatten keine Chance.« Er sank erschöpft auf meinem Bett zusammen.

»Ich wasche dir die Wunden aus.«

Er preßte die Lippen zusammen. »Das meiste Blut ist von den verfluchten Wächtern!«

»Das höre ich gern.«

Er sagte nicht, was ihn zu mir führte. Das war auch gar nicht nötig. Dieser Mann hatte mich mit der Gerte gezüchtigt. Ich holte eine Schüssel Wasser, etwas Salbe, die die alte Frau zurückgelassen hatte, und frische Handtücher; dann säuberte ich ihn. Schließlich zerrte ich mein Bett von der Wand und deutete auf den Zwischenraum zwischen Wand und Boden.

Er ergriff meine Hand und sagte mit rauhem Flüstern: »Mehzta-Makku, Vater aller Dinge, beleuchte dich mit seiner Gnade!«

Ich schwieg und schob das Bett zurück, damit er nicht mehr zu sehen war.

Die Jagd auf die Sklaven im Opalpalast der Prinzessin Natema Cydones des Noblen Hauses Esztercari ging erst nach drei Tagen zu Ende. Zahlreich waren die bunten Livreen anderer verbündeter Häuser, die ihre Helfer entsandten, um die Sklavenrevolte niederzuschlagen. Die Stadthüter in ihren rotgrünen Uniformen griffen ebenfalls energisch ein; denn dies war schließlich ein Problem, das die Sicherheit von ganz Zenicce betraf.

In dieser Zeit organisierte ich Nahrung und Wein für Gloag, der unter meinem Bett lag, sorgte dafür, daß er auf die Toilette konnte, und unterhielt mich mit ihm, so daß wir uns mit der Zeit immer besser verstanden.

»Wie ich höre, bist du ein Meister mit Rapier und Dolch«, sagte er und wischte seine Schale mit einem Stück Brot aus.

»Ich könnte dir einen Kampfstil mit einem kleineren Schwert als einem Rapier zeigen, ohne Dolch – ein Stil, der diese Wilden verblüffen würde.«

»Du würdest mich im Schwertkampf unterweisen?«

»Kennst du dich im Palast aus?«

Gloag bejahte; von der Stadt wußte er wenig, doch im Opalpalast mit seinen zahlreichen Gängen und Anbauten wußte er sich zurechtzufinden. Er war bisher nur nicht geflohen, weil er den anderen Sklaven helfen wollte; jetzt war er in meinem Zimmer gefangen. Ich sagte, daß ich mit ihm üben würde.

Meines Wissens entkamen nur Delia, die beiden perlenbehängten Sklavinnen, Gloag und ich der grauenhaften Rache, die an den Sklaven geübt wurde. Als alle getötet waren, wandte das Noble Haus ein Vermögen auf, um neue Sklaven zu kaufen. Das schmerzte am meisten – die finanzielle Nachwirkung der Sklavenrevolte.

Natema ließ nach mir schicken, und ich wurde wieder trefflich herausgeputzt – diesmal mit einem Gewand, das mit seinen grellroten Stickereien und bunten Steinen noch auffälliger ausfiel als das erste. Einige Wächter und Nijni – der sich als Sklavenmeister während der Revolte versteckt hatte – begleiteten mich auf ein hohes Dach, von dem aus man das breite Delta überschauen konnte. Riesige Möwen kreisten über uns. Die Sonnen spiegelten sich im Wasser, es roch frisch und scharf nach Seetang. Nach der Enge des Palastes war dies eine Erholung. Ich machte einen tiefen Atemzug und sog den vertrauten Duft der See ein.

Landwärts lag die Stadt, eine grelle Ansammlung von Farben und Licht, mit großen Spieren, Kuppeln, Türmen, Befestigungen – ein wildes Durcheinander von Perspektiven. Auf der anderen Seite des Kanals wehten das Purpur und Gelb des Hauses Ponthieu von hundert Fahnenmasten. Hinter diesen Mauern erhoben sich andere Enklaven auf den Inseln des Deltas. Zum Meer hin – und mein Herz machte einen Sprung – sah ich die Masten von Schiffen, die hinter den Mauern und Dächern am Kai festgemacht waren.

Natemas verborgener Dachgarten enthielt tausend duftende Blüten, schattige Bäume beugten sich in der Brise, Marmorstatuen standen in Wandnischen, von Efeu und anderen Gewächsen umrankt, Brunnen plätscherten. Natema wartete zurückgelehnt in einem frei schwingenden hängemattenartigen Sitz, dicht vor einem Geländer, hinter dem es tausend Fuß in die Tiefe ging. Hier jagten sich kreischend die Möwen.

Delia aus Delphond, in Perlen und Federn gekleidet, hockte in Demutshaltung vor ihren juwelengeschmückten Füßen.

Ich ließ mir keine Regung anmerken. Ich hatte die Situation sofort erkannt, und die Gefahr ließ mich für mein Mädchen erzittern. Denn Delia senkte auffällig rasch den Blick, als sie mich sah; Natemas stolzes Patriziergesicht war ihr zugewandt; sie beobachtete sie aufmerksam, und eine winzige Furche stand auf der Stirn über der hochmütigen Nase.

Das Gespräch nahm den erwarteten Verlauf. Meine Weigerung verblüffte Natema. Sie forderte ihre Sklaven auf, sich zurückzuziehen, damit sie uns nicht hören konnten. Sie betrachtete mich aufgebracht, das Haar vom Wind zerzaust, die kornblumenblauen Augen mit schwülem und sehnsüchtigem Blick auf mich gerichtet, so daß sie sehr hübsch und begehrenswert aussah.

»Warum weigerst du dich, Dray Prescot? Habe ich dir nicht alles geboten?«

»Ich glaube aber, daß du mich hättest töten lassen«, sagte ich langsam.

»Nein!« Sie verschränkte die Hände. »Warum, Dray Prescot, warum? Du hast für mich gekämpft. Du bist mein Ritter gewesen!«

»Du bist zu schön, um so zu sterben, Prinzessin.«

»Oh!«

»Würdest du mir all dies bieten, wenn ich nicht dein Sklave wäre?«

»Du bist mein Sklave, also mache ich mit dir, was ich will!«

Ich antwortete nicht. Sie blickte auf Delia, die ruhig an einem Stück Seidenstoff nähte und so tat, als sähe sie uns nicht an. Ihre Wangen waren gerötet. Natema zog die Mundwinkel herab. »Ich weiß!« sagte sie mit gepreßter Stimme. »Ich weiß! Das Sklavenmädchen hier! Wächter – bringt mir das Mädchen!«

Als die Chuliks Delia vorführten, hob sie das kleine Kinn und musterte Natema mit einem so stolzen und verächtlichen Blick, daß mein Blut in Wallung geriet. Mich beachtete Delia nicht.

»Sie ist der Grund, Dray Prescot! Ich sah es im Korridor, als du die fünf niederträchtigen Wächter erschlugst!«

Sie gab einen Befehl, der mich lähmte. Ein Chulik zog seinen Dolch und setzte ihn Delia über dem Herzen auf die Brust. Sein wächsern gelbes Gesicht war

Natema zugewendet, und in aller Ruhe wartete er den nächsten Befehl ab.

»Bedeutet dir das Mädchen etwas, Dray Prescot?«

Ich starrte Delia an, deren Blick nun ruhig auf mir ruhte; sie hatte stolz den Kopf erhoben. Eine Königin unter den Frauen war Delia von den Blauen Bergen, die schönste Frau auf Kregen. Unvergleichlich! Ich schüttelte den Kopf und sagte verächtlich: »Ein Sklavenmädchen? Nein – sie bedeutet mir nichts.«

Ich sah, daß Delia schluckte, und ihre Lider zuckten einmal herab.

Natema lächelte wie ein Leem der Ebene – ein katzenähnliches Pelzwesen, dessen sich die Klansleute ständig erwehren müssen, um ihre Chunkrah-Herden zu schützen. Sie machte eine Geste, und Delia wandte sich wieder der Näharbeit zu. Ich bemerkte, daß ihre Finger zitterten, als sie die Nadel aufnahm; doch ihr Rücken war gerade, ihr Körper angespannt, und die Perlen schienen nur dank ihrer herrlichen Haut zu schimmern.

»Zum letztenmal, Dray Prescot – wie lautet deine Entscheidung?«

Ich schüttelte den Kopf, dankbar, daß Delia zunächst verschont geblieben war. Was nun geschah, kam schnell und war angesichts der Umstände zu erwarten.

Auf Natemas Kommando hin packten mich die Chuliks, zerrten mich zum Geländer und hievten mich halb hinüber, so daß ich über dem Abgrund baumelte. Tief unter mir rannte das Meer gegen eine lange Sandzunge am Ende der Insel an. Die Luft war frisch und salzig.

»Dray Prescot! Ein Wort! Ein Wort will ich hören, mehr nicht!«

Ich bildete mir nicht etwa ein, einen Sturz aus dieser Höhe überleben zu können; es war ein Risiko, bei dem die Chancen gegen mich standen. Natürlich konnte ich die Chuliks abschütteln, mir ein Rapier greifen, sie niederkämpfen und hoffen, daß ich im Labyrinth des Palastes zurechtkam. Aber andererseits nahm ich nicht an, daß mich Prinzessin Natema so einfach opfern würde. Als mir dieser Gedanke durch den Kopf schoß, schalt ich mich sogleich einen Narren – denn immerhin war sie gewöhnt, zu tun, was sie wollte, und erfüllt zu bekommen, was sie sich wünschte. Doch wenn sie sich einbildete, mich zu lieben – würde sie mich vernichten?

Ich stemmte mich gegen den Griff der Chuliks, machte Anstalten, mich herumzuwerfen und die beiden Gelbhäute in die Tiefe zu zerren.

»Ein Wort, Natema, ein Wort habe ich für dich! *Nein!*«

Ich hörte Delia aufschreien und das Geräusch eines Kampfes. Ich zerrte einen Arm hoch, und der Chulik stieß einen Schmerzensschrei aus und versuchte mich festzuhalten. Ich war bereit, herumzuschnellen und zu kämpfen …

»Was geht hier vor?«

Die Stimme war streng, gefärbt vom Ton absoluter Autorität. Die Chuliks zerrten mich wieder auf die Terrasse. Der Garten war wie ein erstarrtes Tableau.

Die Sklaven hatten sich verneigt. Delia wurde von zwei Chuliks festgehalten. Natema neigte anmutig den Kopf. Der Mann, dem diese offensichtlichen Zeichen der Unterwerfung galten, war sicher Natemas Vater, der Führer des Hauses, Cydones Esztercari, Kodifex der Stadt.

Er war ein großer, hagerer Mann mit einem grimmigen Zug um die Mundwinkel und einem arroganten schwarzen Glitzern in den Augen. Haar und Bart waren eisengrau. Von Kopf bis Fuß in das Smaragdgrün der Esztercari gekleidet, bot er einen eindrucksvollen Anblick, zu dem auch sein juwelenbesetztes Rapier und der Dolch beitrugen – und ich fragte mich, wie viele Männer er im Duell schon aufgespießt hatte. Sein Gesicht zeigte klar die fanatische Liebe zur Macht, die Gier, Macht zu besitzen und rücksichtslos auszuüben.

»Nichts, Vater.«

»Nichts! Versuch mich nicht zu täuschen, Tochter. Hat sich der Sklave an dein Mädchen herangemacht? Sag's mir, Natema, beim Blute deiner Mutter!«

»Nein, Vater.« Natema gewann ihre gewohnte arrogante Haltung zurück. »Das Mädchen bedeutet ihm nichts. Er hat es selbst gesagt.«

Die verschleierten schwarzen Augen musterten mich mit sengendem Blick, wandten sich dann Delia und schließlich wieder Natema zu. Seine behandschuhten Hände schlossen sich um den Griff seiner Waffe.

»Du bist dem Prinzen Pracek von Ponthieu versprochen. Er ist gekommen, um mit dir über die Hochzeitsvorbereitungen zu sprechen. Ich habe, wie es sich geziemt, das finanzielle Bokkertu geregelt.«

Aus der Gruppe der grüngekleideten Männer hinter dem Kodifex trat ein Mann. Ich sah Galna inmitten der anderen, mit bleichem, bösartig verkniffenem Gesicht. Der junge Fremde trug die purpurgelbe Kleidung der Ponthieu. Sein Rapier war mit Verzierungen überladen. Er nahm Natemas Hand und hob sie an die Stirn. Er hatte ein Gesicht mit scharfen Zügen, dic etwas schief geraten waren; doch er gab sich sehr höflich.

»Prinzessin Natema, Stern des Himmels, Geliebte Zims und Genodras', der roten und gelben Wunder des Himmels – ich bin Staub unter deinen Füßen.«

Kühl und formell antwortete sie ihm. Dabei sah sie mich an. Der Kodifex bemerkte diesen Blick. Er hob die Hand, und seine Männer ergriffen mich und Delia. Sie schleppten uns vor den Kodifex. Natema schrie auf, doch er hieß sie schweigen.

»Bilde dir nicht ein, ich wüßte nicht, was die geckenhafte Aufmachung dieses Sklaven bedeutet, Tochter! Beim Blute deiner Mutter, du hältst mich für einen Narren! Du wirst gehorchen! Alles andere ist unwichtig!« Er machte eine vertraute Geste. »Tötet den Mann und das Mädchen, tötet beide Sklaven. *Auf der Stelle!«*

14

Ich reagierte sofort und trat dem ehrenwerten Kodifex an eine Stelle, an der es besonders weh tat, zerrte die beiden Wächter vor mich und schleuderte sie dem grünen Haufen Würdenträger entgegen. Dann zerrte ich dem vor Schmerz keuchenden Kodifex das Rapier aus der Scheide, tötete mit zwei verzweifelten Hieben die Wächter, die Delia festhielten, und zerrte sie im Laufschritt auf die Treppe am Ende des Dachgartens zu.

»Dray!« sagte sie schluchzend. *»Dray!«*

»Lauf, Delia von den Blauen Bergen«, sagte ich. *»Lauf!«*

Am Ende der Treppe befand sich eine Tür, die auf unserer Seite verziert und auf der anderen Seite grau war; der Durchgang trennte also die vornehmen Bezirke von den Sklavenquartieren unter dem Dach. Hier versuchten mich zwei Ochs aufzuhalten, überlebten den Versuch jedoch nicht. Ich knallte die Tür hinter uns zu, und wir liefen los.

Die Sklaven, die überall ihren Pflichten nachgingen, starrten uns mit matten Augen an. Die neuen Sklaven im Hause Esztercari hatten sofort ausgiebig mit der Peitsche Bekanntschaft gemacht, damit von Anfang an die Furcht und Verzweiflung im Hause herrsche, die ›gut‹ für Sklaven ist. Wir wurden nicht aufgehalten, auch achtete niemand auf uns. Ich hoffte, daß die Sklaven in einigen Monaten etwas von ihrer Lebhaftigkeit und ihrem natürlichen Interesse an der Welt zurückgewinnen würden.

»Wohin wollen wir, Dray? Was sollen wir tun?«

Ich wäre am liebsten vor Delia auf die Knie gefallen und hätte sie um Verzeihung gebeten. Aber wenn es mich nicht gegeben hätte, wäre sie jetzt zu Hause in Delphong, im Kreise ihrer Familie. Sie mußte mich verachten und verabscheuen! Und noch schlimmer – wegen des Verdachts, daß ich sie liebte, wäre sie fast getötet worden! Wie oft läßt sich das auf der Erde von der unerwünschten Zuneigung eines Mannes zu einem Mädchen sagen!

»Beeil dich«, sagte ich. Ich wagte es nicht, ihr meine Gefühle zu offenbaren.

In meinem Zimmer schob ich das Bett zur Seite. Gloag starrte erschrocken zu uns empor. Er sah Delia an und riß die Augen noch weiter auf. Er sah auch das Rapier und pfiff durch die Zähne.

»Komm, Gloag, mein Freund«, sagte ich hastig, und er sprang so hastig auf, daß Delia zurückzuckte.

Schon eilten wir wieder durch das Labyrinth der Gänge und Säle. In einer Nische, weit von meinem Zimmer entfernt, riß ich mir die alberne Kleidung vom Leibe, und mit dem Rapier schnitten wir den Stoff zu Lendenschürzen für Gloag und mich zurecht und konnten noch dem Mädchen eine Tunika umhängen. Ich empfand Bewunderung für die Art und Weise, wie sich Delia in unserer Gegenwart unbefangen nackt gezeigt hatte. In solchen verzweifelten Augenblicken sind ein paar Zentimeter Haut mehr oder weniger wirklich nicht wichtig.

Nun standen wir zum Abmarsch bereit. Widerwillig wollte Delia ihre Perlen fortwerfen, doch ich hinderte sie daran. Ich nahm eine Perle zwischen die Zähne.

»Die sind echt. Sie können uns noch helfen.«

Dann kam mir ein Gedanke. Als stolze Prinzessin kleidete Natema ihre Sklavinnen nicht in falsche Perlen – das wäre geschmacklos und kleinkrämerlich gewesen. Würde sie dann den Mann, den sie zu gewinnen hoffte, mit falschem Schmuck behängen? Ich muß sagen, daß meine Finger ein wenig zitterten, als ich den Stoffhaufen durchwühlte, den riesigen Turban, den juwelenbesetzten Leibgurt und die Schuhe.

Alle Edelsteine waren echt.

Ich erkannte das sofort. Ich wollte ja nicht nur des Ruhmes wegen auf Prisenfahrt gehen. So war ich bei einem Londoner Juwelier gewesen, und hatte mir sämtliche Edelsteine genau angesehen – um vorbereitet zu sein.

Hier hielt ich ein Vermögen in den Händen.

»Beeilt euch«, sagte ich und rollte das wertvolle Gut in ein Stück Stoff, das ich in meinem Lendenschurz verstaute. Um meine Hüfte zog sich der breite Ledergürtel, den ich Natemas Krieger abgenommen hatte. Wir eilten Korridore entlang, die Gloag kannte. Er hatte einen Holzknüppel an sich genommen, den ich nur ungern mit dem Schädel aufgehalten hätte.

In Gloags sandfarbene Haut war hoch über dem linken Schulterblatt ein Zeichen eingebrannt, die Umrisse der kregischen Buchstaben ›C. E.‹. Die Sklavenmädchen, die Natema jeden Tag um sich hatte, waren nicht auf diese Weise entstellt worden, und auch Delia noch nicht, wie ich zu meiner unendlichen Erleichterung feststellte, ebensowenig wie ich, der ich der potentielle Liebhaber der Prinzessin gewesen war.

Wir achteten darauf, daß unsere neue Kleidung kein Grün aufwies. Ich hängte mir ein scharlachrotes Stoffstück als Cape um die Schultern und brachte Gloag und Delia dazu, es mir nachzutun.

Er führte uns sicher durch den Palast, nachdem ich den Rückweg vom Dachgarten zu meinem Zimmer selbst gefunden hatte. Wir erreichten schließlich einen schmalen, staubigen spinnwebenbehangenen Korridor in den unteren Regionen des Palastes. Hier sickerte Wasser durch die Fugen zwischen den mächtigen Basaltblöcken. Unsere Fluchtchancen standen bei Dunkelheit am besten, wenn die Zwillingssonnen ihr topasfarbenes und rotes Licht mit sich genommen hatten und wenn vielleicht eine kleine Wolke den ersten der sieben Monde verdeckte. Wie jeder Seemann blieb ich mit meinen Informationen über Mondbewegungen und Gezeiten automatisch auf dem laufenden und war jederzeit bereit, den genauen Stand der Dinge aufzusagen. Auf Kregen gab es sieben Monde mit verschiedenen Phasen; dennoch wußte ich, daß ich die dunkelste Periode der Nacht sicher bestimmen konnte.

Ich selbst war an lange Perioden ohne Nahrung gewöhnt, machte mir aber Sorgen um Delia; doch Gloag verblüffte uns, indem er ein Stück Brot und eine Handvoll Palines hervorzog, die er von seiner letzten Mahlzeit übrigbehalten hatte. Wir aßen heißhungrig und ließen keine Brosame übrig.

Angesichts der Umstände war der Rest unserer Flucht nicht sonderlich schwierig. Wir krochen durch ein stinkendes Abwasserrohr. Gloag war ein vorzüglicher Kundschafter. Wir schwammen ein Stück den Kanal entlang, stahlen ein Boot und ruderten im düsteren Schein der drei kleineren kregischen Monde davon. Die nahen Monde dieser Welt bewegen sich sichtbar am Firmament.

Eine Flucht aus der Stadt kam ohne Flugboot nicht in Frage, und wir mußten damit rechnen, daß die Stadthüter die Flugplätze bewachten. Ich erkundigte mich diskret bei Sklaven, und schließlich stellte Gloag die genaue Lage der Insel mit der Enklave der Ewards fest. Ich ging ein großes Risiko ein, doch ich hatte auch einen Trumpf im Ärmel.

Natürlich würde in der Stadt große Aufregung herrschen über die Flucht von Sklaven, zumal sie aus dem herrschenden Haus der Stadt stammten – und es mochte sein, daß wir sofort zurückgebracht wurden. Aber das nahm ich eigentlich nicht an. Die Häuser Eward und Esztercari waren bittere Feinde. Leise ruderten wir zum Steinkai, von wo aus uns Männer in der hellblauen Kleidung der Ewards zu einem Gespräch mit dem Chef des Hauses brachten. Ich trat ziemlich arrogant auf. Ein Vovetier kann sich so autoritär und großspurig geben wie jeder andere, der ein Kommando führt.

Unser Gespräch verlief in entspannter Atmosphäre. Wanek aus der Familie Wanek des Noblen Hauses Eward erinnerte mich ausgerechnet an Cydones von Esztercari. Beide Männer besaßen einen unstillbaren Machthunger. Wanek saß vor mir in seiner blauen Robe, eine Faust auf dem Knie, und hörte mir zu. Als ich fertig war, ließ er Wein und einige Sklavinnen kommen, die sich um Delia kümmern sollten.

»Ich heiße dich bei den Ewards willkommen, Dray Prescot«, sagte Wanek, und wir setzten uns zu Tisch. Die Sonnen warfen ihren rotgoldenen Schein auf die morgendlichen Dächer. »Mein Sohn, Prinz Varden, ist im Augenblick nicht hier. Aber es wird mir eine Ehre sein, euch zu helfen. Wir sind nicht wie die Rasts der Esztercari.« Seine Finger massierten das Kinn, und die Knöchel wurden weiß. »Die geplante Vereinigung zwischen ihrer Prinzessin und dem harmlosen Pracek ist eine ernste Angelegenheit.« Und er begann einen langen Bericht über die verworrene Machtpolitik in der Stadt.

Die Generalversammlung tagte in Permanenz. In ihren Beratungen und Debatten und Gesetzesverkündungen gab es keine Pause. Die Versammlung umfaßte vierhundertundachtzig Sitze. In der Stadt gab es vierundzwanzig Häuser, bürgerliche wie von Adel, so daß im Durchschnitt zwanzig Sitze auf jedes Haus entfielen. Einige, etwa die Esztercaris, nannten mehr Mandate ihr eigen, nämlich fünfundzwanzig, so auch die Ewards. Die Probleme ergaben sich erst aus den Bündnissen und Pakten zwischen zahlreichen Häusern, so daß eine Gruppe immer die Mehrheit hatte.

Als ich das Durchstehvermögen der Abgeordneten bewunderte, lachte Wanek und erklärte mir, daß nur die Sitze zählten. Jeder Angehörige eines Hauses konnte die Sitze wahrnehmen, die seinem Haus reserviert waren. Nur die Zahl der Sitze brachte die Macht; die Männer, die die einzelnen Mandate hielten, kamen und gingen beständig, oft nach einem festen Plan, ähnlich wie beim Wachwechsel der Rudergänger auf See.

»Und die Esztercaris haben die meisten Häuser auf ihrer Seite, und Cydones Esztercari ist Kodifex von Zenicce!«

Eindeutig lag hier die Ursache der Verstimmung Waneks aus dem Hause Eward. Offensichtlich war er der Meinung, er müsse Kodifex der Stadt sein, der anerkannte Führer der mächtigsten Koalition.

In der nächsten halben Stunde erhielt ich Einblick in einen weiteren interessanten Lebensaspekt der Stadt. Ein alter bärtiger Mann in grauer Sklavenkleidung wurde gerufen. Mit erstaunlicher Geschicklichkeit entfernte er das Brandzeichen von Gloags Schulter. Am liebsten hätte er sofort seine Eisen heiß gemacht und Gloag neu gebrandet – mit den Buchstaben ›W. E.‹. Doch ich hielt ihn davon ab.

»Gloag ist frei«, sagte ich.

Wanek nickte. »Offensichtlich seid ihr beide frei, du und Delia aus den Blauen Bergen, denn ihr seid nicht gebrandet. Deshalb gilt das gleiche für euren Freund Gloag.« Er schickte den Sklavenmeister wieder fort. »Ich lasse seine Haut pflegen; man wird die Narbe bald nicht mehr sehen.« Er lachte leise, ein überraschender und doch passender Laut. »Wir sind sehr erfahren in Zenicce, wenn es darum geht, ein Brandzeichen zu entfernen und das unsere dafür anzubringen.«

Seine Frau, aufrecht und streng, von einer Aura ehemaliger Schönheit umgeben, die ihre Mütterlichkeit überstrahlte, sagte leise: »Es gibt etwa dreihunderttausend freie Bürger in Zenicce, dazu siebenhunderttausend in den großen Häusern. Natürlich« – sie machte eine Geste mit ihrer elfenbeinweißen Hand – »haben sie keine Sitze in der Versammlung.«

»Sie leben auf Inseln und Enklaven, die durch Straßen abgegrenzt sind«, sagte Wanek. »Sie äffen uns nach. Aber sie sind Kaufleute wie wir, und manchmal sind sie uns nützlich.«

Ich versagte mir die Bemerkung, man könne aus seinen Worten schließen, die Angehörigen der Häuser seien nicht frei. Dabei genossen die nicht versklavten Menschen in den Häusern eine Freiheit, die den Unabhängigen in der Stadt fehlte.

Zur Stadtmitte hin teilte sich wie so oft der Niccefluß auf seinem gewundenen Weg zum Meer und bildete eine Insel, die größer war als jede andere Landmasse im Bereich Zenicces. Auf dieser Insel befand sich das Herz der Stadt – die Gebäude der Generalversammlung, die Quartiere der Stadthüter, die Verwaltungsgebäude und ein verwirrendes Labyrinth aus kleinen Gassen und Kanälen mit den Märkten, wo man alles kaufen oder verkaufen konnte. Hier war der Lärm ohrenbetäubend, hier stachen die Farben besonders grell in die Augen, hier gab es wundersame Dinge zu schauen, und die Gerüche waren überwältigend.

Nach einer Weile, als Wanek und seine Frau nur noch über allgemeine Dinge mit uns plauderten, fragte mich der Herr des Hauses höflich, ob er sich einmal mein Rapier ansehen dürfe. Ich sagte ihm nicht, daß ich die Waffe Cydones Esztercari abgenommen hatte. Er nahm das Rapier mit seltsamer Ehrfurcht entgegen – er hätte sich tausend solcher Waffen leisten können –, und dann zogen sich seine Mundwinkel herab.

»Minderwertige Arbeit«, sagte er und betrachtete seine Frau mit leisem Lächeln. Sie schnalzte mit der Zunge, offenbar am Urteil ihres Mannes interessiert.

»Von den Krasnys angefertigt. Der Griff ist ganz modisch, doch für einen richtigen Kämpfer zu verschnörkelt.« Er warf mir dabei einen Blick zu. Ich rieb die Finger aneinander.

»Habe ich auch schon bemerkt«, sagte ich.

»Wir Ewards sind die besten und bekanntesten Waffenschmiede der ganzen Welt«, sagte er sachlich.

Ich nickte.

»Meine Klansleute beschaffen sich ihre Waffen aus der Stadt, es gibt keine andere Möglichkeit; aber es ist uns egal, wer sie schmiedet, wenn es nur die besten Waffen sind, die es zu kaufen – oder zu erbeuten – gibt.«

Er rieb sich das Kinn und reichte mir das Rapier zurück. »Bei den Waffen, die wir zum Verkauf an Schlachter und Gerber herstellen und die diese euch gegen Fleisch und Felle weiterverkaufen, handelt es sich nicht um Rapiere. Kurzschwerter, Breitschwerter, Äxte – aber keine Rapiere.«

»Der Mann, dem diese Waffe gehörte, ist noch nicht tot«, sagte ich. »Aber wahrscheinlich liegt er noch zusammengekrümmt auf seinem Lager und erbricht sich.«

»Ah«, sagte Wanek von Eward weise und stellte keine Fragen mehr.

Unser Gespräch streifte nun allgemeine Themen. Wahrscheinlich ging es den beiden wie vielen mächtigen Leuten – sie merkten nicht, wenn andere Leute müde waren. Der verhaßte Name Esztercari wurde noch einmal erwähnt, und ich erfuhr, daß diese Familie in der Stadt die meisten Schiffe besaß. Das paßte. Schließlich sagte Waneks Frau etwas, das ich kaum verstehen konnte – einige Worte über die verdammten Schlachter, die alles stahlen, was ihnen nicht gehörte, und über einen Mord, und dann hörte ich einen Namen, einen Namen, der mir wegen seines Klangs sofort auffiel.

Strombor, lautete er.

Ich glaube heute, daß mir dieser Name, als ich ihn zum erstenmal hörte, sofort laut in den Ohren hallte – oder täusche ich mich und lasse mich durch all die Jahre beeinflussen, die seither vergangen sind? Ich weiß es nicht – jedenfalls schien mir der Name wie ein Echo durch den Kopf zu hallen.

Endlich vermochte ich mich zu verabschieden – die Frage der Bezahlung für die Gastfreundschaft war vorsichtig angesprochen und ebenso vorsichtig erledigt worden –, und ich wurde in eine Kammer geführt, wo Gloag bereits in einer Ecke schnarchte. Ich ließ mich auf das Bett fallen und schlief sofort ein – mein letzter Gedanke galt natürlich Delia aus den Blauen Bergen, wie an jedem Abend meines Lebens.

Am Spätnachmittag erwachten wir und stillten unseren Hunger mit dem frischen, leichten Brot Kregens – Laibe so lang wie Rapiere –, dazu aßen wir dünne Scheiben Voskrücken und Palines mit kregischem Tee, einem vollmundigen, aromatischen und belebenden Getränk. Als wir Wanek wiedersahen, begrüßte er uns freundlich. Ich erkundigte mich nach Delia.

»Ich werde sie holen lassen«, sagte Wanek. Eine Sklavin verschwand – und kam mit der Nachricht zurück, daß Delia nicht in ihrem Zimmer sei und daß die Sklavin, die sich mit großem Eifer um sie bemüht hatte, ebenfalls fehlte. Ich richtete mich auf. Meine Hand umschloß den Griff des Rapiers.

»Bitte!« Wanek sah mich bestürzt an. Eine Suche begann; doch Delia wurde nicht gefunden. Ich begann zu toben. Wanek war außer sich über die Situation, über die Beleidigung, die er einem geehrten Gast erweisen mußte.

Ich hatte mit Delia während unserer Flucht nur wenige Worte gewechselt, denn Gloag war bei uns, und zumindest ich fühlte mich seltsam gehemmt bei dem Gedanken, daß sie mich doch wegen meiner Taten hassen und verachten müsse. Sie hatte etwas gesagt, das mich sehr verwirrte. Als sie und ich aus dem Taufteich nahe Aphrasöe verschwunden waren, hatte sie die Augen geöffnet und sich am Strand wiedergefunden – im nächsten Moment von den Fristles bedrängt, so daß sie nicht überrascht gewesen war, mich zu sehen. Als ich im Augenblick des Sieges von meinem eroberten Zorca geworfen wurde, hatte man sie in die Stadt und sofort ins Haus der Esztercari gebracht. Wegen ihrer maritimen Interessen treiben die Esztercari auch Sklavenhandel und können so besonders viele Sklaven unterbringen. Mit ihren nächsten Worten hatte Delia mich erschüttert. Denn sie sagte, sie habe mich bereits *am nächsten Tag* in jenem Korridor gesehen, in meiner farbenfrohen Aufmachung – woraufhin ihr der Krug aus den Händen geglitten war.

Sie sagte mir auch, daß sie jedesmal, wenn sie gefangengenommen oder versklavt worden war, eine weiße Taube am Himmel gesehen hätte und darüber einen riesigen rotgoldenen Raubvogel.

Ein Bote wurde gemeldet. Ein derber, bärtiger Mann, der inmitten des Blaus der Ewards seltsam fehl am Platze wirkte, trat ein, das Rapier an sich gepreßt, das Gesicht vor Wut und Ratlosigkeit verzogen. Er war der Hauschampion, wie ich erfuhr – eine Stellung, die bei den Eszercaris von Galna wahrgenommen wurde.

»Nun, Encar?«

»Eine Botschaft, Herr, von – von den Eszercaris. Eine Sklavin, der wir vertraut haben – wie sehr sie uns verspotten! –, hat die Lady Delia aus den Blauen Bergen entführt ...«

Ich sprang auf, und ich weiß heute, daß mein Gesicht, das normalerweise schon ziemlich häßlich ist, in diesem Augenblick geradezu diabolische Züge gehabt haben muß.

Es stimmte. Die Sklavin, die so fürsorglich gewesen war, hatte alles organisiert. Sie war eine Spionin Natemas. Offenbar hatte sie eine Nachricht hinausgeschmuggelt, und Männer in der verdammten grünen Livree hatten an einer kleinen Hintertür gewartet. Dort hatten sie meine Delia gepackt, ihr eine Haube über den Kopf geworfen und sie hastig an Bord einer Gondel zu den Esztercaris geschafft. Es war die herzzerreißende Wahrheit.

Aber das war nicht alles.

»Wenn sich der Mann, der Dray Prescot heißt, nicht freiwillig dem Kodifex ergibt«, fuhr Encar fort, und in seinem ehrlichen Gesicht stand der Widerwillen über seine Worte, »wird die Lady Delia von den Blauen Bergen ein Schicksal erleiden, wie es widerspenstigen und geflohenen Sklavinnen zukommt...« Er stockte und sah mich an.

»Weiter.«

»Sie wird entkleidet in die Rapagrube geworfen.«

Schreckensrufe wurden laut. Ich wußte nicht, wie schlimm diese Strafe war – aber ich konnte sie mir vorstellen.

»Dray Prescot, was kannst du tun?« fragte Gloag. Er stand neben mir, seine Plattfüße fest gegen den Boden gestemmt, unglaublich kräftig und intelligent, ein Freund, trotz seiner borstigen Haut.

Wie ich schon angedeutet habe – ich lache nicht so leicht. Doch hier im Großen Saal des Hauses von Eward lachte ich aus vollem Halse.

»Ich gehe«, sagte ich. »Ich gehe. Und wenn ihr nur ein Haar gekrümmt wird, mache ich das Haus Esztercari dem Erdboden gleich und bringe alle um – bis auf den letzten Mann!«

15

Gloag wollte für mich kämpfen.

»Nein«, sagte ich.

»Gib mir einen Speer«, polterte er.

»Das geht nur mich etwas an.«

»Deine Sorgen sind auch meine Sorgen. Wenigstens einen Speer.«

»Du wirst dabei umkommen.«

»Ich kenne den Palast. Ohne mich kommst *du* um.«

»Ich weiß«, sagte ich.

»Dann sterben wir beide. Gib mir einen Speer.«

Ich wandte mich an Wanek, den Anführer des Noblen Hauses Eward.

»Gib meinem Freund einen Speer.«

»Möge das Licht von Vater Mehzta-Makku uns beide lenken.«

Wanek besorgte mir ein vorzügliches Rapier und einen Dolch, und als Gegenleistung verriet ich ihm den letzten Eigentümer des Rapiers, das ich mitgebracht hatte.

Er freute sich sehr über die Trophäe von seinem Erzfeind.

»Wie du sagst, ist der Griff nicht ohne Wert«, sagte ich. »Und verwahre bitte diese Edelsteine für mich.« Ich reichte ihm das zusammengerollte Tuch. Gloag bestand darauf, daß sein Anteil ebenfalls hierblieb, und da wußte ich, daß er es ernst meinte, denn mit dem Betrag hätte er sich im freien Teil der Stadt ein kleines Geschäft aufbauen und ein angenehmes Leben führen können.

Als ich Wanek sagte, was ich noch von ihm erbat, schlug er sich vor Freude auf die Knie und rief Encar. Der Hauschampion sollte ein Boot mit einem Manne fertigmachen, der mir so ähnlich wie möglich sein sollte. Dann stiegen wir auf das Dach, und nicht ohne Nervosität legte ich mich in ein Flugboot. Nie zuvor hatte ich ein solches Ding betreten, nie zuvor war ich geflogen. Eine solche Maschine war ein Wunderwerk für mich. Sie hatte die Form eines Blütenblattes und besaß eine durchsichtige Scheibe an der Vorderseite und Gurte, mit denen man sich anschnallen konnte, und Felle und Seidenstoffe zum Schutz der Passagiere. Gloag und ich schnallten uns an. Der Kutscher – das Wort Pilot war mir damals noch unbekannt – ließ das kleine Gebilde in die Luft springen, dem Sonnenuntergang der grünen Sonne entgegen. Die rote Sonne stand ebenfalls dicht über dem Horizont. Wenn es nach einiger Zeit eine Sonnenbedeckung gegeben hatte, ging die rote Sonne vor der grünen Sonne auf und unter. Der kregische Kalender fußt weitgehend auf der gegenseitigen Verfinsterung der beiden Sonnen. Ich hielt mich krampfhaft fest, als wir durch das rötliche Licht rasten.

Ich hatte geplant, daß wir auf dem Dachgarten landen würden, ehe das Boot mit dem falschen Dray Prescot den Pier der Esztercaris erreichte. Wir glitten hinab, und zufrieden stellte ich fest, daß sich der Garten leer unter uns erstreckte. Gloag und ich sprangen ab, und das Flugboot zog sich in sichere Entfernung zurück. Wir eilten auf die Treppe zu und befanden uns Sekunden später im Sklavenquartier. Wir hätten graue Lendenschurze anziehen können, doch hätten wir durch die Waffen dennoch auf uns aufmerksam gemacht – also hatte ich mein rotes Lendentuch und den Umhang anbehalten, und Gloag war meinem Beispiel gefolgt. Es ist mir schon mehrfach gelungen, in einer schnell improvisierten Verkleidung zu entkommen, was etwa ein Mann mit rotem oder grünem Haar nicht geschafft hätte – wenn auch im Hause Esztercari grüngefärbtes Haar nicht selten vorkam.

Wir fanden ein Sklavenmädchen, das uns, von Gloags Speer gekitzelt, hastig sagte, daß die Gefangene, an die sie sich gut erinnerte, im Käfig über der Leemgrube gefangengehalten wurde. Ich erschauderte. Es war schon schlimm genug, wieder in das Labyrinth des Opalpalastes einzudringen; doch viel schlimmer wollte mir scheinen, daß wir nun in seine Tiefen unterhalb des Wasserspiegels vordringen mußten, wo die katzengleichen Leemwesen an den feuchten Wänden ihres Gefängnisses entlangschlichen. Viele menschliche Skelette vermoderten dort. Der Leem ist ein achtbeiniges, geschmeidiges Wesen, flink wie ein Wiesel, doch groß wie ein Leopard; er hat einen keilförmigen Kopf und spitze Fangzähne, die durch Eichenholz dringen. Wir töteten diese Wesen mitleidlos, wenn sie unsere Chunkrah-Herden angreifen wollten und sich dabei besonders für die Jungtiere interessierten; denn ein ausgewachsener Chunkrah bringt es fertig, den Leem auf die Hörner zu nehmen und hundert Meter weit zu schleudern.

Ich habe einmal gesehen, wie der Hieb einer Leempranke einem Krieger glatt den Kopf abriß und wie einen Kürbis zermalmte.

Und doch war es weitaus besser für meine Delia, den Leems vorgeworfen zu werden, als etwa den Rapas ausgeliefert zu sein.

Unsere einzige Chance lag in der Schnelligkeit und Kühnheit unseres Plans.

Ich hoffte, daß Cydones Esztercari und seine bösartige Tochter, die Prinzessin Natema, mit Galna am Pier auf das Boot warten würden, das ihnen sicher gemeldet worden war. Aber – war Natema tatsächlich bösartig? Wenn sie mich wirklich liebte, mußte sie nicht angesichts der Umstände ihrer Geburt und ihrer Erziehung so handeln, wie sie gehandelt hatte? Einer abgewiesenen Frau wendet man am besten nicht den Rücken zu, besonders nicht, wenn sie einen Dolch in der Hand hält oder mit einem Terschick umzugehen versteht.

Wir balancierten vorsichtig auf einem hohen Mauervorsprung entlang, der sich um die Leemgrube zog. Die Wände waren feucht und rochen säuerlich. Es roch nach Leem, ein pelziger, trockener Geruch, der sich in engen Räumen besonders unangenehm bemerkbar macht und der auf der windigen Ebene von den wachsamen Chunkrah gewittert wird, zum Zeichen, daß es Zeit ist, die Jungen in die Mitte zu nehmen und mit den Hörnern nach außen einen Kreis zu bilden.

Ein ausgewachsener Leem kann einen Zorca bezwingen.

Ein Kampf zwischen einem Vove und zwei Leems ist ein schreckliches Bild der Vernichtung, das man sich kaum vorstellen kann. Ich habe einen solchen Kampf miterlebt und kann die Wildheit dieser Wesen bestätigen. Natürlich siegt der Vove, weil er eine übermächtige Vernichtungsmaschine ist; doch er muß hinterher sorgsam gepflegt werden, wenn die Leems gut gekämpft haben.

Das also waren die Wesen, die nun an den Wänden der Grube unter uns entlangschlichen. In der Mitte hing der Käfig, in dem Delia mit gefesselten Händen hockte. Seile führten über Rollen zu dem Käfig, so daß er zur Seite gezogen werden konnte. Als Delia mich sah, schrie sie auf, und die Leems unter ihr zischten und fauchten und sprangen mit bedrohlichen Sätzen an den Mauern empor.

Ich ergriff das Seil, um den Käfig in meine Richtung zu ziehen.

Gloag legte mir seinen Speer über die Arme.

»Nein«, sagte er, und ich blickte ihn fragend an. »Meine Dame«, rief er Delia zu. »Du mußt dich hinstellen und die Arme zwischen zwei Käfigstangen hindurchstecken. Halt dich fest – es geht um dein Leben!«

Ich zögerte nicht. »Tu, was Gloag sagt!«

Taumelnd, das Haar vor dem Gesicht, richtete sich Delia auf, schob ihre gefesselten Arme zwischen zwei Gitterstäbe und klammerte sich an eine Querstrebe. »Ich bin fertig, Gloag«, sagte sie. Ihre Stimme zitterte nicht.

Ich zog den Käfig herüber.

Als sich das Seil spannte, teilte sich der Käfigboden in der Mitte und klappte in zwei Hälften nach unten.

Hätte Delia in ihrem Käfig gestanden, wäre sie wie eine Ladung Kohlen abgeworfen worden und vor die Fänge und Klauen der Leems gestürzt.

Ich zerrte den Käfig herüber, nahm sie in die Arme und setzte sie vorsichtig auf den Mauervorsprung. Sie trug noch immer das rote Lendentuch. Plötzlich begann sie heftig zu zittern, und ich zog sie hoch und befreite sie mit einer kurzen Bewegung meines Rapiers von ihren Fesseln. Dann hasteten wir rutschend und stolpernd um die Grube herum und verließen das schreckliche Gewölbe.

Das Licht der Lampen spiegelte sich auf dem Schweiß, der Delias glatten Rücken bedeckte und sich in den Grübchen an ihrer Hüfte sammelte. Wir erreichten das Dach, wo die grüne Sonne inzwischen untergegangen war; nun segelte der große kregische Mond über uns, die ›Jungfrau mit dem Vielfältigen Lächeln‹, die den Garten in einen kalten rosa Schimmer tauchte. Der Fahrer unseres Flugbootes hatte aufgepaßt und näherte sich. Ein zweiter Gleiter raste heran; die beiden mußten zusammenstoßen, wenn nicht einer der Fahrer abbog. Im nächtlichen Wind raschelten die Blüten, die sich bei Sonnenuntergang geschlossen hatten und nun dem Mondlicht ihre äußeren Blütenblätter entgegenstreckten. Auf der Treppe klangen Schritte und Stimmen auf, gefolgt von grellem Fackelschein und dem Blitzen von Schwertern und Dolchen.

Unser Flugboot landete. Das zweite Fahrzeug setzte daneben auf, und Chuliks sprangen heraus; ihre graugrünen Uniformen wirkten unheimlich im Halbdämmer. Hinter uns strömten Männer auf das Dach und schwärmten aus.

Ich schob Delia auf das Flugboot zu, und Gloag senkte seinen Speer und griff die Chuliks an.

Hinter uns Männer, vor uns Chuliks – wir waren hoffnungslos in der Minderzahl und saßen in der Falle. Aber wir konnten kämpfen.

Ich tötete drei Gegner mit schnellen, wuchtigen Streichen, wobei ich vorsichtig zu den Flugbooten zurückwich. Die Chuliks versuchten Gloag zu überlisten, der seinen Speer mit unheimlicher Präzision handhabte und ihren Lebenssaft verspritzte, der den Blüten ringsum eine gespenstische Färbung gab. Ich griff Delia mit dem linken Arm um die Hüfte, wobei meine Dolchspitze ihre Brust mit Blut benetzte.

»In unser Flugboot, Gloag!« brüllte ich. »Wehr sie von dort ab!«

Mit einem Schrei gehorchte er. Unser Fahrer trat nun ebenfalls in Aktion, sein Schwert blitzte wie Feuer im Licht des Mondes. Wir dagegen waren in Bedrängnis. Die Chuliks drängten näher heran, und ich wehrte mich verzweifelt. Delia wand sich in meinem Arm.

»Laß mich los, du Dummkopf!«

Ich ließ sie frei, und sie nahm einen Dolch vom Boden auf, versenkte ihn in das Herz eines Chuliks, der eben dasselbe bei mir vorhatte, und sprang auf das Flugboot der Chuliks zu. Der nächste Chulik wurde von mir mit einem einzigen Hieb erledigt. Ich folgte Delia und sprang mit ihr in das feindliche Flugboot. Dort fuhr ich wie ein Leem herum, um meine Klinge durch ein Gesicht zu ziehen, kämpfte eine Rapierattacke nieder und schlug den Stahl tief in einen Schädel. Ein Pfeil prallte von der Windschutzscheibe ab. Ich stieß einen wilden Schrei aus, und Gloag ließ sein Flugboot aufsteigen. Der Fahrer des Flugboots der Chuliks, ein schmächtig wirkender junger Mann im Grün der Esztercatis, starrte auf meine Klinge, schluckte und ließ die Hände über seine Kontrollen gleiten. Wir begannen zu schweben. Rosa Mondlicht umgab uns. Der Wind verfing sich in meinem roten Umhang.

Eine Klaue packte den Rand des Flugschiffs und ließ es kippen. Ein Chulik schwang sich herauf, den Dolch zwischen den Zähnen. Sein Rapier zuckte auf Delia zu.

Ich versenkte mit einem gewaltigen Hieb meine Klinge in seiner Stirn, und er schrie einmal kurz auf; seine Hand flog hoch, der Dolch wirbelte fort, er sank zurück – und riß mir damit das Rapier aus der Hand.

Ein Sirren ertönte, dann so etwas wie eine Explosion in unserem Gleiter, der zu kreiseln begann. Die ganze Welt schien mir an den Hals zu springen. Delia ...?

Ein Pfeil hatte den Fahrer getroffen, hatte seinen Körper glatt durchschlagen, und eine Pfeilsalve war dicht an meinem Kopf vorbei in die Kontrollen gefahren. Das Flugboot tanzte wild hin und her.

Es stieg wie ein Korken auf, schwang herum, und der Wind packte es und jagte es im Mondlicht über die Stadt davon. Schwache Rufe wurden unter uns laut.

Ich schob den toten Fahrer aus seinem Sitz und warf ihn über Bord.

Dann starrte ich hilflos auf die Kontrollen.

»Sie sind kaputt, Dray Prescot«, sagte Delia aus Delphond. »Das Boot läßt sich nicht mehr steuern.«

Der Wind ließ uns immer schneller über der Stadt dahintreiben. In Sekundenschnelle schrumpften die riesigen Gebäude auf Spielzeuggröße zusammen und verschwanden schließlich im Schimmer des Mondlichts. Wir waren allein und trieben hilflos über den Ebenen Kregens dahin.

16

Wenn Sie nun anmerken möchten, daß Kregen in Anbetracht seiner zwei Sonnen eine ungewöhnliche, wenn nicht zu große Zahl von Monden hat, so kann ich nur sagen, daß die Natur von Natur aus vielfältig ist. So auch Kregen. Wild und schön, gnadenlos gegenüber den Unfähigen und Schwachen, tolerant gegenüber Ehrgeizigen und Gewinnsüchtigen, lohnend für die Mutigen und Skrupellosen – so ist Kregen ein Planet, auf dem viele Tugenden anders aussehen als auf unserer Erde.

Ich habe erfahren, daß der irdische Mond und der Planet Mars, der relativ klein ist, aus der geschmolzenen Erdkruste hervorgegangen sein sollen, fortgeschleudert während der urzeitlichen Entwicklung, als sich das Sonnensystem bildete. Dadurch gingen etwa zwei Drittel der Erdkruste ins All verloren, und die schwimmenden Platten der Erdkruste, auf denen zum Teil die Kontinente, zum Teil die Meere liegen, gleiten und rutschen nun auf dem geschmolzenen Magma der Tiefe hin, ohne das Baumaterial, das uns größere Landflächen und tiefere Ozeane beschert hätte. Auf Kregen, so vermute ich, wurde nur etwa die Hälfte der ursprünglichen geschmolzenen Oberfläche fortgeschleudert und bildete nicht nur einen Mond und einen Planeten, sondern sieben Monde. Astronomisch stimmt alles ganz genau.

Von den neun Inseln Kregens ist keine kleiner als Australien. Natürlich liegen unzählige kleinere Inseln dazwischen verstreut – wer will wissen, was da alles darauf lebt?

Delia aus den Blauen Bergen und ich, Dray Prescot, schwebten in unserem beschädigten Flugboot über den endlosen Segesthes-Ebenen.

Wir sprachen wenig. Ich schwieg, weil ich die Ablehnung des Mädchens neben mir spürte, das natürliche Gefühl des Widerwillens und der Verachtung, das sie empfinden mußte, obwohl ich sie verehrte, wie kein anderer Mann je ein Mädchen auf der Erde oder auf Kregen verehrt hat, denn sie hatte keine Ahnung von meiner egoistischen Leidenschaft und durfte auch nie davon erfahren.

Zuerst lehnte sie ab, als ich ihr mein rotes Cape anbot; aber kurz vor der Morgendämmerung, als die ›Jungfrau mit den Vielen Gesichtern‹ am Himmel verblaßte, nahm sie zähneknirschend den Umhang. Die rote Sonne ging auf. Es war die Sonne, die in Zenicce Zim genannt wurde, während die grüne Sonne Genodras hieß. Ich möchte bezweifeln, daß die Schriftgelehrten die genaue Zahl der Namen kannten, mit denen überall auf dem Planeten die kregischen Sonnen und Monde belegt wurden.

»Lahal, Dray Prescot«, sagte Delia aus Delphond, als der Rand der Sonne über dem Horizont auftauchte.

»Lahal, Delia aus den Blauen Bergen«, erwiderte ich ernst, und mein grimmiges, abweisendes Gesicht mußte sie bedrückt haben, denn sie wandte sich heftig ab, und ich merkte, daß sie schluchzte.

»Wenn du in den schwarzen Kasten unter der Kontrollsäule schaust«, sagte sie nach einiger Zeit mit erstickter Stimme, »findest du dort zwei Silberblöcke. Wenn du sie auseinanderziehen kannst, wenigstens ein Stück ...«

Ich folgte ihrem Hinweis und fand die beiden Silberblöcke, die sich fast berührten. Ächzend zerrte ich sie auseinander, und das Flugboot begann langsam an Höhe zu verlieren.

Ich starrte Delia überrascht an. »Warum hast du mir nicht ...«, begann ich.

Doch sie zeigte mir nur ihre herrlich geschwungene Schulter, und zog das rote Cape höher, und ich schluckte den Rest meiner Frage hinunter.

Endlich landeten wir, und wieder einmal stand ich auf der Prärie, auf der ich fünf ereignisreiche Jahre meines Lebens verbracht hatte. Ich war wieder ein Klansmann – nur hatte ich meinen Klan nicht bei mir. Unsere Waffen waren mein Dolch, unsere Hände und unsere Intelligenz.

Es dauerte nicht lange, da hatte ich einen Präriefuchs gefangen – ein köstliches Mahl, wenn er in Schlamm eingerollt und darin gebraten wird, um die Knochen auszulösen –, und wir tranken von einer klaren Quelle und saßen an unserem Feuer, und ich ließ keinen Blick von Delias Schönheit.

Wir hatten den fruchtbaren und kultivierten Landgürtel überflogen, der sich am Meer hinzieht – dem Meer, in das der Nicce mündet, das Meer, das hier in der Gegend Abendmeer genannt wird, denn es grenzt an den westlichen Rand des Kontinents. Heute erinnert mich dieser Ozean an den Pazifik westlich von San Francisco, wenn er bei Sonnenuntergang in phantastischen Farben erstrahlt.

Wir befanden uns am Rand der eigentlichen Ebene. Zenicce bezog Steuern, Mineralien und landwirtschaftliche Produkte aus dem gesamten Küstenstreifen und aus einem Gebiet, das noch weit ins Landesinnere reichte. Kleine Siedlungen gab es überall an der Küste und auch im Binnenland. Ich hoffte, daß wir mit einigem Glück auf eine Karawane stoßen würden, die uns den langen Fußmarsch zur nächsten Stadt ersparte.

Ich hatte beschlossen, eine Woche zu warten. Die Chancen, daß Klansleute uns finden würden, waren denkbar gering; ich konnte nicht hoffen, daß die Klans von Felschraung und Longuelm zufällig in der Nähe waren – und andere Klans mochten feindlich gesonnen sein. Bei einer solchen Begegnung wäre das Mädchen nur ein Hindernis gewesen. Wir warteten sechs Tage – und dann entdeckten wir eine Karawane. In dieser Zeit hatte ich erste Risse in der steinernen Barriere entdeckt, die Delia und mich trennte. Sie begann ihre Zurückhaltung zu verlieren und wurde wieder zu dem impulsiven, betörenden, launischen Mädchen, das ich so gut kannte. Sie wollte nicht über Delphond sprechen, auch nicht über ihre Familie oder ihre Herkunft. Die einzigen Menschen, die mir vielleicht sagen konnten, wo Delphond lag, hatte ich noch gar nicht befragt – die Angehörigen des Hauses Eward. Die Sklaven wußten jedenfalls nichts darüber.

Wir hatten unser kleines Lager aufgeschlagen, und

Delia half mir bereitwillig. Aus einem Sturmbaum hatte ich mir einen kräftigen, spitzen Stock geschnitzt und schwenkte ihn nun wild herum. Einmal mußte ich einen aufgebrachten weiblichen Ling abwehren. Das Tier kam aus einem Busch gekrochen und versuchte Delia fortzuschleppen. Der Ling lebt im Unterholz und zwischen den Felsen der Prärie und ist nur etwa so groß wie ein Collie, aber er hat sechs Beine, ein langes seidiges Fell und Klauen, die er eine Handbreit ausstrecken kann und denen nicht einmal eine *Chunkrah-Haut* gewachsen ist. Aus dem Fell des Ling machte ich Delia ein herrliches Pelzcape. Sie sah großartig darin aus.

Unser erster Hinweis auf die Karawane war nicht das Läuten von Karawanenglocken, auch nicht das Donnern von Calsanyhufen oder das Geschrei der Fahrer – sondern das Gebrüll aufgebrachter Männer und das Geklirr von Waffen.

Ich eilte an den Rand des Unterholzes, das unser Lager umgab, meinen zugespitzten Stock fest umklammert. Meine Tage mit Delia hatten mir sehr viel bedeutet. Täuschte ich mich, oder hatte sich ihre Haltung mir gegenüber tatsächlich verändert? Stets war sie korrekt, höflich und gehorsam, wenn es um die kleinen Arbeiten einer Hausfrau ging. Wenn wir die verbotenen Themen vermieden, konnten wir uns stundenlang angeregt unterhalten, etwa über die offene Frage, wer wohl das erste Lebewesen auf Kregen gewesen war, über die Art und Weise, wie der seidige weiße Lingpelz am besten zu tragen sei, und über allerlei andere schöne Dinge. Ja, sehr kostbar war mir diese Zeit geworden, die wir unter den kregischen Monden an unserem Lagerfeuer verbracht hatten. Diese Gedanken gingen mir durch den Kopf, als ich eine kleine Karawane erblickte, die von Klansleuten angegriffen wurde. Warum sollte ich mich einmischen: Es war sicher besser zu warten, bis der Kampf vorüber war, bis die Klansleute ihre Beute und die Gefangenen, die Lösegeld bringen konnten, an sich genommen hatten und fortgeritten waren. Ein Eingreifen mochte mir einen gespaltenen Schädel einbringen und würde auf jeden Fall die ohnehin viel zu kurze angenehme Zeit der wachsenden Freundschaft zwischen Delia und mir beenden.

»Sieh doch, Dray Prescot«, sagte Delia, die neben mir lag und durch die Büsche starrte. »Hellblau! Eward – eine Karawane des Noblen Hauses Eward!«

»Sehe ich.«

Die Klansleute stammten aus einem mir unbekannten Klan. Wäre ich als Klanführer über die Große Ebene geritten, hätte es bei einer Begegnung mit diesen Männern wahrscheinlich Blutvergießen gegeben, oder ein Geben oder Nehmen von Obi, falls wir überlebt hätten. Sie bedeuteten mir nicht mehr und nicht weniger als die Männer Ewards. Aber Delia preßte die Lippen zusammen und sah mich mit gefährlich funkelnden Augen an – jedenfalls wollte es mir so scheinen, mir, für den es keine andere Frau im Universum gab, die ihr das Wasser reichen konnte.

»Also gut«, sagte ich. In den letzten Tagen hatte ich sehr viel geredet. Ich bin von Natur aus wortkarg, außer wenn ein Thema mich besonders erregt, doch bei Delia hatte ich – wie es heute ausgedrückt würde – ganz schön angegeben. Nachdem der Entschluß gefaßt war, verschwendete ich keine Zeit. Ich stand auf, packte meinen Holzstab und stürzte mich heldenhaft ins Getümmel.

Männer in Blau lenkten ihre Halbvoves gegen zorcaberittene Klansleute. Das gab den Männern aus der Stadt eine gewisse Chance. Rapiere durchbrachen manche ungeschickte Deckung und bohrten sich in stämmige Brüste, Äxte wirbelten hoch und gruben sich in Schädeldecken. Es war nur eine kleine Gruppe Klansmänner – das verrieten mir die Zorcas –, die zufällig auf die Karawane gestoßen sein mußte. Ehe jemand merkte, daß ein neuer Faktor in den Kampf eingriff, hatte ich mich zwischen sie gestürzt. Ich arbeitete völlig geräuschlos.

In Sekundenschnelle hatte ich zwei Klansleute von ihren Tieren gerissen, eine Axt gepackt und eine Gruppe von drei Reitern aufs Korn genommen, die damit beschäftigt waren, von einer prunkvollen Sänfte die Vorhänge abzureißen. Ich sah davon ab, Kriegsgeschrei anzustimmen, als sei ich der Vorläufer einer Armee. Ich war nicht als Klansmann und auch nicht als Städter angezogen, sondern trug nur meinen Lendenschurz – wie ein Jäger aus Aphrasöe. Beide Seiten hätten die List sofort durchschaut, und das Element der Überraschung wäre verloren gewesen.

Mit der Axt hämmerte ich einen Kopf tiefer zwischen die Schultern, fuhr zurück, um eine Wange zu spalten und den Mann aus dem Sattel zu fegen. Der dritte ließ seinen Zorca mit wirbelnden Hufen auf die Hinterhand aufsteigen, bereit, mich mit gewaltigem Hieb zu töten. Ich warf mich zurück, und seine Waffe zischte durch die Luft. Die Vorhänge teilten sich, und ein Kopf mit einem Hut mit breiter flacher Krempe tauchte auf. Ein Paar heller Augen funkelte angriffslustig. Hinter dem Kämpfer, der mich wieder angreifen wollte, sah ich einen blaugekleideten Reiter, der sein Rapier in den Hals eines Klansmannes stieß. Die Klinge steckte fest, und er zerrte daran, ohne etwas auszurichten. Seitlich von ihm hob ein Klansmann einen schußbereiten Bogen. Im nächsten Augenblick mußte sich der Bolzen in den Rücken des Ewards bohren.

Ich schleuderte meine Axt mit der Kraft und Geschicklichkeit des erfahrenen Klansmannes, und der spitze, geschliffene Stahl grub sich in die Brust des Zorcareiters. Er starrte verblüfft an sich herab und fiel wortlos aus dem Sattel.

Im nächsten Augenblick gab mein Gegner seinem Tier die Sporen und ließ seine Axt herabschnellen. Ich duckte mich unter dem Hieb weg, wich dem Maul des Zorca aus – hätte er einen Vove geritten, wäre ich schon ein toter Mann gewesen –, sprang hoch und packte ihn um die Hüfte. Wir stürzten miteinander zu Boden. Als ich mich wieder aufrichtete und wachsam in die Runde blickte, war mein Dolch blutbefleckt.

»Gut gemacht, Jikai!« hörte ich einen krächzenden Ruf.

Die Zorcareiter hatten genug. Was wie ein leichter Überfall mit reicher Beute ausgesehen hatte, war zu einem schrecklichen Blutbad geworden. Mit wilden, ratlosen Schreien ritten sie davon. Wir wichen ihren letzten Pfeilschauern aus. Wenn sie es sich noch anders überlegten, hatten wir Bögen genug, um ihren Angriff energisch abzuwehren.

Der Reiter auf dem Halbvove hatte nun sein Rapier freibekommen. Er starrte mich an, und auf seinem bronzenen, wachsamen Gesicht und in seinen dunklen Augen unter dem Kampfhelm zeichnete sich Neugier ab. Er musterte mich, und ich erwiderte seinen Blick. Schlank und kräftig saß er gut im Sattel, und ich hatte seinen Umgang mit dem Schwert gesehen; er hatte sich überragend geschlagen.

Er ritt herbei, passierte mich mit besorgtem Blick und beugte sich zur Sänfte hinab.

»Liebe Großtante Shusha! Alles in Ordnung?«

Der seltsame Kopf mit dem gewaltigen Hut tauchte wieder auf. Diesmal erschien auch der Rest der alten Frau. Ich sah, daß sie einen spitzen Dolch in der behandschuhten Rechten hielt. Ihr Gesicht war alt – runzlig und gezeichnet von zahllosen Jahren; doch die Augen leuchteten kampflustig und lebhaft und waren boshaft auf ihren Neffen gerichtet.

»Schrei hier nicht herum, junger Varden! Natürlich ist alles in Ordnung! Du glaubst doch nicht etwa, ich lasse mich von einem Haufen mickriger Buschklepper einschüchtern?«

Sie zappelte in der Sänfte herum und wollte offenbar aussteigen. Einige Männer liefen herbei, um die Treppe der Sänfte herabzulassen. Die Dame war klein und unglaublich vital, in ein hellblaues Gewand gekleidet, das über und über mit roten Stickereien bedeckt war.

»Großtante Shusha!« sagte der junge Mann, der offenbar Prinz Varden Wanek aus dem Hause Eward war, tadelnd. »Du darfst dich nicht so aufregen.«

»Ach, Unsinn! – Und du hast diesem netten jungen Mann noch nicht einmal Lahal gesagt...« Sie starrte mich mit ihren blassen Augen an. »Sieh ihn dir doch an – läuft halbnackt durch die Gegend und spießt Menschen auf, wie ich eine Nadel durch eine Stickerei steche.« Sie hüpfte auf mich zu. »Lahal, junger Mann, und vielen Dank für deine Hilfe. Und, dabei fällt mir ein...« Sie stockte, und Varden sprang aus seinem hohen Sattel, um sie zu stützen. »Die Farbe – die Farbe! Sie erinnert mich so lebhaft...«

»Lahal, meine Dame«, sagte ich und versuchte möglichst leise zu sprechen. Dennoch mußte meine Stimme erschreckend knurrig geklungen haben.

Varden, der seine Großtante stützte, starrte mich an. Sein Blick ruhte offen auf mir. »Lahal, Jikai«, sagte er. »Ich schulde dir viel; es war ein Fehler von mir, dir nicht geziemend zu danken. Aber meine Großtante – sie ist alt...«

Sie klopfte ihm energisch mit einem Finger auf die Hand. »Nun reicht's, du junger Spund! Du brauchst mich nicht zu beleidigen. Ich bin nicht älter, als es sich geziemt!«

Ich wußte, daß die Männer und Frauen auf Kregen eine erheblich größere Lebenserwartung haben als auf der Erde, wenn sie nicht getötet werden oder erkranken. Diese alte Dame, so schätzte ich, war sicher eher zweihundert als hundert Jahre alt.

Ich hatte nicht gelächelt. »Lahal, Prinz Varden Wanek von Eward. Ich bin Dray Prescot.«

»Lahal, Dray Prescot.«

»Du hast nicht gesehen, wie dir Dray Prescot das Leben gerettet hat, Neffe?« Sie erklärte ihm, wie ich meine Axt geschleudert hatte, um den Pfeilschuß zu verhindern. »Die Tat eines wahren Jikai«, endete sie ein wenig atemlos.

»Ich hatte meinen Hikdar, verehrte Dame«, sagte ich und hielt den Dolch hoch.

Sie lachte leise und hustete. »Und ich meinen kleinen Deldar.«

Ich hob den Blick – und es stimmte, ihr Dolch war ein Terchick.

Ein Schrei der Überraschung ließ uns aufblicken. Delia aus den Blauen Bergen schritt über den kleinen Hang auf uns zu. In den roten Lendenschurz gekleidet, das weiße Fell locker um die Schultern gelegt, der im Rhythmus ihres schlanken Körpers schwang, die wohlgeformten Beine ergötzlich anzuschaun im Sonnenschein, so rang sie den Männern einen Ausruf des Staunens und der Bewunderung ab. Ich hielt den Atem an. Sie sah herrlich aus.

Nachdem wir uns alle vorgestellt hatten, kehrten wir zusammen mit den Ewards in die Stadt zurück. Die Karawane hatte Großtante Shusha von ihrer jährlichen Pilgerfahrt zu den heißen Quellen von Benga Deste zurückgeholt. Benga, das muß ich erwähnen, ist das kregische Wort für ›Heiliger‹ oder ›Sankt‹. Beng ist die männliche, Benga die weibliche Form.

Ich kann mir den Grund nicht erklären, doch als ich meinen neuen Bekannten die übliche Frage stellte, erfüllte mich eine seltsame Erwartung. Großtante Shusha verzog nachdenklich das Gesicht.

»Aphrasöe? Die Stadt der Savanti? Ich glaube, ich habe tatsächlich schon einmal von einer Stadt dieses Namens gehört, aber das ist so lange her, so lange her, und mein armer Kopf erinnert sich nicht.«

17

Nun erfuhr mein Leben eine große Wende.

Wenn mir in meinem früheren Leben das Gefühl der Kameradschaft gefehlt hatte – wobei ich dieses seltsame Gut endlich bei Hap Loder und seinesgleichen zwischen den Zelten und Wagen der Klansleute fand, während ich Maspero und seinen Artgenossen aus Aphrasöe, die für mich gottgleiche Wesen waren, stets mit Ehrfurcht begegnete –, so fand ich diese Kameradschaft nun ebenfalls bei Prinz Varden und seinen Trinkkumpanen im Hause Eward in der Stadt Zenicce. Und seltsamerweise entwickelte sich auch ein sehr inniges und angenehmes Gefühl der Freundschaft zu der alten Großtante Shusha. Ich hoffte, daß sie sich eines Tages an ihr Wissen über Aphrasöe erinnern würde, doch nicht das brachte mich dazu, sie zu respektieren und zu bewundern. Ich muß zugeben, daß ich einen Narren an ihr gefressen hatte, wenn mir diese unziemliche Ausdrucksweise gestattet ist.

Da Flugboote in Segesthes selten und teuer sind, schickte Wanek eine Gruppe los, die das Fluggerät reparieren und zurückholen sollte, mit dem Delia und ich geflohen waren – als weitere Trophäe von den verhaßten Esztercari. Delia sagte, sie kenne sich mit Flugbooten aus, und fügte hinzu, sie würden in ihrem Lande nicht hergestellt. Damit fiel Havilfar als ihre Heimat aus, denn dort wurde der Grundstoff gefördert, dem die Flugboote ihre Flugeigenschaften verdankten.

Schwungvoll unterstützte ich die Pläne des Hauses Eward, dem Treiben der Esztercari in der Stadt einen Riegel vorzuschieben. In das Blau der Ewards gekleidet, scherzte ich mit den anderen jungen Kriegern des Hauses herum, und wir streiften oft durch die Arkaden, suchten die Tavernen auf und genossen die vielfältigen Zerstreuungen im Hafenviertel von Zenicce.

Ich besuchte das eindrucksvolle Gebäude der Großen Versammlung und verfolgte die endlosen Debatten, während denen Männer und Frauen den Saal verließen und betraten und die Sitze ihrer Häuser einnahmen oder an andere übergaben. Wir stürzten uns sogar in einige fröhliche Streitereien, bei denen Umhänge wirbelten und Rapiere klirrten und viel gelacht wurde, bis die rotgrünen Uniformen der Stadthüter uns auseinanderstieben ließen.

Im Schutz der Kanäle und der lückenlosen Mauern unserer Enklave waren wir natürlich absolut sicher. Um in die Enklave eines Hauses einzubrechen, mußte man schon eine Armee aufbieten, und obwohl es dann und wann Überfälle gab – bei denen es oft um ein Mädchen ging, wie ich mit einem grimmigen Lachen zur Kenntnis nahm, das Prinz Varden überraschte –, fühlte sich doch kein Haus stark genug, um ein anderes unmittelbar und in aller Form herauszufordern. Die Esztercaris hatten durch Betrug, Mord, Bestechung und schließlich durch nackte Gewalt eine andere Familie aus der Enklave und weiteren Besitztümern vertrieben – das war vor etwa hundertfünfzig Jahren geschehen. Großtante Shushas bitterer Haß auf das Smaragdgrün wurde mir erklärlich, als ich erfuhr, daß sie eine Strombor gewesen war, ein Abkomme jenes vertriebenen Hauses und frisch mit einem Eward verheiratet, als ihre Familie, ihre Freunde und ihre Bediensteten getötet oder in alle Winde zerstreut wurden. Einige wurden als Sklaven verkauft, andere waren zu den Klansvölkern gezogen, viele waren mit Schiffen am Horizont verschwunden und nie zurückgekehrt.

Durch Gesetz und Gewohnheitsrecht waren alle Privilegien und Rechte des Hauses Strombor auf das Haus Esztercari übergegangen.

Jede Enklave eines Hauses war eine eigenständige Stadt: buntes Pflaster, Marmor-, Granit- und Backsteinmauern, Kuppeldächer, Kolonnaden, Türme und Spieren – all das Durcheinander herrlicher Architektur umschloß und stützte eine lebendige Einheit inmitten der größeren Einheit der Stadt. Das Bier der Ewards war sehr gut; Zenicce war überhaupt berühmt wegen seiner Biere, obwohl seine Lagersorten dünn und geschmacklos waren. Wir jungen Leute scheuten keine Mühe, eine neue Biersorte auszuprobieren und uns dann in weisen und grölenden Kommentaren über Qualität und Stärke zu ergehen. Auch der Wein in Zenicce ist sehr gepflegt. Mir gefiel es nicht schlecht, ein Bürger dieser Stadt zu sein und freien Auslauf in der Enklavestadt der Ewards zu haben, mit ihren eigenen Kanälen.

Überall in Zenicce gab es natürlich Tempel, die meistens der Verehrung Zims und Genodras' gewidmet waren; doch jedes Haus hatte außerdem eigene Tempel und Kirchen für die Hausgottheiten.

Bei all der Vergnügungssucht jener Tage übersah ich jedoch nicht, daß dies lediglich ein hohler Ersatz war, die Bemühung, ein Heilmittel zu finden. Denn das Problem Delias plagte mich zu jeder Stunde, und nichts konnte es mildern. Ich vergrub den Schmerz tief in mir, ich haßte das Gefühl, vermochte es jedoch nicht zu beseitigen. Delia mußte in ihr Land zurückkehren, doch das Problem bestand darin, dieses Land zu finden.

Stundenlang sahen wir in der Bibliothek Landkarten und Aufzeichnungen durch, und mit nostalgischer Sehnsucht erkannte ich, wie erdähnlich und zugleich fremd die Karten dieser Völker waren. Es gab Segelhandbücher in der großen Bibliothek der Esztercaris; an die kamen wir jedoch nicht heran. Die Globen erinnerten mich sehr an das mittelalterliche Europa; die scharfen Küstenlinien der nahen Länder, das allmähliche Nachlassen der Präzision und verstärkte Auftreten von Heraldik und Mythologie, wo die Entfernung einen Schleier der Unwissenheit über die Gebiete legte, bis schließlich auf der entgegengesetzten Seite der Globen nur noch sehr allgemeine Umrisse anzeigten, wo man die sieben Kontinente und neun Inseln vermutete. Nirgendwo stand Aphrasöe verzeichnet, ebensowenig Delphond.

Den Blick auf die Karten gerichtet, schüttelte Delia den Kopf.

»Mein Land hat keine solche Form.«

Ich hatte unseren Juwelenschatz in drei Teile geteilt, und Gloag hatte wölfisch gelächelt und seinen Anteil genommen; doch er war als Trinkkumpan bei mir geblieben. Delia dagegen hatte mir die Edelsteine über den schimmernden Sturmholztisch herübergeschoben, das Gesicht verächtlich verzogen, den Mund zusammengekniffen.

»Von *der* Frau nehme ich nichts.«

Ich verwahrte die Steine in einer Kiste und redete mir ein, ich bewache sie für Delia von den Blauen Bergen.

Wanek und sein Sohn Varden bestanden darauf, daß wir das eroberte Flugboot als unser Eigentum betrachteten. Delia flog mit mir aus und zeigte mir, wie die Kontrollen zu bedienen waren – ein wunderbares Phänomen, über das ich ein andermal berichten möchte.

In diesen Tagen unterhielt ich mich oft bis spät in die Nacht mit Großtante Shusha; sie brauchte wenig Schlaf, und ich bin es ebenfalls gewöhnt, ohne Nachtruhe auszukommen. Sie hatte vor langer Zeit den fürchterlichen Angriff auf ihr Haus erlebt und gesehen, wie die jungen Mädchen verschleppt und die Männer getötet worden waren. Wie ich feststellte, hielt sie persönlich keine Sklaven, und überhaupt waren die Ewards sehr menschlich im Umgang mit ihren Leibeigenen, soweit man bei der Einrichtung der Sklaverei überhaupt von Menschlichkeit sprechen konnte.

Schließlich war unser Plan fertig, und es wurde Zeit,

daß ich meine Rolle übernahm. Ich hatte Varden mein Wort gegeben, daß ich ihm helfen würde. Es war uns zu Ohren gekommen, daß die Esztercaris einen Aufstand gegen die Ewards und gegen die Reinmans und die Wickens planten, Häuser, die mit den Ewards verbündet waren. Der Streich war kühn, doch er war zu schaffen, und wir mußten zuerst zuschlagen, wenn wir nicht untergehen wollten. Wie der Kampf verlaufen würde – auf jeden Fall mußte es blutige Unruhen in der Stadt geben. Die Risiken waren also groß.

An dem Tag, als ich der Karawane der Ewards gegen die Klansleute half, hatten wir zahlreiche Zorcas und dazugehöriges Sattelzeug und Waffen erobert; aus dieser Beute suchte ich mir nun ein schönes Tier und die dazugehörige Ausrüstung heraus. Ich legte meinen roten Lendenschurz an und zog darüber die rötliche gefranste Lederkleidung eines Klansmannes. Ich wollte mich kurz von Delia verabschieden und dann losreiten. Seltsamerweise erfuhr ich ausgerechnet an diesem Tag, welches Mädchen Prinz Varden insgeheim liebte, ein Mädchen, von dem er mir während unserer Tavernengelage schon erzählt hatte. Ein seltsames Schuldgefühl durchzuckte mich, wenn ich daran denke – Varden hatte sein Herz an Prinzessin Natema verloren. Er hatte sie oft gesehen, stets in Begleitung einer Leibwache, und hoffnungslose Leidenschaft verzehrte ihn.

»Sie ist einem anderen versprochen, dem Dummkopf Pracek von Ponthieu. Unsere Häuser könnten einer solchen Verbindung sowieso nicht zustimmen!« Der Prinz tat mir leid, denn er war ein wahrer und großherziger Freund.

»Es sind schon viele seltsame Dinge geschehen, Varden«, sagte ich.

»Aye, Dray Prescot. Aber nicht so etwas – nicht das Wunder, daß ich Natema je in den Armen halte!«

Ich fragte: »Kennt sie deine Gefühle?«

Er nickte. »Ich habe ihr Nachricht zukommen lassen. Aber sie verspottet mich. Sie schickte mir ... nein ... Es möge genügen, daß sie abgelehnt hat.«

»Das mag auf Betreiben ihres Vaters geschehen sein; vielleicht denkt sie selbst anders.«

»Ach, Dray! Du willst mich aufheitern und verspottest mich nur noch mehr!«

Hätte ich meinem Freund Varden in diesem Augenblick erzählt, daß ich von dem Planeten Erde stammte, von dem ich jetzt weiß, daß er vierhundert Lichtjahre – ich weiß zwar nicht, wieviel Seemeilen das sind – von Kregen entfernt ist, und daß das Wunder dieser Reise sicher die Chancen überwog, daß ein Mädchen seine Meinung ändert – er hätte mich sicher nur verblüfft angestarrt. Ich dachte an Natema, an ihren Eigensinn, an ihren völligen Mangel an Verständnis, daß außer ihr auch andere Menschen Wünsche hatten, die erfüllt werden könnten. Ihr Eigensinn, das wußte ich, war ein schwankendes Ried neben der stahlharten Entschlossenheit Delias aus den Blauen Bergen. Delia hatte neben mir gestanden, im Kampf gegen Menschen, Chuliks und wilde Tiere. Delia hatte mir sogar über dem Rauch unseres Lagerfeuers zugelächelt, während wir das Fleisch meiner Beute aßen, das sie zubereitet hatte. Delia trug den weißen Pelz des Tiers, das ich zu ihrem Schutz getötet hatte.

Mir fiel auf, daß Delia aus den Blauen Bergen stets dieses weiße Fell trug, wo sie doch nun zahlreiche schönere Pelze hätte wählen können.

In meiner Ignoranz bildete ich mir ein, sie wolle mich verspotten und erniedrigen, und das konnte ich ihr auch nicht übelnehmen angesichts der Abenteuer, die ich ihr aufgezwungen hatte, und noch heute schäme ich mich meiner unwürdigen Gedanken; aber damals sehnte ich mich nach Delia von Delphond in dem Bewußtsein, daß sie mich haßte, daß sie mich verachtete wegen meiner Grobheit im Umgang mit ihr.

Hätte Varden mit seiner Natema die gleichen Erfahrungen gehabt wie ich, hätte er durchgemacht, was ich mit Delia erlebte, wie – diese erbitterte Frage stellte ich mir – hätte er dann wohl von ihr gedacht?

Delia war – so wollte mir scheinen – immer besonders freundlich zu Varden. Er wäre ein guter Partner für sie, wenn ihn die Esztercaris nicht vorher umbrachten. Aber ich weigerte mich, unsere Freundschaft durch Eifersucht trüben zu lassen.

Und so suchte ich an einem Morgen vor der Jahreswende Delia auf, um mich für eine kurze Reise zu verabschieden. Sie saß in einem hellblauen Gewand in ihrem Zimmer und las in einem uralten Buch, dessen Seiten vergilbt und brüchig waren. Auf dem niedrigen Sitz neben ihr schimmerte der weiße, seidige Pelz.

»Was!« Sie fuhr hoch, als ich ihr mein Anliegen vorgetragen hatte. »Du gehst fort! Aber ... aber ich glaube ...«

»Ich bleibe doch nicht lange, Delia. Jedenfalls nehme ich nicht an, daß dich meine Abwesenheit bedrücken würde.«

»Dray!« Sie biß sich auf die Lippen, hielt mir das Buch hin, deutete mit einem rosa schimmernden Fingernagel auf einen verschmierten Holzschnitt.

Die Druckkunst ist auf Kregen in recht unterschiedlichen Entwicklungsstadien verbreitet; hier handelte es sich um ein sehr altes Buch, und die Holzschnitte waren tief eingedrückt und nicht sehr scharf.

»Dray, ich glaube, daß dies eine Karte meines Landes ist.« Sofort war mein Interesse geweckt.

»Können wir es erreichen – etwa in einem Flugboot?«

»Ich glaube schon – aber ich muß die Unterlagen mit den modernen Karten vergleichen. Und da paßt nichts zusammen. Also ...«

Dann fiel mir ein, weshalb ich sie aufgesucht hatte, und mußte an mein Versprechen gegenüber Varden denken. Unwillkürlich senkte ich den Blick und preßte die Lippen zusammen. Ich wußte, daß mein Gesicht wieder einmal böse und abweisend wirkte. »Ich habe es Varden versprochen. Ich muß gehen.«

»Aber … Dray …«

»Ich weiß, welche Verachtung du für mich hegst, Delia aus den Blauen Bergen. Mein Egoismus hat dich in all die Gefahren gezogen, die du durchgemacht hast. Es tut mir leid, wirklich leid, und ich wünschte, du wärst wieder bei deiner Familie.«

Ich habe es mir zur Regel gemacht, mich niemals zu entschuldigen – doch vor Delia hätte ich mich millionenfach entschuldigen können. Sie machte Anstalten aufzustehen, und ihr Gesicht rötete sich, ihre hellbraunen Augen waren auf mich gerichtet. Hastig griff sie nach dem weißen Pelz.

»Wenn du das glaubst, Dray Prescot, solltest du schleunigst deine Reise antreten!« Sie wandte sich ab, das Buch schlaff in einer Hand haltend. »Und wenn du die Esztercaris besiegt hast, ist die Prinzessin Natema den Einfluß ihres Vaters los. Das ist dir vielleicht gar nicht so unwillkommen.«

Delia hatte mich gesehen, wie ich lächerlich herausgeputzt aus Natemas Boudoir kam. Sie hatte gesehen, wie ich das Leben der Prinzessin verzweifelt verteidigt hatte. Sie hatte das Drama miterlebt, aber wohl kaum begriffen, was sich auf dem Dachgarten des Opalpalastes ereignete, als ich sie wegen des Dolches auf ihrer Brust verleugnen mußte. Was hielt sie von all dem? Wie konnte ich es erklären? Ich sah sie an und kam mir unsäglich gemein vor.

Mit klirrendem Schwert wandte ich mich ab – ich trug wieder die Bewaffnung eines Klansmannes – und stapfte davon, kochend vor Wut, zugleich traurig und seltsam leer.

Das Blau der Ewards eskortierte mich, bis ich sicher aus der Stadt war. Dann bestieg ich meinen Zorca. Drei weitere Tiere an der Leine hinter mir führend, galoppierte ich auf die Große Ebene hinaus, zurück zu meinen Klansleuten.

18

Hap Loder freute sich sehr über meine Rückkehr.

Um ehrlich zu sein, hatte ich erwartet, daß meine Rückkehr ein gewisses Unbehagen auslösen würde.

Doch Hap Loder tanzte herum, weinte verstohlen, brüllte vor Freude, schlug mir mächtig auf den Rükken, packte meine Hand und wollte sie mir schier ausreißen, umarmte mich schluchzend und machte ein Spektakel, daß das ganze Lager zusammenlief.

Sie waren alle da – Rov Kovno, Ark Atvar, Loku, alle meine getreuen Klansleute. An diesem Abend wurden noch keine Pläne besprochen. Gewaltige Feuer flammten auf; die besten Chunkrah wurden geschlachtet und in all ihrer Köstlichkeit gebraten – das Fleisch zart, die Schwarte gebräunt und knusprig, der Saft köstlicher als alle Saucen aus Paris und New York zusammengenommen.

Die Mädchen tanzten in ihren Schleiern und Seidengewändern und Pelzen, ihre goldenen Glöckchen und Kettchen klingelten und klimperten, ihre weißen Zähne blitzten, in ihren Augen leuchtete die Erregung, ihre braune Haut wurde vom Feuerschein in exotische Farben getaucht. Die Weinkrüge und Weinhäute wurden immer wieder herumgereicht, die Früchte der Ebenen lagen in mächtigen Haufen auf goldenen Tellern, die Sterne leuchteten, und sechs kregische Monde beleuchteten unser Fest.

O ja, ich war nach Hause zurückgekehrt!

Am Morgen stolperte Hap – trunken noch – in mein Zelt und behauptete, sein Kopf fühle sich an, als polterten Zorcahufe über die steinharte Ebene während der Dürre.

Ich warf ihm den Ast eines Palinebusches zu, und er begann die kirschenähnlichen Beeren zu verschlingen. Sie hatten nämlich eine wundersame Wirkung, wenn es darum ging, einen Kater zu kurieren.

Das Unbehagen der Männer, das ich erwartete, ergab sich daraus, daß die Klansvölker mich natürlich für tot halten mußten. Vermutlich war Hap Loder nun Zorcander und Vovetier. Zwischen den beiden bestand eine rangmäßige Differenz, wobei ein Vovetier das höhere Amt bekleidete; doch meine Klansleute von Felschraung und Longuelm sahen mich als Vovetier an, obwohl der Name genaugenommen nur auf einen Anführer zutraf, der vier oder mehr Klans unter seinem Kommando vereinigt hatte. Hap erklärte mir nun, daß niemand gewußt habe, ob ich tot sei, daß man angenommen habe, ich würde zurückkehren. Er sei also nur eine Art Halb-Zorcander. Ich legte ihm die Hand auf die Schulter.

»Ich möchte, daß du Zorcander der Klans bist, Hap. Wenn ich die Männer um Hilfe bitte, dann als einer von ihnen, nicht als Zorcander, nicht als Kommandant.«

Er wäre beleidigt gewesen, wenn ich ihm Gelegenheit dazu gegeben hätte.

»Ich weiß, daß ihr mir helfen werdet, Hap, aber ihr sollt wissen, daß ich nicht den Befehl dazu gebe und eure Hilfe nicht für selbstverständlich halte. Ich bin euch wirklich dankbar.«

»Aber du bist unser Zorcander, Dray Prescot. Auf immer und ewig.«

»So sei es denn.« Ich erzählte ihm von dem Plan, und später kamen die anderen hinzu, meine Jiktars, und ich freute mich, Loku in ihrem Kreise zu sehen. Ein Jiktar befehligt nicht unbedingt tausend Mann, oder die anderen Ränge hundert oder zehn Leute – die Namen bezeichnen einen Rang, und die Männer kommandieren wie ein Zenturio im alten Rom die Zahl von Soldaten, die die derzeitige Militärorganisation vorsieht.

Laut waren die Freudenschreie, als der Angriff besprochen wurde. Der Plan war kindlich einfach wie die meisten guten Pläne und verließ sich auf den Überraschungseffekt, auf unsere Vorsicht und auf die schreckliche Kampfkraft der Klansleute.

Loku sprang begeistert auf. »Wir könnten Nath den Dieb suchen. Er wird uns helfen, denn er kennt die Stadt wie eine Laus meine Achselhöhle.«

»Nath?« fragte ich. »Loku, ihr habt dem Burschen nicht die Kehle durchgeschnitten?«

Loku lachte brüllend.

»Eine fabelhafte Idee«, sagte Rov Kovno heftig, »mit Waffen in den Händen dorthin zurückzukehren.«

»Hauptsächlich Pfeil und Bogen«, warf ich ein, nun wieder der Vovetier der Stämme. »Und Äxte. Ihr wärt sicher im Nachteil, wenn ihr mit den Breitschwertern gegen die Rapiere und Dolche der Bürger kämpfen müßtet. Das Kurzschwert dagegen ...«

Die Männer nickten bedächtig. Sie wußten von den unterschiedlichen Kampftechniken, die für den Kampf auf dem Rücken eines Vove bei einem massiven Angriff auf freier Ebene und für einen Nahkampf in den Straßen einer Stadt erforderlich waren. Sie hatten das Tempo und die Schlagkraft, um einen mit Rapier und Dolch Bewaffneten niederzuzwingen, und das wußte ich, denn ich hatte eingeführt, daß meine Männer mit der linken Hand ein Kurzschwert führen konnten, während sie mit der Rechten das Breitschwert oder eine Axt schwangen; aber in einem längeren Kampf waren sie zu langsam. Vielleicht war es das beste, sich auf den Kampfstil zu verlassen, den sie kannten – also bestand ich darauf, daß jeder Kämpfer eine *main gauche* bei sich hatte. Dennoch sagte ich zögernd: »Natürlich könnte ein besonders langes Breitschwert, beidhändig geführt, einen Rapierkämpfer kitzeln, ehe er an euch herankommt.« Ich muß offen gestehen, daß ich mir große Sorgen über den Kampf zwischen meinen nomadischen Kriegern und den geschickten Rapierkämpfern der Stadt machte.

Schließlich ist ein Rapier eine äußerst bewegliche Waffe, ganz im Gegensatz zu dem kleinen Schwert, mit dem nach französischem Stil gekämpft wird. Vielleicht verhalfen Übermacht und Muskelkraft meinen Männern zum Durchbruch.

»Wenn ihr euch nur bereitfinden könntet, Schilde zu tragen, wären eure Kurzschwerter unschlagbar«, begann ich, doch ihre Reaktion trug die Idee sofort zu Grabe.

Beim Zusammenprall zweier Kulturen siegt niemals das Neue; aber immerhin waren die Klansleute keine unerfahrenen Kämpfer, keine Neulinge. Damals war es mir nicht bewußt, doch heute erkenne ich die Ironie, daß ich mir bei dem bevorstehenden Konflikt, der so wichtig war, in erster Linie um meine Männer Gedanken machte, um einen Haufen angsteinflößender, wilder Kämpfer, wie ich sie nie zuvor erlebt hatte.

Ursprünglich hatte ich nur eine Nacht und einen Tag bei meinen Klansleuten verbringen wollen. Schon hatte ich erkannt, wie fest Hap Loder die Zügel in der Hand hielt, und wenn auch ein Großteil seines Erfolgs im Umgang mit den Klans seinen Erfahrungen als mein Adjutant zu verdanken war, bildete ich mir deswegen nichts ein, denn Hap ist ein großartiger Bursche. Er nimmt Obi in Mengen wie er Klanwein säuft. Er vermag mit der linken Hand aus der Flasche zu trinken und nebenbei mit der Rechten in tödlichem Kampf die rasiermesserscharfe Axt zu schwingen. Ich habe es selbst gesehen. Natürlich habe ich das auch schon getan; aber ich glaube nicht, daß ich dabei die Lässigkeit eines Hap Loder aufbringe.

Also verbrachte ich auch den nächsten Abend bei meinen Klansleuten, und wir tranken viel und feierten und griffen nach den Mädchen, die für uns tanzten und die beileibe keine Tanzmädchen waren – der Mann, der so etwas behauptet hätte, wäre sofort von einem Terchick durchbohrt worden –, und brüllten unsere Klanlieder zu den leuchtenden Monden hinauf.

»Denkt daran«, sagte ich und zog meinen hellblauen Anzug aus der Satteltasche. »Dies ist unsere Farbe. Wenn ihr smaragdgrün seht – sorgt dafür, daß Blut darauf leuchtet.«

»Aye!« brüllten sie. »Die Himmelsfarben stehen seit eh und je in tödlichem Kampf.«

Schließlich mußte ich im Sattel noch zehn oder elf Weinschalen leeren, die mir von meinen Jiktars und den herandrängenden Kriegern aufgezwungen wurden, doch dann verabschiedete ich mich endlich und machte mich auf den Rückweg nach Zenicce. Unser Plan sah vor, daß ich mir einige Meilen von der Stadt entfernt eine Karawane suchen, mein blaues Gewand anlegen und zusammen mit der Karawane die Stadt betreten sollte, ohne aufzufallen. Als Klanskämpfer wäre ich natürlich auf äußerstes Mißtrauen gestoßen.

Die Karawane war groß und langsam und offenbarte die ganze Farbenfreude Kregens. Sie hatte die Gebiete der Klans sicher durchquert; zu ihrem Schutze ritten neben Chulikwächtern auch eine Anzahl Söldner-Klansmänner. Mein blauer Anzug paßte gut zu der Vielfalt der Farben.

Neben den unermüdlichen Calsanys und den langen Reihen der Esel wurden zahlreiche Pack-Mastodons mitgeführt. Diese Riesen vermochten eine Ladung von zwei Tonnen zu tragen, eine Tonne an jeder Seite, und sie schaukelten wie wahre Wüstenschiffe über die Ebenen. Ich bewunderte ihre rollenden Muskeln und den mächtigen Schritt ihrer Füße. Ich hoffte, daß sie am Ziel nicht wegen ihres Elfenbeins und der Haut getötet wurden, wie es oft geschah, sondern daß sie weiter über die unsichtbaren Straßen der Großen Ebene stapfen konnten.

Meine zufällige Entdeckung, daß ein Großteil der Ladung dieser Tiere aus Papier bestand – unzählige Stapel Papier, die herrlich verpackt waren –, erregte mein Interesse. Ich erinnerte mich an das Geheimnis, das die Herstellung und den Vertrieb von Papier in Aphrasöe umgab.

Seit ich im Hause von Eward wohnte, hatten Münzen in meinem Leben eine größere Bedeutung gewonnen. Die Savanti kannten kein Geld, und den Klansleuten lag am Geld nur, wenn sie es von Karawanen erbeuten konnten, um es einzuschmelzen oder zum Handel mit den Städten zu verwenden. Als Sklave hatte ich keine Gelegenheit gehabt, die kleinen Kupfermünzen aufzutreiben, die in Sklavenkreisen als Währung galten. Jetzt jedoch setzte ich einige Silbermünzen ein – die auf der einen Seite das Gesicht Waneks trugen und das kregische Symbol für die Zahl zwölf auf der anderen – und verschenkte außerdem eine Flasche beißenden Dopa-Schnaps. Dafür durfte ich mir eine Probe des Papiers ansehen.

Es war von herrlicher Qualität, offenbar auf Leinenbasis gefertigt, und mir wurde heiß, als mir bewußt wurde, daß das Papier aus Aphrasöe stammte. Meine Fragen erbrachten die bedauerliche Information, daß das Papier bereits so verpackt und gebündelt an Bord von Schiffen in Port Paros eingetroffen war – jenseits der Halbinsel, dreihundert Meilen entfernt, der letzte Hafen vor Zenicce. Ich hatte von Port Paros gehört, einem kleineren Hafen mit einem Hinterland, das weit genug entfernt war, um für Zenicce nicht interessant zu sein. Port Paros war auch keine große Stadt und zählte also nicht; doch ich wunderte mich, warum die Papierschiffe dort angelegt hatten und nicht in Zenicce selbst. Die Händler blinzelten mich an und legten die Finger an die Nasen. So wurde die hohe Hafensteuer umgangen, die das Haus Esztercari ausländischen Schiffen auferlegte. Besonders Papier wurde horrend besteuert. Leider hatten sie keine Ahnung, woher die Schiffe kamen.

Auch erwarben sie das Papier zu lächerlich niedrigen Preisen und konnten sich in Zenicce einen tausendprozentigen Profit ausrechnen.

Auf den letzten Meilen vor der Stadt trat ein Ereignis ein, das mich aufwühlte. Damit meine ich nicht den Halsabschneider, der mich in dieser Nacht erdolchen wollte, weil er die silbernen Ewardmünzen gesehen hatte, die ich für meine Information ausgab. Ich packte ihn am Hals, würgte ihn ein wenig und schlug ihm seine Klinge über den Kopf. Dann versetzte ich ihm einen Tritt, daß er schreiend zwischen die Calsanys stolperte, die wie immer reagierten, wenn sie erschreckt wurden. Ich hatte keine Lust, meine Klinge an ihm zu beschmutzen.

Nein, das Ereignis war der Anblick eines herrlichen rotgolden gefiederten Raubvogels, der hoch über der Karawane kreiste. Das schöne Tier war bestimmt ein Zeichen, daß die Herren der Sterne wieder Interesse an mir nahmen; zweifellos hatten sie dafür gesorgt, daß ich zum zweitenmal nach Kregen kam, und ich war ziemlich sicher, daß sie sich dabei nicht mit den Savanti abgestimmt hatten. Die Savanti, das mußte ich mir immer wieder überrascht vor Augen führen, hatten mich trotz ihrer Güte und Kameradschaft aus dem Paradies verstoßen. Die Herren der Sterne, so überlegte ich, sahen in mir bestimmt ein sehr passendes Werkzeug, wenn sie gegen die Savanti vorgehen wollten.

Der Karawanenmeister, ein hagerer dunkler Mann von der Insel Xuntal, ein erfahrener und zuverlässiger Reisender der Ebenen, blickte ebenfalls in die Höhe. Er hieß Xoltemb, trug einen bernsteinfarbenen Umhang und war mit einem Pallasch bewaffnet.

»Hätte ich jetzt einen Bogen bei mir«, sagte er auf seine langsame Art, »würde ich ihn nicht heben. Eher würde ich einen Mann niedermachen, der den Vogel töten wollte.«

Ich vergewisserte mich, daß er nichts über den Vogel wußte; daß er nur das prächtige Federkleid bewunderte, und die Geschichten, die an den Lagerfeuern über die herrliche Erscheinung erzählt wurden.

Ich bezahlte ihn für den Schutz, der mir und meinen vier Zorcas durch seine Karawane zuteil geworden war. Der Preis war in Ordnung, und ich war auch nicht weit mit ihm gereist. Als wir uns verabschiedeten, sagte er: »Ich würde gern wieder mit dir reiten, wenn du wieder über die Große Ebene reist. Ich brauche immer eine gute Klinge. Remberee.«

»Ich werde daran denken, Xoltemb«, sagte ich. »Remberee.«

Prinz Varden, sein Vater Wanek, seine Mutter und Großtante Shusha freuten sich sehr, mich heil wiederzusehen.

»Es ist niemals sicher auf der Ebene«, schalt Shusha. »Jedes Jahr muß ich meine Reise zu den heißen Quellen von Benga Deste machen. Manchmal frage ich mich, ob ihre Heilwirkung nicht schon auf der schrecklichen Rückreise wieder verlorengeht.«

»Warum nimmst du kein Flugboot?« fragte ich.

»Was?« Ihre Brauen zuckten in die Höhe. »Ich soll meine arme alte Seele einem winzigen Flugding anvertrauen?«

Plötzlich sahen mich alle ernst an. Varden trat vor und legte mir eine Hand auf die Schulter.

»Dray Prescot ...«, sagte er, und ich wußte Bescheid.

Ich erinnere mich so deutlich an diesen Augenblick, als wäre es erst heute früh gewesen, als ich ... Aber das ist jetzt nicht wichtig. Damals wußte ich, was er sagen wollte, und mein Herz erstarrte zu Eis.

»Dray Prescot. Delia von den Blauen Bergen hat

dein Flugboot genommen und ist fortgeflogen. Sie hat uns nicht gesagt, warum sie das tat oder wohin sie wollte. Aber sie ist nicht mehr bei uns.«

19

Am nächsten Tag hatte ich mich ein wenig erholt.

Wanek war betroffen, und seine Frau weinte sogar ein wenig, bis Großtante Shusha sie zur Ordnung rief und alle aus dem Zimmer jagte. Varden stand vor mir, und die Freundschaft, die er zu mir empfand, leuchtete in seinem Gesicht. Er hob das Kinn.

»Dray Prescot, du kannst mich schlagen, wenn du willst.«

»Nein«, sagte ich. »Ich bin schuld. Ich allein.« Ich konnte ihm nicht sagen, wie sehr ich mich innerlich verfluchte, wie sehr ich mich verachtete. Delia war meinetwegen in all die Abenteuer geraten, und ich hatte ihr nicht geholfen, als sie den Heimweg zu kennen glaubte. Hätte ich doch nur auf sie gehört! Hätte ich nur getan, was sie von mir erbat! Doch mein dummer Stolz hatte mich geblendet; ich hielt es für meine Pflicht, ein Versprechen einzulösen, das ich Varden gegeben hatte und von dem er mich durch ein knappes Wort, das er sicher ausgesprochen hätte, befreien konnte. Ich hatte gemeint, den Ewards einiges schuldig zu sein – so auch meine Loyalität. Wie sehr schuldete ich aber Delia meine Loyalität, mein Leben!

Als ein Bediensteter meldete, daß das Flugboot, das wir von den Esztercaris erbeutet hatten, nur notdürftig repariert worden sei und daß noch daran gearbeitet werden müßte, war ich völlig niedergeschlagen. Delia mochte bereits irgendwo in der kregischen Atmosphäre schweben, ein hilfloses Opfer von Naturgewalten oder von Menschen und Halbmenschen aller Art. Vielleicht war sie abgestürzt und zerschellt. Sie mochte auch auf das Meer hinausgetrieben worden sein und dort jetzt verzweifelt verdursten – ich wußte es! Ich wußte es! Noch heute fällt es mir schwer, an meinen damaligen Gemütszustand zu denken.

Großtante Shusha versuchte mich auf ihre geschickte Art zu trösten. Sie erzählte mir von der großen Vergangenheit der Strombors, und bei ihr fand ich etwas Erlösung von meiner Qual. Viele Mädchen und einige junge Männer ihrer Familie waren zu den Klans gegangen, die meisten, wie ich erfuhr, zum Klan der Felschraung.

»Das ist der Klan«, sagte ich, »dessen Geschicke ich führe, als Zorcander und Vovetier, einschließlich der Longuelms.«

Sie nickte mit leuchtenden Augen, und vermutlich wälzte sie bereits allerlei Pläne in ihrem schlauen Köpfchen.

»Ich bin eine angeheiratete Eward. Die Ewards sind ein gutherziges Haus, und die Familie Wanek steht mir sehr nahe. Ich habe damals Waneks Onkel geheiratet. Aber die Ewards sind keine Strombors! Nur durch Verrat konnten wir besiegt werden. Ich meine, es ist Zeit, daß sich das Haus Strombor in Zenicce wieder bemerkbar macht.«

»Und du wärst seine Führerin«, sagte ich, und in meiner Zuneigung hob ich den Arm und berührte ihre runzlige Hand. »Wenn es so kommt, wäre das genau das Richtige. Du wärst eine vorzügliche Führerin.«

»Unsinn! Papperlapp!« Dann richteten sich ihre klaren Augen auf mich, der ich aus Sorge um Delia niedergeschlagen vor ihr stand. »Und wenn es so wäre, könnte ich Aufgaben delegieren, nicht wahr? Das wäre nach Gesetz und Sitte mein Recht.«

»Varden«, sagte ich. »Er wäre der richtige Mann.«

»Ja. Er wäre ein guter Anführer für ein Haus. Ich bin froh, daß du ein Freund meines Großneffen bist. Er braucht Freunde.«

Ich dachte an das Noble Haus von Esztercari und an einen bestimmten mannshohen Porzellankrug im Pandahemstil, der in einem Korridor zwischen den Sklavenquartieren und den Palastsälen stand, und ich seufzte. Natema und Varden hätten ein herrliches Paar abgegeben. Ich hatte dort für Natema gegen die Chulikwächter gekämpft, und Varden hätte an meiner Stelle dasselbe getan.

Aber Varden hatte etwas anderes im Sinn. Wir standen an einem gewaltigen Verandafenster, von dem aus man eine Innenstraße der Enklave überschauen konnte. Dort unten herrschte das lebhafte Treiben des morgendlichen Marktes. Sklaven kauften ein, Nahrungsmittel, Kleidung, Getränke; die Schreie der Straßenverkäufer und der Lastesel und das Vogelgezwitscher und Grunzen der Vosks klang zu uns herauf. Varden versuchte mehrfach das Gespräch auf das Thema zu bringen, und ich mußte ihn schließlich direkt dazu auffordern.

»Ich weiß, daß du für Natema gekämpft hast«, sagte er. »Delia hat es mir erzählt. Ich weiß nicht, wie ich dir danken soll, daß du ihr das Leben gerettet hast.«

Ich breitete die Arme aus. Wenn das alles war! Aber er sprach weiter.

»Delia sagte mir außerdem – und wie herrlich sie anzuschauen ist, wenn sie sich aufregt –, daß du Natema liebst.« Varden sprach hastig weiter, ohne sich um mein Zusammenzucken und den Ausdruck der Wut zu kümmern, der sich auf meinem Gesicht zusammenbraute. »Ich glaube, das war der eigentliche Grund, warum sie uns verlassen hat. Sie wußte, daß sie dir gleichgültig war, daß sie eine Last für dich war, denn sie erzählte mir davon. Und sie war den Tränen nahe. Ich weiß nicht, ob ich ihr glauben kann, denn nach meinen Beobachtungen hatte ich angenommen, du liebst Delia und nicht Natema.«

Mühsam brachte ich heraus: »Warum sollte Delia

mich verlassen wollen, nur weil ich sie nicht liebe, Varden?«

Er blickte mich erstaunt an.

»Na, Mann, weil sie dich liebt! Das weißt du doch! Sie hat es auf so vielfältige Art gezeigt – mit dem Lingpelz, dem roten Lendenschurz, mit ihrer Weigerung, Natemas Juwelen zu nehmen – und mit der Art und Weise, wie sie dich ansah. Beim Großen Zim, du willst doch nicht etwa sagen, daß du keine Ahnung gehabt hast!«

Wie kann ich beschreiben, wie ich mich in diesem Augenblick fühlte! Alles verloren, und nachdem es zu spät war, gesagt zu kriegen, daß ich nur hätte zugreifen müssen, daß ich aber mein Schicksal fortgeworfen hatte!

Ich eilte aus dem sonnendurchfluteten Zimmer, suchte mir eine dunkle Ecke und hörte nur noch das Pochen meines Herzens und das Rauschen des Bluts in meinen Ohren. Narr! Narr! *Narr!*

Man ließ mich drei Tage lang in Ruhe. Dann überredete mich Großtante Shusha zur Rückkehr ins Leben.

Um ihretwillen, um meines Stolzes willen und wegen der Obi-Brüderschaft mit meinen Klansleuten, die jetzt schon auf die Stadt zuritten, bot ich der Welt eine einigermaßen normale Fassade. Doch im Innern war ich ein Wrack, zerschmettert, steuerlos.

Varden berichtete mir – mit einem Lächeln, das er angesichts meiner Pein zu verbergen suchte –, daß Prinz Pracek von Ponthieu mit einer hübschen Braut einen Vertrag geschlossen habe, mit einer Prinzessin von der mächtigen Insel Vallia; er berichtete ferner, die Esztercaris hätten, wenn auch unwillig, der Ehe zugestimmt, die immerhin ihr Bündnis stärken würde. Das alles bedeutete, wie ich sofort erkannte, daß Natema wieder frei war. In Varden regte sich nun die verzweifelte Hoffnung, daß er auf irgendeinem phantastischen Wege ihre Gunst gewinnen mochte. Ich sagte ihm, daß ich mich für ihn freute. Ich begann mich sogar wieder in der Öffentlichkeit sehen zu lassen. Ich durfte jetzt nur noch an mein Leben mit den Klansmännern denken.

Eines Tages, als sich Sturmwolken vom Abendmeer her über die Stadt wälzten, spielte sich eine unangenehme Szene ab. Wir waren zur Großen Versammlung gegangen und begegneten beim Verlassen des Gebäudes einer Gruppe von Esztercaris, die gerade eintrafen, von einigen in Purpur und Gelb gekleideten Ponthieus begleitet. Im Gewühl der Wandelhallen und Außengänge des Großen Saales war auch das Silber und Schwarz der Reinmans und das Rot und Gold der Wickens zu sehen, so daß wir nicht allein waren.

Inmitten der Ponthieus entdeckte ich einen großen stämmigen Mann, der nach einer mir unbekannten Mode gekleidet war. Er trug einen breitkrempigen Hut, am Rand hochgeschlagen und mit zwei seltsamen Schlitzen in der Krempe über den Augen. Seine Kleidung bestand aus einem Überwurf aus dickem Leder, der ihm bis zu den Schenkeln hinabfiel, an der Hüfte von einem Gürtel zusammengehalten, so daß sich das Unterteil wie ein Rock ausstellte. Der Mann schien unwahrscheinlich breite Schultern zu haben, die, wie ich sofort feststellte, allerdings nur ausgepolstert und künstlich erweitert waren; die Wirkung war aber keineswegs unpassend. Er trug lange schwarze Stiefel, die auch die Knie bedeckten. Sein Gesicht war wettergegerbt und grobschlächtig und von einem blonden, keck hochgezwirbelten Schnurrbart verziert.

»Der Konsul von Vallia«, bemerkte Varden. Ich wußte, daß es in der Stadt zahlreiche Konsulate gab, deren Funktion mehr ökonomischer als diplomatischer Natur war, denn die Feinheiten des ausländischen Protokolls sind auf Kregen nicht allzu hochentwickelt, und ein Nobles Haus hätte bestimmt nicht gezögert, die

Tür eines Konsuls einzuschlagen, wenn es ihm darauf angekommen wäre.

Der Mann schien mir ein Seefahrer zu sein, und seine gelassene, entspannte Art erinnerte mich an die täuschende Ruhe vor einem Sturm. »Sie besprechen wohl das Bokkertu«, sagte Varden freudig.

Vallia war insofern ungewöhnlich unter den kregischen Landmassen, als die ganze Insel nur einer Regierung unterstand. Es lag einige hundert Meilen entfernt – zwischen Segesthes und dem nächsten Kontinent, der Loh hieß. Vallia war ziemlich mächtig und besaß eine angeblich unbesiegbare Flotte. Eine solche Heirat mußte die Esztercari-Ponthieu-Achse dermaßen stärken, daß sich niemand mehr dagegen erheben konnte. Wir mußten zuerst zuschlagen, ehe die Angriffspläne der anderen heranreiften.

Jetzt starrten wir die Esztercaris düster an, und Rapiere wurden befingert und halb aus der Scheide gezogen, und jemand war so vernünftig, nach den Stadthütern zu schicken, damit es kein Blutvergießen gab. Aber die Sturmwolken über Zenicce konnten nicht düsterer sein als unsere Gesichter, die von schlimmsten Stürmen kündeten.

Am gleichen Tag, einige Stunden vorher, hatte ich aus irgendeinem Grund die Truhe geöffnet, in der ich Delias Juwelen aufbewahrte. Sie waren fort! Niedergeschlagen wie ich war, geplagt von schweren Sorgen, hatte ich keine Lust zu Verhören und Sklavenbestrafungen und bauschte die Sache also nicht auf. Delia konnte jederzeit meinen Anteil an den Juwelen beanspruchen – Delia, wo immer sie jetzt war!

Einen Tag später meldete mir Gloag endlich, daß er Nath den Dieb gefunden habe und daß uns der Mann helfen wolle, der sich den Klansleuten – wie mir die Ironie gefiel! – als Obi-Bruder verbunden fühle. Immerhin habe er allerlei Gefahren mit uns durchgestanden.

Die Einfachheit des Plans war seine Stärke.

Keine zusammenhängenden Mauern schützten Zenicce. Jede Enklave war eine eigenständige Festung. Jede angreifende Armee konnte sich frei auf den Kanälen und den offenen Straßen bewegen; sie konnte sich ausbreiten wie die französische Kavallerie zwischen den britischen Einheiten bei Waterloo – eine Szene, die ich selbst miterlebt hatte. Auch die dreihunderttausend Bürger, die keinem bestimmten Haus angehörten, unterhielten eigene festungsähnliche Enklaven, in die sie sich zurückziehen konnten.

Großtante Shusha überraschte mich an diesem Tage. Sie rief mich in ihre großen Privatgemächer und lachte laut auf, als ich verdutzt ein Dutzend ihrer persönlichen Bediensteten anstarrte. Sie trugen nicht das Blau der Ewards, sondern auffällige, scharlachrot schimmernde Livreen. Sie schienen sich darüber zu freuen.

»Strombor!« sagte sie, und der Name kam voller Stolz über ihre Lippen. »Ich habe mich entschlossen.« Sie gab ein Zeichen, und ein Sklavenmädchen brachte zwei rote Gewänder für Gloag und mich. »Varden braucht deine Kampfkraft, Dray Prescot. Willst du das Rot der Strombors für mich tragen und ihm helfen?«

»Ja, Großtante Shusha«, sagte ich.

»Ich bin nicht deine Großtante, Dray Prescot«, sagte sie tadelnd. »Nenn mich nicht so!«

Die Zuneigung, die zwischen uns bestand, erstickte meine Überraschung, denn natürlich hatte sie recht. Ich war nur ein wandernder Krieger, ein Klansmann, der keinen Anspruch auf eine Beziehung zu dem Noblen Haus der Ewards oder der Strombors hatte. Ich hatte das rote Gewand und nickte.

»Ich will daran denken, meine Dame.«

»Und jetzt«, sagte sie, und ihre blitzenden hellen Knopfaugen waren auf mich gerichtet. »Jetzt geh, Dray Prescot. Jikai!«

Als am Abend die Sturmwolken tief über der Stadt

hingen, der Donner grollte und der Regen herabpeitschte, wurden letzte Pläne geschmiedet. In graue Sklaventuniken gekleidet, unsere herrlichen roten Uniformen und Waffen zu Bündeln zusammengerollt, sprangen Gloag und ich und zwanzig ausgesuchte Männer in den Kanal und schwammen auf die Insel der Esztercaris zu, die einst die Insel der Strombors gewesen war. Wir drangen durch die niedrige Abflußröhre ein, durch die Gloag, Delia und ich schon einmal geflohen waren – wie lange war das schon her!

Der Bote Hap Loders war eingetroffen; im Morgengrauen würden die Klansleute bei uns sein. Dafür wollte Nath sorgen.

Wir hockten im strömenden Regen und warteten auf das erste Anzeichen, daß sich die Barken aus den Marmorbrüchen bedächtig durch das Wasser heranschoben. Das Warten ging auf die Nerven.

Bisher habe ich absichtlich nicht vom kregischen System der Zeitmessung gesprochen. Die hiesige Zeiteinheit ist eine Bur, die etwa vierzig irdischen Minuten entspricht. Ein kregischer Tages- und Nachtzyklus hat achtundvierzig Burs. Die Unterschiede in der Dauer eines Jahres, die durch Kregens Umlaufbahn um einen Doppelstern verursacht wird, glich man durch Addition oder Abzug von Burs in den Feiermonaten aus; entsprechend wurden zu solchen Zeiten die Tage gehandhabt. Jede Bur wiederum wird in fünfzig Murs unterteilt. Eine der Sekunde entsprechende Einheit spielt, obwohl sie bei Astronomen bekannt ist und verwendet wird, im täglichen Leben keine Rolle. Die Position der beiden Sonnen am Tag oder der sieben Monde bei Nacht verrät einem Kreganer sofort, wie spät es ist.

Über unseren Köpfen kam es zu einem Aufruhr, der ungewöhnlich laut sein mußte, weil wir ihn durch das Rauschen des Regens hören konnten. Ich wußte sofort Bescheid. Dort oben im Durcheinander der Dächer senkten sich die blauen Flugboote der Ewards herab, und Männer sprangen mit gezückten Rapieren heraus. Die Ewards hatten nicht abgewartet! Sie hatten den Angriff zu früh begonnen – und ich konnte nur vermuten, daß es der Stolz des Hauses nicht zugelassen hatte, auf meine wilden Klansleute zu warten. Die Flugboote drehten jetzt bestimmt wieder ab, um neue Kämpfer zu holen. Das Smaragdgrün der Esztercaris war wohl bereits auf dem Rückzug – es gab Kämpfe und Tote überall auf den Dächern und den Treppenhäusern der Enklave.

Und ich wartete hier hilflos im Regen.

Die Veränderung in der Lautstärke des Kampfgetümmels zeigte uns an, wie die Schlacht verlief, und bald wurde klar, daß die Esztercaris die Angreifer zurücktrieben. Die Verbündeten aus den anderen Häusern hatten sich auf unsere Seite gestellt und die Aufgabe übernommen, die Ponthieus und die anderen verfeindeten Familien in Schach zu halten, so daß sich die Auseinandersetzung auf die Esztercaris und die Ewards beschränkte.

Die Häuser der Stadt waren natürlich unterschiedlich groß, auch was die Bevölkerung anging, und ein Großes Haus, ob nun bürgerlich oder von Adel, mochte bis zu vierzigtausend Menschen Schutz bieten. Da zudem zahlreiche Wächter und Söldner angeworben wurden, war der Anteil der Kämpfer in einem Haus größer als im Durchschnitt der Gesamtbevölkerung. Wir hatten angenommen, daß wir bei den Esztercaris mit vierzigtausend Kämpfern rechnen mußten. Ich hatte Hap Loder gesagt, er müsse zehntausend Klansleute bei den Zelten und Wagen und Herden zurücklassen. Wenn wir keinen Erfolg hatten und es zum Schlimmsten kam, mußten die Klans einen Grundstock haben, der ihren Fortbestand sicherte. Hap brachte etwa zehntausend Krieger in die Stadt.

»Sie haben zu früh angegriffen«, sagte Gloag neben mir. »Wo bleiben die Klansleute?«

Durch den Regenschleier starrten wir auf den Kanal hinaus, bis uns die Augen zu schmerzen begannen.

War das eine Barke? Schatten bewegten sich durch den Regen, der ins Wasser zischte. Graue Umrisse, die sich bedächtig näherten wie Last-Mastodons? Die Sonnen waren inzwischen aufgegangen und versuchten die mächtige Wolkendecke zu durchdringen. War das ein fester Umriß, ein langer flacher Schatten im Wasser, mit Männergestalten an den Staken? Ich strengte meine Augen an … und …

»Los!« sagte ich, stand auf und nahm mein Schwert.

Ohne einen zweiten Blick auf den vordersten Lastkahn zu verschwenden, der seinen stumpfen Bug über das aufgepeitschte Wasser schob, führte ich meine Männer durch die kleine Hintertür zu der Röhre und eilte mit ihnen die Wendeltreppe hinauf; wir trugen noch immer unsere Sklavenkleidung. Die Chulikwachen waren zur Hälfte abgezogen worden, um auf den Dächern gegen die Angreifer zu kämpfen; die andere Hälfte war auf dem Posten geblieben. So fanden wir wenig Widerstand.

Dann stemmten wir die Schultern gegen die Winde, und langsam hob sich das mächtige Fallgitter über dem Kanaleingang. Wir mühten uns schweratmend ab. Durch ein Wehrfenster konnte ich die Kanalmündung überschauen. Das Gitter hob sich tropfend, und der Bug der Fähre glitt lautlos darunter hinweg, drang in die Festung der Esztercaris ein, und im Bug, den Bogen hoch erhoben, stand Hap Loder. Kühn blickte er auf und schwenkte den Arm.

Wir blockierten die Winde, damit auch die anderen Barken freie Durchfahrt hatten, die Nath mit Hilfe der Klansleute in der Nacht aus den Marmorbrüchen gestohlen und bemannt hatte. Nun eilten wir durch Gänge, die Gloag uns wies, durch düstere Korridore und unbenutzte, schmutzige Räume, bis wir den hinteren Eingang zu den Sklavenräumen erreichten. Wir brachen ihn auf, metzelten die Och-Wächter nieder und ließen Hap und meine Leute herein. Klansleute, die unter Rov Kovnos Kommando standen, schwärmten sofort in alle Richtungen aus. Loku gedachte seine Männer durch den unterirdischen Kanal ins Haus zu bringen, den auch wir schon benutzt hatten. Meine Klansleute waren bald überall in der Festung der Esztercaris am Werk.

Sobald die Männer ein festes Dach über dem Kopf hatten, trockneten sie sich die Hände ab, zogen die sorgfältig zusammengerollten Bogensehnen aus den wasserdichten Beuteln und spannten ihre Bögen mit schnellen, geübten Bewegungen. Die durchnäßten Capes flogen zu Boden. Die Federn der Pfeile schimmerten wie Blumensträuße in den Köchern über ihren Schultern, trocken und intakt. Nun begann die Jagd auf die grünen Livreen.

Ich möchte hier nicht in allen Einzelheiten beschreiben, wie wir die Esztercari-Enklave eroberten. Wir trieben unsere Gegner mit Lanzen und Pfeilen und Schwertern von Wand zu Wand und Ecke zu Ecke zurück und vereinigten uns mit den hellblauen Reihen der Ewardkämpfer. Hunderte von grüngekleideten Gestalten schwammen durch die Kanäle hinaus, fliehende Söldner, die wir nicht verfolgten. Auch legten wir keine Brände, denn ich hatte meinen Männern gesagt, daß das Haus einer noblen Dame gehöre, Shusha von Strombor.

Ich trug nun wieder meinen alten roten Lendenschurz und darüber das grellrote Gewand der Strombors, wie ich es Shusha versprochen hatte. Wie meine Klansleute hatte ich nichts gegen den Gebrauch einer Rüstung, und so hatte ich Brust- und Rückenpanzer angelegt und einen Schutz über die linke Schulter gezogen; dazu trug ich links Arm- und Ellbogenbänder. Nur die rechte Schulter und der Waffenarm waren nackt, wie in der Jagdkleidung der Savanti. Im Gedränge des Kampfes kommt oft der Streich, der gefährlich werden kann, von hinten; dabei kann eine Rüstung den Kämpfer retten, und auch ich verdankte mein Leben dieser Vorsichtsmaßnahme.

Der Höhepunkt des Kampfes entwickelte sich in den vornehmen Quartieren des Opalpalastes.

Ich kämpfte mich nun durch bekanntes Gebiet, durch den Korridor, in dem ich Natema verteidigt hatte, und meine Axt schwang wild hin und her und traf Köpfe und Arme in wilder Wut. Dann standen wir den Edelleuten der Esztercaris gegenüber, und der Korridor bereitete dieselben Probleme wie schon einmal, so daß wir nur paarweise kämpfen konnten. Ich wußte, daß der Rest der Enklave schon fest in unserer Hand war. Energisch sprang ich vor und streckte einen Edelmann nieder – dabei brach der Sturmholzgriff meiner Axt und ließ die Lederbinde zerfasern. Galnas bleiches Gesicht hellte sich auf, er stieß ein lautes Triumphgeheul aus und griff mit schimmerndem Rapier an. Ich wich ihm aus. Eine Sekunde lang belauerten wir uns in einem freien Raum, von unseren Männern gedeckt. Es gibt manchmal solche Augenblicke im heftigen Kampf, wenn alle Kämpfer eine Atempause einlegen, ehe sie mit neuer Kraft weitermachen. Ein solches Schweigen trat nun ein, als Galna Anstalten machte, mich zu besiegen. Einer meiner Männer – es war Loku – stieß einen Schrei aus und warf mir eine Axt zu. Ich packte ihren wirbelnden Griff.

Galna lächelte breit. »Mein Rapier wird dich aufspießen, Dray Prescot, ehe du die Axt hochbekommst.«

Er war Champion der Esztercari – ein Meister im Schwertkampf.

»Ich weiß«, sagte ich, drehte mich halb um und zerschmetterte den herrlichen Pandahemkrug, der sich hinter mir befand. Aus den Scherben zerrte ich das Rapier, das ich Natemas Beschützer abgenommen und nach dem Kampf hier versteckt hatte. Hoch schwang die Klinge, als ich mich Galna zuwandte. Ich glaube, in meinem Gesicht muß sich der Triumph gespiegelt haben. Aber er wich keinen Zentimeter zurück, und seine Klinge blitzte feurig im Laternenschein, als er parierte. Unsere Waffen klirrten gegeneinander. Er war wirklich sehr gut.

Aber ich lebe, und er ist tot – tot seit vielen Jahren.

Er kämpfte gut und geschickt; doch ich erwischte ihn mit einem einfachen Angriff, gegen den seine Parade im letzten Moment nichts ausrichten konnte; mein Dolch umrundete seine Klinge, bohrte sich zwischen seine Rippen und seine Lunge und ragte ihm blutbeschmiert aus dem Rücken.

Als meine Wölfe der Steppen zur letzten Attacke übergingen, brach der Widerstand zusammen.

Wir standen im Großen Saal unter der herrlichen Decke, und die Lampen und Fackeln verstärkten den roten und topasfarbenen Sonnenschein, der durch die Saalfenster hereindrang. Meine Männer umringten mich. Ihr rötliches Klanleder schimmerte düster neben dem Hellblau der Ewards und neben dem Rot der Strombors. Schwerter und Äxte waren zum Gruß erhoben.

»Hai, Jikai!« brüllten sie.

Eine smaragdgrün gekleidete Gestalt, die nun inmitten der neuen Farben seltsam verloren wirkte, wurde auf die Stufen der Plattfom geworfen, auf der wir standen. Wanek, Varden, die Anführer der Ewards, und meine Jiktars – wir alle hatten uns hier oben versammelt. Wir blickten auf die kleine grüne Gestalt hinab, auf das Mädchen mit der rosa Haut und dem weizengelben Haar.

Zu unseren Füßen lag Prinzessin Natema von Esztercari.

Jemand hatte sie in Ketten gelegt; ihr Gewand war zerrissen. In ihren blauen Augen stand Verwirrung und Wut; sie begriff nicht, was geschehen war, oder weigerte sich, es anzuerkennen.

Prinz Varden machte Anstalten, zu ihr zu eilen, doch ich hielt ihn zurück.

»Laß mich zu ihr, Dray Prescot!« Und er hob sein blutiges Rapier.

»Warte, mein Freund.«

Er starrte mir ins Gesicht, und was er darin las, weiß ich nicht; jedenfalls zögerte er. Ein Angehöriger der Ewards trat vor und drehte Natema mit dem Fuß um. Sie starrte zu uns empor, nackt, wunderschön anzuschauen, doch stolz und arrogant und befehlsgewohnt wie eh und je.

»Ich bin Prinzessin Natema von Esztercari, und dies ist mein Haus!«

Wanek ergriff das Wort, ernst, doch mit einer eisernen Entschlossenheit, die sie verwirrte. »Nicht mehr, Mädchen. Du bist keine Prinzessin mehr. Denn du hast kein Nobles Haus mehr. Dir gehört nichts, du bist nichts. Wenn du nicht getötet wirst, kannst du nur hoffen, daß sich ein Mann deiner freundschaftlich annimmt und dich kauft. Eine andere Hoffnung bleibt dir nicht mehr.«

»Ich – bin – eine – Prinzessin!« Die Worte kamen gepreßt über ihre Lippen; sie hatte die Hände zu Fäusten geballt, und ihre Mundwinkel waren vor Wut verzerrt. Sie blickte zu uns empor – und sah mich.

Ihre blauen Augen schienen dunkler zu werden, und sie zuckte in ihren Ketten zurück, als hätte ich sie geschlagen.

»Dray Prescot!« sagte sie wie ein Kind und schüttelte den Kopf. Neben mir zuckte Varden wie ein gezüchtigter Zorca zusammen.

Ich wandte mich an Prinzessin Natema. »Natema. Dir wird vielleicht gestattet, den Namen zu behalten; dein neuer Herr – wenn du nicht umgebracht wirst, wie Wanek angedeutet hat – gibt dir vielleicht auch einen neuen Namen wie Rast oder Vosk. Du bist ein schlechter Mensch gewesen, andere Menschen waren dir gleichgültig, doch ich vermag dich nicht zu verdammen für das, was deine Erziehung aus dir gemacht hat.«

»Dray Prescot!« flüsterte sie noch einmal. Wie anders waren nun die Umstände unseres Zusammentreffens! Wie sehr sich ihr Schicksal verändert hatte!

»Wenn du Glück hast, darfst du weiterleben. Aber wer mag ein zerlumptes und schlecht erzogenes Mädchen wie dich aufnehmen? Denn du besitzt nichts als einen schlechten Charakter und eine spitze Zunge und weißt nichts von der Kunst, einen Mann glücklich zu machen. Aber vielleicht findet sich jemand, der etwas Gutes in dir sieht, dessen Herz es erlaubt, dich aufzunehmen, deine Nacktheit zu bedecken und deine Zunge und dein Temperament zu zähmen. Wenn es einen solchen Mann auf Kregen gibt, muß er dich wirklich sehr lieben, um sich eine solche Last aufzubürden.«

Bis heute weiß ich nicht, ob Natema mich wirklich liebte oder nur einer Laune des Augenblicks nachgab, als sie sich mir anbot. Doch jetzt trafen meine Worte ins Ziel. Verwundert starrte sie die Männer in den feindlichen Uniformen an, die sich um sie drängten, auf den blutigen Stahl ihrer Waffen, auf Waneks versteinertes Gesicht, und dann blickte sie an sich herab, sah die schweren Ketten, die sie niederdrückten – und begann hemmungslos zu weinen.

Nun vermochte ich Prinz Varden Wanek von Eward nicht länger zurückzuhalten.

Er beugte sich hinab, nahm sie in die Arme, schob ihr das Haar aus dem Gesicht und rief nach einem Schmied, der ihr die Ketten abnehmen sollte. Er flüsterte ihr etwas ins Ohr, und langsam ließ ihr verzweifeltes Schluchzen nach, ihr Körper verlor die Starre der Hysterie. Sie blickte ihn an. Ich sah, wie sich ihre vollen roten Lippen verzogen.

Ich vernahm ihre Worte.

Sie sah ihn mit ihren leuchtenden, kornblumenblauen Augen an, und er betrachtete sie mit dem närrischen, glücklichen, ungläubigen, ergebenen und etwas einfältigen Ausdruck im Gesicht, den Männer in solchen Momenten an sich haben.

»Ich glaube«, sagte Prinzessin Natema, »daß Blau gut zu meinen Augen paßt.«

Da hätte ich fast gelächelt.

Es gab Gedränge im Saal, als eine vornehme Sänfte zwischen den Säulen des Saaleingangs erschien und sich gemessen der Plattform näherte, während die Männer langsam zur Seite drängten und ihr Platz machten. Ich erblickte unten vor der Plattform einen wieselgesichtigen kleinen Mann, der das dunkelrote Leder eines Klansmannes trug und dazu ein unpassendes langes Messer im Gürtel stecken hatte, mit stolzgeschwellter Brust, als habe er die Enklave allein erobert. Die Tunika Naths des Diebes beulte sich schon verdächtig aus, und ich dachte, daß Shusha auf einige wertvolle Dinge verzichten werde müssen, wenn sie sich in ihrem neuen alten Heim einrichtete.

»Hai, Nath, Jikai!« rief ich ihm zu, und er blickte hastig auf und strahlte, als habe er der großen Statue des Hrunchuk im Tempelgarten auf der anderen Seite des Kanals alle drei Augen gestohlen.

Die Sänfte schwankte herbei und wurde abgesetzt, und rotgekleidete Männer halfen Großtante Shusha – die nicht meine Großtante war – auf die Plattform. Andere Bedienstete brachten einen reich verzierten Thron, den sie auf einem staubigen Dachboden aufbewahrt haben mußte. Sie nahm mit dankbarem Seufzen darauf Platz, nachdem sie die Stufen der Plattform erklommen hatte. Sie war dermaßen mit Edelsteinen übersät, daß ihr rotes Gewand darunter kaum zu erkennen war. Ihre hellen Augen richteten sich auf Varden, der Natema ein großes blaues Cape umgelegt hatte und nun neben ihr stand.

Das Füßescharren, das Lachen und die lauten Gespräche erstarben. Im Großen Saal von Strombor, bis vor kurzem der Saal der Esztercaris, herrschte eine überwältigende Spannung, eine erwartungsvolle Erregung, ein Gefühl, daß ein geschichtlicher Augenblick herannahte, hier und jetzt, vor unseren Augen. Licht fiel durch die hohen Fenster in den Saal und brannte wie Feuer auf den farbenfrohen Gewändern und den Waffen. Die Fackeln qualmten, und ihr Rauch vereinigte sich zu einem Nebelschimmer, in dem farbige Staubkörner tanzten. Auch die Luft schien plötzlich anders zu sein, würzig kribbelnd, erfrischend.

Ein Wendepunkt der Geschichte war erreicht. In diesem Augenblick ging ein Nobles Haus unter, und ein anderes nahm seine Stelle ein, ein Haus, das seine alten Rechte wieder in Anspruch nahm. Der vage Gedanke, daß ich vielleicht eben wegen dieses Zieles nach Zenicce gebracht worden war, ging mir durch den Kopf, doch ich gab die Vorstellung schnell wieder auf.

Ich wußte, daß Shusha das Haus von Strombor vielleicht selbst führen wollte, denn ihr Mann von den Ewards und ihre Söhne und Töchter waren tot, sie war ganz allein – doch sie gedachte bestimmt die beiden Häuser in der Person ihres Großneffen Varden zu vereinigen. Dies erschien mir als die glücklichste Lösung. Sie würde ihm alles vermachen, und die Freundschaft zwischen den beiden Häusern war so gesichert. Ich lächelte Varden zu. Seine Reaktion überraschte mich, denn er lachte breit und mit blitzenden Augen, während er Natema an sich drückte, und verbeugte sich knapp vor mir, eine formelle Geste. Ich fragte mich, was er damit meinte.

Shusha von Strombor begann zu sprechen.

Ihre Worte wurden in absoluter Stille aufgenommen.

Was sie sagte, erschütterte und lähmte mich und erklärte Vardens Lachen und seine Verbeugung, denn er mußte davon gewußt haben und damit einverstanden gewesen sein.

Shusha von Strombor hatte mich zu ihrem legitimen Erben gemacht, mir die Herrschaft über das gesamte Haus Strombor übertragen, mit allen Würden, Privilegien und Pflichten, die damit nach dem Gesetz verbunden waren; das Bokkertu – alle rechtlichen Schritte – war bereits abgeschlossen. Ich sollte sofort den gesetzmäßigen Titel eines Herrn Strombor von Strombor annehmen. Das Haus von Strombor gehörte mir.

Ich stand vor der riesigen Menge wie ein Ochse, dem man eins vor den Kopf gedonnert hat, ich glaubte meinen Ohren nicht zu trauen, hielt mich für das Opfer eines dummen Scherzes. Doch meine Männer teilten diese Zweifel nicht. Die wilden Wölfe der Ebene hoben ihre Schwerter und begannen inmitten eines Waldes aus blitzenden Waffen mit ohrenbetäubender Lautstärke zu brüllen: »Zorcander! Vovetier! Strombor!« Zwischen dem Dunkelrot und Hellblau tauchten nun auch andere Farben auf – das Schwarz-Silber der Reinmans, das Rot-Gold der Wickens und die Farben anderer Verbündeter, deren Männer hereindrängten, ihre Waffen hoben und in das Gebrüll einfielen.

»Dray Prescot von Strombor! Hai, Jikai!«

Meine mutigen Klansleute wußten, daß ich sie nicht um den Preis eines bequemen Stadtlebens im Stich lassen würde; war ich denn nicht ihr Zorcander, war ich ihnen denn nicht in Obi-Brüderschaft verbunden? Also brüllten sie am lautesten. Der riesige Saal hallte von dem mächtigen Jubel wider.

Ich sah Shusha an.

Ihr faltiges Gesicht und ihre leuchtenden Augen ließen mich an ein kluges altes Eichhörnchen denken, das seine Nüsse und Samenkörner für den kommenden Winter im Trockenen hat. Der Krampf in meinem Gesicht lockerte sich endlich, meine Lippen verzogen sich, und ich lächelte Shusha an.

»Du schlaue ...«, sagte ich. Und als sie zu lachen begann, ging ich zu ihr und kniete vor ihr nieder. Sie legte mir ihre ringbeschwerte Hand auf die Schulter. Die Hand zitterte, doch nicht vor Alter.

»Du wirst tun, was recht ist, Dray Prescot. Wir haben uns oft bis tief in die Nacht unterhalten, und ich habe dich im Kampfe gesehen – ich glaube dein Herz zu kennen.«

»Strombor wird wieder ein mächtiges Haus sein«, erwiderte ich und nahm ihre andere Hand. »Aber da ist eine Sache, die mir besonders am Herzen liegt – die Sklaverei. Ich dulde keine Sklaverei, sei es in der Küche, sei es bei den perlenbehangenen Tanzmädchen. Ich werde Löhne zahlen, und das Haus Strombor wird nur freie Bedienstete haben.«

»Du überraschst mich nicht, Dray Prescot.« Sie drückte mir die Hand. »Es wird allerdings ein wenig seltsam aussehen, eine alte Frau wie ich, die ohne Sklaven durchs Leben geht.«

Ich blickte sie an, wie sie da auf ihrem großen Thron saß. »Dame von Strombor«, sagte ich ernst. »Du wirst nie ohne Sklaven zu deinen Füßen sein.«

»Du schmeichlerischer Chunkrah, du! Verschwinde!« Aber sie freute sich. Wieder brandete Jubel auf, und ich starrte in die Menge.

Ein Mann in schwarzer und silberner Kleidung unterhielt sich mit Varden, der eben auf die Plattform hatte springen wollen, um mir zu gratulieren – wie es nun die anderen taten, Hap Loder allen anderen voran. Varden, der noch immer Natema im Arm hielt, packte plötzlich den Mann an den Silberschnüren seiner Livree und zog ihn heran. Sofort war mein Interesse geweckt. Der Fremde hatte abrupt aufgehört zu lachen und wurde nun von Varden zurückgestoßen, der wütend die Treppe heraufstürzte. Shusha sah ihm mit hochgezogenen Augenbrauen entgegen. Er eilte direkt auf mich zu.

Ich stand auf und streckte ihm lächelnd beide Hände entgegen.

»Du wußtest Bescheid, Varden, mein Freund?«

»Ja, ja – Dray! Hanam von Reinman hat mir gerade etwas erzählt. Er freute sich über unser Glück, daß Prinz Pracek von Ponthieu nicht in den Kampf eingegriffen hat und daß seine Familie uns deshalb nicht abzuschirmen brauchte – der Prinz feiert heute seine Hochzeit.«

»Ich habe davon gehört«, sagte ich, überrascht von seinem erregten und nervösen Benehmen. »Er heiratet eine Prinzessin aus Vallia, nicht wahr?«

»Eine großartige Verbindung«, warf Wanek mit einem seltsamen Blick auf Natema ein. Wahrscheinlich wünschte er sich, Varden hätte eine solche Partie gemacht, eine Heirat, die ihm eine ganze Insel samt Regierung, eine unbesiegbare Flotte und wertvolle Handelskontakte eingebracht hätte – außerdem eine Flugbootflotte, wie sie selten außerhalb Havilfars anzutreffen ist.

»Wirklich eine große Partie, Dray Prescot!« entfuhr es Prinz Varden. »Eine Partie, wie sie einem Jikai nicht schlecht zu Gesicht stünde! Du mußt wissen, Dray Prescot, daß Prinz Pracek die Prinzessin Delia aus Vallia heiratet.«

20

Nun gibt es nicht mehr viel zu berichten.

Es gibt nicht mehr viel zu berichten über meinen zweiten Aufenthalt auf dem Planeten Kregen unter Antares.

Ehre, Ruhm, die Farben des Stolzes, das Bokkertu, die Verträge, die unterzeichnet und besiegelt worden waren – dies alles war mir mit einem Schlag gleichgültig. Meine wilden Klansleute würden mir notfalls auch über die Ebenen des Nebels folgen. Mit meinem herrlichen Rapier, in meinem schlachterprobten roten Umhang, der im Schein der Zwillingssonne brannte, und mit meinen Klansleuten im Rücken besuchte ich die Hochzeit des Prinzen Pracek und seiner exotischen Braut.

Die Enklave der Ponthieus war nur durch einen Kanal von unserem Anwesen getrennt – dort mochte es in Zukunft Ärger geben. Vielleicht mußte ich den ganzen Komplex erobern oder dem Erdboden gleichmachen. An jenem Tag, der so lange zurückliegt, stürmten meine Männer in Gleitern, Ruderbooten und Barken über den Kanal. Ganz und gar unfeierlich drangen wir in den Palast ein, der in Purpur und Gelb und mit Blumen geschmückt war und dessen Korridore angenehm parfümiert dufteten. Musik erfüllte die Räume. An der Spitze meiner Männer drang ich in den Großen Saal der Ponthieus ein, und eine Wache aus Ochs und Rapas und Chuliks ergab sich sofort unserer gewaltigen Übermacht. Wir mußten einen grimmigen, schrecklichen Anblick geboten haben, denn die Frauen wichen vor uns zurück, und die Männer in Gelb und Purpur griffen nur zögernd nach ihren Rapieren und wagten mich nicht anzusehen, als ich durch den Mittelgang schritt. Gloag, Hap Loder, Rov Kovno, Ark Atvar – und Prinz Varden – folgten mir, hielten aber Abstand und beobachteten mich stumm.

So plötzlich und gewaltsam war unser Eindringen gewesen, daß niemand uns aufhalten konnte. Der erste Ponthieu, der nach seiner Armbrust oder seinem Rapier gegriffen hätte, wäre sofort von einem Dutzend Pfeilen durchbohrt gewesen. Ich blieb vor der großen Plattform stehen; im gleichen Augenblick stockte die Musik.

Stille senkte sich über den Großen Saal – wie zuvor

schon über den Saal der Strombors – über *meinem* Großen Saal – vor wenigen Minuten, wie mir scheinen wollte, als Shusha mein Erbe verkündete.

Prinz Pracek stand da mit seinem schiefen, bleichen Gesicht, die Hand um den Rapiergriff geschlossen, prunkvoll anzuschauen in seinem Hochzeitsstaat. Glatzköpfige, bärtige Priester in Sandalen standen hinter ihm. Weihrauch brannte. Ein rot-grün gemusterter Teppich führte zum Altar.

Und dort stand mit gesenktem Kopf die künftige Ehefrau. Ganz in Weiß gekleidet, einen weißen Schleier vor dem Gesicht, wartete sie ruhig und geduldig, um mit diesem Mann vereinigt zu werden. Künftige Ehefrau? Kam ich zu spät? Dann – das versprach ich mir – sollte sie innerhalb von Sekunden Witwe sein.

Pracek versuchte entrüstet eine Diskussion anzufangen.

»Was soll dieser unverschämte Überfall! Wir haben keinen Streit mit euch – Klansleute, ein rotgekleideter Gegner! Ich kenne dich nicht!«

»Dann wisse, Prinz Pracek, daß ich der Herr von Strombor bin!«

»Strombor?« Der Name wurde aufgegriffen und in plötzlicher Erregung überall im Saal wiederholt.

Doch meine Stimme hatte mich verraten.

Der weißumhüllte Kopf fuhr hoch; der Schleier wurde fortgerissen.

»Dray Prescot!« rief meine Delia von den Blauen Bergen.

»Delia!« rief ich.

Und dann nahm ich sie vor allen Leuten in die Arme und küßte sie, wie ich sie schon einmal am Taufteich der Savanti geküßt hatte.

Als ich sie losließ, standen wir uns dicht gegenüber, und ihre Augen strahlten mich staunend an. Sie zitterte und hielt mich fest und wollte mich nicht loslassen, und ich hätte sie um nichts auf zwei Welten mehr losgelassen.

Pracek konnte nichts tun. Die Bokkertupapiere wurden gebracht und feierlich verbrannt. Ich führte Delia von den Blauen Bergen – die sich als Delia aus Vallia entpuppt hatte – in meine Enklave, in mein Haus Strombor. Jeder Mann, der uns hätte aufhalten wollen, wäre in Sekundenschnelle niedergemacht worden.

Lachend betraten wir den Großen Saal, wo ich Delia aus Delphond vorstellte und verkündete, sie sei die neue Herrin von Strombor.

Wie mutig sie gewesen war! Wie tollkühn, wie edel, wie selbstlos! Sie hatte geglaubt, ich wäre ein Hemmnis für sie, eine Last, ich handle nur aus Liebe zu Prinzessin Natema. Also hatte sie sich geschworen, mir nach Möglichkeit zu helfen. Wenn sie mich schon nicht besitzen konnte, wollte sie mir beistehen, die Frau zu erringen, die ich ihrer Meinung nach wollte, wenn mich das glücklich machte. Ich schalt sie, beschuldigte sie der Schwäche, der Nachgiebigkeit, doch sie sagte nur: »O Dray, Liebster! Wenn du nur manchmal dein Gesicht sehen könntest!«

Sie hatte Natemas Juwelen genommen, die sie ausgeben wollte, um mir zu helfen, und war mit dem Flugboot davongeflogen, damit ich annehmen mußte, sie sei nach Hause zurückgekehrt. Natürlich hatte sie die ganze Zeit gewußt, wo Vallia lag. Zuerst hatte sie mir nicht sagen wollen, daß sie die Tochter des Herrschers von Vallia war – aus Angst, ich würde ein Lösegeld verlangen, das sicher bezahlt worden wäre. Als sie dann spürte, daß sie ohne mich nicht leben konnte – vielleicht hätte sie nach der Hochzeitszeremonie mit Pracek etwas sehr Mutiges und zugleich Törichtes getan –, sagte sie mir immer noch nicht die Wahrheit, weil sie nun annahm, ich würde sie einfach nach Hause begleiten und dann im Stich lassen –

oder sie gar nur nach Hause schicken, um sie los zu sein. Und den Gedanken konnte sie nicht ertragen.

Als ihre verwirrten Gedanken mich mit Natema in Verbindung brachten, hatte sie den Konsul ihres Vaters in Zenicce aufgesucht, den vierschrötigen Mann in der Lederkleidung, und hatte die Juwelen eingesetzt, um sich in der Stadt zurechtzufinden und das Flugboot über das Meer davontreiben zu lassen. Ihm hatte sie gesagt, sie wolle Pracek ehelichen. Er hatte ihr abgeraten, denn die Partie war weit unter ihrem Stande; aber ihr fester Wille, der so ganz anders war als Natemas Beharrlichkeit, hatte sich schließlich durchgesetzt.

Ich drückte sie an mich. »Arme, törichte Delia aus den Blauen Bergen! Aber – ich muß dich nun Delia aus Vallia nennen.«

Lachend blickte sie zu mir auf.

»Nein, liebster Dray. Ich finde, Delia aus Vallia ist kein wohlklingender Name und verwende ihn nicht. Delphond ist ein kleines Anwesen, das mir meine Großmutter vererbt hat. Und die Blauen Berge von Vallia sind herrlich. Du wirst sie sehen, Dray – wir werden sie zusammen sehen!«

»Ja, meine Delia mit den braunen Augen, ja!«

»Aber ich möchte Delia von Strombor genannt werden – denn bist du nicht der Herr von Strombor?«

»Aye – und du wirst zugleich Königin von Felschraung und Longuelm sein – Zorcandera und Vovetiera!«

»Oh, Dray!«

Es gibt nicht mehr viel zu berichten.

Wir saßen in einem großen Zimmer, in dem uns der rote Sonnenschein Zims umflutete, und warteten darauf, daß auch Genodras sein topasgrünes Feuer ausschüttete. Uns gegenüber saßen all meine Freunde und lachten und scherzten, und schon wurde das Bokkertu für unsere Heirat ausgehandelt. Das Leben war mir plötzlich wieder kostbar geworden.

Als auch der grüne Sonnenschein durch die Fenster drang und sich mit dem Rot vermischte, sah ich einen Skorpion unter dem Tisch hervorhuschen. Ein Tier dieser Gattung hatte ich auf Kregen noch nie gesehen.

Ich sprang auf, von einer verzweifelten Angst erfüllt, von einer üblen Vorahnung. Ich erinnerte mich an meinen Vater, der bleich und hilflos auf der Couch gelegen hatte, als der Skorpion davonhuschte. Ich sprang vor und hob den Fuß, um das häßliche Wesen zu zertreten – und da spürte ich, wie ein blauer Feuerhauch meine Augen erfüllte und in mein Inneres eindrang –, ich begann zu fallen, öffnete die Augen und blickte in eine grelle, gelbe Sonne, und da wußte ich, daß ich alles verloren hatte.

Ich befand mich an der Küste Portugals; Lissabon war nicht weit entfernt. Es gab allerlei Schwierigkeiten, denn ich wurde nackt und ohne Erklärung für meinen Zustand gefunden, doch schließlich konnte ich den Versuch machen, mir am Anfang des neunzehnten Jahrhunderts auf der Erde ein neues Leben einzurichten.

Wieder einmal hatte der Skorpion zugestochen.

Stundenlang stand ich im Freien, starrte zu den Sternen empor und betrachtete das Sternbild des Skorpions. Dort, vierhundert Lichtjahre entfernt, auf dem wilden und schönen Planeten Kregen unter der roten und der grünen Sonne Antares', befand sich alles, was ich mir jemals vom Leben erhofft hatte und mir nun genommen worden war, auf ewig, wie mir scheinen wollte.

»Ich komme zurück!« brüllte ich immer wieder – wie schon einmal. Würden mich die Savanti hören und sich meiner erbarmen? Würden sie mir wieder Zutritt gewähren zum Paradies? Würden die Herren der Sterne mich wieder über den interstellaren Abgrund holen, damit ich wieder als Schachfigur bei ihren unwägbaren Plänen dienen konnte? Ich konnte nur hoffen.

Soviel errungen – und alles verloren.

»Ich komme zurück!« sagte ich wild. »Ich gebe Delia aus den Blauen Bergen nicht auf, niemals! Meine Delia von Strombor!«

Eines Tages werde ich nach Kregen unter Antares zurückkehren.

Ich werde zurückkehren. Ich werde zurückkehren!

Die Sonnen von Scorpio

ANMERKUNG ZU DEN TONBÄNDERN AUS AFRIKA

Ein Teil der seltsamen und bemerkenswerten Abenteuer Dray Prescots, die mir ein wohlmeinendes Schicksal zur Bearbeitung zugespielt hat, ist bereits veröffentlicht.* Und weiter verfolgt mich die zwingende, ruhige Stimme aus dem Kassettenrecorder.

Die Tonbänder, die mir mein Freund Geoffrey Dean an jenem Tag in Washington übergeben hatte, sind unschätzbar wertvoll. Er hatte sie in Afrika von Dan Fraser erhalten, der als einziger Dray Prescot persönlich kennengelernt und mit ihm gesprochen hat. Doch leider fehlen einige Kassetten, was aus dem textlichen Zusammenhang deutlich wird. Daß dies eine Tragödie ist, muß ich nicht erst betonen, und ich habe mich sofort mit Geoffrey in Verbindung gesetzt, um zu erfahren, ob er die Art und Weise des Verlustes feststellen kann. Bisher vermag er jedoch keine Erklärung zu geben. Wahrscheinlich ist es zuviel erhofft, daß irgendwann jemand durch wundersame Fügung auf die fehlenden Kassetten stößt – vielleicht im Gepäckraum eines Flughafens oder in einem Fundbüro. Wenn sie, wie ich befürchte, unerkannt in einem westafrikanischen Dorf herumliegen, mögen sie eines Tages gar dazu dienen, die Popmusik einer Rundfunkstation aufzunehmen.

Dray Prescot, wie ihn Dan Fraser beschreibt, ist gut mittelgroß und hat glattes braunes Haar und braune Augen, die ruhig und seltsam zwingend wirken. Seine Schultern müssen unwahrscheinlich breit sein. Dan spürte in diesem Mann harsche Ehrlichkeit und furchtlosen Mut. Er beschrieb Prescots Gang als den einer großen Wildkatze.

Dray Prescot, 1775 geboren, besteht darauf, als ein-

---

* *Transit nach Scorpio*

facher Seemann angesehen zu werden – doch läßt seine Geschichte erkennen, daß er bereits auf der Erde, als er sich noch mit geringem Erfolg durchzuschlagen versuchte, davon überzeugt war, ein großes und fast unvorstellbares Schicksal erwarte ihn. Wahrscheinlich rechnete er von Anfang an damit, daß ihm etwas Großartiges und Seltsames zustoßen würde. Als er von der Erde nach Kregen unter der Sonne Antares versetzt wurde – von den Savanti, den halbgöttlichen Menschen von Aphrasöe, der Schwingenden Stadt –, genoß er förmlich die Experimente, die seine Fähigkeiten erweisen sollten. Doch irgend etwas in seiner Persönlichkeit – seine geistige Unabhängigkeit, seine Allergie gegen jeden Machtmißbrauch und wohl auch seine Entschlossenheit, das verkrüppelte Bein seiner geliebten Delia im Taufbecken zu heilen – brachten die Savanti dazu, ihn aus ihrem Paradies zu verstoßen.

Nachdem er dann von den Herren der Sterne nach Kregen unter den Sonnen von Scorpio zurückgeholt worden war, erkämpfte er sich die Position des Zorcander der Klans von Felschraung. Als er in den Marmorbrüchen von Zenicce versklavt worden war, zeichnete er sich in der gleichen Stadt vor Großtante Shusha aus, die ihm den Titel eines Lord Strombor verlieh und ihm die Macht über alle Familienbesitztümer übertrug. Nach der folgenden Schilderung zu urteilen, haben ihn all diese Abenteuer kaum berührt. Aber das kann ich mir eigentlich nicht vorstellen. In diesen frühen Tagen auf Kregen reifte Dray Prescot auf eine Weise heran, die wir auf der Erde vielleicht nicht verstehen.

Was die Bearbeitung der Tonbänder für den Druck betrifft, so habe ich bestimmte Teile gekürzt und mich bemüht, eine gewisse Ordnung in das Durcheinander von Namen, Daten und Orten zu bringen. Manchmal buchstabierte Dray ein Wort, was die Abschrift erleichtert; in anderen Fällen mußte ich die Namen phonetisch schreiben. Prescot äußert sich mit dem typischen

OPHIG BERGE
DAPHIG
PHANGURSH
OPHIG
DAG
GOFORENG
GUAMELA
HAGON
GANSK
GIDDUR
LAGGU
MAGDAG
LAGGIG LAGGU
BINNENMEE
MALIG
ZANTRISTARS SAAT
AKHRAM
PYNZALU
ZY
ZIMUZZ
DAMM DER TAGE
SHAZMOZ
MEER DER SCHWERTER
ROZILLOI
JIKMARZ
ZINKARA
ILKENESK
BINN

RAVA
PRÄRIEN
URN
TAKKAR
YOGGUR
ARLES
ONYX
MEER
STRATEMSK
SORZAT
INSELN
HAPPAPAT
PROCONIA
LIZZ
AR
PATTELONIA
PERITHIA
ZOND
ZAMU
SANURKAZZ
AZMOZ
FELTERAZZ
APPAR
ZULLIA
ZULFIRIA
MARSCHMEER
TREMSO
GE
MEER

Mangel an Vorüberlegung, wie man sie von einem Mann erwarten kann, der sich an vergangene Ereignisse erinnert. Je nachdem, wie ihm die Einfälle kommen, springt er von einem Punkt zum anderen; doch ich meine, daß seine Erzählung hierdurch eine gewisse Leichtigkeit und Kraft gewinnt; und auch auf die Gefahr hin, daß sich manche Sprachpuristen aufregen werden, habe ich in den meisten Fällen nur die Satzzeichen angebracht und den Gedankenfluß so belassen, wie Prescot ihn aufs Band gesprochen hat.

Bisher hat er keine wesentlichen Anmerkungen über die kregischen Jahreszeiten gemacht – obwohl er dieses Wort oft benutzt, wohingegen das Wort »Jahr« kaum vorkommt. Ich vermute, daß die jahreszeitlichen Zyklen astronomisch, meteorologisch und landwirtschaftlich weitaus komplizierter sind, als wir es von der Erde kennen.

Geoffrey Dean hat zu mir gesagt: »Hier sind die Bänder aus Afrika. Ich habe Dan Fraser zugesagt, ich würde das Versprechen achten, das er Dray Prescot gegeben hat, denn ich glaube ehrlich, hinter Prescots Wunsch steht die feste Absicht, seine Geschichte den Erdenmenschen vorzulegen.«

Und das ist auch meine Überzeugung.

Alan Burt Akers

1

Schon einmal war ich aus dem Paradies vertrieben worden.

Als ich nun die zerrissenen Fäden meines Lebens auf dieser Erde wieder zusammenknüpfte, erkannte ich, Dray Prescot, wie nutzlos diese Illusion war. Alles, was mir am Herzen lag, alles, was ich an Hoffnung oder Glück vom Leben erwartete, befand sich auf Kregen unter den Sonnen von Scorpio. Dort, das wußte ich, wartete Delia auf mich, meine Delia von den Blauen Bergen, meine Delia aus Delphond – denn die Herren der Sterne hatten mich verächtlich zur Erde zurückgeschickt, ehe dieses Mädchen Delia von Strombor werden konnte. Dort auf Kregen unter Antares befand sich all das, was mir hier auf der Erde verweigert geblieben war.

Meine Rückkehr auf diese Erde brachte mir eine unerwartete Erfahrung. Es herrschte endlich Frieden.

Seit meinem achtzehnten Lebensjahr hatte ich nur den Krieg erlebt – abgesehen von der kurzen Zeit des trügerischen Friedens von Amiens –, und selbst da war ich nicht absolut frei gewesen. Der neue Friede aber sollte mir nur Unangenehmes bringen.

Die Einzelheiten meiner Wanderungen, nachdem ich nackt an jenem portugiesischen Strand aufgetaucht und verhört worden war, sind nicht wichtig, denn ich muß zugeben, daß ich mich wohl in einer Art Schockzustand befunden habe. Soweit es die Deckswache betraf, war ich vor sieben Jahren für immer vom Achterdeck der *Roscommon* verschwunden, nachdem wir das französische 80-Kanonen-Schiff besiegt hatten. Wäre ich für die Marine noch am Leben gewesen, hätte ich normalerweise mit einer Beförderung zum Kapitän rechnen können.

Doch jetzt, im Frieden, und mit einer siebenjährigen unerklärlichen Lücke in meinem Leben – welche Chancen hatte ich da? Überall wurden Schiffe abgewrackt, überall wurden Männer an Land geschickt.

Zufällig war ich 1815 in Brüssel, als der Korse von Elba floh und Frankreich in das letzte Aufflackern der Hundert Tage führte. Und dabei glaubte ich zu fühlen, wie Bonaparte zumute war.

Er hatte die Welt zu Füßen gehabt – um sich schließlich mit einer winzigen Insel zufriedengeben zu müssen. Er war abgelehnt, vertrieben worden, seine Freunde hatten sich gegen ihn gewandt – auch er war gewissermaßen aus dem Paradies vertrieben worden.

Es war als Engländer stets meine Pflicht gewesen, den Korsen und seine Flotte zu bekämpfen; so war es nicht ungewöhnlich, daß auch ich mich an jenem schicksalshaften 18. Juni 1815 bei Waterloo befand.

Die Namen sind heute natürlich überall bekannt – La Belle Alliance, La Haye Sainte, Hougoumont, die eingesunkene Straße, die Angriffe, die Formationen, die Niederlagen der Kavallerie, der Angriff der Alten Garde – all dies ist so eingehend beschrieben worden wie bei keiner anderen Schlacht auf dieser irdischen Welt. In den tosenden Salven der Briten, als unsere Gardisten zu Fuß die Alte Garde zurückwarfen und ich mit Colbournes 52. Brigade angriff und wir schließlich den Resten der französischen Armee nachsetzten – in all dem Durcheinander fand ich einen bitteren, schmerzlichen Ausgleich für meine hoffnungslosen Sehnsüchte.

Nach der Schlacht vermochte ich einem englischen Gentleman aus der Patsche zu helfen, der von einer Gruppe Grenadiere belästigt wurde; ich vertrieb die Angreifer. Diese Begegnung war von nicht geringer Bedeutung; wäre ich ein einfacher Bürger gewesen, hätte ich diesen Tag als höchst bemerkenswert bezeichnen müssen. Unsere Freundschaft erwuchs in den

Tagen seiner Genesung, und bei unserer Rückkehr nach London bestand er darauf, daß ich seine Gastfreundschaft in Anspruch nahm. Sie werden merken, daß ich seinen Namen nicht erwähne – dies geschieht aus gutem Grunde. An dieser Stelle möge der Hinweis genügen, daß ich durch seine Freundschaft und Einflußnahme mein geringes Vermögen in gute Hände geben konnte – und heute sehe ich den Beginn meines jetzigen irdischen Vermögens auf dem Schlachtfeld von Waterloo.

Doch nicht von meinen Tagen auf der Erde möchte ich berichten.

In dem Bedürfnis, wieder einmal einen weiteren Horizont um mich zu sehen und die Bewegung eines Decks unter den Füßen zu spüren, schiffte ich mich als Passagier ein und reiste langsam in Richtung Indien, wo ich irgend etwas zu finden hoffte – ich wußte nicht, was – etwas, das den allgegenwärtigen Schmerz dämpfte, der aus allem, was ich auf dieser Erde tat, ein quälendes und stumpfes Dasein machte.

Es schien mir wenig Sinn in den bösen Scherzen zu liegen, die die Herren der Sterne mit mir trieben. Ich hatte keine klare Vorstellung, wer oder was sie waren – es war mir auch gleichgültig, solange sie mich nach Kregen unter Antares zurückkehren ließen. Dort hatte ich den herrlichen rotgoldenen Raubvogel gesehen, größer als ein Falke oder Adler, den Gdoinye, der in Augenblicken der Gefahr über mir kreiste. Dort war mir auch die weiße Taube aufgefallen, die bis zu diesem Zeitpunkt den rotgoldenen Raubvogel ignoriert hatte. Hier waren Kräfte am Werk, die ich nicht verstand und nicht verstehen wollte. Mir schien nur klar zu sein, daß die Herren der Sterne auf ihre rätselhafte unmenschliche Art gegen unbekannte Kräfte kämpften – ein Kampf, den die Savanti – die auch nur Menschen waren – entsetzt verfolgten und den sie zum Vorteil der sterblichen Menschheit zu beeinflussen versuchten.

Die Kräfte, die solche Geschicke lenken konnten, erwählten die erste Nacht nach meiner Ankunft in Bombay, um mich wieder nach Kregen unter den Sonnen von Scorpio zu bringen.

Die schwüle Hitze, die Gerüche, die Fliegen, der unbeschreibliche Lärm – all dies machte mir nichts. Ich hatte weitaus Schlimmeres erleben müssen. In jener Nacht, die jetzt so weit zurückliegt, strahlten die Sterne über mir plötzlich ein diffuses Licht aus, das zusammenströmte und zu einer brennenden Patina wurde, die mich verspottete und mich einhüllte. Ich hatte in meiner Verzweiflung einen Punkt erreicht, da ich schon annahm, ich würde Kregen niemals wiedersehen, nie wieder auf den Mauern meines Strombor-Palastes in Zenicce stehen und nie wieder Delia aus Delphond in den Armen halten.

Vom Balkon blickte ich zu den Sternen auf, und die Nachtluft bewegte die großen, gefiederten Blätter, und die Insekten umsummten mich millionenfach. Nicht ohne Mühe machte ich das vertraute rote Feuer von Antares aus, den arrogant hochgereckten Schwanz der Konstellation des Skorpions. Ich starrte sehnsüchtig hinauf, geschwächt von der inneren Erkenntnis, daß ich wirklich langsam an meinem Schicksal verzweifelte.

In meiner Qual und meiner Verzweiflung hatte ich angenommen, Indien würde mir einen Skorpion bescheren – wie es schon jenes Tier hervorgebracht hatte, dem mein Vater zum Opfer gefallen war.

Plötzlich war mir in jener fernen Nacht irgendwie berauscht zumute. Denn als ich die Sterne und das rote Feuer des Antares anschaute, erwuchs das vertraute blaue Funkeln und schwoll zu den blaugesäumten Umrissen eines riesigen Skorpions an – und doch fehlte mir all die Freude, die mich beim letztenmal beseelt hatte, als diese Erscheinung auftrat.

Ich hob nur die Arme und ließ mich ans Ziel tragen,

das die Herren der Sterne für mich bestimmt hatten, zufrieden, daß ich wieder den Boden Kregens unter den Füßen spüren durfte.

Ohne die Augen zu öffnen, wußte ich, daß ich mich auf Kregen befand.

Die stinkende brodelnde Hitze der Bombay-Nacht war verschwunden. Ich spürte eine kalte Brise auf der Stirn – und dazu ein seltsames Krabbeln und Kitzeln auf der Brust. Langsam, geradezu genüßlich öffnete ich die Augen.

Wie erwartet, war ich nackt.

Doch auf meiner Brust hockte ein riesiger rötlicher Skorpion. Er saß hingeduckt da und ließ den Schwanz pendeln, sein Panzer schimmerte im Licht.

Ohne mich beherrschen zu können, mit einer Heftigkeit, die ich nicht zu kontrollieren imstande war, sprang ich auf und brüllte los. Der Skorpion wurde von mir fortgeschleudert. Er fiel zwischen einige Steine, kam mit ungeschickter Bewegung wieder auf die Beine und verschwand in einem Felsspalt.

Ich atmete tief durch, dachte an den Skorpion, der meinen Vater getötet hatte, und an den Phantomskorpion, der mit mir im Blattboot gesessen hatte während meiner ersten Fahrt über den heiligen Aph-Fluß. Und ich erinnerte mich an den Skorpion, der erschienen war, als ich lachend mit meinen Freunden und mit Delia zusammensaß, meiner Delia aus den Blauen Bergen, während der rote Schein Zims durch das Fenster strömte und der grüne Schein von Genodras sich verstärkt bemerkbar zu machen begann – kurz bevor ich zum zweitenmal aus Kregen vertrieben wurde. Ich dachte an diese Schreckensmomente – und lachte.

Ja, ich, Dray Prescot, der selten lächelte, lachte in diesem Augenblick laut heraus, denn ich wußte, daß ich wieder auf Kregen war. Ich spürte es an der Leichtigkeit meines Körpers, am Duft des Windes, an dem gemischten Licht, das opal schimmernd von den Doppelsonnen von Antares ausging.

Ich fühlte mich frei, verjüngt, lebendig, herrlich lebendig, und das Blut rauschte durch meinen Körper. Ich war bereit für alles, was dieses schöne, gefährliche und geliebte Kregen zu bieten hatte. In seltsam berauschter Neugier sah ich mich um.

Der vertraute rosa Sonnenschein tauchte die Landschaft in sein weiches Licht. Eine Baumgruppe vor mir wiegte sich sanft im Wind und zeigte die weißrosa Blüten des Missal.

Unter meinen Füßen Gras, das so herrlich grün war, wie man es auf der Erde kaum noch findet. Weit draußen schnitt der Horizont des Meeres sauber durch den leuchtenden Himmel. Ich atmete tief ein und ließ meinen Brustkorb anschwellen. So frisch und lebendig hatte ich mich seit meiner Entführung aus dem Strombor-Palast in Zenicce nicht mehr gefühlt. Ich war wieder auf Kregen! Ich war zu Hause!

Langsam stieg ich auf die Graskante zu, die sich links von mir erstreckte, im rechten Winkel zum Meer. Ich war nackt, wie ich es nicht anders erwartet hatte. Wenn mich die Herren der Sterne wieder auf diese Welt gebracht hatten – oder die Savanti, die leidenschaftslosen, nahezu vollkommenen Menschen aus der Schwingenden Stadt Aphrasöe –, war das ganz natürlich. Wie ich annahm, war ich in einer bestimmten Absicht wieder auf diese Welt gebracht worden – ich glaubte bereits etwas von den Kräften zu verstehen, die mich vierhundert Lichtjahre durch den interstellaren Weltraum transportiert hatten.

Das Gras fühlte sich unter meinen Füßen weich und federnd an, und der Wind blies mir durch das Haar. Am Rand des Abgrunds blieb ich stehen und überschaute eine Szene, die in ihrer Schönheit unglaublich war. Ich war wieder auf Kregen! Ich hatte zwar keine Ahnung, an welchem Punkt der Planetenoberfläche man mich abgesetzt hatte, aber das war mir gleichgültig. Was immer mir in den nächsten Tagen widerfahren würde – eines wußte ich: Ich würde das Haus Strombor in Zenicce finden, in jener stolzen Stadt auf dem Kontinent Segesthes; ich würde Delia wieder in die Arme schließen. Wenn sie Strombor verlassen hatte, wo sie sich als Ausländerin fühlen mußte, und in ihre Heimat, in die Blauen Berge auf Vallia zurückgekehrt war, zu ihrem Vater, dem Herrscher des Vereinigten Inselreiches, dann wollte ich ihr dorthin folgen. Ich würde bis ans Ende Kregens ziehen, um Delia von den Blauen Bergen wiederzufinden.

Unter mir erstreckte sich ein Felsvorsprung, der aus dem Hang herausgehauen worden war. Darunter war ein zweiter zu sehen, gefolgt von einem dritten. Jede Stufe war etwa hundert Meter breit. Sie fielen wie eine unvorstellbar große Treppe ab, bis die letzte Terrasse unter der ruhigen Oberfläche eines schmalen Wasserstreifens verschwand. Auf der anderen Seite stiegen die Vorsprünge wie Felsstufen wieder aus dem Wasser und wichen Etage um Etage zurück, bis ich etwa fünf Meilen entfernt die gegenüberliegende Oberkante des Einschnitts ausmachte. Da und dort zogen sich kleinere Treppen durch die Felshänge. Ich drehte mich um und schaute landeinwärts. Dort verlor sich der Horizont im Dunst.

Die Schlußfolgerung erschien mir ungewöhnlich, ja sogar lächerlich, doch nach der Größe der Zwischenstufen zu urteilen, nach den glatten Gesteinsflächen und der Ebenmäßigkeit der Anlage mußte dieser Riesenkanal von Menschenhand geschaffen worden sein. Oder wenn schon nicht von Menschen gegraben, dann hatte der Mensch auf jeden Fall einen Kanal umgestaltet, der den unruhigen Äußeren Ozean mit dem ruhigeren und glatteren Wasser eines Binnenmeers verband.

Von einem Lebewesen keine Spur. Doch hatte ich

das Gefühl, daß eine vorspringende Masse auf der höchsten Ebene unmittelbar gegenüber, rechteckig wirkend und in der sauberen Luft flimmernd, eine Art Behausung sein mußte. Leichter Rauch stieg von der Oberkante auf und verlor sich im Wind.

Bei meinem letzten Auftauchen auf Kregen hatte mir Delias Schrei in den Ohren geklungen. Auch diesmal hörte ich einen Schrei; doch ich wußte sofort, daß nicht Delia ihn ausgestoßen hatte.

Ich lief auf den Abgrund zu, aus dem der Wind kam und durch den das leise Rauschen des Meeres mit der warmen Luft heraufwehte. Dort sah ich eine Gestalt aus einem Hain wanken und ins Gras stürzen.

Als ich den Fremden erreichte, erkannte ich, daß es sich nicht um einen Menschen handelte. Er war ein Chulik, einer jener Tiermenschen, die mit zwei Armen und Beinen geboren werden und deren Gesicht bis auf zwei mächtige handbreite, nach oben stehende Hauer fast menschlich wirkt – und die dennoch einem Menschen nicht ähneln. Seine Haut war ölig-gelb, die Augen klein und schwarz und rund wie Korinthen. Er war kräftig und breitschultrig – ein Söldner. Er trug eine verrutschte Kettenhaube und einen Harnisch, der ihm bis zu den Schenkeln hinabreichte. Er schien unbewaffnet zu sein. Seine Körperkraft wurde durch die Tatsache unterstrichen, daß er noch geschrien hatte, obwohl sein Gesicht nur noch eine blutige Masse war.

Schweigen senkte sich herab.

Ich hatte noch keine Vorstellung, welches der vielen wilden Raubtiere Kregens das Wesen so entsetzlich zugerichtet hatte. Doch ich spürte die vertraute Beschleunigung meines Herzschlags.

Bisher hatte ich auf Kregen erst einmal ein Kettenhemd gesehen – als Prinzessin Natema Cydones mich zu verführen versuchte. In einer Nische hatte ein großer Mann im Kettenpanzer gewartet, mit einem herrlichen Rapier bewaffnet, das ich später erbeutet und bei meinem letzten siegreichen Kampf um Strombor getragen hatte. Eine Rüstung war nützlich auf Kregen. Um die Hüfte trug der Chulik ein weißes Kleidungsstück mit grünen Streifen. Als ich diesen Stoff bemerkte, runzelte ich die Stirn.

Wie Sie inzwischen sicher gemerkt haben, bin ich in solchen Dingen nicht zimperlich, und so zog ich dem Chulik das grüngestreifte Kleidungsstück aus und legte es als eine Art Lendenschurz um.

Noch wichtiger als eine Rüstung sind auf diesem Planeten jedoch Waffen. Der Chulik war leider nicht bewaffnet – ein seltsamer Umstand. Vorsichtig näherte ich mich dem Rand der Klippe, die zum Meer hinabführte.

Der Wind fuhr mir durchs Haar. Ich blickte hinab.

Das Meer bewegte sich tief unter mir. Am Fuß der unregelmäßigen Klippenwand vermochte ich kaum den gekrümmten gelben Sandstreifen auszumachen, an dem sich fast lautlos die weißen Wellen brachen. Einige Möwen und andere Meeresvögel kreisten am Himmel, doch sie waren seltsam stumm. Das Meer schimmerte hellblau. Die See, die sich an der Küste des Kontinents Segesthes brach, war grün oder grau oder manchmal stahlblau; dieses Meer jedoch bewegte sich gemächlich, und seine Bläue stach in die Augen. Ich hatte diese Bläue des Wassers bisher nur im Mittelmeer gesehen. Mit dem Auge des Seemanns musterte ich die Szene und achtete dabei besonders auf das Schiff, das halb an Land gezogen auf dem schmalen Sandstrand lag.

Es handelte sich um eine Galeere – ihr Bug, das bleistiftdünne Tauwerk, die eingezogenen Ruder – alles sprach dafür. Doch das Schiff hatte wenig Ähnlichkeit mit der Galeere, die mich in der Schwingenden Stadt Aphrasöe begrüßt hatte.

Ich sah mich am Rand der Klippen zwischen den

Büschen um. Doch ich fand keine Waffen, die der Chulik vielleicht fallen gelassen hatte.

Ich ging ein Stück am Klippenrand entlang, um nach Möglichkeit den Weg zu finden, auf dem der Söldner emporgeklettert war. Und plötzlich blieb ich stehen. Halbverdeckt durch Büsche hockte dort eine Gruppe von Wesen. Die Büsche waren Dornenefeu – ein Gewächs, das Lebewesen mit weicher Haut tunlichst meiden. Doch diese Geschöpfe hockten zwischen den dicken dornenbewaffneten Ästen, saßen auf allen sechsen da, das rauhe graue Fell mit Schmutz, Blättern und Kot bedeckt, die Blicke auf den Pfad gerichtet, der sich an der Klippe emporwand.

Jetzt wußte ich, welches Lebewesen das Gesicht des Chuliks so zugerichtet hatte. Diese Kreaturen ähnelten dem segesthinischen Felsenaffen, dem Grundal. Er war etwa anderthalb Meter groß mit dünnen spinnenähnlichen Gliedmaßen, die ihm eine unheimliche Beweglichkeit verliehen, so daß er mit nonchalanter Leichtigkeit Hänge bewältigen konnte, vor denen eine Bergziege kapitulieren mußte. Ich hatte diese Wesen von Zeit zu Zeit in den Bergen des fernen Grenzgebiets der großen segesthinischen Ebenen gesehen, während ich mit meinen Klansleuten auf der Jagd war. Diese Tiere waren bösartig, feige und sehr gefährlich, wenn sie in Rudeln jagten. Sie blickten zwar in die andere Richtung, doch wußte ich nur zu gut, wie sie von vorn aussahen. Ihre Münder waren unglaublich groß, schlossen sich zwischen losen Fleischlappen und waren im geöffneten Zustand rund und mit konzentrischen Reihen nadelspitzer Zähne bewaffnet. Die Kreaturen hatten eine gewisse Ähnlichkeit mit irdischen Raubfischen, wie sie zuweilen aus der Tiefsee geholt werden, ganz Maul und Fänge und nur aufs Jagen spezialisiert.

Etwa ein Dutzend dieser Wesen wartete in den Büschen.

Plötzlich zerriß Lärm die Stille. Das Scharren von Füßen, polternde Steine, das angeregte Gespräch von Menschen, die nicht auf ihre Umgebung achten. Ich lauschte gespannt, wie es sich für einen Krieger der Felschraung gehörte – doch was ich zu hören hoffte, blieb aus. Ich vernahm kein Waffengeklirr.

Jetzt waren die Stimmen so nahe, daß ich Fetzen des Gesprächs verstehen konnte. Die Sprache war eine Abart des Kregischen, die mir bekannt war, so daß Segesthes nicht weit entfernt sein konnte.

»Wenn ich dich erwische, Valima!« rief die helle, erschöpfte Stimme eines jungen Mannes. »Dann weißt du, was dich erwartet, ja?«

»Du willst mich fangen?« Die Mädchenstimme klang unbeschwert, fröhlich, zufrieden mit sich und dem Augenblick. »Mein lieber Gahan Gannius, du würdest ja nicht mal einen dicken Kaufmann beim Gebet fangen!«

»Gleich wirst du auch beten!«

Jetzt sah ich die beiden, wie sie lachend den Hang herauftollten. Der junge Mann verfolgte das Mädchen über den Pfad, der im Zickzack an den Klippen emporführte, und sie tänzelte ihm lachend voraus. Auf dem Kopf trug sie ein Kleiderbündel, aus dem Perlenschnüre, ein Ledergürtel, die Ecke einer grün-weißen Tunika und eine goldene Gürtelschnalle herabhingen. Sie und der Junge waren nackt, und trotz ihrer Last vermochte sie ihn stets auf Entfernung zu halten. Sie hüpfte mit einem fröhlichen Lachen voraus, das viel zu unbekümmert klang für ein nacktes junges Mädchen auf einer Klippe, auf der ein Dutzend Grundals lauerte.

Ihr Wächter, der Chulik, lag mit zerfetztem Gesicht in der Nähe.

Ich griff nach dem ersten Stein. Er lag dicht am Rand, ein großes, zackiges Gebilde, angenehm schwer in der Hand. Wer in einer Welt der Raubtiere waffenlos ist, muß sich aller Hilfsmittel bedienen, um sich zu verteidigen. Es liegt in der Natur des Menschen, nicht so einfach aufzugeben. Ich hatte das oft genug bewiesen.

Ich stand auf. »Hai!« rief ich. Und noch einmal: »Hai!«

Dann warf ich den Stein. Ich achtete nicht darauf, ob er sein Ziel traf, sondern bückte mich sofort wieder, hob ein zweites Wurfgeschoß aus dem Geröll und schleuderte es. Als ich den zweiten Stein warf, traf der erste den Kopf des nächstsitzenden Grundal. Als der dritte unterwegs war, fand auch der zweite sein Ziel – mitten auf das mächtige Maul eines Grundal, der in dem Moment den Kopf wandte.

»Achtung!« Ich nahm mir die Zeit. »Grundal!«

Sechs Steine warf ich. Sechs harte, zackige Felsbrocken, ehe die Grundals sich auf mich stürzten.

Sie hatten doch keine Ähnlichkeit mit den segesthischen Felsaffen, die ich erlebt hatte. Jedes Wesen lief auf dem hinteren Gliedmaßenpaar – mit krabbelnden Klauen –, während das vordere Paar nach mir griff und mein Gesicht in die grinsende Rundung aus Zähnen zu ziehen versuchte, wo mir der Kopf abgebissen werden sollte. Doch zu meiner Überraschung trug jeder dieser Grundals in den Händen der mittleren Gliedmaßen einen dicken Knüppel, der etwa einen Meter lang war.

Und das war ihr Fehler.

Klauen und Knüppel und nadelscharfe Zähne zuckten auf mich zu. Ich sprang zur Seite, packte den ersten erhobenen Stock, drehte ihn herum – und hatte eine Waffe.

Ein Grundal kreischte auf und sprang mich von der Seite an. Ich warf mich nach vorn und versetzte ihm einen fürchterlichen Tritt gegen den Kopf, wobei ich den Druck der nadelscharfen Fänge durch die lose Gesichtshaut des Grundal spürte. Mein Knüppel zerschmetterte die Schädeldecke des Wesens vor mir.

»Achtung! Hinter dir!« kreischte eine Stimme von irgendwo.

Ich bückte mich und ließ mich über die Schulter abrollen. Der vorstürmende Grundal stolperte über mich, und der Schwung seines Knüppels riß ihn noch weiter mit. Aber sofort griffen zwei weitere Kreaturen an; diese nahm ich getrennt aufs Korn. Ich packte den Knüppel des ersten und zerrte ihn zu mir heran, der zweite erhielt einen Schlag über die Schultern und wurde ebenfalls nach vorn gerissen, während ich mit einer eleganten und für meine Gegner unverhofften Bewegung zurücktrat und die beiden zusammenprallen ließ. Kreischend gingen beide zu Boden.

Mit zwei schnellen Hieben auf die Köpfe wurden sie erledigt. Ich wandte mich eben dem nächsten Grundal zu, als ein Chulik auftauchte. Seine gelbe Haut war schweißbedeckt von dem hastigen Lauf bergauf. Er hieb mit einem Schwert zu und spaltete einen Grundal bis zu den Schultern.

Die restliche Bande machte kreischend kehrt, ließ ihre Knüppel fallen und tanzte wütend und frustriert auf den beiden hinteren Gliedpaaren herum – es waren nicht mehr viele übrig. Ein zweiter Chulik erschien, und die beiden Halbmenschen gingen auf die Grundals los. Die Felsenaffen zischten drohend, zogen sich jedoch zurück und verschwanden schließlich am Klippenhang, wobei sie sich in phantastischer Weise an der Felswand entlanghangelten und schließlich in Spalten und schattigen Felslöchern verschwanden.

Kein übles Willkommen auf Kregen, sagte ich mir und starrte auf die verschwitzten Chuliks, die toten Grundals und auf das Mädchen und den Jungen, die sich nun hastig ankleideten. Der Junge begann den Anführer der Chulikwache zu beschimpfen. Ich achtete nicht darauf, sondern ließ die vertrauten und verhaßten Befehlstöne an mir vorbeirauschen. Um ehrlich zu sein, hätten die Chuliks ihre Aufgabe wirklich besser wahrnehmen können. Sie zählten zu den besten halbmenschlichen Söldnerwächtern auf Kregen und ließen sich dementsprechend höhere Prämien zahlen. Der tote Wächter hinter den Büschen sprach nicht gerade für sie.

Da war der Blick auf das Mädchen schon viel angenehmer. Sie hatte sehr dunkles, doch nicht ganz schwarzes Haar und ein hübsches, offenes Gesicht mit dunklen Augen. Sie war etwas füllig im Gesicht und hatte eine etwas mollige Figur – was ich hatte sehen können, ob ich es wollte oder nicht –, doch dies lag sicher nur an ihrer Jugend und würde sich in einigen Jahren geben. Der Junge war schlank und kräftig und bewies Energie mit jeder Bewegung. Er hatte ebenfalls dunkles Haar und dunkle Augen, doch in seinem Gesicht lag ein Ausdruck, der mich unangenehm berührte. In jenem Augenblick dachte ich nicht weiter über ihn nach, über diesen Gahan Gannius, denn ich war gerade erst nach Kregen zurückgekehrt.

Nun gab er in strengem Ton Befehle – der Schrecken über das Erlebnis war ihm offenbar in die Glieder gefahren. Das Mädchen, das Valima hieß, musterte mich. Ich blieb stehen, den Knüppel noch immer fest in der Hand. Seit der kurzen Warnung, daß mich ein Grundal von hinten angriffe, hatte niemand ein Wort an mich gerichtet.

»Wir können hier jetzt kein Picknick abhalten«, sagte Gahan Gannius mürrisch, fast trotzig. »Am besten kehren wir zur Küste zurück.«

»Wie du befiehlst, Gahan.«

»Ja, ich befehle es! Gibt's daran irgendwelche Zweifel?«

Inzwischen waren schwer atmend noch einige weitere Chuliks erschienen und verfolgten wortlos die Szene. Ihre Position als Söldner verhinderte jede Art von Unmutsbekundung gegenüber diesen jungen Leuten, die Herr und Herrin waren. Und noch immer hatten sie keine Notiz von mir genommen.

Der junge Herr brüllte die Bediensteten an, die nun mit Nahrungsmitteln und Weinflaschen, mit Tischen und Decken, mit Stühlen und Zeltplanen und Teppichen den Hang heraufgetaumelt kamen. Alle machten kehrt und begannen den Abstieg – Männer und Frauen in kurzen grauen Kleidungsstücken mit breiten grünen Säumen. Den Inhalt einer hochherrschaftlichen Schiffskabine auf den Schultern, hatten sie die Klippen bezwungen und kehrten nun um – der Laune dieser jungen Leute folgend.

Als sich alle nach unten gewendet hatten, war ich wieder allein.

Verlassen stand ich an der Spitze der Klippen und wunderte mich. Ich wunderte mich über mich selbst, weil ich nichts gegen das schlechte Benehmen dieser Leute unternommen hatte.

2

Ich hatte die Oberkante des gegenüberliegenden Kanalufers erreicht und vermochte nun eine halbe Meile entfernt das Gebäude zu erkennen. Über unzählige Treppenstufen innerhalb der gewaltigen Terrassenmauern war ich drüben abwärts geklettert, hatte den breiten Kanal durchschwommen und war dann hier an den riesigen Felsstufen wieder emporgestiegen. Die Zwillingssonne stand inzwischen tief am Himmel, und ihr Licht, noch immer gemischt, würde bald vergehen und sich zu einem reineren Grün verschieben, wenn die grüne Sonne Genodras ein wenig länger über dem Horizont verhielt, nachdem die größere rote Sonne, Zim genannt, bereits untergegangen war.

Bald darauf würden die Sterne erscheinen, und ich

konnte vielleicht genauer bestimmen, wo ich mich auf Kregen befand.

Bei dem Gebäude schien es sich um eine massive Burg mit verschlossenen Fenstern zu handeln; zahlreiche Türmchen bedeckten ein Dach, das sicher mehr als eine einfache Ansammlung von Sälen hinter Burgmauern bedeckte. Ich sah Kuppeln, minarettähnliche Turmspitzen und die Giebel riesiger Gebäude. Schatten senkten sich über die grauen Mauern. Ich fragte mich, ob dieses Anwesen zur gleichen Zeit entstanden war, als man diesen Kanal begradigt und mit Felsen eingefaßt hatte – oder ob die Kanalbauer dieses alte Haus – wie es im mittelalterlichen Rom geschehen war – für ihre Zwecke ausgeplündert hatten.

Zögernd ging ich im zunehmend grünen Dämmerlicht auf die Burg zu.

Dem toten Chulik hatte ich seine Kettenhaube, den Harnisch und das Lederzeug abgenommen. Der Junge und das Mädchen – Gahan Gannius und Valima – hatten sich offenbar nicht für das Schicksal ihres Wächters interessiert, und seine Begleiter standen unter Befehl. Ich kannte mich mit Chuliks aus und wußte, daß sie sich den Uniformen und Waffen jener anpaßten, bei denen sie in Lohn und Brot standen. In Zenicce, wo ich eine Zeitlang gelebt hatte, trugen die Chuliks das lange Rapier und einen Dolch; hier entsprachen ihre Waffen denen eines Mannes in Rüstung.

Das Langschwert hatte ich schließlich doch gefunden – inmitten eines Dickichts aus Dornenefeu hatte es sich in den Boden gebohrt. Es mußte dem sterbenden Chulik aus der Hand geschlagen worden sein. Ich ergriff es und musterte es; man lernt viel über einen Kämpfer, wenn man seine Waffen studiert.

Die Spitze des Schwerts war nicht besonders ausgeprägt, wenn auch einigermaßen scharf; trotzdem handelte es sich nicht um eine Stoßwaffe. Die Klinge war gerade und von billiger Machart – und recht scharf, wie ich es von einem Chuliksöldner nicht anders erwartete – mit einfachem, eisernem Stichblatt und Holzgriff, der eingekerbt war. Auf der Flachseite der Klinge befand sich oben ein Monogramm, in dem ich die kregischen Buchstaben für G.G.M zu erkennen glaubte. Kein Zeichen eines Waffenschmieds.

Also billige Massenware, schlecht ausbalanciert; aber es mochte mir dienen, bis ich eine bessere Waffe fand.

Jetzt stand ich vor dem seltsamen Gebäude mit den zahlreichen Kuppeln und Vorsprüngen und mächtigen Außenmauern.

Sie kamen mir entgegen. Ich war bereit. Wenn sie mich begrüßen wollten, dann gut. Wenn sie mich aber töten oder gefangennehmen wollten, gedachte ich mein neues Schwert zu gebrauchen, bis mir die Flucht in die hereinbrechende Dunkelheit gelang.

»Lahal!« riefen sie mir den überall auf Kregen geläufigen Gruß entgegen. »Lahal!«

»Lahal«, erwiderte ich.

Ich blieb stehen und ließ sie auf mich zukommen. Sie trugen Fackeln, und in der Abendbrise, die mit Sonnenuntergang auffrischte, wehten die Flammen wie rotgoldenes Haar dahin. Ich erkannte gelbe Roben und Sandalen und kahlrasierte Köpfe über zurückgeschobenen Kapuzen.

Ich blickte tiefer und sah an der Hüfte der Männer Schnüre mit schwingenden Quasten. Die Gürtel und Quasten waren blau.

Ich atmete aus. Ich hatte gehofft, rote Insignien zu finden.

»Lahal, Fremder. Wenn du ein Quartier für die Nacht suchst, komm schnell herein, denn die Dunkelheit bricht an.«

Der Mann hob beim Sprechen die Fackel. Seine Stimme klang seltsam hoch und schrill, fast weibisch. Ich sah sein Gesicht – glatt, bartlos und doch alt, mit faltiger Haut um die Augen und an den Mundwinkeln. Er lächelte. *Da haben wir einen Mann, der der Meinung ist, er habe nichts zu fürchten,* dachte ich – und sollte damit recht behalten.

Wir betraten das Gebäude durch einen riesigen steinernen Torbogen, der sofort durch ein bronzegefaßtes Lenkholztor geschlossen wurde. Ich erkannte das Holz an der Farbe, eine aschfarbene Tönung mit feiner Maserung; der Lenkbaum und das Lenkholz entsprechen auf Kregen unserer Eiche. Wenn es Grundals dort draußen gab, so vermittelte das dicke metallgefaßte Tor ein angenehmes Gefühl der Sicherheit.

Ich wurde in eine kleine Kammer geführt, wo ich angewärmtes Wasser zum Waschen und frische Kleidung erhielt – eine Robe, die der gelben Kleidung der Männer hier entsprach; anschließend bat man mich zum Essen in den Saal. Alles schien wohlgeordnet zu sein. Alles lief ab, als herrsche hier eine lang geübte Routine, die nichts umzustürzen vermochte. Ein angenehmes Gefühl der Freude begann mich zu erfüllen. Dies war nicht Aphrasöe, die Stadt der Savanti, doch die Menschen hier wußten ebenfalls von der Kunst, alles als wichtig und als Teil eines Lebensrituals erscheinen zu lassen, das nie zu Ende gehen würde.

Das Essen war gut – ein einfaches Mahl: Fisch, etwas Fleisch – vermutlich Vosk, auf eine mir unbekannte Art zubereitet –, Früchte einschließlich der nahrhaften Palines und dazu einen köstlichen Wein, der durchsichtig gelb schimmerte und wenig Alkohol enthielt.

Die Männer, die sich im Speisesaal versammelten, waren gleich gekleidet und sprachen alle mit hoher Stimme. Es waren etwa hundert. Die Männer, die das Essen servierten, waren auch nicht anders gekleidet, und als sie fertig bedient hatten, setzten sie sich zu uns an die langen Sturmholztische. Zahlreiche Laternen warfen ein goldenes Licht auf die Szene. Während des Essens stieg ein jüngerer Mann auf eine Art Plattform, die man kaum eine Kanzel nennen konnte, und begann ein Gedicht vorzutragen. Es war eine lange Geschichte über ein Schiff, das in einen Wirbelsturm geraten war und zu einem der sieben kregischen Monde gezogen wurde. Die Geschichte war nicht amüsant – ich lächelte ohnehin nicht gern und lachte nur selten –, doch sie interessierte mich.

Ich nahm nicht an, daß ich mich in einem kregischen Kloster befand. Es gab solche Institutionen, das wußte ich, und in Zenicce hatte ich den Orden der Purpurnen Mönche kennengelernt. Etwas an diesen Leuten – vielleicht ihr Mangel an äußerem Pomp und Zeremoniell – brachte mich zu der Überzeugung, daß sie keine Angehörigen einer Bruderschaft waren.

War dies der Grund, warum man mich nach Kregen zurückversetzt hatte? Hatten mich die Herren der Sterne gelenkt – oder etwa die Savanti? Es war zum Verzweifeln – doch ich hatte bisher noch keinen rotgefiederten Raubvogel und auch keine weiße Taube gesehen; diese Tiere hätten mir einen Hinweis geben können.

Als ich meinen Weinkelch leerte, wandte sich einer der Männer an mich. Er wirkte älter als die anderen, obwohl es viele nicht mehr junge Männer in der Runde gab. Die Falten in seinem Gesicht schienen zur sonstigen Glätte seiner Haut nicht zu passen.

»Du solltest dich jetzt zurückziehen, Fremder, denn du bist offenbar weit gereist und bist müde.«

Wenn er wüßte, wie weit ich gereist war!

Ich nickte und stand auf. »Ich möchte euch für die Gastfreundschaft danken ...«, begann ich.

Er hob die Hand. »Wir unterhalten uns morgen früh, Fremder.«

Ich war durchaus gewillt, mich verabschieden zu lassen, denn ich war wirklich erschöpft. Das Bett war nicht allzu bequem, doch ich schlief sofort ein; wenn ich träumte, so erinnere ich mich nicht mehr an die

Phantome, die meinen Geist erfüllten. Am Morgen machte ich nach einem guten Frühstück einen Spaziergang durch die Wehranlagen – in Begleitung des alten Mannes, der Akhram genannt wurde. Auch das Anwesen hieß Akhram, wie er mir sagte.

»Wenn ich sterbe, was vielleicht in fünfzig Jahren der Fall sein wird, gibt es einen neuen Akhram in Akhram.«

Ich nickte verständnisvoll.

Jenseits der hohen Brustwehr erkannte ich auf allen Seiten – außer dort, wo der Kanal und die Klippen eine natürliche Grenze bildeten – weite Felder, Obstgärten, kultiviertes Land, sorgfältig gepflegte landwirtschaftliche Flächen. Die Gemeinschaft dieser Männer mußte sehr reich sein. Auf den Feldern arbeiteten Menschen, die auf diese Entfernung wie Ameisen wirkten. Ich fragte mich, ob es sich um Sklaven oder freie Menschen handelte.

Nein, er habe noch nie von Aphrasöe, der Stadt der Savanti, gehört. Ich bezwang meine Enttäuschung.

»Vor langer Zeit«, fuhr ich fort, »habe ich einmal drei Männer gesehen, die so gekleidet waren wie du. Nur trugen sie rote Schnüre um die Hüften, mit roten Quasten.«

Akhram schüttelte den Kopf. »Das kann schon sein. Ich weiß von den Todalpheme aus Loh, die rosa Schnüre tragen, und wir sind die blauen Todalpheme von Turismond; doch von roten Gürtelträgern ist mir leider nichts bekannt, mein Freund.«

Turismond lag auf dem Kontinent Turismond; ich hatte von ihm gehört. Also konnte Segesthes nicht allzu fern sein.

»Und Segesthes?« fragte ich. »Und die Stadt Zenicce?«

Er musterte mich von der Seite. »Hast du nicht die rotbegürteten Todalpheme nach Aphrasöe gefragt?«

»Sie waren tot, die drei – tot.«

»Ich verstehe.«

Wir wanderten eine Zeitlang durch das herrliche opalene Tageslicht. Dann sagte er: »Ich habe natürlich von dem Kontinent Segesthes gehört. Zenicce ist, wie ich höre, bei den Seefahrern des Äußeren Ozeans nicht allzu beliebt.«

Ich zwang mich dazu, ruhig neben ihm herzugehen.

»Und was ist mit Vallia?«

Er nickte hastig. »Vallia kennen wir gut, denn seine allgegenwärtigen Schiffe, die auf der ganzen Welt zu Hause sind, bringen uns seltsame und wunderbare Dinge aus fernen Ländern.«

Ich sah mich schon in den Armen meiner Delia. Einen Augenblick lang war mir schwach zumute. Was war nun mit den Plänen der Herren der Sterne – wenn wirklich diese Wesen mein Geschick steuerten, die Everoinye ...

Akhram sprach weiter, und aus Höflichkeit – etwas, das mir meine Eltern eingebleut hatten – zwang ich mich zum Zuhören. Er erzählte von der Flut, die am Nachmittag erwartet wurde. Aus seinen Worten wurde mir klar, was hier vorging und welche Pflichten die Todalpheme versahen. Kurz gesagt berechneten die Todalpheme die Gezeiten auf Kregen, führten Listen und erstellten all die vertrauten Seemannsdaten, deren Umgang ich auf der Erde gelernt hatte. Insgeheim staunte ich über die Berechnungen, die diese Männer anstellen mußten. Denn Kregen hat neben der Zwillingssonne sieben Monde, von denen der größte fast zweimal so groß ist wie der Trabant der Erde. Ich wußte, daß bei so vielen Monden normalerweise sich die Gezeitenbewegungen weitgehend aufhoben, da nämlich die Vielfalt der Einflüsse nicht mehr Tidenhub verursachte, sondern ihn eher verminderte – außer wenn mehrere Himmelskörper sich hintereinander aufreihten, dann mußten die Tiden eine enorme Höhe und Gewalt erreichen. Schon in Zenicce hatte ich den

Gezeitenschutz bemerkt, mit dem man vor allem die Häuser an den Kanalufern versehen hatte, die überdies hoch über dem mittleren Hochwasser gebaut waren. Wenn die Gezeitenwogen in Zenicce wüteten, konnte es zur Katastrophe kommen, also wurden die Sperren, Dämme und Tore stets in ausgezeichnetem Zustand erhalten – eine Aufgabe der Stadtversammlung.

Akhram berichtete mir, daß sich am seewärtigen Ende des Kanals ein großer Damm befinde, der dieses Binnenmeer von dem Äußeren Ozean trennte. Durch den Damm führten Kanäle, die sich schließen ließen. Der Damm sei nach beiden Seiten bewehrt. Die Menschen des Sonnenaufgangs hätten ihn in ferner Vergangenheit erbaut, wie sie auch den Kanal begradigt und eingefaßt hätten, um den Gezeitenzustrom und den Abfluß vom Binnenmeer zu steuern.

»Hier am Binnenmeer sind wir ein nach innen gekehrtes Volk«, berichtete er. »Wir wissen, daß es im stürmischen Äußeren Ozean andere Kontinente und Inseln gibt. Manchmal segeln Schiffe durch die Öffnungen im Damm der Tage. Vallia, Wloclef, die uns Vliese des gekräuselten Ponsho liefern; Loh, von wo wir herrlich gewachsene und geschliffene Juwelen und Glaswaren von unglaublicher Schönheit beziehen; diese Orte kennen wir, da sie Handel mit uns treiben. Auch Donengil in Südturismond ist uns bekannt. Auf der Liste stehen noch ein paar Namen; ansonsten beschränken wir uns bewußt auf unser Binnenmeer.«

Später durfte ich die Observatorien besuchen und den Todalpheme bei der Arbeit zusehen. Viel von dem, was sie mit Tabellen und Himmelsinstrumenten anstellten, war mir vertraut; manches jedoch war mir fremd und überstieg mein Verständnis, denn diese Männer arbeiteten mit einer Logik, die der meinen nicht entsprach. Sie waren ihrer Arbeit fast mönchisch ergeben. Doch sie lachten gern und waren frei und gelassen.

Sie hatten einen gewissen Respekt vor meinem Verständnis der Bewegungen der Himmelskörper und der vorhersehbaren Entwicklung von Gezeiten, Strömungen und Winden – und all der Gefahren, die damit verbunden waren.

Das Binnenmeer war praktisch gezeitenlos. Das war nicht weiter verwunderlich (auch im Mittelmeer machen Ebbe und Flut selten mehr als einen halben Meter Unterschied aus), und diese Männer verbrachten ihr Leben mit der Berechnung von Gezeitenlisten, damit sie die Wächter an den Schleusen des Dammes rechtzeitig warnen konnten, wenn der Äußere Ozean wieder in Bewegung geriet und mit voller Wucht gegen den Damm anstürmte. Wie ich erfuhr, gab es keinen anderen von Schiffen befahrbaren Ausgang aus dem Binnenmeer.

»Warum lebt ihr hier, am inneren Ende des großen Kanals?« fragte ich.

Akhram lächelte und machte eine vage Armbewegung, die den fruchtbaren Boden, die Obsthaine und die glatte See einschloß. »Wir sind ein nach innen gekehrtes Volk. Wir lieben das Auge der Welt.«

Den großen Damm hatte Akhram den »Damm der Tage« genannt. Mir wurde klar, was das bedeutete. Wenn auf dem großen Ozean eine mächtige Springflut heranrollte und durch den schmalen Einschnitt des Kanals hereinschwemmte, wäre sie wie ein gewaltiger Besen über das Binnenmeer gefahren.

Der große Damm war vor unzähligen Jahren von einem Volk erbaut worden, das inzwischen untergegangen war – nur durch die Steinmonumente bekannt, die es hinterlassen hatte.

Ich bemerkte eine Bewegung auf den Feldern. Menschen liefen durcheinander. Schwach erreichte uns Geschrei. Akhram blickte hinüber, und sein Gesicht verzog sich zu einer Maske der Qual und ohnmächtigen Wut. »Wieder ein Überfall!« flüsterte er.

Jetzt sah ich auch Männer in Kettenrüstungen auf Ungeheuern reitend, die den fliehenden Bauern nachsetzten. Ich sah einen Mann taumeln und, von einem großen Netz eingehüllt, zu Boden sinken. Mädchen wurden in die Sättel gezerrt. Kleine Kinder, sogar Säuglinge wurden vom Boden hochgerissen und in Säcke gestopft.

Das Langschwert, das ich im Dornenefeu gefunden hatte, lag unten in dem Raum, den man mir zugewiesen hatte. Ich rannte die Brustwehr entlang. Als ich die massive Lenkholztür erreichte, schloß sie sich gerade. Eine erschreckte Menge drängte herein, die letzten zwängten sich noch durch die kleine Tür, die in das Haupttor geschnitten war.

»Laßt mich raus!« sagte ich zu den Männern, die das Tor verriegelten. Ich trug den grüngestreiften Stoff, den ich dem toten Chulik abgenommen hatte. Den Harnisch hatte ich in der Eile nicht angelegt; dazu waren meine Schultern zu breit. Ich hielt das Schwert hoch, damit die Wächter es sehen konnten.

»Geh nicht hinaus«, sagten sie. »Du wirst getötet oder gefangen.«

»Öffnet die Tür!«

Akhram stand hinter mir. Er legte mir eine Hand auf den Arm.

»Wir fragen Besucher nicht nach ihren Namen oder ihrer Zugehörigkeit, mein Freund.« Er blickte zu mir empor, denn ich war größer als er. »Wenn diese Wesen deine alten Feinde sind, dann geh frei hinaus und laß dich für deine Überzeugungen töten. Aber ich sehe dich als Fremden an. Du kennst unser Leben nicht ...«

»Ich erkenne Sklaverei, wenn ich sie sehe.«

Er seufzte. »Sie sind längst fort. Sie greifen an, wenn wir sie nicht erwarten, nicht bei Morgengrauen oder bei Sonnenuntergang, und nehmen unsere Leute mit. Wir, die Todalpheme, sind durch Gesetz und gegenseitige Vereinbarung von jeder Gewalt ausgenommen.

Denn würde man uns töten, wer würde Alarm schlagen, wenn die großen Fluten kommen? Doch unsere Leute, unsere loyalen Helfer, die für uns sorgen – sie sind leider nicht zu schützen.«

»Wer sind sie? Die Sklavenhändler?«

Akhram blickte sich um und musterte die Bauern in ihrer einfachen Kleidung. Einige hielten noch Hacken und Gabeln in den Händen, einige hielten Kleinkinder an sich gepreßt, einige waren sogar verletzt. »Wer?« fragte Akhram.

Ihm antwortete eine stämmige Gestalt mit einem faltigen Gesicht und einem braunen Bart, der ihm bis zu den Hüften reichte. Er äußerte sich in einer Sprache, die ich kaum verstand; jedenfalls war es nicht Kregisch, die Universalsprache des Planeten, und auch nicht der segesthische Dialekt, der von meinen Klansleuten von Felschraun und Longuelm gesprochen wird.

»Anhänger des Grodno«, sagte Akhram. Er wirkte erschöpft. »Grodno ist die Gottheit der grünen Sonne, das Gegenstück zu Zair, der Gottheit der roten Sonne. Wie dir jeder hier sagen kann, sind beide in einen tödlichen Kampf verstrickt.«

Ich nickte, denn ich erinnerte mich, daß die Himmelsfarben für die Kreganer stets in Opposition standen.

»Und die Stadt dieser Menschen, dieser Sklavenhändler?«

»Grodno hat seinen Einflußbereich an der Nordküste des Binnenmeers; Zair im Süden. Es gibt zahlreiche Städte dort, die ausnahmslos frei und unabhängig sind. Ich weiß nicht, aus welcher Stadt diese Räuber kamen.«

Ich hob das Schwert. »Dann ziehe ich in die Städte Grodnos, denn ich glaube ...«

Ich verstummte, denn plötzlich sah ich hoch über mir, in weiten Kreisen näher kommend, das herrliche rote Gefieder eines gewaltigen Raubvogels mit einem goldenen Federkranz um den Hals und drohend ausgestreckten schwarzen Krallen. Ich kannte diesen Vogel, den Gdoinye, den Boten oder Spion der Herren der Sterne. Und als ich das Tier erblickte, spürte ich gleichzeitig die vertraute Müdigkeit, das übelkeitserregende Gefühl des Fallens. Meine Knie gaben nach, mein Schwertarm sank herab, und die Welt begann um mich zu kreisen.

»Nein!« brachte ich noch heraus. »Nein! Ich will nicht zur Erde zurück! Nein! Ich will auf Kregen bleiben ... Ich will nicht zurück!«

Doch der Nebel hüllte mich ein, und ich begann zu stürzen.

3

Norden oder Süden ... Grodno oder Zair ... grün oder rot ... Genodras oder Zim ... Irgendwo wurde ein Konflikt ausgetragen. Aber ich spürte nicht, wie ich auf den Hof der Gezeitenburg sank, denn ein hohles Brausen erfüllte meinen Kopf. Dies bestürzte mich, denn bei meinen bisherigen Versetzungen von Kregen zur Erde war der Vorgang in Sekundenschnelle abgelaufen.

Ich fühlte mich seltsam losgelöst von mir selbst. Ich lag dort in jenem Hof, das freundlich-besorgte Gesicht Akhrams über mir. Und zugleich blickte ich aus ziemlicher Höhe auf die Szene, die bewegt war wie ein Wasserwirbel. Ich erschauderte bei dem Gedanken, daß ich den Vorgang womöglich durch die Augen des Gdoinye aus verfolgte, des rotgoldenen Raubvogels am Himmel.

Während ich noch so schaute – zugleich nach oben und nach unten –, sah ich eine weiße Taube elegant durch die ruhige Luft heranschweben.

Und in diesem Augenblick glaubte ich die Hintergründe zu verstehen. Ich glaubte zu ahnen, daß die Herren der Sterne, die mich wohl bei dieser Gelegenheit nach Kregen geholt hatten, meine Reise in die nördlichen Städte der Grodno-Anhänger nicht wünschten; daß vielleicht aber die Savanti, deren Bote und Beobachter die weiße Taube war, anderer Meinung waren.

Offenbar schwebte ich in einer Art Niemandsland.

Mit heiserem Schrei wandte sich der rote Raubvogel gegen die weiße Taube. Zum erstenmal sah ich, daß die beiden Vögel Notiz voneinander nahmen. Die weiße Taube bewegte sich mit täuschend leichtem Flügelschlag und stieg empor, wobei sie dem herabstoßenden Raubvogel geschickt auswich. Beide Vögel machten kehrt und gewannen an Höhe.

Ich folgte ihnen in den opalisierenden Schimmer des Himmels, doch plötzlich sah ich sie nicht mehr und sank zurück und stürzte – und öffnete die Augen im Staub des Hofes.

Sandalen scharrten dicht neben mir im Sand. Ein heißer Atem blies mir in die Ohren, und Hände senkten sich herab, um mir aufzuhelfen. Wahrscheinlich hatte ich keine halbe Minute am Boden gelegen. Die freundlich-besorgten Bauern versuchten mich zu tragen. Ich streckte einen Arm aus und schwenkte ihn und richtete mich halb betäubt wieder auf. Freudig überrascht sah ich mich im Hof von Akhram um, betrachtete die Menschen und die große Lenkholztür und Akhram selbst, der mich erschrocken anstarrte, als wäre ich von den Toten auferstanden.

Wenig bleibt zu berichten von meinem restlichen Aufenthalt in Akhram, dem astronomischen Observatorium der Todalpheme.

Ich lernte das Nötigste der hiesigen Sprache – mit einer Intensität, die meinen Lehrer, einen Todalpheme mit sanftem Gesicht und traurigen Augen, ziemlich verstörte. Seine Stimme, so hoch wie die der anderen, und sein Gesicht, das glatt und jung war, stießen mich ab. Ich lernte schnell.

Unter anderem lernte ich, daß ich mich in einem Hafen des Binnenmeers einschiffen mußte, wenn ich über den Ozean hinweg Vallia erreichen wollte. Nur wenige Schiffe wagten sich durch den Damm der Tage, und es war besser für mich, einen Hafen aufzusuchen, als darauf zu warten, daß ein Schiff aus der Außenwelt den Kanal auf dem Heimweg passierte.

Akhram redete mir zu, wies mich auf meine Kenntnisse über das Meer, die Gezeiten und die Berechnungen hin, die wir beide freundschaftlich besprochen hatten. Die Navigation war mir stets leichtgefallen, und inzwischen hatte ich mir die geographischen Umrisse des Binnenmeers zurechtgelegt, soweit mir das anhand von Karten und Globen aus Akhrams privatem Arbeitszimmer möglich war. Ich vermochte ihm sogar einige kluge Ratschläge über die höhere Mathematik zu geben.

Was er mir durch unsere Freundschaft zu verstehen gab, war klar. Er kannte inzwischen meinen Namen, Dray Prescot, und sprach ihn mit Zuneigung aus. Wegen meines törichten Versuchs, die Räuber mit dem Schwert allein anzugreifen, glaubte er mir wohl Dankbarkeit schuldig zu sein.

»Im Grunde bist du einer von uns, Dray«, sagte Akhram. »Dein Wissen übersteigt bei weitem das aller Todalpheme deines Alters. Mach bei uns mit, Dray Prescot, werde ein Todalphem. Das Leben hier würde dir gefallen.«

In einem anderen Leben wäre ich vielleicht in Versuchung geraten. Doch ich durfte Delia nicht vergessen. Und im Hintergrund standen die Herren der Sterne und die Savanti.

»Ich danke dir für dein großzügiges Angebot, Akhram, aber es ist unmöglich. Mir ist ein anderes Schicksal zugedacht …«

»Wenn es daran liegt, daß wir alle kastriert sind und dir das gleiche Schicksal widerfahren müßte – so kann ich dir versichern, daß das von geringer Bedeutung ist im Vergleich mit dem Wissen, das du gewinnen würdest …«

Ich schüttelte den Kopf.

»Daran liegt es nicht, Akhram.«

Er wandte sich ab. »Es ist schwierig, die richtigen jungen Männer zu finden. Aber wenn es die Todalpheme nicht mehr gäbe, wer würde die Fischer warnen, die Seeleute in ihren herrlichen Schiffen, die Bevölkerung der Küstenstädte? Denn das Binnenmeer ist ein ruhiges Meer. Es ist flach und friedlich. Wenn sich Stürme nähern, kann man die Wolken aufziehen sehen und spürt die Veränderung der Luft und riecht die Brise. Man ist also gewarnt und kann einen Hafen aufsuchen. Aber wer warnt diese Menschen, wenn eine Flutwelle heranrollt, die alles vernichtet, wenn die Schleusen im Damm der Tage nicht geschlossen sind?«

»Die Todalpheme werden nicht aussterben, Akhram. Es wird immer junge Männer geben, die sich der Herausforderung stellen. Sei unbesorgt.«

Als es Zeit zur Abreise war, versprach ich den Todalpheme, daß ich auf meiner Reise zum Äußeren Ozean haltmachen und ihnen Lahal erweisen würde. Ich versprach mir auch den Anblick des wunderbaren Damms der Tage und seiner Tore und Schleusen, denn nach dem großen Kanal zu urteilen mußte es sich um eine kolossale technische Anlage handeln.

Die Todalpheme statteten mich mit einer hübschen weißen Tunika und einem Beutel aus, in dem, liebevoll in Blätter eingewickelt, einige lange Brotlaibe, Trockenfleisch und Früchte lagen. Über der Schulter trug ich einen Ast, der schwer von Palinebeeren war. Den Harnisch um die Hüfte gerollt, das lange Schwert mit zwei Schnüren an meiner Hüfte befestigt, so machte ich mich schließlich auf den Weg.

Alle drängten sich im Hof, um mir Lebewohl zu sagen.

»Remberee!« rief ich zurück.

Ich wußte, daß ich sofort zur Erde zurückgerissen worden wäre, wenn ich einen anderen Weg eingeschlagen hätte. So dringend ich zu meiner Delia zurückkehren wollte, um sie wieder in den Armen zu halten, so wenig wagte ich es, einen Schritt in ihre Richtung zu machen.

Denn ich war in die Pläne der Herren der Sterne verstrickt – vielleicht waren es auch die Savanti, denen ich aber nicht zutraute, daß sie mir übel wollten, obwohl sie mich aus ihrem Paradies vertrieben hatten. Da ich weder einen Zorca noch einen Vove zur Verfügung hatte – die Reittiere der großen segesthischen Ebenen –, ging ich zu Fuß. Gute sechs Burs* war ich so unterwegs.

Ich machte mir keine Sorgen um die Zukunft. Diesmal war es anders als bei früheren Gelegenheiten, da mich Gefahren und Abenteuer erwartet hatten. Vielleicht konnte ich mich als Söldner verpflichten oder auf einem Schiff anheuern – mir war es gleich. Ich wußte, daß die Kräfte, die mich lenkten, ohnehin den richtigen Weg für mich bestimmen würden.

Verstehen Sie mich nicht falsch. Wenn Sie annehmen, mir wäre diese Entwicklung angenehm gewesen, so ist das ein gewaltiger Irrtum. Ich mußte all dem,

---

* Eine Bur ist die kregische Stunde, etwa vierzig irdische Minuten lang. Sie ist in fünfzig Murs – die kregischen Minuten – unterteilt. Unregelmäßigkeiten, die durch die komplizierte Umlaufbahn Kregens und seiner Monde um die Doppelsonne entstehen, werden an bestimmten Feiertagen ausgeglichen. Der kregische Tag- und Nachtzyklus hat achtundvierzig Burs. Ich habe an dieser Stelle viel von dem ausgelassen, was Dray Prescot über die Maße und Zeitmessungen auf Kregen berichtet, und auch seinen allzu detaillierten Bericht über die technischen Tätigkeiten der Todalpheme erheblich gekürzt.

A. B. A.

was mir auf zwei Welten am Herzen lag, den Rücken kehren. Ich hatte mich mehr oder weniger dem Schicksal ergeben, daß ich nie würde nach Aphrasöe zurückkehren können – oder dürfen, ganz zu schweigen von Delia aus den Blauen Bergen. Ich war also keineswegs glücklich, als ich durch das Mischlicht der beiden Sonnen schritt, um die Stadt Grodnos zu finden; jedes Lebewesen, das meinen Weg kreuzte, hätte sich vorsehen müssen.

Das Küstengebiet wirkte seltsam verlassen.

Ich sah keine Siedlungen – keine kleinen Fischerdörfer, keine Städte oder Häusergruppen zwischen den Bäumen, die überall aufragten. Bäume und Gras und Blumen wuchsen überreich links und rechts des Weges; in der Luft lag der aufregende Salzgeruch des Meeres, die grüne und die rote Sonne gossen ihr Licht über die Landschaft und die schimmernde Weite der glatten blauen See – doch auf meiner Wanderung begegnete mir kein einziges Lebewesen.

Als ich die Vorräte der Todalpheme verbraucht hatte, erinnerte ich mich meiner Talente als Klansmann und machte mich auf die Jagd. Das Wasser in den Flüßchen und Bächen schmeckte süß wie der Wein der Ewards aus Zenicce. Im Gehen arbeitete ich gemächlich an dem Harnisch, dessen Kettenglieder ich am Rückgrat öffnete und mit Lederschnüren wieder zusammenfügte, um ihn meinen breiten Schultern anzupassen. Ich beeilte mich nicht bei der Arbeit, ebensowenig wie beim Wandern. Wenn die Herren der Sterne wollten, daß ich die schmutzige Arbeit für sie tat, dann wollte ich mir wenigstens Zeit dafür lassen.

Natürlich wußte ich nicht, ob die Herren der Sterne dies alles arrangiert hatten. Waren sie jedoch dafür verantwortlich, hätten sie mich bestimmt daran gehindert, in die falsche Richtung zu wandern. Ich gewann den Eindruck, daß die Savanti, so mächtig und rätselhaft sie auch waren, in letzter Konsequenz nicht gegen die Everoinye, die Herren der Sterne, ankamen.

Wer auch immer mich lenkte (ich schloß nicht aus, daß möglicherweise noch eine dritte Kraft am Werke war) – auf jeden Fall wurde ich als Werkzeug benutzt. Schon einmal hatte man mich so eingesetzt – und zwar in Zenicce, wo ich das Edle Haus von Esztercari gestürzt hatte. Doch als ich Lord von Strombor wurde und mit Delia verheiratet werden sollte, war ich zur Erde zurückgeschickt worden. O ja, man würde mich wieder einsetzen, und solange ich die mir gestellte Aufgabe noch nicht gelöst hatte, durfte ich nicht daran denken, Delia zu suchen. So schritt ich zwar nicht gerade leichten Herzens aus, aber weniger bedrückt, wußte ich doch, worum es ging. Dennoch sehnte ich mich nach einem greifbaren Gegner, dem ich mit dem Stahl in der Hand gegenübertreten konnte.

Die Tage vergingen, und mir war immer noch keine Menschenseele begegnet – nur einmal hatte ich einer Horde Grundals ausweichen müssen. Unentwegt schweifte mein Blick über ein leeres Meer und eine leere Landschaft.

Was ich in Akhram gesehen hatte, veranlaßte mich, einen großen Umweg ins Land hinein zu machen. Die Landkarten der Todalpheme hatten mir gezeigt, daß das Binnenmeer, das Auge der Welt, wie es in der kursiven Schrift auf dem alten Pergament genannt wurde, nierenförmig war, nach Norden gewölbt, von Westen nach Osten etwa fünfhundert Dwaburs* lang. Es hatte eine zerklüftete Küste mit zahllosen Buchten, Halbinseln, Inseln und Flußmündungen. Seine Breite war schwer zu bestimmen, obwohl proportional gesehen die Nierenform durchaus stimmte. Die durchschnittliche Breite mochte bei hundert Dwaburs liegen, aller-

* Dwabur – ein Standardlängenmaß auf Kregen, etwa fünf irdische Meilen oder acht Kilometer lang.

dings ohne die beiden kleineren Meere gerechnet, die sich hinter der Südküste auftun, nur durch schmale Kanäle zu erreichen. Ich befand mich noch in der nördlichen Hemisphäre Kregens und hatte mitbekommen, daß Vallia jenseits des Äußeren Ozeans lag, des Meeres, das wir in Zenicce das Sonnenuntergangsmeer nannten. Zwischen der Ostküste des Binnenmeers und der Ostküste des Kontinents Turismond lag ein schroffes Gebirgsmassiv; dahinter erstreckten sich Gebiete voller unfreundlicher Bewohner, um die sich all die blutrünstigen und schrecklichen Legenden rankten, die man in einem solch unerforschten Land nur erwarten kann. Ich erfuhr auch, daß die Völker um das Binnenmeer, das Auge der Welt, eine gute Geschichte ebenso zu schätzen wußten wie die Segesther.

Ich entfernte mich also ein gutes Stück von dem schimmernden Meer. Am dritten Tag wurde ich dafür belohnt. Ich befand mich zwischen gleichmäßigen Reihen von Sa-lah-Büschen, deren Blüten unglaublich süß sind, hell wie der Missal, den ich am großen Kanal gesehen hatte. In dieser Jahreszeit zeichnete sich bereits eine reiche Ernte ab, der wahrscheinlich noch eine erfolgreiche zweite Lese folgen konnte.

Ich sah mich vorsichtig um, denn ich kannte mich auf Kregen inzwischen soweit aus, daß ich nicht ohne vorherige Absicherung in ein unbekanntes Siedlungsgebiet eindrang – doch auf den ersten Blick sah alles ganz friedlich aus. Gefahr und Gewalt schienen hier unbekannt zu sein. Ich hockte in den Büschen und starrte auf die ordentlichen Hüttenreihen und die geschäftigen Männer und Frauen auf den Feldern und freute mich über die Ordnung und Disziplin, die überall herrschten.

Als ich mich überzeugt hatte, daß ich eine Art riesigen Bauernhof vor mir hatte, auf dem offenbar eine Zauberhand all das Durcheinander und den Schmutz, die mit dem Landleben untrennbar verbunden waren, weggewischt hatte, überlegte ich, daß ich mich wohl etwas waschen sollte, ehe ich in Erscheinung trat. Ich fand ein Flüßchen, zog mich aus und stand gerade im fließenden Wasser, als ich den Mann am Ufer heranreiten sah. Ich hatte keine Chance zu reden, keine Chance, mich als Fremden vorzustellen – als jemand, der nicht zu diesem Anwesen gehörte.

Der in ein Kettenhemd gekleidete Mann beugte sich aus dem Sattel und hieb mit dem Schwert nach meinem Kopf.

Ich duckte mich und wirbelte herum, doch das Wasser, das mir in die Augen kam, nahm mir die Sicht, das Wasser um meine Hüften hemmte mich, und die Klinge erwischte mich mit der Flachseite am Hinterkopf.

Ich bilde mir ein, einen dicken Schädel zu haben, der schon genügend Schläge hat einstecken müssen. Doch bei dieser Gelegenheit konnte mein armer Kopf mir nur das Leben retten; den plötzlichen Sturz in Dunkelheit und Bewußtlosigkeit vermochte er nicht zu verhindern.

4

»Ich habe Holly überredet, uns eine Extraportion Käse zu bringen, wenn die Sonnen hoch am Himmel stehen.« Genal formte klatschend einen Tonziegel.

»Du verlangst eines Tages noch zuviel von dem armen Mädchen, Genal«, erwiderte ich mit einer Ernsthaftigkeit, die zum Teil Spott war. »Dann finden nämlich die Wächter die Wahrheit heraus, und …«

»Holly ist ein schlaues Mädchen«, erwiderte Genal und bearbeitete mit harter, geschickter Hand den Stein. Überall ertönte ähnliches Klopfen und Wasserplätschern und das schwere Atmen von Hunderten von Männern, die Ziegelsteine formten.

»Zu schlau und zu hübsch für einen Mann wie du, Genal, du Hohlsteinmacher!«

Er lachte.

O ja. Die Arbeiter hier in der Stadt Magdag konnten lachen. Wir waren keine Sklaven – nicht im eigentlichen Sinne des Worts. Wir arbeiteten für Löhne, die ausbezahlt wurden. Wir wurden ernährt von den gewaltigen Farmen, die den Oberherren, den mächtigen Bürgern Magdags, gehörten. Natürlich wurden wir ausgepeitscht, damit wir unser Produktionssoll an Backsteinen erfüllten. Wir bekamen nichts zu essen, wenn wir nicht genug leisteten. Aber die Arbeiter durften ihre bescheidenen kleinen Hütten verlassen, die sich an die Mauern der herrlichen Häuser duckten, die sie erbauten, um am Wochenende die kurze Entfernung zu ihren ständigen Heimen zurückzulegen.

Ich machte mit dem Griffel einen Vermerk auf der weichen Tontafel, die in einem Holzrahmen hing.

»Du solltest dich ein bißchen mehr beeilen, Genal«, sagte ich.

Er griff nach einem neuen Klumpen Ton, den er mit dem hölzernen Spatel zu beklopfen begann, wobei er ihn gleichzeitig mit Wasser besprengte. Der irdene Krug war fast leer, und er brüllte verzweifelt auf.

»Wasser! Wasser, du nutzloser Cramph! Wasser für die Steine!«

Ein junger Mann lief mit einer Wasserhaut herbei, aus der er den Krug nachfüllte. Ich ergriff die Gelegenheit, einen tüchtigen Schluck zu trinken. Die Sonnen standen dicht nebeneinander am Himmel und brannten heiß herab.

Ringsum erstreckte sich die Stadt Magdag.

Ich habe die Pyramiden gesehen und Angkor und Chichen Itza oder jedenfalls die Überreste dieser Ansiedlung; ich habe Versailles und kürzlich die sagenumwobene Stadt Zenicce erlebt. Doch keine Stadt kann sich an Größe und Masse mit den gewaltigen Baukomplexen Magdags messen. Kilometerweit erstreckte sich die gewaltige Architektur. Die Gebäude wuchsen in einer Art sinnlosem Wachstumsdrang aus der Ebene. Viele tausend Männer, Frauen und Kinder arbeiteten daran. In Magdag wurde stets gebaut.

Was den Stil dieser Bauten anbetraf, so hatte sich dieser in Jahrhunderten und Generationen verändert, so daß sich immer neue Formen und Facetten der Baubesessenheit der Oberherren von Magdag herausbildeten.

Damals war ich ein einfacher Seemann, den seine Erlebnisse auf Kregen noch nicht sonderlich berührt hatten und der noch nicht wußte, was es bedeutete, Lord von Strombor zu sein. Jahrelang waren die schwankenden Planken von Schiffen mein Heim gewesen – im Unterdeck wie auch in der Offiziersmesse. Für mich zeugten Bauten in Ton und Stein von Dauer, doch bauten die magdagschen Herren immer weiter; sie errichteten gewaltige Bauwerke, die über die Ebenen schimmerten und auf das Binnenmeer und die vielen Häfen hinabsahen, die sie ebenfalls als Produkte ihres Bauwahns angelegt hatten. Was war mit der Dauerhaftigkeit dieser kolossalen Gebäude? Sie standen zumeist leer und beherbergten nur Staub und Spinnen und Dunkelheit – neben zahlreichen herrlichen Dekorationen, Bildern, Schreinen, Nischen und Altarbögen.

Die Oberherren Magdags bauten in krankhafter Hast an ihren gigantischen Denkmälern und trieben dabei die Arbeiter und Sklaven unbarmherzig an; das Ergebnis waren immer neue leere Riesenbauten aus Tonziegeln, rätselhaften Zwecken dienend, die ich damals nicht ergründen konnte.

Genal, dessen dunkles, lebhaftes Gesicht nur die halbe Konzentration seines schnellen und agilen Geistes zeigte, warf einen Blick zum Himmel.

»Es ist fast Mittag. Wo steckt Holly? Ich habe Hunger.«

Auch die anderen Steinmacher richteten sich nun

auf, wobei sich viele den Rücken rieben; der Lärm der Arbeit verstummte in der heißen Luft.

Ein Och-Wächter bellte und spuckte aus.

Die Frauen brachten ihren Männern das Mittagessen.

Die Nahrung wurde in den kleinen Kabinen und Schuppen zubereitet, die im Schatten der riesigen Gebäude standen und sich wie Schnecken daran festzuklammern schienen. Die Frauen bewegten sich anmutig zwischen dem aufgestapelten Baumaterial, den Bausteinen, Leitern, Kapitälen und langen Holzbohlen.

»Du hast Glück, Schreiber, daß du Schreiber in deiner Gruppe bist«, sagte Genal, als Holly näher kam.

Ich nickte. »Richtig. Niemand kocht so gut wie Holly.«

Sie warf mir einen schnellen mißtrauischen Blick zu – ein junges Mädchen, das für eine Ziegelmachergruppe kochen und saubermachen und dann ebenfalls am Spatel aus Sturmholz arbeiten mußte. Wahrscheinlich gab ihr der Anblick meines häßlichen Gesichts zu denken. Man hatte festgestellt, daß ich die ziemlich seltene Gabe des Lesens und Schreibens besaß – eine Folge der genetisch programmierten Tablette, die mir vor langer Zeit in Aphrasöe gegeben worden war. So hatte man mich automatisch als Schreiber eingeteilt, der fertiggestellte Ziegel und Arbeitsleistungen und Arbeitsquoten registrierte. Überall standen Schreiber zwischen den Gebäuden – wie zur Saat- und Erntezeit auch auf den riesigen Plantagen Magdags, wo sie ebenfalls die Aufzeichnungen führten.

Die simple Kunst des Lesens und Schreibens hatte mir das Schreckensleben eines wirklichen Sklaven erspart – jener Männer, die in den Bergwerken Steine schnitten oder Juwelen schürften oder angekettet als Galeerenruderer arbeiten mußten.

Trotz des grandiosen Bauprogramms, das auf einen Umkreis von fünfzig Dwaburs das Leben jedes Menschen bestimmte, war Magdag im wesentlichen eine Hafenstadt, eine Stadt des Binnenmeers.

Und hier stand ich, ein Seemann, dazu verurteilt, Backsteine zu zählen, während das Meer in Hörweite gegen die Kaimauern klatschte und die Schiffe dümpelnd auf ihre Ladung warteten.

Wie sehr ich mich damals nach dem Meer sehnte! Die frische Brise erfüllte mich mit einem unbändigen Verlangen nach Planken unter meinen Füßen, nach dem Knirschen von Takelage und Blöcken!

Wir setzten uns zum Essen nieder, und wie versprochen erhielt Genal von Holly eine doppelte Portion. Er gab ihr ein Zeichen, auch mir mehr aufzutun. Wir alle trugen das schlichte graue Lendentuch der Arbeiter. Auch einige Frauen waren in graue Tuniken gekleidet; viele aber scherten sich nicht darum; sie wollten die Arme frei haben für die niemals endende Arbeit. Als sich Holly vor mir bückte, blickte ich in ihr junges, naives Gesicht.

»Wieso hat ein Schreiber eine Extraration verdient, die ich mit Risiko gestohlen habe?« fragte sie Genal.

Er fuhr heißblütig auf, doch ich legte ihm die Hand auf die Schulter.

»Schon gut.«

»Aber ich finde das nicht gut ...«

Ich antwortete nicht. Ein Mann lief zwischen den sitzenden Arbeitern auf uns zu. Dabei schlug er mit einem langen Balass-Stock um sich. »Auf, auf, ihr faulen Rasts! Es gibt Arbeit. Los!«

Mit einem Wutschrei stand Genal auf; sein junges Gesicht war gerötet, seine Augen blitzten. Holly trat hastig neben ihn; sie reichte ihm kaum bis zur Schulter.

»Pugnarses«, sagte Genal angewidert. Er hätte weitergesprochen, wenn ihm Holly nicht ihre schmale Hand auf den Arm gelegt hätte.

Der Mann war ein Aufseher, ein Arbeiter wie wir,

doch aus unseren elenden Reihen ausgewählt und mit einem Balass-Stock ausgerüstet – Balassholz ähnelt dem irdischen Ebenholz. Er trug eine graue Tunika mit dem grün-schwarzen Zeichen seiner Macht auf Brust und Rücken. Er war ein großer Mann, fast so groß wie ich, stämmig und mit wirrem, schwarzem Haar und geweiteten Nüstern und struppigen Brauen über boshaften Augen. Er war der Anführer von zehn Arbeitsgruppen und duldete keine Fehlproduktion oder laxe Arbeit. Auch Pugnarses drohte die Peitsche, wenn etwas nicht klappte.

Murrend standen wir auf und reckten uns und schlangen die letzten Brocken des Essens hinunter.

Pugnarses teilte seine Hiebe mit einer Wildheit aus, die sichtlich einer unterschwelligen Wut über seine Position entsprang. Er war ein Mann, der in die falsche Klasse geboren worden war. Er hätte der Sohn eines Oberherrn sein müssen – frei, um mit dem Schwert an der Hüfte einherzuschreiten und Befehle erteilen zu können, anstatt die Produktion von Tonsteinen beaufsichtigen zu müssen.

Wir hörten nun die Schreie anderer Aufseher und den rhythmischen Gesang von vielen hundert Arbeitern und Sklaven. Als wir durch das Chaos der Backsteinfabrikation und an den Steinmetzen vorbeiliefen, die von ihrem Essen aufblickten, sahen wir die geflügelte Statue, die gut achtzig Meter hoch war und von einem Heer von Männern und Frauen gezogen wurde. Die riesige Statue ragte hoch über uns auf, herrlich in ihrer barbarischen Mischung aus Inspiration und kultureller Errungenschaft. In langer Arbeit waren die unbeweglichen Züge herausgemeißelt worden, die klippenähnliche Stirn, die Federkrone, die verschränkten Arme mit ihren Zeichen halbgöttlicher Macht – den sich ausbreitenden Federbüschen, die präzise herausgearbeitet waren. Unter dem vierfüßigen Podest knackten massive Stämme aus Lenkholz, auf denen sich das ungeheure Gewicht bewegte. Während die Sklaven sich in der Hitze abmühten und in dem Durcheinander eines Geschirrs aus langen Seilen hingen, hoben andere Arbeiter jeweils den hinteren Rollstamm und trugen ihn nach vorn. Dort leitete der große Aufseher, der ein Farbzeichen auf seiner weißen Tunika und eine zusammengerollte Peitsche in der rechten Hand trug, die präzise Anlegung der Rolle an der Vorderkante der Statue.

Hastig wurden auch wir an ein Zugseil gestellt und legten uns ins Zeug, als Pugnarses schwitzend seinen Stab hob. Im Rhythmus mit den ruckartigen Anstrengungen der anderen Sklaven zerrten wir das riesige Denkmal den flachen Hang hinauf, der die Ursache für die kurze Stockung und für den Einsatz zusätzlicher Kräfte gewesen war – für unseren Einsatz.

Mit lautem Fluchen und ebenso lauter Anrufung von Grakki-Grodno, dem Himmelsgott der Zugtiere, angetrieben durch Balass-Stöcke und die Peitschen der Wächter, die auf unsere schweißbedeckten Rücken klatschten, zerrten wir das göttliche Abbild den Hang hinauf. Wir bewegten es auf ein schattendunkles Tor zu, hundertundzwanzig Meter hoch, durch das die Statue passieren mußte, um dann vor einer Wand aufgestellt zu werden und dort als weiteres Mahnmal für die Majestät und Macht Magdags zu dienen.

In den langen Reihen der im Geschirr Gehenden entdeckte ich eine Anzahl Halbmenschen dieser Welt. Ich sah Ochs und Rapas, die reptilhaften Wesen, deren Geruch für menschliche Nasen widerlich war; auch eine Handvoll Fristles machte ich aus. Chuliks entdeckte ich unter den Sklaven nicht, wenn es auch eine Reihe anderer Tiermenschen gab, die mir neu waren.

Andere Männer und Ochs und Rapas mit Schwertern und Peitschen bewachten die Arbeitenden oder trieben sie an. Ja, die Schöpfung hatte auf Kregen die verschiedenen Spezies einander angeglichen. Der Mensch galt hier nicht als einziger Herr der Schöpfung, wenn er auch überall auf dem Vormarsch zu sein schien.

»Beim Zim-Zair!« keuchte ein stämmiger, nackter Mann am Nachbarseil. »Soll doch das verfluchte Ding umkippen und in tausend Fetzen zerschellen!«

»Schweig, Sklave!« Ein Chulik hieb treffsicher mit seiner Peitsche zu. »Zieh!«

Der Sklave, dessen struppiges schwarzes Haar in der Sonne vor Schweiß schimmerte, hatte keinen Speichel übrig, um seine Verachtung auszudrücken. »Eklige Wesen!« knurrte er leise und legte sich mit knakkenden Muskeln ins Zeug. Seine Haut war gebräunt, seine Nase sprang kühn vor, seine Lippen waren dünn. »Bei Zantristar dem Gnädigen. Wenn ich jetzt meine Klinge hätte ...«

Und immer weiter zerrten wir den gewaltigen Koloß und brachten ihn schließlich an den vorgesehenen Ort. Dort würde er ein vortreffliches Heim für Spinnen abgeben, das war sicher.

Als wir durch die mächtige Öffnung wieder ins Freie drängten, wobei sich die Arbeiter lachend unterhielten, nachdem die schwere Aufgabe nun vorbei war, drängte ich mich durch, bis ich mich neben dem kräuselhaarigen Sklaven befand.

»Du hast von Zim gesprochen«, sagte ich.

Er fuhr sich mit seinem muskulösen Unterarm über das bärtige Gesicht und sah mich vorsichtig an. »Und wenn das so wäre, würde das einen Ketzer überraschen?«

Ich schüttelte den Kopf, und wir traten in den Sonnenschein hinaus. »Ich bin kein Ketzer. Ich dachte nur, Zair ...«

»Grodno ist die Himmelsgottheit, die diese armen Dummköpfe verehren, wo doch alle Menschen, die im Lichte stehen, wissen, daß wir uns um Rettung an Zair wenden müssen.« Er musterte mich. »Du bist noch nicht lange Sklave? Bist du ein Fremder?«

»Aus Segesthes.«

»Hier im Auge der Welt wissen wir nichts vom Äußeren Ozean. Wenn du ein Fremder bist, rate ich dir zum Besten deiner unsterblichen Seele, dich nicht mit Grodno einzulassen. Nur bei Zair finden die Menschen Rettung. Ich wurde von den Oberherren Magdags von meiner Galeere geholt; sie brandeten mich und machten mich zum Sklaven. Aber ich werde fliehen und über das Binnenmeer ins Heilige Sanurkazz zurückkehren.«

In dem nun folgenden Gedränge wurden wir fast getrennt, doch ich ergriff seinen Arm. Hier waren Informationen, nach denen mich dürstete. Der Name Sanurkazz belebte meine Phantasie – so wie vor langer Zeit der Name Strombor mein Blut in Wallung gebracht hatte, ehe ich wußte, was sich dahinter verbarg.

»Kannst du mir sagen, Freund ...«, begann ich.

Er unterbrach mich mit einem Blick auf meine Hand an seinem Arm.

»Ich bin Sklave, Fremder. Ich leide unter der Peitsche und den Ketten. Aber kein Sklave oder Arbeiter legt Hand an mich!«

Ich zog die Hand zurück, doch nicht hastig, und ich entschuldigte mich auch nicht, das entsprach nicht meiner Lebenseinstellung. Doch ich nickte verstehend, und mein Gesichtsausdruck schien ihn zu überzeugen.

»Wie heißt du, Fremder?«

»Man nennt mich Schreiber, aber ...«

»Schreiber. Ich bin Zorg – Zorg aus Felteraz.«

Wir hätten uns weiter unterhalten, doch die Aufseher trieben die Sklaven mit Peitschenhieben auseinander und brüllten die Arbeiter an, und so wurden wir getrennt. Dieser Mann hatte mich beeindruckt. Er mochte ein Sklave sein; doch er war kein gebrochener Mann.

Als wir zu den Tongruben zurückgekehrt waren – eine Behelfsanlage inmitten der riesigen Gebäude, die uns umgaben – war unsere Mittagszeit längst vorbei, und wir mußten sofort wieder an die Arbeit. Während ich die Produktion überprüfte und in kregischem Kursiv meine Zeichen machte, dachte ich an Zorg aus Felteraz. Er war eindeutig kein Anhänger der grünen Sonnengottheit Grodno, sondern verehrte Zair. Deshalb war er also Sklave und nicht Arbeiter! Der Unterschied zwischen den beiden war im Grunde gering, doch er existierte und wurde entweder verflucht oder stolz herausgekehrt – wobei eigentlich für einen Arbeiter kein Grund bestand, stolz zu sein.

Viele Tage verbrachte ich zwischen den Riesengebäuden Magdags.

Allein schon die Größe der Baukomplexe beeindruckte mich. Männer saßen auf schiefen Holzgerüsten und meißelten herrliche Friese in die Achitrave, hundertundfünfzig Meter über dem Boden. Die Höhe der Denkmäler variierte von lebensgroß zu gewaltigen Schöpfungen aus zahlreichen künstlich verbundenen Steinmassen. So viel Kunst, so viel Können, so viel mühsame Arbeit – und alles wurde nur für den Bau und die Ausschmückung riesiger leerer Säle aufgewandt. Einige Gebäude waren wahrhaft gigantisch. Ich hörte seltsame Anspielungen auf einen Tod, den Zeitpunkt des Großen Todes und der Großen Geburt, doch ergab das keinen rechten Sinn, es sei denn, man meinte den natürlichen jahreszeitlichen Zyklus von Tod und Wiederauferstehung.

Einer Sache war ich mir jedoch sicher. Hier handelte es sich nicht um gewaltige Mausoleen, die von den Lebenden für die Toten errichtet wurden: die Bauten waren auch keine Gräber, keine kregischen Pyramiden.

Das Leben auf einem Schiff besteht hauptsächlich aus Warten – und so paßte ich mich mühelos dem Leben zwischen den Megalithen Magdags an, war ich das Warten doch gewöhnt. Wenn ich versuchte, mich ohne Erlaubnis der Herren der Sterne aus meiner Lage zu befreien – ich war nun überzeugt, daß sie dafür verantwortlich waren –, dann konnte die Strafe nur meine Rückkehr zur Erde sein.

Als Schreiber durfte ich mich mit einiger Freiheit zwischen den Gebäuden bewegen, und ich verwandte einige Zeit darauf, nach Zorg aus Felteraz zu suchen – doch ich fand ihn nicht.

In der Folge will ich nur von jenen Dingen berichten, die unmittelbar mit den nachfolgenden Ereignissen zu tun haben – dabei bleiben die unangenehmsten Bestrafungen unerwähnt, die Hungerzeiten, die einer unzureichenden Produktion oder einer zu geringen Bauleistung pro Tag unnachsichtig folgten, die sporadischen Revolten, die von den halbmenschlichen Wächtern erbarmungslos und blutig niedergeschlagen wurden, die unregelmäßigen Feiertage, die Kämpfe und Streitereien und Diebstähle in den Sklavenbezirken. Dies alles gehörte zu einem wilden, bizarren, entbehrungsreichen Leben, das ich keinem Menschen wünsche.

Viele Männer und Frauen sprachen von einem Aufstand – Sklaven und Arbeiter, sie alle sprachen von dem Tag, da sie sich gewaltsam von dem Joch befreien wollten. Ich glaube nicht, daß einer dieser Leute dabei über eine bloße Rebellion hinaus an eine wirkliche Revolution gedacht hat.

Vielleicht tue ich dem Propheten damit unrecht – ich weiß es nicht. Vielleicht wußte er damals schon von den wahren Idealen der Revolution im Gegensatz zur vom Zorn geborenen, unüberlegt spontanen, blutigen Reaktion eines Aufstands – denn er bewährte sich später hervorragend. Er wurde nur ›der Prophet‹ genannt; er mußte freilich auch einen Namen haben, der jedoch vergessen war, wie es oft bei Sklaven geschah, die von ihren Herren neu benannt wurden.

In den engen Slums im Hinterland der Stadt, außerhalb der vornehmen grauen Stadtteile, wo die Oberherren in Luxus lebten und sich in der Tageshitze von der Meeresbrise befächeln ließen, bewegte sich der Prophet mit sicherem Schritt und predigte. Er predigte, daß kein Mensch einen anderen versklavt halten dürfe, daß sich kein Mensch vor der Peitsche erniedrigen solle, ob Sklave, Arbeiter oder Freier, daß jeder Mensch Einfluß nehmen müsse auf das, was mit ihm in seinem Leben geschehe.

Ich begegnete ihm von Zeit zu Zeit in den Gassen des Sklavenbezirks, wenn er inmitten der Sklaven und Arbeiter stand und sie mit feurigen Worten antrieb, die jedoch mit mattem Blick und illusionslosem Achselzucken und dem Fortschieben aller Hoffnung aufgenommen wurden. Er war ständig auf der Flucht vor den Wächtern. Er war ein Mann, der bei den Arbeitern Mitleid und Zuneigung genoß, etwa wie ein blinder Hund, dem man sein Gnadenbrot gewährt. Er wurde also bewirtet und von einem Versteck ins nächste geschafft. In jenem Durcheinander aus alten Ziegel- und Steingebäuden, schrägen Dächern, schiefen Wänden und Türmen hätte sich eine Armee verlieren können. Die Wächter wagten sich nur in großen Gruppen in die Slums – und waren dennoch oft genug gefährdet.

Alle zwölf Tage durften die Arbeiter für zwei Tage in ihre Wohnungen in den Sklavenbezirken zurückkehren, obwohl sie oft versuchten, länger dort zu bleiben, bis sie von den Wächtern wieder aufgetrieben wurden. Bei diesen Gelegenheiten sprach der Prophet zu ihnen, versuchte ihre Begeisterung zu entflammen, ihr Phlegma zu überwinden.

Er war ein alter Mann, sogar nach kregischen Verhältnissen – ich schätzte ihn auf etwa hundertundachtzig Jahre. Sein weißer Haarschopf und sein weißer Vollbart waren auch auf Kregen die üblichen Merkmale des Alters, und die bemerkenswerte Ähnlichkeit mit dem üblichen Bild eines biblischen Propheten war reiner Zufall. Seine alten Augen richteten sich während des Sprechens scharf auf mich, seine Stimme war ein heiseres, durchdringendes Fanal, das auf eine Viertel-Dwabur zu hören war. Solche Männer sind auch auf unserer Erde bekannt.

Die Wächter, ob nun Menschen oder Ungeheuer, wagten sich normalerweise selten in den Sklavenbezirk, wenn sie nicht ausdrücklichen Befehl hatten. Holly, Genal und ich standen in einem Hauseingang und hörten dem Propheten zu, und auf den Gesichtern der beiden jungen Leute zeigte sich die innere Anteilnahme. Sie erkannten wenigstens einen Sinn in den Worten des Propheten. Im Flackerlicht der Fackeln schien die Masse der Arbeiter und Sklaven ringsum den Vortrag mehr als eine Unterhaltung aufzufassen; die Peitsche hatte ihnen jeden Willen genommen. Da ertönten plötzlich Schreie, entsetztes Kreischen, und das Trappeln beschlagener Hufe war zu hören, dann Waffengeklirr.

Eine Gruppe Männer in Rüstungen ritt aus einer Seitenstraße heraus und drängte johlend und brüllend auf die Menge ein. Sie gebrauchten ihre Schwerter. Blut spritzte. Der Prophet tauchte unter. Holly begann zu schreien. Ich packte sie am Arm, Genal ergriff sie von der anderen Seite – und wir verschwanden in dem Haus, vor dem wir standen. Als sich die krummen Bohlen hinter uns schlossen, dröhnte die Kavalkade draußen vorbei.

»Sie hatten's nicht auf den Propheten abgesehen«, sagte Holly schwer atmend und mit wildem Blick. »Sie machen das zum reinen Vergnügen – ein großes Jikai!«

Es war mir unangenehm, das Wort in diesem Zusammenhang zu hören.

»Ja!« sagte Genal heftig. »Es ist wieder mal Zeit für sie, sich ihren Spaß zu machen!« Seine Stimme brach. »Ihren blutigen Spaß!«

»Es gibt Arbeit für mich heute nacht«, sagte Holly. Ich starrte sie fragend an, weil ich nicht wußte, was sie meinte. Aber ich sollte es erfahren.

5

Die Jungfrau mit dem Vielfältigen Lächeln, der größte Mond Kregens, schwebte am wolkenlosen Himmel. Das Mondlicht ergoß sich hellrosa über den verlassenen Platz im Außenbezirk des Sklavenviertels. Vor vielen Türen warteten Mädchen mit blitzenden Augen. Durch den hellen Schein des Mondes – er ist fast doppelt so groß wie der Erdbegleiter – war der Platz so erleuchtet wie an einem düsteren Wintertag auf der Erde. In den Schatten warteten die Mädchen. Bald kamen die Soldaten, die Söldner, die Wächter. Sie kamen mit lüsternem Lächeln, Geld, Geschenken und ihrer Geilheit.

In einem schattigen Hauseingang stand Holly; nur ein langes, wohlgeformtes Bein war in dem rosa Mondlicht zu sehen.

»Seid ihr sicher, daß es klappt?« fragte ich.

»Ja«, erwiderte Genal. »Wir haben das schon mehrmals gemacht.«

»Ruhe, ihr dummen Calsanys!« fauchte Pugnarses mit schlecht verhohlener Ungeduld. Sein Balass-Stock war verschwunden; statt dessen umklammerte er einen Knüppel aus festem Sturmholz. Genal war ähnlich bewaffnet. Wir sahen, wie die Männer in ihren prunkvollen Roben mit frisch frisiertem und parfümiertem Haar und schimmernden Ringen durch die Arkaden des Platzes schritten. Immer mehr Männer erschienen und begannen den Platz zu füllen. Hollys Bein wirkte fast unanständig nackt und verlockend.

Die Oberherren trugen heute nacht ihre Rüstungen nicht, die hätten sie nur bei ihrem ›Anliegen‹ behindert.

Einer der Männer näherte sich Holly. Er war groß und dunkel, mit herabhängendem, schwarzem Schnurrbart und einem Mund wie ein Rast. Er trug eine herrliche grüne Robe mit reicher Silberstickerei. Ein Münzbeutel klimperte ihm am Schenkel. An seinem Gürtel hing ein langer Dolch.

Holly fragte: »Gefalle ich Euch nicht, Herr?«

Seine Augen musterten sie prüfend. »Dein Aussehen schon, Mädchen. Aber kannst du mich auch sonst zufriedenstellen?«

»Komm mit, Herr, dann lernst du Freuden kennen, die selbst die unsterbliche Geliebte Gyphimedes ihrem geliebten Grodno niemals schenken konnte.«

In den Augen des Mannes blitzte es auf, und er fuhr sich mit der Zungenspitze über die schmalen Lippen. »Zwei Silberruder.«

Holly schürzte keck die Lippen und drehte die Hüften, um sie unter dem dünnen Material des Shushchiff besser zur Geltung zu bringen – einer sarongähnlichen Robe, die von den Mädchen bei festlichen Gelegenheiten getragen wurde. »Drei Silberruder, Herr«, forderte sie.

»Zwei.«

Genal trat neben mir von einem Bein auf das andere, und Pugnarses knurrte: »Makku-Grodno soll das Mädchen holen! Was kommt es auf das Geld an! Beeil dich!«

Genal sagte hastig: »Sie muß doch ihre Rolle glaubhaft spielen.«

Man wurde sich schließlich bei zwei Silberrudern und zwei Kupferrudern handelseinig; dabei handelte es sich um die Münzen Magdags mit gekreuzten Rudern auf der Rückseite, während die Vorderseite von einer Galerie dicker nichtssagender Gesichter von magdagischen Oberherren geziert wurde. Der Mann beugte den Kopf, um Holly ins Haus zu folgen, ein lüsternes Lächeln um die Mundwinkel. Seine Hände wollten bereits das Shush-chiff von ihren Hüften streifen. Er war spitz und hatte es eilig. Genal und Pugnarses, die links und rechts von der Tür Aufstellung genommen hatten, schlugen dem Mann über den Schädel, und als er lautlos in meine Arme sank, zerrte ich ihn ins Haus. Keiner von uns sagte ein Wort. Ich starrte Holly in ihrer Aufmachung an – sie war wirklich sehr schön, jung und frisch – süß in ihrer Jugend. Ich spürte, daß sich auch bei mir der Appetit regte.

Dann stellte sie sich wieder vor die Tür, um ihre Schönheit im rosa Mondschein darzubieten – ein glänzender Lockvogel.

In jener Nacht, in der ich zum erstenmal an diesem Unternehmen teilnahm, erwischten wir sechs Männer, die Holly beschlafen wollten. Wir fesselten und knebelten sie und nahmen ihnen Schmuck, Juwelen, Geld und Waffen ab. Diese Facette von Hollys Wesen verblüffte mich; ich merkte, daß sie mit der Sicherheit einer reifen Frau zu handeln verstand. Die Männer wurden auf bestimmten Wegen, die nur Holly kannte, in die Slums geschickt. Von dort kamen sie nackt und gefesselt zu anderen Sklavengruppen auf der anderen Seite des Gebäudekomplexes. Es war unmöglich für sie, ihre Identität zu beweisen, wenn die sofortige Antwort von Oberherren und Wächtern auf solche Behauptungen ein Schlag über den Kopf war. Doch Holly ging nicht einmal das Risiko ein. Sie bestand im allgemeinen darauf, daß die Männer unverzüglich auf die Galeeren geschickt wurden; wer zitterte hier nicht schon vor diesem einfachen Satz: ›Auf die Galeeren geschickt‹?

Als ich fragte, warum die verhaßten Oberherren und Wächter nicht sofort getötet wurden, sah mich Genal an, als hätte ich den Verstand verloren.

»Was?« rief er. »Sollen sie zu Genodras aufsteigen, um dort in Pracht zur Rechten Grodnos zu sitzen, ehe sie hier auf der Erde gelitten haben? Ich will wissen, daß sie leiden, ehe sie sterben und die grüne Pracht genießen dürfen.«

Ich schwieg.

Mich hatte als wichtiges Element in der Struktur des Auges der Welt beeindruckt, daß die Sklaven an die Gottheit der roten Sonne, Zair, glaubten, daß die Arbeiter aber, deren Glaube aus ganzem Herzen Grodno gehören müßte, in ihren Überzeugungen höchst nachlässig waren. Dieses Gefühl, daß der Tod sie befreien und ihre Paradieshoffnungen in der grünen Sonne erfüllen würde, war vielleicht ihr stärkster religiöser Zug.

Die Umgebung Magdags wurde von den Männern in Rüstungen terrorisiert. Außerhalb des eigentlichen Stadtbezirks und außerhalb der riesigen automatisierten fabrikähnlichen Farmen rissen die Oberherren alles an sich, was sie haben konnten. Mit ihren Galeeren und ihrer Kavallerie beherrschten sie das nördliche Küstengebiet. Es gab andere Städte an der Nordküste, doch keine erreichte annähernd Magdags Größe, Macht und Pracht.

Bisher hatte ich keine Zorcas oder Voves gesehen, die herrlichen Reittiere von Segesthes. Die Oberherren ritten ein sechsbeiniges Tier, das einem störrischen Muli ähnlich war, mit breitem Schädel, bösen Augen, spitzen Ohren und einem metallisch glänzenden blauen Fell, das sorgsam geölt und gebürstet wurde. Ich war mir nicht sicher, ob diese Wesen als Reittiere besonders geeignet waren, denn der Schrittrhythmus bei den sechs Beinen ist etwas unbeholfen und unbequem für den Reiter. Die Reiter dieser Stadt waren nicht mit Lanzen bewaffnet, sondern verließen sich auf ihre Langschwerter. Auch Pfeil und Bogen waren selten zu sehen. Die Reittiere, Sectrixes genannt, schienen mir zwar gute und ausdauernde Tiere zu sein, doch waren sie wohl nicht groß genug, um einem Klansmann genügend Platz für den Umgang mit seiner Axt oder seinem Breitschwert zu geben.

Magdag kam mir immer mehr wie eine einzige große Baustelle vor. Die Sklaven und Arbeiter und auch die freien Kunsthandwerker wohnten in winzigen Stroh- oder Lehmhütten an den Mauern der riesigen Gebäude. Diese Bauten waren reich geschmückt, mit Verzierungen aus Blattgold, Juwelen, Porphyr, Elfenbein und Marmor aller Art, der im Schein der Sonnen blitzte. Innerhalb der Sklavenbezirke, wo nur Schatten, Schmutz und Gerüche herrschten, war nur mit Lehm und groben Steinen gebaut worden. Die Ungleichheit war groß – größer noch als auf meiner Erde gegen Ende des achtzehnten Jahrhunderts.

Eines Tages vertraute uns Genal einen Plan an.

Nach einer zweitägigen Ruhepause schritten wir durch die Gassen des Sklavenbezirks. Wir hatten eine ganze Anzahl von Wächtern ›versorgt‹, und die Reaktion war wie üblich hart. Ein neuer Oberwächter war für unsere Gruppen – für die Abteilungen Pugnarses' und der anderen Aufseher – ernannt worden, ein gewisser Wengard, Oberherr zweiter Klasse. Seine Brutalität war allgemein bekannt. Als erstes hatte er Naghans Frau zu Tode peitschen lassen; ihr Leichnam war von hellem Blut überströmt, ihr Rücken bis auf die Knochen zerfleischt. Als Vergeltung war geplant, diesen Aufseher und seine gesamte Truppe umzubringen. Darauf wollten die Männer fliehen und in einem Hafen eine Galeere kapern – irgendeine Galeere in irgendeinem Hafen.

»Das gefällt mir nicht, Genal«, sagte ich.

»Mir auch nicht.« Er zog den Kopf ein, während wir uns der Ziegelei näherten. Ich spürte, daß ich wenig von den Verschwörungen wußte, die sich hier im Sklavenhort bilden mußten. Es mußte Gruppen, Klans, Sekten, Verbrecher und Erpresser geben – zu Tausenden. Die Person, die die neue Revolution anzuführen gedachte, war ein Fristle namens Follon. Ich mochte Fristles nicht. Sie waren keine Menschen. Sie hatten zwar zwei Arme und zwei Beine, doch ihre Gesichter waren katzenähnlich – mit langen Schnurrbarthaaren, Fell und Schlitzaugen. Außerdem hatten sie Fangzähne. Fristles hatten meine Delia gefangen nach Zenicce gebracht, als ich zum zweitenmal nach Kregen versetzt worden war.

»Wengard hat Chulikwächter unter sein Kommando genommen«, sagte ich.

»Ja«, erwiderte Genal. »Aber Fristles sind die Todfeinde der Chuliks, außer wenn sie als Söldner dem gleichen Herrn dienen.« »Wer ist kein Gegner der Chuliks?« fragte ich leichthin, denn ich wollte das Gespräch nicht fortsetzen. Die Herren der Sterne wollten sicher nicht, daß ich mich auf eine Revolte einließ, die fast chancenlos war.

»Follon hat mich direkt gefragt, ob wir mitmachen – ob du mitmachst.«

»Nein«, erwiderte ich und hielt das Thema damit für erledigt.

Ringsum nahmen der Lärm, das Gemurmel der Männer, der Gestank, die nie endende Arbeit ihren Fortgang. Schwere Arbeit unter der Peitsche, unter der Knute des Balass-Stocks.

Follon kam während der einzigen Pause des Tages zu mir, als die Sonnen hoch am Himmel standen. Sein Katzengesicht wirkte verkniffen, seine Schnurrbarthaare waren steif aufgerichtet.

»Du, Schreiber. Wir haben dich kämpfen sehen. Wir brauchen dich.«

Es gab immer Kämpfe und Streitereien im Sklavenbezirk, und als Fremder hatte ich meine unwilligen Kameraden überzeugen müssen, daß mit mir nicht gut Kirschen essen war. Dabei hatte es einige blutige Köpfe gegeben – und Follon der Fristle hatte die Bedeutung dieser Tatsache erkannt.

»Nein«, sagte ich. »Du mußt dir woanders Hilfe suchen.«

»Wir wollen dich haben, Schreiber.«

»Nein.«

Er richtete sich auf, obwohl er mir gerade bis zur Brust reichte. Auf seinem Katzengesicht stand ein Ausdruck, der deutlich zu erkennen war – Zorn, Widerwillen, Wut, daß ich ihm die Bitte abgeschlagen hatte – und auch Angst. Warum Angst? Er schlug nach mir. Ich wich zwei Schritte zurück – kein Taumeln, sondern eine bewußte Loslösung von ihm. Er folgte mir mit gekrümmten Händen. Ich trat zur Seite und versetzte ihm einen Hieb in den Nacken. Er stürzte zu Boden und blieb liegen.

Eine Peitsche fuhr mir schmerzhaft über den Rükken, und ich starrte Wengard an, den Oberherrn zweiter Klasse. Sein geschützter Arm mit der Peitsche war zum zweiten Schlag erhoben.

»Cramph! Ich dulde keine Kämpfe! Pugnarses! Dies ist dein Mann. Bestrafe ihn!« Als Pugnarses schwitzend herbeirannte, fuhr Wengard fort: »Laß ihn deinen Balass kosten, Pugnarses. Nein, du Calsany, nicht jetzt! Nach der Arbeit, damit er es die ganze Nacht auskosten kann. Ich werde mir seinen Rücken anschauen – dabei will ich Blut sehen, Pugnarses, Blut und Knochen! Und morgen früh soll er wieder arbeiten.«

Der Oberherr stieß den bewußtlosen Follon mit dem Fuß an.

»Und schaff diesen dummen Calsany fort – und wenn er aufwacht, bekommt er die gleiche Kur verpaßt. Hörst du mich, Sklave?«

»Jawohl, Herr«, sagte Pugnarses. Ich sah, wie sich seine rechte Faust um den Balass-Stock krampfte, weiß wie Kleie, die Knöchel wie kleine Menschenschädel. Er wagte es nicht, dem mächtigen Oberherrn zu sagen, daß er kein Sklave war. Die Peitsche war erhoben und wartete hungrig.

Ich rappelte mich auf und entfernte mich, bereit, eher eine Auspeitschung auf mich zu nehmen, von denen ich im Leben schon mehr als eine hinter mich gebracht hatte, als etwas zu tun, das die Pläne der Herren der Sterne störte und womöglich meine Rückkehr nach Strombor verhinderte.

Die mächtigen Oberherren dieser Stadt konnten natürlich nicht wissen, was Sklaverei bedeutete. Wengard diente jetzt als Sklavenherr, weil er sich irgend etwas hatte zuschulden kommen lassen. Gewöhnlich kamen die Oberherren nur zum Vergnügen in die Sklavenbezirke – zu einem blutigen Vergnügen. Es wäre sicher ganz gut, wenn Wengard und seine Leute mal einen ganzen Tag lang an den Megalithen von Magdag hätten arbeiten müssen.

Als sich die Zwillingssonne dem Horizont näherte, bereitete ich mich auf mein unangenehmes Zusammentreffen mit Pugnarses vor. Er würde mich wegen unserer gemeinsamen Freundschaft zu Genal und Holly nicht besser behandeln, denn er war ehrgeizig. Wenn er Glück hatte und weiter rücksichtslos und gesund blieb, konnte er eines Tages zum Oberaufseher ernannt werden und durfte dann selbst die Peitsche schwingen.

Follon und nicht Pugnarses wartete auf mich in dem Lattenverschlag mit dem Strohdach. Ich legte sorgsam meine Tontafel und den Holzgriffel fort. Meine Bewegungen waren langsam und vorsichtig. Plötzlich erschien ein Fristle an der Tür und knallte sie zu. In der plötzlichen Dunkelheit spürte ich, wie sich ein dickes Netz von oben über mich legte. Ich hörte einen unterdrückten Aufschrei, als sich eine Horde Fristles auf mich stürzte.

»Haltet ihm die Beine fest!«

»Schlagt ihm den Schädel ein!«

»Tretet ihm ins Gesicht!«

Ich versuchte mich zu wehren, doch das Netz behinderte meine Tritte und Hiebe.

Ich sah einen Dolch blitzen – eine Waffe, wie wir sie

dem dunklen Wächter abgenommen hatten, der mit Holly bumsen wollte. Ich erstarrte und entspannte mich wieder, bereit, alle Sinne auf diesen Dolch zu konzentrieren. Die Tür ging auf.

»Halt!«

Ich erkannte die Stimme nicht. Außerhalb meines Gesichtskreises flüsterte nun jemand hastige Befehle. Einige Worte bekam ich mit: »Soll er denn direkt zu Genodras auffahren und ruhmvoll zur Rechten Grodnos sitzen? Denkt nach, ihr Dummköpfe! Er muß dafür leiden, daß er uns verraten hat. Er soll es ewig bereuen, wenn er an den Rudern schwitzt. Auf die Galeeren mit ihm!«

Ich war dem Unbekannten nicht sehr dankbar. Der Tod – was war der Tod für einen Mann wie mich? Ich hatte ein tausendjähriges Leben gewonnen, als ich in das Taufbecken des Flusses Zelph tauchte, ein Zufluß des Sees, aus dem die Schwingende Stadt Aphrasöe erwächst. Der Gedanke war mir unvorstellbar gewesen, bis ich Delia aus den Blauen Bergen fand und erkennen mußte, daß zweitausend Jahre nicht ausreichen würden, all die Liebe zu erfüllen, die ich für sie empfand.

Es war meine Pflicht, am Leben zu bleiben, solange sie noch lebte. Aber die Galeeren! Doch meine Gedanken wurden unterbrochen. Der Sack, in den ich geschoben wurde, war grob, übelriechend und so eng, daß ich verzweifelt nach Atem rang. Ohne zu wissen, was mit mir geschah, wurde ich auf geheimen Sklavenpfaden von den Slums zu den Hafenanlagen Magdags geschafft.

Nach vielem Hin und Her warf man mich schließlich auf einen Holzboden, der sich in einem mir vertrauten Rhythmus bewegte. Ich lag auf einem Deck. Wieder einmal befand ich mich an Bord eines Schiffes. Wieder spürte ich den Willen der Herren der Sterne – oder der Savanti – einen Willen, den ich nicht verstand.

6

Die beiden Zwiebeln, die auf Zorgs schwieliger Handfläche lagen, waren nicht gleich groß. Eine war etwa acht Zentimeter dick, rund und glatt und mit langsam antrocknender Außenhaut. Wir wußten beide, daß das Innere süß und saftig sein würde. Die zweite Zwiebel wirkte wie ein Sklave neben seinem Herrn; sie war kleiner, nur etwa fünf Zentimeter dick und hatte eine harte Außenhaut – doch auch sie enthielt Nahrung.

Wir betrachteten die Zwiebeln, Zorg und ich, während die 40-Ruder-Galeere *Grodnos Gnade* durch die Wellen stampfte, das Segel über uns halb gefüllt mit einem kaum spürbaren, von achtern kommenden Wind. Ringsum erklangen die Geräusche des Schiffslebens, begleitet von den typischen Gerüchen. Die Doppelsonne Scorpios brannte uns gnadenlos auf die kahlgeschorenen Köpfe. Unsere groben konischen Strohhüte boten kaum Schutz. Natürlich ruhten die Oberherren Magdags oben auf dem Poopdeck – die *Grodnos Gnade* gehörte zu jenen Galeeren, die kein Achterdeck hatten – in Deckstühlen unter aufgespannten Sonnensegeln aus Seide und genossen kühle Getränke, frische Früchte und saftige Fleischbrocken. Unsere beiden nackten Begleiter auf der Bank hatten ihr Mahl bereits zwischen sich aufgeteilt – ihre Zwiebeln waren gleich groß gewesen.

»Die Wahl fällt schwer, Schreiber«, sagte Zorg aus Felteraz.

»In der Tat – ein schwerwiegendes Problem.«

Bis zum Frühstück am nächsten Morgen erhielten wir nichts mehr zu essen, und nur mit Wasser waren wir ausreichend versorgt; das lag daran, daß die *Grodnos Gnade* mit ihrem Quadratsegel und kühn vorspringenden Bug von den Winden begünstigt gewesen war. Wir würden noch an diesem Abend in Gansk anlegen und am nächsten Tag weiterfahren. Die Galeeren Magdags schlugen manchmal einen Kurs ein, der einige Tage lang aus dem Schutz der Küste und auf offene See hinausführte; doch das mochten die Schiffer nicht gern – sie zogen die Nähe der Küste vor.

»Wenn wir nur ein Messer hätten, mein Freund …«

Zorg hatte abgenommen, seit ich ihn als Sklave beim Transport des Denkmals kennenlernte. Als ich ihn nach Beendigung meiner Ruderausbildung wiedergesehen hatte, gab ich mir sofort Mühe, in seiner Nähe zu sein, wenn die Rudermeister die Bänke besetzten. Jetzt waren wir schon fast eine ganze Jahresperiode hindurch Bankgefährten gewesen – und ich zählte die Tage nicht mehr. Auf dem Binnenmeer, dem Auge der Welt, ist der Schiffsverkehr auch für Galeeren fast das ganze Jahr über möglich.

Zorg schob die größere Zwiebel in den Mund. Ich sah ihn an. Wir verstanden uns. Er betrachtete mich mit einem Ausdruck, der einem beruhigenden Lächeln so nahe kam, wie das bei einem Galeerensklaven überhaupt möglich ist. Er begann zuzubeißen.

Er arbeitete sich mit den Zähnen säuberlich durch die Zwiebel und teilte die Knolle in zwei nicht ganz gleiche Teile. Ohne zu zögern, reichte er mir den größeren.

Ich nahm ihn und gab ihm die kleinere Zwiebel.

»Wenn dir meine Freundschaft am Herzen liegt, Zorg aus Felteraz«, sagte ich mit unbeabsichtigter Heftigkeit, »dann ißt du diese Zwiebel. Ohne Widerrede!«

»Aber, Schreiber …«, grinste er erstaunt.

»Iß!«

Ich kann nicht sagen, daß es mir Spaß machte, einen Teil meiner Ration abzugeben, doch Zorg war eindeutig geschwächt. Und das mutete mich seltsam an, denn es ist allgemein bekannt, daß nur ein Mann, der die ersten Wochen auf der Ruderbank übersteht, eine echte Überlebenschance hat; sobald er sich dem Leben des Galeerensklaven angepaßt hat, vermag er unvorstellbare Entbehrungen und Härten zu ertragen. Zorg hatte die ersten schrecklichen Wochen gut überstanden – Wochen, in denen täglich Männer zu Tode gepeitscht und kurzerhand über Bord geworfen worden waren, in denen die Hände der Sklaven blutrot und zerfetzt an den Rudern lagen, in denen die Fußgelenke zu schmerzen und zu bluten begannen, wenn die Ketten das Fleisch allmählich bis auf die Knochen abschabten.

Die Schrecknisse eines solchen Daseins sind theoretisch gut bekannt. Hier an Bord lernte ich sie aus erster Hand kennen.

Zorg verzog das Gesicht zu der seltsamen Grimasse, die bei einem Galeerensklaven als Lächeln gilt, und zerdrückte automatisch eine Laus, die über seine wettergegerbte und salzverkrustete Haut lief. Die groben Strohsäcke, auf denen wir saßen, wimmelten vor Ungeziefer. Wir verfluchten die Läuse und die anderen blutsaugenden Parasiten, von denen es auf Kregen eher noch mehr Arten gab als auf der Erde, doch wir ertrugen sie, denn wir wußten den Vorteil der Strohsäcke mit der dünnen Ponshofellauflage zu schätzen. Die Vorstellung, daß Sklaven wie wir zu viert an einem Ruder arbeiteten und sich voll ins Zeug legen mußten, ohne einen Polsterschutz auf der Bank zu haben, ist lächerlich. Unsere Kehrseiten wären innerhalb von drei Burs durchgerieben gewesen – das sahen sogar die grausamen Rudermeister Magdags ein. Die Ponshofelle, die auf den Strohsäcken lagen und die bis zu den Planken hinabreichten, waren uns keineswegs aus Nächstenliebe gegeben worden, sondern weil ohne sie die Galeere nicht gerudert werden konnte.

Ich muß zugeben, daß ich mich langsam an die Gerüche gewöhnt hatte – jedenfalls beinahe.

Das Leben an Bord eines Zweideckers, der Blockadedienst versah, verschaffte einem eine besondere Ration an Unbequemlichkeit, Feuchtigkeit, Gestank und knappen Rationen. Dabei genoß ich noch Vorteile, über die Zorg, obwohl er ein kräftiger Mann war und als Galeerenkapitän gedient hatte, nicht verfügte.

Und jetzt wirkte sein Gesicht seltsam eingefallen, was mich beunruhigte.

Nath, der neben mir am Ruder saß, rülpste und legte den Kopf schräg.

»Der Wind schlägt um«, verkündete er.

Das war eine schlechte Nachricht für Zorg und Zolta, dem vierten Mann an unserem Ruder. Als erfahrener Seemann hatte ich die Windveränderung schon seit etwa zehn Murs gespürt, doch hatte ich die schlimme Neuigkeit für mich behalten wollen, bis Zorg aufgegessen hatte.

Und in dem Moment schrillten auch schon die Silberpfeifen.

Der Rudermeister bezog in seiner Kabine Stellung, die sich in der Mitte des Poopdecks befand. Die Peitschendeldars liefen über den Mittelgang, bereit, auf die nackten Rücken der Sklaven einzuschlagen, wenn sie bei der Vorbereitung zu langsam waren. Unsere Gruppe war nicht zu langsam. Weitere Pfeifen schrillten. Eine Gruppe Seeleute kümmerte sich um das Segel, das nun gebraßt wurde. Die Matrosen waren ein unansehnlicher Haufen, und ich vergnügte mich bei dem Gedanken, was meine Navy-Offiziere mit diesen Lahmärschen an Bord einer Fregatte oder eines 74-Kanonen-Schiffs angestellt hätten. Behäbig im Wind flatternd und schlagend kam das Segel herab. Als es endlich festgezurrt war, saßen wir alle längst startbereit auf unseren Bänken, einen Fuß auf die Leiste gestemmt, den anderen gegen die Rückseite der Bank vor uns, die Arme ausgestreckt, die schwieligen Hände um den Ruderbaum gelegt. Alle Schlingseile, die die Ruder im ausgefahrenen Zustand waagerecht hielten – eine hübsche Sitte der Galeerenkapitäne des Binnenmeers –, waren von den Außenbordruderern abgenommen worden – in unserem Fall von Zolta.

Nun schlingerte und stampfte die *Grodnos Gnade* im leichten Seegang, die vierzig Ruder in vollkommener Ausrichtung über dem Wasser ausgestreckt. Das Schiff mußte wie ein riesiges Ungeheuer aussehen, das auf dem Wasser dahinschritt, leicht und anmutig wirkend mit dem geschwungenen Schiffskörper, der in einem reichverzierten Heck mit der nach oben gereckten Galerie endete und sich nach vorn zu einem Rammbug senkte, der tief über dem Wasser lag.

Die *Grodnos Gnade* war eine Galeere, die hier im Auge der Welt ein Vier-Vierzigruderer genannt wurde: vierzig Ruder, vier Mann pro Ruder. Das umständliche System, nach dem auf der Erde zuweilen die Ruderer einer Galeere nach den Männern pro Bank gezählt werden, war im Binnenmeer nicht gebräuchlich.

Die Ruder waren bereit. Der Trommeldeldar schlug einmal mahnend zu. Ich sah, daß der Rudermeister zum Poopdeck schaute, wo sich, in eine prunkvolle weiße und grüne und goldverzierte Uniform gekleidet, ein Offizier über die Reling beugte. Zweifellos bekam man dort oben jetzt etwas von unserem Geruch mit, denn der Mann hielt sich ein Taschentuch vor das Gesicht. Der Rudermeister hob seine Silberpfeife, und ich machte mich innerlich bereit.

Die Pfeife erklang, die Trommel dröhnte im vertrauten Rhythmus, Befehle wurden gebrüllt, und die Ruder tauchten in vollkommenem Gleichtakt ins Wasser.

Wir zogen glatt durch. Der Trommeldeldar legte einen gleichmäßigen Rhythmus vor, einen Doppelschlag seiner beiden Trommeln, einen hohen und einen tiefen Ton, einen glatten, regelmäßigen langen Zug. Wir bewegten uns mit dem Oberkörper durch den Rhythmus – nach vorn, bis unsere Hände und unser Ruder über den vorgebeugten Rücken der Vordermänner lagen, dann gleichmäßig – oh, wie gleichmäßig! – zurück!

Die *Grodnos Gnade* bewegte sich durch das Wasser. Sie legte die gleichen Fahreigenschaften an den Tag, die mir schon seltsam vorgekommen war, als ich damals im See der Stadt Aphrasöe an Bord einer Galeere gekommen war. Und hier im glatten Binnenmeer bewegte sich die Galeere wie auf Schienen voran. Sie rollte kaum und glitt über das kaum bewegte Wasser wie ein riesiger Käfer mit vierzig Beinen.

Sie war eine ziemlich kleine Galeere. Zwanzig Ruder pro Flanke bedeuteten, daß ihre Länge weitaus geringer war als die der Flottengaleeren, die ich im Arsenalhafen von Magdag hatte liegen sehen, und ich würde sagen, daß sie in Höhe der Wasserlinie schätzungsweise nur etwa dreißig Meter lang war. Ich kann es jedoch schwer schätzen, denn ich habe das Schiff nie von außen gesehen. Ich will gern eingestehen, daß ich nicht wußte, wieso diese Schnellgaleeren einen Rammbug wie auch eine Spiere hatten, war ich doch der Meinung, daß sich das gegenseitig ausschloß. Doch inzwischen weiß ich natürlich längst, wie die Galeeren des Binnenmeers kampfbereit gemacht werden.

Die *Grodnos Gnade* war natürlich kaum seetüchtig.

Wir mühten uns an den Rudern mit einem kurzen, sparsamen Schlag, der uns etwa zwei Knoten Geschwindigkeit verschaffte.

Ich hatte keine Ahnung, wohin die Reise ging und welche Mission wir zu erfüllen hatten; ich war ja nur ein angeketteter Galeerensklave. Zorg und ich hatten vorsichtig versucht, ein Glied unserer Fußketten an einer Metallstrebe zu reiben. Verkrustete Exkremente unter der Bank schützten uns dabei vor Entdeckung. Als wir uns nun vor und zurück warfen und die Galeere durch das ruhige Meer pflügte, begann ich mir unwillkürlich Sorgen um Zorg zu machen.

»Laß es ruhig angehen, Zorg«, flüsterte ich ihm zu, als der Peitschendeldar auf dem Mittelgang vorbeigeschritten war, wachsam, die Peitsche in seiner Hand wie lebendig zuckend und hungrig. Die Galeerensklaven nannten diese Peitsche die ›alte Schlange‹. Ich wußte, daß dieser Ausdruck da und dort auch auf der Erde gebräuchlich war – und verstand nun den Grund.

»Ich – erfülle – mein – Soll – Schreiber ...«

»Ich will mich gern mehr ins Zeug legen, Zorg.« Ich ärgerte mich. Er war mein Freund. Ich machte mir Sorgen um ihn. Und doch beharrte er stur darauf, sich zu verausgaben, als wäre er bei vollen Kräften – nur aus Stolz. Und ob ich den Stolz kannte, der in meinem Freund Zorg aus Felteraz brannte!

»Ich bin Zorg.« Er murmelte es leise vor sich hin. Beim langsamen Rudern durften wir miteinander sprechen. »Ich bin Zorg«, wiederholte er, als bedürfe er dieser Bestätigung. »Ich bin Zorg, Krozair! Ich gebe nicht auf!«

Ich wußte nicht, was er mit ›Krozair‹ meinte. Das Wort kannte ich nicht. Nath ruderte mit blinder Konzentration neben mir, und sein hagerer nackter Körper rang in der heißen Luft japsend nach Atem. Doch Zolta sah mich an und machte dabei eine schnelle, den Rhythmus störende Bewegung. Auf seinem Gesicht zeichnete sich Entsetzen ab. Ich brachte das Ruder wieder in den Takt und fluchte in einer wüsten Mischung aus Englisch, Kregisch und Magdag-Slumdialekt.

Wir ruderten. Plötzlich hörte ich einen Schrei.

Als ich bei Vollendung eines Zugs einen Blick über die Schulter warf, konnte ich auf dem Poopdeck ein Durcheinander erkennen. Die Sonnensegel wurden abgenommen. Das war gut. Jetzt konnten die verdammten Planen nicht mehr den Wind fangen und uns bremsen. Männer liefen da oben durcheinander. Die *Grodnos Gnade* war überdurchschnittlich schnell für einen Vier-Vierzigruderer, und bei unserem direkten Kurs auf Gansk über den Golf war die Küste außer Sicht.

Wie ich mich so in das Ruder stemmte, wollte mir scheinen, als hätte ich schon mein ganzes Leben hier gesessen. Die Erinnerungen waren zum Teil unscharf; sie betrafen andere Welten und andere Lebensstränge. Nur Delia aus den Blauen Bergen stand in dieser Zeit unsäglichen Leids klar und schön vor meinem inneren Auge. Ich hatte Kampferfahrung als Galeerensklave; die magdagsche Galeere, auf der ich zuerst gedient hatte, brachte ein schweres Handelsschiff der Zair-Städte auf und ließ sich auch einmal auf einen richtigen Kampf mit einer Galeere aus Sanurkazz ein. Doch auf der *Grodnos Gnade* hatte ich noch keinen Kampf erlebt und wußte nicht, wie der Kapitän, der Rudermeister, die Peitschendeldars oder der Trommeldeldar im Augenblick der Gefahr reagierten. Zorg und ich hatten schon viel durchgemacht auf dem stillen Wasser des Auges der Welt. Jetzt waren die Anzeichen klar: die *Grodnos Gnade* machte Schiff klar zum Gefecht.

Der Trommeldeldar beschleunigte seinen Rhythmus. Wir machten mit, folgten dem Tempo, zerrten die schweren Ruderbäume durch die vorgeschriebene Strecke, die durch die Ruderrahmen bestimmt war, welche innenschiffs die Bewegung der Ruder steuerten. Als Innenbordmann hatte ich beim Rudern die größte Strecke zurückzulegen, und man hatte uns nach außen hin der Größe nach plaziert, wodurch Zolta, der kleinste von uns, auf der vorspringenden Decksplattform hinter den Ruderpfosten fast über dem Wasser hockte.

Bald erkannte ich an den nervösen Blicken der Offiziere, Soldaten und Seeleute, daß wir verfolgt wurden. Deshalb bestand kaum Gelegenheit, den Rammbock ins Spiel zu bringen. Wie um meine Feststellung zu bestätigen, erschien eine Gruppe Seeleute auf dem unteren Vorderdeck – es war zu klein, um Bugraum genannt zu werden – und begann die Bugspiere festzuzurren. Ich hörte Geschrei vom Heck, von der Stelle auf dem Poopdeck, die am weitesten achtern lag. Gleich darauf rannte ein Offizier nach vorn, und die Seeleute begannen die Spiere wieder zu lösen, begleitet von allerlei bissigen Kommentaren.

Nath, der den Blick zum Himmel gewandt hatte, sagte schwer atmend: »Der Grodno-gasta glaubt also, er kann kämpfen! Ha!«

Grodno-gasta, das wußte ich, war ein blasphemisches und höchst unanständiges Schimpfwort.

»Zair soll ihn verfluchen!« schnaubte Zolta.

Obwohl wir nun in ziemlich hohem Tempo ruderten, erhöhte der Trommeldeldar weiter die Geschwindigkeit. Zorg mühte sich verzweifelt ab – doch er schaffte es nicht mehr und versuchte die ganze Arbeit mit den Bizeps zu tun. Sein Gesicht hatte eine erschreckende Färbung angenommen; es schimmerte blaugrün wie das Fell eines Sectrix. Bei jedem Ruderschlag keuchte er konvulsivisch.

»Hör auf, Zorg!« sagte ich heftig. »Beweg dich mit dem Ruder, du dummer Zairer!«

Er keuchte und gab keine Antwort. Seine Augen rollten. Er brachte die Worte über die Lippen: »Ich gebe nie auf! Krozair! Mein Schwur – ich bin – Zorg! Zorg aus … aus Felteraz! Krozair!« Jetzt stammelte er wirre Worte, und sein Körper bewegte sich mit dem Ruderbaum auf und nieder und brachte kaum noch ein Viertel der Leistung. Dann benutzte er einen anderen Namen, den ich noch nie gehört hatte, und ich wußte, daß er nicht mehr bei uns war an Bord dieser stinkenden magdagschen Galeere – er war weit entfernt – im Delirium, aber nicht mehr bei uns. »Mayfwy«, sagte er und schluchzte noch einmal lang gedehnt: »Mayfwy!«

Gleich mußten die Peitschendeldars auf ihn aufmerksam werden. Nath, Zoltar und ich ruderten mit aller Kraft und mußten dabei noch das tote Gewicht Zorgs mitbewegen, der in den Rudern hing. Schweiß lief uns über die nackten Körper. Im nächsten Augenblick fiel Zorg der grüne konische Strohhut vom Kopf und rollte zu Boden. Zorgs kahler Kopf fiel sofort auf.

Der Peitschendeldar hieb zu. Zielsicher traf die Peitschenschnur den Rücken meines Freundes. Die alte Schlange sprach zu ihm.

Zorgs gebräunte Haut brach auf, und Blut strömte heraus und begann zu spritzen, als die Peitsche noch ein zweites- und drittesmal zubiß. Ich, der neben ihm saß, bekam die Blutstropfen meines Freundes ab, als der Deldar aus Magdag ihn vollends zu Tode peitschte.

»Weiterrudern!« brüllte der Mann. »Zieh durch!«

Aber Zorg aus Felteraz hatte sein Schicksal überwunden – in diesem Leben und auf dieser Welt Kregen unter Antares würde er kein Ruder mehr anfassen.

Große Verwirrung entstand, als der tote Sklave aus den Ketten genommen wurde. Man holte einen der Ruderer, die gerade in einem kleinen Raum unter Deck angekettet waren – ein Luxus, den wir alle der Reihe nach genießen durften. Doch dieses Durcheinander war nichts im Vergleich zu dem Chaos, das auf dem Poopdeck herrschte. Als der Körper meines Freundes nackt und schlaff und mit bluttriefendem Rücken von unserer Bank gezogen und angehoben wurde, um über Bord geworfen zu werden, liefen mit Pfeil und Bogen bewaffnete Soldaten zum Heck. Andere bemannten die Schleudern, und die Seeleute machten ihre Stutzsäbel bereit. Das Durcheinander mißfiel mir, der ich auf einem Schiff des Königs ausgebildet worden war, doch ich mußte mich ganz auf das Rudern konzentrieren. Zieh, zieh, zieh – auf immer und ewig. Auf einen schrillen Befehl vom Poopdeck erhöhte der Trommeldeldar erneut die Geschwindigkeit.

Ich bekam nicht mit, wie Zorg dem Meer überantwortet wurde. Ich sah das Aufklatschen seines mißhandelten Körpers nicht, als er aus dem Blickfeld der Sterblichen verschwand. Soweit ich wußte, glaubte er, daß er nach dem Tode zu Zim auffahren würde, um ruhmvoll zur Rechten Zairs zu sitzen. Ein Selbstmord führt nicht zu solcher Errettung, sonst hätte mancher Galeerensklave diese Abkürzung ins Paradies gewählt.

Wie ich annehme, handelte ich rein instinktiv, aus Haß, aus Lust am Töten. Meine Wut auf die magdagschen Wölfe war ungeheuer. Und zugleich war ich ein ausgebildeter Seemann, geübt im Umgang mit Schiffen, in der Ausnutzung von Wind und Wetter, und ich wußte, daß mächtigere Wölfe als die aus Magdag der *Grodnos Gnade* auf den Fersen waren.

Und so handelte ich in den folgenden Minuten mehr instinktiv als bewußt.

Als mir Zorg fortgenommen wurde, als seine Ketten fielen, verwandte ich meine ganze Kraft darauf, das letzte Stück des Kettenglieds zu durchbrechen, das ich noch nicht durchgeschabt hatte. Ich stemmte mich mit solcher Gewalt hoch, daß der Ruderbaum gegen den Rahmen knallte. Nath und Zolta sahen mich mit starren Gesichtern an, ihre Körper und Arme führten die Ruderbewegungen fort, die ihren Muskeln zur zweiten Natur geworden waren.

Ich fühlte mich seltsam steif. Muskeln, die stundenlang nur eine Folge von Bewegungen durchgeführt haben, gehorchen nur schwerfällig den neuen Kommandos meines Körpers. Der Peitschendeldar hörte das Krachen des Ruders gegen den Rahmen und rannte herbei, die Peitsche hoch erhoben, das Gesicht bösartig verzogen. Ich packte die Peitsche mit der Linken, zerrte den Mann daran heran und legte ihm die Rechte um den Hals. Dann warf ich ihn zwischen die Rudersklaven.

Nun war ich auf dem Mittelgang.

Nur wenige Sekunden waren vergangen. Ich hatte einmal gesehen, wie sich ein Sklave von seiner Kette befreit hatte. Er hatte über Bord springen wollen, doch die Seeleute hatten ihn erwischt, so daß ihm der Peitschendeldar in Ruhe mit der alten Schlange zusprechen konnte.

Ich trat zur Seite, bewegte mich über den emporstarrenden Gesichtern der Sklaven. Vier Soldaten in Kettenhemden rannten mit gezogenen Schwertern über den Mittelgang auf mich zu. Mein seitliches Manöver überzeugte sie, daß ich ins Wasser springen wollte, und sie zögerten – bereit, mich gehen zu lassen und sich so eines törichten Sklaven zu entledigen, der vielleicht von dem feindlichen Schiff aufgenommen wurde. So jedenfalls verstand ich ihr Zögern. Wenn ich aufgegriffen wurde, mußte der Verfolger langsamer werden. Aber dann kamen sie wohl zu der Überzeugung, daß das andere Schiff nicht anhalten würde, daß sich die Feinde durch einen schreienden Galeerensklaven im Wasser nicht von ihrer Jagd abbringen lassen würden. Und wieder rückten sie näher – aber da hatte ich schon angegriffen. Meine geballte Faust knallte dem ersten ins Gesicht, ehe er schreien konnte. Ich packte sein Langschwert, das durch die Luft zischte, hieb dem zweiten durchs Visier, und er taumelte mit entsetztem Gesicht rückwärts. Blut sickerte durch seine Rüstung.

»Packt ihn, ihr Dummköpfe!« brüllte eine Stimme von achtern.

Ich sprang los und schwang die Klinge, die den Kopf des dritten Mannes seitlich traf, während ich schon dem Hieb des vierten Söldners auswich. Der Kampf ähnelte schon mehr den Säbelduellen, die ich von den irdischen Schiffen her kannte, vom Entern inmitten des Kampflärms. Und der Kampf hatte Ähnlichkeit mit den Rapier- und Dolchtaktiken, die in Zenicce geübt wurden.

Ich ballte die linke Hand und schlug damit nach dem vierten Mann, dann gab ich ihm den Schwertgriff zu schmecken und stieß ihn von mir.

Die Sklaven hatten zu brüllen begonnen.

Sie machten einen ohrenbetäubenden Lärm, wie Vosks im Schlamm; sie schnaubten und grölten und kreischten. Ich raste über den Mittelgang nach achtern.

Der Rudermeister in seiner Kabine erkannte meine Absicht. Kreischend sprang er auf: »Bogenschützen! Streckt ihn nieder!«

Ich zog mich mit einer Hand zu seiner Kabine empor, und während er sich noch ins Freie zu zwängen versuchte, säbelte ich ihn nieder. Der Trommeldeldar hatte überhaupt keine Chance. Die Wucht meines Hiebs trennte ihm den Kopf vom Körper und ließ ihn einige Meter über den Gang rollen, ehe er zwischen den Ruderbänken verschwand. Die Trommel schwieg.

Soldaten rannten durcheinander, kamen die Leitern vom Poopdeck herabgeklettert.

Bisher hatte ich das blutige Geschäft völlig lautlos und wie in Trance erledigt. Als die Soldaten nun vordrangen, raste ich vor ihnen über den Mittelgang. Der erste Peitschendeldar lag tot am Boden, doch seine Kameraden hieben weiter auf die Ruderer ein in dem verzweifelten Versuch, den Schlagrhythmus auch ohne Trommel aufrechtzuerhalten. Aber der Rhythmus war mit dem Tod des Trommeldeldars verlorengegangen.

Ihre Peitschen waren keine Waffe gegen mein Langschwert. Beide Peitschenschwinger starben – der eine mittschiffs, der andere weiter vorn. Die Männer in den Kettenhemden hatten nun zu schreien begonnen und stürmten auf mich zu.

Ich erhob die Stimme. »Männer!« brüllte ich. »Galeerensklaven! Hört auf zu rudern! Hebt die Ruder! Der Tag der Abrechnung ist gekommen!«

Das war etwas melodramatisch ausgedrückt, doch ich kannte diese geschundenen Kerle. Einige Ruderbänke stellten die Arbeit ein, und die Ruder kamen durcheinander. Da sich die Ruder solcher Schiffe unbedingt im Gleichtakt bewegen müssen, wenn sie überhaupt etwas ausrichten wollen, kam alle Aktivität an Steuerbord und Backbord der *Grodnos Gnade* in kürzester Zeit zum Erliegen. Die Ruder wurden eingezogen. Die Sklaven machten jetzt so viel Lärm, daß die Männer der verfolgenden Galeere, die ich noch nicht gesehen hatte, uns hören mußten und bestimmt die richtigen Schlüsse daraus zogen.

Ein Pfeil bohrte sich vor mir in den Mittelgang. Ich drang wieder nach achtern vor. Ich hatte sehr lange kein Schwert mehr in der Hand gehabt. Ich besinge nicht die Freuden des Kampfes, des Blutrauschs – so wie manche Männer von ihren Kämpfen schwärmen. Mir gefällt das Töten nicht; wenigstens das hatten mir die Savanti nicht beibringen müssen. Doch jetzt zwang mich ein Nachhall meiner Erlebnisse auf diesem Binnenmeer zu einer stereotypen Reaktion. Abgrundtiefer Haß, Widerwillen, Wut stiegen in mir hoch und vermischten sich zu einem erbarmungslosen Zorn. Ich empfand wilde Begeisterung, als mein Stahl die Reihen meiner Gegner lichtete.

Damals war ich ein junger Seemann mit blitzschnellem Reaktionsvermögen und führte eine gefährliche Klinge. Ich brüllte meine Gegner an und ließ mein Schwert zucken wie einen Degen. Dabei mußte ich große Kraft aufwenden, um die Kettenhemden zu durchstoßen oder zumindest so fest zuzuschlagen, damit wirkungsvolle Prellungen entstanden. Auf der anderen Seite waren die Männer durch ihre Rüstungen behindert und bewegten sich nur schwerfällig. Sie wurden mir auf den blutüberströmten Planken eine leichte Beute.

Meine Ausbildung als Galeerensklave, meine Taufe im heiligen Becken des verlorenen Aphrasöe und der Haß, der meine Schwerthand beflügelten, führten dazu, daß meine Schläge schnell und unwiderstehlich ihr Ziel fanden – bei den Feinden Zairs, die meinen Freund Zorg aus Felteraz getötet hatten.

Ich weiß nicht, wie lange der Kampf dauerte. Ich begreife nur, daß ich Widerwillen und Enttäuschung verspürte, als die Galeere ruckte und sich in der Folge eines harten knirschenden Stoßes von achtern, der uns alle umwarf, schieflegte. Männer in Kettenhemden mit schimmernden Langschwertern drängten auf das Poopdeck. Auf ihren Helmen schimmerten rote Federbüsche. Sie schlugen schnell und geschickt zu und nahmen die *Grodnos Gnade* innerhalb weniger Minuten in Besitz. Inmitten des Durcheinanders hörte ich neue Schreckensschreie der Galeerensklaven.

Eine verräterische Bewegung und ein Gefühl der Schwerfälligkeit unter meinen Füßen verrieten mir alles. Die Galeere sank. Die Männer aus Magdag hatten sie irgendwie leck geschlagen – in dem letzten Bemühen, in ihrer Niederlage alle anderen mit in den Tod zu reißen.

Zwischen mir und den Neuankömmlingen stand nun niemand mehr – zwischen mir und den Anhängern Zairs, der Gottheit der roten Sonne, den Männern aus dem Süden. »Die Galeere sinkt«, sagte ich zu dem Mann, der mit blutüberströmtem Schwert auf mich zukam. »Die Sklaven müssen sofort befreit werden!«

»Das wird geschehen«, sagte er und sah mich an. Er war so groß wie ich und hatte ein sympathisches Gesicht und eine ähnlich kecke Nase, wie sie mein Freund Zorg besessen hatte. Sein breiter dunkler Schnurrbart war nach oben gezwirbelt.

»Ich bin Pur Zenkiren aus Sanurkazz, Kapitän der *Lilavogel.*« Auf der weiten Tunika, die er über der Rüstung trug, leuchtete ein großes schimmerndes Gebilde, das mir in die Augen stach – offenbar ein Kreis, der nach Art eines Speichenrades von Linien durchzogen und von hellorangenen, gelben und blauen Seidenfäden durchwirkt war. »Und du bist Galeerensklave?«

»Ja«, erwiderte ich und dachte an Dinge, die ich

fast vergessen hatte. »Galeerensklave. Und Lord von Strombor.«

Er sah mich prüfend an. »Strombor … davon habe ich wohl schon gehört. Aber wo es auch sein mag, es gehört nicht zum Auge der Welt.«

»Nein.«

Sklaven wurden von ihren Ketten befreit und sprangen schreiend und weinend vor Freude auf, krabbelten über das verzierte Poopdeck zur *Lilavogel* hinüber. Pur Zenkiren machte eine Bewegung mit seinem Langschwert – eine Art Salut.

»Lord Strombor, ein Fremder. Wie kommt es, daß du die Ketzer von Magdag bekämpfst und ihre Galeere nimmst?«

Die Hitze der Doppelsonne von Antares hatte nachgelassen; der grüne und der rote Ball sanken dem Horizont entgegen. Ich blickte auf das Langschwert, auf das Blut, auf die Toten und die Sklaven, die in ihrer armseligen Nacktheit freudig über das Poopdeck kletterten.

»Ich hatte einen Freund«, sagte ich. »Zorg aus Felteraz. Sie haben ihn getötet, ich habe ihn gerächt.«

7

Wenn ich über meine Erlebnisse als Bauarbeiter in Magdag scheinbar gelassen berichtet habe oder offenbar nicht sehr ausführlich gewesen bin in der Beschreibung meines Lebens als Galeerensklave, dann meine ich dennoch, daß ich hierfür keine Erklärung schuldig bin. Leid und Schmerz und Verzweiflung gibt es im Überfluß, das wissen wir alle – hier auf unserer Erde wie auch auf Kregen, das ich zu meiner Heimat gemacht hatte. Die langen Perioden der Mühsal und Entbehrung vergingen. Das ist alles. Wie schwarze Wolken, die den Blick auf Zim wieder freigaben, so verstrichen auch die Zeiten der Pein und Erniedrigung.

Der Haß, den ich auf die erbarmungslosen Schinder von Magdag empfand, war natürlich angesichts der Umstände meiner Geburt und Erziehung völlig verständlich, denn die Marine toleriert keine Schwächlinge, und meine Ausbildung war hart und kompromißlos gewesen.

Erst in späteren Jahren habe ich das Maß von Reife in meinen Ansichten gewonnen, das ich zu besitzen glaube, eine Entwicklung, die – das muß ich offen gestehen – weitgehend durch die Befreiungstendenzen gefördert wurde, die sich Ende des achtzehnten, Anfang des neunzehnten Jahrhunderts auf der Erde immer stärker bemerkbar machten; Kregen dagegen ist nach wie vor eine wilde und erbarmungslose Welt.

Ich habe in meinem Leben große Freuden erleben dürfen, und Delia aus Delphond ist der erfrischende Ruhepol meines Daseins gewesen; was ich an Menschlichkeit zu besitzen glaube, verdanke ich weitgehend ihr. Von der geisttötenden und erschöpfenden Arbeit befreit, konnte ich mich wieder ungehindert bewegen, und ich erinnere mich deutlich an das Gefühl der Freude und des Staunens, mit dem ich mich an Deck der *Lilavogel* umsah, während die *Grodnos Gnade* sank und gurgelnd in den blauen Fluten des Auges der Welt verschwand.

Nein, es ist überflüssig, meine Gefühle gegenüber den Männern aus Magdag, den Anhängern Grodnos, zu beschreiben. Wenn ich hier berichte, daß Wincie, ein hübsches, fröhliches Mädchen, das ich sehr mochte, auf höchst barbarische Weise getötet worden war, so sagt das wenig. Sie hatte die Aufgabe, die Wasserhäute für die Ziegelfabrikation zu füllen und unseren Durst zu stillen; die Oberherren hatten sie auf einem ihrer Vergnügungsausflüge erwischt und sie auf viehische Art so lange vergewaltigt, bis sie starb.

Aber das sind nur Worte. Die Wirklichkeit aus Schmerz, Blut und Dreck ist ein Teil des Lebensmosaiks. Ich brauche sie nicht im einzelnen darzustellen, um meinen Standpunkt klarzumachen, den ich als junger Mann vertrat – hart und rücksichtslos gegenüber jenen, die ich haßte, empört über die Ungerechtigkeit der Mächtigen.

Und dann hatten sie meinen Freund Zorg aus Felteraz zu Tode gepeitscht.

Nicht alle Sklaven waren freudig an Bord der Galeere aus Sanurkazz gegangen. Einige hatten geklagt und sich zur Wehr gesetzt. Sie waren magdagsche Gefangene, Männer, die wegen eines Verbrechens auf die Galeeren geschickt worden waren und denen irgendwann einmal die Freiheit gewinkt hätte. Jetzt würden sie als Galeerensklaven ihres Erzfeindes arbeiten müssen. Ja, das Leben war hart und brutal im Binnenmeer.

Die *Lilavogel* interessierte mich. Sie war größer als die *Grodnos Gnade,* wenn es auf dem Binnenmeer auch noch größere Schiffe gab. Wie ich erfuhr, hatte sich Kapitän Pur Zenkiren Sorgen über die Geschwindigkeit der *Lilavogel* gemacht, da sie neu war und ihm sehr am Herzen lag. Sie war ein Sieben-Sechs-Hundertruderer, was bedeutete, daß sie hundert Ruder hatte, angeordnet auf zwei Decks mit sieben Mann an jedem oberen Ruder und sechs Mann an dem darunter, zwei Reihen von je fünfundzwanzig Rudern auf jeder Seite. Ich fand das Schiff nicht lang genug im Verhältnis zu seiner Breite, ganz abgesehen von der lächerlichen Galeerenform überhaupt; sein Tiefgang war größer, als es für die Schnelligkeit wünschenswert schien. Ich schüttelte den Kopf. Schon begann ich wieder wie ein Seemann zu denken.

»Fühlst du dich wieder besser, Lord Strombor?« fragte Pur Zenkiren freundlich, als wir in seiner schlicht möblierten Heckkabine Platz genommen hatten. Die Waffen ruhten wieder in ihren Ständern, die

Seekarten lagen auf dem Tisch, und Weingläser und eine Flasche standen zwischen uns.

»Mir ist wohl, Pur Zenkiren. Ich schulde dir meine Freiheit – ich hatte schon befürchtet, daß du mich, der ich immerhin ein Fremder bin, wieder auf die Bänke schickst.«

Er lächelte. Sein Gesicht war wettergegerbt, seine Augen dunkel und durchdringend, und er hob von Zeit zu Zeit die kühn vorspringende Nase, so daß mich sein Blick an Zorg erinnerte. Wie mein Freund hatte Zenkiren einen mächtigen schwarzen Haarschopf voller geölter schimmernder Kräusellocken.

»Wir Anhänger Zairs respektieren einen Mitmenschen, Lord Strombor.«

Eine Seekarte von bemerkenswert schlechter Qualität und Genauigkeit war die einzige im Schrank, auf der Strombor verzeichnet stand. Sämtliche Küstenlinien außerhalb des Binnenmeers waren ungenau gezeichnet, doch die Namen standen vermerkt: Loh, Vallia, Pandahem, Segesthes mit Zenicce – und am Rand war eine Liste mit den vierundzwanzig adligen und bürgerlichen Häusern dieser Stadt. Faszinierend war für mich die Tatsache, daß hier Strombor verzeichnet war, während der Name Esztercari fehlte – ein Beweis, daß die Karte über hundertundfünfzig Jahre alt sein mußte.

»Wir haben ein wenig Kontakt mit der Außenwelt, hauptsächlich mit Vallia und Donengil, doch wir sind ein nach innen gekehrtes Volk. Unsere einzige Sorge gilt der Abwehr von Grodno.«

Ich sah ihn an. Er sprach, als hätte er die Worte auswendig gelernt. Dann lächelte er mich wieder an, hob sein Glas und sagte: »Zu den Eisfeldern von Sicce mit Magdag und seinen bösen Handlangern!«

»Darauf trinke ich!« sagte ich und nahm mein Glas.

Man hatte mir ein hübsches weißes Lendentuch gegeben, und ich hatte meinen Körper eingeölt und mal wieder richtig gut gegessen. Während ich nun mit dem Kapitän den Wein genoß, fühlte ich mich zum erstenmal wieder als Mensch – soweit das möglich war, solange Magdags böse Macht noch nicht gebrochen war.

Ich machte keinen Hehl aus meinen Gefühlen gegenüber Zenkiren, der mich – wie er meinte – richtig eingeschätzt hatte.

Mir fielen natürlich die Parallelen auf, die zwischen dem Rot-Grün-Konflikt im Auge der Welt und dem alten Kampf zwischen Esztercari und Strombor bestanden, wenn mir auch die katholischen und islamischen Konflikte der Spätrenaissance ausgeprägter und interessanter zu sein schienen. Auch spürte ich, daß ein solcher Streit um so heftiger war, je mehr die Überzeugungen der Beteiligten einen einzigen Ursprung hatten. Die Völker des Sonnenuntergangs, die eigentlichen Urbewohner des Auges der Welt, hatten eine bemerkenswerte Baukultur gepflegt und den großen Kanal angelegt – und den Damm der Tage, dessen Majestät ich noch nicht erschaut hatte. Sie hatten auch herrliche Städte errichtet, von denen einige untergegangen oder zerstört worden waren, einige aber auch teilweise wieder aufgebaut, die nun den neuen Generationen dienten, die sich von der alten Kameradschaft zwischen Rot und Grün abgewandt hatten.

»Die niederträchtigen Cramphs von Magdag«, sagte Zenkiren zu mir auf unserer Reise nach Sanurkazz. »Wir wissen, was sie bauen, sie sind davon besessen – es kommt mir fast krankhaft vor.«

»Sie zerstören damit ihre Kultur, ihr Leben«, sagte ich.

»Ja! Sie glauben mit jedem neuen Riesenbau Gefallen zu finden bei ihrem schlimmen Herrn, der falschen Gottheit Grodno. Sie berauben ihr Land aller Arbeiter, rauben ihm seinen Reichtum. Immer weiter müssen sie ausschwärmen und ihre Vorräte an Menschen und Vermögen gewaltsam auffüllen.«

»Ich habe in Magdag eine Farm gesehen, eine Riesenanlage, sehr gut geführt und produktiv ...«

»O ja!« Zenkiren winkte geringschätzig ab. »Natürlich! Sie müssen ja auch Millionen ernähren; sie müssen Nahrungsmittel produzieren, wie wir auch. Aber sie fallen ständig bei uns ein und rauben uns unsere jungen Männer, Frauen und Kinder, damit sie nur immer weiter bauen können.«

»Und ihr wehrt euch und fallt bei ihnen ein.«

»Ja! Das ist der Ruhm Zairs, der uns auferlegt ist.« Er sah mich an und zögerte, was mich überraschte, denn er war ein guter Kapitän und ein Mann, der seine Gefühle im Griff hatte. »Du warst ein Freund Zorgs aus Felteraz. Zolta hat mir davon erzählt. Du bist ein Lord. Ich glaube ...« Wieder zögerte er und fuhr dann langsamer und leiser fort: »Hat Zorg mit dir über die Krozairs aus Zy gesprochen?«

»Nein«, sagte ich. »Er hat das Wort Krozair erwähnt, als er starb. Er schien irgendwie stolz darauf zu sein.«

Daraufhin wechselte Zenkiren das Thema, und wir unterhielten uns über viele Dinge, während die *Lilavogel* in gleichmäßigem Tempo gen Süden pflügte. Zwei weitere Galeeren folgten ihr, kleinere Schiffe, die zu der schnellen Angriffsschwadron unter Zenkirens Kommando gehörten. Abgesehen von dem Gefecht mit der *Grodnos Gnade* hatten sie drei schwere Handelsschiffe aufgebracht, die uns nun als Prisen folgten.

Um ganz ehrlich zu sein, kam es mir nicht seltsam vor, daß mich Zenkiren auf mein Wort hin für Lord Strombor hielt, denn irgendwie hatte ich wohl das Auftreten des Anführers eines Hauses aus Zenicce, und meine Jahre als Vovetier und Zorcander bei den Klansleuten hatten mich ebenfalls geprägt – ich schien eine natürliche Autorität auszustrahlen. Aber Zenkiren hätte sicher ebenso gehandelt, wenn ich ein einfacher Fußsoldat gewesen wäre, denn Grund für sein Verhalten war einzig und allein die Tatsache, daß ich der

Freund Zorgs aus Felteraz gewesen war und seinen Tod gerächt hatte.

Ich war überzeugt, daß das Wort »Krozair« hier irgendeine Brücke schlug. Als die *Grodnos Gnade* schließlich gurgelnd unterging und zahlreiche Bohlen und andere Wrackteile an die Oberfläche kamen, hatte ich eine weiße Taube über der *Lilavogel* gesehen. Diese Taube gab mir Auftrieb. War es denkbar, daß die Savanti wieder in mein Geschick eingriffen? Sorgten sie für meinen weiteren Aufenthalt auf Kregen, obwohl ich gewaltsam von Magdag fortgebracht worden war? Ich hielt nach dem Gdoinye Ausschau, dem rotgoldenen Raubvogel; doch er ließ sich nicht sehen.

Zenkiren war ein großes Risiko eingegangen, als er sich so dicht an die Nordküste wagte. Er hatte es auf reiche magdagsche Handelsschiffe abgesehen, wobei die Galeere ein zusätzlicher kleiner Leckerbissen gewesen war. Wir wußten nicht, warum sie Gansk angesteuert hatte, und würden es vielleicht nie erfahren. Zenkiren hatte sich um die geringe Geschwindigkeit der *Lilavogel* Sorgen gemacht. Nur meine Intervention, die den Ruderrhythmus der *Grodnos Gnade* durcheinanderbrachte, hatte ihm die Chance gegeben, das Schiff einzuholen – und dann hatte die sanurkazzische Galeere so schnell aufgeschlossen, daß man die Bugschleudern gar nicht erst einsetzen mußte.

Die Schiffsschleuder, die im Auge der Welt gebräuchlich war, wurde Varter genannt. Die Schleuderkraft bezog sie von zwei Halbbögen, deren Enden von senkrechten Schnüren verbunden waren, die man vielfach verzwirbelt hatte. Die Schnur wurde mit einer einfachen Winde gespannt. Die Varter konnte Pfeile, Bolzen, große eisenbesetzte Holzstücke oder Steine verschießen. Ein geübter Schütze vermochte sehr genau damit zu treffen.

An jedem sechsten Tag fanden auf den sanurkazzischen Schiffen feierliche religiöse Riten statt, die der

Gottheit Zair galten. Religion, so hatte ich angenommen, war Opium für die Massen, ebenso wie blutrünstige Wandzeitungen mit den letzten Morden und Hinrichtungen, Hahnenkämpfe, Preiskämpfe und dann und wann ein Krug Ale in der Stammschänke. Die Religion hielt Ordnung in der Volksmasse. Die Männer aus Sanurkazz waren jedoch – wenn ich mich in Gedanken auch über sie lustig machte – in ihrer besten Kleidung großartig anzusehen – der Schiffspriester in seinem Talar, die Silber- und Goldgefäße, die schimmernden Stickereien auf Bannern und Flaggen, die schrillen Töne der silbernen und schwarzen Trompeten – dies alles wirkte zusammen, um selbst einen skeptischen Mann wie mich in eine etwas euphorische Stimmung zu versetzen.

Natürlich war der Tag, an dem die Zair-Riten stattfanden, nicht derselbe Tag, an dem Grodno verehrt wurde – auf ähnliche Weise.

Ich sage ähnlich – ich hatte die Gottesdienste der Magdager miterlebt, und sie waren auf eine Weise anders, die ich heute gar nicht mehr so unterschiedlich finde. Damals jedoch hielt ich diese Feiern für abgefeimt und böse.

Natürlich gab es nur eine Farbe, mit der die Magdager ihre Galeeren bemalen konnten. Auch die griechischen Piraten der irdischen Frühzeit, die die Ägäis durchstreiften, strichen ihre Schiffe grün. Die Männer aus Sanurkazz dagegen hatten einen Kompromiß gefunden. Grün war eine halbe Tarnfarbe. Ein Rot wäre dagegen zu auffällig gewesen; die Galeeren der Zairer von der Südküste des Binnenmeeres waren daher blau gestrichen.

Sie führten drei Segel an Bord, die mehr oder weniger regelmäßig benutzt wurden: ein weißes Segel für Fahrten während des Tages, schwarze Segel für die Nacht und blaue Segel für den Angriff.

Auf unserer Reise ins Heilige Sanurkazz, eine Fahrt,

die fast einem Siegeszug gleichkam, führten wir weiße Segel an den Masten.

Magdag nahm die Nordküste des Binnenmeers ein und zog sich nach Westen hinüber; seine Macht erstreckte sich auch über viele Dwaburs nach Osten, bis sie ein wenig nachließ in Städten mit eigener Marine und Seegeschichte, die gelegentlich ein wenig ihre Muskeln spielen ließen. Trotzdem waren alle irgendwie abhängig von Magdag, und alle waren natürlich Angehörige der grünen Flotten des Nordens.

Das Heilige Sanurkazz erhob sich an der Südküste des Binnenmeers nach Osten hin, am schmalen Zugang zu einem der kleineren Binnenseen, die sich nach Süden erstreckten. Seine Hegemonie umfaßte auf etwas andere Weise als die seines Gegners den Westen, wo Städte blühten, die um so schwächer und unsicherer waren, je weiter westlich sie lagen. Alle jedoch waren mit Haut und Haaren den roten Farben verschworen.

Die günstigste Strategie in dieser Lage schien mir zu sein, auf dem Binnenmeer ständig den Schiffsverkehr zu belästigen, damit der Gegner beschäftigt war, und dann in einer Serie konzentrierter Angriffe gegen die größte feindliche Stadt vorzugehen. Wenn Magdag oder Sanurkazz selbst geschwächt waren, würden die anderen Städte der Verliererseite wie elternlose Kinder schnell den Widerstand aufgeben. Aber diese Strategie war weder in Magdag noch in Sanurkazz aufgegriffen worden. Die Antwort lag klar auf der Hand und war menschlich genug, um mich nicht zu überraschen. Beute fand sich ohne große Mühe auf dem Meer, und der Angriff auf eine kleinere Stadt war weitaus sicherer als ein direkter Vorstoß gegen das Hauptquartier des Gegners.

Als ich mir eines Tages die Beine auf dem winzigen Achterdeck der *Lilavogel* vertrat, sah ich Zolta, der sich unter mir auf dem Mittelgang vergnügte. Er schritt auf und ab, wie ich in ein sauberes weißes Lendentuch gekleidet, schwang eine Peitsche und ließ sie dann und wann auf einen Sklavenrücken niederklatschen. Wir kämpften mit einem unangenehmen Wind, und ich hatte mehr als einmal besorgt zu den Wolken emporgeblickt.

»Hai, Zolta!« rief ich nun.

Er schaute zur mir herauf, das braune Gesicht zu einem fröhlichen Grinsen verzogen. Er ließ die Peitsche knallen. »Ich kassiere Zinsen, Schreiber!« rief er.

Der Trommeldeldar beschleunigte das Tempo. Die Baß- und die Tenortrommel ertönten nun schneller hintereinander. Auf den Schiffen Zairs sitzt der Trommeldeldar vor den Ruderern, wohl in der Annahme, daß sein Taktschlag dort von den Ruderern nicht nur gehört, sondern auch gesehen werden konnte. Über den oberen Ruderbänken zog sich eine schmale Kampfplattform um die Reling der Galeere; dort konnten bei Gefechten die Soldaten in Aktion treten. Unter ihnen arbeiteten die Ruderer, wobei die untere Reihe an den kürzeren und schräger geneigten Rudern zog. Mit sieben Mann pro Bank hatten die Ruder eine enorme Länge. Zolta wollte dafür sorgen, daß tüchtig gearbeitet wurde. Der Peitschendeldar, dessen Handwerkszeug sich Zolta ausgeliehen hatte, unterhielt sich mit dem Rudermeister in seiner Kabine direkt unter mir und lachte über die Späße Zoltas.

Meine Freunde, die Anhänger der roten Gottheit Zair, setzten also ebenfalls Sklaven ein. Hatte ich etwas anderes erwartet? Ich wußte, daß die Sklaverei sich bei ihnen im wesentlichen auf die Galeeren beschränkte. In den Städten Zairs wurde die Arbeit von freien Bürgern geleistet, ein System, das einem Europäer einleuchtete, und die wenigen vorhandenen Sklaven standen zumeist in Leibdiensten.

Ich blickte nach Backbord, wo sich die Wolken noch höher aufgetürmt hatten – schwärzer und drohender, als sie noch vor einer halben Bur gewirkt hatten. Ich hatte nicht die Absicht, mich in Zenkirens Schiffsführung einzumischen. Hinter uns kämpften sich die beiden Galeeren durch die nun höher gehende See, und das Wasser gischtete um ihren Bug hoch auf. Die Handelsschiffe wurden mit den Wetterbedingungen leichter fertig; ich sah, daß sie Segel gestrichen hatten.

In diesem Augenblick kam Zenkiren an Deck. Der Rudermeister kam aus seiner Kabine und stieg die kurze Leiter zu uns empor. Er deutete nach Backbord.

»Schon gesehen, Nath«, sagte Zenkiren. »Wir müssen es durchstehen.«

Der Name Nath ist auf Kregen weit verbreitet – und dieser Nath war nicht mit dem Nath identisch, der mit mir auf der magdagschen Ruderbank gesessen hatte und jetzt seine Zeit mit den anderen freigelassenen Sklaven unter Deck verbrachte und dort wohl einem der vielen Glücksspiele Kregens frönte.

Die *Lilavogel* begann teuflisch zu schlingern. Lange, schmale Galeeren sind für das offene Meer nicht geeignet. Einige Ruder kamen aus dem Takt, als Wasser über die Bordwand schäumte. Der Rudermeister kehrte hastig an seinen Posten zurück, während der Trommeldeldar langsamer zu schlagen begann und der Peitschendeldar über den Mittelgang lief und Zolta die Peitsche wieder abnahm.

Uns stand einiges bevor.

Stürme, Hurrikane, Taifune, Zyklone – Stürme aller Art sind mir nicht neu. Das Unwetter, das uns nun einhüllte, beunruhigte mich zuerst nicht. An Bord einer großen 74-Kanonen-Fregatte oder auch nur 38-Kanonen-Fregatte hätten wir kaum einen Blick an das Wetter verschwendet. Doch die Galeeren des kregischen Binnenmeers waren primitive Kampfmaschinen und keine komplizierten Segelapparate, wie sie in Nelsons Flotte eingesetzt wurden; kurzum: die *Lilavogel* benahm sich wie ein störrischer Esel. Sie stampfte, kreiselte, sank ab, rollte und ruckte, und jede Schlingerbewegung erzeugte in mir Empfindungen, die ich lange vergessen hatte.

Zehn Ruder brachen, ehe alle Ruder sicher innenbords verstaut waren. Das Manöver – das ich als Galeerensklave auch schon durchgeführt habe – ist schwierig. Dann wurden von den Seeleuten Schutzplanen hervorgeholt und über alle Öffnungen am toten Werk gelascht. Die *Lilavogel* senkte die Nase und benahm sich wie ein schnüffelndes Wiesel. Ich warf einen Blick nach achtern und sah die beiden anderen Galeeren wie Streichhölzer im Meer tanzen, auf und nieder, riesige schäumende Wassersäulen vor dem schmalen Bug.

Die Handelsschiffe waren nicht mehr zu sehen. Die Wolkendecke senkte sich weiter herab, und der Himmel wurde schwarz; es begann zu regnen. Das beruhigte mich ein wenig, doch die Art und Weise, wie sich dieser Besenstiel von Galeere benahm, konnte jeden Seemann alarmieren. Ich war ja gleich der Meinung gewesen, das Schiff hätte länger sein müssen.

Die beiden Steuerdeldars schrien um Hilfe, und Verstärkungsmannschaften liefen auf das obere Poopdeck, um die beiden paddelförmigen Steuerruder zu halten. Doch ehe sie ihren Posten erreichten, rollte und schlängelte die Galeere auf seltsame Art herum. Holz stöhnte und knirschte, eine Gischtkaskade sprühte hoch, und das Steuerbordruder schlug aus.

Die *Lilavogel* ruckte nach Steuerbord, das Backbordruder ragte fast ganz aus dem Wasser. Das ganze Schiff wurde herumgewirbelt, und Wasser und Wind hämmerten erbarmungslos auf uns ein. Zenkiren hatte in meiner Nähe gestanden und seinen Männern Befehle zugebrüllt. Als sein Schiff herumruckte, verlor er das Gleichgewicht, taumelte über das Deck und knallte mit dem Kopf gegen den Vorsprung des Poopdecks. Bewußtlos fiel er zu Boden.

Sein Erster Offizier, ein gewisser Rophren, sprang auf. Sein Gesicht war grünlich verfärbt. Er zitterte.

Durch das Brausen der Wellen und das Heulen des Winds hörten wir nun ganz in der Nähe gefahrdrohendes Brandungsrauschen, gewaltige Wellen, die sich an Felsen brachen.

»Es ist aus mit uns!« brüllte Rophren. »Wir müssen über Bord springen! Verlaßt die Galeere!«

Ich eilte zu ihm und versetzte ihm einen Kinnhaken – und fing ihn nicht auf, als er zu Boden sank. Als ich nach achtern lief, bewegte sich die Galeere schwerfällig unter mir.

»Haltet das Ruder!« brüllte ich den Deldars zu. »Haltet sie, wenn sie herumkommt!«

Dann eilte ich wieder nach vorn, wobei ich mich an den gischtnassen Peitschendeldars vorbeidrängte, die mich mit erschreckten, verwirrten Gesichtern ansahen. Am Hauptmast rief ich einige Seeleute zu mir, die dort herumhockten, und brachte sie dazu, einen Fetzen Segel zu setzen, wobei die Rahe in den Wind, schräg über das Deck, gebraßt wurde. Sofort füllte der Wind das Stück Tuch, wölbte es prall aus, straff wie ein Trommelfell. Doch die Galeere reagierte sofort, so seeuntüchtig sie sonst auch war. Die Vormastrah ließ ich ebenfalls hart anbrassen. Wir trieben nun wie ein Stück Treibholz leewärts vor dem Wind. Schräg vor uns lauerten Felsen. Durch das Dämmerlicht vermochte ich bereits die helle Gischt der Brandung auszumachen.

Und ich war einen Augenblick lang nicht sicher, ob wir die Felsformation umschiffen konnten. Breitseits wurden wir vor dem Wind dahergetrieben.

»Haltet das Ruder hart unten!« brüllte ich in den Wind.

Langsam, sehr langsam, schwangen wir um die Felsen herum. Aber unsere Bewegung war wohl zu gemächlich.

Gischt stach mir in die Augen, und ich wischte die Feuchtigkeit ungeduldig fort.

Ich wagte keine weiteren Segel zu setzen; die Galeere wäre nur wie ein Pfeil losgeschossen und hätte sich auf die Felsen geworfen, wenn sie nicht sofort umgeschlagen wäre. Wasser brach in gewaltigen Sturzbächen über dem Schiff zusammen.

Ich klammerte mich fest und hoffte.

Rophren war wieder zu sich gekommen und näherte sich mir mit einer Gruppe von Offizieren. Auf ihren Gesichtern malte sich die Furcht vor der See, die an ihnen fraß – und ihr Haß auf mich.

»Du – Lord Strombor! Du bist verhaftet!« Rophren sprach zuerst tonlos, doch dann schlich sich Angst in seine Worte, so daß er zu stottern begann. »Wir sind alle zum Tode verdammt – weil du meinen Befehl verhindert hast! Wir hätten alle springen können, als ich es sagte – jetzt stehen wir zu dicht vor den Felsen! Cramph! Du hast uns auf dem Gewissen!«

Ein rotgesichtiger junger Mann mit engstehenden Augen zog sein Langschwert.

»Der Kerl kommt mir nicht in Arrest. Ich werde ihn gleich erledigen!«

Die Schwertklinge schimmerte silbern in der Gischt – hoch über meinem Kopf. Dann zischte sie herab.

8

Ich sprang zur Seite und trat dem jungen Mann dorthin, wo es am meisten schmerzt. Er klappte zusammen und erbrach sich über das feuchte Deck. Mühelos nahm ich ihm das Langschwert ab und hielt es so, daß Rophren und seine Begleiter die Waffe sehen konnten.

»Wenn du nur einen einzigen meiner Befehle widerrufst, stirbst du auf der Stelle«, brüllte ich.

Hände verkrampften sich um Schwertgriffe. Diese Männer waren stolz und arrogant und das Kommandieren gewöhnt. Sie schwankten auf dem Deck hin und her, im Rhythmus des Kampfes der Galeere mit den Gewalten des Meeres. Entspannt und ausbalanciert stand ich vor ihnen, und das Schwert in meiner Faust wies stets in ihre Richtung.

Ob sie mich angegriffen hätten in ihrer Verzweiflung, ich hätte sie wahrlich alle in ein nasses Grab geschickt, oder ob sie wie angekettete Leems schnaubend und untätig stehengeblieben wären, weiß ich nicht. Ich hätte eher das letztere vermutet, denn wie man sagt, biete ich einen furchteinflößenden Anblick, wenn ich einen Gegner mit blankem Schwert bedrohe.

Während sie noch naß und ängstlich vor mir standen und sich zwischen dem kochenden Meer und der Drohung meines Schwerts entscheiden mußten, erhob sich eine helle Stimme über den Lärm.

Oben am Bug stand Nath, mein Nath von der Ruderbank. Er hob den naßglitzernden Arm und winkte. »Wir sind durch, Schreiber!« rief er. »Wir sind vorbei!«

Wir sahen uns um – die Offiziere und ich. Die Felsen zogen achteraus an uns vorbei, und ihre gischtende Brandung blieb langsam zurück. Zentimeterweise kämpfte sich die *Lilavogel* an dem Felsvorsprung vorbei und geriet so auf die Leeseite des Kaps und konnte ruhig in die dahinterliegende Bucht steuern.

Nachdem Zenkiren wieder bei Bewußtsein war, wurde der Zwischenfall zur Routinesache für das Bordgericht. Rophren kam unter Arrest. Der rotgesichtige junge Mann, Hezron von Hoch-Heysh, wurde ebenfalls festgesetzt; doch in seiner Gegenwart sprach ich mich für ihn aus, wußte ich doch, daß dies seine erste Fahrt als Offizier an Bord einer Galeere war – und sein erster Sturm.

»Die Gefahren des Meers lassen sich abstufen – wenn man sie kennt«, sagte ich. »Ich lege es Hezron nicht zur Last, daß er mich in seiner Angst töten wollte. Vielleicht aber kreidet er mir an, daß ich ihn zwischen Wind und Wasser getreten habe.«

Zenkiren lächelte nicht; doch ich beobachtete ihn, wie er da an seinem Richtertisch saß, neben sich die anderen Offiziere, vor sich den bleichen Angeklagten zwischen zwei Bewaffneten, und ich überlegte, daß er vielleicht bei anderer Gelegenheit gelächelt hätte, denn Zenkiren war im Grunde seines Herzens ein lustiger Mensch.

»Was hast du dazu zu sagen, Hezron?«

Hezron von Hoch-Heysh hob den Kopf. Er war ein Junge, der es gewöhnt war, seinen Willen durchzusetzen, das war klar, Mitglied einer reichen und mächtigen Familie in Sanurkazz.

»Ich vergesse diese Tat nicht«, sagte er. »Ich lege dir zur Last, daß du mich erniedrigt hast, daß du es gewagt hast, Hand an mich zu legen, an mich, Hezron von Hoch-Heysh. Das wirst du so schnell nicht vergessen, Barbar!«

Schon öfter war ich mit dem Schimpfnamen Barbar belegt worden, denn immerhin war ich ein Fremder vom Äußeren Ozean – doch noch nie hatte man das Wort mit solcher Heftigkeit ausgesprochen. Ich dachte an die Galeeren des Binnenmeers und an ihre Kampfqualitäten und begann mich zu wundern. Die Schiffe aus Zenicce, das auf dem Äußeren Ozean nicht beliebt war, und die überall bekannten Flotten aus Vallia – wurden sie von Barbaren gebaut? War die herrliche Enklavenstadt Zenicce barbarisch zu nennen? Wenn ja, dann wurde dort ein Stil der Barbarei gepflegt, den die Seeleute des Auges der Welt nicht verstanden.

»Wenn du diese Frage klären möchtest«, sagte ich und sprach nun mit harter, grober Stimme, »dann bist du willkommen, mir jederzeit mit den Waffen gegenüberzutreten.«

»Jetzt ist es genug!« sagte Zenkiren ärgerlich. »Nur durch den Mut und das Können Lord Strombors ist die *Lilavogel* überhaupt gerettet worden.« Er verzog das Gesicht. »Unsere beiden Begleiter sind verloren.« Und das stimmte. Wrackteile der beiden Galeeren und zahlreiche Leichen waren am folgenden Tag angeschwemmt worden. Viele Sklaven waren noch an die Wrackteile gekettet.

Rophren wurde dazu verurteilt, vor das Gericht des Hohen Admirals gestellt zu werden.

Hezron von Hoch-Heysh wurde ermahnt und dann freigelassen. Meine Fürsprache änderte seine Einstellung nicht. Ich wußte, daß ich mir den Rücken freihalten mußte, soweit es ihn betraf.

Nach einigen Tagen erreichten wir den Außenhafen des Heiligen Sanurkazz.

Ich habe in meinem Leben viele Städte gesehen – und freute mich auf den Anblick der Hauptstadt der Zairer. Ich erwartete ... rückblickend ist es töricht, überhaupt etwas erwartet zu haben, ehe die Realität vor einem liegt.

Sanurkazz lag auf der schmalen Landzunge, die sich zwischen dem Binnenmeer und dem kleineren damit verbundenen Meer, dem Marschmeer, erstreckte. Diese Landzunge bildete im Umriß eine Art stumpfe Pfeilspitze, wobei die beiden scharfen Kanten vom Wasser umspült waren und die Grundfläche von einer sechsfachen Schutzmauer abgeschlossen wurde. Es gab zahlreiche Gebäude, einige von beträchtlicher Größe und in einer Art Säulenarchitektur errichtet, die ich sehr hübsch fand. Fast überall waren zum Bau der Häuser gelbe Steine verwendet worden, die einige Dwaburs entfernt an der Küste gebrochen wurden. Die Ziegeldächer schimmerten rot. Pflanzen wuchsen überreichlich zwischen den Häusern und an den Boulevards und Straßen. Auch waren zahlreiche Flachdächer zu bunten Gärten umgestaltet worden.

Wassermühlen pumpten Wasser durch ein Röhrensystem und speisten viele Brunnen, die überall in der Stadt unermüdlich plätscherten. Die Märkte waren reich beschickt und hallten wider vom Klang der Münzen, dem Lärm der Calsanys, den Schreien der Verkäufer. In den Straßen der Handwerker herrschte der ständige Lärm der Hämmer, die Bronze, Gold oder Silber formten, dazu das Sirren von Rädern, auf denen Töpfe mit kühnen roten Verzierungen entstanden oder mit denen das schmiegsame weiche Leder zugeschnitten wurde, das überall am Binnenmeer berühmt war.

O ja, Sanurkazz war eine herrliche Stadt voller Leben, Schwung und Bewegung. Die Häfen waren musterhaft angelegt, so daß sie guten Schutz vor dem Wetter und vor jedem Piratenangriff boten. Die Arsenale waren geschickt plaziert, so daß sie sich gegenseitig schützten. Die Kuppeln und Türme der Tempel stachen in die schimmernde Luft.

O ja, Sanurkazz war großartig – eine Stadt, in der man leben konnte. Magdag war eine Stadt der Gigantomanie, der Kolosse, der hoch aufragenden Gebäude, die sich endlos in die Ebene erstreckten, eine Stadt der Arbeit, Mühe und anstrengenden Disziplin, maschinenähnlich, besessen. Sanurkazz dagegen war eine Stadt der Individualisten.

Doch Sanurkazz hatte keinen rechten Zusammenhalt. Es war eben eine Ansammlung von Individuen. Sie bezauberte. Sie hatte herrliche Gassen, Höfe und baumbeschattete Gärten, wo bunte Blumen leuchteten und dufteten; es gab hier wunderbare Schänken und Tavernen. Ich genoß Sanurkazz, aber ich spürte auch, daß dieser Stadt jegliche Zielstrebigkeit abging, wie sie Magdag besaß.

Der Konflikt zwischen Rot und Grün war kein eindeutiger Gegensatz zwischen Gut und Böse. Obwohl ich in jenen Tagen bereit war, in Magdag nur das Böse zu sehen, kann ich wohl ohne Eitelkeit sagen, daß ich auch schon die schweren Mängel Sanurkazz' erkannte. Es war eine ungemein menschliche Stadt. Am besten ließ sich das heilige Sanurkazz wohl beschreiben, wenn man sagt, daß es sich in der Sonne austobte. Zechtouren waren die beliebteste Beschäftigung seiner Bewohner. Und an jedem sechsten Tag konzentrierten sich auch die Zanurkazzer auf die intensiven religiösen Riten, auf die Anbetung Zairs, der roten Sonnengottheit.

Die Frauen von Sanurkazz waren von geradezu legendärer Anmut und Freizügigkeit. Für sie hätte der Gedanke, sich zu verschleiern, ehe sie die Straße betraten, etwas Perverses gehabt. Mit Zenkirens Versprechen in der Tasche, daß er mich an Bord der *Lilavogel* beschäftigen würde – in einer Position, die wir noch festlegen mußten – konnte ich es mir einstweilen gutgehen lassen, und ich streifte durch die Stadt und die Gegend, ein Langschwert an der Hüfte, um die sich ein Gürtel aus dem herrlichen sanurkazzischen Leder zog.

Auf den fruchtbaren Feldern südlich der Stadt und an der Küste des Marschmeers wurde auf kleinen Höfen viel Landwirtschaft getrieben; dazwischen erhoben sich die Landsitze der Reichen. Weiter im Süden begannen die Ebenen, auf denen sich Chunkrahherden herumtrieben. Ich nahm mir vor, eines Tages dort hinauszureiten, um einige Zeit bei den Chunkrah zu verbringen und an meine Klansleute der segesthischen Ebenen zu denken. Noch weiter südlich wurde die Gegend trockener, und erste Anzeichen der Wüste machten sich bemerkbar. Wie ich erfahren hatte, lag jenseits der Wüsten das Küstenland Donengil; doch diese Gegenden ließen sich besser mit dem Schiff durch den großen Kanal erreichen. Donengil, so vermutete ich, mußte ein Klima besitzen, das etwa dem Westindiens entsprach.

Kleinindustrie gab es in überraschend großem Maße. Eisen- und Bronzewerke, Werkstätten für die Herstellung von Schwertern und Kettenhemden, Bergbau und Holzbearbeitung und Stoffwebereien – all die Betriebe, die dem Unterhalt eines Stadtstaates wie Sanurkazz dienten. Ich besuchte die ausgedehnten Wälder und sah Lenk- und Sturmbäume wachsen, sah die Zedern und Pinien des Hochlandes im Südwesten, sah, wie die Schiffbauer noch stehende Stämme auswählten und sie mit Schablonen umgaben, so daß sie gleich in die richtige Kiel- oder Heckpfostenform wuchsen.

Die Menschen Kregens stehen nicht alle auf derselben Stufe industrieller, sozialer oder politischer Entwicklung. Man kannte hier ein Verfahren, Holz mit Dampf zu biegen; für den Bau guter Galeeren war das auch unerläßlich. In urgeschichtlicher Zeit auf der Erde hatten die Schiffsbauer grünes, saftiges Holz nehmen müssen, das sie zurechtbiegen konnten – und das sich dann oft genug verzog und die Schiffe leckwerden ließ. Da war man hier auf Kregen jetzt schon weiter.

Den Kopf voller Schiffbaupläne, begleitete ich Nath und Zolta in ihre Lieblingsschänke, den ›Geschorenen Ponsho‹ – Kreganer haben manchmal einen seltsamen Humor –, wo die hübsche Sisi offenbar bereit war, die beiden Halsabschneider bevorzugt zu bedienen, nur weil sie die magdagschen Galeeren lebend überstanden hatten.

»Ein Mann pro Ruder, wie du sagst«, meinte Zolta und rieb sich das Kinn, wo sein schwarzer Bart inzwischen so lang war, daß er zu jucken begann, »wäre sogar mit der Apostis – die wir den Erzfeinden Zairs zuschreiben müssen ...«

»Ha!« unterbrach ihn Nath, als wir durch den niedrigen Eingang der Taverne schritten und das rosa Licht der beiden aufgegangenen Monde Kregens verließen.

»Diese Rasts von Grodnogasta behaupten, sie hätten die Apostis erfunden!«

»Zair möge sie aushungern!« brummte Zolta, warf sich auf eine Bank und begann nach Sisi zu brüllen. »Außerdem, Freund Strombor« – so nannten sie mich jetzt, da sie mit dem ›Lord‹ nicht fertig wurden – »wie ich sagte, ehe Nath seine riesige Weingurgel öffnete – Sisi! Beeil dich, du Freude aller Männer! Ich bin so trocken wie die südliche Wüste! Wie ich schon sagte, ein Mann pro Ruder wäre selbst mit der Apostis nur gut für ein kleines, manövrierfähiges Schiff. Ich möchte in einem solchen Kahn nicht erleben, daß mir ein Hundert-Achtzigruderer auf den Fersen ist. Da würden wir ja glatt aus dem Wasser gepeitscht!«

Sisis Ankunft mit drei riesigen Lederkrügen unterbrach unser Gespräch, und wir tranken von dem schweren dunklen Wein. Nath rülpste, lehnte sich zurück und fuhr sich mit dem Handrücken über die Lippen.

»Gesegnete Mutter Zinzu! Das war nötig!«

Wir unterhielten uns und tranken und stritten und ließen uns mit einigen Ponshofarmern vom Lande auf ein Spielchen ein, und mit Naths unheimlicher Fähigkeit, die Würfel zu beeinflussen, standen wir bald nicht schlecht da. Doch dann kam es zum Streit – damit schien es immer zu enden, wenn Nath mit den Würfeln im Gange war. Lachend und brüllend und krausköpfige Ponshofarmer zur Seite schiebend, verließen wir die Taverne. Wenn ich sage, daß Zolta der kleinste auf unserer Bank war und deshalb außenbords saß, so will ich damit nicht behaupten, daß er ein Zwerg war. Er war stämmig und untersetzt und konnte in einem Kampf durchaus seinen Mann stehen.

Sisi lief wütend kreischend hinter uns her, doch Zolta zog sie an sich und drückte ihr einen schmatzenden, bartstoppeligen Kuß auf die Lippen, und dann verließen wir johlend den ›Geschorenen Ponsho‹. Die

Mobilen, die Polizeimacht in Sanurkazz, dicke, fröhliche Männer mit Säbeln, die still in den Scheiden vor sich hin rosteten, eilten auf den blumengeschmückten kleinen Platz vor der Taverne, als wir auf der anderen Seite davonliefen. Nath hatte eine Flasche Wein in der Hand und lachte und hüpfte durch die Straße, während Zolta töricht vor sich hin grinste und offensichtlich an Sisi dachte. Ich mußte über meine beiden wilden Freunde lachen. Doch wir hatten auf der Galeere zusammen am Ruder gesessen. Das machte uns zu untrennbaren Kameraden. Wir waren zu viert gewesen – jetzt waren wir noch drei. Mein Lachen muß sich für einen zivilisierten Menschen unmöglich angehört haben.

Wir marschierten durch die mondhelle Straße.

»Wir müssen eine andere Taverne finden, und zwar schnellstens!« rief Zolta. »Ich bin in Fahrt.«

»Und was ist mit Sisi, du Ungläubiger?« fragte Nath. Mit ruckartiger Bewegung entfernte er den Korken der Flasche.

»Sie wird schon hübsch saftig bleiben! Aber ich bin in Fahrt, das sage ich dir – du Laus auf einem Calsany.«

»Was das angeht ...«, sagte Nath und blieb stehen, um die Flasche an den Mund zu setzen, »Läuse gehören in der Größe eher zu einem Mann, der draußen an der Bordwand rudern muß, ja?«

Er schrie auf, als Zoltans Zeh ihn erwischte, und im nächsten Augenblick liefen die beiden brüllend die Gasse hinauf. Nath schwenkte die Flasche in der Hand, und Zoltas brüllendes Gelächter schürte das Feuer noch mehr. Ich seufzte. Raufbolde, die beiden, doch wir waren Rudergefährten.

Aus der Richtung der ›Geschorenen Ponsho‹ trappelten gestiefelte Füße heran. Ich glaubte mindestens vier Mann herauszuhören, die Rüstung zu tragen schienen. Die Bürger von Sanurkazz trugen ihre Kettenhemden nicht mit der gleichen Begeisterung wie die Magdager. Die Mobilen waren sogar nur halb gepanzert. Überhaupt waren sie so dick und träge und zogen jederzeit eine Flasche Wein einem Streit vor, daß ich überrascht war, sie überhaupt so schnell auftauchen zu sehen.

Die Schritte kamen näher, und ich trat in den Schatten eines Balkons, von dem große Blüten herabhingen.

»Der Rast ist hier entlanggegangen«, knurrte eine Stimme. Ich erstarrte und machte nicht einmal den Versuch, mein Langschwert zu ziehen. Dafür war später noch Zeit.

»Die verflixten beiden Cramphs ...« Nath und Zolta machten allerdings wirklich einen Lärm, der das ganze Stadtviertel wecken konnte. »Wir müssen uns beeilen.«

Vier Männer in Kettenhemden drängten sich durch die Gasse. Sie passierten eine mondbeschienene Stelle – ihre Gesichter waren rosa Kreise, von wilden, nach oben gezwirbelten Schnurrbärten geziert. Ihre Rüstungen schimmerten, wo sie nicht von den losen weißen Roben verdeckt waren. Diese Mäntel wirkten seltsam, bis ich erkannte, daß sie nicht das übliche große Abzeichen auf Brust und Rücken aufwiesen, das die Zugehörigkeit des Trägers kennzeichnete.

Ich glaube, ich wußte schon damals, was dahintersteckte! Doch ich wollte sichergehen. Immerhin hatte ich, Dray Prescot, auf Kregen wichtigere Dinge zu tun, als mich mit einem verzogenen Jungen auf einen sinnlosen Kampf einzulassen, auch wenn er der Abkömmling einer reichen und angesehenen Familie war.

Die Schwerter der Männer schimmerten im Mondlicht.

Mein Versteck unter dem Balkon war gut; sie wären an mir vorbeigegangen. Ich weiß noch, daß ein südlicher Blumenduft in der Luft lag.

In dem Moment trat ich auf die Gasse hinaus, das Schwert noch in der Scheide.

»Ihr wolltet mich sprechen?« fragte ich herausfordernd.

»Bist du der Mann, der Lord Strombor genannt wird?«

»Ja.«

»Dann bist du ein toter Mann.«

Der Kampf dauerte nicht lange. Die Männer waren annehmbare Kämpfer, nichts Besonderes, nichts, was meinen wilden Klansleuten auch nur einen Moment lang hätte gefährlich werden können. Hap Loder zum Beispiel hätte gegähnt, während er ihnen den Garaus machte.

Als ich zur *Lilavogel* zurückkehrte, sagte ich zu Zenkiren: »Ich möchte den Vater Hezrons sprechen.«

»Oh?«

Inzwischen verstanden wir uns ein wenig besser, Zenkiren und ich. Ich hatte Zolta nach der Bedeutung des Wortes Krozair gefragt, und er hatte gezögert und den Blick gesenkt und mir schließlich geantwortet, ich sollte Zenkiren fragen. Dieser jedoch hatte mich aufgefordert, geduldig zu sein.

Als ich auf meiner Frage beharrte, hatte er gesagt: »Es handelt sich um einen Orden – eine Organisation, über die man nicht so ohne weiteres spricht.«

Er deutete auf seine kahle Kabine, und ich wußte nicht, was er meinte.

Jetzt legte er einen Finger an die Lippen, als ich ihm von dem Zwischenfall in der Gasse berichtet hatte.

»Die Sache kann ernst werden, Lord Strombor. Harknel von Hoch-Heysh, Hezrons Vater, ist ein mächtiger und reicher Mann. Es gibt manche Intrigen in Sanurkazz, wie du dir sicher vorstellen kannst.«

Ich machte eine ungeduldige Handbewegung. Zenkiren fuhr nachdrücklicher fort: »Der Junge hat Mörder gedungen, die versagt haben. Wenn du das dem

Vater sagst, muß er natürlich jede Kenntnis davon ablehnen und dann seinen Sohn bestrafen, weil es nicht geklappt hat – und nur weil es nicht geklappt hat. Anschließend ist nicht nur der junge Hezron auf dein Blut aus, sondern auch der alte Harknel. Überleg es dir gut, Strombor – und da ist noch etwas.«

»Ich hab's mir schon überlegt«, erwiderte ich. Ich durfte solche Gefahren nicht auf mich zukommen lassen, wenn ich für die Herren der Sterne – oder die Savanti – tätig werden sollte, ganz zu schweigen von meiner Rückkehr – nach Vallia oder Strombor – zu Delia aus Delphond. »Ich möchte mit jemandem sprechen, der mir helfen kann, den jungen Burschen im Zaum zu halten. Das ist alles.«

Er schürzte die Lippen. Er versuchte fair zu sein, mein Pur Zenkiren, Kapitän der *Lilavogel.* Er hielt ein Stück Papier hoch – von einer Art, die ich nicht kannte.

»Ich habe einen Brief bekommen, Strombor. Ich möchte gern, daß du eine kleine Reise antrittst – nach Felteraz.«

»Felteraz!«

»Ja, Lord Strombor. Du sollst Lady Mayfwy kennenlernen. Lady Mayfwy – die Frau Zorgs aus Felteraz.«

9

Zwei Exemplare einer scheußlichen Gattung von Wasserwesen wurden am nächsten Morgen stöhnend und mit pendelnden Armen und Beinen an Bord gehievt und über die Rückenwehr der *Lilavogel* geworfen. Grüngesichtig landeten sie an Deck.

Die buntgekleideten Mobilen, die die beiden gebracht hatten, standen am Kai, die Hände in die Hüften gestemmt, die Köpfe in den Nacken geworfen, und leerten lachend ihre mächtigen Lungen in den Sonnenaufgang. Die beiden Sonnen Kregens standen dicht beieinander. Die ersten Arbeitsgeräusche wurden im Hafen laut, Rufe und Wasserplätschern und das Klirren von Werkzeugen. Die Leuchtturmwärter beendeten ihren Dienst und rieben sich gähnend die Augen. Am fernen Ende der Kaimauer hinter den ersten Seebefestigungen ragte der große Turm mit seinen riesigen Laternenspiegeln auf. Unten am Fischmarkt wurde der Fang gelandet, und die Frauen stritten sich, und manch silberglitzernder Fisch landete im Gesicht einer Widersacherin. Bei der Szene brauchte ich nur die Augen zu schließen und mir vorzustellen, ich wäre wieder in Plymouth – naja, jedenfalls beinahe.

Zolta und Nath lagen reglos an Deck. Sharntaz, der neue Erste Offizier, rollte sie mit der Stiefelspitze herum, um sie sich näher anzusehen. Als Zenkiren erschien und alle unwillkürlich den Rücken strafften, warf er nur einen Blick auf die beiden Übeltäter, die sich Mühe gaben aufzustehen.

»Ihr beide!« sagte er und hob die Hand. »Ihr geht mit Lord Strombor! Los!«

»Aye, Kapitän«, stammelten sie und taumelten hinter mir her.

Es war sicher nicht fair, doch sie hätten mir nicht vergeben, wenn ich ohne sie nach Felteraz gereist wäre. Wie ich Zenkiren erklärt hatte, waren sie ja ebenfalls Gefährten Zorgs gewesen.

Wir machten die Reise in einem zweirädrigen Karren, der von einem friedlichen Esel gezogen wurde – einer anderen Art, als sie auf den Segesthesebenen zu finden war, doch mit der gleichen geduldigen Widerspenstigkeit. Als sich der Wagen in Bewegung setzte, begannen die beiden, die hinten auf der Ladefläche lagen, bei jedem Schlagloch zu stöhnen.

»Mein Kopf! Gesegnete Mutter Zinzu! Ein bißchen Wein für meine trockenen Lippen!«

»Du hast gestern alles ausgetrunken«, knurrte Zolta.

»Und das Mädchen, das du mir gesucht hast! *Aje!* Wie sie … Uiii …«

»Du hast eben kein Gefühl für die schöneren Künste, Nath, und das ist die Wahrheit, bei Zim-Zair.«

»Ja! Seit wann benutzt du Krozair-Flüche, meine dicke Seeschlange?«

Daraufhin schwiegen wir alle eine Zeitlang, denn wir dachten an unseren Freund Zorg aus Felteraz, zu deren Witwe wir nun unterwegs waren.

Der Weg war nicht weit, und wir hatten es in der warmen Sonne nicht eilig. Das Wetter war schön und milde. Für Zolta und Nath war dieser Tag ein Ferientag und zugleich ein Ausflug; für mich ein Abstecher von dem mir vorgeschriebenen Weg, eine Aufgabe, die mir auferlegt war und die, das wußte ich, Delia von den Blauen Bergen gutgeheißen hätte.

Felteraz, ein Städtchen mit einem kleinen Fischerhafen und überragt von einer großen Festung, lag etwa drei Dwaburs östlich von Sanurkazz, und wir mußten uns über den Ausfluß des Marschmeers mit der Fähre übersetzen lassen. Der Wasserlauf war etwa zwei Kilometer breit, und es führten keine Brücken hinüber, doch auf dem schimmernden Wasser herrschte stets lebhafter Bootsverkehr – geruderte Barken, Dingies, Fähren und ab und zu eine majestätische Galeere, die Ruder im Rhythmus des Trommeldeldars perfekt hebend und senkend.

Jetzt ruckelten wir über den staubigen Pfad, denn die Sonnen hatten den Morgentau schnell verdunsten lassen. Wir kamen an bestellten Feldern und kleinen Höfen und einigen winzigen Dörfern vorbei. In Zair konnten die Menschen dicht an der Küste leben, denn die hohen Mauern der Zitadelle Felteraz im Osten boten Schutz und schreckten von einem Überfall auf den Küstenstrich ab. Im allgemeinen liegen die Küsten des Binnenmeers, des Auges der Welt, kahl und unbewohnt unter der Sonne.

Ich fragte mich, was für eine Frau Mayfwy sein würde. Zorg hatte nie von ihr gesprochen, erst im Augenblick seines Todes. Ich hatte mir ein Bild von ihr gemacht und stellte sie mir als würdige Dame vor, aufrecht, beschäftigt mit der Verwaltung des Gutes und der Führung von Stadt und Hafen, eine Aufgabe, die sie mit Würde und Haltung erledigte, eine Herausforderung, die sie mit all jener Loyalität auf sich nahm, die ich an ihrem Mann Zorg so bewundert hatte.

In einem der Dörfer legten wir eine Rast ein, und Nath besorgte schnell eine Flasche Zondwein, und Zolta zog sich ein rotwangiges Mädchen auf den Schoß und scherzte mit ihm herum. Ich aß weiches Brot, das in großen Brocken von langen Laiben abgerissen wurde, und schmierte mir Honig darauf, der aus den Bienenstöcken des Schänkenwirts stammte. Ein Haufen Palines in der Mitte des Tisches vervollständigte Naths Katerkur; nichts kommt den Palines gleich, wenn es darum geht, einen Mann wieder munter zu machen.

Viele Einzelheiten und Ereignisse meines langen Lebens habe ich vergessen – doch diese gemächliche Wagenfahrt von Sanurkazz nach Felteraz über die staubige Küstenstraße des Auges der Welt wird mir immer im Gedächtnis bleiben: das changierende Sonnenlicht auf den Weinstöcken und Orangenbäumen und auf den lächelnden Gesichtern der Menschen, denen wir auf der Straße begegneten. Eine belanglose Erinnerung, doch eine bleibende. Und die beiden lustigen Raufbolde Nath und Zolta vergnügten sich singend und scherzend auf dem Wagen, der quietschend und gemächlich dahinrollte.

Felteraz kam in Sicht. Ich weiß wenig über den Ort zu sagen. Das Städtchen lag malerisch auf den Terrassen eines Hügels, emporsteigend bis an die düsteren Grundmauern der Zitadelle. Ich habe eine ähnlich schöne Szene an den hellen Klippen von Sorrent gesehen. Der Hafen war von einer soliden Granitmauer geschützt, und wie in Sanurkazz gab es auch hier einen Leuchtturm. Von der Höhe der Zitadelle aus konnte ich an den Klippen entlangblicken, die von den untergehenden Sonnen in eine atemberaubend rot und grün opaleszierende Lichtflut getaucht wurden, von Vegetation überwuchert, voller Blüten in unbeschreiblichen Farben.

Wir rollten hinter unserem Esel zur Zugbrücke über den Graben vor der Zitadelle; die Brücke war unten, und ein freundlicher Brückenwächter im Kettenhemd ließ uns passieren. Sein weißer Umhang trug ein Symbol, das mir noch sehr vertraut werden sollte – zwei Galeerenruder überkreuz, nach links und rechts durch ein senkrechtes Langschwert getrennt. Das Symbol war mit roten und goldenen Fäden bestickt, umgeben von einem lenkblattförmigen Rand. Der Posten hob sein Langschwert, als wir vorbeifuhren, und ich erwiderte seinen Gruß.

Ein schnippisch lächelndes Hausmädchen mit weißer Schürze, nackt blitzenden Beinen und kecken Augen, die Zolta im Handumdrehen richtig einschätzten, führte uns in einen großen Vorraum voller Wandteppiche und massiver Tische und Stühle. Sie blieb nur wenige Minuten fort, und da wußte ich, daß Zenkiren eine Nachricht geschickt hatte und wir erwartet wurden.

Mayfwy, die Witwe Zorgs aus Felteraz, betrat das Zimmer.

Ich wußte, was ich erwartet hatte, doch von der würdigen Dame in vornehmer Aufmachung blieb in der Wirklichkeit nur der goldene Gürtel mit einem einzigen Schlüssel übrig – dem Zeichen ihres Amtes als Schloßherrin.

Mayfwy schwebte leichtfüßig ins Zimmer, freundlich, überfließend vor Gastlichkeit und Zuvorkommenheit. Sie war jung, unglaublich jung für ihre Stellung. Ihr dichtes dunkles Haar schimmerte vor Gesundheit. Ihr schmales Gesicht mit den kecken Augen musterte uns prüfend. Ihr kleiner, sinnlicher Mund verzog sich zu einem Lächeln, als sie uns nun langsam näher kam, die Hand ausgestreckt.

»Mein Lord Strombor. Ich bin sehr erfreut, dich in Felteraz willkommen zu heißen.« Sie strahlte Zolta und Nath an. »Und natürlich auch Nath und Zolta, die Freunde meines lieben Mannes, die deshalb auch meine Freunde sind. Ihr seid herzlich willkommen.« Sie lachte und sprach hastig weiter, ohne uns Gelegenheit zu einer Antwort zu geben. »Kommt. Ihr müßt hungrig sein – und gewiß doch auch durstig? Nath, leugne es ab, wenn du kannst! Und du, Zolta, solltest wissen: die Magd, die euch hereingeführt hat, heißt Sinkle.«

Sie tänzelte auf ihren Satinschuhen hinaus, und wie drei Calsanys folgten wir ihr auf die Terrasse, unter der sich die ganze atemberaubende Szenerie ausbreitete: Klippen, Bucht, Stadt und Hafenanlagen. Doch für die Schönheit dieses Blicks hatte ich erst später Zeit. Zunächst musterte ich dieses Mädchen, dieses quirlige Wesen, diese Mayfwy, die so früh Witwe geworden war.

Sie trug ein einfaches weißes Leinenkleid, das über den Schultern von goldenen, rubinbesetzten Nadeln zusammengehalten wurde. Der goldene Gürtel zog sich um ihre Hüften und hing schräg vorn herab und betonte die herrlichen Kurven ihres Körpers. Ihre Figur war schlank und weiblich und auf ungekünstelte Weise verführerisch, als könne sie nie unattraktiv sein, was immer sie auch tat oder anhatte. In ihren Locken steckten Vergißmeinnichtblüten.

Ich habe keine Ahnung, wovon wir damals auf jener sonnenüberfluteten Terrasse sprachen. Nath zog sich bald zurück, um für Wein zu sorgen, und Zolta wurde von Sinkle entführt, die wenigstens so anständig war zu kichern, als er sie umfaßte und sie ihn fortzog.

»Zorg«, sagte ich und stürzte mich brüsk und brutal in einen Bericht über unser Sklavenleben. Sofort wurde sie ruhiger und hörte mir aufmerksam zu. Sie lachte nicht, und während meines Vortrags spürte ich ihre Reaktion so sanft, so einfühlsam, daß ich erkannte, sie hatte längst alle Tränen vergossen, die sie besaß. Gefangenschaft und Sklaverei hatten Zorgs Kräfte verschlissen. Dieses elfenhafte Wesen war einmal seine Gemahlin gewesen. Ihr Schmerz hatte begonnen, als die Nachricht kam, daß Zorgs Galeere aufgebracht worden war. »Er wurde auf die Galeeren geschickt, weil er sich gegen die bösen Magdager gestellt hatte. Sie wollten ihn strafen. Ich sage dir, Mayfwy, Zorg hat sich bis zuletzt nicht unterkriegen lassen.« Und dann berichtete ich ihr die Worte, die Zorg gesagt hatte, als er starb – doch verschwieg ich ihr die Einzelheiten seines Todes.

»Ja, er war ein sehr stolzer Mann, Lord Strombor. Oft über die Maßen stolz. Ich danke dir für die Güte deines Besuchs.« Sie machte eine Geste, eine fast hilflose kleine Bewegung mit ihrem schmalen nackten Arm. Außer den hellen Rubinen auf den Schultern trug sie keinen Schmuck. Der Duft ihres Parfums erreichte mich mit jeder ihrer Bewegungen.

Ich dachte an Prinzessin Natema Cydones aus dem Edlen Haus Esztercari im fernen Zenicce, doch dann schlug ich mir die Frau aus dem Kopf, die inzwischen mit meinem Freund Prinz Wanek aus dem Edlen Hause Eward verheiratet sein mußte – und zwar schon seit geraumer Zeit.

»Du trinkst keinen Wein, Lord Strombor.« Ich griff nach dem Kristallkrug.

Um ehrlich zu sein, trank ich lieber den schmackhaften kregischen Tee, an den ich mich in meiner Zeit bei den Klansleuten auf den segesthischen Ebenen gewöhnt hatte, doch der Wein aus Felteraz war leicht und süß und kam angenehm über die Zunge.

»Ich trinke auf dein Glück, Lady Felteraz.« Eine höfliche Bemerkung – zugleich sehr ungeschickt formuliert.

Ihr Gesicht näherte sich dem meinen, ihre Augen waren groß und schimmernd, und in ihnen leuchtete die Erinnerung an ihren Schmerz. »Ach! Lord Strombor!«

Ich stand auf und ging zur Marmorbalustrade, die das herrliche Panorama abgrenzte. Ich konnte drei Galeeren – Hundertruderer – erkennen, die im inneren Hafen lagen, Rahen und Maste umgelegt, die Persennige gespannt, die Ruderpforten mit Leder abgedichtet. Möwen kreisten über dem Abgrund. Der Duft der Blumen war überwältigend.

Wir ließen uns Zeit – Nath, Zolta und ich – bei der Vorbereitung für das vorzügliche Mahl, das uns Mayfwy am Abend vorsetzte. Die Gerichte wurden auf gehämmerten Goldtellern gereicht – auf denen sie für einen wirklichen Gourmet viel zu schnell kalt wurden –, und das Angebot an Weinen war reichlich. Mayfwy lachte, und meine beiden Begleiter lachten und sangen und erzählten Geschichten und zauberten ein Leuchten in die Augen der Lady Felteraz. Zorg war tot. Er saß nun ruhmvoll zur Rechten Zairs im Paradies von Zim. Er würde seinen alten Kameraden das bißchen Freude und Spaß am Leben nicht neiden, geschweige denn dem Mädchen, das er liebte. Wir hatten Zorgs und Mayfwys Kinder gesehen: einen hübschen, hoch aufgeschossenen Jungen, der Zorg sehr ähnlich sah, und ein reizendes kleines Mädchen, das zuerst sehr scheu war, bis Zolta sie auf die Schultern nahm, den Sectrix spielte, auf dem sie reiten durfte, während sie ihn mit einem Stock bearbeitete. Nath begleitete die Szene mit den Worten: »So ist's richtig, mein Schatz!

Schlag ihn wie einen Calsany! So kann's mit ihm nur besser werden!«

Das Essen, das eigentlich mehr ein Bankett war – und wohl, wie ich nicht ohne Scham sagen muß, ein Bankett zu unseren Ehren – ging vorbei. Außer uns waren der Kommandant der Wache und eine Anzahl der führenden Leute des Gutes und ihre Damen anwesend – sympathische, freundliche Leute von ländlicher Lebensart, die so erfrischend war wie ein kühler Westwind nach Tagen schwüler Südwinde.

Ich war schließlich, als alle gegangen waren, mit Mayfwy in einem kleinen Nebenraum allein; drei kleine rosa Lampen spendeten Licht, und sie saß auf einem kleinen weichen Sofa, neben sich einen Tisch voller köstlicher Weine.

»Und jetzt, Lord Strombor«, sagte sie zu mir, und ihr glattes, elfenhaftes Gesicht war ernst. Sie hatte die Hände verschränkt, und ihr sinnlicher kleiner Mund versuchte entschlossen auszusehen. »Jetzt möchte ich, daß du mir die Wahrheit über Zorg erzählst. Ich kann sie ertragen. Aber ich muß die Wahrheit wissen.«

Diese Bitte bereitete mir Unbehagen. Wie konnte ich ihr erklären, was ihr Mann durchgemacht hatte? So etwas war kaum möglich.

Ich spürte mein Herz klopfen. Der Wein stieg mir in den Kopf, vernebelte mir den Blick und wallte durch meinen Kopf. Das rosa Lampenlicht erzeugte seltsame Spiegelungen auf ihrem schimmernden Haar. Das Seidenkleid klebte ihr hier und dort am Körper. Sie lag halb zurückgelehnt da und sah mich an, und ihr voller Mund zitterte, so daß ich keinen anderen Gedanken fassen konnte, als ihrem Befehl zu gehorchen – und doch – wie sollte ich diesem Mädchen von den Schrecknissen des Lebens an Bord einer magdagschen Galeere berichten?

»Lord Strombor«, sagte sie leise, und ihr Atem war nun so unregelmäßig wie der meine. Sie lehnte sich zu mir herüber, ihr Mund war halb geöffnet, die Augen halb geschlossen, ihre Brüste hoben und senkten sich. »Bitte!«

Ich beugte mich zu ihr.*

Der magdagische Hundertruderer hatte nun gestoppt und vollführte das Wendemanöver, und die Ruder peitschten durch das Wasser. Wieder zischte eine Ladung Steine, geschleudert von seiner Heckvarter, über unsere Köpfe. Männer schrien auf, als sich Pfeile in ihre Körper bohrten. Die Galeere aus Magdag wendete, und noch immer hatte Zolta das fürchterliche Durcheinander auf unseren Ruderbänken nicht entwirrt.

»Wirf sie über Bord, wenn es sein muß!« brüllte ich ihm zu. Ein Mann neben mir schrie gellend auf und taumelte zurück. Ein Pfeil ragte ihm aus der Augenhöhle. »Kettet sie ab! Die Leute sollen weiterrudern!« Der Hundertruderer schwang herum, und der häßliche bronzene Bug umgab sich mit weißer Gischt, als das Schiff Tempo gewann.

In wenigen Minuten würde sich die bronzene Spitze in unsere Bordwand bohren, und Männer würden uns wie Meeres-Leem entern. Meine geschwächte Mannschaft war nicht in der Lage, einen solchen Angriff zu überstehen.

Zoltas Schwert zuckte mehrmals gegen aufgebrachte Sklaven vor. Auch Nath war bei ihm; er hatte seine

---

* Hier haben wir eine Stelle, wo – leider – mindestens eine Kassette fehlt, wie ich schon zu Beginn dieses Buches angemerkt habe. Aus kommenden Andeutungen wird klar, daß Prescot das Kommando eines Vier-Sechzigruderers errang, und die folgende Kassette greift den Faden der Handlung auf, nachdem er schon mindestens drei Jahre als Kapitän auf dem Binnenmeer verbracht haben muß. Über den verlorenen Text wissen wir nichts, doch soweit wir Dray Prescot kennen, dürfte es sich um eine bewegte und sehr farbenfrohe Schilderung handeln.

A. B. A.

Bugvarter im Stich gelassen. Die Peitschendeldars lösten die Ketten der toten Sklaven. Geschosse des magdagschen Schiffes hatten ihre nackten Körper zerschmettert.

Sklaven fielen über die Bordwand. Das Klatschen, als sie aufs Wasser trafen, verlor sich im Lärm des Kampfes. Wie bei zahlreichen anderen Kämpfen, die ich hier im Auge der Welt mitgemacht habe – einige davon habe ich ja beschrieben –, fiel mir wieder das Fehlen von Kanonendetonationen und aufwallenden Rauchwolken auf, wie ich es von irdischen Seegefechten gewohnt war.

Jetzt konnte unsere Heckvarter in Aktion treten, und die Männer dort schossen und zerrten sofort wieder eilig an der Winde, um den Bogen neu zu spannen. Der Hundertruderer raste mit zunehmender Geschwindigkeit auf uns zu, der bronzene Rammbug durchschnitt das Wasser, sein Metall schimmerte.

»Beeil dich, Zolta!« brüllte ich.

Zahlreiche Tote lagen auf meinen Decks. Überall ragten Pfeile aus dem Holz. Meine Bogenschützen waren in voller Aktion, doch hinter der frisch errichteten Palisade auf dem tiefen Vorderdeck des Hundertruderers waren die Ergebnisse ihres Angriffs nicht zu erkennen. Die doppelten Reihen der Ruder hoben und senkten sich in schnellerem Rhythmus. Die Ruder tauchten in vollkommenem Gleichtakt ins Wasser und zogen das Schiff wie einen Zug auf Schienen voran. Wieder brüllte ich zu Nath hinab, und er eilte zum vorderen Varter zurück und drängte seine Männer, einen letzten Schuß abzugeben.

Ich hatte das Schwert in der Hand.

Wenn wir gefangen wurden, bedeutete das magdagschen Galeerendienst für uns. Ich hatte die Freiheit des Binnenmeers genießen dürfen und wollte nicht freiwillig in die Sklaverei zurückkehren.

Zolta führte jetzt alle unsere frischen Sklaven aus

dem Laderaum und jagte sie auf die Bänke. In diesem Stadium des Kampfes war ein Eindecker-Ruderer von Vorteil. Vier Sklaven pro Ruder, die sich vorbeugten, die Ruder anhoben und sich auf den ersten Schlag vorbereiteten.

Schon wurden sie von den Peitschendeldars angekettet. Ich nickte; das war gut. Die Ruderer mußten sofort auf jeden Befehl reagieren. Wenn sie nicht angekettet waren, blieben sie nicht mit den Gedanken bei der Sache, sondern rechneten sich eine Chance aus, im Kampfgetümmel über Bord zu springen. Wieder sanken einige Männer von Pfeilen durchbohrt auf dem Mittelgang zusammen.

Zolta winkte mir mit dem Schwert zu. Sein Gesicht war so düster wie ein Winterhimmel.

»Alles klar!« brüllte er. »Schiff klar zum Gefecht, Kapitän!«

Ich gab dem Rudermeister einen Befehl, doch der alte Rizil war schon bereit und blies in seine Silberpfeife, der Trommeldeldar ließ den ersten dröhnenden Schlag ertönen, die Baß- und die Tenortrommel begannen ihren Rhythmus. Die Ruder senkten sich, fuhren durch das Wasser und hoben sich in der unglaublich kraftvollen Bewegung des Eilstarts. Ich spürte, wie die *Zorg* durchs Wasser sprang.

Als wir nun wendeten, gab unsere Artillerie her, was sie hatte. Dann mußte die Heckvarter schweigen, und Nath war allein auf sich gestellt, als wir herumschwangen und unseren Bug auf die grüne Galeere richteten.

Bronzebug gegen Bronzebug, so rasten wir aufeinander zu.

Der Gegner war ein Hundertruderer – zwei Ruderdecks mit etwa fünf oder sechs Männern an jedem Ruder. Die *Zorg* war ein Sechzigruderer, ein Eindecker mit vier Mann auf jeder Bank. Bei einem direkten Aufprall wurden wir bestimmt zurückgeworfen.

Beide Kapitäne – der Mann, den ich bekämpfte, und ich – wußten, was in einer solchen Situation zu tun war.

Umgeben von den Schreien der Verwundeten, dem Surren der Schleudern und dem Zischen der Geschosse, standen wir beide auf unseren Achterdecks, abwartend, abschätzend, auf den richtigen Augenblick lauernd.

Aber – nach welcher Seite würde er ausweichen?

Er würde auf jeden Fall versuchen, mich zu rammen – so sicher wie er wußte, daß ich einer Kollision bestimmt ausweichen und an seiner Flanke entlangstreichen wollte, um dabei seine ganze Doppelreihe von Rudern abzurasieren. Aber welche Seite – Backbord oder Steuerbord?

Ich spürte, wie sich mein Gesicht verkrampfte, und erkannte, daß ich das Dilemma des magdagschen Kapitäns unwillkürlich belächelte. Er wollte mich treffen; dann mußte er auch die Entscheidung treffen. Ich mußte als erster den Kurs ändern; so mußte er jedenfalls denken.

Zolta stand schwer atmend neben mir, das blutbefleckte Schwert in der Hand. »Wenn sie einen Fuß an Bord setzen, müssen sie durch mein Blut waten!«

»Ja, Zolta!« sagte ich.

Meine Männer sammelten sich nun vorn, die Langschwerter bereit, und ihre weißen Roben mit dem aufmunternden Zeichen von Zanurkazz stärkten uns alle. Sie duckten sich wie Leems. Ich wandte mich an die Ruderdeldars.

Ich hatte eine leichte Kursabweichung bemerkt, eine Bewegung, die offenbar durch die Strömung und die leichte Brise gefördert wurde.

»Wenn ich den Befehl gebe«, sagte ich mit harter Stimme zu den Ruderdeldars, »wendet ihr sofort nach Steuerbord. Nach Steuerbord. Sobald ihr meinen Befehl hört. Verstanden?«

»Ja, Kapitän«, erwiderten sie und handhabten ihre Ruder mit einer Geschicklichkeit, die ich ihnen eingebleut hatte.

»Komm, Zolta«, sagte ich mit gespielter Munterkeit. »Wir gehen nach vorn. Unsere Klingen sind trocken und durstig.«

»Beim gnädigen Zair!« knurrte Zolta. »Kein Grodnogasta soll verhindern, daß ich mir heute auf Isteria ein Mädchen nehme!«

Der Hundertruderer war nun schon halb hinter der Palisade verborgen, die sich quer über unseren vorgereckten Bug zog. Wir liefen nach vorn und winkten Nath ermutigend zu, der seine beiden Varter mit einer Geschwindigkeit und Präzision weiterfeuern ließ, wie sie die Bedienungen noch bei keiner Übung erreicht hatten.

Ich führte hier mein eigenes Schiff; ich war gerade so lange Kommandant, daß der Ausbildungsstand der Mannschaft dem entsprach, was ich mir vorstellte; kein mieser Grodnofreund sollte mir das nun nehmen!

Dann stieß Nath auf seiner Varterplattform einen schrillen Triumphschrei aus.

»Gelobt sei die Gesegnete Mutter Zinzu! Wir haben ihren Trommeldeldar zerquetscht wie eine Paline!«

Sofort kamen die gegnerischen Ruder aus dem Takt. Noch während mir der Gedanke an die mangelnde Ausbildung der Magdager durch den Kopf ging, wandte ich mich um, legte die Hände an den Mund und brüllte nach hinten: *»Jetzt!«*

Die *Zorg* schwang abrupt nach Steuerbord.

Unsere Backbordruder wurden mit einer Geschwindigkeit eingezogen, die deutlich von dem Wissen unserer Sklaven kündete, was geschehen würde, wenn sie mit ausgestrecktem Ruderbaum erwischt wurden. Ich sah, wie der spitze Bug der Magdagschen Galeere zur Seite scherte und konnte nun auf ihr Vorderdeck blicken, wo die Vartermannschaft mit der Winde kämpfte. Ich sah die gegnerische Bugfigur – einen Katzenkopf – unter unserer Bugreling verschwinden und spürte das ruckhafte Knirschen, als unser bronzener Bugkopf – der Schädel eines angreifenden Chunkrah – die gegnerische Bordwand traf.

Dann dröhnten wir an der Backbordseite der Galeere entlang und brachen in einem nicht enden wollenden Krachen splitternden Holzes sämtliche Ruder auf dieser Seite ab – wir scherten die Flanke kahl wie einen magdagschen Sklavenschädel.

Ich wußte, was nun auf den Backbordruderbänken an Bord des Hundertruderers los war. Dort saßen Männer aus Zair, Mitbürger, Kameraden; sie würden begreifen, was wir taten, und es bitter bedauern, doch ihr Haß würde Magdag gelten.

Wir schossen an dem hochgereckten Heck der Galeere vorbei, und kein einziger Magdager sprang zu uns an Bord.

Darauf drehten wir bei und schossen die Galeere in Stücke.

Als wir schließlich enterten, vermochten mich Chaos und Blut nicht mehr zu beeindrucken. Es war nur eine erfolgreiche Aktion mehr auf dem Binnenmeer.

Von den achthundert Sklaven, die sich an Bord befanden, waren etwa dreihundertfünfundzwanzig tot oder so schwer verwundet, daß es keine Hoffnung mehr für sie gab. Von den Magdagern konnten wir nur zweiundzwanzig an unsere Bänke ketten. Wir gaben dem gekaperten Hundertruderer eine Prisenmannschaft an Bord, die wir mit allen Reserverudern ausstatteten, die wir hatten – und dann nahmen wir Kurs auf das Heilige Sanurkazz.

Ich leitete die erforderlichen Maßnahmen ein, um die Gefallenen auf See zu bestatten. Unsere Decks wurden gereinigt, unsere Verwundeten versorgt, die geretteten Sklaven waren es zufrieden, noch ein wenig länger an den Rudern zu arbeiten, um heimatliche Gewässer zu erreichen – doch jetzt ohne Bedrohung der Peitsche.

Wir segelten an dem Leuchtturm der Außenbastion von Sanurkazz vorbei. Zolta hatte in der Tat sein Mädchen auf der Insel Isteria gehabt, wo wir dic letzte Nacht geankert hattcn. Wie oft habe ich einen Abend in jenem hübschen geschützten Hafen verbracht, dem letzten vor Sanurkazz, und dabei an meine Rückkehr nach Felteraz gedacht!

Die Zairer hießen uns willkommen, wie sie stets eine erfolgreiche Schiffsmannschaft begrüßten. Die vier breiten Handelsschiffe, die wir gekapert hatten, würden mein Vermögen erheblich vergrößern. Ich hatte mein Herz an ein Gewand gehängt, das ganz aus Gold- und Silberstoff bestand, mit Seide gefüttert war und Mayfwy sicher gefallen würde. Und nun konnte mir Zenkiren das Kommando über einen Doppeldecker nicht mehr vorenthalten – einen Hundertzwanzigruderer! Sobald ich das Kommando übernahm, würde ich dieses Schiff *Zorg* taufen.

Ich wußte schon, welches mir am meisten gefallen würde. Es hatte unmittelbar vor der Fertigstellung gestanden, als wir ausliefen. Inzwischen mußte es fertig sein, brandneu aus der Werft; es lag sicher im Becken des Arsenals und wartete auf mich. Zo, der neue König, ein Mann, den ich mochte, würde sich Zenkirens Bitte bestimmt nicht widersetzen, doch einen seiner Seekapitäne zum Kommandanten zu ernennen. Der Hohe Admiral mochte den Kopf schütteln, und Harknel von Hoch-Heysh würde mir bestimmt neue Steine in den Weg legen wollen, aber Intrigen konnte ich mit Intrigen beantworten. Auch ich hatte mächtige Freunde im Heiligen Sanurkazz. Schließlich war ich der erfolgreichste Kaperkapitän im Auge der Welt.

Die Formalitäten waren schnell erledigt. Die befreiten Sklaven verabschiedeten sich dankbar, um ihr Leben in Sanurkazz wieder aufzunehmen.

Meine Mannschaft wurde ausbezahlt und trat einen wohlverdienten Landurlaub an. Unzählige goldene, silberne und rote Flaggen flatterten in der hellen Luft über Sanurkazz, und von Hunderten von blumenübersäten Balkons hingen kostbare Teppiche. Mein Agent, der schlaue alte Shallan mit seinem spärlichen Bart, den faltigen Wangen und listigen fröhlichen Augen, der mir für einen Kredit lächelnd fünfzehn Prozent abknöpfte, würde sich um den Absatz der Prisenware kümmern, nachdem die nötigen Gebühren an König Zo, den Hohen Admiral, an Zenkiren und an Felteraz bezahlt worden waren.

Ich saß im Heck meiner privaten Barke, die von einer Mannschaft von sechzehn Freien gerudert wurde. Zolta hatte neben mir Platz genommen, sein Mädchen versuchte sich als Trommeldeldar, und Nath saß etwas unsicher am Steuer, eine Flasche an den Lippen. Wir umrundeten die Landspitze zwischen Sanurkazz und Felteraz. Als wir in den Hafen einfuhren, erinnerte ich mich an unseren ersten Besuch, als wir singend in dem Eselskarren vorgefahren waren.

Zenkiren wartete auf mich in einem hohen kühlen Raum voller Wandteppiche und schwerer geschnitzter Möbel – in Begleitung eines Mannes, der etwa so aussah, wie ich mir Zenkiren in hundert Jahren vorstellen würde. Mayfwy küßte mich auf die Wange, während ihre Mädchen in ziselierten Silberkrügen Wein servierten.

»Mayfwy!« sagte ich. »Ich habe eine hübsche Zedernholztruhe für dich …«

»Dray!« sagte sie, und in ihren Augen tanzte ein Licht, und ihre Wangen waren gerötet. »Wieder ein Geschenk!«

»Wie ich mich erinnere«, sagte Zenkiren trocken, »kann er seine Finger nicht von magdagschem Gold oder Silber lassen. Wenn er dir kein Geschenk brächte, müßte Lord Strombor schon ein leeres Meer vorgefunden haben.«

»Was dich angeht, Zenkiren«, sagte ich und wickelte den blaugravierten und goldgeschmückten Fristle-Krummsäbel aus, den ich an Deck des Magdag-Piraten erbeutet hatte, »so dachte ich, daß du hieran vielleicht Freude hättest.«

»Großartig!« sagte Zenkiren und fuhr mit der Fingerspitze an der gekrümmten Schneide entlang. »Vielen Dank.«

»Und jetzt«, fuhr er fort, und eine ungewohnte Feierlichkeit lag in seiner Stimme, »jetzt möchte ich dich mit jemandem bekannt machen.« Er wandte sich an den anderen Mann, der sich während unserer Begrüßung ruhig und unauffällig im Hintergrund gehalten hatte, mit unbewegtem Gesicht, in eine schneeweiße Tunika gehüllt, das lange Schwert nach Art eines Kämpfers an der Seite gegürtet.

»Ich möchte dir Lord Strombor vorstellen.« Und Zenkiren wandte sich an mich. »Ich habe die Ehre, dir Pur Zazz, den Ersten Abt der Krozairs von Zy, vorzustellen.«

10

Auch heute noch erinnere ich mich deutlich an den Schauder der Erregung, der mich damals überlief.

In der Zeit, die ich bei den sanurkazzischen Korsaren verbracht hatte, war mir ab und zu ein Wort zu Ohren gekommen, Bruchstücke eines Gesprächs, unvorsichtige Bemerkungen – und so wußte ich etwa soviel, wie der sorglose Durchschnittsbürger von Sanurkazz über die Krozairs von Zy wußte.

Jetzt stand dieser große, ruhige Mann vor mir, in dem vertrauten Zimmer der Zitadelle von Felteraz – auf den ausdrücklichen Wunsch Zenkirens – so mußte es jedenfalls scheinen. Der Abt der Krozairs!

Was nun kam, mußte ihm sehr vertraut gewesen sein, denn er war seit vielen Jahren Vorsteher des Ordens. Gewissen Hinweisen entnahm ich, daß Zenkiren als sein Nachfolger vorgesehen war, daß mein Freund Zenkiren später einmal Erster Abt werden sollte. Pur Zazz musterte mich mit kühlem Blick. Instinktiv richtete ich mich auf und reckte meine ungewöhnlich breiten Schultern. Er betrachtete mich von Kopf bis Fuß, und ich hatte das Gefühl, als risse er mir mit den Augen das Fleisch von den Knochen, um mein innerstes Ich darunter zu erkunden. Ich hatte mich auf dem Binnenmeer ausgetobt, ich hatte das Leben in vollen Zügen genossen, ich hatte Reichtum aufgehäuft und Freunde gefunden. All das kam mir in diesem Augenblick irgendwie unbefriedigend und unzureichend vor, ein bloßes Vorspiel der Dinge, die dieser Mann mir abverlangen würde.

Wenn ich die Ereignisse des Jahres nach diesem Gespräch nicht sehr eingehend behandle, so liegt das daran, daß ich an Schweigegelübde gebunden bin, die ich auch hier und jetzt nicht brechen möchte – nicht einmal gegenüber einem Publikum, das vierhundert Lichtjahre von jenem Ort entfernt ist, an dem jenes harte Training durchgeführt wurde, an dem der Prozeß der Auslese und der Annäherung an die Prinzipien der Verehrung Zairs durch die Krozairs von Zy stattfand.

Der Orden unterhielt eine Inselfestung in der schmalen Wasserstraße zwischen dem Auge der Welt und dem Meer der Schwerter, dem zweiten Binnenmeer, das sich südlich vom Auge der Welt erstreckt. Die Insel war ursprünglich ein Vulkan gewesen; im Laufe der geologischen Entwicklung hatte sich der Krater jedoch gefüllt, die unterirdischen Feuer waren erloschen, und frisches Wasser war nach oben gedrungen und trat in plätschernden Quellen zutage. Die Inselberge ragten kahl und zerklüftet auf; in diese Formationen waren Hohlräume geschlagen worden, die kaum weniger kahl und ungastlich aussahen. Der Orden nahm seinen Schwur sehr ernst. Die Ordensbrüder hielten sich abseits von anderen, weniger ritterlichen Orden – etwa von den Roten Brüdern von Lizz; sie hatten sich der Hilfe für alle Anhänger Zairs, dem Ruhme Zim-Zairs und dem ewigen Widerstand gegen Grodno den Grünen und seine Helfer verschrieben.

Nachdem der Novize seine Ausbildung durchgemacht hatte, galt er als Krozair und erhielt Titel und Symbol seines Amtes – ein Mann, der im ewigen Kampf gegen die Ketzer in die vorderen Reihen Zim-Zairs treten durfte. Nur würdige Männer wurden je angesprochen. Viele lehnten ab, denn die Regeln waren äußerst hart. Viele gaben vorzeitig auf und erreichten niemals das innere Wissen.

Sobald ein Kandidat Krozair geworden war, durfte er – ebenso wie die Angehörigen anderer Orden – seinen Namen mit der ehrenvollen Vorsilbe Pur versehen. Pur war kein Rang oder Titel, sondern ein Symbol der Tapferkeit und Ehre, ein Signum, daß der Mann, der diesen Namen führte, ein wahrer Krozair war. Dabei hatte nun der frisch gebackene Krozair die Wahl zwischen mehreren Möglichkeiten. Wenn er sich entschloß, ein Geistlicher zu werden, so konnte er das tun. Wenn er ein Bold werden wollte, einer der ausgewählten Ordensbrüder, die die Festungsinsel Zy bemannten – und andere Zitadellen des Ordens überall im Zairgebiet des Binnenmeers –, so stand ihm das frei. Wollte er jedoch in sein normales Leben zurückkehren, so hatte er auch diese Möglichkeit, denn der Orden sah seine Aufgabe in der Welt durchaus richtig. *Eine* Beschränkung wurde diesem Manne jedoch auferlegt.

Sobald er den Ruf der Krozairs erhielt, wo immer sie seine Hilfe brauchten, war er durch einen Eid auf die heiligsten Dinge seines Lebens verpflichtet, alles stehen und liegen zu lassen und so schnell wie möglich auf Sectrix oder Galeere zu seinen Ordensbrüdern zu eilen.

»Solche berühmten Hilferufe sind schon mehrmals an die Mitglieder ergangen, Pur Dray«, sagte Pur Zenkiren, nachdem wir eines Tages im Waffensaal mit Morgensternen aufeinander eingedroschen hatten. »Ich selbst hatte die Ehre, einem solchen Ruf zu folgen, vor etwa dreißig Jahren, als die magdagschen Teufel sogar an die Türen Zys klopfen wollten. Aus allen Himmelsrichtungen kamen die Brüder zusammen.« Er lachte, und ein seltsam abwesender Blick lag in seinen Augen. »Ich sage dir eins, Pur Dray – wir mußten uns ziemlich anstrengen, ehe der Orden zusammen war und die Langschwerter gegen das verhaßte Grün vorgehen konnten.«

Ich war inzwischen lange genug auf Zy, um in allem Ernst zu antworten: »Ich hoffe, daß der Ruf wieder ergeht, Pur Zenkiren, und zwar bald und zum Kampf gegen Magdag selbst.«

Er verzog das Gesicht. »Das ist unwahrscheinlich.« Er lächelte und schlug mir auf die Schulter. »Unsere Zahl ist gering. Männer des richtigen Kalibers zu finden, wie es in den Lehren heißt, ist schwierig. Wir sehen uns um und achten auf alle, die Schwert und Kettenhemd anlegen. Wir sind ein fauler, sonnenhungriger Haufen, wir Männer aus Sanurkazz.«

»Das stimmt.«

Die Anforderungen des Ordenslebens waren hoch. Der Gebrauch der Waffen war dabei für sich schon fast eine Religion. Das Schwerttraining wurde wie ein Ritual durchgeführt. Wie die japanischen Samurai unterwarfen wir unseren Willen und unseren Körper dem Streben nach Vollkommenheit, dem Kampf gegen einen Gegner, den wir nicht so zu sehen versuchten, als stünde er vor uns. Wir versuchten unseren Gegner durchsichtig zu machen. Wir erahnten seinen Angriff, die Richtung seines Hiebes, die Bewegung seines Stichs – durch einen intuitiven Prozeß, der die Vernunft überstieg, der wie an einen sechsten Sinn gekoppelt war. Wir vermochten eine Parade zu unterlaufen, noch ehe ein Gegner seine Bewegung zu Ende gedacht hatte.

Schon als junger Seemann an Bord eines 74-Kanonen-Schiffes war ich als guter Fechter bekannt gewesen, und ich habe wiederholt von der Notwendigkeit körperlicher Wendigkeit gesprochen, die mir gleich zu Anfang zupasse kam, als es darum ging, auf Kregen zu überleben. Seither bin ich in zahlreichen Situationen gewesen, in denen ein guter Umgang mit dem Schwert lebenswichtig war. Ich gestehe jedoch offen ein, daß ich bei den Ordensbrüdern von Zy eine Geschicklichkeit mit dem Schwert errang, die mich zu einem ganz neuen Schwertkämpfer machte.

Atemtechnik, Isometrie, anstrengende Körperertüchtigung ständige Übung, Kontemplation, stundenlange Konzentration auf den Willen – dadurch wurde ein einziges schlagkräftiges Instrument aus Willen und Waffe geformt, durch das sich ein Mann selbst erkennen und seinen Feind durchsichtig machen konnte, seinen Gegner, den er zu überlisten und auszumanövrieren und schließlich zu besiegen vermochte –, all dies füllte meine Tage in dem Jahr, das ich auf Zy, der Inselfestung der Krozairs, verbrachte.

Von der mystischen Seite meines Aufenthalts will ich an dieser Stelle nicht sprechen.

Schließlich kam der Tag, da mich der Erste Abt durch die letzten Zeremonien führte, und geläutert wurde ich zum Krozair erklärt und für würdig befunden, die Silbe ›Pur‹ vor meinem Namen zu führen.

»Und jetzt, Pur Dray, wofür wirst du dich entscheiden?«

Ich nehme an, sie wußten, wie meine Entscheidung aussehen würde. Der Orden unterhielt seine eigene kleine Galeerenflotte, und ich war entschlossen, das Kommando des besten Schiffes anzustreben. Das kostete natürlich Zeit. Inzwischen gedachte ich nach Felteraz zurückzukehren, um unter Zenkiren, der inzwischen Kommodore der Königlichen Flotte geworden war, schneller zu einem Kommando zu kommen. Und ich wollte mein früheres Leben wieder aufnehmen, denn ich gedachte Felteraz nicht zu verlieren.

Meine Entscheidung wurde auch durch den Gedanken an die Herren der Sterne und die Savanti bestimmt. Ich wußte, daß sie noch Pläne mit mir hatten, daß sie mich manipulieren würden, wie es in ihre Absichten paßte. Und – meine Delia aus den Blauen Bergen! Würde ich sie vergessen können?

»Ich habe nach der *Zorg* schicken lassen«, sagte Zenkiren zu mir, als wir auf einem Aussichtspunkt an einem der Steilhänge der Insel standen. Eine Überraschung.

»Zenkiren, es hat mir viel bedeutet zu wissen, daß Zorg hier war, in diesen Sälen, Kapellen und Waffenkammern. Manchmal kommt es mir vor, als spürte ich seine Gegenwart, wenn wir die gleichen Dinge tun, die auch er getan hat.«

»Und die von vielen Männern nach uns getan werden – nach der überlieferten Tradition.«

Als die *Zorg* eintraf und unter dem mächtigen Felsenbogen verschwand, der zu dem Naturhafen unter der Insel führte, war ich bereit. Ich legte meine weiße Tunika mit dem runden Zeichen von Felteraz an. Ich sah Nath und Zolta am Bug stehen, bereit, im richtigen Augenblick an Land zu springen. Nath sprang fast zu früh und wäre ins Wasser gefallen, wenn ich nicht zugegriffen hätte.

Grinsend und grimassenschneidend begrüßten sie mich, versetzten mir leichte Schläge, um zu sehen, ob ich nicht verweichlicht wäre. Für sie war die Tatsache, daß ich nun Krozair war und einen weiteren Titel führte, lächerlicher Unsinn – und darin war ich ihrer Meinung.

»Schreiber!« riefen sie, und wir umarmten uns.

Zenkiren stand mit verschränkten Armen abseits und rieb sich das Kinn. Der Erste Abt Pur Zazz stieß einen Laut aus, der ein Räuspern sein mochte. Unsere Gruppe umfaßte fünf weitere neue Krozairs, die ebenfalls mit der *Zorg* zurückfahren sollten, die nun unter dem Kommando von Sharntaz stand. Auch sie wußten nicht so recht, was sie von den beiden bärtigen Seeleuten halten sollten, die in die nüchterne Enklave Zys einfielen.

Aber die alles durchdringende äußere Würde und das Geheimnis der Insel fielen schließlich auch Nath und Zolta auf, die darauf schnell ruhiger wurden.

Als die Zeit unserer Abreise gekommen war, sagte mir Zenkiren, er würde noch eine Weile auf Zy bleiben.

»Pur Zazz ist alt. Im Rat sind viele wichtige Dinge zu besprechen, Kapitel um Kapitel, Sprache um Sprache. Du wirst dich mit diesen Dingen später auch befassen müssen, Pur Dray, warte es ab.«

Ich wußte, daß der Orden weitgehend durch Spenden der Krozairs aus allen Städten Zairs unterhalten wurde, die deshalb ihre Stimme im Rat hatten. Jenseits des Meeres der Schwerter – wie auch hinter dem Marschmeer – lagen die großen Salzfelder, und Zy bezog einen erheblichen Teil seines Einkommens aus dem Salz. Doch ohne die ständigen Zuwendungen der Ordensbrüder überall im Zair-Gebiet wäre die finanzielle Lage der Krozairs von Zy nicht gut gewesen.

Sharntaz begrüßte mich mit einem freundlichen Wort und mit dem Zeremoniell, das einem Kapitänskollegen zustand – und auch mit dem Zeichen der Krozairs, das mehr als ein Gruß war. Auch er war also ein Ordensbruder. Er lächelte. »Ich habe keine Ahnung, welchen Ruderer du bekommst, Pur Dray – aber du wirst das Schiff sicher *Zorg* nennen wollen.«

»Allerdings.«

»So mag es denn sein. Wir stehen jetzt auf dem Ruderer *Lagaz-el-Buzro.*«

Ich nickte. »Auch nehme ich die beiden nutzlosen Kerle mit – Nath und Zolta.«

Er lachte. »Gern sollst du sie haben – bei all ihrer Trinkerei und ihren Mädchengeschichten! Aber nutzlos? Ich hätte lieber eine Mannschaft aus solchen Burschen als all die verdorbenen Sprößlinge des sanurkazzischen Adels.«

Wieder nickte ich. Er hatte recht.

Die *Zorg,* die nun *Lagaz-el-Buzro* hieß, legte ab. Meine Aufgabe auf dieser Insel war erfüllt. Ich kehrte nach Sanurkazz zurück, um mich beim Hohen Admiral vorzustellen, mit einer Empfehlung von Zenkiren. Meine Zukunft im Auge der Welt schien gesichert. Auch wollte ich Mayfwy wiedersehen und ihre Kinder Zorg und Fwymay.

Wir legten in Sanurkazz an. Ich ließ mich sofort beim Hohen Admiral melden, der mich nicht mochte und der auch wußte, daß dieses Gefühl auf Gegenseitigkeit beruhte. Doch der König war mir gewogen, dem ich niemals Grund zur Klage gegeben hatte; außerdem hatte ich ihm während meiner letzten Kaperfahrten mehr Gold, Juwelen und andere kostbare Waren eingebracht als jeder andere seiner Kapitäne.

Also bekam ich mein Schiff.

Ich habe bereits ausführlich geschildert, welche Kontroversen am Binnenmeer über die Vorteile oder Nachteile jener Schiffbautheorien bestanden, die ich die Langkiel- und Kurzkieltheorien genannt habe.*

---

* Offenbar bezieht sich Prescot hier auf Passagen aus den verlorenen Kassetten.

A. B. A.

Langkiele – also lange, schmale Ruderer – sind für hohe Geschwindigkeiten erforderlich. Aber die Anhänger der Kurzkielschiffe, die der Meinung waren, man müsse dieselbe Ruderkraft auf kürzerem Raum unterbringen, behaupteten, ein kürzeres Fahrzeug wäre zwar einen oder zwei Knoten langsamer, jedoch bedeutend manövrierfähiger. Ich selbst hatte mir noch keine Meinung gebildet. König Zo unterstellte mir nun einen Fünf-Hundertruderer in Kurzkielbauweise, und ich machte mich sofort daran, Wege und Möglichkeiten zu finden, die Geschwindigkeit meiner neuen *Zorg* zu erhöhen. Ich hatte sechshundert Sklaven an Bord, was mir die Einteilung vernünftiger Wechsel- und Ruheschichten erlaubte.

»Ich danke dir, Licht von Zim«, sagte ich förmlich. »Sei beruhigt, ich werde dir reiche Beute an magdagschen Breitschiffen bringen.« Meine Worte entsprachen der üblichen Formel, doch ich meinte sie ernst.

Ich begann also wieder meine Kaperfahrten auf dem Auge der Welt.

Die Jahre vergingen; Felteraz blieb so schön wie eh und je, Nath wurde noch dicker, und Zolta entkam mehrfach einer Form der Ehe, die ihm beträchtlich die Flügel gestutzt hätte. Wir segelten und ruderten über das Meer und hinterließen brennende Wracks und Tote, und wir passierten den Leuchtturm von Sanurkazz selten ohne Prise im Schlepp.

Doch all mein Vermögen, mein Erfolg, der Luxus, mit dem ich mich umgeben konnte, wenn ich wollte, die guten Freunde, die ich gewann – immer wieder zu meiner Überraschung, denn ich halte mich für einen Einzelgänger –, dies alles bedeutete mir wenig. Als die langen See-Expeditionen ihren Fortgang nahmen, wurde ich immer unruhiger. Ich hungerte nach etwas, das ich nicht klar beschreiben konnte.

Der schlaue und verschlagene Harknet von Hoch-

Haysh setzte seine Versuche, mich herabzuwürdigen, fort, doch ich hielt ihn verächtlich, fast gelangweilt auf Distanz. Ich hatte keine Lust, mich mit ihm abzugeben.

Zu Beginn eines neuen Seefahrtsommers, als die beiden Sonnen Scorpios so dicht standen, daß sie sich beim morgendlichen Aufgang fast zu berühren schienen, kehrten wir von unserer ersten erfolgreichen Fahrt zurück: Isteria hatte am Abend zuvor meine wilden Mannschaften erleben müssen, und wir hatten in vielen Häfen unsere Spuren hinterlassen. Es war meine letzte Fahrt an Bord dieser Galeere, denn ich sollte einen neuen Sechs-Sechs-Hundertundzwanzigruderer übernehmen, der versuchsweise nach dem Langkielprinzip gebaut worden war. Auch er sollte den Namen *Zorg* führen.

Nath trug eine Binde um den Kopf.

Ein magdagsches Ruderblatt hatte ihn bei unserem letzten Kampf getroffen, und er hörte noch immer die Glocken von Beng-Kishi läuten.

»Du brauchst dir keine Sorgen um ihn zu machen«, höhnte Zolta. »Der würde ja nicht mal merken, wenn ihm der Turm Zim-Zairs auf den Kopf fiele! Er hat einen Schädel wie ein Vosk!«

Ich lachte und sagte: »Vielleicht sollte er dafür dankbar sein, Zolta. Er hat die Varters in Betrieb gehalten ...«

»Voskschädel!« sagte Zolta, und Nath warf einen nassen Putzlappen nach ihm. Ich verzog mich in meine Achterkabine, denn es schickt sich nicht für einen Kapitän des Königs, mit der Mannschaft herumzualbern. Doch wieder überkam mich die seltsame Unzufriedenheit, die sich schon mehrmals bemerkbar gemacht hatte.

Ich habe von meinem Versuch berichtet, das Schicksal meiner Galeerensklaven zu erleichtern, und von dem nachfolgenden Aufstand, der mich und meine

Mannschaft fast das Leben gekostet hätte.* Sowohl die Roten als auch die Grünen hielten Sklaven – die Roten nur für Galeerenarbeit und Leibdienste, die Grünen für alle körperlichen Arbeiten. Ich war zu dem Schluß gekommen, daß meine Loyalität den Zairern gehörte, und haßte die Magdager aus vollem Herzen – doch versuchte ich mir auch vor Augen zu führen, daß mich die Savanti vielleicht hierhergeschickt hatten, um etwas gegen die schreckliche Sklaverei zu unternehmen. Wenn das der Fall war und wenn die Herren der Sterne ebenfalls eigene Anforderungen an mich stellten, mußte ich gehorchen – doch mit der klaren Maßgabe, daß ich dann so schnell wie möglich den Weg nach Vallia oder Zenicce einschlagen würde.

Die Proconia, jenes blonde Volk, das die gesamte Ostküste des Binnenmeers beherrscht, führten wieder einmal untereinander Krieg. Wie ich schon erwähnte, hielten wir uns aus diesem Konflikt stets heraus, denn wir hatten mit Magdag genug zu schaffen. Diesmal hatte Magdag selbst versucht, sich einzumischen und womöglich Einfluß auf das einzige Gebiet am Auge der Welt zu gewinnen, wo weder Grodno noch Zair angebetet wurden.** Meine neue *Zorg* erhielt Befehl, zu einer Flotteneinheit zu stoßen, die eine Expedition nach Osten unternahm – ein völlig neuer Teil des Meeres für mich. Plötzlich hatte ich wieder Interesse am Leben, und Mayfwy hatte ein neues Kettenhemd für mich anfertigen lassen, das an Geschmeidigkeit nicht zu überbieten war.

Auf dem Rückweg von Felteraz nach Sanurkazz saß ich nachdenklich im Heck meiner Barke und betastete das feine Eisengewebe, das fälschlicherweise noch im-

---

* vermutlich spielt hier Prescot auf Informationen aus den fehlenden Kassetten an.

A. B. A.

** Weitere Informationen aus den fehlenden Kassetten.

A. B. A.

mer mit dem Namen ›Ketten‹-Gewebe belegt wird, und dachte an nichts Besonderes. Die Sonnen, die noch dicht zusammen standen, versanken vor uns im Meer. Das Wasser schimmerte und erglühte in herrlichen Farben. Wir ertranken förmlich in funkelndem Licht. Die Leuchtturmwärter stiegen die gewundene Treppe ihres Turms hinauf. Einige Fischerboote verließen den Hafen, und Vögel segelten vor den Klippen vorbei. Überall in der Stadt flackerten Lampen und Fackeln auf.

Vielleicht war ich betäubt, müde, vielleicht ausgelaugt, was auch der Grund sein mochte – ich bemerkte nicht das Näherkommen von Männern in dunklen Mänteln über ihren Rüstungen. Wir hatten eben die Kaimauer berührt, der vordere Ruderer zog uns mit dem Bootshaken heran, und ich sprang, wie es sich geziemte, als erster auf die Stufen. Die Männer griffen ohne Warnung an, in der Absicht, uns heimtückisch niederzumachen, bevor wir uns wehren konnten. Nath zog sofort sein Langschwert und kämpfte um sein Leben. Zolta warf sich fluchend in den Kampf. Meine Männer stolperten aus dem Boot hinterher. Wir hätten große Schwierigkeiten bekommen und ich hätte die Attacke vielleicht nicht überlebt, wenn nicht zwei Männer unerwartet auf der Kaimauer erschienen wären. Ich hörte ein zweifaches Surren, gefolgt von dumpfen Lauten, und als zwei Männer schreiend zu Boden sanken, erkannte ich, daß ich zum erstenmal seit langer Zeit wieder einen Terchick, das ausbalancierte Wurfmesser der Segesther, in Aktion erlebte.

Beide Opfer waren ins Gesicht getroffen worden, wo ihre Rüstungen keinen Schutz boten.

Zolta brüllte wie ein Wahnsinniger los. Mein Langschwert kam gerade noch rechtzeitig aus der Scheide, um einen Angreifer niederzuhauen, der wie ein wildgewordener Graint auf mich eindrang. Ich sah die beiden Neuankömmlinge, die sich entschlossen an die Arbeit machten.

Schwerter blitzten in der Abenddämmerung. Männer brüllten, und Körper klatschten ins Wasser. Die Angreifer waren von dem unerwarteten Flankenschutz überrascht worden, und als immer mehr von meinen Männern die Stufen emporhasteten, die schlüpfrig waren von Algenbewuchs, trieben Zolta, Nath und ich sie schließlich zurück. Wir hatten Glück gehabt; ohne die überraschende Hilfe von der Flanke wären wir zahlenmäßig unterlegen gewesen. Nath atmete heftig mit geöffnetem Mund, Zolta enthielt sich aller groben Flüche, was mich überraschte. Er betrachtete die Neuankömmlinge.

»Bei Zim-Zair!« sagte er staunend. »Ist das ein Schwert? Oder ein Zahnstocher?«

Da wußte ich Bescheid.

Eine leise, arrogante und doch angenehme Stimme antwortete ihm.

»So im Auge ist das Ding so ziemlich das Ungesündeste, was es gibt, mein Freund. Niemand mag das.«

Der Mann, der sich bückte, um den Terchick wieder an sich zu nehmen, trug weite Beinkleider, am Schenkel eng untergeschlagen; seine Beine steckten in langen schwarzen Stiefeln. Doch was mir den letzten Zweifel zerstreute, woher dieser Mann kam, war der kecke breitkrempige Hut mit der lustigen Feder und den beiden seltsamen Schlitzen in der Krempe über der Stirn.

Er richtete sich auf, den gesäuberten Terchick in der Hand. Mit flinker Bewegung ließ er die Waffe in der Scheide an seinem Nacken verschwinden.

»Der kleine Deldar«, sagte er, »hat seine Vorteile wie der Hikdar.« Und er brachte den langen, mit der Linken zu führenden Dolch an seinem Gürtel unter. »Und der Jiktar, mein Zahnstocher, wie du so respektlos die Königin der Waffen nennst.«

Sein Rapier war lang, dünn, elegant und ein wenig zu verziert am Griff; außerdem befanden sich Blutflecke daran, die er nicht abgewischt hatte.

Nath und Zolta hatten ihre Überraschung inzwischen überwunden. Sie waren lange genug auf dem Binnenmeer unterwegs gewesen, um die Krieger aus Vallia zu kennen.

Der andere Vallianer, der älter und stämmiger war als sein Begleiter und dessen eckiges Gesicht mißmutig verzogen war, als er seinen Rapiergriff umfaßte, sagte einige leise Worte, die seinen jungen Begleiter erstarren ließen.

Der ältere Mann musterte uns im Licht des Sonnenuntergangs; mehrere blutüberströmte Tote lagen zwischen uns. Er machte einen Schritt vorwärts. Er nahm seinen Hut nicht ab, dessen Feder schwarz war. »Wer von euch«, fragte er mit harter, metallischer Stimme, »wird Dray Prescot genannt?«

11

Ich kehrte nach Hause zurück.

Ich kehrte in ein Zuhause zurück, das ich noch nie gesehen hatte.

Wie war es in Vallia? Vallia, das Inselreich, das Land sagenhaften Reichtums und ozeanumspannender Flotten von Schiffen und Luftbooten, ein Land der Macht und Schönheit? Was bedeutete mir dieses Land – außer daß Delia dort wohnte, Delia aus Delphond, Delia von den Blauen Bergen? Ich hatte nicht vergessen, daß meine Delia auch als Prinzessin Majestrix von Vallia bekannt war.

Tharu von Vindelka, Kov, der ältere der beiden Vallianer, behandelte mich mit einer eisigen Höflichkeit, die mich verwirrte. Als ich mich nach Delias Vater, dem Herrscher Vallias, erkundigte, fuhr er nachdenklich mit einem Daumennagel über eine schmale Wangennarbe. »Er ist ein mächtiger Mann – voll Willkür, allmächtig und unberechenbar. Sein Wort ist Gesetz.«

Tharu hatte alle Vorbereitungen getroffen. Vomanus, sein Helfer, war überschwenglich in seiner Begeisterung für das Leben und hatte eine einnehmende Art, eine Mischung aus Schalk und gespielter Hochnäsigkeit. Ich erfuhr von Zolta, daß Vomanus auch meine beiden Raufbolde ins Herz geschlossen hatte, die ihn aus Dankbarkeit einmal auf ihre Zechtour mitnahmen. Tharu von Vindelka tadelte Vomanus am nächsten Morgen mit scharfen Worten. Ich hatte darauf bestanden, daß die beiden Männer in meiner Villa im besten Teil von Sanurkazz wohnten, und hörte die erbarmungslose Stimme Tharus und die niedergeschlagenen Antworten Vomanus', der dringend eine Handvoll Palines brauchte.

Gleich am ersten Morgen kamen wir zum Thema.

Delia, Prinzessin von Vallia, war sofort nach einer ausgedehnten Durchsuchung der Enklave Strombor nach Hause zurückgekehrt. Auch das übrige Zenicce, das für die Suchgruppen der verbündeten Häuser der Ewards, der Reinmans und der Wickens erreichbar war, hatte man durchforscht; außerdem waren die Klansleute von Felschraung und Longuelm mit Flugbooten aufgesucht und nach meinem Verbleib befragt worden. Natürlich fand man mich nicht. Zu der Zeit versuchte ich gerade zu erklären, was ich nackt an einem Küstenstreifen in Portugal zu suchen hatte – vierhundert Lichtjahre entfernt.

»Nachdem wir dich jetzt gefunden haben, Lord Strombor«, sagte Tharu mit metallischer Stimme, »segeln wir sofort nach Pattelonia an der Südostküste von Proconia ab. Dort wartet ein Flugboot auf uns. Du weißt, wovon ich spreche.«

Ich nickte. Ich spürte mein Herz heftig schlagen.

Delia war nach Vallia zurückgekehrt und hatte eine Suchaktion eingeleitet, in deren Verlauf sie fast die ganze Welt durchkämmt hatte.

Sie hatte gewußt – und das war bei ihr ganz verständlich –, daß ich von einem Geheimnis umgeben war. Ich hatte ihr von meiner Herkunft nichts erzählt, obwohl das für später meine Absicht gewesen war. Doch hatte sie das unheimliche Abenteuer mitgemacht, als ich in einer Geste der Verachtung aus dem heiligen Taufbecken des fernen Aphrasöe vertrieben worden war – um sie schließlich an einem segesthischen Strand wiederzufinden. Sie mußte sich gesagt haben, daß mir etwas Ähnliches noch einmal widerfahren war – und diesmal nur mir allein. Also hatte sie sich daran gemacht, mich zu suchen. Der junge Vomanus berichtete mir von den Anstrengungen, die man unternommen hatte. Er entschuldigte sich dabei vielmals, daß er und Tharu mich schon einmal verpaßt hatten. Ich schloß daraus, daß sie in Magdag gesucht, mich jedoch in all dem Durcheinander von Sklaven und Arbeitern nicht gefunden hatten – was auch kein Wunder war! Der Zufall bestimmte, daß die beiden Sanurkazz besuchten, als ich gerade auf Zy war. Sie hatten aber auf meine Rückkehr gewartet, da sie den Abt des Ordens nicht belästigen wollten.

»Nun muß sofort Nachricht nach Vallia geschickt werden«, sagte Tharu. »Daraufhin wird die Prinzessin Majestrix untertänigst all die Hunderte von anderen Gesandten zurückziehen, die sie auf der Suche nach dir in die Welt geschickt hat.«

Sein Tonfall gefiel mir nicht.

Ich sah, wie Vomanus seinem Begleiter einen besorgten Blick zuwarf, und da ich mir meiner Position bewußt war, hielt ich es für besser, nichts zu sagen. Ich bat Zolta und Nath, sich um Vomanus zu kümmern; ich hielt ihn für einen Freund.

In meinen Gesprächen mit den Vallianern wurde

Tharus Haltung schnell verständlich. Auch in Vallia schienen zahlreiche Intrigen zu gedeihen. Es gab verschiedene politische Gruppen – ganz zu schweigen von der Religion, die offenbar in Vallia in einer Art Umsturz begriffen war. Tharu war wütend, daß seine Gruppe nicht die wichtige eheliche Verbindung mit Delia hergestellt hatte, mußte aber all diese Gefühle unterdrücken, da er, wie er sich ausdrückte, auf Befehl der Majestrix handelte und ihr nicht untreu werden dürfe. Tharu mochte mich nicht. Er glaubte nicht nur, die Chance verloren zu haben, seinen Lieblingssohn oder Neffen an Delia zu verheiraten, sondern war auch der Überzeugung, daß Delia weit unter ihrem Stande heiratete.

Damit hatte er natürlich recht.

Shellen, mein Agent, hatte ein Breitschiff gefunden, das mit Vorräten für die bevorstehende Expedition nach Pattelonia fahren sollte. Daraufhin führte ich ein unangenehmes Gespräch mit König Zo, dem ich nicht recht erklären konnte, warum ich plötzlich mein Kommando, Sanurkazz und ihn im Stich ließ. Als ich den Saal verließ, war ich praktisch in Ungnade gefallen – aber das war nicht wichtig. Ich wollte dem Binnenmeer ein für allemal den Rücken kehren.

Auf das Gespräch mit Mayfwy will ich erst recht nicht eingehen. Sie hatte die Nachricht schon gehört und hatte geweint, doch sie trocknete ihre Tränen und gab sich gefaßt. Ich küßte sie zärtlich, küßte auch Fwymay, die zu einer Schönheit heranwuchs wie ihre Mutter, und gab schließlich dem jungen Zorg die Hand.

Das Problem Harknels von Hoch-Heysh mußte ich leider ungelöst lassen. Nach seinem letzten Mordversuch am Pier war ich geneigt gewesen, meine Männer zu sammeln, zu seiner Villa zu marschieren und das Gebäude in Schutt und Asche zu legen – ungeachtet des Hohen Admirals und des Königs. Die fröhlichen

Mobilen hätten sich vielleicht noch um das Feuer geschart, die Flaschen geschwenkt und ihrerseits die eine oder andere Fackel angezündet.

Aber ich mußte mich zurückhalten. Ich konnte keine Racheakte der Harknels an Felteraz riskieren. Felteraz war mir wichtig, sehr wichtig. Ich mußte also die Probleme ungeklärt lassen. Aber ich war froh, daß ich fort konnte. Ich verstand nun, was an mir gefressen hatte.

Doch Nath und Zolta waren ein Problem – ein doppeltes Problem.

Ich bat sie, bei Mayfwy zu bleiben, die des Schutzes ihrer Schwerter bedurfte.

»Was, Schreiber? Wir sollen dich jetzt verlassen? Niemals!«

Tharu von Vindelka brummte unwillig, erklärte sich jedoch bereit, an Bord des Flugboots für die beiden Platz zu schaffen. Vomanus verhehlte seine Freude nicht.

»Auf jeden Fall«, sagte Zolta, »werden es die Krozairs nicht zulassen, daß Felteraz etwas zustößt. Und auch der König wird die Zitadelle schützen, die immerhin seine Ostflanke hält. Keine Sorge, alter Voskkopf.«

Mein Abschied von Pur Zazz, dem Ersten Abt der Krozairs von Zy, verlief formell, aber freundschaftlich und herzlich. Es schien ihn nicht im geringsten zu stören, daß ich gut tausend Dwaburs weit reisen wollte.

»Wenn die Krozairs dich brauchen, Pur Dray, wirst du kommen, wo immer du bist – das weiß ich.«

Ich umfaßte den Griff meines Langschwerts und nickte. Er hatte recht.

»Du wirst über Proconia hinausreisen, das die Ostküste des Auges der Welt beherrscht und dessen Einfluß weit nach Osten reicht – bis zu den Stratemsk. Diese Berge haben angeblich keine Gipfel, sie stoßen glatt an den orangefarbenen Schein Zims und bilden einen Pfad für den Geist zur Majestät Zairs.« Er lächelte und schenkte mir Wein nach. »Das ist natürlich Unsinn, Pur Dray. Doch diese Worte veranschaulichen die Furcht und Verehrung, die die Menschen den Bergen der Stratemsk entgegenbringen.«

Gebildete Männer wußten natürlich – und das war mir bekannt –, daß die rote und die grüne Sonne eben Sonnen und keine denkenden Wesen waren. Doch die weniger erleuchteten Menschen aller Schattierungen und Überzeugungen hielten die Gestirne in ihrer Schönheit für eigenständige Wesen und nicht nur für das Heim der Gottheiten Grodno und Zair. Die Astronomie war auf Kregen eine seltsame und überaus komplizierte Kunst – durch besondere Umstände auf Nebenpfade gedrängt, die den irdischen Astronomen unbekannt waren. Die astrologischen Überlieferungen und überraschend präzisen Vorhersagen der Zauberer von Loh sollten später sogar mich überraschen.

»Und hinter den Bergen wirst du etwas finden, das kein Mensch kennt.« Pur Zazz war so gebildet und kultiviert, wie man es hier am Binnenmeer erwarten durfte. Jetzt sagte er: »Es heißt, jenseits der Berge, im feindlichen Gebiet, gibt es Stämme, die auf dem Rücken gewaltiger Lufttiere reiten.« Wieder lächelte er mich an, nicht ironisch, sondern mit der Ernsthaftigkeit, die dieses Thema in einer von Ruderschiffen bestimmten Gesellschaft verdiente. »Ich würde mich über Schilderungen deiner Erlebnisse freuen, Pur Dray, über Beschreibungen der Dinge, die du dort siehst.«

»Ich werde dies als eine erste Ordenspflicht ansehen, Pur Zazz.«

Als ich ihm, der hoch aufgerichtet in seiner weißen Tunika sitzen blieb, mit dem flammenden Symbol auf der Brust, das Langschwert nach Kämpferart gegürtet, lebe wohl sagte, da ahnte ich merkwürdigerweise, daß ich ihn nie wiedersehen würde.

»Remberee, Pur Dray.«

»Remberee, Pur Zazz.«

Mein Abschied von Zenkiren war nicht so einfach. Doch ich erzählte ihm, daß mich eine Nachricht nach Strombor stets erreichen würde und daß mein Eid gültig bleiben würde, solange ich lebte. Ich erwähnte nicht, daß ich vermutlich gar nicht zurückkehren *konnte,* wenn es die Herren der Sterne oder die Savanti nicht wollten.

»Remberee, Pur Dray, Lord Strombor.«

»Remberee, Pur Zenkiren.«

Wir reichten uns zum letztenmal die Hände, und ich ging zu meiner Barke hinab.

Nath und Zolta, die seltsam still waren, stießen uns ab. Die verschlossenen Gesichter meiner Freunde, eine Verletztheit, die sie nicht hatten verbergen können, sollte mich lange nicht loslassen.

Zwei Männer waren aus einer anderen Welt gekommen, von einem unbekannten Ort jenseits des Ozeans, der mit dem Auge der Welt nichts zu tun hatte, und ich war japsend wie ein Hund aufgesprungen, um zu meinem Herrn zu eilen. Wer war diese seltsame Prinzessin Majestrix, die den bekanntesten Korsarenkapitän des Binnenmeers zu sich rief? Diese Frage stellten sich meine Freunde.

Aber ... sie kannten Delia nicht – meine Delia aus Delphond.

Das Breitschiff bewegte sich wie eine Badewanne durch das Meer. Ich litt. Ich hätte diese Reise in unbekanntes Gewässer am liebsten an Bord einer Galeere gemacht, doch ich stand nicht mehr in den Diensten des Königs.

Der Magdager erwischte uns, als die Zwillingssonnen dicht beieinander im Westen untergingen und lange Schatten über das ruhige Meer warfen. Die Galeere kam auf uns zu, die Ruder vorzüglich ausgerichtet, das Wasser aufpeitschend – und wir konnten nicht mehr fliehen.

»Bei Zantristar!« brüllte ich und zog mein Langschwert. »Ohne Kampf sollen sie uns nicht besiegen!«

Unsere Seeleute liefen ängstlich durcheinander wie aufgeschreckte Hühner. Nath und Zolta, deren Schwerter in dem ersterbenden Licht wie Feuer blitzten, versuchten sie mit Gewalt zum Widerstand anzutreiben. Doch das Handelsschiff hatte keine Chance. Es hatte eine Mannschaft von nur etwa dreißig Mann, die keine Lust hatten, einen Kampf zu riskieren, den sie ohnehin nicht gewinnen konnten. Sie setzten ein Langboot aus und wollten offenbar zu der nahe gelegenen Insel rudern, hinter der der Magdager auf der Lauer gelegen hatte.

»Meine Befehle von der Prinzessin Majestrix besagen, daß ich dich sicher nach Vallia bringen soll«, sagte Tharu tonlos. »Steck dein Schwert in die Scheide.«

»Du Dummkopf!« sagte ich. »Ich bin Pur Dray, Lord Strombor, der Mann, den die Ketzer von Magdag am liebsten in ihrer Gewalt sähen! Für mich gibt es keine Gefangenschaft!«

»Es wäre ein Kampf, den du nicht gewinnen kannst«, sagte Vomanus und betastete sein Rapier, doch der Ausdruck auf seinem hageren Gesicht bewies mir, daß er am liebsten mitgemacht hätte.

»Wir sind neutral«, sagte Tharu ungeduldig. »Die Barbaren aus Magdag würden es nicht wagen, uns etwas anzutun. Schon möglich, daß sie alle ihre Feinde aus Sanurkazz töten, doch mich oder Vomanus werden sie nicht anrühren – und auch dich nicht, Dray Prescot.«

»Warum?«

Der lange Bronzebug der Galeere pflügte rauschend durch das Wasser und erzeugte zwei Bugwellen, die an ihrer langen Flanke entlangstrichen, wo sich ihre Ruder wie die weißen Flügel einer Möwe auf und nieder bewegten. Sie war ein Hundertundzwanzigruderer mit zwei Ruderdecks und sehr schnell. Ich sah die Entermannschaften, die sich am Bug bereitmachten, und die Bedienungen der Bugvarters. Die Segel waren gestrichen worden, doch der einzelne Mast stand noch.

Tharu von Vindelka trat nun an die Reling, und ich drehte mich um, um ihn im Auge zu behalten. Nath und Zolta versuchten verzweifelt, die Mannschaft zu organisieren. Vomanus verschwand nach hinten. Das Beiboot war im Wasser, und in dem verzweifelten Durcheinander zerbrach ein Ruder an der Bordwand des Frachtschiffes.

»Sie werden dich nicht gefangennehmen, Dray Prescot.«

»Warum? Was soll es diesen Leuten ausmachen, daß ich Prinzessin Delia von Delphond kenne? Daß jeder meiner Gedanken ihr gehört? Ich habe Delphond nie gesehen, Tharu, und auch nicht die Blauen Berge. Doch ich betrachte sie als meine Heimat.«

Sein hartes Gesicht entspannte sich, wenn er auch nicht lächelte.

»Meine Pflicht liegt auf der Hand, Dray Prescot, der du einmal Prinz von Delphond sein wirst.« Sein Gesicht wurde kurz zur Grimasse – ein Ausdruck seiner Abneigung. »Also machen wir dich am besten zu einem Chuktar – nein, wenn ich es mir richtig überlege, steht dir die Würde eines Kov besser. Die Maggager lassen sich dadurch eher beeindrucken. Wie du wissen solltest, bin ich ebenfalls ein Kov, wenn auch von etwas besserer Herkunft.«

Ich starrte ihn an. Ich wußte nicht recht, wovon er eigentlich sprach oder was er wollte. Dann hörte ich leise Schritte hinter mir. Ich war schnell, und der Schlag ging fast daneben, doch nur fast – er streifte noch meinen Hinterkopf und betäubte mich. Ich ging zu Boden, wo mich der zweite Schlag fertigmachte.

Als ich wieder zu mir kam, war ich an Bord eines magdagschen Ruderers und trug den farbenfrohen Mantel und die schwarzen Stiefel eines Vallianers, und ein Rapier und ein Dolch hingen an meinem Gürtel. So war ich denn doch zum geschätzten Gast Magdags geworden. Wie mir Tharu zuflüsterte, hieß ich nun Drak, Kov von Delphond.

12

Da die Schiffe des Binnenmeers fast jede Nacht einen Hafen anlaufen oder auf einen Strand gezogen werden, hatten sie nur selten Kojen oder Hängematten an Bord. Ich lag auf einer Holzkiste, die man mit einem grüngefärbten Ponshofell gepolstert hatte.

Grün.

Tharu, Kov von Vindelka, beugte sich über mich. »Denk daran, daß du jetzt Drak heißt und ein Kov von Delphond bist.«

»Ich habe ein gutes Gedächtnis«, sagte ich kühl und dachte an Nath und Zolta. »Kov von Delphond – das kann ich ja noch verstehen. Aber Drak? Was bedeutet das?«

Tharus Gesicht verdunkelte sich, und er warf Vomanus, der im Hintergrund stand, einen bösen Blick zu.

Der junge Mann sagte: »Ich habe dich so genannt, Dray … äh, Drak … der erste Name, der mir in den Sinn kam.«

»Sehr einfallsreich.«

»Als dich der junge Dummkopf so angeredet hatte«, sagte Tharu, »blieb mir nichts anderes übrig, als auf den Namen einzugehen. Die Magdager sind ja keine Narren.«

Nach seinem Gesichtsausdruck zu schließen, hatte Vomanus gelogen.

Tharu sprach weiter. »Drak war der Name des Vaters unseres Herrschers, als er auf den Thron kam. Auch wird so ein halb legendäres Wesen, teils Mensch, teils Gott genannt, das wir aus den alten Mythen kennen.«

»Ihr habt es also geschafft«, sagte ich. »Aber wenn die magdagschen Teufel herausfinden, wer ich bin, werdet ihr beide über offenem Feuer geröstet und den Chanks zum Fraße vorgeworfen.«

Vomanus' Gesicht verfärbte sich bei der Erwähnung der Chanks, der Haie des kregischen Meeres. Ich mußte wieder an Nath und Zolta denken und erkundigte mich nach ihnen. »Wir haben gesehen, wie sie im Beiboot ablegten«, sagte Vomanus.

»Sie sind entweder ertrunken oder wurden gerettet«, bemerkte Tharu. »Interessiert mich nicht. Sie waren unwichtig.«

Das hätte er nicht sagen sollen. Es waren meine Rudergefährten. Ich richtete mich auf, ging an ihm vorbei und trat an Deck. Wir lagen in Lee der Insel. Wachfeuer flackerten. Die Sterne des kregischen Nachthimmels blitzten und formten sinnverwirrende Muster, die die Zauberer von Loh lesen und verstehen können – das behaupten sie jedenfalls. Ein kühler Wind blies und bewegte die Blätter an Land. Wachen standen auf dem Achterdeck, und ich sah Gold aufblitzen, als sich ein Offizier bewegte.

Der Gedanke an ein Gespräch mit einem Magdager bereitete mir Unbehagen. Hungrig blickte ich zur Küste hinüber. Vielleicht warteten Nath und Zolta dort draußen auf den richtigen Augenblick zum Angriff. Aber welche Chance hatten wir zu dritt gegen eine ganze Galeerenmannschaft? Ich wußte, daß sich ein Pfeil in mich bohren würde, wenn ich über Bord sprang, und beschloß, dieses Risiko einzugehen. Ich konnte tauchen und zur Insel schwimmen, und der Teufel sollte die Chanks holen. Wenn ich den Mittelgang entlangging und am Strand hinabzuspringen versuchte, würde man mich bestimmt aufhalten. Ich kannte die Angewohnheiten magdagscher Kapitäne, wie auch die Eigenheiten sanurkazzischer Schiffsführer. Ich hätte jedenfalls auf jede Bewegung an Bord achten lassen.

Vomanus trat zu mir, und dann kam auch ein magdagscher Hikdar, der uns, wie sich herausstellte, seine Kabine zur Verfügung gestellt hatte. Er schien darüber nicht besonders verbittert zu sein. Ich entschuldigte mich und ging wieder unter Deck. Der Gestank der Sklaven und ihr ewiges Stöhnen und Kettengerassel machten mich nervös.

Im Rückblick möchte ich sagen, daß mich nicht der Mut verlassen hatte, weil ich doch an Bord blieb. Es gab oft Momente in meinem Leben, da ich Entscheidungen fällte, die für den Außenstehenden von Feigheit bestimmt zu sein schienen – doch ich bin dafür niemandem Rechenschaft schuldig – niemandem außer Delia. Doch wenn ich fiel, wäre Delia allein gewesen, und ich kam immer mehr zu der Überzeugung, daß sie mich in der kommenden Zeit an ihrer Seite brauchte. Unvorstellbare Mächte waren in Bewegung geraten und schoben sich irgendwie, irgendwo in Position, um loszuschlagen …

Wir lichteten mit den aufgehenden Sonnen den Anker und nahmen westlichen Kurs.

Es hatte schlechte Nachrichten gegeben. Pattelonia, die Stadt der Proconia, wo das Flugboot wartete, war überfallen worden und stand in Flammen. Die Sanurkazzer hatten eine Niederlage hinnehmen müssen. Die *Lady von Garles*, der Fünf-Fünf-Hundertzwanzigruderer, auf dem wir uns befanden, war beschädigt worden und hatte einen Teil der Ruderer verloren. Er führte Depeschen für die Admiralität in Magdag an Bord, und der geschickte Überfall auf das alte Handelsschiff, das wir zur Reise benutzt hatten, war ein netter Bonus gewesen. Tharu fügte sich in das Unvermeidliche und war einverstanden, nach Magdag zu reisen. Ohne Flugboot war die Reise über die Stratemsk und durch die dahinterliegenden feindlichen Gebiete zum Hafen Tavetus unmöglich. Also mußten wir mit nach Magdag reisen und dort auf ein Schiff aus Vallia warten, das in Kürze fällig war, wie Tharu mir sagte.

Ich hatte den Eindruck, daß Tharu ziemlich froh war, nicht wieder über die Stratemsk und den weiten feindlichen Landstrich fliegen zu müssen. Diese Erkenntnis ließ mich erzittern. Welche Mühsal hatte Delia ihren Untergebenen aufgezwungen, um mich zu finden! Sie hatte mich nicht vergessen und liebte mich noch immer! Ich hatte sie so sehr enttäuscht, doch sie hatte mich nicht vergessen.

Wenn die ärztliche Wissenschaft auch weitaus fortgeschrittener war als alles, was ich zu meiner Zeit auf der Erde erlebt hatte, tat man doch gut daran, um die Ärzte Kregens einen weiten Bogen zu machen. Sie liegen mit ihren Errungenschaften doch noch weit hinter den neuesten irdischen Entwicklungen zurück – beispielsweise in der Frage der Herztransplantationen. Allerdings arbeiteten sie viel mit Kräuterdrogen, die anscheinend wundersame Heilungen bewirkten, und die Chirurgen hatten Akupunkturtechniken entwikkelt, die ich großartig fand. Es kam oft vor, daß ein Patient, dem man den Kopf oder den Leib aufgeschnitten hatte, Palines kaute und sich lebhaft mit dem Arzt unterhielt.

Dennoch hatte ich nicht den geringsten Wunsch, mich mit einem kregischen Arzt einzulassen, als ich mich etwas fiebrig zu fühlen begann. Offenbar begann mir der intensive Wunsch, nach Vallia zu reisen, in den Kopf zu steigen. Seit meinem Bad im heiligen Taufbecken des Zeph-Flusses war ich noch keinen Tag krank gewesen und wollte es auch jetzt nicht werden.

Die Ankunft in Magdag war, wie Sie sich vorstellen können, ein unangenehmes Erlebnis für mich, einen ehemaligen magdagschen Galeerensklaven.

Magdag ragte in seiner architektonischen Gigantomanie in den hellen Himmel auf. Möwen kreischten, und Flaggen und Banner bewegten sich in der Brise. Die Doppelsonne warf ihr intensives Mischlicht auf das glatte Hafenwasser. Die *Lady von Garles* glitt an den Hafenforts mit ihren zahlreichen Varters vorbei und erreichte den zweiten Schutzwall und ein inneres Becken – einen der zahlreichen Magdag-Häfen, die ich noch nie gesehen hatte.

Vallia unterhielt keine Konsulate in den Städten des Binnenmeers, wohl um nicht in die Politik dieser Region verwickelt zu werden. Die Vallianer sind schließlich in erster Linie eine Handelsnation. Tharu vermochte dennoch schnell eine Unterkunft für uns zu besorgen – in einem Palast, der mir sehr luxuriös vorkam.

Sein Kommentar war frostig: »Du bewegst dich jetzt in Kreisen, die die Grenzen deiner gewohnten Welt sprengen. Ich bin ein Kov von Vallia – wie du auch, bei meinen Sünden –, und wir erwarten einen gewissen Lebensstil. Etwas anderes wäre undenkbar, und dieser Palast genügt nur knapp unseren Ansprüchen, wie ich Glycas auch schon gesagt habe.«

»Glycas?«

Wir magdagschen Sklaven kannten uns in der Oberschicht des Landes nicht so gut aus.

»Ein sehr mächtiger Mann, ein Mann, der das Vertrauen des Königs genießt. Wir haben diesen Palast von ihm gemietet...« Wenn er nun hatte sagen wollen, daß ich mich vorsehen sollte, damit die Einrichtung nicht beschädigt wurde, so überlegte er es sich anders.

Vomanus hatte mit erleichtertem Aufseufzen seinen Umhang abgenommen und trug nun außer seinen Hosen und den schwarzen Stiefeln nur ein weißes Hemd mit zahllosen Rüschen. »Ein ganz annehmbarer Ort, Tharu«, sagte er.

Der ältere Mann starrte ihn düster an, ging jedoch nicht weiter auf das Thema ein.

Wir hatten es alle sehr eilig, Magdag zu verlassen und nach Vallia zurückzukehren, und bald traf die Nachricht ein, daß ein vallianisches Schiff angekündigt war. Vermutlich hatten die Todalpheme von Akhram ihre Hand mit im Spiel.

Wir verbrachten die Zeit mit Spaziergängen durch die Stadt und besuchten am Abend die Tavernen, sahen den Tanzmädchen zu und verschiedenen Spielen. Die Tänzerinnen waren Sklavinnen und trugen außer ihren Glöckchen kaum ein Kleidungsstück. Sie hatten wenig Ähnlichkeit mit den Mädchen, die fröhlich in den Wagenlagern meiner Klansleute für uns tanzten.

Mich bedrückte die Schmach der Sklaverei, und mir gefiel das alles nicht.

Die Zimmerflucht, die man mir im Palast des Glycas zugeteilt hatte, benutzte ich kaum. Als ich unter fadenscheinigem Vorwand bewußtlos an Bord der *Lady von Garles* gebracht worden war, hatte es Tharu in seiner gewohnten Autorität durchgesetzt, daß der magdagsche Kapitän auch unsere Besitztümer mit an Bord nahm. Tharus eisenbeschlagene Truhen standen nun in seinem Zimmer, wie auch meine Kisten mit Erinnerungsstücken an Sanurkazz – Seidenstoffe und Pelze, Juwelen, Münzen, Waffen, mein Langschwert und das Kettenhemd, das Mayfwy mir geschenkt hatte. Ich erkannte durchaus die Gefahr, die diese Stücke heraufbeschwören konnten – schließlich waren sie in der Tradition Zairs gearbeitet. Sie hätten mir große Schwierigkeiten machen können, wenn sie entdeckt worden wären.

Also hatte ich meine drei bronzebeschlagenen Holztruhen unter meinem Bett versteckt und erklärte meinen magdagschen Gastgebern, daß ich als Erinnerung an meinen angenehmen Aufenthalt in ihrer Stadt ein Langschwert und ein Kettenhemd erworben hätte – und als man bemerkte, die Rüstung sei doch von sanurkazzischem Schnitt, zwang ich mich zu einem Lachen und sagte, es handle sich zweifellos um ein Beutestück, das man zum Ruhme Grodnos gemacht habe. Das gefiel den Anhängern der grünen Sonne.

Doch es war ein angenehmeres Gefühl, wieder mit einem langen Rapier an der Hüfte durch die Straßen zu schreiten.

Glycas war ein düster wirkender Mann mittleren Alters – was auf Kregen bedeutete, daß er etwa hundert Jahre alt war –, und sein schwarzes Haar war noch dicht und modisch geschnitten, die Hände und Arme weiß, die Finger schwer von Ringen. Doch er war kein Dummkopf. Er trug das Langschwert offen und konnte damit umgehen. Er war klein und stämmig gebaut und für seine Erregbarkeit bekannt. Alles in allem war er ein gefährlicher Mann.

Seine Schwester, die Prinzessin Shusheeng – die außerdem eine Handvoll anderer vornehmer Namen trug, die von ihrem hohen Rang und ihrem riesigen Besitz einschließlich unzähliger tausend Sklaven kündeten – war schlank und dunkelhaarig – ein bezauberndes Kind. Vom Augenblick unseres Kennenlernens an schienen mich ihre Augen mit liebevollen Blicken zu verschlingen. Ich verglich sie unwillkürlich mit der fröhlichen, quirligen Einfachheit Mayfwys und bewunderte die geradezu tierische Vitalität dieser Frau, ihren brennenden Blick, die Intensität des Gefühls, mit dem sie alles an sich riß, das sie haben wollte. Ihr vornehmes Gerede amüsierte mich. Von neuem wurde mir klar, wie gelassen meine Delia die vielen langen Titel ertrug, die sie geerbt hatte, wie unauffällig und sicher sie sich in die Rolle der Prinzessin Majestrix von Vallia fügte.

Prinzessin Shusheeng machte mir unverkennbar Avancen. Ich ärgerte mich darüber wegen der Komplikationen, die das heraufbeschwören mußte, und fühlte mich doch geschmeichelt. Vomanus beneidete mich sichtlich um mein Glück, wie er es nannte. Tharu runzelte nur die Stirn und ließ sich seinen Ärger ansonsten nicht anmerken.

Als wir eines Tages auf der oberen Galerie standen und über eins der Hafenbecken blickten, das sich unter unserem Palast erstreckte, erwähnte ich, daß ich mich auf meine Rückkehr nach Hause freute.

»Aber mein lieber Kov von Delphond, was hat dein Vallia zu bieten, das du nicht reichlicher und besser im Heiligen Magdag finden könntest?«

Ich zuckte innerlich zusammen und antwortete: »Ich habe Heimweh, Shusheeng. Das wirst du doch verstehen können?«

Mit unverständlichem Stolz erwiderte sie: »Ich habe noch keinen Fuß außerhalb der Gebiete Magdags gesetzt!«

Die Frau widerte mich an! Ich wollte so schnell wie möglich nach Vallia weiterreisen.

Und sie erkannte meine Gefühle; sie spürte meine Ablehnung.

Am nächsten Tag wanderten Vomanus und ich durch eine der Gassen, in denen erstklassige Schmuckwaren feilgeboten wurden, als wir auf Prinzessin Shusheeng mit ihrem Gefolge stießen – einer Gruppe Chulikwächter und zahlreichen angeberischen Adligen, die um sie herumstolzierten wie aufgeplusterte Hähne. Sie behandelte sie natürlich alle wie Dreck.

»Was für ein Schmuckstück kaufst du denn da, Kov Drak?«

Ich hob das Stück hoch – ein herrlicher Reif aus geschnitztem Chemzite, das im Licht der Sonne blitzte. Es stammte von einem sanurkazzischen Künstler.

»Ein hübsches Stück«, sagte ich.

»Es kommt aus Zair«, bemerkte sie mit herabgezogenen Mundwinkeln. »Es müßte auseinandergebrochen und zu einem richtigen Stück aus Grodno umgestaltet werden.«

»Vielleicht – aber es ist nun mal hier.« Ich zwang mich zum Weitersprechen. »Sicher ist es die Beute eines erfolgreichen Galeerenkapitäns.«

Sie lächelte mich an. Ihr Mund war kirschrot, ein wenig zu groß, und verhieß in seiner Weichheit große Leidenschaft.

»Und es ist für mich – ein Abschiedsgeschenk, Kov Drak?«

»Nein!« erwiderte ich etwas zu heftig. »Ich will es mit nach Vallia nehmen – als Erinnerungsstück an das Auge der Welt.« Das war nur die halbe Wahrheit, wie Sie erkennen werden.

Sie verzog schmollend den Mund, lachte fröhlich, als hätte ich einen Witz gemacht, und fügte eine herabwürdigende Bemerkung an, die offenbar an ihre Begleitung gerichtet war. Dann schritt sie hastig weiter und ging zu ihrem Sectrix, mit dem sie wirklich gut umzugehen verstand.

Heute weiß ich, daß mir diese Szene das Leben rettete.

Am gleichen Abend wurde das vallianische Schiff am Kap gesichtet; es würde noch in derselben Nacht in Magdag anlegen. Bisher hatte ich noch kein Schiff aus Vallia gesehen, denn sie waren im Binnenmeer sehr selten. Sie pflegten in Flotten zu reisen, um die jahreszeitlichen Winde gut auszunutzen, und ich war immer unterwegs gewesen, wenn Handelsfahrer aus

Vallia in Sanurkazz angelegt hatten. Einmal hatte ich versucht, Kurs auf einen Vallianer zu nehmen, der an Isteria vorbeikommen mußte, doch aus irgendeinem Grund verfehlte ich das Schiff.

Nun freute ich mich auf die Begegnung.

Vomanus ging zum Hafen, um den vallianischen Kapitän zu begrüßen, doch gleich darauf kam er fluchend zurück, um einen Sectrix zu satteln und zu einem entfernten Ankerplatz zu reiten, der dem vallianischen Schiff unerklärlicherweise vom Hafenkapitän zugewiesen worden war. Ich rief ihm ein Scherzwort nach; ich hatte mitreiten wollen, doch Tharu war dagegen gewesen.

»Ein Kov reitet nicht zum Kai hinunter, um einen einfachen Schiffskapitän zu begrüßen«, sagte er tadelnd – und damit war das Thema erledigt.

Ich hatte mir inzwischen zusammengereimt, daß ein Kov etwa einem irdischen Herzog entsprach – und diese Information deprimierte mich. Ich hielt nichtssagende Titel für überflüssig.

Auf Kregen wird mit Begeisterung ein Brettspiel gespielt, das Jikaida heißt. Wie der Name schon sagt, hat es mit Kämpfen zu tun. Das in Quadrate unterteilte Spielfeld sieht wie ein längliches Schachbrett aus, und das Spiel ähnelt in seinen Zügen dem irdischen Halmaspiel, wenn sich eine Armee Jikaidasoldaten gegen die andere wendet. Wenn Sie nun annehmen, daß die Farbe der Spielsteine Rot und Grün war, so irren Sie. Die Färbungen sind Blau und Gelb oder Weiß und Schwarz. Rot und Grün sind allein dem wirklichen Kampf vorbehalten. Um uns die Zeit zu vertreiben, begannen Tharu und ich ein Spiel Jikaida.

Ich hatte es mir angewöhnt, niemals mit dem Rücken zur Tür zu sitzen, wenn ich es vermeiden konnte.

Als nun die Tür unseres Zimmers aufgestoßen wurde und Männer in Rüstungen hereindrängten, die

Gesichter mit roten Tüchern bedeckt, sprang ich sofort auf. Tharu, der sich erst hätte umdrehen müssen, wurde über den Tisch gestoßen. Jikaidasteine flogen wie ein blau-gelber Schauer durch das Zimmer. Der Tisch prallte mir gegen die Beine. Mein Rapier lag auf dem Boden neben mir – leicht zu erreichen, aber leider noch in der Scheide. Immerhin war Magdag eine große Stadt, und wer rechnete mit einem Angriff in einem Palast? Als ich die Klinge blankgezogen hatte, saß mir bereits eine Dolchspitze an der Kehle, und jede weitere Bewegung hätte mich das Leben gekostet.

In diesem Augenblick hatte ich das Gefühl, alt geworden zu sein – ich, Dray Prescot, der im heiligen Taufbecken Aphrasöes gebadet hatte und tausend Jahre alt werden würde!

Ich wurde wie ein Vosk gefesselt und wie eine Teppichrolle zwischen zwei stämmigen Angreifern aus dem Raum und durch einen Geheimgang geführt, der hinter dem riesigen Porträt eines siegreichen magdagschen Galeerenkapitäns begann. Einige Stockwerke tiefer wurde ich auf einen Mistkarren geworfen, der mich mit seinem Duft an die Bänke der Galeerensklaven erinnerte. Wir holperten über Basaltpflaster dahin, ohne daß ich einen Blick auf meine Angreifer werfen konnte; ich hörte sie auch nicht.

Schließlich wurde ich in einen feuchten Steinkeller geworfen. Ich starrte auf die roten Halstücher, die vor die Gesichter gebunden waren. Nur die Augen meiner Gegner schimmerten im Dunkeln.

Hinterher erfuhr ich, daß ich fünf Tage gefesselt in jenem Keller gelegen hatte, nur von einem widerwärtig schmeckenden Brei ernährt, ohne Bewegung, mit einem Eimer als Toilette, und stets von zwei Männern bewacht. Tharu war nicht bei mir.

Am sechsten Tag wurde ich gerettet. Als Männer in Rüstungen eintraten, standen meine Wächter langsam auf, dann erstarrten sie, und obwohl ich ihre Gesichter nicht sehen konnte, vermochte ich mir doch ihr Entsetzen vorzustellen. Die Neuankömmlinge stachen sie erbarmungslos nieder. Als der zweite Wächter leblos zu Boden sank, riß ihm einer der Neuankömmlinge das rote Halstuch ab, hielt es hoch und spuckte darauf.

»Siehst du!« brüllte er. »Dies ist das Werk der Ketzer von Sanurkazz! Die stinkenden Vosks von Zair haben dies getan ...«

Er beugte sich herab und durchtrennte hastig meine Fesseln. Seine Männer halfen mir beim Aufstehen. »Aber jetzt bist du frei, Kov von Delphond!«

13

»Lord Kov«, sagte Glycas förmlich zu mir, »ich möchte dir meine Entschuldigung aussprechen. Es ist mir unvorstellbar, wie einem geehrten Gast in Magdag solches Schicksal widerfahren kann. Aber ...« Er breitete die Hände aus. Seine blitzenden dunklen Augen waren auf mich gerichtet. »Wir leben in einer unruhigen Zeit. Die Macht der Roten macht sich überall bemerkbar ...«

»Drak müßte eigentlich dankbar sein, daß wir ihm das Leben gerettet haben«, sagte Prinzessin Shusheeng. Sie lag lässig auf einer hängemattenähnlichen Liege aus Seide, an der Quasten aus Goldfäden hingen; einen Arm hatte sie über den Kopf erhoben und ihren Körper aufreizend gekrümmt. »Die See-Leem aus Sanurkazz werden eines Tages bis auf den letzten Mann vernichtet. Aber ich bin froh, daß wir dich vor ihnen errettet haben, Drak.«

Auf dem Balkon hoch über dem Hafen umspielte uns eine kühlende Brise, für die ich dankbar war, denn die Hitze war erdrückend. Magdag, das nördlich von Sanurkazz lag, hatte ein etwas kühleres Klima, doch keine der beiden Städte genießt die starken Winde, die über das ferne Sonnenuntergangsmeer heranwehen und Zenicce kühlen. Ein mächtiger Meeresstrom, der sogenannte Zim-Strom, zieht von Süden an der Küste Donengils herauf, vorbei am südlichen Turismond. Im Bogen nach Nordwesten schwenkend, zieht er sich als anders farbige Wasserstraße durch das Cyphrenmeer zwischen Turismond und Loh und umspielt also die gesamte West- und Südküste Vallias. Der südliche Zweig erreicht zuweilen auch Zenicce, das an der Westküste von Segesthes liegt.

»Ich danke euch von Herzen«, sagte ich, faßte mich und fuhr fort: »Anscheinend haben die Kerle all meine Besitztümer an sich genommen.«

Glycas nickte. »Alles, was du bei dir hattest. Wertvolle Dinge, daran zweifle ich nicht.«

»Aus Vallia«, bemerkte Shusheeng.

Ich merkte auf.

»Kaum«, erwiderte ich leichthin. »Ich habe Kuriosa des Auges der Welt gesammelt – kunsthandwerkliche Dinge aus Magdag – und aus Sanurkazz.«

»Ah – natürlich«, sagte Glycas mit einer seidenweichen Stimme, der ich nicht traute.

»Hätte euer vallianischer Kapitän sein Schiff nicht so weit weg ankern lassen, wäre euer mutiger Begleiter Vomanus hier gewesen.« Vomanus war außer sich vor Wut gewesen, als ich ihm schließlich wieder gegenüberstand. Tharu, der gestrenge Vallianer, war seit dem Überfall nicht mehr gesehen worden. Alle hielten ihn für tot. Und wenn er nicht tot und womöglich auf die Galeeren geschickt worden war, dann mochte ihm der Tod jetzt als etwas Wünschenswertes erscheinen.

»Es gibt immer wieder solche dummen Rückschläge«, bemerkte Glycas leichthin. »Die Sklaven, die an den Bauten zum Ruhme Grodnos arbeiten, suchen die ketzerische Hilfe Zairs, dieses elenden Gottes. Wir werden Nachforschungen anstellen und die Schuldigen bestrafen.«

»Und bis dahin?«

Prinzessin Shusheeng erhob sich wie ein anmutiger und gefährlicher Leem. Sie lächelte mich verführerisch an, und ihre sinnlichen Lippen schimmerten feucht. »Oh, wir übernehmen natürlich die volle Verantwortung für deinen Schutz, mein lieber Drak, bis ein anderes vallianisches Schiff eintrifft.«

»Es wäre unklug, weiter allein in diesem Palast zu wohnen«, sagte Glycas energisch.

»Wir hoffen, du erweist uns die Ehre, in unser Heim überzusiedeln – das immerhin der Palast des Smaragdenen Auges ist. Nur der König, über den sich kein Sterblicher zu erheben wagt, hat einen schöneren Palast in Magdag.«

»So sei es denn«, sagte ich und fügte mich in das Unvermeidliche. Dann hatte ich die Klugheit hinzuzufügen: »Und ich danke euch sehr.«

So kam es, daß ich zu Glycas und seiner raubgierigen Schwester Shusheeng in den Palast des Smaragdenen Auges zog. Der Palast war riesig, prunkvoll, zugig, laut und nicht besonders bequem – und er war von Sklaven erbaut worden.

Bei jeder sich bietenden Gelegenheit streifte ich durch die Stadt. Obwohl Vallia mein Ziel war, musterte ich die Befestigungen der Stadt noch mit dem Auge des feindlichen Krozairs aus Sanurkazz. Glycas hatte darauf bestanden, daß ich stets eine Eskorte von sechs Chuliks mitnahm. Ich hatte protestiert, doch sein Ton verriet mir, daß er nicht nachgeben würde. Ich dachte an den Skorpion, den ich auf den Uferfelsen des großen Kanals gesehen hatte; so kam mir auch Glycas vor – schnell, unberechenbar, gefährlich.

Ich wanderte durch die Straßen und Boulevards,

betrachtete die Architektur, suchte einige Schänken und Amüsierlokale auf. Ich zwang mich sogar einmal dazu, in eine kleine Arena zu blicken, in der sich Gruppen rauschgiftsüchtiger Sklaven zum kreischenden Vergnügen des magdagschen Adels zerfleischten. Angewidert zog ich weiter.

Nach einigen Tagen kam ich auf den Gedanken, auf einen Sectrix zu steigen und die Stadt – natürlich in Begleitung meiner Leibwächter – landeinwärts zu verlassen, um den megalithischen Baukomplex aufzusuchen.

Mehrmals zuvor hatte ich mit Architekten gesprochen, oft bei den intimen Abendessen, die Shusheeng mit Begeisterung arrangierte. Die parfümierten und prachtvoll frisierten Männer hatten mir versichert, daß die Gebäude wichtig waren für die Seele Magdags. Nur in der beständigen Errichtung gewaltiger Steinmonumente konnte Magdag seinen Daseinszweck finden. Dabei hörte ich wieder von dem Großen Tod, dem Zeitpunkt des Sterbens, und wußte nun, daß damit die Zeit der Sonnenfinsternis gemeint war, die Zeit, da die grüne Sonne von der roten verdeckt war. Dieses astronomische Ereignis hatte natürlich eine gewaltige Bedeutung für Menschen, die die Gottheit der grünen Sonne, Grodno, verehrten - in gewisser Weise war diese Finsternis ein Tod. Wenn dagegen die grüne Sonne vor der roten vorbeizog – und dabei, da sie die kleinere war – keine totale Bedeckung zustande kam –, begann für die Magdager regelmäßig eine Periode der Gewalt und der Eroberungen. In dieser Zeit bemannten die Zairer all ihre Bastionen, schärften ihre Schwerter und schickten sämtliche Schiffe auf das Binnenmeer.

Was die Magdager taten, wenn die grüne Sonne hinter der roten verschwand, wenn der Große Tod anbrach, sollte ich noch erfahren.

Die massiven Gebäude hatten sich überhaupt nicht

verändert. In meinem Herzen regten sich Mitleid und Wut, als ich die unzähligen Sklaven schuften sah.

Die Gebäude, die ich als halb vollendet in Erinnerung hatte, waren inzwischen fertiggestellt. Ich sah Aufseher, die die Sklaven zu immer schnellerer Arbeit antrieben. Meine Chuliks ließen mich nicht zu nahe heran; sie hatten ihre Langschwerter und fühlten sich doch nicht sicher genug. Ich roch ihre Nervosität.

»Sie sind hinter dem Plan zurück«, erzählte mir ein rastgesichtiger Kommandant der Wache, ein Oberherr der zweiten Klasse. Er war der erste Vertreter seines Standes, den ich seit meiner Ankunft in Magdag traf; ich hatte mich stets in Gesellschaft von Oberherren der ersten Klasse und Adligen bewegt – Zair möge mir verzeihen.

»Die Zeit des Großen Todes rückt heran«, fuhr er fort. Er schien sich zu freuen, mit einem Mann von hohem Stand sprechen zu dürfen. »Wir müssen bis dahin mindestens noch eine neue Halle vollendet haben.«

Von unangenehmen Erinnerungen an Sklaven und Arbeiter bedrängt – besonders an Genal, Holly und Pugnarses –, betrachtete ich die phantastische Szenerie, die ich nun mit neuen Augen zu schauen vermochte. Es wimmelte von Männern und Frauen. Die graugekleideten Gestalten bewegten sich verwirrend wie eine Insektenarmee über den Boden und auf den Gerüsten. Gewaltige Steinmassen wurden in die Luft gehievt, die Steinhaufen wuchsen, und endlose Ketten von Sklavenkindern trugen neue Steine heran. Das Gebrüll, das Knallen der Peitschen, der Dunst aus Staub und Steinsplittern, der in der Luft hing, der Gestank der vielen tausend Menschen – dies alles umgab mich wie ein Pesthauch der Hölle. So hatte es vielleicht beim Turmbau in Babylon ausgesehen – nur daß hier jeder seinen Nachbarn verstehen konnte.

Ich gab mir Mühe, jeden Teil der Baustelle zu besichtigen, und entdeckte zahlreiche mir unbekannte Orte. Da waren die Metallschmiede, die aus ihrem Material herrliche Ornamente formten, die Steinmetze, die vollkommene Formen aus dem Gestein herausarbeiteten, die Künstler, die ihre Fresken und Friese malten mit der Sicherheit von Männern, die die gleiche Figur in derselben Position und in den gleichen Farben schon hundertmal geschaffen hatten. Strikte Routine herrschte bei diesen Ausschmükkungen, und betrat man einen der riesigen Säle mit ihren unzähligen Säulen, Monumenten und Gemälden, so hatte man manchmal das Gefühl, dasselbe Gebäude vor sich zu sehen, das man eben erst verlassen hatte.

Die Fertigungsmethoden mit ihrer Präzision und rationellen Gestaltung erstaunten mich. Auf der Erde wurde dieser Stand der Produktionstechnik erst mit der Erfindung der Autofließbänder erreicht. So standen etwa in langen Reihen Männer nebeneinander und stellten fässerweise Eisennägel her, die für die Holzgerüste verwendet wurden. Sie arbeiteten festgekettet und in einer Art Betäubung.

Ich sah, daß die Sklaven auch an die riesigen Steine gefesselt waren, die mit Booten aus den Bergen des Landinneren herangeschafft wurden – ein schwarzgrauer Basaltstein, der wenig Ähnlichkeit hatte mit den gelben Mauersteinen, aus denen die Häuser der Adligen in der Stadt bestanden. Hier unten an den Anlegestellen lagen auch die gewaltigen Küchenanlagen. Holly hatte in kleinem Umfang für eine Gruppe der Ziegelmacher gekocht, die meisten Sklaven jedoch wurden aus Riesenküchen versorgt. Hier stank es entsetzlich nach verfaulten Nahrungsmitteln, und es wimmelte von Rasts und Ungeziefer. Unten am Fluß, der hier eine rote Färbung hatte, sah ich gewaltige Knochenhaufen und Abfallberge, die sich meilenweit erstreckten. Die Umweltverschmutzung – etwas, das ich auf Kregen nicht erwartet hatte – war in Magdag zum Problem geworden.

Meine Chulikwächter machten keine Anstalten, mir die Sklavenbezirke zu zeigen, und ich wußte auch, daß ich mich dort in meiner Aufmachung und mit nur sechs Leibwächtern nicht sehen lassen durfte. Glycas hatte mich zu einer Sklavenjagdpartie eingeladen, wie er es nannte, doch ich hatte schaudernd abgelehnt und Unpäßlichkeit vorgeschützt.

Wie schon so oft zuvor war mir mein Leben unerträglich geworden. Etwas mußte geschehen, etwas mußte unternommen werden – und wenn ich, Dray Prescot, überhaupt noch eine hohe Meinung von mir haben wollte, mußte ich den Anstoß geben.

Prinzessin Shusheeng begann mir mit ihrer Geilheit auf die Nerven zu gehen. Meine Tür war nachts verschlossen, doch sie kratzte zwei- oder dreimal daran. Ich wußte, daß sie es war, denn ich roch ihr schweres, reichlich aufgetragenes Parfum. Ich vermutete, daß sie wohl bald zu direkterem Angriff übergehen würde, und legte mir in Erinnerung an Prinzessin Natema einen kleinen Plan zurecht. Im Norden jenseits der riesigen Farmen lag ein Landstrich mit gewaltigen Präriegebieten, die gut für die Jagd geeignet waren – dabei dachte ich mit Sehnsucht an die Savanti und an Maspero, der sich für das atavistische Verhalten seiner Rasse entschuldigt hatte, als er mich auf eine Graintjagd mitnahm, die allein für die Jäger gefährlich werden konnte.

Die Vorbereitungen für meine Jagd liefen bald an, und Vomanus, der sich wohl irgendwo in der Stadt eine Freundin zugelegt hatte, wurde aufgetrieben und mußte uns begleiten. Glycas und seine Schwester informierte ich nicht. Wir wurden von einigen Chulikwächtern und einer Gruppe Sklaventräger begleitet und stiegen schließlich auf unsere Sectrixes. Ich entfernte mich bald von der Safari. Ich hatte Vomanus angewiesen, so zu tun, als erwarte er mich draußen auf der Ebene. Ich stellte den Sectrix unter, zog meine Jagdkleidung aus und legte das graue Lendentuch an, das ich einem Palastsklaven gestohlen hatte. Dann suchte ich nach Einbruch der Dunkelheit das Gebiet der Baustellenarbeiter auf.

Ich fühlte mich dort ganz und gar nicht zu Hause, doch vertraut war mir die Umgebung noch. Es gab Augenblicke, da hätte ich mein dummes Vorhaben am liebsten aufgegeben. Doch ich schritt weiter. Dies, so überlegte ich immer wieder, gehört zu den Wünschen der Herren der Sterne.

Als mich der vertraute Gestank der Slums umgab und ich wieder das verrückte Durcheinander aus schiefen Mauern und Türmen und einsackenden Dächern sah, mußte ich an mich halten, um nicht umzukehren.

Ein Arbeiter, der eine Flasche Dopa gefunden hatte, lehnte schnarchend an einer Wand. Mich umgaben die unruhigen Laute von vielen tausend Menschen, die in winzigen Hütten schliefen oder sich wegen der Hitze auf die Gassen gelegt hatten.

Ich erreichte die vertraute Hütte. Genal richtete sich auf seiner Strohmatratze auf und blinzelte mich an.

»Wer …? Das ist doch nicht möglich! Schreiber? *Schreiber?*«

Ich trat hastig ein und nahm seine Hand. »Lahal, Genal. Es geht dir gut?«

Er starrte mich an und schluckte. »Lahal, Schreiber.« Plötzlich sprang er auf, eilte durch den Raum, wobei er einen irdenen Krug um stieß, und beugte sich über ein anderes Lager, das ich noch gar nicht bemerkt hatte. Er schüttelte den Schläfer.

»Pugnarses – wach auf, wach auf! Schreiber ist wieder da, er ist zurückgekehrt aus dem grünen Paradies von Genodras!«

Ich erstarrte. Pugnarses erwachte schlecht gelaunt und starrte mich schläfrig an. Sein struppiges Haar, sein bösartiger Blick, dies alles stieß mich ab – doch ich bezwang meine Gefühle, streckte ihm die Hand hin und sagte: »Lahal, Pugnarses!«

»Lahal, Schreiber.«

Ich fühlte mich fehl am Platze. Beide starrten mich an, als wäre ich ein Gespenst. Gewissermaßen war ich das auch – jedenfalls für sie.

Aber beide verhielten sich ganz natürlich. Was hätte Pur Zenkiren – oder Pur Zazz – in dieser Situation gemacht? fragte ich mich unsicher und nahm mich zusammen.

»Ich kann nicht lange bleiben«, sagte ich, »und darf mich draußen im Bezirk nicht sehen lassen.«

Genal sagte eifrig: »Du kannst so lange hierbleiben, wie du willst. Du bist hier sicher.« Er bückte sich und hob seine graue Tunika an, die das grüne Abzeichen eines Aufsehers trug: »Auch ich führe nun einen Balass. Wir können dir helfen.« Er musterte mich mit prüfendem Blick und betrachtete besonders meine Schultern und Armmuskeln. »Bist du auf die Galeeren gekommen?«

»Ja, Genal, auf die Galeeren.«

»Und du hast fliehen können!« Pugnarses pfiff durch die Zähne. Vermutlich ärgerte er sich, daß Genal den Balass-Stock errungen hatte, während er noch nicht zum Oberaufseher befördert worden war, was er seit langer Zeit anstrebte.

»Was ist aus dem Fristle Follon geworden?« fragte ich.

Pugnarses schnaubte verächtlich durch die Nase. Genal verzog das Gesicht und machte eine unzüchtige Handbewegung; ich hatte die rauhen Sitten der Sklaven vergessen und wurde nun lebhaft daran erinnert. Ich durfte nicht vergessen.

»Auch er ist Balassträger. Er hat Informationen über eine Flucht weitergegeben, als du verschwandest – und wurde belohnt.«

»Ich war froh, daß du so vernünftig warst, bei ihm nicht mitzumachen, Genal.«

»Aber wir werden uns eines Tages erheben ...«

»Ja«, sagte ich. »Und wie geht es Holly?«

Ihre Reaktion war interessant. Beide warfen sich einen kurzen Blick zu und sahen mich dann ausdruckslos an.

»Es geht ihr gut, Schreiber«, antwortete Genal.

»Sie ist schöner als alle herausgeputzten Frauen in den magdagschen Palästen«, sagte Pugnarses heftig.

So stand die Sache also. Ich war allerdings nicht in den Sklavenbezirk gekommen, um Holly zu sehen, obwohl ich gehofft hatte, ihr wiederzubegegnen. Ich mußte mich bei diesen Männern richtig einführen. Schon glaubten sie, ich sei ein geflohener Galeerensklave und suchte Hilfe. Das war ein Anfang.

»Ich brauche vielleicht eure Hilfe – ihr müßt mich verstecken«, sagte ich. »Wenigstens von Zeit zu Zeit. Denn ich habe große Pläne.« Ich verstummte. Im Rechteck der Tür erschien ein Schatten, und eine leise Stimme hauchte ein einziges Wort:

»Schreiber!«

Holly war noch immer unglaublich schön. Sie war gereift, doch ich wußte, daß sich hinter ihrer gespielten mädchenhaften Naivität eine eiserne Entschlossenheit verbarg. Neben ihr war Prinzessin Shusheeng eine aufgedonnerte Herbstblume.

»Lahal, Holly!« begann ich.

Doch sie eilte auf mich zu und warf mir die Arme um den Hals. Ihr schlanker, biegsamer Körper preßte sich nackt gegen den meinen. Ihre heißen und überwältigenden Lippen schockierten mich mit ihrer ungestümen Berührung, preßten sich auf meinen Mund. Und während sie mich so überschwenglich küßte, sah ich über ihre Schulter, wie mich Genal und Pugnarses entsetzt anstarrten.

14

Von nun an wurde das Leben interessant und aufregend.

Ich verbrachte viele Nächte in den Sklavenslums. Nachdem ich wieder zu meiner Safari gestoßen und nach einem schnellen Jagdzug nach Magdag zurückgekehrt war, sorgte ich für ein Versteck in der Nähe des Sklavenbezirks, das ich vom Palast des Smaragdenen Auges mit einem Sectrix mühelos erreichen konnte. Ich versteckte dort Waffen, Kleidung und Geld. Ich verließ den Palast ohne Chulikwächter, die ich durch ein Täuschungsmanöver los wurde, zog mein graues Lendentuch an und stahl mich in das Gewirr aus Gassen und Innenhöfen. Vor Anbruch der Morgendämmerung war ich zurück.

Den sechsten Tag vermochte ich fast vollständig bei den Sklaven und Arbeitern zu verbringen, da Glycas und Shusheeng mit irgendwelchen Riten beschäftigt waren. Besonders zu dieser Zeit, da der Tag des Großen Todes herannahte, ließen sich die Magdager in ihrem religiösen Leben nichts zuschulden kommen.

Das Problem mit dem Fristle Follon löste sich auf eine seltsame Weise, die sich als mein Vorteil herausstellte.

Zu behaupten, alle Fristles sähen gleich aus, wäre unrichtig. Ich vermochte einzelne Wesen zu erkennen, wenn das nötig war. Als eines Abends die letzte der Sonnen vom Himmel verschwand und die Jungfrau mit dem Vielfältigen Lächeln hell über den Wolken stand, ritt ich zum Fluß hinab und band meinen Sectrix an einem Baum fest. Hinter mir erstreckten sich die Slums am Ufer. In Sekundenschnelle hatte ich meine vallianische Ausrüstung verstaut und den grauen Lendenschurz angezogen. In meinem Gürtel, der einen Knüppel enthielt, steckte außerdem ein scharfes, leicht gebogenes Messer in einer Scheide.

Mich den ersten Häuserreihen nähernd, hörte ich einen Schrei – gedämpft, doch ganz in der Nähe.

Im nächsten Augenblick taumelten zwei Fristles kämpfend aus dem Dunkel ins Mondlicht. Offenbar versuchte ein männlicher Fristle ein Weibchen zu vergewaltigen. Sie konnte nicht mehr schreien, weil ihr der Mann einen Arm um den Hals gelegt hatte.

Dann erkannte ich, daß der Mann Follon war.

Ich sprang hinzu, packte ihn am Hals und stemmte ihm ein Knie in den Rücken. Follon versuchte zu schreien, und meine Finger verkrampften sich um seinen Hals. Er konnte seinen Krummsäbel nicht ziehen, denn im nächsten Augenblick warf ich mich über ihn, und wir rollten zu Boden.

Das Fristlemädchen blieb leblos liegen und wimmerte. Sie war nackt. Ihr mit kurzem Fell bedeckter Körper schimmerte im rosa Mondlicht. Ein anderer Fristle, eine ältere Frau, kniete neben ihr nieder, hielt ihr den Kopf und begann ihr in der Fristle-Sprache schluchzend zuzureden. »Er hätte meine Sheemiff mißbraucht«, schluchzte sie. »Und sie getötet!«

Follon bäumte sich unter mir auf, doch ich hielt ihn fest und lehnte mich zurück – und dann, Zair ist mein Zeuge, geschah etwas, das durch seine Bewegung oder meinen Griff oder mein Unterbewußtsein bewirkt wurde – ich weiß es nicht. Jedenfalls brach plötzlich knackend sein Rückgrat.

Mir war ein tausendjähriges Leben geschenkt worden – und jetzt sah ich einen langen, dunklen und sehr schmalen Tunnel vor mir liegen – den Weg eines Lebens, in dem es mein Schicksal zu sein schien, nicht nur mit den Konsequenzen meines eigenen Handelns, sondern auch mit dem Widerhall der Wesenszüge anderer Völker und Individuen fertig werden zu müssen. Es lag in der Natur jenes Skorpions, mich umbringen zu wollen; es war meine Natur, mich zu verteidigen. Aber was war natürlich an der versuchten

Tat dieses Fristle? Und war es natürlich, daß ich ihn daran hinderte? In jenem Augenblick, als ich Follons Gestalt zu Boden sinken ließ, begann ich wohl zum erstenmal das düstere Geschick zu spüren, das mich bedrohte. Ich war verdammt. O ja, jeder ist verdammt, auf jeden wartet der Tod. Doch in jenem Augenblick wurde ich mir der Drohung eines Unheils bewußt, das außerhalb von Zeit und Raum lag, und mit jedem Schritt und jeder Entscheidung mußte ich meine Vernichtung nur um so sicherer heraufbeschwören.

In jenem Augenblick verfluchte ich die Herren der Sterne – und haßte sie und alle ihre Pläne.

Als ich den toten Fristle in den Fluß werfen wollte, eilte die alte Fristlefrau herbei. Ich hielt sie davon ab, die Leiche zu verstümmeln, was sie am liebsten getan hätte, konnte aber nicht verhindern, daß sie die Kleidung und das Geld und den Krummsäbel an sich nahm.

»Die Sachen gehören mir«, sagte sie und sah mich an. »Und meine Sheemiff gehört dir, wenn du sie willst, denn du bist ein großer Jikai!«

Ich erschauderte. Jikai! Wie oft war dieses große Wort hier im Auge der Welt schon mißbraucht worden! Mit hastigen Worten verabschiedete ich mich und verschwand. Um ehrlich zu sein, erregte mich der pelzige Mädchenkörper der jungen Fristle. Ich eilte durch die rosagefärbten Schatten in den Sklavenbezirk.

Wie ich bei meinem letzten Besuch angeregt hatte, wartete der Prophet auf mich.

Es scheint mir klar zu sein, daß Delias aufwendige Suche nach mir die Pläne der Herren der Sterne gestört hatte – doch inzwischen hatte ich das Gefühl, wieder dort zu sein, wo mich diese Himmelsmächtigen haben wollten.

Und ich ahnte auch, was sie von mir erwarteten.

Der Prophet schien sich nicht verändert zu haben.

»Die Arbeiter werden sich erheben, Schreiber«, sagte er mit eindringlicher Stimme. »Zu lange haben sie gelitten. Die Zeit ist gekommen!« Er starrte die versammelten Arbeiter mit fanatischem Blick an.

Die Männer machten Pläne. Ich hörte zu. Diese Menschen hatten mich als einen Mann akzeptiert, der sich bewährt hat, und als ich versprach, ihnen zum Beweis meiner guten Absichten Waffen zu besorgen, gehörte ich dazu.

Doch viel wurde von Gefühlen und Leidenschaften, von Haß und Wut geredet, und es gab lange Schilderungen der Dinge, die man den Oberherren antun wollte, sobald man sie besiegt hatte. Ich wurde unruhig.

»Ihr redet wirr durcheinander«, sagte ich schließlich. Sie reagierten unwillig, doch ich brachte sie zur Ruhe. »Ihr redet davon, die Oberherren in den Sklavengruppen anzuketten und sie zu zwingen, Steine zu schleppen. Habt ihr denn alles vergessen? Die Oberherren tragen Rüstungen und Schwerter. Sie sind ausgebildete Kämpfer! Aber was seid ihr?«

Genal sprang mit wutverzerrtem Gesicht auf. »Wir sind Arbeiter und Sklaven, aber wir können kämpfen!«

»Ich kann euch Schwerter, Speere und einige Rüstungen bringen, aber nicht genug. Und wie willst du dann die Oberherren bekämpfen, mein mutiger Genal?«

So stark war der Zorn und die Leidenschaft der Verzweiflung in diesen Slums, daß die Sklaven nicht die Zeit oder Energie aufbrachten, sich zu fragen, wo ich denn die Waffen für sie hernehmen wollte. Ich hatte Nahrungsmittel mitgebracht, um ihnen nicht zur Last zu fallen, und schon lag ein halbes Dutzend Schwerter sorgfältig eingewickelt in einem Loch unter Genals und Pugnarses' Hütte.

Die Diskussion geriet erneut in Gang und lief endlos im Kreise. Ich ließ die Sklaven gewähren. Sie mußten allein auf die Wahrheit kommen.

Endlich wurde es still. Pugnarses knetete seine Fäuste, und ab und zu hieb er damit auf den Boden. Genal war offenbar den Tränen nahe, doch er beherrschte sich. Er sah mich an. Ich bemerkte diesen Blick und wußte, daß es nun bald Zeit war für die harten Tatsachen. Bolan, ein riesiger Sklave mit kahlrasiertem Schädel, wandte sich unmittelbar an mich. »Was meinst du, Schreiber?« wollte er wissen. »Du hast nur Elend und Verdammnis für uns – kannst uns nicht andere Dinge bringen?«

»Ja, Schreiber!« rief Genal. »Gib uns einen Plan!« Ich bemerkte, daß Pugnarses mit dieser Wendung der Dinge offenbar nicht einverstanden war.

Und ich berichtete ihnen alles.

Der Plan war nicht übermäßig raffiniert. Nur Träumer bilden sich ein, etwas völlig Neues zu schaffen, das die kregischen Sonnen noch nicht geschaut haben.

»Die Vorteile des Plans sind klar«, sagte ich schließlich. »Ebenso seine Nachteile. Der ganze Vorgang dauert länger, als wir eigentlich wollten.«

Pugnarses fuhr auf. »Lange! Ja, viel zu lange! Gib uns die Waffen, und wir töten die Oberherren und all ihre Wächter!«

»Aber Pugnarses!« mahnte Bolan und rieb sich den glatten Schädel. »Schreiber hat es uns doch gerade erklärt, und ich glaube, er hat recht. Du kannst die Oberherren und ihre Söldner nicht mit einem Mob aus Sklaven und Arbeitern besiegen, der nur ein paar Schwerter und Balass-Stöcke hat!«

»Ihr müßt trainieren«, sagte ich nachdrücklich. »Wir bilden eine Armee aus Arbeitern und Sklaven von Magdag, und mit dieser Armee soll die Sklaverei in Magdag beendet werden.«

Sie nickten, noch nicht so recht überzeugt. Ich erklärte im einzelnen, was ich wollte, und fand meine Vorstellungen vernünftig und einleuchtend – aber für einen Mann, der in der Sonne schuftet, ist der Gedanke an jeden weiteren Tag, den er unter der Peitsche verbringen muß, natürlich unerträglich.

»Helft mir, unterstützt mich, gebt mir die Macht, damit ich dafür sorgen kann, daß sich die Arbeiter zu einer starken, wirksamen Streitmacht zusammenfinden.« Ich blickte herausfordernd in die Runde. Ich begann mich wieder am Leben zu fühlen, und wenn der Zweck hier nicht die Mittel heiligte, so muß ich doch daran erinnern, daß ich nach meiner Natur lieber zuerst zuschlage, wenn es um Leben und Tod geht.

»Ich werde euch eine Truppe bilden, die die Waffen führt, die ich bringe und die wir herstellen. Ich will gewisse Waffen entwerfen und selbst fabrizieren. Die Freiheit bedeutet mir mehr als den meisten, denn sie ist mir schon mehrfach genommen worden – auf eine Weise, die ihr nicht versteht. Jedenfalls kann ich euch sagen, daß ein Galeerensklave die Sklaverei vielleicht noch besser versteht als ihr!« Ich redete unzusammenhängend, doch meine Intensität überzeugte sie, und ich erhielt das Kommando über das Unternehmen. Ich konnte den bevorstehenden Kampf nur in militärischen Begriffen sehen. Ich wünschte mir eine kleine, gut ausgebildete Armee, die wirksam gegen die Oberherren vorgehen und die Massen der Sklaven und Arbeiter mitreißen konnte.

Jedes Gefühl schob ich von mir. Ich hatte das Elend der Sklaven gesehen und mitgemacht und hoffte aus der Rebellion eine erfolgreiche Revolution zu machen. Das stellte ich mir auch als Absicht der Herren der Sterne vor.

Und meine Krozairs von Zy und meine Freunde in Sanurkazz würden ebenfalls einen Vorteil davon haben.

In den folgenden Tagen und Nächten ging ich immer größere Risiken ein, den Palast des Smaragdenen Auges zu verlassen. Ich stieg aus meinem hohen Fenster und hangelte mich an den efeuähnlichen Pflanzen hinunter und über die hohe Außenwand, vor der mein Sectrix wartete. Vomanus war natürlich in mein seltsames Verschwinden eingeweiht, vertuschte meine Abwesenheit und wartete manche schlaflose Nacht hindurch auf meine Rückkehr. Er glaubte, ich hätte irgendwo in der Stadt ein Mädchen. Zwar verfluchte er mich wegen meiner Dummheit, nicht aus dem Kelch zu trinken, der mir hingehalten wurde, andererseits bewunderte er meine Tollkühnheit, diesen Trunk woanders zu suchen.

Unsere Armee begann mit Holzstäbchen zu üben, die ich auf bescheidene drei Meter schneiden ließ. Holly lockte eine Anzahl versklavter Soldaten in unsere Gruppe – wobei ihr Verschwinden mit plötzlichen Todesfällen erklärt wurde, wie sie bei Sklaven alltäglich waren. Obwohl die Oberherren wußten, daß sich Sklaven in den Bezirken versteckten, gab es nur selten Suchexpeditionen, die dann aber mit allen militärischen Vorsichtsmaßregeln durchgeführt wurden. Dabei tat sich besonders Glycas hervor. Die neugewonnenen Sklavensoldaten wurden zur Verschwiegenheit verpflichtet und mußten dann die freiwilligen Arbeiter ausbilden und an die Disziplin einer Armee gewöhnen. In diesem Stadium prüfte ich noch jeden Mann. Die Soldaten – zumeist Zairer, doch es gab auch blonde Proconia und eine Gruppe Ochs, Fristles und Rapas darunter – vermochten wenig mit den drei Meter langen Stangen anzufangen. Doch ich gab ihnen keinen weiteren Aufschluß; das hatte noch Zeit.

Eines Abends hatte sich eine Gruppe um mich versammelt, von der ich annahm, daß sie bis zuletzt durchhalten würde.

»Ein magdagscher Oberherr greift euch an«, sagte ich. »Er trägt eine Rüstung, sitzt auf dem Rücken eines Sectrix und hebt sein Langschwert, um euch den Schädel zu spalten. Was tut ihr?«

Die Männer, die im Kreis um mich saßen, bewegten sich unruhig, und Bolan sagte: »Ich springe auf den Rücken des Sectrix und erledige den Vosk mit einem Dolchstoß ins Gesicht.«

»Schön. Aber wie kommst du an seinem Schwert vorbei?«

Genal sagte: »Wir werfen etwas – ein bleibeschwertes Seil – und bringen damit den Sectrix zu Fall.«

»Gut. Aber dazu muß man dicht an den Gegner heran. Die Oberherren rücken in Schwadronen an, und die nachfolgenden Kämpfer machen dich nieder.«

»Also was dann?«

Ich breitete die Hände aus. »Militärisch gesehen gibt es zwei Methoden, gegen Männer in Rüstungen vorzugehen. Man schlägt ein ziemlich kleines Loch in die Rüstung oder haut eine gewaltige Kerbe hinein. Bei der ersten Methode braucht man einen Pfeil, einen Bolzen, einen Wurfspieß oder einen Speer. Um einen Gegner mit einem Hieb zu erledigen, braucht man ein Langschwert, eine Axt, eine Keule oder, wenn man geschickt genug ist, einen Morgenstern. Zum Zuhauen kann man auch wirkungsvoll eine Pike, eine Hellebarde oder ein Breitschwert benutzen. Und auf diese Waffen werden wir uns bei unserer Eigenproduktion konzentrieren.«

Wir verbrachten den Rest der Nacht damit, die Waffen zu besprechen, die für die Sklaven zum Teil völlig neu waren.

Kurz bevor ich verschwand – die Männer wußten noch nicht, wo ich die Tage verbrachte –, tat ich ihnen etwas sehr Schlimmes an. Ich habe schon erwähnt, daß die Segesther einen Schild als Zeichen der Feigheit ansehen, etwas, das sie nicht als Teil der Bewaffnung zulassen würden. Sie wissen nicht, wie man einen Schild auch als Angriffswaffe benutzen kann.

Ich holte also tief Luft und sagte schließlich: »Wir werden übrigens auch Schilde herstellen.«

Ich beruhigte die Männer. Auch die Bewohner des Auges der Welt hatten wenig für Schilde übrig, und nach längerem Hin und Her mußte ich die Diskussion abbrechen: »Es bleibt dabei. Wenn ich euch die Muster für die Speere, Breitschwerter und Hellebarden gebe, erhaltet ihr auch Einzelheiten über Schilde. Sie werden hergestellt. Und jetzt genug für heute.«

Ich stand auf und blickte in die Runde. »Bis morgen abend. Remberee.«

Und ich ging.

15

Prinzessin Shusheeng von Magdag war ein lebensfrohes, sinnenverwirrendes Wesen – daran bestand kein Zweifel, um so mehr, als sie nun auf einem verzierten niedrigen Diwan aus grüner Prunkseide lag und helle schattierte Seide ihren verführerisch weißen Körper mit seinen fließenden Kurven nur zum Teil bedeckte. Der arme Vomanus in seinem bunten Mantel und schwarzen Stiefeln wirkte seltsam fehl am Platze; auch ich kam mir so vor, obwohl ich einen Morgenmantel im gleichen verachteten Grün trug. Ursprünglich hatte ich diese Maßnahme für einen passenden Schachzug gehalten, jetzt erkannte ich ihn als Fehler. Das kleine intime Abendessen war vorüber, und nun versuchte Shusheeng Vomanus loszuwerden. Ich konterte mit einer Beredtheit, die ich selbst bewundern mußte.

»Oh, Vomanus, mein Kleiner«, sagte Shusheeng mit honigsüßer Stimme. »Ich möchte mit Drak unter vier Augen sprechen.«

Sie hätte auch einfach sagen können: »Vomanus,

verschwinde!« Da sie nicht so sprach, hatte Glycas sie offenbar auf die Bedeutung Vallias hingewiesen.

Vomanus warf mir einen schiefen Blick zu, stand auf und entfernte sich mit artigen Abschiedsworten. Shusheeng richtete ihre schimmernden Augen auf mich. Ihre Brust hob und senkte sich unter dem dünnen Seidengewand.

»Warum gehst du mir immer aus dem Weg, Drak? Immer wieder suche ich dich auf – und du bist nicht da. Warum?«

Ich war verblüfft. Diese stolze, hochmütige Frau, eine wahre Schönheit, flehte mich an. Sie neigte sich anmutig vor, und die grüne Seide geriet in Bewegung.

»Ich habe eben viel zu tun, Prinzessin.«

»Du magst mich nicht!«

»O doch!«

»Nun, denn – wenn du nur wüßtest, wie einsam ich bin! Glycas ist stets mit Staatsdingen beschäftigt. Mit dem Feldzug in Proconia steht es nicht gut.« Ich mußte einen Freudenschrei unterdrücken. Das Gefühl des Alleinseins beschwor offenbar neue und andere Gefühle in der Prinzessin herauf. »Er redet nur von den Piraten aus Sanurkazz. Jeder fragt sich, wann der Erzpirat Lord Strombor wieder zuschlagen wird. Er hat mich letztes Jahr drei Handelsschiffe gekostet! Dieser Pur Dray, dieser Lord Strombor, ist ein schlimmerer Krozair als der elende Pur Zenkiren!«

Mir war seltsam leicht zumute, obwohl ich kaum etwas getrunken hatte. So also sprachen meine Feinde von mir, von Zenkiren, von den Krozairs von Zy! Plötzlich kam ich mir befreit vor, und ich war glücklich über die Macht, die Sanurkazz im Auge der Welt ausübte.

»Du tust mir leid, Prinzessin«, sagte ich. »Aber im Gegenzug fallen auch eure Flotten über die Menschen der Südküste her. Ist das nicht so?«

»Natürlich! Und sie verdienen es nicht anders; sie sind Rasts im Angesicht Grodnos!«

Ihre Schultern erbebten, und sie griff nach dem Weinkrug und trank daraus. Ihr Gesicht war hektisch gerötet.

Heute nacht kam ich bestimmt nicht mehr aus dem Palast. Bei den Sklaven waren die Vorbereitungen in vollem Gange, und schon produzierten die ›Fließbänder‹ lange Schäfte für Speere und Hellebarden, und die Schmiede fertigten die dazu passenden Spitzen.

»Mein lieber Drak«, sagte Shusheeng tadelnd. »Ich könnte schwören, daß deine Gedanken ganz woanders sind.«

Ein galanter Mann hätte gemurmelt, daß in Shusheengs Gegenwart niemand an etwas anderes denken könnte – sonst hätte er leicht seinen Kopf verlieren können.

Ich jedoch sagte: »Ja.«

»Oh!« Sie hob die Augenbrauen und sah mich streng an.

»Ich habe überlegt, es ist doch seltsam, daß du und der noble Glycas nicht verheiratet seid.«

Sie hielt den Atem an. »Du wolltest…«

»Nicht ich, Prinzessin Shusheeng.« Ich atmete tief. »Ich bin in Vallia versprochen.«

»Ah!«

Ich hatte gehofft, das Thema damit zu beenden. Sie hatte mitbekommen, daß mein Drang, nach Vallia zurückzukehren, geringer geworden war – offenbar ihretwegen. Doch jetzt hatte ich sie eines anderen belehrt – und das war ein großer Fehler.

Am nächsten Tag vermochte ich den Entwurf für die Schilde in die Sklavenbezirke zu bringen. Sie waren groß und rechteckig und zu einem Halbzylinder gebogen. Ich verlangte, daß sie gegen einen Pfeil der Kurzbögen, mit denen die magdagsche Söldnergarde ausgerüstet war, Schutz bieten müßten. Wenn sie dazu mit Metall verkleidet werden mußten, dann war das Metall eben von den Baustellen zu stehlen. Das Gewicht der Schilde war nicht wichtig – ich wollte sie als eine Art Schutzwall einsetzen lassen. Ich zeigte meinen Männern, wie sich ein solcher Schild als ›Schildkröte‹ verwenden ließ – und meine Kommandierenden waren überzeugt.

Als ich durch mein Fenster zurückkletterte, wartete Shusheeng auf mich.

»Ich habe die ganze Nacht auf dich gewartet, Drak.«

Ich beherrschte mich. »Ich war unruhig, Shusheeng, und bin spazierengegangen, um meine Gedanken zu ordnen.«

»Du lügst!« schrie sie mich leidenschaftlich an. »Du hast ein Mädchen da draußen in der Stadt – eine Hure, die du mir vorziehst! Ich bringe sie um!«

»Nein, nein, Prinzessin! Es gibt kein anderes Mädchen in Magdag!«

»Schwörst du bei Grodno, daß diese Worte wahr sind?«

Bei Grodno hätte ich auf alles geschworen; falsche Gottheiten bedeuteten mir wenig. Ich hatte kein Mädchen in Magdag – doch dann mußte ich an Holly denken. Ich sagte verächtlich: »Ich brauche dir nichts zu schwören, Prinzessin.«

»Ich glaube dir nicht. Schwöre es, du Rast, schwöre es!«

Sie hob die weiße Hand mit den grünen Ringen, und ich ergriff ihr Handgelenk. Einen Augenblick lang starrten wir uns an, dann stöhnte sie leise und sank mir in die Arme. »Sag mir, Drak – es gibt keine andere?«

»Keine andere, Prinzessin.«

»Und – bin ich dir nicht schön genug? Bin ich nicht begehrenswert?«

Da mußte ich an Natemas ähnliche Worte und an meine Antworten denken – als ich Delia für tot gehalten hatte. Inzwischen war ich um einige Jahre reicher an Erfahrungen.

»Du bist wirklich die schönste Blume in Magdag, Shusheeng«, sagte ich.

Ein Klopfen an der Tür beendete die peinliche Szene. Vomanus trat ein und verzog bekümmert das Gesicht, als er Shusheeng erblickte. Als die Prinzessin mit einem letzten verlangenden Blick gegangen war, sagte er neidisch: »Du lüsterner alter Teufel! Du hast es also doch geschafft.«

»Nein, so ist das nicht, Vomanus«, sagte ich. »Und solltest du einen Kov nicht mit Respekt behandeln, junger Mann?«

Er lachte fröhlich. »Natürlich! Aber ich habe den alten Tharu gebeten, dir nicht zu sagen, wer ich bin – und jetzt sollst du es auch nicht herausfinden. Nur sollst du wissen, mein lieber Freund Drak, daß Kov und Kovs für mich zweierlei sind!«

Ich starrte ihn wütend an. »Willst du damit sagen, du hast selbst Absichten auf die Prinzessin Delia, guter Vomanus? Daß ich dein Rivale bin?«

»Drak – Dray! Was willst du damit sagen?«

Ich entschuldige mich nie. Langsam wandte ich mich ab. »Vomanus«, sagte ich. »Ich danke dir für deine Hilfe und deine Kameradschaft. Aber ich muß befürchten, daß mich Shusheeng jetzt bespitzelt. Ich bin also gezwungen zu verschwinden.«

»Was?«

»Ich habe eine wichtige Arbeit vor. Ich liebe Prinzessin Delia wie kein Mann zuvor auf Kregen und auf der Erde eine Frau geliebt hat...« Da starrte er mich seltsam an und dachte offenbar, ich hätte den Verstand verloren. »Aber ehe ich zu ihr zurückkehren und sie in die Arme schließen kann, muß ich eine Verpflichtung erfüllen, die mir auferlegt ist. Gestern nacht wurde ein vallianisches Schiff angekündigt – hast du das nicht gewußt?« Er war zusammengefahren und begann zu lächeln. »Hör mir gut zu, Vomanus. Deine Freundschaft und deine kluge Hilfe waren mir sehr viel wert – hör mir zu! Ich möchte, daß du an Bord des Schiffes gehst und Delia berichtest, daß es mir gutgeht und ich mich nach ihr sehne. Ich kehre zu ihr zurück, sobald eine gewisse Sache hier erledigt ist. Sie wird das verstehen, das weiß ich.«

»Aber Drak – ich wage es nicht, ohne dich zurückzukehren!«

»Du wagst es nicht? Wenn die Prinzessin Majestrix Nachrichten über mich erwartet, mich vielleicht für tot hält und bei dem Gedanken leidet? Reise nach Vallia zurück, guter Vomanus. Überbring der Prinzessin diese Nachricht.«

»Aber was hält dich hier? Gewiß doch nicht Shusheeng!«

»Nicht Shusheeng und auch kein anderes Mädchen. Ich kann es dir nicht erklären.« Ich wollte ihn außerdem aus dem Weg haben, wenn meine Sklavenarmee zuschlug. Ich hatte keine Lust, seinen Kopf auf den Befestigungsmauern aufgespießt zu sehen.

Nach langer Diskussion erklärte er sich bereit, meinen Wunsch zu erfüllen. Wir trafen alle Vorbereitungen, und ich verabschiedete mich und begann all die Dinge zusammenzusuchen, die ich auf meiner Expedition brauchte. Ich wollte eben auf die Fensterbank steigen, als Shusheeng mich rief. Es war ein Impuls der Schwäche, ich weiß. Doch ich meinte, ich dürfe sie nicht ohne Warnung lassen. Schließlich handelte sie nur so, wie es ihre Natur vorschrieb.

Also ging ich zur Tür und ließ sie ein.

Sie bot einen großartigen Anblick. Sie trug einen prachtvollen Umhang voller kostbarer Stickereien, die Ereignisse aus alten Legenden darstellten. Ihr Haar war aufgetürmt und schimmerte vor Edelsteinen, ihr

Körper war von zahlreichen Juwelenschnüren geschmückt. Mir stockte der Atem.

»Drak – mein Prinz – finde ich keine Gnade in deinen Augen?«

Sie schwankte auf mich zu. In meinem Kopf vermischten sich Holly, Natema und Mayfwy, überlagert von einem Bild Delias aus den Blauen Bergen, in weiße Lingpelze gehüllt, die ihre vollkommene Figur vorteilhaft zur Geltung brachten, die schimmernden Augen auf mich gerichtet, jede Einzelheit ihres Körpers so viel schöner, so viel... ich finde nicht die Worte, sie zu beschreiben. Ich stieß Shusheeng von mir.

»Steh auf, Shusheeng!« sagte ich mit harter Stimme. »Du machst dich ja lächerlich!«

Das war natürlich das Ende. Langsam richtete sie sich auf. Schwer atmend versuchte sie sich zu beherrschen. Mit eisiger Stimme sagte sie: »Ich habe dir alles geboten, Kov Drak aus Delphond. In deiner Dummheit hast du mich von dir gestoßen. Jetzt...« In ihrer Wut war sie unglaublich schön und bösartig, nachdem sie nun alle Zurückhaltung abgeworfen hatte. »Es wird dir leid tun, mein lieber Drak. Sehr leid.«

Da wußte ich, daß ich nur noch wenige Murs Zeit hatte.

Die Wächter, die sie jetzt rief, wußten bestimmt nicht, daß ein gesattelter Sectrix außerhalb der Mauer auf mich wartete; ich hatte also eine Chance. Aber es wurde knapp. Als ich aus dem kleinen Hof galoppierte, über den sich ein schläfriger Sklave in sein Quartier schlich, hörte ich den Hufschlag der Verfolger bereits hinter mir.

Doch ich entkam. Ich preschte in vollem Galopp auf die Sklavenbezirke zu, und nachdem die Entscheidung nun gefallen war, überkam mich ein seltsames Gefühl der Befreiung. Shusheeng konnte meine Pläne nicht mehr stören. So dachte ich jedenfalls.

Genal, Pugnarses und Bolan erwarteten mich bereits. Sie waren wütend, weil ein guter Schmied ausgepeitscht worden war. Er hatte seine Quote an Eisennägeln nicht erfüllt – weil er Speerspitzen für uns geschmiedet hatte.

»Wir müssen die Arbeitslast besser verteilen«, sagte ich. »Schließlich gibt es genügend fachkundige Sklaven.«

»Aber er war ein *guter* Schmied!«

»Um so mehr Grund haben wir, ihn vorsichtiger einzusetzen, Pugnarses!« Ich sprach mit lauter Stimme, und Pugnarses warf mir einen bösen Blick zu. Doch ich behielt die Oberhand. »Wir alle sind Brüder, Pugnarses. Wir müssen zusammen kämpfen – oder zusammen auf die Galeeren gehen!«

»Dazu kommt es nie!« sagte Genal heftig.

»Also gut. Hört zu. Wir kommen jetzt zur wichtigsten Waffe in unserer Armee.« Und ich schilderte meinen Leuten, was ein gewaltiger Pfeilsturm anrichten konnte.

»Wir sollen Langbögen herstellen?« fragte Pugnarses.

»Man muß viele Jahre üben, um den Langbogen zu beherrschen. Sprich mir nicht von Langbögen, wenn nicht Männer aus Loh zu uns gehören.«

»Wir haben ein paar!«

»Gut, Bolan. Für sie machen wir Langbögen. Doch für unsere Hauptartillerie stellen wir Armbrüste her.«

Meine wilden Klansleute mit ihren Kurzbögen hatten durchaus Respekt vor den schußstarken Armbrüsten der Zeniccer.

»Armbrüste?« fragte Bolan erstaunt.

»Armbrüste«, sagte ich entschlossen. »Wir stellen Armbrüste her, und mit diesen Waffen schlagen wir die Magdager.«

16

Die bloße Herstellung von Armbrüsten und Pfeilen reichte natürlich nicht aus, um die magdagschen Oberherren zu besiegen. Zusätzlich mußten die Schützen entsprechend ausgebildet werden.

Beim Training wendete ich die Prinzipien von Strafe und Belohnung an, die ich bei meinen Kanonenmannschaften auf den Fregatten der Erde vorteilhaft gefunden hatte. Salvenbeschuß wurde verlangt; ein gewaltiger Pfeilregen mußte auf die angreifende Kavallerie der Oberherren niedergehen.

Die Produktion begann, sobald die erste Armbrust getestet worden war. Mit Hilfe eines versklavten Waffenmeisters, ohne den das Unternehmen unmöglich gewesen wäre, hatte ich diese Waffe entworfen – einen einfachen, handgespannten Bogen. Sobald die erste Gruppe der ausgesuchten Schützenkandidaten die Grundprinzipien begriffen hatte und einigermaßen genau schießen konnte, gingen wir zu den windengespannten Armbrüsten über.

Das Problem bei den Armbrüsten ist die Schußgeschwindigkeit. Ich schuf also ein System, das ich das Sextett nannte und auf das ich nicht wenig stolz war.

Eine Gruppe von sechs Leuten stand hinter einer Barrikade gruppiert. Am vorderen Ende lauerte der Schütze, der den Pfeil abschoß. Hinter ihm stand oder kniete der Zureicher. Er nahm dem Schützen die leere Armbrust ab und reichte ihm eine geladene. Hinter ihm standen zwei Lader. Sie nahmen die gespannten Armbrüste, legten abwechselnd den Bolzen hinein und gaben die Waffe an den Zureicher. Den Abschluß nach hinten bildeten die Spanner, deren Aufgabe es war, die Winden einzuhaken und wie wild zu kurbeln, bis die Armbrüste gespannt waren, woraufhin sie an die Lader weitergegeben wurden.

So arbeiteten sechs Männer mit sechs Armbrüsten –

und das Endergebnis ihrer Mühen war der Abschuß eines einzelnen Pfeils. Der große Unterschied jedoch war, daß hier die Schußgeschwindigkeit gleichmäßiger war, als wenn jeder der sechs für sich geschossen hätte. Und natürlich wollte ich die besten Schützen nach vorn stellen. Und notfalls – etwa am Höhepunkt eines Angriffs – konnten sich alle sechs zusammentun und gleichzeitig schießend eine gewaltige vernichtende Breitseite abgeben.

Auch Mädchen und junge Frauen standen in den Reihen der Zureicher, Lader und Spanner. Holly bestand darauf, an der Armbrust ausgebildet zu werden, und entwickelte sich zu einer ausgezeichneten Schützin.

So gerüstet, nahm ich nicht an, daß wir mit einer soliden Phalanx von Lanzenträgern zu rechnen hatten oder eine Attacke der Oberherren abschlagen mußten. Doch sobald die Sklaven und Arbeiter diese Probleme begriffen, bestanden sie darauf, so ausgebildet zu werden, als müßten sie den Oberherren in offener Feldschlacht gegenübertreten. So übten wir also in der Enge der Sklavenbezirke den Umgang mit Speeren und marschierten in Kolonnen, in denen die vordersten Reihen nach schweizerischem Muster mit Hellebarden bewaffnet waren.

Als ich die disziplinierten Reihen der Bewaffneten zum erstenmal durch die Gassen der Slums marschieren sah, stolz auf ihren neuen Status, fragte ich mich, was aus ihnen werden mochte, sobald die erstrebte Freiheit gewonnen war.

Doch das war ein Problem der Revolution, das später zu lösen war.

Inmitten der vielfältigen Gerüche des Ghettos schmiedeten wir unsere Waffe. Wir drillten unsere Leute und bildeten sie aus. Wir bauten Barrikaden, in deren Schutz wir Armbrustattacken übten. Ich dachte mir Tricks und Fallen aus, die auf einen Angriff der

Oberherren in den Slums angelegt waren, den ich mir am Tage des Aufstandes vorstellte.

Doch mit dieser Ansicht stand ich zu meiner Überraschung allein.

»Bald«, sagte Genal kampflustig, »wird Genodras verschwinden. Der verfluchte Zim wird für kurze Zeit verhindern, daß wir das wahre Licht des Himmels schauen. In dieser Zeit des Großen Todes ziehen sich die Oberherren in ihre riesigen Gebäude zurück, und wir Arbeiter müssen in unseren Ghettos bleiben.«

»Aye!« brüllten die Arbeiter.

»Das ist der Augenblick zum Losschlagen!« rief Genal. »Wir dürfen nicht an den Gottesdiensten zu Ehren Grodnos teilnehmen, an den Opferfeiern, die sicherstellen sollen, daß Genodras, die allmächtige grüne Sonne, wiederkommt. Dies ist der richtige Zeitpunkt für unseren Angriff!«

Offenbar hatte Genal viel Zeit beim Propheten verbracht; sein Tonfall und seine Wortwahl deuteten darauf hin. Es war ein guter Plan; wir konnten in einer gewaltigen bewaffneten Aktion in die Stadt einfallen, ohne auf Oberherren zu treffen. Ich war sicher, daß wir mit den Söldnerwächtern fertig wurden. Dann kam es darauf an, von einer riesigen Religionsfeier zur nächsten zu stürmen und die Magdager zu überrumpeln und niederzumachen. Im Prinzip hatte ich nichts gegen diese Behandlung der magdagschen Oberherren; man darf nicht vergessen, daß ich damals nicht nur sehr jung, sondern auch der zairschen Lehre verhaftet war, die alle grodnischen Dinge haßte und ablehnte. Ich empfand es als meine Pflicht gegenüber den Krozairs von Zy, alle Anhänger des Grün im Binnenmeer zu vernichten.

Doch zugleich überkam mich bei dem Gedanken an den Tag des Aufstands wieder ein starkes Gefühl des Verhängnisses – ich schüttelte es ab. Haßte ich nicht Magdag und seine Sklaventreiber aus vollem Herzen?

Ich hielt mich an den Plan. Er war gut. Wir würden die Oberherren überrumpeln.

Holly sah mich zweifelnd an, und auch Pugnarses wandte sich an mich. »Nun, Schreiber?« fragte er. »Was meinst du?«

»Ein guter Plan«, sagte ich. »Wir warten also bis zum Fest des Großen Todes.«

So gewannen wir auch mehr Zeit, unsere kleine Armee auszubilden und ihr einen Begriff von taktischem Vorgehen zu vermitteln. Ein wenig sehnsüchtig dachte ich an die vorbereiteten Barrikaden, wenn ich auch im Grunde stets im Angriff die beste Verteidigung sah.

Als ich eines Abends die Phalanx meiner Freunde mit erhobenen Speeren auf dem kleinen Platz exerzieren sah, kam mir ein Gedanke. Bolans Kopf schimmerte hell im Licht der Zwillingssonne. Einige Männer hatten sich Lederkappen gemacht, doch die meisten waren barhäuptig, und ihre struppigen Haarschöpfe beunruhigten mich.

Als das junge Fristlemädchen Sheemiff auf den Platz kam, winkte ich sie zu mir. Sie war eine eifrige Schützin geworden und strebte danach, an der Spitze ihres Sextetts eingesetzt zu werden.

»Was will mein Jikai von mir?« fragte sie.

Als ich ihr meinen Befehl gab, sah sie mich überrascht und zugleich enttäuscht an. Doch dann lief sie bereitwillig los. Es gab Männer, die behaupteten, ein Fristlemädchen kenne sich in der Kunst der Liebe besser aus als ein Tempelmädchen aus Loh. Damals konnte ich mir dazu kein Urteil erlauben und schlug mir den Gedanken aus dem Kopf. Als Sheemiff zurückkam, standen Holly, Genal, Pugnarses und Bolan, die die Phalanx entlassen hatten, mit einigen anderen Anführern zusammen und besprachen unsere Pläne. Sheemiff kam zu mir und reichte mir den Voskschädel.

Das Gebilde rief ziemlich viel Aufregung hervor, wie Sie sich vorstellen können – ein Hauch von Komik inmitten der tragischen Situation, die sich zusammenbraute. Was hatte ein Voskschädel mit der Revolution zu tun?

Ich zeigte den magdagschen Arbeitern und Sklaven, was ein Voskschädel mit der Revolution zu tun haben konnte.

Ich hob das Gebilde in die Höhe und überzeugte mich, daß Sheemiff es im Fluß gesäubert hatte. Dann setzte ich mir den Schädel auf den Kopf und starrte durch die beiden leeren Augenhöhlen. Die Nasenknochen zogen sich tief herab und schützten mein Gesicht wie das Nasenstück eines Helms.

»Die Oberherren nennen uns Vosks!« rief ich. »Sie nennen uns Dummköpfe und Cramphs und Calsanys – dumme, störrische Vosks. Also gut. Der Vosk hat einen harten Schädel, meine Freunde, er ist von sagenhafter Härte, wie wir alle wissen – dafür sprechen die Schädelhaufen am Fluß und die zerbrochenen Mahlsteine in den Knochenmühlen. Wir nehmen also voller Stolz die störrische Dickköpfigkeit des Vosk in Anspruch!« Ich schlug mir mit der Flachseite des Schwertes gegen den Kopf. »Wir sind die Vosksoldaten, meine Freunde!«

Die Männer nahmen den Vorschlag gut auf. Während einige noch diskutierten und andere bereits losliefen, um sich Voskschädel zu holen, spürte ich noch das Dröhnen des Schlags auf den Kopf. Die Helme mußten gut mit Gras und Tüchern und Moos gepolstert werden.

Wir setzten einen Voskschädel auf einen Felsen und versuchten ihn mit verschiedenen Waffen zu zerschlagen. Ich war überrascht, wie zäh der Knochen war.

Holly faßte mich am Arm. »Oh, Schreiber – du bist so klug! Damit rettest du manchem Mann das Leben…«

Genal und Pugnarses blickten herüber, und ich sagte: »Wir sind unterdrückt wie die Vosks, wir werden für dumm gehalten. Also wählen wir den Voskschädel zum Zeichen unseres Stolzes.«

Der Prophet stand in der Nähe; ich hatte nicht widerstehen können, solche großen Worte zu äußern. Später kam ich mir lächerlich vor. Doch das Volk reagierte positiv darauf, und die Arbeit ging weiter.

Die meisten Armbrüste waren mit einem Bogen aus Horn und Holz versehen, einige bekamen sogar eine Stahlschleuder. Doch die Quantität war in diesem Augenblick wichtiger als die Qualität. Ich teilte alle Stahlbögen einer besonderen Einheit zu und sorgte dafür, daß hier die besten Schützen zusammenkamen. Wir färbten unsere Voskhelme gelb, wobei wir die Farbe von dem Farbenmeister der großen Friese bekamen. Auch teilte ich farbige Tuchstreifen als Rangabzeichen aus. Langsam wurde unser wilder Haufen zur Armee.

Und die ganze Zeit über setzten die Sklaven und die Arbeiter ihre Arbeit an den riesigen Gebäuden fort. Alles Bemühen war darauf gerichtet, die am weitesten fortgeschrittene Halle fertigzustellen; es war nötig, daß zur Zeit des Großen Todes mindestens ein neues Gebäude errichtet war.

Wegen des Problems feindlicher Spione in unseren Reihen beruhigten mich meine Gruppenführer. Wir konnten unsere Arbeit im Sklavenbezirk ruhig fortsetzen – Aussichtsposten würden uns vor jedem Angriff der Oberherren warnen. Mit Spionen kannten sich die Sklaven aus. Ein Mann, der den Sklaven nur spielt, benimmt sich anders als jemand, der schon die alte Schlange auf dem nackten Rücken gespürt hat. Ich war mir dessen nicht so sicher, mußte mich jedoch auf die anderen verlassen.

Ich merkte, daß sich die Sklaven trotz aller Begeisterung ungern der Disziplin fügten. Ihre Vorstellung von Rebellion beschränkte sich darauf, ein Schwert und eine Fackel an sich zu reißen und wie wild durch die Straßen zu rennen. Je näher die Feier des Großen Todes heranrückte, um so schwerer waren sie im Zaum zu halten. Auch Pugnarses und Genal waren nicht zufrieden. Sie hatten sich in letzter Zeit enger zusammengeschlossen, und das freute mich. Oft waren sie in lange, leidenschaftliche Diskussionen verwickelt, die sie beendeten, sobald ich in ihre Nähe kam. Ich freute mich, daß sie nun freundlicher miteinander umgingen als früher.

Bolan war ein Fels in der Brandung. Sein kahler Kopf war nun von einem riesigen gelben Voskschädel gekrönt. Er formte die Speerträger zu einer Streitmacht, die vielleicht tatsächlich eine Chance gegen die Kavallerie der Oberherren hatte. Eine Chance, ehe sie in Stücke gehauen wurde – doch mehr als diese Chance konnten wir nicht erwarten.

Obwohl ich es bewußt für besser gehalten hatte, weder Rot noch Grün als Farben der Sklavenarmee zu verwenden – wir benutzten gelbe und blaue und schwarze Zeichen – wurde unsere Kampagne bald weniger zum Religionskrieg, als ich damals erkannte. Zair möge mir verzeihen – ich bildete mir tatsächlich ein, es sehr schlau anzustellen, indem ich die grodnoverehrenden Arbeiter gegen ihre gleichgläubigen Herren führte. Da die Mehrzahl der Sklaven für Zair war, schmiedete ich sogar noch weitergehende Pläne und übersah dabei völlig, daß unser Kampf zum Klassenkampf geworden war. Ich war für Sanurkazz und Zair und die Krozairs von Zy – und darin versagte ich. Ich hätte einen umfassenderen Standpunkt einnehmen müssen …

Eines Abends kehrte ich von einer Armbrustübung mit den Stahl-Sextetten zurück und verhielt auf der Schwelle der Hütte. Genal hatte Holly umarmt und streifte ihr das Shushchiff über die Schultern.

»Nein, Genal! Laß mich! Bitte ...«

»Aber ich liebe dich, Holly! Das weißt du doch ...«

»Du zerreißt mein Shushchiff!«

»Wenn Pugnarses nicht wäre ...«, sagte Genal schluchzend.

»Nein ... nein! Wie kannst du das sagen! Ich liebe euch beide nicht!«

Ich stapfte mehrmals laut mit den Füßen auf und trat ein. Wir benahmen uns alle drei, als wäre nichts geschehen. Ich bin sicher, die beiden hatten nicht gemerkt, daß ich die unschöne kleine Szene mitbekommen hatte.

Wenn ich nur aufmerksamer gewesen wäre ...! Aber ich fand, diese Sache ging mich nichts an. Beide waren erwachsen; sie müßten eigentlich in der Lage sein, ihre sexuellen Probleme selbst zu lösen. Vielleicht war ich zu sehr mit Kleinigkeiten wie Stahlarmbrüsten beschäftigt, um die Sorgen meiner Mitkämpfer zu beachten, von denen schließlich das Ergebnis der Revolution abhing.

Wir alle warteten nun mit steigender Spannung, denn Tag für Tag näherte sich Genodras mehr der roten Sonne Zim, und die Zeit des Großen Todes rückte heran.

Sobald Genodras hinter Zim verschwand, war der Augenblick für unseren Aufstand gekommen. Die Arbeiter, die zum überwiegenden Teil Grodno-Anhänger waren, kümmerten sich nicht darum, daß dies eines ihrer wichtigsten religiösen Feste war – für sie ging es darum, daß endlich die Unterdrückung ein Ende hatte. Peitschen und Ketten würden verschwinden – und daran konnte kein Glaube etwas ändern.

Am letzten Abend kam Holly zu mir. Sie hatte ihr Shushchiff angelegt und ihren Körper eingeölt. Sie sah sehr hübsch aus.

»Holly«, sagte ich, »du siehst bezaubernd aus.«

»Ist das alles, Schreiber? Nur – bezaubernd?«

Holly und ich waren allein in der Hütte; Genal und Pugnarses waren irgendwo unterwegs und unternahmen einen Versuch, noch im letzten Augenblick Verbindung zu den Sklaven der Dockgebiete aufzunehmen, die uns mit einer Kampfabteilung zu Hilfe kommen wollten, sobald der Angriff begonnen hatte.

Ich war unruhig – was ich Hollys Gegenwart zuschrieb.

Ein leises Geräusch ertönte draußen, doch Holly achtete nicht darauf. Sie kam langsam auf mich zu, das Gesicht angespannt, als wolle sie mir etwas anvertrauen, das eigentlich gegen ihre Natur ging – etwas, das ihr sehr wichtig war. Ich trat unmerklich einen Schritt zurück.

»O Schreiber – warum bist du so blind?«

Ihre langsamen Bewegungen ließen mich noch einen Schritt zurücktreten – fort von dem Bett, unter dessen Stroh mein Kettenhemd und mein Langschwert versteckt waren.

»Es ist bald soweit, Holly«, sagte ich.

»Ja, der Krieg beginnt. Aber hast du nur den Krieg im Sinn?«

»Eigentlich nicht!« erwiderte ich.

Ich sah sie an, blickte in ihre schimmernden Augen, betrachtete ihre schlanke, schmiegsame Gestalt unter dem Shushchiff – und sah die Männer, die hinter ihr eintraten. Sie waren in das Grau der Sklaven gekleidet, trugen ihre Bärte jedoch im Stil der Oberherren – und sie waren mit Schwertern bewaffnet.

Ich versuchte mein Langschwert zu erreichen – und war schon auf halbem Wege, als der erste Pfeil an mir vorbeizischte. Ich stoppte meine Bewegung nicht und fuhr mit der Klinge herum. Doch dann erstarrte ich.

»So ist es besser, Cramph!« sagte der Oberherr.

Der auf mich gerichtete Bogen, der aufgelegte Pfeil – das schreckte mich nicht, denn die Krozairs machen sich einen Sport daraus, heranfliegende Pfeile mit dem Schwert zur Seite zu schlagen. Nein – mich bekümmerte der Pfeil, der direkt auf Hollys Herz gerichtet war, die mich mit schreckgeweiteten Augen anstarrte.

Ich ließ das Langschwert fallen und schob es mit dem Fuß unter das Stroh. Dann wurde ich kampflos gefangengenommen, und die ganze Zeit war die Armbrust erbarmungslos auf Holly gerichtet.

17

In meinem langen Leben habe ich viele Gefängnisse von innen gesehen, und die Verliese unter dem riesigen magdagschen Saal na Priags waren besser als manche andere.

Nackt an eine feuchte Wand gekettet, Arme und Beine von rostigen Metallringen umgeben, ein Eisenreif um die Hüfte, so wartete ich im Halbdämmer.

Jeder Gedanke an die Rebellion war mir vergangen. Nicht weil ich verzweifelt wäre, sondern weil ich eine große Zahl meiner Gruppenkommandanten tot vor der Hütte hatte liegen sehen. Bolan war brüllend in einer Gasse verschwunden; sein kahler Kopf hatte im Licht des vierten Mondes geschimmert, der Frau der Schleier. In seiner linken Schulter steckte ein Pfeil. Sobald die grüne Sonne zurückkehrte, war jede Revolte im Keim erstickt.

Meine Wächter brachten mich zur Verhandlung. Sie waren Menschen – Oberherren zweiter Klasse – denn halbmenschliche Söldner durften sich während des Großen Todes und der Großen Geburt in den heiligen Hallen Magdags nicht aufhalten.

Der Raum, in den ich gestoßen wurde, hatte Wände aus unbehauenen Steinen. Ein Sturmholztisch stand schräg darin. Dahinter saß der Kommandant der Wache in schwerer Rüstung, das Langschwert an der

Hüfte. Während er sprach, strich er sich mit der Hand über seinen dünnen Bart.

»Du wirst uns die Rebellionspläne verraten, Rast, sonst stirbst du einen unangenehmen Tod.«

Wahrscheinlich erkannte er sofort, daß er mich nicht überzeugt hatte; er wußte so gut wie ich, daß man mich ohnehin töten würde. Doch darin sollte ich mich irren.

»Wir wissen von euren Plänen, Schreiber – so wirst du doch von deinen Genossen genannt. Wir haben Muster eurer armseligen selbstgemachten Waffen. Aber wir möchten Genaueres wissen.«

Sie waren so unvorsichtig gewesen, mir die Kette zwischen den Fußgelenken zu lassen, und die Kette um meine Handgelenke würde mir natürlich als Waffe dienen. Ich gab mich nicht damit ab, gegen die Wächter neben mir vorzugehen, sondern hechtete mich unmittelbar über den Tisch, wickelte dem Kommandanten der Wache die Kette um den Hals und zerrte ihn zurück.

»Ich lasse dir so viel Luft, daß du diesen Cramphs Befehle geben kannst«, zischte ich ihm ins Ohr. Er kreischte seinen Leuten zu, sie sollten nichts unternehmen.

In diesem Moment ging die Tür auf, und Glycas trat ein.

Mit befehlsgewohnter Stimme ergriff er das Wort, ehe er über die Schwelle war. »Laßt den gefangenen Schreiber holen. Mit dem Mann ist irgend etwas los, das…« Dann sah er mich, und sein Langschwert zuckte aus der Scheide. »Ich steche dich nieder, Sklave, ob du den elenden Kommandanten nun erdrosselst oder nicht. Vielleicht lasse ich ihn ohnehin töten, weil der Schwachkopf es soweit hat kommen lassen.«

Der Tod dieses magdagschen Oberherrn konnte niemandem nützen, und ich ließ ihn bedauernd los.

Mein braunes Haar war lang geworden, mein Schnurrbart ungepflegt, und ich war völlig verdreckt. So stand ich vor dem Tisch.

»Ich bin dieser Schreiber«, sagte ich.

»Deine Freunde haben mir viel verraten. Aber sie wissen wenig über dich. Du wirst mir alles sagen, was ich wissen will.«

»Etwa, wo ich herkomme? Wohin ich verschwunden bin? Oder vielleicht, daß du ein widerlicher Rislaca bist, Glycas?« Er riß den Mund auf. Einen Augenblick verlor er die Beherrschung. Mit ruckhaften Schritten kam er auf mich zu, das Schwert in der Hand. Er packte meinen Bart und drehte mir den Kopf ins Licht. Seine Faust zitterte. *»Drak von Delphond!«*

»Jetzt nimmst du mir vielleicht endlich die entwürdigenden Ketten ab und gewährst mir eine Erklärung und Entschuldigung!«

»Schweig!« brüllte er und trat zurück. »Daß du der Sklavenverräter Schreiber bist, genügt mir. Was du meiner Schwester angetan hast, ist eine Sache zwischen uns beiden.«

»Ich habe Prinzessin Shusheeng nichts angetan«, sagte ich, ehe er mich schlug. »Das ist ihr Problem.« Und dann tobte er sich aus.

Ich sollte an den Riten teilnehmen, die die Rückkehr der grünen Sonne Genodras und die Wiedergeburt Grodnos sicherstellen sollten.

Widerstreitende Gefühle durchströmten mich. Wenn ich sage, daß ich irgendwie auch froh über das Bevorstehende war, ist das wohl schwer verständlich. In dieser dritten Periode auf Kregen war mein wahres Ich eingeengt gewesen. Stets hatte ich den unsichtbaren Zwang der Herren der Sterne – und womöglich auch der Savanti – gespürt und hatte Dinge tun müssen, die eigentlich nicht meiner Natur entsprachen. Doch hier im großen Saal na Priags von Magdag war ich von den übernatürlichen Mächten verlassen worden, denn ihre Pläne waren verraten, ich konnte ihnen nichts mehr nützen.

Plötzlich war mir ganz leicht zumute, plötzlich war ich bereit, wieder nur Dray Prescot von der Erde zu sein und mich mit allem Mut, den ich aufbringen konnte, in mein bevorstehendes Schicksal zu ergeben.

Die bedeutenden Gefangenen waren für rituelle Opferungen bei den großen Feiern vorgesehen. Wir wurden in eiserne Käfige gesteckt, von denen aus wir den Saal na Priags überschauen und sehen konnten, was uns erwartete.

Ich umklammerte die Käfigstangen und starrte auf die phantastische Szene in der prunkvollen Halle, die von flackernden Fackeln erhellt wurde.

Am Rand der freien Fläche, auf der wir mit unvorstellbaren Methoden zu Tode gefoltert werden sollten, warteten die magdagschen Oberherren. Sie warteten auf den Einzug des Hohen Oberherrn dieser Halle, auf Glycas. Ein Seufzen wurde laut, als Rauch aufwallte und die Priester und die heiligen Wächter feierlich in den riesigen Saal einmarschierten. Über Glycas wurde ein heiliger goldener Baldachin gehalten. Ich sah mich verblüfft um.

Jeder Anwesende trug rote Kleidung.

Ganz in Rot gehüllt schritten sie in rhythmischen Bewegungen dahin, an ihren Hüften baumelten abgebrochene Schwerter, deren Bruchkanten aus ebenfalls abgerissenen Scheiden ragten.

Alle trugen Rot – hier in der Hauptstadt Grodnos des Grünen!

Dort unten lag nun ein Teil des Geheimnisses offen vor mir, der Grund, warum nur Oberherren und Adlige an diesen Feiern teilnehmen durften. Die grüne Sonne Genodras war von der roten Sonne Zim verschlungen worden. Was war also natürlicher, als daß sich die Anbeter Grodnos bemühten, Zair, die Gottheit der roten Sonne Zim, die als einzige noch am Himmel stand, gnädig zu stimmen? Doch was für eine Schande war dieser Umstand für die Gläubigen Grodnos – wie sehr mußten sie es hassen, in die roten Roben gekleidet zu sein und eine Feier zur Ehre Zairs zu veranstalten, die Rückkehr Grodnos erflehend.

»Diese Heuchler!« sagte ein Mann neben mir. Die anderen Gefangenen in den Opferkäfigen begannen zu schreien, doch die Magdager waren daran gewöhnt. Sie ignorierten uns.

Hätte ich in diesem Augenblick Mitleid empfinden können, dann hätte ich die Magdager bedauert, die durch astronomische Gesetze gezwungen waren, bei jeder Sonnenfinsternis um ihre Gottheit zu bangen.

Doch nun begannen bereits die Opferfeiern; Gefangene wurden mit Schwertern auf die freie Fläche getrieben, wo die Folterknechte warteten. Was hier geschah, war ungeheuerlich – und es geschah im Namen der Religion, dieses entsetzlichen Aberglaubens.

Der Weihrauchgestank, der stets Übelkeit in mir hervorruft, das Gebrüll, der widerhallende Chorgesang, die schrillen Schreie der Opfer, die harten Eisenstäbe in meinen Fäusten – dies alles wurde zu einem Trauma für meinen Geist. An den Wänden ringsum hingen riesige Banner aus rotem Tuch, darin waren Zeichen von Sanurkazz und anderen südlichen Städten eingestickt – Zami, Tremzo, Zond – und auch die Symbole von Zitadellen wie Felteraz und von Einzelkämpfern wie Zazz und Zenkiren und – Dray, Lord Strombor! und von Organisationen und Orden wie den Roten Brüdern von Lizz und den Krozairs von Zy.

Dann erkannte ich den diabolischen Denkprozeß, der hinter der Feier stand. Sobald die Folterknechte wieder einmal ihr Werk getan hatten, wurde eines der roten Banner herabgerissen, in Stücke geschnitten und auf das Opferfeuer geworfen. Ein abscheuliches Beispiel für die verdrehte Logik von Fanatikern. Und doch war jeder rituelle Akt so teuflisch ausgetüftelt, daß das Opfer eine winzige Chance hatte, die vielleicht eins zu tausend stand. Wenn der Gefangene überlebte, wurde das Banner, das er vor dem Feuer gerettet hatte, fortgebracht, doch er kam sofort in die Käfige, um eine weitere Probe zu bestehen.

Ich hatte die Hoffnung, meine Chance wahrzunehmen.

Mein Test war teuflisch und einfach.

Ich mußte über einen Balken rennen, unter dem sich eine Reihe rasiermesserscharfer Klingen ruckartig bewegte. Dabei mußte ich einen noch jungen Leem tragen. Der Leem ist ein achtbeiniges Pelztier, das katzenähnlich, bösartig und schnell wie ein Wiesel ist. Es hat einen keilförmigen Kopf mit gewaltigen Hauern. In voller Größe entspricht ein Leem etwa einem irdischen Leoparden. Mein Exemplar war etwa so groß wie ein Spaniel und versuchte sofort, seine Hauer in mein Fleisch zu versenken. Ich packte das Tier am Hals und drückte fest zu, während mich schon Schwerter antrieben, den Lauf über die Planke zu beginnen. Ich hastete los, Männer und Frauen aus Magdag ruckten lachend an der schmalen Planke herum, so daß ich taumelte und fast das Gleichgewicht verloren hätte, um kopfüber in die tödlichen Messer zu stürzen. Doch ich packte den Leem, der mit seinen acht Beinen strampelte, und rannte weiter. Als ich das andere Ende erreichte, wurde ich von Männern mit Schwertern erwartet, und ich schleuderte ihnen den Leem entgegen, den sie sofort töteten. Dann richteten sich die Klingenspitzen auf meine Brust, und ich mußte in den Käfig zurückkehren.

Doch das Banner Pur Zenkirens wurde vom Opferfeuer genommen, und ich triumphierte innerlich. Nun mußte ich meine nächste Prüfung bestehen.

Während die armen Männer und Frauen geopfert wurden, nahm das rituelle Singen und Tanzen ringsum seinen Fortgang. Langsam, aber beständig verringerte sich die Zahl der roten Banner.

Die schrecklichen Burs vergingen. Wie durch einen Schleier sah ich plötzlich neben ihrem Bruder Prinzessin Shusheeng sitzen. Sie lachte und trank Wein aus einem Kristallkrug – ein barbarisch schönes Mädchen, ganz in Rot gekleidet, mit gerötetem Gesicht und blitzenden Augen.

Sie hatte mich laufen sehen. Sie hatte mich nackt gesehen, schweißüberströmt, mit verzweifelt angespannten Muskeln, während ich den Leem gepackt hielt und über die Todesgrube eilte.

Als ich nach dem qualvollen Aufschrei eines Sterbenden wieder hinschaute, war Shusheeng fort.

Von den Opferkäfigen führten kleine, gutbewachte Türen in die große Halle. Hinten lagen die größeren Eingänge, durch die man uns hereingebracht hatte. Und über allem lag der Komplex des riesigen Bauwerks, das wahrscheinlich noch mehrere ähnliche Säle enthielt, in denen jetzt gleiche Feiern im Gange sein mochten.

Innerhalb der Gebäude gab es zahlreiche Küchen, Schlafzimmer und Ankleideräume – all die Dinge, die die Oberherren während der Feiern brauchten.

Jetzt öffnete sich die rückwärtige Tür, und weitere Verurteilte wurden hereingestoßen. Ein Oberherr packte mich am Arm und zerrte mich von den Stäben fort.

»Hier entlang, Rast. Und kein Wort!«

Ich folgte ihm. Ich verließ den Käfig und wurde von Wächtern durch einen Steinkorridor geführt. Ich begriff, daß jemand, der mich kannte, diese Männer geschickt hatte. Sieben Wächter, alles Oberherren, waren für die Aufgabe eingeteilt worden. Im Korridor begegnete ich anderen Wächtern und Opfern und den umhätschelten Tieren der Palasthaushalte.

Der Leem, den ich getragen hatte, war mir mit einer Klaue über die Brust gefahren. Aus der Wunde sickerte noch Blut.

Die sieben Wächter waren Oberherren zweiter Klasse. Ihre Schnurrbärte hingen lang herab. Sie hatten die Schwerter blankgezogen. Sie wußten über mich Bescheid.

Wir betraten einen hohen schmalen Raum voller schimmernder Wandteppiche. Die Wächter zogen sich sofort wieder zurück; sie gingen rückwärts, und das letzte, was ich von ihnen sah, waren ihre Schwertspitzen.

Die andere Tür ging auf, und Prinzessin Shusheeng trat ein. Sie wirkte bleich, und rote Flecken schimmerten auf ihren Wangen. Sie machte einen verschreckten Eindruck.

»Drak – Drak! Ich habe dich gesehen ...« Sie biß sich auf die Lippen und starrte mich an. Dann hielt sie mir einen grauen Lendenschurz und eine Tunika hin, in die das schwarzgrüne Symbol eines Balass-Aufsehers eingestickt war. Unter dem Arm trug sie den Balass-Stock. Sie war noch immer ganz in Rot gekleidet und atmete heftig.

»Warum das, Shusheeng?« fragte ich.

»Ich kann dich nicht sterben sehen! Ich weiß es nicht. Beeil dich, du Calsany!« Ich legte die Kleidung an und nahm den Balass.

»Du mußt dich verstecken, bis Genodras zurückkehrt ...«

»Es wäre besser, Shusheeng, wenn ich jetzt ginge, nicht wahr?«

»Ach, Drak – kannst du nicht bleiben, nicht einmal jetzt?«

»Ich danke dir für deine Hilfe, Prinzessin. Ich hoffe, du hast mir verziehen.«

»Nein!« Sie starrte mich wütend an. »Ich habe dir alles geboten, doch du hast dich über mich lustig gemacht! Oh, wie ich mich gefreut habe, als dich die beiden Cramphs an meinen Bruder verrieten! Wie ich auf deinen Tod, deine Qual gewartet habe! Aber … aber …«

»Wer?«

Sie zuckte schmollend die Schultern. »Spielt das eine Rolle? Zwei Arbeiter. Sie sind längst verurteilt …«

»*Wer!*«

Mein Gesicht muß fürchterlich ausgesehen haben, denn sie fuhr erschrocken zurück. »Zwei Balass-Aufseher – Pugnarses, glaube ich, hieß der eine und der andere Genal …«

»Nein!« sagte ich. Ich spürte den Schmerz, die Pein, wie ich sie nie empfunden habe, wenn eine Schwertklinge ihr Ziel fand, wenn eine Leemkralle sich in meine Haut bohrte.

Sie erkannte die Wahrheit, und ein triumphierender Ausdruck trat auf ihr Gesicht. »Die beiden haben dich verraten! Pugnarses, weil er die Rüstung eines Oberherrn tragen wollte! Und der andere, weil ihn Pugnarses überredete und ihn auf ein Mädchen eifersüchtig machte …«

»Holly!« sagte ich.

»Ja«, erwiderte sie boshaft. »Ein widerliches Flittchen, ein Cramph, die jetzt meinen Bruder erfreuen wird.«

»Und Pugnarses und Genal?«

Wieder bewegte sie gleichgültig die Schultern. »Sie sollen geopfert werden …«

»Ist das die magdagsche Gerechtigkeit? Ich muß die beiden finden!«

»Willst *du* sie töten? Willst *du* dich an ihnen rächen?« Sie bewegte sich widerstrebend in meinem Griff. »O nein, Drak! Nein! Laß sie! Flieh! Ich habe für alles gesorgt. Wenn Genodras zurückkehrt und die Welt wieder grün ist – dann können wir reiten!«

»Wohin? Nach Sanurkazz?«

Sie schüttelte den Kopf und preßte sich an mich. »Nein. Ich habe riesige Besitztümer. Niemand wird einer Prinzessin Shusheeng Fragen stellen. Ich verschaffe dir eine neue Identität, Drak. Wir können später nach Magdag zurückkehren. Mein Reichtum reicht für uns beide, und außerdem ...«

Für den Augenblick hatte ich genug von neuen Namen, neuen Lebensgeschichten.

Mit entschlossenem Blick ging ich zur Tür. »Wohin willst du – Drak? Nein! Bitte – *nein!*«

»Ich danke dir nochmals für deine Hilfe, Shusheeng. Ich werfe dir nicht vor, was du bist – daran trägst du keine Schuld.« Ich öffnete die Tür. »Wenn du die Wachen rufen willst, so steht dir das frei.«

Sie lief mir nach, wollte mich an meiner Tunika festhalten. Draußen gingen zwei Wächter vorbei, einen schluchzenden Gefangenen zwischen sich.

»Drak! Ich komme mit!«

Wir traten zusammen hinaus. Sie ging mir voraus, wie es sich geziemte, und führte mich durch das Gewirr der Korridore. Wir mieden die großen Säle, aus denen die Geräusche der schrecklichen Riten des Großen Sterbens drangen. Im Augenblick konnte ich nichts für die armen Zairer tun, die dort hingemetzelt wurden. Doch mein Blut geriet in Wallung, und mein Herzschlag beschleunigte sich, und ich mußte mich beherrschen, sooft wir an Magdagern vorbeikamen.

Genal und Pugnarses waren zusammen in einer Zelle angekettet und erwarteten ihren Ruf zu den Opferspielen.

Sie sahen niedergeschlagen und heruntergekommen aus. Ich freute mich, daß sie wenigstens keine Angst zu haben schienen. Sie hatten genug Zeit zum Nachdenken gehabt.

Sie sahen mich hinter dem Wächter und rissen die Augen auf, und sie hätten den Mund aufmachen und mich erneut verraten können, wenn ich dem Wächter nicht einen Schlag ans Kinn versetzt und ihm Schlüssel und Schwert abgenommen hätte.

Ich stand vor ihnen und starrte auf sie herab, während Shusheeng unsicher an der Tür wartete und nervös den Korridor entlangblickte. Ich schüttelte die Schlüssel vor den beiden.

»Schreiber ...« Genal schluckte. Ihm schien nicht wohl bei meinem Anblick zu sein. »Wenn du uns umbringen willst, tu's. Ich habe es verdient, denn ich habe dich verraten.«

Pugnarses starrte mein Schwert an, als sei es eine Schlange. »Schlag schon zu, Schreiber!«

»Ihr seid Dummköpfe!« sagte ich aufgebracht. »Ihr habt mich wegen Holly verraten. Habt ihr nicht die Toten gesehen? Unsere eigenen Leute? Unsere Gruppenkommandanten leben nicht mehr, unsere schöne Revolution ist im Keim erstickt!«

»Wir ...«, krächzte Genal.

»Ich habe Genal überredet«, sagte Pugnarses. »Ich wollte Oberherr werden! Ich dachte, die Magdager würden zwei Männern eher glauben als mir allein. Ich trage die Schuld, Schreiber ...«

»Und siehst nun, was die Magdager tun, wie sie dir deinen Verrat vergelten!« Mein Gesicht schien sie zu überzeugen, daß sie nun am Ende ihres Weges angekommen waren. »Ich kann verstehen, daß ihr beide aus Liebe für ein Mädchen alles tut – und wahrscheinlich dachtet ihr, sie müßte einen von euch wählen. Der Verrat eines Rivalen bedeutet einem Manne nichts, der von einem Mädchen besessen ist. Aber ihr habt alles verraten, wofür wir gearbeitet, worum wir gekämpft haben. Du hast mehr als nur mich verraten, Genal!«

Ich hob das Schwert. Beide starrten mich reglos an.

Ich hob die Schlüssel, warf das Schwert fort und öffnete ihre Fesseln.

»Und jetzt, ihr alten Voskköpfe, werden wir kämpfen!«

Aber zunächst mußten wir uns um Holly kümmern.

Ich reichte Shusheeng das Schwert. Sie zögerte. Eine Gruppe Wächter ging draußen im Korridor vorbei. Ich deutete auf sie. »Wenn du einen Schrei ausstößt, Prinzessin, mußt du die Sache hier erklären.«

Widerwillig machte sie kehrt und führte uns zu den Räumen ihres Bruders innerhalb des Zeremoniengebäudes.

»Wartet hier«, sagte sie vor der Tür. »Ich bringe euch das Mädchen.«

Als sie gegangen war; fragte Pugnarses: »Können wir ihr trauen?«

Genal erwiderte: »Wir müssen. Sie und Schreiber sind unsere einzige Hoffnung.«

»Und was soll aus ihr werden, wenn wir wieder in den Sklavenbezirken sind?« fragte ich.

Genal sah mich an und wandte den Blick ab. Er spürte, daß er in Ungnade gefallen war. Pugnarses sagte etwas, das ihm gar nicht ähnlich sah: »Zu anderer Zeit hätte ich geraten, sie zu töten, Schreiber. Aber das wirst du wohl nicht tun.« Er sah mich an. »Liebst du sie?«

»Nein.«

»Aber sie liebt dich.«

»Sie bildet es sich jedenfalls ein. Sie wird darüber hinwegkommen.«

»Und – Holly?«

»Holly ist ein liebes Kind. Doch meine Liebe gilt einem Mädchen in einem anderen Land. Und ich bin nur hier, weil mir eine Verpflichtung auferlegt wurde. Sobald meine Arbeit getan ist, verlasse ich Magdag und all seine schlechten Menschen und kehre zu dieser Frau zurück.«

Ich sprach mit überzeugender Leidenschaft. Im

nächsten Augenblick trat Holly hinter Shusheeng auf den Korridor, und als sie mich sah, rötete sich ihr Gesicht.

Ich sagte nur: »Beeil dich, Prinzessin.«

Wir hatten keine Zeit für Gefühlsausbrüche. Ich wollte in die Sklavenbezirke zurück. Wir alle wußten, was passieren würde, sobald Genodras wieder am Himmel über Kregen erschien und die magdagschen Oberherren von ihrem abergläubischen Bann in den megalithischen Bauwerken befreit waren.

Shusheeng schien offenbar noch zu glauben, daß sie mich auf ihre Seite ziehen konnte. Ihr mußte ihr Plan logisch und vernünftig erscheinen – die einzige Handlungsweise, die in Frage kam. Ja, warum sollte Kov aus Delphond freiwillig in das stinkende Rattennest der Sklaven und Arbeiter zurückkehren?

Wir eilten durch die Korridore, und ich begann bereits zu hoffen, daß wir ohne Widerstand fliehen konnten.

»Hier entlang«, sagte Shusheeng atemlos. »Hinter der schmalen Treppe liegt eine Brücke und dann ein abwärts führender Gang nach draußen. Ich wage mich nicht hinaus, solange Genodras nicht am Himmel steht. Wir können warten.«

Ich antwortete ihr nicht. Ich würde nicht warten.

Oben an der steilen Treppe, die mit Emaillefliesen voller phantastischer Vögel und Ungeheuer eingefaßt war, erschienen zwei Wächter. Das Licht von Fackeln blitzte auf ihren Rüstungen. Zwischen sich führten sie einen Gefangenen, ein frisches Opfer für die rituellen Spiele – einen hageren, bärtigen Mann. Als ich zur Seite trat, um ihn vorbeizulassen, erkannte ich ihn.

Rophren, der Erster Offizier an Bord von Pur Zenkirens *Lilavogel* gewesen war und im Unwetter versagt hatte, erkannte mich auch.

Unter uns an der Treppe wurde Gebrüll laut. »Heh!

Prinzessin – der Mann ist Schreiber! Er ist sehr gefährlich!«

Ich entriß dem ersten Wächter das Schwert und versetzte ihm einen Schlag in den Nacken. Er verlor das Gleichgewicht und stürzte die Treppe hinab. Pugnarses und Genal nahmen sich des zweiten Bewaffneten an, der seinem Begleiter folgte.

Wir hatten nun drei Langschwerter.

Rophren hob die Hand. Sein hageres Gesicht hatte sich aufgehellt. Er straffte die Schultern und sah mich an. »Lahal, Pur Dray«, sagte er mit stockender Stimme. »Gib mir ein Schwert. Ich würde gern ein paar dieser magdagschen Rasts vertilgen. Du kannst fliehen und die Frauen mitnehmen.«

Er wußte, daß ich darauf nicht eingehen konnte – doch seine Worte waren ernst gemeint.

Ich sah ihn an. »Lahal, Rophren«, sagte ich.

»Ich gehöre den Roten Brüdern von Lizz an«, sagte er stolz. »Ich wollte ein Krozair werden, aber der Sturm hat meine Hoffnungen darauf zerschlagen. Gib mir das Schwert – es soll niemand an mir vorbeigehen, ehe ich tot bin.«

»Ich glaube dir, Rophren. Aber ich bleibe hier.«

Ich griff nach dem Langschwert, das Shusheeng in der Hand hielt. Sie sah mich mit einem seltsamen Schimmer in den Augen an und wich zurück. »Was ...?«

Rophren nahm das Schwert und wog es in der Hand. Magdagsche Oberherren eilten über die Treppe auf uns zu. »Ein schönes Gefühl, mal wieder ein Schwert in der Faust zu halten. Ich bin schon zu lange gefangen.« Dann lachte er und ließ die Klinge schwingen. »Tu, was du willst, Krozair von Zy, Lord von Strombor, es wird ein großer Kampf. Du wirst sehen, wie ein Roter Bruder von Lizz stirbt!«

Shusheeng starrte mich entgeistert an. »Ein Krozair!« flüsterte sie entsetzt. »Du bist – Lord Strombor?«

18

Um die Wahrheit zu sagen, hatte ich während meiner Gefangenschaft in den riesigen magdagschen Prunkbauten gegen jede Vernunft gehofft, daß die Arbeiter und Sklaven unsere Pläne vielleicht doch fortsetzen und angreifen würden, obwohl sie ihre Anführer verloren hatten. Doch bis jetzt war nichts geschehen.

Prinzessin Shusheeng trommelte mir mit den Fäusten gegen die Brust. »Ein Krozair!« kreischte sie. »Ein schmutziger sanurkazzischer Pirat! Der schlimmste sanurkazzische Krozair von allen, Pur Dray Prescot, Lord Strombor!« Sie lachte und schluchzte zugleich. Holly packte sie an den Schultern und zerrte sie fort. Ihr Gesicht war dabei so bleich und starr wie die Gesichter von Pugnarses und Genal. Für sie war es unvorstellbar, daß ein geflohener Galeerensklave, der sich in den Slums versteckte, mit einem Krozair identisch sein sollte. Krozairs, das wußten sie, kämpften bis zum Tode.

»Sie kommen!« knurrte Rophren. Er hatte ein Krozair sein wollen, doch sein Versagen während des Sturms hatte diese Hoffnung zunichte gemacht. Doch auch die Roten Brüder von Lizz waren ein berühmter Orden. Er hatte sich bewährt und würde einen guten Kampf liefern.

So stellten sich denn Rophren, Pugnarses und ich mit unseren Langschwertern zum Kampf. Nur zehn Gegner stürmten heran und obwohl ich mich um fünf von ihnen kümmerte, mußte ich bald das Gefühl haben, meine Kameraden verraten zu haben, denn Pugnarses war damit beschäftigt, einem Mann das Schwert aus dem Schädel zu ziehen, während Genal mit bloßen Fäusten auf einen zweiten losgegangen war, der Pugnarses von der Seite erledigen wollte – und Rophren war in die Knie gegangen und hielt sich den Leib. Durch seine Finger strömte Blut.

Doch schließlich lagen zehn tote Oberherren auf der Treppe.

Wir traten zurück. Pugnarses ließ die Leichen die Stufen hinabrollen. Ich kniete neben Rophren, der mich anlächelte. »Sag Pur Zenkiren Remberee von mir«, hauchte er und starb.

Pugnarses und Genal sammelten die Schwerter ein.

»Warum wollt ihr euch damit belasten?« fragte ich.

»Wir können sie an die Sklaven weitergeben!« sagte Pugnarses. »Sie werden kämpfen ...«

»Wie du es eben getan hast, Pugnarses? Mit einer im Schädelknochen verkeilten Klinge? Was ist von deinem Schwerttraining übriggeblieben?«

Er fluchte, behielt jedoch die Schwerter.

Ich näherte mich Prinzessin Shusheeng, die am Boden kniete. Sie hatte sich übergeben – allerdings nicht, weil sie Männer hatte sterben sehen.

»Willst du hierbleiben, Prinzessin? Du bist in Sicherheit, denn jetzt weiß niemand mehr, wie wir geflohen sind.«

Sie tat mir leid. Sie hatte sehr gelitten und hatte feststellen müssen, daß der Mann, den sie geliebt zu haben glaubte, ein Erzfeind war.

»Bist du wirklich Pur Dray, Lord Strombor, ein Krozair von Zy?«

»Ja.«

»Wie kann ich einen Mann aus Zair lieben?« klagte sie.

»Du liebst mich nicht, Shusheeng ...«

»Habe ich dir das nicht bewiesen?« erwiderte sie.

Ich antwortete nicht. Darauf gab es keine Antwort.

Holly machte eine winzige Bewegung, und ich fuhr herum. In ihrer grauen Sklavenkleidung stand sie vor mir, ein Schwert in der kleinen Faust. »Wir müssen los, Schreiber.«

»Ja«, sagte ich und wandte mich um. »Shusheeng – versuch mich nicht in schlechter Erinnerung zu behalten. Du verstehst die Zwänge nicht, die mich treiben. Ich bin anders als die meisten Männer. Ich kann dich nicht lieben, wie du es verdientest – aber ich glaube, du hast etwas in mir zum Klingen gebracht.«

Sie richtete sich auf. Sie war eine verweinte, willenlose Gestalt mit zerzaustem Haar und hatte doch noch nie so hübsch und so menschlich ausgesehen. Ich überlegte mir in diesem Moment, daß es ihr gut ergehen mochte, wenn sie Glück hatte, den richtigen Mann zu finden.

»Ich kann nicht mit dir gehen, Drak«, sagte sie.

»Nein. Das habe ich auch gar nicht erwartet. Versuch mich in guter Erinnerung zu behalten, Shusheeng, denn das Rot und das Grün werden sich nicht immer bekämpfen.« Ich beugte mich vor und küßte sie. Sie bewegte sich nicht. Vermutlich versuchte sie mich zu hassen, schaffte es aber nicht. Alle Gefühle waren erschöpft, ihre Willenskraft verbraucht. »Geh zu deinen Freunden, Shusheeng. Wir werden diesen Moment nicht vergessen, solange wir leben.«

Sie ging die Treppe hinab. Dabei bewegte sie sich wie eine mechanische Puppe und verlor mehrmals fast das Gleichgewicht. Dann blieb sie stehen und starrte mich an. »Ihr werdet alle getötet werden, wenn Genodras an den Himmel zurückkehrt.« Die Worte schienen ihr kaum bewußt zu werden. »Remberee, Kov Drak.«

»Remberee, Prinzessin Shusheeng.«

Sie entfernte sich von uns, und das verhaßte rote Kleid schleifte hinter ihr über die Stufen.

Wir entfernten uns zur anderen Seite und traten in die Helligkeit eines kregischen Tages hinaus, der allein vom roten Schein Zims durchflutet war. Die Landschaft hatte eine seltsame, ungewohnte Färbung.

In den Sklavenbezirken herrschte große Aufregung – man hatte von unserer Gefangenschaft gehört und beklagte die gefallenen Anführer.

»Die Oberherren werden sich erheben und uns alle vernichten!« rief Bolan. Sein kahler Kopf schimmerte geisterhaft im roten Licht.

Auf unserem Weg zu den Sklavenslums waren wir den halbmenschlichen Wächtern aus dem Weg gegangen. Ich wußte, daß diese Wesen ihren Vertrag mit den Magdagern freudig erfüllen und in die Sklavenbezirke eindringen würden, um uns zu strafen. Wir sahen uns nun der Entscheidung gegenüber, die jeder Mann, jede Gruppe von Menschen treffen muß, wenn es darum geht, das Leben zu führen, das einem zusteht – und dafür das Leben zu riskieren.

Da die Kreisbahn Kregens in steilem Winkel zur Ebene der Ekliptik liegt, schien die grüne Sonne vor der Verfinsterung schräg auf die rote Sonne zuzutauchen; so mußte sie denn auf der gegenüberliegenden Seite wieder erscheinen. Lag bereits wieder ein grüner Hauch im orangefarbenen Tageslicht Kregens?

Bald liefen Männer und Frauen schreiend durch die Gassen und Höfe.

»Genodras kehrt zurück! O weh! O weh!«

Genal und Pugnarses hatten sich noch nicht wieder gefangen; für sie war ich noch immer der Schreiber, ihr Anführer. Ich ordnete an, daß der Prophet zu mir gebracht werden sollte.

Schließlich kam er in meine Hütte, eine imposante Erscheinung. Holly, Pugnarses, Genal und Bolan versammelten sich an der Spitze einer Sklaventruppe aus allen Teilen der Bezirke. Ich kletterte schließlich auf das Dach unserer Hütte, um zu den Leuten zu sprechen. Meine Worte waren eine Folge von Gemeinplätzen über die Freiheit und unsere Pläne und über die Rache für unsere Toten. Ich brachte die Massen in Bewegung. Ich betonte, daß wir von unseren verbarrikadierten Slums aus eine Chance gegen die Magdager in ihren Rüstungen hätten.

In dem Durcheinander der Menge schob sich eine

pelzige Gestalt nach vorn und sprang neben mir empor. Das Fristlemädchen Sheemiff forderte Ruhe. Als die Sklaven schwiegen, rief sie: »Wir müssen kämpfen – oder wir sterben. Wenn wir ohne Gegenwehr sterben, sind wir auch nicht besser dran, als wenn wir vorher den Kampf versucht hätten! Dieser Mann, dieser Schreiber, ist ein großer Jikai. Folgt ihm – *kämpft!*«

»Kameraden!« brüllte ich. »Wir werden kämpfen. Und wir können siegen, wenn wir die Waffen einsetzen, die wir hergestellt und an denen wir uns ausgebildet haben. Wir werden kämpfen – und gewinnen!«

Nun folgten die hektischen Vorbereitungen auf die Belagerung. Wir zerrten unsere Barrikaden über die Gassen, brachten unsere Seil- und Grubenfallen an, holten die Lanzen und die Schilde, die Armbrüste und die Köcher mit Bolzen und setzten unsere gelben Voskschädelhelme auf. In Gruppen eingeteilt, nahmen wir unsere Posten ein.

Neue Kommandanten wurden bestimmt, die die Truppen befehligen sollten. Wir vier – Pugnarses, Genal, Bolan und ich – wollten im Norden, Süden, Osten und Westen Aufstellung nehmen und die Flanken verteidigen. Wir schworen uns, bis zum Tode zu kämpfen. Ein letzter Handschlag – dann bezogen wir unsere Stellungen.

Ich blickte zum Himmel auf und sah hoch oben eine weiße Taube kreisen. Ein Klumpen stieg mir im Hals empor. Die Savanti hatten mich also nicht vergessen. Es war lange her.

Die Soldaten der Magdager zogen los, um die Sklavenrevolte niederzuschlagen. In ihren Reihen marschierten halbtierische Söldner – Fristles, Ochs, Rapas und Chuliks. Sie alle waren auf unsere Vernichtung aus.

Ich übertrug Holly das Kommando über die Sextette der Armbrustschützen. Die Schilde waren verteilt und wurden von Jungen getragen, deren Aufgabe es war, unsere Männer vor den Lanzen und Pfeilen der Gegner zu schützen. Die Lanzenträger warteten auf mein Kommando. Ich hatte vorgesehen, daß der Prophet einen Teil meiner Aufgaben übernehmen sollte. Ich mußte die Flanke schützen, die zur Landseite hin lag, und ich wollte überall dort einschreiten können, wo der Angriff am stärksten erfolgte. Pugnarses hatte darauf bestanden, die Stadtfront zu übernehmen. Er fuhr sich mit der Zunge über die Lippen. Obwohl er ein Langschwert an der Hüfte trug, hatte er sich mit einer Hellebarde ausgerüstet.

Wir alle hatten uns etwas Zeit zum Schlafen genommen, doch das Leben eines Seemanns hatte mich daran gewöhnt, lange Zeit ohne Ruhe auszukommen. Die letzten Jungen und Mädchen kehrten von ihren Expeditionen zurück, auf denen sie in den Außenbezirken der Slums Fußangeln verstreut hatten. Reiterfallen, dünne Stricke waren quer über die Gassen gespannt worden, die den Sectrixes zu schaffen machen sollten. Hinter unseren primitiven, aber hoffentlich wirksamen Barrikaden erwarteten wir nun den Angriff der magdagschen Kämpfer, der Oberherren.

Ein schwacher Wind bewegte den Staub. Vögel sangen ihr fröhliches Lied in der Luft des frühen Morgens, und ein Gyp – ein kleines hundeähnliches Wesen – tollte zwischen den Fußangeln herum.

Die Oberherren, die auf ihre Kampfkraft und ihre gewohnte Autorität vertrauten, griffen in voller Stärke an. Sie wußten, daß wir uns Waffen geschmiedet hatten, denn Genal hatte mir zerknirscht anvertraut, er habe dem Gegner Muster einer Hellebarde und eines Breitschwerts gezeigt. Eine Lanze und eine Armbrust hatte er dagegen nicht in die Stadt schmuggeln können. Ich spürte, daß Genal seine Entscheidung bereute, uns aus Liebe zu einem Mädchen zu verraten; bei Pugnarses war ich mir da nicht so sicher. Er schien eher mit der Erinnerung an den Anblick Rophrens zu kämpfen, der blutüberströmt auf der Treppe gestorben war. Jedenfalls blieb er mürrisch und entschlossen, sich als das zu erweisen, was er wirklich war: ein Arbeiter und kein Oberherr.

Der erste wütende Angriff, bei dem die Oberherren auf gewohnte Weise durch die Slums galoppieren wollten, endete an den grausamen Eisenspitzen der Fußangeln und den Reiterfallen.

Die Kavallerie wich zurück, überrascht, aber nicht entmutigt, und die halbmenschlichen Söldner eilten vor, durch Bogenschützen gedeckt, um die Hindernisse zu entfernen. Ich blickte über unsere Barrikade und sah die schnellen Bewegungen der Ochs und Rapas. Natürlich waren die Chuliks für wichtigere und ehrenvollere Aufgaben im Kampf vorgesehen. Pugnarses stand neben mir. Er wirkte verbittert und ausgezehrt. »Sollen wir sie niederschießen?«

Ein Pfeil sirrte an uns vorbei und prallte von dem erhobenen Schild eines jungen Panzerträgers ab, der unwillkürlich zurückzuckte. Ich sah ihn an, und er richtete sich instinktiv wieder auf und biß sich auf die Lippen.

»Nein, ich möchte mir die Armbrüste für die Oberherren aufheben.«

»Gut!« sagte Pugnarses wild.

Als ein Weg durch die Hindernisse freigeräumt worden war, griff die Kavallerie erneut an. Die Reiter kamen in einer Woge aus gepanzerten Leibern und erhobenen Schwertern direkt auf uns zu. Ich hob mein Langschwert – die Waffe, die ich im Stroh meines Bettes wiedergefunden hatte. Mayfwys Geschenk. Und ich senkte die Klinge.

Daraufhin lösten die Armbrustschützen ihre erste Salve aus. Mit einer vielgeübten Bewegung reichten die Soldaten die leere Armbrust dem Zureicher weiter, nahmen eine frisch geladene Waffe entgegen und schossen diese ebenfalls ab. Hinter dem Schützen arbeiteten wie verrückt die Spanner und Lader, um das geforderte Schußtempo zu halten. Bolzen zischten durch die heiße Luft. Männer in Rüstungen rutschten getroffen aus den Sätteln. Die Metallbolzen durchdrangen ihre Panzerung, töteten ihre Tiere, zerrissen ihnen die Gesichter. Ein schrilles Geschrei wurde laut. Der Kavallerieangriff geriet ins Stocken, löste sich auf.

Und die ganze Zeit über schwirrten die Armbrüste und verbreiteten Tod in den Reihen der magdagschen Oberherren.

So etwas hatten die hohen Kämpfer noch nicht erlebt. Sie wichen unsicher zurück. Die Sectrixes galoppierten davon. Fußsoldaten liefen ihren Kameraden nach, und meine Schützen streckten sie gnadenlos nieder.

Sechsmal griff der Gegner an.

Sechsmal schlugen wir die Attacke zurück.

Weil es nicht genügend Kettenhemden gab, um alle meine Männer damit auszurüsten, trug ich nur eine einfache rote Hose mit Ledergürtel, an dem das Langschwert hing. Auf meinem Kopf thronte der gelbe Voskschädel, der Helm unserer Armee.

Als wir den siebenten Angriff niederkämpften, ertönte an der Flußseite der Slums lautes Gebrüll. Dort führte Genal das Kommando. Und dort hatten die Oberherren die Chuliks vorgeschickt, während sie uns mit ihren Berittenen beschäftigten. Die wilden, stolzen Krieger mit ihrer gelben Haut und den hochgereckten Hauern hatten sich durch den Pfeilhagel gekämpft und standen nun überall an den Barrikaden der Gasseneingänge im Nahkampf. Angesichts der Ausdehnung des Bezirks war mir klar gewesen, daß eine umfassende Verteidigung unmöglich war – doch die Chuliks waren schneller durchgebrochen, als mir lieb sein konnte.

Mit einem aufmunternden Ruf an Pugnarses' Adresse eilte ich zum Fluß hinab.

Die Chuliks stürmten mir über einen Platz entgegen. Sie trieben einen wilden Haufen Sklaven vor sich her, die ihre Waffen fortwarfen, um besser laufen zu können.

Es geschah alles sehr schnell, wie so oft in einer Krise. Ich brüllte Holly einen Befehl zu, deren Armbrustschützen bereits ausschwärmten.

»Schnellfeuer, Holly!«

Sie nickte. Ihre Brust bewegte sich unter der grauen Tunika mit dem Kettenpanzer, den ich ihr aufgedrängt hatte. Sie gab ihre Anordnungen; die Sextette bildeten sich wie eine Gruppe von Keilen, und schon traten sie in Aktion. Voller Spannung wartete ich, denn jetzt kam es darauf an.

»Möge Zair über uns leuchten!« sagte ich.

Über den freien Platz hätten die kräftigen, beweglichen Chuliks mühelos unsere Schützen erreichen können. Doch aus Gründen, die die magdagschen Befehlshaber nicht sofort begriffen, begannen die Chuliks umzusinken und blieben blutüberströmt im Staub liegen. Wer den Pfeilhagel überstand, traf auf die Hellebardiere und Schwertkämpfer der Hilfstruppen für die Armbrustschützen. Der Beschuß nahm kein Ende. Die Chuliks begannen zu zögern, machten kehrt – und Holly brüllte: *»Salve!«*

Daraufhin feuerte jedes Sextett seine sechs Bolzen ab.

Danach spielten die Chuliks in dem Kampf keine Rolle mehr.

Das Gefecht nahm seinen Fortgang; langsam wurde uns eine Barrikade nach der anderen abgenommen, als die Oberherren von den Tieren stiegen und nun mit blitzenden Schwertern als Infanterie angriffen. Doch wir hielten sie auf. Einige Zeit lang war der Ausgang unentschieden.

Aber die Moral unserer Männer, der Sklaven und Arbeiter, wuchs, denn sie sahen die Lücken, die sie in die Reihen des Gegners schlugen. Sie erkannten, wie gut unsere Schildträger vor dem Pfeilhagel des Gegners schützten, bis unsere Schwertkämpfer einen weiteren Angriff begannen. Der Kampf zog sich in die Länge, denn die Oberherren begriffen nicht, daß sie die Macht über die Sklaven verloren hatten. Sie waren es gewöhnt, johlend in die Slums zu reiten und alles niederzumetzeln, was ihnen in den Weg kam. Doch nun sahen sie sich gelben Voskschädeln und Wolken von Armbrustpfeilen konfrontiert. Sie verstanden das nicht – doch je mehr Verluste sie hinnehmen mußten, je öfter sie Freunde mit durchstochener oder zerschlagener Rüstung in den Staub sinken sahen, je öfter sie die Todesschreie ihrer Brüder oder Vettern vernahmen – desto klarer mußte ihnen werden, daß sie die Sklaven und Arbeiter diesmal nicht mehr unterwerfen konnten.

Immer wieder gingen Schauer von Armbrustpfeilen auf sie nieder. Wir hatten in wochenlanger Arbeit Unmengen von Armbrustpfeilen hergestellt.

Die Abteilung der Langbogenschützen aus Loh hatte ich als Scharfschützen eingesetzt. Ich wußte nicht, wie viele magdagsche Oberherren, die sich in Deckung wähnten, getroffen aus den Sätteln sanken.

Überall auf der Stadtseite der Slums schlugen die Sklaven und Arbeiter die Oberherren und ihre Söldnertruppen zurück. Unser Sieg schien nahe zu sein.

Wir hatten uns zu der ursprünglichen Verteidigungslinie zurückgekämpft, an der die Auseinandersetzung begonnen hatte. Ich gab meinen Lanzenträgern Befehl, eine Phalanx zu bilden, um damit den entscheidenden Angriff vorzutragen. Holly bereitete sich vor, in den Angriffspausen ihre Leute zu verlegen, um immer wieder Feuerschutz zu geben. Ich blickte über die eingerissene Barrikade hinweg auf das freie Gebiet, auf dem sich die Oberherren zu Beginn formiert hatten und auf dem sie nun verwirrt durcheinanderwimmelten. Sie sattelten wieder ihre Tiere, nahmen von ihren Sklavenwärtern die Sectrixes entgegen. Sollte dies der letzte Angriff werden?

Ich lächelte bei dem Gedanken an den Angriff, den wir mit unserer Lanzenphalanx im Deckungsfeuer der Stahlarmbrüste stoppen würden.

Dieser Anblick würde mir große Genugtuung bringen.

Eine einzelne Gestalt ritt auf uns zu. Ganz in Weiß gekleidet, lenkte Prinzessin Shusheeng ihren Sectrix heran, um mit mir, Dray Prescot, zu verhandeln.

»Was kann ich sagen, Kov Drak?«

Sie brachte es offenbar nicht über sich, mich mit anderem Namen anzureden. Sie war bleich, ihre Lippen waren zusammengepreßt, fast blutlos. Ihre Augen starrten mich aus tiefen Höhlen an. Ihre Hände zupften nervös an den Zügeln herum.

»Jedes Wort wäre überflüssig, Prinzessin Shusheeng. Du und dein Bruder und all die Oberherren Magdags – ihr müßt jetzt ernten, was ihr gesät habt.«

»Haßt du mich so sehr?«

»Ich ...«, begann ich und zögerte. Ich hatte diese Frau gehaßt. Ich glaubte noch immer, daß ich alle Männer des grünen Glaubens haßte. Damals war ich jung, und das Hassen fiel mir allzu leicht – Zair möge mir vergeben.

»Du bist ein Krozair«, sagte sie stockend. »Ein Lord, ein Zairer. Du könntest einen Waffenstillstand mit Sanurkazz aushandeln – du hast selbst gesagt, daß sich das Rot und Grün eines Tages nicht mehr bekämpfen würden.« Im hohen Sattel beugte sie sich vor. »Warum soll nicht heute dieser Tag sein, Dray Prescot, Kov Drak?«

»Du begreifst uns immer noch nicht. Dieser Kampf

betrifft nicht Rot oder Grün – sondern allein die Oberherren und ihre Sklaven.«

Ein mißtönendes Kreischen zerriß die erwartungsvolle Stille zwischen den beiden Armeen. Ich blickte auf und legte die Hand über die Augen. Mit langsamen Flügelschlägen kreiste über uns ein riesiger, rotgolden gefiederter Raubvogel.

»Sklaven!« Shusheeng machte eine herablassende Geste. »Sklaven sind Sklaven. Sie sind nötig. Es wird immer Sklaven geben.« Sie blickte auf mich herab, und ein Funken des alten Feuers kehrte in ihre Augen zurück. »Und, mein Lieber, du siehst wirklich lächerlich aus mit deinem scheußlichen Voskschädel auf dem Kopf!« Sie hatte nichts vergessen und zahlte es mir jetzt heim.

»Aber die Voskschädel gewinnen diesen Kampf, Shusheeng.«

»Ich appelliere an dich, Drak! Überleg doch, was du machst. Bitte – schließlich bist du mir etwas schuldig – deine wahre Loyalität gehört nicht Zair, du bist ja nicht einmal hier am Binnenmeer, im Auge der Welt geboren. Schließe Frieden zwischen Rot und Grün, dann lösen wir schon das Problem der Sklaven ...«

Zu dem Raubvogel am leuchtenden Himmel hatte sich nun die weiße Taube gesellt. Die beiden Tiere umkreisten einander drohend. Wieder spürte ich meine Hilflosigkeit gegenüber den geisterhaften Mächten der Savanti und der Herren der Sterne, die hier auf diesem fernen Planeten aufeinandertrafen und mich zu ihrem Werkzeug ausersehen hatten für Zwecke, von denen ich keine Ahnung hatte.

Shusheeng sah mein Gesicht und bewegte sich unwirsch im Sattel, und ich erkannte, daß sie unter der weißen Robe eine Rüstung trug. Sie zog die Zügel an und sagte: »Ich habe an deine Vernunft appelliert, Drak. Jetzt hör die Botschaft, die ich dir von meinem Bruder Glycas überbringen soll. Wenn ihr nicht sofort in eure Häuser zurückkehrt und die Waffen niederlegt, werdet ihr alle vernichtet ...«

Ich trat einen Schritt zurück.

»Jedes weitere Wort wäre überflüssig, Prinzessin. Sag Glycas, meine Antwort ist dieselbe wie in den Verliesen unter dem großen Saal na Priags. Er wird mich schon verstehen.«

Eine Gruppe Oberherren ritt ungeduldig auf uns zu. Sie waren mit Bögen bewaffnet, die sie schußbereit erhoben hatten. Pugnarses begann sich mir zu nähern. Shusheeng hob ihre Reitpeitsche.

Ein Pfeil sirrte von der gegnerischen Seite herbei. Er traf Pugnarses in den Hals. Der Sklave sank röchelnd zur Seite und versuchte mit letzter Kraft, den Pfeil herauszuziehen. Doch es war zu spät.

»Dort!« brüllte ich aufgebracht. »Dort ist die Antwort an deinen niederträchtigen Bruder!«

Sie schlug mir mit der Peitsche ins Gesicht, doch ich senkte den Kopf, und das Leder traf harmlos meinen Voskhelm. Als ich wieder aufblickte, ritt sie bereits zu den anderen Oberherren zurück.

Ich mußte im Zickzack durch einen dichten Pfeilhagel zurücklaufen, doch ich bückte mich und zerrte Pugnarses zurück zu seinen Freunden. Holly beugte sich weinend über ihn.

»Achtung! Fertigmachen zum Angriff!« rief ich meinen Männern zu – den Sklaven und Arbeitern aus den Slums. Die Phalanx formierte sich. Holly blickte von Pugnarses' Leichnam auf. Genal war bei ihr und zog sie hoch. »Ja!« brüllte ich sie an. »Ja! Jetzt führen wir die Schlacht zu Ende. Wir vernichten die unwürdigen Herren Magdags ein für allemal.« Und ich hob mein Langschwert. *»Vorwärts!«*

Die Phalanx trabte im Gleichschritt los, und der Boden begann zu beben.

Die Phalanx rückte vor. Die Lanzen waren alle im gleichen Winkel schräg nach vorn gerichtet. Die hellgelben Voskschädel schimmerten im opaleszierenden Licht dieser Welt. Die Stahlbögen der Armbrustschützen schimmerten. Jeder Mann meiner kleinen Armee war in Bewegung.

Uns hatten sich inzwischen viele tausend andere Arbeiter und Sklaven angeschlossen, Männer und Frauen, die Waffen an sich gebracht hatten oder andere Werkzeuge oder Steine oder Latten als Waffen benutzten. Eine dichte Staubwolke wirbelte auf. Trompeten erklangen. Ich schritt weiter und wünschte mir, ich hätte Mayfwys Kettenhemd angezogen, doch es ging weiter, immer weiter …

Ich war mir nun sicher – so sicher man sich einer Sache sein kann –, daß wir die arroganten Oberherren besiegt hatten. Gegen die neue Waffe der Phalanx und der Lanze, unterstützt durch das Feuer der Armbrüste, hatten sie keine Chance. Begeistert rückte ich weiter vor. Rufe und Angriffsbefehle erschollen. Pfeile und Bolzen begannen sich in der Luft zu kreuzen.

»Krozair! Krozair!« brüllte ich, schwang mein Langschwert und drängte voran, ringsum von Lanzen umgeben. Hollys Sextette schossen nun mit größter Genauigkeit. »Jikai! Jikai!«

Wir würden gewinnen. Nichts konnte uns den Sieg mehr nehmen.

In all dem Durcheinander, in all dem Kampfgetümmel, in all der Anspannung des Augenblicks, da sich die Lanzen vorwärtsneigten, in ihrem Eifer, die verhaßten magdagschen Oberherren zu erreichen, blickte ich nach oben. Der rotgoldene Raubvogel kreiste am Himmel – allein. Die Taube war verschwunden.

»Gegen Magdag!« brüllte ich, und mein Schwert blitzte im Licht des sinkenden Tages wie eine Fackel.

Das Licht veränderte sich. Ein Hauch von Blau drängte sich in mein Sichtfeld – und ich wußte, was mit mir geschah. Ringsum schlugen Pfeile ein; die Lanzen zuckten vor, suchten ihr Ziel, die Hellebardiere stießen zu; Hollys Pfeile zerstreuten die Reihen des Gegners, und der Prophet, Bolan und Genal trieben die Männer weiter an. Während wir so in die Reihen der Magdager eindrangen und sie zerschlugen, verstärkte sich das Blau vor meinen Augen. Mir war seltsam leicht zumute, und ich fühlte mich emporgehoben.

»Nein!« brüllte ich und hob das Langschwert. »*Nein!* Nicht jetzt! Nicht jetzt – ich will nicht zur Erde zurück, ihr Herren der Sterne. Wenn ihr mich hört – Savanti – laßt mich auf dieser Welt bleiben! Ich will nicht zur Erde zurück!«

Ich dachte an Delia aus Delphond, an meine Delia von den Blauen Bergen. Ich wollte mich nicht noch einmal durch die interstellare Leere entreißen lassen!

Ich wehrte mich. Ich weiß nicht, wie oder warum es geschah, doch als der Blauton stärker wurde, wehrte ich mich gegen ihn. Irgendwie hatte ich die Herren der Sterne enttäuscht. Irgend etwas, das ich hier getan hatte, widersprach ihren Wünschen. Ich hatte mich damit gebrüstet, daß ich ihnen auf meine Art dienen würde – und dies war nun meine Belohnung.

»Laßt mich auf Kregen bleiben!« brüllte ich dem gleichgültigen Himmel entgegen, an dem die Sonnen Scorpios ihr gemischtes Licht verstrahlten. Schon merkte ich kaum noch etwas von dem Kampf, der ringsum tobte. Männer starben, Köpfe und Glieder wurden abgeschlagen, Pfeile drangen durch Rüstungen, Blut wurde vergossen.

Ich taumelte. Das Blau hüllte mich ein, ich schwebte darin. Ich packte wie im Tode mein Langschwert. Ich hatte das Gefühl zu fallen, all mein Schwung war vergangen, ich stürzte und stürzte immer tiefer.

»Ich will nicht zur Erde zurück!«

Alles war nun blau, ein Dröhnen und Ziehen ging mir durch Kopf, Augen und Ohren; in einem gewaltigen Wirbel wurde ich in ein blaues Nichts gerissen.

»Ich will auf Kregen unter den Sonnen Scorpios bleiben!« flehte ich, bettelte ich, forderte ich.

Ich, Dray Prescot von der Erde, brüllte lauthals: »Ich will auf Kregen bleiben! *Ich will auf Kregen bleiben!*«

Der Schwertkämpfer von Scorpio

ANMERKUNG ZU DEN TONBÄNDERN AUS AFRIKA

Auch wenn es sich hier schon um den dritten Bericht über die seltsamen und faszinierenden Abenteuer Dray Prescots handelt, ist das Material so zusammengestellt worden, daß jeder Band unabhängig von dem anderen gelesen werden kann.

Nach dem Erscheinen der beiden ersten Titel* mit Abenteuern auf dem Planeten Kregen unter Antares, einer der Sonnen von Scorpio, etwa vierhundert Lichtjahre von unserem Sonnensystem entfernt, hatte ich keine Ahnung, wie die Leser darauf reagieren würden. Bisher hat uns Prescots Bericht in der Form von Kassetten erreicht, die er in einem Hungergebiet Westafrikas auf Dan Frasers Tonbandgerät besprach. Nachdem mir das Privileg übertragen wurde, diese Bände aus Afrika zu ordnen und zu veröffentlichen, habe ich mich an das Versprechen gehalten, das Fraser Dray Prescot gab. Auch erwähnte ich bereits den tiefen Eindruck, den die ruhige, sichere Stimme auf mich macht, die den Zuhörer andererseits zu elektrisieren versteht, wenn sie sich mit dem Feuer der Erinnerung belebt.

Die Reaktionen sind überraschend positiv ausgefallen, und ich habe bisher keine Gelegenheit gehabt, entsprechend darauf zu antworten. Wir meinen eigentlich, daß diese Antwort von Dray Prescot kommen müßte. Der Wert seiner Beschreibung des Lebens auf Kregen ist unschätzbar, und das Fehlen bestimmter Kassetten mit Teilen seiner Geschichte ein tragischer Verlust. Als ich mich bei meinem Freund Geoffrey Dean danach erkundigte, dem Dan Fraser die Kassetten anvertraut und von dem ich sie in Washington erhalten hatte, erfuhr ich Schlimmes:

Dray Prescot war überraschend im Hungergebiet

* *Transit nach Scorpio / Die Sonnen von Scorpio*

Westafrikas aufgetaucht und hatte sich an den jungen Entwicklungshelfer Dan Fraser gewandt. Jetzt berichtete mir Geoffrey, daß Fraser tot sei. Er ist tragischerweise bei einem Autounfall ums Leben gekommen.

Mit dem Tod Dan Frasers verlieren wir die einzige direkte Verbindung, die wir zu Prescot selbst hatten. Denn Fraser war der einzige, der Prescot je persönlich zu Gesicht bekommen hat. Dan beschrieb ihn als einen mittelgroßen Mann mit glattem, braunem Haar und braunen Augen, in denen eine wache Intelligenz und eine seltsame Überlegenheit blitzten, die im Einklang standen mit seiner fast brüsken Ehrlichkeit. Seine Schultern waren ungewöhnlich breit.

Nun also ist Dan Fraser tot, und die fehlenden Kassetten werden vielleicht nie gefunden. Natürlich müssen wir dankbar sein für das, was wir haben. Als Dray Prescot die Bänder um 1970 besprach, muß er weitaus größere Kenntnisse über Kregen besessen haben als zu der Zeit, von der er berichtet. Der Planet hätte sich in seiner Wesensart seither völlig ändern können, und man hat das Gefühl, daß Prescot daran nicht unschuldig wäre. Aber jene längst vergangene Zeit war für Dray Prescot so neuartig, wie sie es jetzt für uns ist, und völlig ungekünstelt erinnert er sich seiner damaligen Gefühle. Trotzdem sollten wir uns klarmachen, daß sich die Geschichte vor uns auf zwei Ebenen entwickelt. Ich habe mich von einem erfahrenen Autor beraten lassen, dessen freundschaftliche Hilfe sehr wertvoll gewesen ist und eines Tages auch die verdiente Anerkennung finden wird. Wir stimmen darin überein, daß Dray Prescot bei dem Bericht über sein früheres Leben einige Szenen und Eindrücke lebhafter in Erinnerung hat als andere; es ist, als mache er diese Episoden noch einmal durch.

Dray Prescot, der 1775 geboren wurde, zeichnet ein rätselhaftes Bild von seiner Person. Seine Taufe im

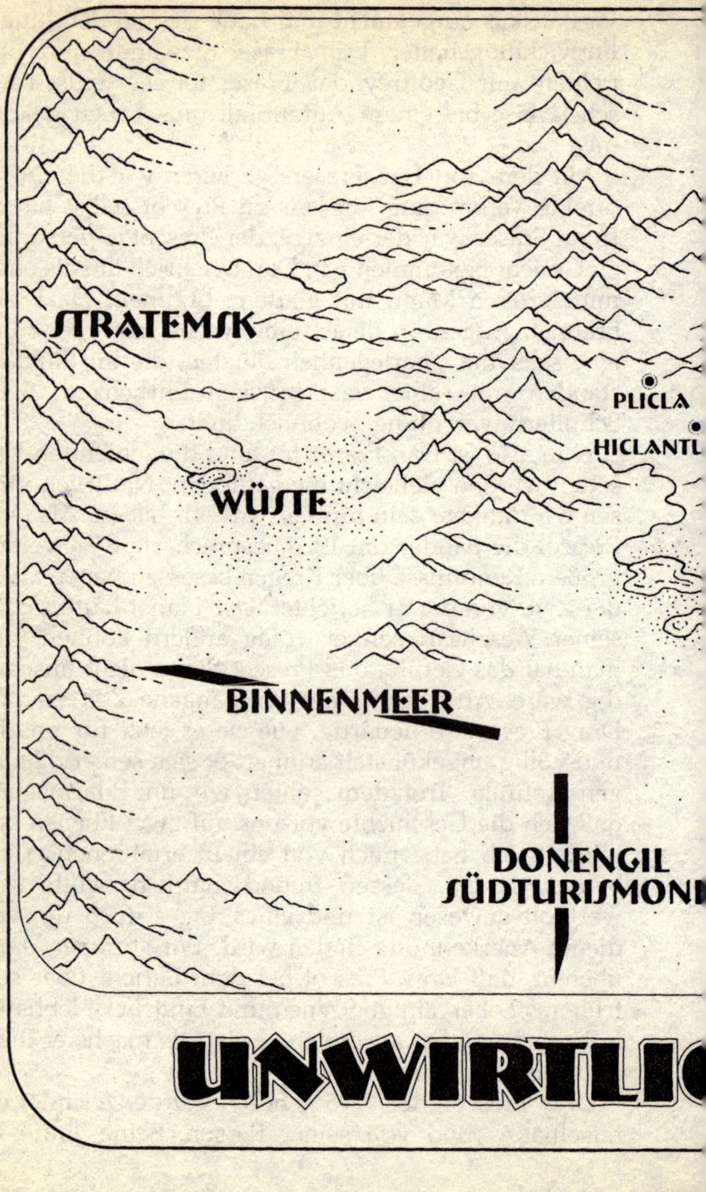
STRATEMSK
PLICLA
HICLANTU
WÜSTE
BINNENMEER
DONENGIL
SÜDTURISMONI
UNWIRTLIC

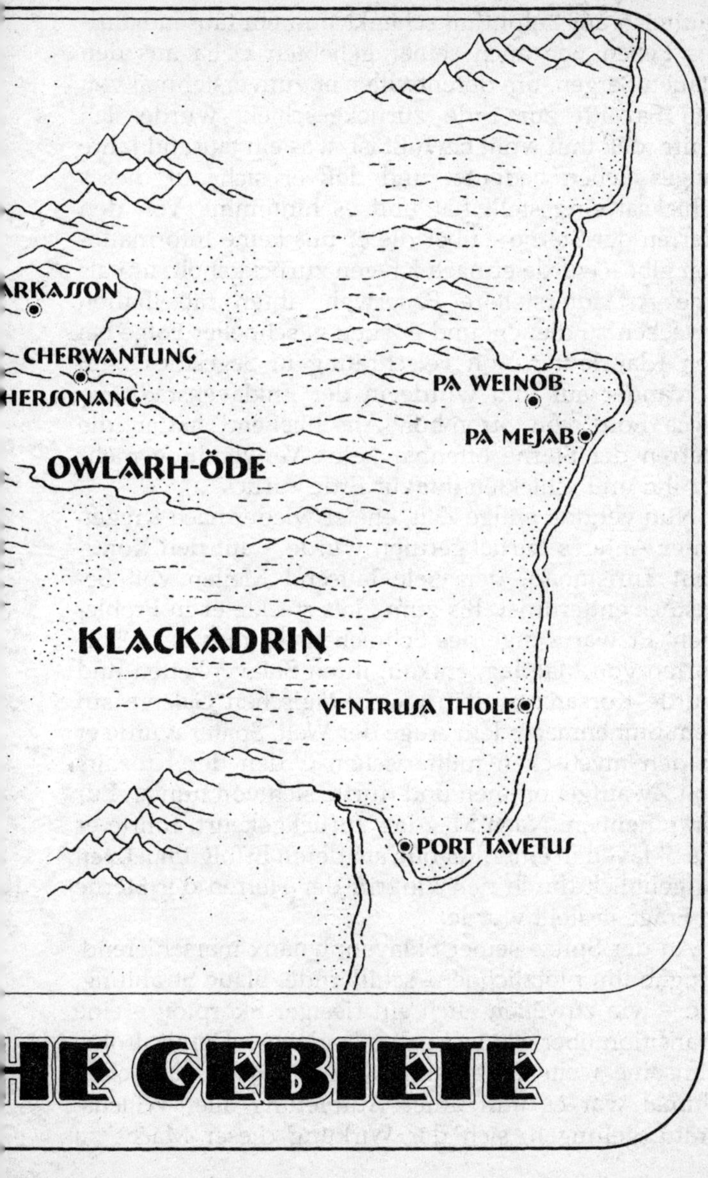

ARKASSON
CHERWANTUNG
HERSONANG
OWLARH-ÖDE
KLACKADRIN
PA WEINOB
PA MEJAB
VENTRUSA THOLE
PORT TAVETUS
HE GEBIETE

Taufteich am Zelphfluß schenkt ihm ein tausendjähriges Leben wie auch seiner geliebten Delia aus den Blauen Bergen, um derentwillen er zum erstenmal von den Savanti zur Erde zurückgeschickt wurde. Ich spüre, daß ihm wohl bewußt ist, was ein tausend Jahre langes Leben bedeutet und daß er sich auf dieses Schicksal eingestellt hat und es hinnimmt. Von den Herren der Sterne – über die er uns keine Informationen gibt – wurde er nach Kregen zurückgeholt, um als eine Art interstellare Feuerwehr ihren rätselhaften Zwecken zu dienen, und er stieg in schneller Folge bei den Klansleuten von Felschraung in Segesthes zum Zorcander auf und wurde in der Enklavenstadt Zenicce Lord von Strombor. Anschließend hatten die Herren der Sterne offenbar keine Verwendung mehr für ihn und schickten ihn zur Erde zurück.

Nun verging einige Zeit, ehe er wieder nach Kregen unter Antares zurückgerufen wurde – auf den Kontinent Turismond, der viele tausend Meilen von Segesthes entfernt ist. Bis zum Hals steckte er in Problemen. Er war Zeuge des Schreckensregimes der Oberherren von Magdag, entkam ihren Sklavenketten und wurde Korsarenkapitän einer kregischen Galeere auf dem Binnenmeer, dem Auge der Welt. Später wurde er in den mystischen militärischen Orden der Krozairs von Zy aufgenommen und durfte sich von nun an Pur Dray nennen. Nach Magdag zurückgekehrt, führte er die Sklaven in einer Revolte an, deren Erfolg im letzten Augenblick durch den Eingriff der Herren der Sterne in Frage gestellt wurde.

An der Spitze seiner Sklavenphalanx marschierend, umgab ihn plötzlich jene schillernde, blaue Strahlung, die – wie zuweilen auch ein riesiger Skorpion – eine Transition über 400 Lichtjahre begleitete. Damit drohte ihm eine weitere Verbannung zur Erde. Doch schon einmal war es ihm unter Aufbietung aller Willenskräfte gelungen, sich der Wirkung dieser Macht zu entziehen und auf Kregen zu bleiben. Und wieder strebte er mit allen Sinnen danach, diese Welt nicht zu verlassen.

Das vorliegende Buch, *Schwertkämpfer von Scorpio*, verfolgt Prescots weitere Abenteuer und braucht dabei fast alle in unserem Besitz befindlichen Kassetten auf, so daß nur noch wenige zur Veröffentlichung verbleiben.

Wenn Dray Prescot keine Möglichkeit findet, uns weitere Episoden seines Lebens zu offenbaren – und dabei gehe ich natürlich davon aus, daß er irgendwie die Möglichkeit hat, die fertigen Bücher zu sehen –, steht seine Schilderung unglaublicher Abenteuer und Taten, schrecklicher Grausamkeit und hervorragenden Mutes vor dem Ende.

Geoffrey Dean rief mich an, um mir von dem tragischen Tod Dan Frasers zu berichten. »Ich bin fest davon überzeugt, daß Dray Prescot seine Geschichte veröffentlicht sehen will«, sagte er. »Wenn es menschenmöglich ist – oder übermenschenmöglich, zieht man die Herren der Sterne in Betracht –, wird er eine Möglichkeit finden, Kontakt mit uns aufzunehmen und seine Geschichte fortzusetzen.«

Selbst wenn der Bericht hier endet – aber noch glaube ich, daß Geoffrey mit seinem Optimismus recht hat –, bin ich doch überzeugt, daß auf dem vierhundert Lichtjahre entfernten Kregen Dray Prescot, Pur Dray, Lord von Strombor, Kov von Delphond, Krozair von Zy, inzwischen viele weitere Abenteuer erlebt hat.

Alan Burt Akers

1

»Ich will auf Kregen bleiben!«

In meine Nase stieg der Geruch von Blut, Schweiß, eingeöltem Leder und Staub, in meinen Ohren hallte das Klirren von Schwertern und zustoßenden Lanzen, die auf Kettenhemden trafen, und der Knall von Armbrustbolzen, die sich in Rüstungen bohrten. Ich roch und hörte, doch meine Sicht war von einem allesumfassenden blauen Schimmer überdeckt, und meine zupackende Faust zuckte ins Leere, wo sie eben noch den Griff meines Langschwertes gehalten hatte.

Alles war von einem intensiven Blau durchdrungen und wirbelte in meinem Kopf durcheinander, stürzte mich Hals über Kopf in ein blaues Nichts.

»Ich will auf Kregen unter den Sonnen von Scorpio bleiben! Ich will!«

In meiner Qual und Verzweiflung brüllte ich diese Worte hinaus.

Ein Windhauch fuhr mir durchs Haar, und ich wußte, daß mein alter Voskschädelhelm zusammen mit dem Langschwert verschwunden war.

Ich lag flach auf dem Rücken. Der Kampflärm wurde leiser und verhallte. Das Schreien der sterbenden Männer und verwundeten Sectrixes, das heisere Brüllen, das Knurren und heftige Atmen der Kämpfenden, das Klirren und Scharren von Waffen – all dies erstarb. Der blaue Lichtschimmer ringsum zuckte, und ich spürte einen inneren Kampf, als sich undeutliche Gestalten am Rande meines Sichtfeldes bewegten und miteinander verschmolzen. Gegen meinen Rücken drückte harter Boden – doch war es der Boden Kregens oder meiner Heimatwelt, der Erde?

Der letzte Kampf gegen die magdagischen Oberherren war mit größter Erbitterung geführt worden, doch jeder Rest von Kampfesfieber war bei dem unerwarteten Eingreifen der Herren der Sterne mit einem Schlag in mir erloschen. Ich muß es gestehen, zuweilen überwältigt mich der Kampfrausch, allerdings nicht oft, und ich habe wenig Geduld mit Menschen, die von dem roten Vorhang reden, der sich ihnen vor die Augen legt und den sie als Rechtfertigung für barbarische Taten anführen. O ja, auch ich habe oft rot gesehen, doch auch in diesem Zustand kann man sich beherrschen, wenn man nicht schon völlig verroht und unmenschlich geworden ist.

Ich lag also auf dem harten Boden, und der Blutrausch des Kampfes war für mich schlagartig vorbei. Doch sofort packte mich ein neues Fieber. Als ich mich ahnungslos aufrichtete, segelte eine übelriechende Masse feuchten Strohs auf mich herab und preßte mich sofort wieder zu Boden.

Der Mist drohte mich zu erdrücken. Ich spuckte eine Ladung des übelschmeckenden Dungs aus, fuhr blinzelnd wieder hoch, versuchte, etwas zu sehen und machte, als der blaue Schimmer verging, vage ein Scheunentor aus, das im Licht schwarz leuchtete – und schon ging ich wieder zu Boden, als mich ein Haufen strohdurchsetzter Dung ins Gesicht traf. Ich spuckte aus und blinzelte. Ein Wutschrei entrang sich meiner Kehle, und ich sprang auf.

Diesmal vermochte ich, dem heransegelnden Mist auszuweichen.

Aufgebracht hastete ich auf das Scheunentor zu. Wie erwartet, war ich völlig nackt. Die Herren der Sterne hatten mich aus Magdag entführt; wo sie mich abgesetzt hatten, wußte ich nicht, doch ehe ich das herausfand, hatte ich andere Probleme, Probleme, die diesen Mistschleuderer betrafen.

Eine Stimme rief etwas, das ich nicht verstand, doch so begierig ich war, mit diesem Mann abzurechnen, war ich doch glücklich, daß es sich nicht um eine irdische Sprache handelte. Die Worte klangen nach einem kregischen Dialekt, und große Dankbarkeit durchströmte mich.

Ein Mann trat durch das Scheunentor.

Die Schleier senkten sich von meinen Augen, und ich sah die Gestalt im grellen Licht der Doppelsonne von Antares – was die letzten Zweifel beseitigte. Die Herren der Sterne hatten mich also nicht von Kregen fortgerissen und voller Verachtung zur Erde zurückgebracht – mit einer Verachtung, die ich eigentlich erwartet hatte, denn ich wußte, daß ich ihre Erwartungen irgendwie nicht erfüllt hatte, daß ich das Ziel nicht erreicht hatte, das mir in Magdag gesteckt worden war.

Während ich den Mann anstarrte, der mich verblüfft musterte, war ich mir nur einer tiefen Dankbarkeit bewußt: Ich war noch auf derselben Welt wie meine Delia! Ich war nicht durch vierhundert Lichtjahre von meiner geliebten Frau getrennt! Irgendwo auf diesem Planeten, in Vallia, lebte und atmete und lachte meine Delia aus den Blauen Bergen, meine Delia aus Delphond – und ich wünschte mir, daß sie die Hoffnung auf meine Heimkehr zu ihr noch nicht aufgegeben hatte.

Der Mann trug eine Gabel in der Hand, an der noch feuchtes Stroh und Mistbatzen hingen. Er war groß und hager und musterte mit spöttischem Lächeln meine nackte Gestalt und den Mist, der mir am Körper und im Haar klebte. Erst als er mein Gesicht erblickte, verging ihm das Lächeln, und in einer automatischen Reaktion hob er die Gabel. Er hatte tiefschwarzes Haar. Seine Augen blitzten mich blau an. Ihn umgab eine Aura der Sorglosigkeit und des unbedachten Tatendrangs, und ich vermutete, daß er noch nicht lange Sklave war.

Mein Gedanke an Delia hatte mich abgelenkt, so daß der Mann Gelegenheit zum Sprechen hatte.

»Llahal«, äußerte er das universale Begrüßungswort Kregens. Wären wir Freunde gewesen, hätte er ›Lahal‹ gesagt. Ohne auf meine Antwort oder auf ein Pappattu zu warten, fuhr er fort: »Du siehst aber wirklich seltsam aus, Dom!« Und dann lachte er. Es war ein frohes Lachen, ohne Spott, beflügelt von der Komik der Situation. Wer nicht mehr über sich selbst lachen kann, ist im Grunde ein toter Mensch, doch wie der Leser weiß, bin ich, Dray Prescot, nicht der Typ, der unbeschwert zu lachen versteht.

Ich setzte mich in Bewegung, um ihm seine Mistgabel um den Hals zu wickeln.

Noch immer lachend, wich er mir aus. Dann wurde er ernst und sah mich verwirrt an.

»Du mußt einer der neuen Sklaven sein, Dom. Ich bin Seg Segutorio. Wenn du mir helfen sollst, fängst du besser an, ehe wir beide Ärger bekommen und die alte Schlange schmecken müssen.«

Die Zinken der Gabel sahen ausgesprochen scharf aus. Der Mann, ein Sklave, ging mit dem Werkzeug um wie ein Krieger mit seinem Speer. Er schien sich von seinem ersten Schock erholt zu haben; man hat mir oft gesagt, daß mein Gesicht zuweilen einen unheimlichen Eindruck macht, daß es einen Ausdruck annehmen kann, der schon oft als teuflisch bezeichnet wurde. Segutorio balancierte mühelos auf den Fußballen, die Spitzen der Gabel auf mich gerichtet, zuversichtlich, daß er sich zu wehren verstand. Ich war schon im Begriff, ihm seine Illusionen zu rauben, als ich abgelenkt wurde.

Wir standen auf einem Bauernhof. Die Stallungen waren von niedrigen Gebäuden umgeben, und der Landgeruch nach Mist und Stroh, Urin und Staub hing schwer in der Luft. Aber auf allem ruhten die herrlichen Strahlen von Antares, der Doppelsonne Scorpios. Noch vor wenigen Sekunden hatte ich die Sklavenphalanx meiner alten Voskschädel gegen die wohlgerüsteten Oberherren Magdags geführt. Und schon wieder hörte ich das Gebrüll von Männern, die in eine heftige Auseinandersetzung verstrickt waren – die Schreie Verwundeter, die schrillen Laute von Sectrixes und das laute Klirren von Schwertern.

Ein Hund rannte mit eingezogenem Schwanz jaulend über den Hof.

Ihm folgte ein verwirrter Haufen von Sklaven; die Männer taumelten, stolperten und rappelten sich wieder auf – ein wirres Durcheinander von Menschen und Halbmenschen, und alle trugen das graue Lendentuch der Sklaven. Ihr Geschrei und ihre Panik führten unwillkürlich dazu, daß meine Hände eine Waffe suchten. Auf Kregen steht ein Mann, der keine Waffe zur Verfügung hat, mit einem Bein bereits im Grabe.

Flammen züngelten hinter den Stallgebäuden empor, und ich nahm an, daß das Gutshaus brannte. Eine Horde blutüberströmter Bewaffneter stolperte hinter den Sklaven her. Ihre Rüstungen waren zerrissen, die Helme eingebeult oder verrutscht; manche Streiter hatten ihre Kopfbedeckungen überhaupt verloren. Diese Söldnertruppe bestand aus Menschen, Rapas und Chuliks. Einige hatten ihre Waffen fortgeworfen, um schneller laufen zu können.

»Ein Überfall!« Seg Segutorio hob seine Gabel. Der Ausdruck auf seinem Gesicht gefiel mir gar nicht. »Diese froyvil-vergessenen Rasts von Sorzarts!«

Schon sah ich sie um die Ecke der Stallgebäude kommen – gedrungene Gestalten auf schuppigen Beinen, mit klirrenden bunten Schmuckstreifen aus Bronze und Kupfer behangen und mit Federn und riesigen Hahnenkammhelmen geschmückt –, eine wilde, raubtierhafte Horde, deren schrille Kampfschreie die Angehörigen des friedlichen Hofes in Angst und Schrecken versetzten. Sie schwangen kurzgeschliffene Langschwerter und Wurfspeere. Ihre Aufmachung sollte einem ländlichen Gegner schon vor dem ersten

Schwertstoß den Mut nehmen. Die wenigen Söldnerwächter, die den Hof schützen sollten, hatten dem Angriff nicht standhalten können.

Ich hatte von den Sorzarts schon gehört, kannte die Wesen jedoch nicht. Sie bewohnten eine Inselgruppe im Nordosten des Binnenmeeres, und die anderen Völker des Auges der Welt planten eigentlich schon seit langem, einen Kreuzzug gegen sie zu unternehmen; dabei wurde jedoch darüber gestritten, unter wessen Führung ein solches Unternehmen begonnen werden sollte. Während der bitteren Auseinandersetzung zwischen dem grünen Norden und dem roten Süden waren die Sorzarts also ungeschoren geblieben. Die breiten Wangen und das Fehlen einer Stirn gab ihren Gesichtern einen echsenhaften Ausdruck, wogegen ihre matten und tiefliegenden Augen absolut nichts Reptilienhaftes hatten.

Wie immer in solchen Krisenmomenten, passierte alles sehr schnell, und ehe Seg seine Gabel gehoben und sich in Bewegung gesetzt hatte, waren die meisten Sorzarts bereits hinter dem gegenüberliegenden Stallgebäude verschwunden. Eine Frau, die ein Kind an die Brust preßte, kam in Sicht, sah die letzten drei Sorzarts, bog ab, erblickte Seg Segutorio und rief ihm etwas zu. Ihre nackten Beine unter dem lavendelfarbenen Kleid hasteten dahin, doch uns war klar, daß die Sozarts ihr den Weg abschneiden und sie fangen würden, ehe sie uns erreichen konnte.

»Hilf mir!« Trotz ihres Entsetzens und ihrer Verzweiflung kamen die Worte im gewohnten Befehlston. »Seg! Hilf mir!«

»Ja, Herrin.« Seg eilte auf sie zu.

Jetzt wußte ich, warum sich die Herren der Sterne dazu herabgelassen hatten, mich auf Kregen zu lassen, warum sie mich nicht durch die interstellare Leere zur Erde geschickt hatten: Sie hatten eine neue Aufgabe für mich. Wie üblich hatten sie mich nackt und wehrlos in eine gefahrvolle Situation geworfen. Im fernen Magdag, das wußte ich, kämpften meine Sklaven jetzt mit ihren gelben Helmen und den Waffen, die ich gebaut und in deren Gebrauch ich sie unterwiesen hatte; sie kämpften entschlossen und verzweifelt gegen die Macht der Oberherren – eine Auseinandersetzung, die sie nun wohl verlieren mußten, nachdem ich plötzlich verschwunden war. Ich war aus ihrer Mitte gerissen worden, und als Gegenleistung für mein Verweilen auf diesem Planeten hatte man mich in diese neue Krise gestürzt.

Ich raffte einen Armvoll stinkenden Mist vom Boden hoch und eilte hinter Seg her. Mühelos überholte ich ihn, war im nächsten Augenblick auch an der Frau und dem Kind vorbeigeeilt und sah mich nun den drei Sorzarts gegenüber. Sie wirkten ausgesprochen bösartig und hielten ihre Waffen mit einer Geschicklichkeit, die auf lange Kampferfahrung schließen ließ.

Der nächste Sorzart ließ sein abgeschliffenes Schwert in meine Richtung zucken, und ich brach zur Seite aus, so daß er dem zweiten die Sicht versperrte, der seinen Speer gehoben hatte. Ich blieb stehen, hob mich auf die Zehenspitzen und schleuderte dem ersten Sorzart meine Mistladung ins Gesicht. Er duckte elegant weg und wich dem seltsamen Geschoß aus, doch diese Bewegung bremste seinen Angriff – im nächsten Augenblick hatte ich mich auf ihn gestürzt. Sein Rückgrat brach mit dumpfem Knacken, schon hatte ich sein Schwert gepackt und riß es hoch, um den Speer zu parieren. Der Speerschaft krachte gegen die Klinge. Ich stürzte vor. Die Waffe lag mir gut in der Hand. Sie war länger als die Kurzschwerter, die von meinen Klansleuten benutzt werden, und hatte eine seltsame Balance; doch sie erfüllte ihren Zweck und war, als ich sie zurückzog, mit dem Blut des Sorzart befleckt. Nun hatte ich Zeit, den Angriff des dritten Gegners zu erwarten. Er zögerte.

»Hai!« sagte ich.

Seine tiefliegenden Augen musterten mich wachsam. Abrupt – wie eine zustoßende Echse mit geballten Muskeln und klirrenden Bronze- und Kupferstreifen – schleuderte er seinen Speer, den ich zur Seite fegte. Seg ersparte mir den letzten Hieb, denn als ich darauf wartete, daß der Sorzart sein Schwert zog, flog die Gabel an meinem Ohr vorbei und bohrte sich mit den beiden mittleren Zinken tief in den schuppigen Hals.

»Warum hast du gezögert?« fragte Seg schweratmend. »Du weißt doch, daß die Sorzarts heimtückisch sind.«

Ich wischte meine Klinge an dem braunen Wams des Sorzart ab.

»Ich habe einmal einen Mann umgebracht, ehe er Gelegenheit hatte, sich zu verteidigen«, sagte ich zu Seg. »Und ich werde es sicher wieder tun, Zair möge mir vergeben – *wenn es notwendig ist.* Doch in diesem Falle war es das nicht.«

Er sah mich verwundert an. Ich sollte ihn als einen ungestümen Mann kennenlernen, der höchst praktische Vorstellungen vom Kämpfen hatte.

Schreie und Kampfeslärm klangen hinter dem Stallgebäude auf, und der Wind wehte von dem brennenden Haus schwarzen Rauch herüber. Die Frau atmete heftig. Ich hatte sie nur kurz angesehen und mich dann um meine Aufgabe gekümmert. Zu oft habe ich in meinem Leben weinende Frauen erleben müssen, die ihre Kinder an sich drückten – die Tränen, die verzerrten Gesichter, die verzweifelte Flucht vor gierigen Räubern aller Art – und ich nahm solche Szenen nicht auf die leichte Schulter.

»Wir müssen fort«, sagte ich. »Auf der Stelle!«

Ohne auf eine Antwort zu warten, riß ich einem der toten Sorzarts ein breites Stoffstück von der Tunika – die sauberste Ecke –, legte mir die Bahn um die Hüfte, zog ein Stück zwischen den Beinen durch und hatte mir so einen einfachen Lendenschutz geschaffen. Dann wog ich die drei kurzgeschliffenen Langschwerter in der Hand und wählte die Waffe, die mir am besten lag. Gürtel und Scheide waren liebevoll aus dem Leder der kleinen, grünbraunen Tikosechsen gefertigt, und während Seg eine Klinge und einen Speer zur Hand nahm, schob ich mein Schwert in die Scheide und nahm das dritte Schwert zusammen mit den drei verbleibenden Speeren vom Boden auf. Die Helme beachtete ich nicht. Die ganze Vorbereitung dauerte nur wenige Sekunden, und in dieser Zeit trat die Frau nervös von einem Fuß auf den anderen, setzte sich das Kind auf die Hüfte, beruhigte es und starrte mich zweifelnd und unsicher an. Darum konnte ich mich im Augenblick nicht kümmern. Sie mußte wissen, daß ich nicht zu ihren Sklaven gehörte.

Wir entfernten uns mit schnellen Schritten von dem brennenden Haus.

Ich war ziemlich sicher, daß ich wegen dieser Frau und ihrem Kleinkind von den Herren der Sterne hierher geschickt worden war – wenn ich auch keine Ahnung hatte, warum ich das annahm. Meine natürlichen Instinkte stellen sich manchmal auf eine übernatürliche Ebene ein. So hatte ich am Ufer des Großen Kanals Gahan Gannius und Valima gerettet, als ich zum drittenmal nach Kregen zurückkehrte. Sie hatten mir nicht gedankt, sondern waren einfach verschwunden. Ich ahnte, daß sie irgendwie zu den komplizierten Schicksalsspielen gehörten, die die Herren der Sterne über Jahre hin veranstalteten – mit Hilfe und gegen den Willen der Savanti. Daß diese Annahme zutraf und wie Kregen durch mich beeinflußt werden sollte, wird noch zu berichten sein.

Wir unterhielten uns kaum. Ich war bestrebt, für die Frau ein Reittier zu finden. Die Ställe waren leer – die Männer der Farm waren auf einer Expedition und hatten das Anwesen praktisch schutzlos zurückgelassen –, und je eher wir einen Sectrix fanden – eines der sechsbeinigen Reittiere des Auges der Welt – oder einen Calsany oder Esel, desto besser. Als sich Seg nach meinem Namen erkundigte, nannte ich ihm, ohne zu zögern, meinen eigenen Namen – die zahlreichen anderen Titel, die ich mir inzwischen zugelegt hatte, fand ich, offen gesagt, mehr amüsant als bedeutsam.

»Ich bin Dray Prescot«, sagte ich und fügte hinzu: »von Strombor.«

Der Name bedeutete den beiden nichts.

Es war auch unwahrscheinlich, daß sie schon einmal von Strombor gehört hatten, denn als ich diese Enklave in Zenicce durch die Großzügigkeit von Großtante Shusha – die natürlich nicht *meine* Großtante war, wie man nicht vergessen darf – neu bilden konnte, war der Name Strombor hundertfünfzig Jahre lang im Haus Esztercari einverleibt und so gut wie vergessen gewesen. Aber daß sie auch die Namen Pur Dray, Lord von Strombor, Krozair von Zy, Korsar auf dem Auge der Welt, noch nicht gehört hatten, deutete auf die Abgeschiedenheit ihres Lebens hin. Allerdings machte ich mir darüber keine Sorgen – die Sorzarts waren der Beweis, daß ich mich noch durchaus im Einflußbereich des Binnenmeers befand.

»Dies ist Lady Pulvia na Upalion«, sagte Seg Segutorio, und trotz der Situation und seines Abscheus vor seinem Sklavendasein schwang Respekt in seiner Stimme. »Sie hat mich vor zehn Tagen gekauft.«

Ich sah mir die Frau an. Am meisten beeindruckte mich die Art und Weise, wie sie den Kopf hob und mich mit geweiteten Augen ansah.

Sie war durchaus nicht schön; eine stämmige Frau mit kräftigen Armen und Beinen, die das Befehlen gewohnt war, die ihre Situation richtig einzuschätzen wußte und die sich normalerweise bestimmt über den

Haarflaum entsetzte, der sich auf ihrer Oberlippe gebildet hatte. Ich hob die Hände.

»Gib mir das Kind.«

Instinktiv drückte sie das kleine Wesen enger an sich. Sie trug Rubinschmuck an einer dünnen Goldkette. Ungeduldig deutete ich auf ihre nackten Füße. Sie blickte mir ins Gesicht, und ich sah wie ihre Augen vor Entsetzen dunkler wurden. Dann ließ sie sich den Jungen abnehmen. Er war ziemlich leicht. Hintereinandergehend, verließen wir die Stallungen und befanden uns gleich darauf in den Feldern, auf denen sich der hohe, grünstielige Bloin voller goldener Früchte wiegte, die uns wie eine Million klöppelloser Kirchenglokken schützend umgaben.

Im Hintergrund stieg immer mehr Rauch auf und verdüsterte das gemischte Licht der Doppelsonne Scorpios.

Wenn ich mir eingebildet hatte, daß ich die von den Herren der Sterne gestellte Aufgabe bereits erfüllt hatte, wurde ich schnell eines Besseren belehrt. Ich hatte mir die drei Sorzartspeere unter den Arm geklemmt, mit dem ich auch das Kind hielt, und blank in der rechten Faust hatte ich das zweite Schwert. Ich ging als letzter, während Seg die Vorhut übernommen hatte.

Die Sorzarts mußten mit ihren Piratenschiffen gelandet und zu Fuß ins Binnenland vorgestoßen sein, um das Anwesen der Upalion zu überfallen. Wie ich schon festgestellt hatte, war das Gut sehr groß und hatte fruchtbare Felder. Man hatte sich in dieser Entfernung vom Meer wohl zu sicher gefühlt, was auch durch die geringe Kampfkraft der Söldner dokumentiert wurde.

Jetzt strömten die Sorzarts hinter uns in die Bloinfelder. Sie hatten ihre toten Kumpane gefunden und wollten unser Blut.

»Geh weiter, Seg«, sagte ich und schob mich an der

Frau vorbei und reichte ihm das Kind. »Ich halte sie auf.«

»Die Frau kann doch das Kind nehmen«, sagte Seg. Es überraschte mich, wie begierig er war, neben mir zu kämpfen und zu sterben.

»Ich bitte dich!« rief ich – nicht wütend, sondern eher etwas belustigt. »Sie kann kaum noch gehen, geschweige denn, mit dem Kind fliehen. Du mußt sie in Sicherheit bringen, Seg, um Zim-Zairs willen. Fang hier keine Diskussionen an!«

»Beim verhüllten Froyvil...«, begann Seg, und seine schwarze Mähne schimmerte dunkel zwischen den goldenen Ähren.

Ich unterbrach ihn mit einem klangvollen Makki-Grodno-Fluch.

»Weiter?«

Wenn ich gereizt oder unwillig bin, habe ich oft eine befehlsgewohnte Redeweise, die durch Opposition jeder Art geweckt wird und die wohl von meinen vielen Jahren auf den Achterdecks englischer Schiffe herrührt – und auch vom Umgang als Vovetier und Zorcander mit meinen Klansleuten und von meinen Fahrten als Krozairkapitän auf einem sanurkazzischen Ruderer. Seg sah mich kurz an und nahm das Kind.

»Etwa eine Dwabur im Süden gibt es Ruinen des Volkes vom Sonnenuntergang«, sagte er, mehr nicht.

Ich hatte das Gefühl, daß ich diesen sprunghaften, doch praktischen Mann eines Tages gern haben könnte.

Seg und Lady Pulvia verschwanden zwischen den goldenen Glockenähren.

Die Schwerter, die ich in der Hand hielt, waren früher reguläre Langschwerter gewesen. Man hatte sie abgebrochen und auf eine Länge von etwa fünfzig Zentimetern abgeschliffen. Einen winzigen nostalgischen Augenblick lang dachte ich an die hervorragenden Schwerter der Savanti, mit denen wir leichten

Herzens die Schwingende Stadt Aphrasöe verlassen hatten, um auf die unblutige Jagd nach dem Graint zu gehen. Vielleicht waren die Sorzarts bessere Schwertkämpfer, als ich annahm, vielleicht noch besser als die Krozairs von Zy, obwohl mir das in meinem Stolz so unwahrscheinlich vorkommen wollte, daß ich gar nicht darüber nachdachte. Nun, ich würde die Wahrheit bald herausfinden.

Lautes Gebrüll ertönte, und die goldenen Bloinähren begannen zu schwanken und zu beben, als sich schuppige Körper auf unsere Spur setzten.

Mit den Waffen in der Hand stellte ich mich den Gefahren entgegen, die für mein Verweilen auf Kregen unter Antares gesorgt hatten. Es mußten schon viele Schwerter kommen, um mich von den Dingen zu trennen, die mich hier auf dieser Welt festhielten.

2

Darum ging es auf Kregen – um diese ständige Herausforderung, die das Blut durch die Adern rauschen ließ, die alle meine Sinne schärfte, die mein Bewußtsein als Mensch weckte. Noch vor wenigen Minuten hatte ich in den Reihen meiner Sklavenphalanx gegen die Oberherren von Magdag gekämpft – und jetzt sah ich mich in dieser neuen Situation. Ich stieß das zweite Schwert vorsichtig durch den Echsenledergürtel und wog einen Speer in der Hand. Die Herren der Sterne, die Savanti und die schuppigen Sorzarts mochten denken, was sie wollten – ich gedachte mich zu Delia aus den Blauen Bergen durchzukämpfen! Damals hatte die Schlichtheit dieses Plans absolut noch nichts Ironisches.

Die goldenen Ähren in der Nähe gerieten in Bewegung, der erste Echsenmensch näherte sich.

Ich wartete ab.

Dem ersten folgte ein zweiter und dann ein dritter Sorzart. Ich rührte mich nicht. Sie hatten mich zwischen den dunkelgrünen Bloinhalmen noch nicht entdeckt. Der erste Sorzart war nun so nahe, daß ich sehen konnte, wie seine Schuppen zum Hals hin immer kleiner wurden. Das Gesicht war von einer Art Pseudohaut bedeckt, die sich zu einer spitzigen Nase und einem vorspringenden Mund wölbte. Das rotgrüne Licht fiel auf die Schmuckstreifen aus Bronze und Kupfer, die er sich umgeschlungen hatte, und schimmerte golden auf dem hohen Helm mit dem arroganten Hahnenkamm. Er trug den Speer wurfbereit über der Schulter.

Ich hob mir den Burschen für mein Schwert auf.

Von Speeren durchbohrt, gingen seine drei Begleiter schrill aufschreiend zu Boden; sie fielen zuckend zwischen die spröden Bloinhalme.

Der Speer des ersten Sorzart zuckte auf meine Brust zu. Ich zog das Schwert aus dem Gürtel und schlug das Wurfgeschoß mit einer schnellen Handbewegung, die wir als Krozairs von Zy oft geübt hatten, zur Seite. Im nächsten Augenblick hatte ich mich auf ihn gestürzt. Skrupel durfte ich in dieser Situation nicht haben. Andere Sorzarts rückten hastig nach; drei oder vier Speere sausten an mir vorbei. Ich sprang vor, zog die Waffe zurück und warf mich zur Seite, um der nächsten Speersalve auszuweichen.

Bisher hatte ich noch keinen Fehler gemacht. Der schwere Duft der goldenen Bloinglocken und der Geruch von Blut und Staub zwischen den harten, grünen Halmen schien alle Geräusche zu dämpfen, so daß das staubige Knistern des Bloin wie durch einen goldenen Nachmittagsdunst an meine Ohren drang. Ich wußte nicht, wie zahlreich meine Gegner waren, doch ich wollte mich nicht ihren Schwertern oder Speeren aussetzen. Angesichts des Ziels, das mir die Herren der Sterne gesteckt hatten, und angesichts meiner eigenen

Pläne hatte ich keine Zeit zu verweilen. Ich verschwand also zwischen den stummen Goldähren der Bloin und entzog mich den Blicken der Echsenmenschen.

Es wäre sinnlos gewesen, Seg Segutorio und Lady Pulvia auf direktem Wege zu folgen. Die Frau und das Kind behinderten ihn, und die Sorzarts hätten die beiden eingeholt – mit einem Ergebnis, das die Herren der Sterne sicher nicht gutgeheißen hätten. So kam es, daß die wilden Piraten des Binnenmeeres auf ihrem Weg durch das goldene Bloinfeld immer wieder aus dem Hinterhalt angegriffen wurden – eine Taktik, die ich trotz der größeren Schwierigkeit fortsetzte, als wir Obsthaine aus knorrigen Samphronbäumen erreichten, deren purpurn schimmernde, saftige Früchte bald geerntet werden sollten, um zu angenehm riechendem Öl zermahlen zu werden.

Mein zweites Schwert brach während einer dieser wilden Angriffe ab, doch ich besorgte mir einen Ersatz und zwei weitere Speere, die augenblicklich ihrem Zweck zugeführt wurden.

Das Blut, das meinen rechten Arm besudelte, stammte nicht von mir. Wie ich feststellte, ergaben die beiden Schwerter eine interessante Mischung – ein zu kurzes Langschwert oder Breitschwert für die rechte Hand und eine zu lange Main-Gauche. Vermutlich kürzten die Sorzarts die Waffen wegen ihrer kleinen Statur; trotzdem waren sie im Kampf schnell und geschickt.

Schwerter, ob aus Bronze oder Stahl, sind natürlich in einer Kultur mit unbedeutender Metallwirtschaft von besonderem Wert. Die natürlichen Waffen der Sorzarts waren eigentlich die Speere, so daß nicht alle Echsenmänner über Schwerter verfügten. Und an vielen Klingen, die in den Kampf geführt wurden, ließ sich leicht erkennen, woher sie stammten – es handelte sich um Waffen aus Gantz und Zulfiria, aus Sanurkazz und dem fernen Magdag.

Die Doppelsonne Scorpios wanderte über den Himmel, und ihr Licht wurde schwächer. Nach einer Dämmerperiode, die hier in gemäßigten Breiten nicht allzu lange dauerte, würde die Dunkelheit einsetzen. Ich war doch etwas überrascht, als die Sorzarts die Verfolgung fortsetzten. Ich habe die Übersicht verloren, wie viele Menschen oder Tiermenschen ich im Laufe meines Lebens getötet habe, und weiß daher auch nicht mehr, wie viele Sorzarts bei dieser langen und qualvollen Jagd daran glauben mußten. Erst als die Doppelsonne endlich hinter einer fernen Bergkette unterging, die aus dem Landesinneren zum Binnenmeer führte, vermochte ich bei meinen unerbittlichen Gegnern ein erstes Zögern festzustellen.

Trillernde Laute ertönten. Meinen letzten Gegner fällte ich ohne Mitleid – er hatte mich mit seinem Speer geritzt und hätte mich rücksichtslos getötet, wenn ich ihn nicht an seinem Schwertstreich gehindert hätte. Er stürzte kopfüber in einen kleinen Bach, der sich von der Grenze des letzten Obsthains herabschlängelte und über offenes Weideland verlief. Purpurne Schatten zogen sich zusammen, und das Wasser schimmerte wie kalter Stahl. Ich wischte meine Klinge am Wams des Sorzart ab, nahm alle seine Waffen an mich und wanderte nach Süden davon. Bald war die Dunkelheit vollkommen, und ich konnte zum kregischen Nachthimmel emporblicken und dort die fremden und doch angenehm vertrauten Konstellationen ausmachen.

Diese fernen Lichtpunkte waren seltsam tröstend – Punkte, die im Geiste des Menschen Tiere und Figuren und Ungeheuer bildeten. Die Sternenbilder betrachtend, stolperte ich über einen Dornbusch. Fluchend rappelte ich mich wieder auf und richtete den Blick von nun an auf den Boden, schaute nur noch gelegentlich zum Himmel empor, um mich zu orientieren.

Die Erregung des Kampfes war abgeklungen. Ich

fror nicht, denn die Nacht war milde. Mir wurde wieder einmal die Sinnlosigkeit des blindwütigen Tötens bewußt. Wie oft hatte ich es erleben müssen, daß Männer Spaß daran hatten, anderen Menschen Schmerzen zuzufügen. Meist handelte es sich dabei um Uniformierte mit Knüppeln und Peitschen, die ihre perversen Gelüste bei der Bestrafung Unglücklicher austobten. Hatte ich Freude daran, einen Mann niederzustechen? Erregte mich der Ruck, wenn mein Schwert einen anderen durchbohrte? Nein – damals wie heute hatte ich keine Freude daran. Vielleicht ist es meine Strafe, daß ich in einer Situation, in der es um Leben oder Tod geht, den einfachen Weg wähle und den anderen töte, um mein Leben und das Leben der mir nahestehenden Menschen zu retten.

In solch düsteren Gedanken versunken, erreichte ich eine Ansammlung hochaufragender Steinbrocken, zerbrochener Säulen, eingestürzter Torbögen und Kuppeln – eine Ruinenpracht, die im Licht des ersten kregischen Mondes rosa schimmerte.

Der kleine Bach verbreiterte sich hier und umspülte die ausgetretenen Steinstufen eines Piers. Schatten lauerten feindselig zwischen den Säulenstümpfen. Ich erblickte seltsame Skulpturen, schlangengleiche Formen, die sich an der Oberfläche von Steinbrocken entlang wanden, Hinweise auf eine Dämonologie, die älter war als jede zur Zeit in Turismond blühende Zivilisation.

Die Menschen des Sonnenaufgangs hatten ihre Städte an der Küste des Binnenmeers errichtet. Die Küste ist heute verödet und unbewohnt – mit Ausnahme der Orte, wo die Nähe einer starken Burg oder einer befestigten Stadt Schutz vor Piratenüberfällen bietet. Ich selbst hatte mich als Pirat an der Nordküste umgetan, an der Küste der grünen Gottheit Grodno; ich hatte außerdem schreckliche Geschichten über ähnliche Überfälle an der roten Südküste gehört, die sich dem Dienst an der Gottheit Zair der roten Sonne Zim widmete. Und die Sorzarts machten sich in heidnischer Unparteilichkeit im Norden und im Süden gleichermaßen unangenehm bemerkbar – und auch an der Ostküste von Proconia –, wo ich mich jetzt befinden mußte. Ich berührte den Griff eines meiner Schwerter und setzte meine Wanderung fort.

»Halt – nenn deinen Namen, oder du bist ein toter Mann!«

Die Stimme klang hart und unbekümmert. Es war die Stimme Seg Segutorios, der unsichtbar blieb.

Er schien ein geschickter Krieger zu sein.

»Dray Prescot«, sagte ich, ohne stehenzubleiben.

Seg und Lady Pulvia warteten am Steinvorsprung eines flachen, muschelförmigen Beckens, in das sich ein Seitenarm des Flusses ergoß. Das Wasser schimmerte silbrigrosa im Licht der Monde. Über den beiden warf eine beschädigte Statue spitze Schatten auf eine Mauer; es handelte sich um die Darstellung einer Frau, deren Marmorflügel zerbrochen von den schmalen Schultern herabhingen.

»Alles in Ordnung, Dray?«

»Jawohl, Seg.«

»Dem verschleierten Froyvil sei Dank!«

»Und Sie, Lady Pulvia?«

Als ich sie ansprach, hob sie den Kopf und musterte mich mit blicklosen Augen. Ich erkannte, daß wir ihr auf unserem weiteren Weg, wohin er uns auch führen mochte, sehr helfen mußten. Sie neigte den Kopf und wiegte das Kind, das an ihrer Brust schlief und seine weichen Lippen mit einem Daumen verschlossen hatte.

Einen Augenblick lang wollte mir nicht einfallen, wann ich zuletzt geschlafen hatte. Ein gewisses Gefühl der Leichtigkeit verriet mir, daß ich sehr müde war, doch als Offizier eines englischen Schiffes lernt man es schnell, mit seinen Kräften über lange Wachperioden hinweg zu haushalten. Obwohl ich noch eine Zeitlang durchhalten konnte, bedachte ich unsere Lage und machte mir klar, daß wir uns für spätere Notfälle stärken konnten, wenn wir uns jetzt etwas ausruhten.

Eine Bewegung in den purpurnen Schatten unter den zersplitterten Flügeln der Statue brachte mein Schwert aus der Scheide, doch Seg lachte und sagte: »Ruhig, Dray, du wilder Leem! Das ist Caphlander. Ein Schreiber in den Diensten der Herrin.«

Der Mann trat ins Mondlicht. Er war groß und ging vornübergebeugt, und sein schütteres Haar schimmerte im rosafarbenen Mondlicht. Er trug eine weiße Robe, die von einer rotgrünkarierten Borte gesäumt war – eine Mischung, die mir nach den monatelangen Auseinandersetzungen zwischen roten und grünen Glaubensgruppen besonders auffiel. Sein Gesicht erinnerte mich an den häßlichen Vogelkopf eines Rapa, wenn er auch mehr Mensch als Rapa zu sein schien. Er war ein Relt, Angehöriger einer sanftmütigen Gattung, die sich in der Sklaverei oft zu Tode härmte, in freien Diensten aber gute Bibliothekare, Schreiber und Rechner abgab. Seine hellen Vogelaugen musterten uns aus einem Gesicht, das er zur Seite wendete, weil eines der Augen vermutlich beschädigt war.

»Lahal«, sagte er und verharrte in unterwürfiger Stellung.

»Und?« fragte Seg kurzangebunden.

Caphlander, der Relt, zuckte zusammen. »Alles niedergebrannt«, sagte er. »Alle sind tot. Was für ein Anblick …!«

»Dann können wir also nicht zurück. Wenn Lord von Upalion von seiner Reise zurückkehrt, findet er nur Asche und Leichen vor.«

Ich hatte einen Moment lang den Eindruck, daß Seg gar nicht so entsetzt war über die Katastrophe, die seinen Herrn heimgesucht hatte – den Mann, dessen Besitz er war. Kein Wunder.

»Haben wir hier denn ein sicheres Versteck für die Frau, Seg?«

Er sah sie an und biß sich auf die Unterlippe.

»In der Stadt wäre sie am sichersten. Aber zu Fuß ist das nicht zu schaffen. Die Sorzarts sind bestimmt überall in der Gegend.«

»Der Tag unserer Vernichtung ist gekommen«, sagte Caphlander, der sein Schicksal ergeben hinzunehmen schien.

»Ich glaube nicht, daß eine Gruppe echsengesichtiger Schuppenwesen meine Vernichtung herbeiführen kann!« schaltete ich mich ein. »Es gibt andere Möglichkeiten, eine Stadt zu erreichen. Man muß nicht gleich zu Fuß gehen.«

»Aber alle Sectrixes sind fortgetrieben worden ...«

Ich hob den Kopf und atmete tief ein. In der Nachtluft, die vom schweren Duft der riesigen Mondlichtblumen durchdrungen war, die sich zwischen den Ruinen emporrankten, machte sich auch deutlich ein frischer, würziger Geruch bemerkbar, den ich sehr gut kannte.

»Das Meer ist nicht weit. Die Stadt, von der ihr sprecht ...«

»Happapat«, sagte Seg.

»Ja, Happapat – ist das eine Hafenstadt?«

»Ja.«

»Dann los.«

Wir erreichten die Küste. Seg trug das Kind und ich die Mutter. Sie lag schlaff in meinen Armen, ein Bündel Mensch, dessen Wohlergehen mir von den Herren der Sterne ans Herz gelegt worden war. Wir rasteten in einer Felshöhle auf halber Höhe einer steilen Klippe.

Als es draußen hell zu werden begann, hatten wir einige Burs lang geschlafen und konnten nun frisch gestärkt neue Pläne schmieden. Ich glaube, schon damals ahnte Seg Segutorio, daß mich etwas anderes als die Sorge um die Sicherheit seiner Herrin antrieb. Sein Volk mochte zwar wild und unbekümmert und sangesfreudig sein, doch es besaß auch eine ausgesprochen praktische Ader, der es seine Unabhängigkeit verdankte.

Als sich Zims erste Lichtstrahlen rotgolden über das ruhige Wasser des Binnenmeeres ausbreiteten, blickten wir an der Klippe in die Tiefe und sahen unter uns die Schiffe der Sorzarts.

»Elf Boote.« Seg spuckte aus. Ich sparte meinen Speichel und schwieg. »Sie müssen immer in Verbänden fahren, denn in fairem Kampf können sie nicht mal gegen einen pattelonischen Ruderer bestehen.«

Die Schiffe waren mit dem Heck voran auf den Strand gezogen worden. Bei Einsetzen der Dämmerung wurden Leitern herabgelassen, und die Ankerwache begann mit den Vorbereitungen für die Rückkehr der Kameraden, die reiche Beute und viele Gefangene mitbringen sollten. Meine Hand krampfte sich um den Griff eines Schwerts. Wir konnten getrost abwarten, bis die Sorzarts abfuhren …

Nennt mich einen Dummkopf oder einen wilden Prahlhans. Nennt mich stolz. Es ist mir gleichgültig. Jedenfalls konnte ich nicht einfach zahm in meiner Höhle sitzenbleiben. Am Griff meines Schwerts befanden sich die kregischen Buchstaben G.G.S. Sie zeigten an, daß ein Söldnerkrieger im Dienste Gahan Gannius' gefallen und sein Schwert von den Sorzarts erbeutet worden war. Ich fragte mich, was aus Gahan Gannius geworden war und ob sich sein Benehmen inzwischen gebessert hatte.

Unser Plan mußte sorgfältig überlegt werden.

Die elf Schiffe, die dort unten in der Nähe der eingefallenen Mauer eines pattelonischen Fischerdorfes lagen, waren keine Ruderer und auch keine Breitschiffe. Es handelte sich um Dromviler. Die Sorzarts waren direkt beim Fischerdorf an Land gegangen –

die sich an der Küste des Binnenmeeres ohnehin nur selten finden –, um eine sichere Landestelle zu haben. Die Küste war in dieser Gegend ziemlich steil. Die Dorfbewohner, die bestimmt auf der Hut gewesen waren, mußten diesmal nicht aufgepaßt haben, denn einige Fischerboote, die vertrauten Kähne mit dem Schrägsegel des Binnenmeeres, lagen an der Dorfmauer auf dem Strand. Es war also niemand entkommen.

Doch die Schiffe der Sorzarts … Ich hatte während meiner Fahrten als Krozairpirat auf dem Auge der Welt natürlich von diesen Booten gehört. Doch ich war nie zuvor so weit im Osten gewesen. Die Dromviler waren im weitesten Sinne ein Kompromiß zwischen einer Galeere und einem Segelschiff, wenn es sich auch nicht um Galeassen handelte.

Breiter als ein Ruderer, schmaler als ein Breitschiff, enthielten sie einfache Ruderbänke mit zwanzig Rudern pro Seite, an denen wahrscheinlich jeweils nur drei oder vier Männer saßen. Dazu hatte das Schiff zwei Masten. Ich war ziemlich sicher, daß die Masten für Toppsegel eingerichtet waren, und empfand unwillkürlich Respekt vor den Segelkenntnissen der Sorzarts, denn von den Toppsegeln leitet sich all die Vielfalt der anderen Segel ab.

In diesem Augenblick kam mir ein weiterer düsterer Gedanke: Bei so vielen Ruderern – zwischen hundertundzwanzig und hundertundsechzig pro Schiff – konnten die Sorzarts keine Sklaven verwenden. Ein großer Kriegsruderer bietet bis zu tausend Sklavenruderern Platz, die bei guter Organisation auch irgendwie versorgt werden können. Doch ein Handelsschiff soll Waren befördern. An Bord der Sorzartschiffe gab es keinen Platz für Sklaven. Die Ruderer waren freie Männer – also Sorzarts, die in der Lage waren, zusammen mit den Soldaten der Mannschaft zu kämpfen. Vielleicht waren die Sorzarts gar nicht so wild und barbarisch, wie die Anhänger Grodnos und Zairs immer annahmen.

»Ich habe Durst«, brach Lady Pulvia das lange Schweigen. »Mein Sohn auch. Und wir sind hungrig.«

»Wir auch«, entgegnete ich. »Ich bringe Ihnen Nahrung und Wasser, so schnell es geht.«

»Und wann wird das sein?« fragte Caphlander und verschränkte nervös die Hände, bis seine grünblauen Venen hervortraten.

Ich beachtete ihn nicht.

Warum sollte ich die Sorzarts vernichten? Ein seltsamer Respekt gegenüber diesen Wesen war in mir gewachsen. Sie waren klein, sie waren Halbmenschen – doch sie kämpften gut. Sie hatten Toppsegel. Sie setzten sich als freie Individuen an die Ruder. Doch ich sah den Fehler dieses materialistischen Denkens. Auch die Wikinger hatten als freie Männer an den Rudern gearbeitet – und doch hätte ich in der gleichen Lage keine Skrupel gehabt, jedes erreichbare Langschiff der Wikinger zu vernichten. Das Kind stieß ein Wimmern aus, das langsam lauter wurde, bis das kleine Wesen trotz der Beruhigungsversuche seiner Mutter zu schluchzen begann. Das Kind hatte Hunger und Durst und reagierte, wie es die Natur vorsah.

Auch ich habe angesichts eines Problems oft so reagiert, wie es meine Natur vorschrieb. Der Skorpion und der Frosch werden von Kräften angetrieben, die stärker sind als sie. Nun, ich habe mich mehrfach damit gebrüstet, daß ich mich immer beherrschen kann, doch ich glaube, daß das zuweilen leere Prahlerei war.

Ich stand auf. »Caphlander, du bleibst hier. Sieh zu, was du für Lady Pulvia und ihren Sohn tun kannst. Seg, bitte komm mit.«

Ohne den anderen Gelegenheit zu einem Einwand zu geben, verließ ich die Felshöhle und begann, zum Klippenrand emporzusteigen.

3

Seg Segutorio betrachtete den Bogen in seiner Hand, und seine Lippen verzogen sich zu einer schiefen Grimasse. Der Bogen war etwa fünfzehn Zentimeter lang. Er hatte ihn mit schnellen, geschickten Bewegungen aus einem Zweig der dünnen, weidenartigen Tuffabäume gemacht, in deren Schatten wir standen. Die Bogensehne hatte er ebenso schnell aus Streifen geflochten, die aus der Baumrinde stammten. Ich blickte über den Rand der Klippe und kniff dabei vor dem Schimmer des Meeres die Augen zusammen. Unsere Vorbereitungen waren abgeschlossen. Nun brauchten wir nur noch das Feuer anzuzünden.

Den Widerwillen, den ich als Seemann vor der selbstgestellten Aufgabe empfand, hatte ich unterdrücken müssen.

Seg stieß ein lautes Seufzen aus und gab mir den Bogen.

Er schüttelte den Kopf. »Wenn ich meinen Langbogen hier hätte, könnte ich diese Rasts von Sorzarts so schnell abschießen, daß sie mit Pfeilen gespickt wären, ehe der erste überhaupt aufs Deck stürzt.«

Diese Äußerung überraschte mich. Trotz seines schwarzen Haars hatte ich Seg für einen Proconier gehalten, die im allgemeinen blond sind.

»Langbogen?« fragte ich.

Er lachte. »Auch du, der du hier absolut fremd bist, müßtest doch von den Langbögen von Loh gehört haben!«

»Du stammst aus Loh?«

Wieder lachte er. »Ja – und nein!« Sein Gesicht rötete sich im altvertrauten Blutstolz, ein arroganter, stolzer Ausdruck, wie ihn all jene an sich haben, die ihre Vorfahren bis zum Anbeginn ihrer Kultur zurückverfolgen können. Ich verstehe diese Einstellung, bin in mancher Hinsicht aber froh, daß ich anders denke;

denn solcher Stolz hat auf unserer Erde zu oft ins Unglück geführt. Wie noch zu berichten sein wird, brannte in Seg Segutorio der Stolz auf Rasse und Herkunft mit einer ruhigeren, reineren Flamme.

»Ich bin ein Erthyr aus Erthyrdrin …«

Aus Erthyrdrin … eine aufgetürmte Masse aus Bergen und Tälern, der nördlichste Vorsprung Lohs – ja, von diesem Land hatte ich gehört. Bei unserem Kampf gegen die Oberherren Magdags hatte ich Langbogenschützen aus Loh in meiner Sklavenarmee eingesetzt, Männer, die mit ihren Waffen vorzüglich umzugehen verstanden. In dieser Gruppe stammte keiner aus Erthyrdrin, doch die Lohier sprachen voller Respekt und manchmal auch mit Bitterkeit von diesem Land.

Ich war geneigt, eine kleine Diskussion über die relativen Vorzüge der Stahl-Horn-Bögen meiner Klansleute gegenüber den traditionellen Waffen zu beginnen, hielt mich jedoch zurück. Der Wind stand gerade günstig. Die ausgewählten Bäume waren gespannt und festgepflockt. Das Gras war gesammelt.

Jetzt mußte nur noch die Flamme entzündet werden.

»Geh zur Lady Pulvia hinab, Seg. Bereite sie vor. Du weißt, welches Boot wir nehmen wollen. Wenn ich nicht rechtzeitig komme, wartest du nicht auf mich.«

»Aber …«

»Geh schon!«

Mit düsterem Gesicht reichte er mir den Bogen. »Bei passender Gelegenheit, Dray Prescot, muß ich dir größeren Respekt vor einem Krieger aus Erthyrdrin beibringen.«

»Gern, mein Freund. Ich hoffe, Gott Zair gibt uns Gelegenheit dazu …«

»Heidnische Götter!« sagte er aufbrausend. »Die Berggipfel, von denen der verschleierte Froyvil die göttliche Musik seiner goldenen und elfenbeinernen

Harfe ausschickt, würden dir schnell die wahren Werte beibringen, mein unglücklicher Freund!«

»Was das angeht«, sagte ich, nahm den Bogen und machte mich an die Arbeit, »setze ich mich für Zair nicht mehr ein als seine Anhänger. Aber die«, fügte ich hinzu und hob den Kopf, »haben schon oft mit dem Schwert für ihren Gott gekämpft.«

Er schnaubte wütend durch die Nase und eilte zur Felshöhle hinab. Ich schüttelte den Kopf. Soweit ich von Erthyrdrin gehört hatte – jenes bergige Land, das sich zwischen Ostturismond und Vallia in das Cyphrische Meer erstreckt –, war er ein guter Vertreter seiner Rasse. Angeblich handelte es sich um ungestüme Kämpfer, die unentwegt rauhe Lieder brüllten und auf ihren Harfen klampften; doch war ihr Charakter durch einen Wirklichkeitssinn geprägt, der aus ihren Taten, die von anderen als tollkühn bezeichnet wurden, stets ein wohlkalkuliertes Risiko machte.

Seg war also ein Langbogenschütze. Das konnte noch interessant werden.

Der kleine Bogen sirrte schnell vor und zurück und drehte den Stock aus hartem Sturmholz in seinem Sturmholzloch, wo kleine Späne und trockene Grashalme den ersten Funken erwarteten. Ich blies zuerst sanft, dann stärker in die schwache Glut. Der Leser, der es gewöhnt ist, einen Schalter zu bedienen, um Hitze, Licht oder eine offene Flamme zu bekommen, sollte nicht vergessen, daß ich mit solchem Feuerzeug aufgewachsen war.

Als ich eine gekrümmte Fackel entzündete, deren Flammen im Licht der Doppelsonne weißlich zuckten, schätzte ich, daß Seg die Felshöhle erreicht und unsere Schützlinge abgeholt hatte. Nun mußte er sich vorsichtig zum Strand hinabschleichen und dabei jede Gelegenheit zur Deckung ausnutzen. Ich ging zum ersten Grasbündel hinüber, das um einen Stein gewickelt worden war. Das Geschoß lag in der Astgabel eines jungen Baums, der bis zum Boden heruntergebeugt und festgepflockt worden war. Seg hatte die primitiven Katapulte auf die Ziele gerichtet, und ich hatte seine Arbeit nur kurz überprüft. Wie mir schien, hatte er ausgezeichnet gezielt. Meine ballistischen Kenntnisse stammten von irdischen Geschützpforten, von Vierpfündern bis hinauf zu Zweiunddreißigpfündern; ich hatte einmal auch mit behäbigen Zweiundvierzigpfündern gearbeitet, ein Erlebnis, an das ich nicht gern zurückdenke. Außerdem hatte ich an Bord sanurkazzischer Ruderer Varter abgefeuert. Das schärft den Blick für Entfernungen, Schießwinkel und Flugbahnen; bei aller Bescheidenheit hielt ich mich für einen erstklassigen Schützen. Als ich die erste Schnur durchtrennte und das erste schwere Flammenbündel auf den Weg schickte, erkannte ich, daß auch Seg Segutorio ein ausgezeichneter Schütze sein mußte.

Das erste Feuergeschoß wirbelte in die sonnenhelle Luft empor; etwas Rauch wehte hinterher; dann wurde das Gebilde zu einer brausenden Masse aus allesverzehrenden Flammen, die sich auf das Deck eines sorzartischen Schiffes stürzte.

Ich lief an der Reihe gespannter Tuffabäume entlang, deren biegsame Stämme anmutige Bögen bildeten und deren naturgegebene Energie ich förmlich zu spüren glaubte, als sie sich peitschend wieder aufrichteten. Ein Feuergeschoß nach dem anderen landete auf den Decks der Dromviler. Erleichterung empfand ich bei dem Gedanken, daß die Echsenwesen keine Sklaven an ihre Ruderbänke gekettet hatten. Der Anblick behagte mir nicht. Schon leckten die Flammen an Masten und Segelzeug empor und züngelten aus den Luken; schon verzehrte der gefürchtetste Gegner des Seemanns die Holzschiffe, und ich erkannte – nicht ohne eine gewisse Reue –, daß nun nichts mehr getan werden konnte, bis die Dromviler zur Wasserlinie abgebrannt waren – dabei lagen sie mit dem ganzen Heck auf dem Strand …

Nur aus dem Zwang der Umstände heraus hatte ich mich dazu überwinden können, Schiffe zu verbrennen. Auf halbem Wege zur Felshöhle hielt ich inne und blickte den Hang hinab. Alle elf Schiffe standen in Flammen, wobei das am weitesten entfernte Boot, das wir wegen der Entfernung mit einem kleineren Geschoß hatten bedenken müssen, offenbar Widerstand leistete. Die Sorzarts liefen wie aufgescheuchte Hühner mit Wassereimern herum; andere bemannten die Pumpen und ließen Wasserstrahlen emporsteigen. Ich glaube nicht, daß sie die Flammen bekämpfen konnten. Sobald es an Bord eines Holzschiffs brennt, das voller Farbe und Teer, voll Segeltuch und ausgetrocknetem Holz ist, gibt es praktisch keine Hoffnung mehr.

Vor der Höhle hielt ich kurz inne, um mich zu vergewissern, daß die anderen fort waren. Niemand war zu sehen. Und weiter ging es, außer Sichtweite des Strandes über die Klippe oberhalb des Fischerdorfes.

Unten eilten drei Gestalten auf das Boot zu, das wir ausgewählt hatten. Lady Pulvia stürzte; Seg gab das Kind an Caphlander weiter und warf sich seine Herrin über die Schulter, so wie er auf ihrem Gut sicher oft die Säcke mit Futtermitteln geschleppt hatte. Ich dachte schon, daß sie das Boot sicher erreichen würden – doch dann sah ich eine Gruppe Sorzarts, die aus der Hitze und dem Rauch der brennenden Flotte auftauchte.

Ich starrte in die Tiefe.

Es war ein langer Weg – hundertundfünfzig irdische Fuß. Das Meer wirkte blau und ruhig. Die Schatten der aufsteigenden Rauchwolken zuckten über die Oberfläche. Die Doppelsonne schimmerte in schillernder Pracht.

Sie kennen wahrscheinlich die Versuche, die man veranstaltet hat, um festzustellen, aus welcher Höhe ein Mensch ohne Fallschirm abspringen kann. Es sind bemerkenswerte Fälle bekannt geworden. Man kann Aufprallgeschwindigkeiten von dreißig Metern in der Sekunde überleben – wobei der Zustand allerdings sehr von dem Winkel abhängt, in dem er auf das Wasser trifft. Damals hatte ich keine Ahnung von diesen Dingen. Ich wußte nur, daß ich möglichst schnell zum Strand hinunter mußte. Dort unten gab es etwas zu tun, das – blieb es ungetan – den Zorn der Herren der Sterne über mein sterbliches Haupt bringen mußte.

Ohne nachzudenken, streckte ich die Arme aus und sprang.

Noch heute erinnere ich mich an meine Empfindungen.

Der Absprung im freien Fall aus einem Flugzeug ist ein moderner Sport, den ich kenne.

Als ich damals von der Klippe sprang, ließ ich mich von meinen Instinkten leiten und überließ dem Geschick die Zügel.

O ja, ich nahm eine Sprungposition ein und traf senkrecht auf das Wasser auf. Dabei zuckten mir verwirrte Erinnerungen an den riesigen Wasserfall des heiligen Aph-Flusses durch den Kopf, und mein Körper fühlte sich an, als sei er in einen riesigen Schraubstock gepreßt worden. Ich raste durch das Wasser, tiefer und immer tiefer, während über mir das Tageslicht schwächer wurde und der Wasserdruck immer mehr zunahm. Dann machte ich kehrt und stieg auf, bis mein Kopf ins Freie kam und ich zum Strand hinüberblicken konnte.

Der erste Atemzug schmeckte unvorstellbar gut.

Lady Pulvia, Caphlander und das Kind waren im Boot. Seg hatte gerade einen Speer geschleudert und den Anführer der sorzartischen Bande niedergestreckt. Ich begann zu schwimmen.

Als ich an Land stieg, hatte Seg vier weitere Gegner erledigt und kreuzte das Schwert mit dem sechsten.

»Hai Jikai!« brüllte ich, zog meine Waffe und warf mich in den Kampf gegen die Echsenmänner. Seg wich einem Hieb aus, stieß zu und brüllte: »Wo warst du so lange?«

Ein Witz, ein Tadel, ein keckes Wort – ich weiß es nicht. Ich habe ihn nie danach gefragt. Doch die Gegenwart dieses furchtlosen, schwarzhaarigen Mannes aus Erthyrdrin versetzte mich in Hochstimmung.

Der Kampf selbst war scheußlich. Wir mußten die Sorzarts niedermachen – es waren noch etwa acht –, ehe ihre Kameraden von den sinnlosen Löschversuchen abließen und sich in die Auseinandersetzung einschalteten. Es wurde ein harter, wilder, schmutziger Kampf. Tricks, die ich bei Kämpfen der englischen Flottenverbände gelernt hatte, Tricks, die mir von meinen Klansleuten beigebracht worden waren, und auch ein paar Erfahrungen aus meinen Tagen als Kämpfer in Zenicce – all dies mußte ich jetzt nützen. Natürlich half mir auch die wunderbare Kampfausbildung bei den Krozairs von Zy, meinen Gegnern immer einen Schritt voraus zu sein – doch einige der Finten, die ich anwandte, hätte manchen irdischen Sportfechter erbleichen lassen.

Seg und ich hauten die Sorzarts im Handumdrehen nieder.

»Die drei Boote auf deiner Seite, Seg!« brüllte ich.

Wortlos befolgte er meinen Befehl. Wir stießen Löcher in die Außenwände der Boote. Ein Schiff, das größte, gut fünfzehn Meter lang, lag in einiger Entfernung von den übrigen – vor den brennenden Dromvilern der Sorzarts.

Ich wollte mich darum kümmern und winkte Seg zu, er solle zu dem Boot eilen, das wir uns zur Flucht ausgesucht hatten.

In diesem Augenblick richtete sich Lady Pulvia na Upalion im Bug des Bootes auf.

»Laßt das Boot!« rief sie mir zu. »Sie kommen! Sieh

doch! Kommt zurück und schiebt dieses Boot ins Meer! Beeilt euch!«

Offenbar hatte das Ausbleiben der Kundschaftergruppe die Sorzarts alarmiert; jetzt eilte tatsächlich eine zweite Gruppe zwischen den brennenden Schiffen hervor und über den Strand auf uns zu. Das Licht der Sonnen schimmerte auf dem Bronze- und Kupferschmuck, auf den hohen Helmen und gezogenen Waffen.

Ich wandte mich an Lady Pulvia.

»Steigt aus und helft Seg und Caphlander, das Boot ins Wasser zu schieben! Los! Beeilt euch!«

Ehe sie ihrer Entrüstung und Überraschung Luft machen konnte, brüllte ich zu Seg hinüber: »Schieb das Boot ins Wasser, Seg! Sie soll dir helfen – und der Relt auch! Ich schwimme euch nach.« Dann hastete ich auf das verbleibende Boot und die schnell näherkommenden Sorzarts zu. Als sie mich sahen, stimmten sie ihr wildes Kriegsgeschrei an – nur bloßes Schreien hat mir auf diese Entfernung noch nie geschadet.

Als ich das fünfzehn Meter lange Boot erreichte, schlug ich es mit vier schnellen Schwerthieben leck und starrte aufs Meer hinaus, um mir den besten Kurs zum Boot auszusuchen. Doch das hatte sich nicht von der Stelle gerührt. Lady Pulvia stand noch immer im Bug und gestikulierte Seg und Caphlander zu, die sich bemühten, den Kiel des Boots ins Wasser zu schieben.

Ich bezwang meine Wut. Dazu war später noch Zeit.

Ich hastete hinüber. Das Boot fühlte sich schwer und hart an. Jeden Augenblick konnten die Sorzarts in Speerwurfweite sein.

»Alle zusammen!«

Wir stemmten uns gegen die Bordwand. Das Boot ruckte, der Kiel knirschte und hakte fest – wir schoben mit äußerster Anstrengung, endlich ruckte das Boot und glitt frei ins Wasser. Ich griff Caphlander um die Hüfte und schleuderte ihn förmlich über die Bordwand. Seg sprang auf der anderen Seite empor, und nachdem ich dem Boot noch einen letzten mächtigen Stoß gegeben hatte, der es durch die winzigen Brandungswellen pflügen ließ, schwang ich mich ebenfalls hinein.

Sofort packte ich die Ruder, die Seg zurechtgelegt hatte, und machte mich an die Arbeit. Ich ruderte mit lang ausholenden Bewegungen, wobei nun die schreckliche Zeit, die ich als Sklave an Bord magdagischer Ruderer verbracht hatte, ihre Zinsen trug. Das Boot rauschte durch das Wasser. Gischt übersprühte uns. Ich beugte mich vor und pullte, beugte mich vor und pullte und bekam nur am Rande mit, daß Seg einen Speer zur Hand nahm, der sich in die Bordwand gebohrt hatte, und ihn, ungeschickt balancierend, zurückschleuderte. Die Waffe traf den Hals eines wütenden Sorzart. Einige weitere Speere fielen neben uns ins Wasser, dann waren wir in Sicherheit.

Ich verlangsamte meinen Ruderrhythmus und starrte Lady Pulvia na Upalion an.

Sie bemerkte meinen Blick und hob das Kinn; dann röteten sich ihre Wangen, und sie senkte die Augen. Ihr Atem ging unregelmäßig.

»Wenn ich das nächste Mal einen Befehl gebe«, sagte ich zu ihr und spürte, daß meine Stimme wieder einmal vor Wut schnarrte, »gehorchen Sie sofort, begriffen?« Sie antwortete nicht.

»Verstehen Sie das, Lady Pulvia?« wiederholte ich.

Caphlander murmelte, man solle der Herrin doch Respekt erweisen, doch Seg brachte ihn zum Schweigen. Endlich hob sie den Blick: Sie war offenbar entschlossen, sich befehlsgewohnt und herablassend zu geben. Doch als sie mein Gesicht sah, verpuffte ihre Entschlossenheit. Sie vergaß auch die vorbereitete Rede. Sie öffnete den Mund.

»Gehorchen müssen Sie – kapiert?« sagte ich, ohne das Rudern einzustellen.

»Ja.« – »Gut.«

Ich ruderte mit einfachen, langen Schlägen, die das kleine Boot über das sonnenhelle Wasser des Auges der Welt trieben.

4

Es machte mir keine Freude, sondern bereitete mir im Gegenteil nicht geringe Qual, eine Frau zu tadeln, die sich völlig zu Recht um ihr Kind sorgte und die ihre Würde zu wahren versuchte, ohne den Ängsten nachzugeben, die in ihr toben mußten. Aber wie ich oft genug habe erfahren müssen, kann es an Bord eines Schiffes nur einen Kapitän geben.

Außerdem war sie eine Sklavenhalterin und eine Vertreterin jener Klasse, die mir nach meinen Erlebnissen im fernen Zenicce und in Magdag am wenigsten zusagte.

Wir setzten das Segel und erreichten bald Hafen, Arsenal und Festung Happapat, wo wir Lady Pulvia na Upalion in die Obhut von Verwandten gaben, die sie und das Kind entsetzt bejammerten und schleunigst in ihren Palast entführten.

Als ihre Wächter – blonde Proconier in Kettenhemden und mit Langschwertern, die nicht abgeschliffen waren – Seg und mich in die Sklavengehege des Ortes brachten, war ich nicht im geringsten überrascht.

Etwas anderes konnte man von einem Sklavenhalter auch nicht erwarten – eine Einstellung, die Seg ebenso widerlich fand wie ich.

Wir brachen auch sofort aus, stießen ein paar Wächter mit den Köpfen zusammen und entkamen mit Weinhäuten und einem knusprig gebratenen Voskschenkel zum Hafen. Das Fischerboot, das wir gestohlen hatten, um Lady Pulvia, das Kind und Caphlander zu retten, lag noch dort vertäut, wo wir es verlassen hatten. Ich wußte, daß sich ein volles Wasserfaß an

Bord befand. Wir warfen unsere kärglichen Besitztümer an Bord, durchschnitten das Tau und ruderten aus dem Hafen. Wir hatten längst Segel gesetzt und fuhren in den Sonnenuntergang, als die Hafenwächter Alarm schlugen.

»Das wär's also, Dray Prescot«, sagte Seg Segutorio. »Und was jetzt?«

Ich betrachtete voller Sympathie den leichtsinnigen, jungen Mann mit dem gebräunten, hageren Gesicht und den furchtlosen, schlauen Augen. Er war ein guter Kampfgefährte, und einen Augenblick lang dachte ich mit beklemmender Sehnsucht an all die anderen guten Freunde, die ich auf dieser Welt gefunden hatte. Dem Wesen nach bin ich ein Einzelgänger, ein Mann, der sich nach seinen eigenen Verdiensten bewertet und sich ungern mit anderen vergleichen läßt. Das ist ein Fehler. Ich dachte an Nath und Zolta, meine beiden Rudergefährten, die sich nicht von Wein und Weib fernhalten ließen. Ich mußte daran denken, wie sich Nath zurücklehnte, einen vollen Krug an die Lippen setzte und sich mit dem Unterarm über den Mund fuhr und rülpsend sagte: »Gesegnete Mutter Zinzu! Das war nötig!« Und wie Zolta dann schon das hübscheste Mädchen in der Schänke auf dem Schoß hatte.

Ich hörte auf zu rudern und dachte auch an Zorg und Felteraz, meine anderen Ruderfreunde, und an Prinz Varden Wanek, an Gloag und an Hap Loder. Diese Erinnerungen an meine Kameraden machten mir zu schaffen, und ein Gefühl der Müdigkeit und Niedergeschlagenheit überkam mich. Es wäre verzeihlich, wenn Sie aus meinem bisherigen Bericht schließen würden, daß Kregen eine Männerwelt ist. Ungeachtet der Prinzessin Natema Cydones, der Prinzessin Shusheeng und anderer vornehmer Damen von großer Macht, zu denen auch Lady Pulvia na Upalion gehört, ließe sich annehmen, daß auf Kregen die Männlichkeit ausschlaggebend ist, daß Muskelkraft und Kampfgeschicklichkeit alles bedeuten.

Das wäre natürlich ein Irrtum.

Trotz meiner plötzlichen Niedergeschlagenheit vergaß ich doch keinen Augenblick, was mich auf dieser Welt bewegte.

Welche Pläne die Herren der Sterne auch mit mir haben mochten – ich hatte meine eigenen Ziele. Zuerst wollte ich meine geliebte Delia von den Blauen Bergen finden. Sobald das geschehen war, gedachte ich Kregen zu bereisen, um Aphrasöe wiederzufinden, die Stadt der hochzivilisierten Savanti, die Schwingende Stadt. Dort glaubte ich, das Paradies finden zu können.

Wir segelten auf das Binnenmeer hinaus, und Seg schien nichts dagegen zu haben, daß ich unseren Kurs bestimmte. Er sagte lachend: »Wir Erthyr sind ein Bergvolk. Das Meer ist nicht unsere zweite Heimat.«

Die milde Nacht hüllte uns ein. Das Meer wiegte das Boot mit schützender Ruhe. Die Sterne schimmerten hell am Himmel. Eine leichte Brise füllte das Segel.

Ich blickte zu den Sternen empor, die ich gut kannte. Viele Nächte lang hatte ich sie von Deck meines Ruderers aus beobachtet, wenn wir zu nächtlichen Überraschungsangriffen gegen die Oberherren Magdags oder andere grüne Städte an der Nordküste unterwegs waren. Ich hatte meine Mannschaft oft mit solchen Nachtfahrten schockiert; vor meiner Zeit pflegte man nur bei Tag und in Sichtweite von Küste und Landmarken zu segeln.

Nun steuerte ich nach Westen.

Ich mußte unbedingt so schnell wie möglich nach Magdag zurück. Von dort hatte ich vor der Sklavenrebellion den Vallianer Vomanus auf seine Heimatinsel zurückgeschickt. Er sollte Delia eine Nachricht überbringen. Ich war überzeugt, daß er bald zurückkehren würde, und wenn er jetzt in Magdag eintraf, hatte er als Freund des Erzverbrechers Pur Dray von Strombor nicht lange zu leben.

Wir steckten den westlichen Kurs ab, doch plötzlich frischte der Wind auf und legte das Boot so weit über, daß auf der Leeseite Wasser über die Reling gischtete, bis ich das Boot wieder abdrehen ließ. Daraufhin schlug der Wind um und wurde noch stärker. Wolken zogen sich zusammen und begannen, die Sterne zu verdunkeln. Ein riesiger Blitz zerteilte den Himmel. Kurz darauf dröhnte uns der Donner in den Ohren. Abrupt peitschte Regen auf das Meer. In Sekundenschnelle waren wir durchnäßt, und das Haar lag uns in wirren Strähnen um die Ohren. Seg begann zu schöpfen. Der Wind kam nun direkt aus Westen.

Da wußte ich Bescheid.

Das Unwetter bestätigte nicht nur meine Befürchtung, daß die Herren der Sterne meine Rückkehr nach Magdag nicht wollten, sondern bestärkte mich in dem Verdacht, daß die Sklavenphalanx nach meinem plötzlichen Verschwinden den Kampf gegen die gutbewaffneten Oberherren verloren hatte. Vielleicht hatte ich meine Vollmachten überschritten, als ich die Sklaven und Arbeiter der Slums so gut organisierte, daß sie tatsächlich eine Chance gegen die magdagischen Machthaber hatten. Vielleicht wünschten es die Herren der Sterne nicht, daß in Magdag ein Machtwechsel stattfand. Womöglich hatten sie eine langsamere Evolution im Sinn gehabt, die unter der Oberfläche glimmen und an Stärke zunehmen sollte, bis ihre Pläne reif waren. Ich wußte es nicht.

Eines war mir jedoch klar: Magdag war unerreichbar für mich.

Also gut. Langsam wurde mir klar, wie ich mit den Herren der Sterne umgehen mußte – wenn es sich wirklich um ihren Einfluß und nicht um den der sterblichen, aber ebenfalls übermenschlichen Savanti handelte. Ich hatte beim letztenmal erfolgreich Einspruch erhoben und auf Kregen bleiben dürfen. Mir kam der Gedanke, daß ich auf dieser Welt vielleicht meinen eigenen Interessen nachgehen konnte, solange ich mich den Winken der Herren der Sterne, der Everoinye, nicht aktiv widersetzte.

Also gut. Ich legte das Steuerruder herum, und wir fielen nach Steuerbord ab. Mein neues Ziel war Pattelonia. Wenn ich Glück hatte, traf ich Vomanus dort an und konnte ihn an der Weiterreise nach Magdag hindern. Anschließend würden wir durch die Unwirtlichen Gebiete nach Port Tavetus reisen, von wo wir direkt nach Vallia segeln konnten.

Und zu – Delia!

Kaum hatten wir den östlichen Kurs nach Pattelonia eingeschlagen, als der Wind auch schon nachließ und der Regen aufhörte. Über dem letzten leisen Donnergrollen vernahm ich das rauhe Krächzen eines riesigen Vogels. Ich blickte auf. In der Dunkelheit vermochte ich den Gdoinye nicht auszumachen, doch ich wußte, daß der herrliche rotgoldene Raubvogel der Herren der Sterne in einiger Höhe über uns gekreist hatte.

»Beim verschleierten Froyvil!« rief Seg und sah sich um. »Was war das?«

»Ein Meeresvogel«, sagte ich, »der sich im Sturm verirrt hat. Es sieht ganz danach aus, als ob wir nach Pattelonia segeln müßten, mein guter Freund – das ist doch die größte Stadt an der proconischen Küste, nicht wahr? Keine Sorge, wir werden unser Ziel sicher erreichen. Du hast mich gefragt, was nun kommt – dies ist deine Antwort. Was meinst du dazu?«

»Pattelonia!« sagte Seg verächtlich. »Pattelonia mag zwar die größte Stadt sein, aber ihre Krieger widern mich an.«

»Oh?«

Er hob eine Weinhaut und ließ den Strahl in seinen Mund schießen, was er trotz des schwankenden Boots ganz gut hinbekam, obwohl er sich nicht für einen Seemann hielt. Als er getrunken und sich den Mund abgewischt hatte, sagte er: »Gesegnete Mutter Zinzu! Das wärmt einem das Herz!« Wie sehr ich in diesem Augenblick an Nath denken mußte! Schließlich fuhr er fort: »Ich war als Söldner in Pattelonia und habe an einem der fürchterlichen Kämpfe teilgenommen.«

»Ich weiß.«

Seine Geschichte war gewöhnlich, häßlich und unangenehm. Männer aus Loh waren normalerweise als Söldner gern gesehen, denn ihre Geschicklichkeit als Bogenschützen war auf ganz Kregen berühmt. Seg war aus dem Westen zum Binnenmeer gekommen; er war durch den Großen Kanal und den Damm der Tage gereist. Die Begegnung mit diesem kolossalen Bauwerk hatte er mir voraus. Allerdings sagte ich nichts darüber, denn er hätte zu viele Fragen gestellt. Seine Söldnerkarriere war von der üblichen Routine und monotonen Langeweile bestimmt; als Pattelonia schließlich von einer vereinten Streitmacht proconischer Städte angegriffen wurde, die sich in Magdag Unterstützung geholt hatten, war er gefangengenommen und als Sklave verkauft worden.

»Pattelonia ist also gefallen«, sagte ich.

»Mag sein. Ich habe davon läuten hören, daß uns Sanurkazz helfen wollte, doch dann stürzte ich in das verdammte Dornenloch und wurde von einem der diabolischen Oberherren erwischt, ehe mir dieser Einsatz noch helfen konnte.«

Ich schnalzte mitfühlend mit der Zunge.

»Ich habe Freunde in Pattelonia, Seg, obwohl ich noch nie dort gewesen bin. Anschließend kehren wir nach Vallia zurück.« Diese Äußerung war nicht ganz richtig. Ich konnte gar nicht nach Vallia zurückkehren, weil ich noch nie dort gewesen war; doch wie ich Kov Tharu von Vindelka schon gesagt hatte, sah ich Vallia trotz seines furchteinflößenden Rufs als eine Art Heimat an – einfach weil meine Delia dort lebte.

»Vallia?« Seg trank noch einen Schluck Wein, und seine Gestalt war ein dunkler Schatten im Sternenlicht. »Ich hatte eine Passage auf einem Schiff aus Pandahem gebucht. Der Vallianer war mir zu teuer. Aber ich kenne die Vallianer – sie haben einen großen, befestigten Stützpunkt an der nördlichsten Spitze von Erthyrdrin. Mein Volk hat oft gegen sie gekämpft.«

»Du magst die Vallianer nicht?«

Er lachte. »Das ist lange her. Seit Walfarg wie eine verfaulte Samphron auseinanderfiel, sind die Vallianer spürbar freundlicher geworden, und jetzt dulden wir ihren Stützpunkt, der zu einer ziemlich großen Stadt angewachsen ist. Wir treiben viel Handel mit ihnen. Im Grunde sind die Vallianer eine Nation von Kaufleuten.«

Den Namen Walfarg hatte ich hier und dort schon gehört. Es handelte sich um ein riesiges Reich, das schließlich zerfallen war. Es hatte seinen Mittelpunkt in Walfarg gehabt, einem Bezirk Lohs, und manche Geschichten aus Loh kreisten um den verblaßten Ruhm dieses Reiches. Es gibt viele Länder auf den Kontinenten und Inseln Kregens; soviel ich weiß, kann nur Vallia von sich behaupten, daß seine Landmasse einer einzigen Regierung unterstellt ist.

Und diese Behauptung sollte noch einen hohen Preis fordern, wie Sie später hören werden.

»Dann bist du also für Pattelonia?«

»Es ist schade, Dray Prescot, daß dich deine Freunde nicht in der Nähe des Damms der Tage erwarten können. Von Pattelonia müssen wir noch – naja, die Entfernungen weiß ich nicht genau – etwa fünfhundert Dwaburs zurücklegen, bis wir den äußeren Ozean erreichen. An der zerklüfteten Küste entlang nach Donengil, dann mit dem Zimstrom in die Cyphrische See – erst dann liegt Erthyrdrin vor uns!«.

Ich wollte Seg seine Illusionen noch nicht rauben.

Mit einer gewissen Schärfe fragte er: »Du bist doch nicht etwa ein Vallianer?«

Die Vallianer sind zumeist braunhaarig wie ich. Ich hatte mich in Magdag erfolgreich als Kov Drak ausgegeben und als solcher die Rolle eines vallianischen Herzogs gespielt. Seg Segutorio wollte ich jedoch nicht unnötig belügen.

»Ich bin Dray Prescot von Strombor«, sagte ich.

»Das hast du mir schon gesagt. Aber... Strombor. Wo liegt das?«

Natürlich – was jetzt die Enklave Strombor war, hatte zuvor als Besitz der Esztercaris gegolten.

»Strombor liegt in Zenicce, mein Freund ...«

»Ah! Du bist also ein Segesther – nun, selbst das ist mir nicht ganz klar. Für mich bist du ein Fremder, und ich weiß, was ich weiß.«

»Was weißt du, Seg?«

Aber er wollte mir nicht antworten. Eine Art sechster Sinn, wie ihn manche Bergvölker besitzen, mußte ihn wachgerüttelt haben; doch daß ich von einem vierhundert Lichtjahre entfernten Planeten stammte, ahnte er bestimmt nicht!

Über uns waren jetzt wieder die Sterne zu sehen. Die Doppelmonde Kregens – zwei Monde, die sich gegenseitig umkreisten – stiegen über den Horizont, und in ihrem rosafarbenen Licht, das bald durch zwei weitere Monde verstärkt wurde, sah ich, daß Seg mich mit verschlossenem Ausdruck musterte. Er fuhr sich mit der Hand durch das schwarze Haar.

»Also gut, Dray Prescot von Strombor. Ich fahre mit dir nach Pattelonia.« Er lachte leise. »Schließlich hat die Armee, in der ich gedient habe, den Kampf verloren. Die Proconier schulden mir noch meinen Sold – und sie werden bezahlen!«

»Gut, Seg«, sagte ich.

»Und bei allen zerschmetterten Tartschen am Hlaberg weigere ich mich entschieden, jemals wieder Sklave zu werden!«

In dieser Nacht hielten wir abwechselnd Wache, und

als schließlich die Doppelsonne aufstieg und einige Nebelbänke vertrieb, lag steuerbord voraus eine der vielen Inseln des Binnenmeers. Ich machte Anstalten, einen großen Bogen um die Insel zu schlagen, um nicht in den Hinterhalt eines Piraten zu geraten – oft genug hatte ich selbst hinter solchen Inseln auf der Lauer gelegen –, als Seg etwas bemerkte, das ich bereits wahrgenommen hatte, als ich an Deck gekommen war.

Er deutete nach achtern, wo eine schwarzpurpurne Wolke heranwirbelte.

»Eine Sturmbö!«

Im Augenblick machte mir die Identität des Ruderers, der aus dem Lee der Insel hervorschoß, größere Sorgen. Es handelte sich um ein großes Schiff – und schon zeigten sich die Flaggen am Mast. Ich preßte die Lippen zusammen. Die Flaggen waren grün!

»Ein magdagischer Ruderer«, sagte ich zu Seg. »Halt dich fest – wir schlagen jetzt ein paar Haken ...«

Im nächsten Augenblick holte uns die Sturmbö ein, und wir zogen mühsam das Segel ein, bis ich das Boot im kreischenden Wind gerade noch zu steuern vermochte. Das Meer türmte sich auf und schien uns zu bedrängen. Wir rasten dahin, während der Ruderer wild auf der Stelle schwankte. Trotz unserer Bedrängnis fiel mir auf, wie das Schiff fachmännisch gewendet wurde, wie die perfekt ausgerichteten Doppelruderreihen die See aufpeitschten, um das Schiff wieder in den Windschatten der Insel zu bringen. Als sich die Sturmbö ausgetobt hatte und unser Boot ruhiger im Wasser lag und wir wieder das Segel setzen konnten, zog Seg eine Grimasse, die mir niederträchtige Freude bereitete, wenn ich ihn auch wegen seiner grünen Gesichtsfarbe bedauerte.

Ich bot ihm eine dicke, saftige Scheibe Voskschinken an. Er lehnte ab.

Auf unserem Weg nach Pattelonia machten wir an verschiedenen Inseln Station, um Wasser an Bord zu nehmen und unsere Vorräte zu ergänzen, zumeist mit Früchten und Gemüse, denn wir mieden nach Möglichkeit die Siedlungen von Menschen und Halbmenschen. Seg erzählte mir viel von seiner Heimat Erthyrdrin, Dinge, die ich an geeigneter Stelle noch schildern werde – doch eine Tatsache erschien mir besonders bedeutsam:

»Pfeilspitzen?« fragte er eines Tages. »In Erthyrdrin triffst du keinen einzigen Bogenschützen, der eiserne Pfeilspitzen verwendet. Bei Froyvil, Dray! Stahl ist in meinem Land kaum zu haben!«

»Was benutzt ihr dann – Bronze?«

Er lachte. »O nein. Das ist ein hübsches Metall, das mir gefällt. Aber wir nehmen Feuerstein, Dray, guten, ehrlichen, erthyrischen Feuerstein. Schon als Dreijähriger konnte ich ausgezeichnete Pfeilspitzen machen! Und bedenke – so ein Stein dringt leichter durch Lenkholz als die meisten anderen Dinge. Euer Stahl mag besser sein, nicht aber Bronze und auf keinen Fall Kupfer, Knochen oder Horn oder sogar Eisen.«

Ich merkte mir das, wobei ich an den tosenden Pfeilhagel dachte, den meine Klansleute zu entfachen verstanden. Aber schließlich verfügte Zenicce über eine ausgedehnte Metallindustrie mit riesigen Eisenlägern in der Nähe und mit Wäldern, die die nötige Holzkohle lieferten. Das gleiche galt für Magdag und Sanurkazz am Binnenmeer.

Es fällt mir schwer, Kregen zusammenhängend darzustellen. Der Planet ist eine reale, lebendige, atmende Welt mit Menschen, Halbmenschen, Tiermenschen und zahlreichen Ungeheuern, die man sich kaum vorstellen kann. Die Ereignisse unterliegen hier den gleichen Gesetzmäßigkeiten wie auf der Erde; der Mensch ist gezwungen, Erfindungen zu machen und diese Erfindungen zu entwickeln. Es gäbe keine frischen, kregischen Brotlaibe, wenn sich unter der Doppelsonne keine riesigen Kornfelder erstreckten, wenn nicht die Bauern dieser Welt in mühsamer Arbeit den Boden pflügten, säten und ernteten, wenn es keine Mühlen und Bäcker gäbe. Kein Mensch, der sein Leben schätzt, kann die Dinge, die ihm das Leben bietet, als selbstverständlich hinnehmen – selbst die Luft, die er atmet, muß gepflegt und umsorgt werden, denn sonst würde die Verschmutzung, die Ihnen hier auf der Erde so große Sorgen bereitet, bald überhandnehmen.

Seg und ich sprachen über viele Dinge, während wir uns Pattelonia näherten, der großen Hauptstadt Proconias, jener Stadt, die schon einmal als sanurkazzischer Rudererkapitän mein Ziel gewesen war, ehe ich mich auf die Reise nach Vallia machte, die dann in Magdag endete, beim Erzfeind von Sanurkazz! Wer immer jetzt in Pattelonia herrschte, herrschte mit dem Schwert – ob es nun die Roten, die Grünen oder die Proconier waren.

Die Navigation bereitete keine Schwierigkeiten; die Sonnen und Sterne wiesen mir den Weg, obwohl ich diesen Teil des Meeres gar nicht kannte. Bald zeigten meine Berechnungen, daß wir uns Gewässern näherten, in denen man mit lebhafterem Schiffsverkehr rechnen konnte.

Inzwischen hatte sich Seg an Bord eingelebt und vermochte auch eine Wache am Steuerruder zu übernehmen. Er saß gerade am Ruder, als eine weitere Sturmbö mit sausenden Windstößen und aufschäumenden Wogen über uns herfiel.

Ich sprang sofort zum Schrägsegel und holte den Segelbaum soweit herunter, daß wir das Schiff eben noch vor dem Wind halten konnten. Gischtendes Wasser begann über die Bordwand zu schwappen, und ich ergriff den Schöpfeimer und begann zu arbeiten. Bei der ersten Gelegenheit blickte ich zu Seg Segutorio hinüber. Er klammerte sich mit entschlossener Miene am Ruder fest. Er kämpfte mit den Wellen mit der gleichen Energie, die er auch bei der Jagd in seinen geliebten erthyrischen Bergen aufgewendet hätte. Er kämpfte mit dem neuen Element mit einem Mut, der herzerfrischend für mich war.

Wie Sie wissen, bin ich nicht leicht zum Lachen zu bringen; ich lächle nur selten und wenn, dann meist in besonders verrückten oder gefährlichen Situationen. Jetzt blickte ich zu Seg hinüber und meine Lippen verzogen sich zu einem spöttischen Lächeln, das er mit einem heftigen Ruck am Steuerruder und einer Kaskade von Flüchen quittierte, die wie die Sturmbö über mich hinwegbrausten.

Wir rollten und stampften, und ich schöpfte, und Seg klammerte sich fest und hielt uns im Wind und steuerte uns durch das Unwetter. Ich bedaure es, daß ich den armen Seg Segutorio auf dieser Reise so schlecht behandelt habe. Er war ein Mann, der das Herz auf dem rechten Fleck hatte.

Als wir wieder in ruhiges Wasser kamen, tat Seg einen gewaltigen Seufzer, starrte mich düster an und kümmerte sich dann nicht mehr um mich.

Wir glitten wieder durch ruhiges Wasser, das nur von einer langen Dünung bewegt wurde.

Das Breitschiff lag tief im Wasser, vom Sturm mitgenommen. Sämtliche Masten waren über Bord gegangen, und die Besatzung lief in panischem Entsetzen auf Deck hin und her. Erst jetzt erkannten wir den Grund für die Panik.

Dem Breitschiff – das Seg als pattelonischen Handelsfrachter identifizierte – näherte sich, seiner Macht bewußt, der lange, bedrohlich wirkende Rumpf eines Ruderers. Während wir noch hinüberschauten, zeigte dieses Schiff seine Farben. Die Flaggen waren grün.

Ein magdagischer Ruderer, der ein pattelonisches Breitschiff angriff! Aus diesem Umstand schloß ich, daß Sanurkazz die Rückeroberung der Stadt geschafft hatte, was mich sehr freute.

Wenn es mir bisher nicht gelungen ist, Seg Segutorio trotz seiner praktischen Ader als äußerst unbekümmerten, jungen Mann hinzustellen, muß ich das schleunigst nachholen. Er starrte den grüngeflaggten Ruderer an, und seine Nasenflügel bebten. Er drehte das Ruder, so daß wir direkt auf die beiden Schiffe zuhielten.

»Was soll das – willst du etwa einen magdagischen Ruderer kapern, Seg?«

Er starrte mich an, als hätte er meine Worte nicht gehört.

»Ein großer Ruderer, Seg. Ein Hundertfünfzigruderer, würde ich nach den Umrissen vermuten. Bestimmt ein Sieben-sechs-sechs.«

Eine schwache Brise trieb uns näher.

»Seg, wir haben doch nicht mal ein Messer, geschweige denn ein Schwert!«

Unser Bug pflügte durch das Meer.

Oh, wie sehr ich es bedaure, daß ich Seg Segutorio neckte!

Vielleicht hatte ich damals, weil ich noch jung war, die Ladung Mist nicht vergessen, die mich voll ins Gesicht getroffen hatte.

»Das Schiff kommt aus Magdag«, sagte Seg. »Diese Leute haben mich versklavt!«

Wir glitten über das Meer, und jetzt erreichte uns Geschrei und das unangenehme Klirren von Metall auf Metall. Ich war ein Krozair von Zy und hatte geschworen, den falschen, grünen Grodno zu bekämpfen – und etwas anderes kam mir gar nicht in den Sinn.

5

»Der älteste Trick, den man sich vorstellen kann, Seg«, sagte ich, während wir über das ruhige Wasser auf das pattelonische Breitschiff und den magdagischen Ruderer zuglitten. »Aber etwas anderes ist nicht möglich. Der Trick hat schon oft geklappt, und wir müssen jetzt dafür sorgen, daß er wieder funktioniert.«

»Wie viele Männer, Dray?« fragte Seg Segutorio.

»Der Ruderer ist ein Sieben-sechs-sechs-hundertundfünfzig. Das heißt, auf jeder Seite befinden sich drei Ruderbänke, fünfundzwanzig Ruder die Bank. An den oberen Rudern sitzen jeweils sieben Mann, in den beiden darunterliegenden Ruderreihen jeweils sechs Mann. Das sind zusammen tausend Mann oder mehr, wenn man unter Deck noch Ersatzleute bereithält.«

»Und alle sind Sklaven?«

»Ja.«

»Du scheinst dich mit diesen Dingen auszukennen, Dray.«

»Allerdings.«

»Und die Krieger?«

»Das ist verschieden. Je nach den Aufgaben, die der Ruderer auszuführen hat. Ich würde meinen, daß es mindestens einige hundert sind. Wenn man mit dem Schiff Großes vorhat, können es noch weitaus mehr sein.« Ich dachte an meine Sklavenzeit an Bord magdagischer Ruderer. »Die Männer sitzen dichtgedrängt, Seg. Man kettet sie an die Ruder und gibt ihnen Wasser und Zwiebeln und Brei und Käse, und zweimal am Tag findet ein Duschbad mit Seewasser statt, und wenn ein Sklave erschöpft ist und sich völlig verausgabt hat, wird er über Bord geworfen oder zu Tode gepeitscht.«

»Wir machen gute Fahrt«, sagte Segutorio und lachte. »Ich finde es nur schade, daß ich meinen Langbogen nicht dabei habe – meinen Bogen aus einem heiligen Yerthyrbaum, der auf Kak Kakutorios Land stand. Er hat mich fast dabei erwischt, wie ich mir das Holz beschaffte. Ich war damals zwölf. Ich machte den Bogen für die Zeit, da ich erwachsen sein würde – und als ich meine volle Größe erreicht hatte, lag mir die Waffe gerade richtig in der Hand.«

Seg unterbrach sich, und ich sah, wie er die Schultern anzog. Sein Sinn für das Praktische und sein gesunder Menschenverstand hatten wieder die Oberhand gewonnen, und er wußte durchaus, worauf wir uns hier einließen. Ihn trieben der Haß auf die Verehrer der grünen Gottheit und eine angeborene Unbekümmertheit. Ich dagegen dachte an meine Eide, meine unschönen Erinnerungen und meinen Status als Krozair von Zy.

Dem Orden der Krozairs von Zy anzugehören, bedeutete für mich sehr viel. Daß es sich nur um eine kleine Gruppe überzeugter Männer handelt, die sich am Binnenmeer in fanatischer Verehrung einer mystischen, roten Gottheit und in absoluter Feindschaft zu einer gleichermaßen mystischen, grünen Gottheit zusammengeschlossen haben, besagt nichts über ihre innere Kraft, ihren Mut, ihre Selbstlosigkeit, ihren Mystizismus – der ungeahnte Tiefen erreicht –, ihre bemerkenswerten Schwertdisziplinen und ihre ungewöhnlich couragierte Integrität. Dies sind Eigenschaften, die nach meinem Eindruck auf der heutigen Erde nur ein Schattendasein führen.

Seg Segutorio haßte die Sklaverei und alle Sklavenhalter – und das gleiche traf auf mich zu. Doch als Kapitän eines sanurkazzischen Ruderers und als Krozair hatte auch ich auf die Dienste von Sklaven zurückgegriffen. Sie hatten bei mir unter Bedingungen gerudert, die wenig besser waren als die Zustände an Bord der magdagischen Schiffe, auf denen ich versklavt war. Und das ist nun wirklich ein Zeichen für den Einfluß, den der Orden des Krozairs von Zy auf mich ausübte: Aber als ich meine Sklaven zu befreien versuchte und freie Ruderer an Bord nahm, entgingen ich und meine Mannschaft nur um Haaresbreite einer Katastrophe.*

In solche Gedanken vertieft, wartete ich, daß sich der Abstand zwischen uns und dem Heck des magdagischen Ruderers verringerte. An Bord waren alle Kämpfer auf den Höhepunkt des Kampfes konzentriert, auf die Eroberung des havarierten Breitschiffs. Ich hatte angenommen, daß der Pattelonier sank; zweifellos glaubte der Ruderkapitän, leichte Beute zu haben, und die Besatzung gefangennehmen zu können, ehe das Schiff unterging.

Jetzt ragte das hohe Heck über uns auf. Die Dünung hob und senkte unser Boot. Ich richtete mich am Bug auf. Der Ruderer war groß, und seine Apostis, der rechteckige Ruderkasten, ragte ziemlich weit über die elegant geschwungene Flanke des Schiffsrumpfes hinaus. Die Sklaven hatten ihre Ruder noch nicht losgelassen; die Ruderbäume waren perfekt ausgerichtet. Von Zeit zu Zeit gab der Trommeldeldar ein Doppelsignal auf seiner Baß- und Tenortrommel, woraufhin in perfektem Gleichklang die Ruder der Backbord- oder Steuerbordbänke ins Wasser tauchten und kurz durchzogen, um den Ruderer weiter mit vorgerecktem Bug am Breitschiff zu halten.

Ich blickte zum emporgereckten Heck hinauf und verdrängte den instinktiven Gedanken an die ähnlich aussehende Form eines Skorpionschwanzes.

Die reichverzierten Schmuckborten am Schiff boten mir guten Halt. Als sich meine nackten Füße festhakten und ich mich hinaufstemmte, folgte mir Seg. Wir waren beide unbewaffnet. Ich trug das einfache braune Tuch, das ich dem Sorzart abgenommen hatte, während Seg noch in seinen grauen Sklavenschurz gekleidet war. Vorsichtig legte ich eine Hand auf das

---

* Ein weiterer Hinweis auf Informationen aus den fehlenden Kassetten, wie bereits in *Die Sonnen von Scorpio* geschildert.

Deck unter der Reling. Eines der Steuerruder verlief über mir. Vorsichtig hob ich den Kopf und sah mich um.

Der Steuerdeldar lehnte auf seinem Ruder, bereit, zusammen mit seinem Kollegen auf der anderen Seite und mit Hilfe der gelegentlichen Ruderschläge den Bug des Ruderers am Breitschiff zu halten. Der Trommeldeldar saß bestimmt mit schlagbereit erhobenen Stöcken da, und der Rudermeister hockte in seiner kleinen Nische am Rand des Achterdecks. Ein Offizier – eine prachtvolle Gestalt in grüner Seide, die mit Goldspitze besetzt war – schlenderte hin und her und schien mit sich zufrieden zu sein. Ich verfluchte sein schwarzes, magdagisches Herz.

Nicht minder vorsichtig ließ ich mich wieder hinab.

Seg sah mich gespannt an. Er hatte angewidert das Gesicht verzogen. »Die stinken ja!« sagte er.

»Allerdings.«

Ruderer werden nach Plänen gebaut, die von Werftarchitekten verschiedenen Kalibers stammen. Dieses Modell war mir bekannt, so daß ich mich an Bord mühelos orientieren konnte. Wir verschafften uns Zugang zur unteren Achterkabine – die auf einem irdischen 74-Kanonen-Schiff Waffenraum heißen würde – und trafen niemanden an. Hinter der Tür, die zur unteren oder Thalamite-Ruderbank führte, befanden sich die Streitkräfte, die ich brauchte.

Als ich durch den Spalt der Doppeltür blickte, sah ich dicht vor mir einen Peitschendeldar, und ehe er sich auch nur umdrehen konnte, umklammerte ich ihn mit eisenhartem Griff und ließ ihn bewußtlos zu Boden sinken.

Die Sklaven starrten mich mit matten Augen an. Ihr Haar war verfilzt und stand ihnen wirr vom Kopf ab, ein klares Zeichen, daß der Ruderer schon längere Zeit auf See war, denn wenn ein Schiff in Magdag ablegt, sind die Köpfe seiner Rudersklaven glattrasiert.

Seg rannte auf den anderen Peitschendeldar zu.

Beim Dienst auf dem Unterdeck lösten sich die Peitschendeldars regelmäßig ab – es sei denn, sie waren strafversetzt worden.

Der Mann, den ich ausgeschaltet hatte, trug ein Messer bei sich. Ich brauchte nur wenige Sekunden, um das Schloß der großen Kette zu öffnen, an der alle Fußketten befestigt waren.

Der mir am nächsten sitzende Sklave sah mich verwirrt an. Sein Rücken wies die Spuren seiner Tätigkeit auf. Auch der Mann neben ihm hob den Kopf, der Mund klaffte auf und offenbarte verfaulende Zähne und dicke, zitternde Lippen. Er murmelte etwas vor sich hin.

Die Sklaven schienen am Ende ihrer Kräfte zu sein. Würden sie sich auflehnen – würden sie sich gegen ihre Herren wehren, wie es unbedingt erforderlich war, wenn wir Erfolg haben wollten?

Diese Sklaven waren nicht fähig, die große Kette von sich zu werfen, rachedurstig ihre Fußfesseln zu schwingen und sofort alle Zwänge der Sklaverei abzulegen. Diese Männer mußten erst sehen, was sich erreichen ließ. Allerdings befanden sich normalerweise im Unterdeck die besonders schwierigen Sklaven, die Unruhestifter, die harten Typen. Hatte ich etwa einen katastrophalen Fehler gemacht?

Im nächsten Augenblick löste sich ein Mann aus der Doppelreihe emporgereckter Gesichter. Seine Kette hinter sich herziehend, kletterte er auf den Mittelgang und starrte mich an.

»Pur Dray!«

Ich erkannte ihn nicht. Doch er schien mich zu kennen. Schon spürte ich die Veränderung bei den Sklaven. Ich hörte das Wort »Krozair!« und hob hastig die Hände.

»Ruhig! Befreit euch von den Fesseln. Die große Kette ist offen. Haltet die Ruder waagerecht – ihr wißt schon. Wir befreien eure Kameraden oben – und zwar *leise!*«

Natürlich konnten sie den Mund nicht halten.

Kaum war der erste traumatische Schock der Befreiung vorbei, kaum erkannten sie, daß ihr Sklavendasein vielleicht vorbei war, gab es kein Halten mehr.

Nackte Körper, die von der Peitsche gezeichnet waren, begannen auf den Mittelgang zu strömen, über dem Belüftungsschlitze und die nackten Beine der Männer auf den oberen beiden Ruderbänken zu sehen waren. Ein Peitschendeldar starrte über den Rand seines schmalen Decks und stieß einen Schrei aus. Ich schleuderte das Messer nach ihm, wie ich es bei meinen Klansleuten mit dem Terchick gelernt hatte. Blut strömte ihm aus dem Mund, und er stürzte herab. Ich stellte ihm einen Fuß auf die Schulter und zerrte ihm das Messer aus dem Hals.

Die Sklaven kletterten nun an den Stützpfeilern zu den oberen Ruderbänken hinauf oder zogen sich an den inneren Enden der Ruderbäume empor, die in den Ruderrahmen ruhten. Sie schrien und brüllten und schwenkten ihre Ketten. Ich wußte, daß nur wenige daran denken würden, ihre Kameraden zu befreien; nur ein wilder Gedanke beherrschte sie – die Oberherren Magdags zu töten. Bitte vergessen Sie nicht – das war ein Wunsch, dem auch ich großen Wert beimaß, Zair möge mir verzeihen.

Wie ein Berggrundal zog ich mich an einem Tau empor, das blutige Messer zwischen den Zähnen. In diesem Augenblick, ich muß es gestehen, lächelte ich.

Der zerquetschte Körper eines Peitschendeldars knirschte unter mir, als ich zum Schloß der großen Kette der Zygiten hinaufsprang. Meine Messerspitze suchte ihr Ziel, erzeugte ein Klicken, das trotz des Kampflärms deutlich zu hören war, und im nächsten Augenblick brach auch bei den Zygiten, die durch das Erscheinen ihrer Leidgenossen aus dem Unterdeck vorgewarnt waren, der Aufstand los. Sie sprangen brüllend auf und schwangen ihre Ketten.

Einige Pfeile sirrten herab, und ein Sklave schrie auf und sank durchbohrt zu Boden. Die Mannschaft hatte also schnell reagiert.

Etwas anderes hatte ich auch gar nicht erwartet.

Nur die unvorstellbare zahlenmäßige Überlegenheit der Sklaven konnte den Ruderer in unsere Hand bringen.

Es ist schwierig, sich das Durcheinander und die Gewalttätigkeit dieser Minuten vorzustellen. In einem ungewöhnlich langen und schmalen Raum – einen bloßen Gang, der von Planken und Ketten begrenzt war – schrien und kämpften nackte, haarige Männer und versuchten, ans Tageslicht zu gelangen. Wir drängten weiter nach oben. Seg Segutorio schwenkte eine Peitsche, mit der er einem Peitschendeldar die Beine unter dem Leib fortriß und ihn kreischend in die gnadenlosen Fänge der Sklaven stürzen ließ.

Auf dem Oberdeck, das einen Mittelgang und zu beiden Seiten Gitter über den tieferliegenden Ruderbänken hatte, tobten die Sklaven wie ein Meer, das gegen Klippen anrennt. Die Aufgabe, das große Kettenschloß der Thraniten zu finden, war nicht einfach. Schon liefen magdagische Soldaten in Kettenrüstungen vom Bug herbei. Pfeile zuckten durch die Luft. Ich eilte mit Riesenschritten auf den Rudermeister und seine Kabine zu. Der Trommeldeldar stieß einen langen Schrei aus und hastete heckwärts. Auf dem Achterdeck zog der Offizier, den ich vorhin schon beobachtet hatte, sein Langschwert.

Dieses Schwert wollte ich haben!

Doch zuerst die Schlösser. Im nächsten Augenblick tauchte Seg neben mir auf. Seine Peitsche versetzte den Rudermeister in zitternde Panik. Ich beugte mich über das erste Schloß, und schon bohrte sich ein Pfeil neben mir ins Deck. Der Offizier lief auf uns zu und beugte sich brüllend herab. Sein von Wind und Sonne gebräuntes Gesicht ließ erkennen, daß er einem Herzschlag nahe war.

Ich ließ das Schloß aufklicken, richtete mich auf und schleuderte das Messer.

Der Offizier gurgelte, sank blutspeiend zusammen und kippte vom Achterdeck.

Ich fing das durch die Luft wirbelnde Langschwert auf und packte den Knochengriff – ein Material, das mir nicht gefällt.

»Vorwärts!« brüllte Seg. »Die Rasts warten auf uns!«

Er hatte recht – der Kampf um das Breitschiff war vorüber. Jetzt machten die Seeleute und Soldaten des Ruderers kehrt, um sich den aufgebrachten Sklaven zu widmen. Wir hatten im untersten Deck begonnen, um nicht vorzeitig entdeckt zu werden. Nachdem nun alle Sklaven frei waren, gab es keinen Grund mehr, den Kampf hinauszuschieben.

»Nimm dir ein Schwert, Seg!« brüllte ich.

»Wenn ich nur meinen Bogen hätte ...!« gab er zurück.

Ich eilte über den Mittelgang, wobei ich über mehrere Tote springen mußte, bis ich die zusammengedrängte Menge der Sklaven erreichte. Hunderte von Sklaven drängten dem Gegner entgegen; sie schwangen ihre Ketten über den Köpfen. Doch viele sanken zu Boden, als die Pfeilschützen des Ruderers in schnellem Rhythmus gekonnt gegen sie vorgingen.

Ich mußte mich anstrengen, die vorderen Reihen der Sklaven zu erreichen, doch nach wenigen Sekunden schob ich den Körper eines Sklaven zur Seite, der soeben von einem Langschwert niedergestochen worden war. Ich trat vor, meine Klinge im Kampfgriff der Krozairs von Zy erhoben.

Die Klingen wurden gekreuzt. Ein Pfeil streifte mir durch das Haar. Ich hüpfte hin und her. Trotz des Knochengriffs war das Schwert gut ausbalanciert, und ich spürte, wie es das Kettenhemd des ersten Magdagers durchstieß. Er sank zur Seite. Ein anderer nahm seine Stelle ein, und ich schlug ihm über dem Helmvisier das Gesicht ein. Immer mehr Pfeile sirrten an mir vorbei – doch plötzlich erkannte ich, daß einige Geschosse auch in die andere Richtung gingen. Vor mir warf abrupt ein Oberherr die Hände in die Luft und ließ das Schwert fallen. Aus seinem rechten Auge ragte ein Pfeil.

Seg Segutorio hatte endlich eine Waffe gefunden, mit der er umzugehen wußte, und griff aktiv in den Kampf ein.

Der Kampfausgang mag auf die überwältigende Masse der Sklaven zurückzuführen sein. Es waren etwa dreihundert Magdager an Bord gewesen: Oberherren, Oberherren zweiter Klasse, Soldaten und die Mannschaft. Von allen schien der Kapitän des Ruderers als einziger noch am Leben zu sein, als ich die Rampe zum unteren Rammbug erreichte. Es war eine phantastische Szene. Überall an Deck des Ruderers drängten sich nackte Sklaven und heulten und brüllten wie die Verrückten – und verrückt waren sie in diesem Augenblick ja auch.

Ich wußte, wie sie empfanden.

Der vorgestreckte Bug des Ruderers hing über dem wasserumspülten Deck des Handelsschiffs, das einmal zwei Masten gehabt hatte. Die beiden Stümpfe ragten bizarr aus den Trümmern an Deck. Das Vorderdeck hatte ziemlich unter Varterbeschuß gelitten. Diese Waffen waren im Bug der Galeere für meinen Geschmack etwas zu hoch angebracht und waren auf Steingeschosse eingestellt. Das Heck des Handelsschiffs, ein eindrucksvolles, doppelstöckiges Bauwerk, lag voller Trümmer vom Hauptmast. Überall waren Leichen zu sehen.

Der Kapitän des Ruderers starrte zu mir empor – ein großer, kräftiger Magdager mit dickem Kettenhemd und ungewöhnlich langem Schwert. Im Kreis um ihn lagen neben niedergestreckten Sklaven auch verschiedene Männer in Rüstungen und Halbrüstungen – Söldner, die an Bord des Handelsschiffs gedient hatten.

»Heil!« rief er zu mir empor.

Er schwenkte sein Schwert in einer Geste, mit der er mich aufforderte: »Komm doch herab, damit ich dich in Stücke hauen kann!«

Er wußte, daß er bei den aufgebrachten Sklaven keine Überlebenschance hatte.

Er stammte aus Magdag – doch er war ein mutiger Mann, und obwohl ich die Grünen haßte, wußte ich den Mut eines Mannes zu schätzen.

Ich sprang zu ihm hinab.

Mit dem einfachen Lendenschurz war ich gegenüber seiner Rüstung im Nachteil. Doch seiner Erkenntnis, daß er bald sterben mußte, und seiner verzweifelten Entschlossenheit, einen guten Kampf zu liefern und mutig zu sterben, vermochte ich meine eigene Entschlossenheit entgegenzusetzen – das Rot gegen das Grün.

Unsere Klingen kreuzten sich einmal, und ich spürte die Kraft seines Arms.

Das Breitschiff, das unentwegt Wasser zog, ruckte unter unseren Füßen.

»Du wirst sterben, Sklave, und zu deinen Freunden eingehen!«

Ich antwortete nicht. Wieder trafen unsere Schwerter aufeinander. Ich versuchte, bei der Trennung einen Hieb zu landen, doch trotz des unruhigen Decks war er schneller und wich meinem Schlag aus. Er ging zum Angriff über, begierig, mich zu töten und möglichst viele Gegner mit sich in die Eiswüsten von Sicce zu nehmen.

In diesem Augenblick stieß ein Sklave über uns einen begeisterten Ruf aus: »Jikai! Mach ihn fertig, Pur Dray, Lord von Strombor, Krozair!«

Die Klinge des Rudererkapitäns bebte. Er wich zurück. Auf seinem Gesicht erschien ein Ausdruck der Wut und Verzweiflung.

»Du ...«, sagte er gepreßt. »Du bist Lord von Strombor ..., Krozair!«

Ich gab mir keine Mühe zu antworten. Ich spürte das behäbige Schwanken des Breitschiffs unter mir und wußte, daß es jeden Augenblick untergehen konnte. Unsere Klingen prallten mit schrillem Laut gegeneinander. Er war geschickt und kräftig, doch ich hatte es jetzt eilig, und nach einem hastigen Schlagwechsel zog er den kürzeren.

»Das Schiff geht unter!« rief jemand.

Unter wildem Geschrei der befreiten Sklaven, die den verhaßten magdagischen Oberherrn tot zu ihren Füßen liegen sahen, sprang ich geschickt zum Rammbug des Ruderers empor. Ein rotgesichtiger Mann eilte mir entgegen. Seine zerfetzte, blaue Uniform wies ihn als Kapitän des Handelsschiffs aus.

Auch Seg drängte herbei, und mit Hilfe einiger Sklaven, die eine gewisse Autorität bei ihren Kameraden zu haben schienen, räumten wir eine Stelle an Deck frei. Der Handelskapitän packte meine linke Hand und stammelte Dankesworte. Sein Schiff ging unter, doch er war gerettet. Außenbords schwankte das Breitschiff hin und her und sank tiefer, und rings um das Wrack waren die Doppelflossen der Chanks zu sehen, der Haie des Binnenmeers, die hungrig die Unfallstelle absuchten.

»Ta'temsk möge über dir leuchten, Lord von Strombor!« Er ließ meine Hand los, als ich das blutige, braune Tuch von meinen Hüften löste. »Wir haben nach besten Kräften gekämpft, aber die Sturmbö hat uns entmastet. Meine Mannschaft hat sich verzweifelt gewehrt, wie du siehst – sogar meine Passagiere haben gekämpft – ah, und wie!«

»Passagiere?« Ich hatte ein Stück roten Stoff gefunden, der um einen Toten gewickelt war – offenbar handelte es sich um einen der Passagiere, von denen der Handelskapitän sprach – und ich wickelte mir das Tuch um die Hüfte, zog das Ende zwischen den Beinen hindurch und steckte es im Bund fest. Das frische Rot gab mir Auftrieb.

»Ja – eine seltsame Gruppe. Der Mann hat wie ein Wilder gekämpft. Sieh, Pur Dray – da liegt er und stirbt – und glaubt noch immer zu kämpfen.«

Unter einer Varter lag ein Mann. Der Kapitän hatte recht: Er öffnete und schloß die Arme wie in einer Fechtbewegung mit Rapier und Main-Gauche, obwohl seine rechte Hand leer war. Er trug lange, schwarze Stiefel und einen taillierten, braunen Mantel, der unten und oben sehr weit war. Ein Hut war nicht zu sehen, doch ich wußte, was für eine Kopfbedeckung dieser Mann wählen würde. Seine Linke umklammerte eine juwelenbesetzte Main-Gauche, mit der er seine eifrigen Kampfbewegungen fortsetzte.

Ich kniete neben ihm nieder.

»Du warst bei Vomanus?« fragte ich und bemühte mich, leise zu sprechen, doch meine Worte klangen hart und ungeduldig.

»Vallianer«, sagte der Handelskapitän. »Ein seltsamer Haufen.«

»Achterschiff!« keuchte der Sterbende. Blut sickerte ihm aus dem Mund. Ich sah den Kapitän des Breitschiffs an.

»Leider, Lord Strombor. Die Männer aus Vallia haben darauf bestanden, daß auf die Passagiere gut aufgepaßt wurde, und so wurden sie sicherheitshalber auf meinen Befehl im Heck eingeschlossen. Dann kam der Sturz des Hauptmasts und der feige Angriff – wir konnten sie nicht mehr befreien. Ich fürchte, sie sind tot.«

Ich war verwirrt. Wenn ich annahm, daß Vomanus an Bord dieses Schiffes gewesen war, das jetzt im chankverseuchten Meer versank, war mir unverständlich, daß ich ihn nicht gesehen hatte. Er war nicht der Typ, der sich einschließen ließ, wenn irgendwo ein Kampf bevorstand.

Der Vallianer war jung, gutaussehend und hatte einen langen Schnurrbart und einen sauber gestutzten Kinnbart. Er bewegte die Lippen, spuckte Blut, versuchte es noch einmal und bekam schließlich heraus: »Sie müssen gerettet werden!«

»Dazu ist es zu spät«, sagte der Kapitän und nickte grimmig zum Deck seines Schiffs hinüber, das eben noch über Wasser zu sehen war. »Mein altes Schiff führt sie ins Grab, möge Ta'temsk auf sie herablächeln.«

Der sterbende Vallianer öffnete die Augen, aus denen ein klarer Verstand sprach. Er hatte mit den gespenstischen Kampfbewegungen aufgehört. Ich nahm ihm respektvoll den Dolch ab. Blut strömte ihm aus dem Mund, als er einen leidenschaftlichen letzten Schrei ausstieß.

»Du mußt sie retten! Sie ist eingeschlossen und ertrinkt – du mußt! Prinzessin Majestrix aus Vallia. Prinzessin …«

Er erstickte hustend an seinem Blut. Ich glaubte … ich dachte … ich …

Delia! Meine Delia! *Meine Delia!*

6

Mein Gedächtnis setzt erst wieder ein, als ich bereits an der Tür zu den Heckaufbauten des Breitschiffs stand und, einen Dolch zwischen den Zähnen, mit bloßen Fingern an den Trümmern zerrte und mir einen Weg zu bahnen versuchte.

Dies alles liegt lange zurück und spielte sich vierhundert Lichtjahre von hier entfernt ab – ein Drama auf einem fernen Meer im hellen Licht der Doppelsonne von Antares.

Wasser plätscherte mir um die Beine und strömte in reißender Flut über die Bordwand. Ich hob einen Balken zur Seite und benutzte die scharfe Dolchkante, um durchnäßte Taue zu zerschneiden. Ich erreichte die Tür und hörte plötzlich Schreie vom Ruderer.

»Es ist zu spät!« – »Komm zurück!« – »Du wirst noch ertrinken!« Und: »Mein Lord – die Chanks!«

Ich kümmerte mich nicht darum.

Ein widerspenstiger Balken behinderte mich, und ich stemmte die Schultern dagegen, bis das Blut mein Gehirn zu überfluten schien und mir aus den Augen und aus der Nase zu platzen drohte. Meine Muskeln zuckten und verknoteten sich, und ich schob wie ein Irrer.

Mit lautem Kreischen glitt das sperrige Holzstück zur Seite, und ich taumelte weiter. Ich benutzte die Bewegung – mir blieb keine Zeit mehr zum Anlaufnehmen – und warf mich gegen die Tür. Ich hörte Metall brechen. Das Wasser umspülte mich nun bis zur Hüfte, und ich spürte das Schiff rollen und schwanken wie einen Betrunkenen, der aus dem *Geschorenen Ponsho* in Sanurkazz taumelte.

Ich trat die Tür ein, und im nächsten Augenblick lag mir eine verzweifelte Frau in den Armen. Dunkles Haar bedeckte mein Gesicht wie ein feuchtes Tuch, ein weicher Körper an meiner nackten Brust, ein kreischender Mund und wild klammernde Finger.

Eine Stimme brüllte mir etwas ins Ohr.

»Gib sie heraus!«

»Hier, Seg.«

Ich wußte, daß er es war. Jetzt war keine Zeit, ihm meine Dankbarkeit zu zeigen. Er war kein Seemann; er konnte wahrscheinlich kaum schwimmen und riskierte also mehr als ich.

Ich stürzte in die Kabine.

Das ganze Schiff erbebte, und das unheildrohende Brausen von vielen tausend Gallonen Wasser, die in den Schiffsleib einbrachen, verriet mir, daß wir untergegangen waren. Das Wasser schwemmte mich vorwärts, und ich wirbelte in der plötzlichen grünen Dämmerung herum.

Den Dolch zwischen den Zähnen, hielt ich den Atem an.

Und dann…

Delia! Meine Delia aus den Blauen Bergen, meine Delia aus Delphond lag mir wieder in den Armen, und ich hielt sie in der wassertosenden Kabine des sinkenden Schiffs eng an mich gepreßt. Ich spürte ihre schmale, geschmeidige Taille, wie ich sie in Erinnerung hatte, und ich fuhr herum und machte mich auf den Rückweg zur Tür. Planken und Tauenden und Segeltuch schwammen wie Tintenfische herum und versuchten, uns mit tastenden Tentakeln zu packen und zurückzuziehen. Doch wir drängten uns durch die Tür, und die Dämmerung ließ nach. Licht strömte von oben herab. Verzweifelt trat ich Wasser, und wir stiegen zur Oberfläche empor.

Ich vermochte das Deck des Breitschiffs in voller Länge zu überblicken. Nur wenige Luftblasen stiegen aus den zerschlagenen Luken und zwischen den traurigen Überresten des Kampfes auf. Und zwischen den verdrehten Leichen erblickte ich die langen, wendigen Körper der Chanks, die sich von allen Seiten näherten. Die gefährlichsten Raubtiere auf Jagd!

Wir erreichten die Oberfläche.

Der Rammsporn des Ruderers hatte sich von dem sinkenden Handelsschiff gelöst. Das Schiff bewegte sich in einiger Entfernung. Zwischen uns und dem Ruderer schwamm das kleine Fischerboot, in dem Seg und ich aus Happapat entkommen waren. Wir mußten dieses Boot erreichen, ehe die Chanks uns einholten.

Ich blickte in die Tiefe.

Zu spät… Ein Chank war bereits zur Stelle und raste mit seiner typischen haiähnlichen Drehung heran, die seinen bleichen Bauch entblößte. Ich stieß Delia fort und nahm den Dolch in die rechte Hand.

»Schwimm zum Boot, Delia! *Schwimm!*«

Der Atemzug, den ich machte, ließ meine Lungen schmerzen. Ich tauchte. Der Chank sah mich kommen und drehte sich halb herum. Ich vollzog die Bewegung nach. Ich hatte keine Lust, seine sandpapierartige Haut zu berühren, an der ich mich nur verletzt hätte.

Als der Fisch herumrollte, drehte ich mich ebenfalls, so daß der mit offenem Maul vorgetragene Angriff ins Leere ging. Als der Fischkörper an mir vorbeizuckte, stieß ich mit dem Dolch zu. Blut strömte ins Wasser und verbreiterte sich schwerfällig zu einer dunklen Wolke. Der Chank raste weiter und begann mit zuckendem Schwanz langsam zu rollen. Ein schneller Blick in die Runde zeigte mir, daß keine weiteren unheimlichen Schatten in der Nähe waren, und ich begann, Delia nachzuschwimmen.

Das Wasser war ziemlich klar und zuckte und blitzte farbenfroh unter dem exotischen Himmel.

Ich faßte Delia um die Hüfte und zerrte sie ins Fischerboot.

Ich mußte meiner Sache ganz sicher sein.

Vorsorglich duckte ich mich unter Wasser – und da war tatsächlich ein anderer Chank, der sich an mich heranmachte. Er hätte mir die Beine abgerissen, ehe ich ins Boot steigen konnte. Ich schwamm wieder in die Tiefe und direkt auf ihn zu. Er wich aus, und das riesige Maul klaffte weit auf. Dann richtete sich der Fisch wieder auf und kam auf mich zu, versuchte, sich mir seitlich zuzuwenden. Chanks brauchen sich nur herumzurollen, um ihre Beute zu packen, wenn sie sich über ihnen an der Oberfläche befindet. Abgesehen davon, sind sie in der Lage, einen Menschen in jeder Lage förmlich zu verschlingen.

Ich paßte mich seiner Bewegung an, bewegte die Beine in einer heftigen Energieexplosion, zuckte um das vorschnellende Fischmaul herum und grub den Dolch sechsmal in den ungeschützten Bauch. Der Chank schwamm weiter, wobei er sich langsam drehte, und ich blickte zum Tageslicht empor. Die Kurve des Bootskiels zeigte sich wie ein Ballon vor dem wasserzuckenden Silberhimmel. Ich schwamm mit steifen Bewegungen empor, durchbrach die Oberfläche, legte einen Arm über die Bordwand und zog mich hoch. Ich glaubte schon das Zuschnappen der riesigen Haikiefer zu spüren und rechnete damit, daß ich einen beinlosen Torso ins Boot ziehen würde.

Als meine Füße auf die Bootsplanken fielen, erleichterte mich diese Erschütterung sehr. Mir war plötzlich seltsam leicht zumute, denn ich hätte nicht versucht, das Wasser zu verlassen, wenn ich angenommen hätte, daß mich der Chank sofort noch einmal angreifen würde.

In diesem Augenblick begann das kleine Boot zu schwanken.

Der Chank – oder ein anderes Exemplar – war zurückgekehrt und versuchte, uns zum Kentern zu bringen.

Ich sah, wie Delia aufstand, eine wunderschöne, schmale Gestalt in einem kurzen, blauen Rock mit dazu passender Tunika. Sie hatte die Schöpfkelle über den Kopf gehoben. Ihr Körper spannte sich – und mit zischender Bewegung senkte sich die Kelle und traf den Chank auf das Maul. Mit zuckendem Schwanz verschwand der Raubfisch.

Dann stand sie über mir und blickte auf mich herab, und die feuchte Kleidung klebte ihr schimmernd am Körper, und sie lächelte – *sie lächelte!*

»Dray!«

Und dann lagen wir uns in den Armen und hätten es wahrscheinlich nicht gemerkt, wenn das Fischerboot doch noch umgekippt wäre und uns zwischen die Chanks geworfen hätte.

Als wir wieder einigermaßen bei Besinnung waren, drang ein Ruf an unsere Ohren. Ich sah, wie der Ruderer wendete und langsam in unsere Richtung kam. Zwanzig oder dreißig Ruderer bewegten sich uneinheitlich.

»Alles in Ordnung?« rief Seg herüber.

Ich winkte und brüllte: »Ja.«

»Dem verschleierten Froyvil sei Dank!«

»Thelda!« sagte Delia plötzlich, und Sorge verdüsterte ihre Stirn.

»Wenn du die stramme Wildkatze meinst, die mir in der Kabine fast die Augen ausgekratzt hätte«, sagte ich, »die hat mein Freund Seg mitgenommen. Du kannst dem Schwarzen Chunkrah dafür danken«, fügte ich ein Sprichwort der Klansleute an.

»Das freut mich«, sagte Delia. »Denn Thelda ist ein gutes Mädchen.« Und sie lachte auf ihre vertraute Art, die mir einen wonnigen Schauder über den Rücken jagte. Was für eine unvergleichliche Frau, meine Delia aus den Blauen Bergen!

Das Fischerboot wurde an Bord des Ruderers gehievt. Thelda eilte Delia entgegen und umarmte sie und schluchzte und seufzte und murmelte ihr Worte ins Ohr. Theldas Haar, das bereits im Licht der Sonnen trocknete, war von einem dunkleren Braun als das Haar Delias, allerdings ohne die herrlichen kastanienroten Glanzlichter. Sie neigte etwas zur Rundlichkeit und schäumte über vor Energie. Sie ließ nicht von Delia ab. Ihre runden, roten Lippen lächelten gern. Ich sah, daß Seg ihr seine ungeteilte Aufmerksamkeit widmete, und seufzte, denn das konnte ihm nur Schwierigkeiten bringen. Wie Sie erfahren werden, war dies ein trauriger Irrtum.

Thelda mochte stämmig gebaut sein, doch sie hatte eine herrliche Figur, wobei nur die dicken Fesseln etwas von ihrer verborgenen Schönheit ablenkten, wenn sie ihre Zappligkeit mal etwas unterdrückte. Delia war ihr sichtlich zugetan.

Inzwischen hatte man an Bord eine gewisse Ordnung wiederhergestellt. Bei so vielen Männern ohne Ketten hatte ich im ersten Augenblick an eine Massenvergewaltigung denken müssen; doch das Wissen, daß ich Pur Dray, Lord von Strombor, war – ein berühmter und gefürchteter Krozair von Zy, Korsar im Auge der Welt –, hatte die ehemaligen Sklaven beeindruckt. Willig ließen sie sich dazu überreden, auf ihre Ruderbänke zurückzukehren, jetzt als freie Männer, und uns nach Sanurkazz zu rudern. Ich schüttelte zahlreichen Männern die Hand und war nicht überrascht, von vielen mit dem Geheimzeichen der Krozairs bedacht zu werden. Auch waren Angehörige der Roten Brüder von Lizz an Bord und Mitglieder der Krozairs von Zamu – zwei andere berühmte Orden, die ebenfalls für Zair kämpften.

Einer der ehemaligen Sklaven, der mir das Geheimzeichen gegeben hatte, war ein Mann mit auffallendem Körperbau, wie man ihn auch besitzen mußte, wenn man am Ruder überleben wollte. Er hatte einen dicken, schwarzen Bart und typisch sanurkazzisches, schwarzes Kräuselhaar. Als er meine Hand ergriff, sagte er: »Erkennst du mich nicht, Pur Dray?«

Ich musterte ihn eingehend und schüttelte den Kopf. Dann unterbrach ich plötzlich die instinktive Bewegung.

»Bei Zim-Zair! Pur Mazak! Pur Mazak, Lord von Frentozz!«

Noch einmal reichten wir uns die Hände.

»Wir haben zusammen einen Überfall gegen Goforeng duchgeführt, du und ich, Pur Dray. Du mit deiner *Zorg* und ich mit der *Herz des Zair.* Erinnerst du dich?«

»Wie könnte ich das vergessen? Wir erbeuteten – wie war das doch gleich? – zwölf Breitschiffe und erledigten dabei drei große Ruderer! Das waren noch Zeiten, Pur Mazak!«

»Aye, großartige Zeiten!«

»Nun, sie werden für dich wiederkommen.« Ich hatte eine Entscheidung getroffen. Wir mußten nach Sanurkazz rudern. Nachdem Delia wieder bei mir war, konnten wir noch eine Weile am Binnenmeer bleiben, wo ich noch einiges zu erledigen hatte.

Aber kaum hatten wir südsüdwestlichen Kurs gesetzt, als wieder Sturm aufkam. Das Meer wurde unruhig, Blitze zuckten, und der Donner grollte. Ich brüllte den Steuerdeldars meine Befehle zu – Männer von den Sklavenbänken, die vor ihrer Gefangenschaft als Steuerleute gearbeitet hatten – und wies sie an, beizudrehen und nach Osten zu steuern. Auf die gleiche wundersame Weise, wie der Sturm aufgekommen war, flaute er wieder ab.

»Pattelonia«, sagte ich zu Delia und sah, wie sich ihr Gesicht erhellte.

Wir trafen sofort die erforderlichen Vorbereitungen.

Eindeutig war es der Wunsch der Herren der Sterne, daß ich dem Binnenmeer den Rücken kehrte. Nun, mir sollte es recht sein. Nur schade, daß ich meine beiden Ruderkameraden Nath und Zolta nicht wiedersehen konnte – wer weiß, wann ich je wieder in diese Gegend kam – und auch nicht Pur Zenkiren oder die liebe Mayfwy – ich hatte mir wirklich gewünscht, daß sich Delia und Mayfwy kennenlernten, denn ich wußte nicht, wie ich dieser Frau, der Witwe meines Ruderkameraden und Freundes Pur Zorg, danken sollte.

Was Delia betraf, so war sie damit einverstanden gewesen, mich nach Sanurkazz zu begleiten, doch ihre Freude, daß wir nun direkt nach Pattelonia fahren und von dort nach Vallia weiterreisen wollten, war nicht zu übersehen. Die Frage, wer den eroberten Ruderer – er trug den Namen *Schwert des Genodras* – befehligen sollte, bereitete mir keine Kopfzerbrechen. Ich reichte Pur Mazak noch einmal die Hand und vertraute ihm das Kommando an.

»Ein gutes Schiff, wenn auch die Apostis für meinen Geschmack etwas zu breit ist«, sagte ich. »Ich würde es vorziehen, am Oberdeck einige Bänke mehr anzubringen – doch das wäre später zu überlegen.« Mazak musterte mich mit dem ruhigen Blick eines echten Bruders in Zy, und ich wußte, daß unsere Prise in guten Händen war. Ich gab ihm die Anweisung, daß die *Schwert des Genodras* – falls König Zo einverstanden war – unter der Flagge von Felteraz in Dienst gestellt werden sollte – ich schuldete Mayfwy wirklich viel. »Auf jeden Fall«, fuhr ich fort, »geht mein Anteil auf Lady Mayfwy von Felteraz über. Du wirst mit meinem Agenten Shallan sprechen, der so ehrlich ist, wie man es von einem Mittelsmann erwarten kann. Und jetzt möge Zair mit dir gehen, Pur Mazak!«

»Remberee!« Die Rufe gellten über das Wasser zu uns herüber, als der Ruderer Fahrt aufnahm. Delia, Thelda, Seg und ich blickten dem Schiff aus dem kleinen Fischerboot nach, das, voll verproviantiert und mit Wasser versehen, über die Bordwand gehievt worden war. »Remberee!« Und wieder: »Remberee!«

Aus der reichen Beute und den anderen Dingen in den Heckkabinen hatte ich mir einige schöne, sanurkazzische Langschwerter ausgewählt. Dazu wunderbare Seidenstoffe aus Pandahem, Leder aus Sanurkazz und Umhänge aus der schönsten Wloclef-Kräusel-Ponshowolle. Um zu zeigen, was für ein schurkischer Bursche ich doch war, hatten wir im Boot auch einen dicken Lederbeutel voller magdagischer Silber- und Goldruder, dazu Münzen verschiedener Währungen der Südküste. Seg hatte ebenfalls zugegriffen und an die zwanzig kleine Bögen mitgenommen. Er beklagte kopfschüttelnd die Winzigkeit der Waffen, und ich mußte ihm recht geben. Trotzdem beruhigte mich die

Gegenwart des Bogenschützen aus Erthyrdrin, denn ich war für Delia verantwortlich.

Als wir das Segel setzten und Kurs auf Pattelonia nahmen, hatte ich Muße, mir Delias Bericht anzuhören. Typischerweise verschwieg sie mir all die Dinge, die ihr vermutlich die größten Schwierigkeiten bereitet hatten:

Vomanus, den ich mit einer beruhigenden Nachricht nach Vallia geschickt hatte, erstattete seiner Prinzessin Bericht und war dann von Delias Vater, dem Herrscher, mit einem anderen Auftrag fortgeschickt worden. Anstatt mit einem Flugboot zurückzukehren, um mich zu holen, reiste er in die entgegengesetzte Richtung, nach Segesthes, und man unternahm meinetwegen nichts. Das verstand ich wohl, denn mir war die heftige Opposition politischer Kreise in Vallia gegen die bevorstehende Heirat der Prinzessin Majestrix mit einem unbekannten, fast barbarischen Klansmann bekannt, mochte er sich auch tausendmal Lord von Strombor nennen. Delia hatte sofort beschlossen, sich selbst auf die Suche zu machen. Mit wenigen zuverlässigen Männern aus ihrer persönlichen Garde und mit ihrer Gesellschafterin Thelda trat sie die gefährliche Reise an. Nach dem langen Flug über die furchteinflößende Bergkette, die allgemein die Stratemsk genannt wird und die das Binnenmeer vom östlichen Turismond trennt, hatte es in Pattelonia keine Schwierigkeiten gegeben. Das Breitschiff wollte gerade ablegen, und Delia hatte eine Passage gebucht, in der Absicht, später umzusteigen und nach Magdag zu fahren. Ich erschauderte bei dem Gedanken, was ihr widerfahren wäre, wenn sie diese böse Stadt erreicht hätte und in die Hände von Prinzessin Shusheeng oder in die ihres bösartigen Bruders Glycas gefallen wäre; bei diesem Gedanken befiel mich wieder einmal die Gewißheit, die Herren der Sterne müßten dafür gesorgt haben, daß meine Voskschädel in Magdag nicht siegen konnten.

Der Kummer um den Verlust ihrer Gardisten trieb Delia in meine Arme. Sie brauchte jetzt den Trost, den ich ihr spenden konnte.

»Aber Dray – wenigstens bist du in Sicherheit! Irgendwie halte ich mich manchmal für ein Ungeheuer, wenn ich überlege, daß ich eigentlich keinem Toten eine Träne nachweine, wenn nur dir dadurch geholfen wird – meine armen Männer sind vergeblich gestorben. Aber du lebst!«

Sie war kein Ungeheuer. Mit absoluter Gewißheit war mir klar, daß ich notfalls durch ein Meer von Blut gewatet wäre, um zu verhindern, daß Delia auch nur ein Haar gekrümmt würde. Kregen ist eine Welt voller häßlicher Dinge und voller Gewalt – doch zugleich ist es eine herrliche Welt, wundersam, lebendig, schön und liebenswert. Urteilen Sie über mich, wie Sie wollen. Ich weiß, wem meine Treue gilt.

Thelda machte viel Aufhebens um mich. Sie umsorgte mich, bis ich es satt hatte, und der arme Seg, der bei dem strammen Mädchen kein Bein auf die Erde bekam, hielt sich düster im Hintergrund und verschwand zum Bug, um sich mit den kleinen Bögen zu beschäftigen.

Delia belachte und freute sich über mein Unbehagen, während ich sie am liebsten in die Arme genommen und ihr gezeigt hätte, von wem ich mir Aufmerksamkeiten wünschte. Wie die Dinge standen, gaben wir eine seltsame kleine Gruppe ab, die da über das östliche Auge der Welt zur proconischen Küste und zur Stadt Pattelonia segelte.

Wir erreichten ohne weitere Zwischenfälle die Inselstadt, und große Freude loderte in meinem Herzen, als ich die zahlreichen roten Flaggen erblickte, die über den Türmen und Mauern flatterten. Sanurkazz hielt also noch immer die Stadt. In einer Art Ferienstimmung glitten wir in den Hafen.

7

Es war Thelda, die darauf bestand, mir das zerzauste Haar und den Bart zu schneiden, ehe wir den inneren Hafen erreichten. Normalerweise trage ich das Haar glatt und fast schulterlang. Mein Schnurrbart ist arrogant nach oben gezwirbelt – manchmal bringt mich das widerspenstige Haar zur Verzweiflung –, während ich den Bart spitz halte, wie man es von vornehmen Kavalieren gewöhnt ist. Als englischer Seeoffizier in der zweiten Hälfte des achtzehnten Jahrhunderts war ich natürlich glattrasiert gewesen und rasierte mich auch jetzt noch oft. Allerdings hatte ich heilige Eide geleistet, niemals wieder einen Zopf zu tragen.

Thelda beschäftigte sich lange mit meinem Kopf; der Dolch zuckte hin und her, und braune Haarlocken fielen ringsum auf die Bootsplanken. Seg saß finster auf einer Ruderbank. Ein Kämpfer sollte sein Haar kurz halten. Sich im Kampf auf ein Stirnband zu verlassen, kann im Ernstfall schlimme Folgen haben, wenn etwa ein Schwertstreich den Stoff durchtrennt und einem das dichte, ungeschnittene Haar ins Gesicht fällt und die Sicht nimmt; da mag man in einem himmlischen Frisierladen erwachen, noch blutend von der Wunde, die man erhielt, während man sich das Haar aus den Augen strich.

Delia lächelte mich an. Sie saß im Heck und hielt das Steuerruder mit kleiner, sicherer Hand. Sie genoß mein Unbehagen – ich saß knurrend auf dem Brett, bewegte mich hin und her und zuckte zusammen, wenn der Dolch gefährlich dicht an meinem Ohr vorbeistrich. Ich erwiderte ihren Blick und zog eine Grimasse, woraufhin sie ein wahrhaft himmlisches Gelächter anstimmte.

»Es war doch nett von Thelda, an dein Haar zu denken, nicht wahr, Dray Prescot?«

»Äh«, sagte ich und fügte hastig hinzu: »Natürlich. Ja. Vielen Dank, Thelda.«

Sie senkte den Kopf und errötete.

Ich mußte das irgendwie hinter mich bringen.

»Und jetzt ist Seg an der Reihe.«

»O nein«, sagte Seg. »Ich bleibe lieber wie ich bin, struppig wie ein Thyrrix.«

Delia lachte entzückt.

»Als Mann, der Prinzessin Majestrix heiraten möchte«, sagte Thelda in ihrem üblichen nervösen Eifer, »mußt du mehr auf dein Aussehen achten, Dray Prescot.«

Die Hafenmole kam näher, und ich sah die übliche Geschäftigkeit zwischen den Schiffen. Der Leuchtturm war gut hundert Fuß kleiner als der Turm in Sanurkazz. Trotzdem waren der Rauch, der sich bei Tag von der Spitze erhob, und das nächtliche Licht auf große Entfernung zu sehen. Wer hier das Kommando führte – Proconier oder Sanurkazzer –, schien sich sehr sicher zu fühlen. Die Oberherren Magdags mußten zusammen mit ihren proconischen Verbündeten zurückgeworfen worden sein, zumindest vorübergehend. Die Einmischung in den tödlichen Kampf eines anderen Landes ist niemals angenehm, und Sanurkazz hatte Proconia seine endlosen inneren Auseinandersetzungen allein ausfechten lassen; doch sobald das verhaßte Grün der Genodras auf der Bildfläche erschien, durfte das Rot Zairs nicht fernbleiben.

Als wir die Kaimauer berührten, war ich der erste an Land.

Dieser Schritt war mir zur Gewohnheit geworden; er war aber auch ein Fehler – ich hörte, wie Thelda den Atem anhielt. Doch schon hatte ich mich umgedreht, mich gebückt und Delia unter den Armen ergriffen und hoch durch die Luft an Land geschwungen. Sanft setzte ich sie vor mir ab.

»Da!« sagte ich, um mein Versehen zu überspielen.

»Als künftiger Begleiter der Prinzessin Majestrix aus Vallia mache ich noch keine gute Figur, aber ich weiß, wie man einer Dame aus dem Boot hilft.«

Delia verstand mich natürlich und erwiderte mein Lachen. Sie schmiegte sich so eng an mich, daß mir ihr berauschender Duft in die Nase stieg und mir schwindlig wurde. Sie flüsterte mir ins Ohr: »Arme Thelda – du darfst dir nichts daraus machen, mein Schatz. Sie meint es nur gut.«

Wir machten den erforderlichen Besuch bei den Hafenbehörden und erhielten eine Besuchserlaubnis. Die Völker des Binnenmeers nehmen es übrigens mit den Quarantänebestimmungen sehr genau. Und die Zölle, die hier gefordert werden, sind entweder barbarisch – wenn man zahlen muß – oder erstaunlich niedrig – wenn man den Bau einer Stadtmauer zu finanzieren hat. Schon nach kurzer Zeit vermochten wir das Gasthaus aufzusuchen, aus dem Delia, Thelda und ihre jungen Gardisten abgereist waren. Überall sahen wir außer den pattelonischen Soldaten auch Bewaffnete aus Sanurkazz, die mit den Einheimischen fraternisierten, lachten, in den Tavernen miteinander tranken und zusammen Mädchen jagten, wie es die Männer der Südküste gewöhnt waren. Offenbar hatte man vor kurzem einen Kampf ausgetragen und gewonnen.

Ich trank einen Krug Chremsonwein – einen Jahrgang, der mir ebensogut gefiel wie der hervorragende Zondwein, den Nath so gemocht hatte.

Kurz darauf traf ein Bote ein und brachte eine Nachricht, die mich außerordentlich überraschte und zu einem freudigen Wiedersehen führte.

Vier mit kostbarem Geschirr behangene Sectrixes standen vor dem Haus, und der Bote führte uns durch die terrassenförmigen Straßen der Stadt, an Palästen und Villen, Werkstätten und Läden vorbei zum Hügel des Gouverneurspalastes. Auf einem benachbarten Hügel, in der klaren Luft deutlich zu sehen, flatterte am Palast des pattelonischen Herrschers eine Vielzahl proconischer Flaggen. Hier am Gouverneurspalast schien die Luft von den roten Bannern Zairs erfüllt zu sein.

Vom Hügel vermochten wir zur Festlandseite der Insel zu blicken und sahen schwarze Stellen zwischen den dichtgedrängt stehenden weißen Häusern – dort hatte die Stadt gebrannt. Der Kampf, der zur Wiedereroberung Pattelonias geführt hatte, war erbittert geführt worden; das ließ sich mit einem Blick erkennen. Auch war von hier aus der Marinehafen zu sehen, in dem lebhafter Schiffsverkehr herrschte. Die langen Galeeren waren an den Kaimauern aufgereiht, und die Kolonnen von Männern, die Proviant und Vorräte zu den Schiffen brachten, wirkten wie Kriegerameisen aus den afrikanischen Dschungeln.

Einige Ruderer dort unten waren mir bekannt. Doch ich hatte keine Zeit, sie zu zählen und ihren Zustand zu überprüfen – und meinen Erinnerungen nachzuhängen. Hinter mir erklangen feste Schritte auf dem Pflaster, und ich drehte mich mit ausgestreckter Hand um.

»Lahal, Pur Dray!«

»Lahal, Pur Zenkiren!«

Unsere Hände trafen sich und umklammerten sich im festen Griff der Freundschaft und der Gemeinschaft in Zy.

Er hatte sich überhaupt nicht verändert, Zenkiren aus Sanurkazz, ein großer, schlanker Mann mit furchtlosem, bronzefarbenem Gesicht, keck hochgebürstetem Schnurrbart unter einer kühnen Hakennase und schimmerndem, schwarzem Kräuselhaar. Auf seiner weißen Tunika leuchtete das nabenlose Rad im Kreis, auf blaue, orangefarbene und gelbe Seide gestickt. Er lächelte mich voller Zuneigung an, und das Herz hüpfte mir vor Freude im Leib, daß ich ihn hier wiedersah, und obwohl ich nicht lächelte, verriet mir sein

Händedruck, daß er meine Wiedersehensfreude spürte. Er kannte mich – oder zumindest den Mann, der als Krozair und Rudererkapitän im Auge der Welt gekämpft hatte. Pur Zenkiren, Krozair von Zy, Admiral der königlichen Flotte, Anwärter auf den Posten als Erster Abt der Krozairs von Zy.

Ich stellte meine Begleiter vor und registrierte die zuvorkommende Art, mit der Zenkiren meine Delia behandelte. Unsere Gefühle füreinander entgingen ihm nicht, so daß er auf meine Frage nach Mayfwy mit der Bemerkung antwortete, es gehe ihr gut, Sohn und Tochter entwickelten sich bestens, sie sei noch immer Witwe und ich fehle ihr. Über Nath und Zolta erfuhr ich zu meiner Enttäuschung, daß sie sich an Bord eines Ruderers im westlichen Teil des Binnenmeers herumtrieben. Hier würde ich die beiden Spitzbuben also nicht wiedersehen.

Seg, der sich bei all dem Händeschütteln etwas vernachlässigt fühlen mußte, sagte: »Vielleicht bekommst du sie auf deinem Weg durch den Großen Kanal und am Damm der Tage zu Gesicht.«

Ich sah ihn einen Augenblick lang nachdenklich an. Dann stieß mich Delia mit dem Ellbogen an, und ich machte mich daran, Zenkiren von meinen Erlebnissen seit unserem letzten ›Remberee‹ in Sanurkazz zu erzählen. Wir gingen in den Palast und tranken Wein und aßen reichlich Palines von einer Silberschale. Die Zeit verging sehr angenehm. Ich sagte Zenkiren, jetzt wäre der richtige Augenblick, gegen Magdag vorzugehen. Er war meiner Meinung und schickte sofort eine Meldung an König Zo in Sanurkazz.

»Aber meine Pflichten beschränken sich auf diese Stadt, Dray. Ich muß unseren pattelonischen Verbündeten gegen ihre Gegner und die Teufel aus Magdag helfen. Nachdem du deine Delia aus den Blauen Bergen gefunden hast, beschwöre ich dich, Pur Dray, bei uns zu bleiben. Hier gibt es viel Arbeit. Wir drängen den Feind zurück. Unsere Armee hat große Erfolge erzielt. Bald wird der Ruf ergehen, nach dem wir uns alle sehnen, und alle Anhänger Zairs werden sich erheben und gegen das Übel Grodno vorgehen.«

»Ich würde ja gern bleiben, Zenkiren. Aber ...«

Die Zwillingssonnen verschwanden am fernen westlichen Horizont. Ich überredete Zenkiren, ein Meldeboot der Flotte zu einer Probe auslaufen zu lassen. Wir standen auf dem Poopdeck – das Schiff hatte kein richtiges Achterdeck – und beobachteten die Reihe der Ruder, die jeweils von drei Männern in dem typischen metronomischen Rhythmus bewegt wurden. Ich war voller Spannung.

Ich hoffte, daß etwas Bestimmtes *nicht* geschehen würde.

Doch es trat ein.

Der Wind begann zu pfeifen, das Meer belebte sich, Blitz und Donner umtobten uns. Wir machten kehrt, und der Sturm ließ sofort nach.

»Ich möchte mich nicht zu sehr mit solchen Dingen befassen«, sagte Zenkiren mit einer Ernsthaftigkeit, wie er sie allen wichtigen Dingen widmete. »Zweifellos könnte Pur Zazz die Bedeutung dieser Erscheinung ergründen. Doch ich verstehe, was du meinst. Es ist dir vom Schicksal bestimmt, nach Osten zu reisen – über die Stratemsk, durch die Unwirtlichen Gebiete. Ich wünsche dir alles Gute, Bruder, denn der Weg ist schwer, weiß Zair.«

»Pur Zazz hat mir von vielen Wundern in den Unwirtlichen Gebieten erzählt. Es freut mich zu hören, daß der Große Erste Abt noch lebt.«

»Zair beschütze ihn. Ich bete, daß er lebt, bis meine Arbeit hier getan ist.«

Ich wußte, was er meinte.

»Wenn du Erster Abt bist, Zenkiren, und der Ruf an alle Krozairs von Zy ergeht, werde ich mich diesem Ruf nicht verschließen.«

Er neigte bestätigend den Kopf. Doch er war traurig, daß ich ihn bei diesem letzten Kampf gegen die magdagischen Herrscher nicht begleiten konnte.

Ich glaube, daß Delia auch unter vier Augen mit Zenkiren sprach, und kann mir einige der Fragen vorstellen, die sie ihm über mein Leben am Binnenmeer gestellt hat – und sicher auch über Mayfwy. Ich bin froh, daß wir in diesen Dingen ganz offen miteinander sein können. Mayfwy, die Witwe meines Freundes Zorg aus Felteraz, ist ein wunderbarer Mensch und ein großartiges Mädchen; doch in meinem Leben kann es nur eine Frau geben – meine Delia, meine Delia aus Delphond!

Dennoch übertrug ich Zenkiren die Aufgabe, sich zu überzeugen, daß mein Agent Shallan für die Prise *Schwert des Genodras* den besten Preis erzielte und daß mein voller Anteil an Mayfwy ausgezahlt wurde.

»Schließlich wächst der junge Zorg heran, und er muß den besten Ruderer kommandieren, der sich finden läßt«, sagte ich. Mein alter Ruderkamerad Zorg – seine Witwe oder seine Kinder durften nicht darben, wenn ich es irgendwie verhindern konnte. Ich wußte, daß meine beiden Raufbolde Nath und Zolta derselben Meinung waren.

In der kurzen Zeit, die wir in Pattelonia zubrachten und uns dabei gewissermaßen auf die nächste Etappe unserer Reise nach Vallia vorbereiteten, hielt sich Seg ziemlich abseits. Er bemühte sich immer noch, die Aufmerksamkeit Theldas zu erwecken, doch sie bemutterte mich weiter, was mich nicht wenig ärgerte und Delia insgeheim amüsierte.

Eines Tages kam Seg mit einem riesigen Stück Holz in unser Quartier. Die Stange war dunkelgrün, fast schwarz. Er ließ den Stab lässig herumwirbeln, doch es war zu spüren, daß er sich freute.

»Kein echtes Yerthyrholz«, sagte er. »Der Yerthyrbaum ist für die Tiere dieser Gegend zu giftig, und die Leute pflanzen ihn nicht an. In Erthydrin verdauen unsere agilen Thyrrixe Holz, Rinde und Blätter mit ihrem zweiten Magen.«

»Und?«

»Dieser Stab gibt einen passablen Bogen ab, wenn ich damit fertig bin.« Er tastete mit dem Daumen daran entlang. »Aber wenn ich meinen eigenen Langbogen hätte, Dray Prescot, dann würden dir die Augen übergehen!«

An der Tür gab es ein Durcheinander; auf Zenkirens Einladung hin waren wir aus dem Gasthof ausgezogen und bewohnten jetzt Gästequartiere im Gouverneurspalast. Ein sanurkazzischer Gardist, ein junger Mann in neuem Brustpanzer und mit einem schimmernden neuen Langschwert – einem Geschenk seines Vaters –, sprang zurück, als ein aufgebrachter Proconier gestikulierend hereindrängte. Orangefarbener und grüner Sonnenschein lag in schrägen Streifen im Innenhof vor der Tür, und exotische Blüten hingen an Ranken von den weißen Wänden.

»Vandalen! Piraten! Diebe!« rief der Proconier, ein dicker Mann mit beringten Händen und einer Nase, die von übermäßigem Weingenuß gerötet war. Er trug kein Schwert und bewegte sich so heftig, daß seine Kleidung ganz verrutscht war.

»Tut mir leid, Pur Dray«, sagte der Gardist. »Er hat sich nicht abweisen lassen – und ich wüßte nicht, wie ich ihn hätte zurückhalten sollen, ohne ihn niederzuhauen ...«

»Schon gut, Fazmarl«, sagte ich und kehrte Seg und seinem Holzstab den Rücken. »Laß den Herrn eintreten.«

Der Herr fuchtelte mir mit der Faust unter der Nase herum, erblickte Seg und stieß einen schrillen Schrei aus. »Da ist er ja, der Plünderer, der Räuber, der Barbar! Er hält meinen Besitz in der Hand, Pur Dray – und er hat den schönsten Baum in meinem Frauenquartier zerstört ...«

»Oho!« sagte ich und blickte Seg an. Der packte seinen Stab mit dem Blick eines Mannes, der jeden Augenblick von Bord eines dahinrasenden Flugboots zu fallen droht.

»Ich habe mir nur den Stab zurechtgeschnitten, der sich am besten zu einem Bogen verarbeiten läßt!«

Der kleine Mann hüpfte hin und her und brachte im ersten Augenblick kein Wort heraus.

»Habt ihr das gehört? ›Nur‹ sagt er! Er hat ihn aus der Mitte herausgeschnitten – aus der Mitte des Baums, der meiner Lieblingsfrau Schatten spendet ...«

Die Proconier haben die verschrobene Angewohnheit, drei Frauen zu heiraten. Gewiß ein Hang zum Masochismus.

»Ist der Baum zum Absterben verurteilt, Herr?«

»Absterben? Der Stamm hat eine schlimme Wunde erlitten und ist unrettbar verloren! Mein Baum – der Lieblingsbaum meiner Lieblingsfrau!«

»Wenn dem Baum also nicht mehr geholfen werden kann, ist es das beste, ihn auszureißen und einen neuen zu pflanzen.«

Er starrte mich mit aufgerissenen Augen ungläubig an, wischte sich die Stirn und ließ sich in einen Sessel fallen. Ich nickte Seg zu, der vernünftig genug war, einen Silberkelch mit gutem Chremsonwein zu füllen und ihn dem Besucher zu reichen. Der Proconier leckte sich die Lippen, kostete von dem Wein, atmete schwer, eine Hand ans Herz gelegt – und leerte den Kelch.

»Sehr gut«, sagte er und sah sich den Kelch an. »Beute aus Chremson, nicht wahr?«

Ich neigte den Kopf, doch das Wort ›Beute‹ erzürnte ihn von neuem. »Plünderer! Räuber! Etwas anderes seid ihr Piraten aus Sanurkazz doch nicht! Ihr reißt meinen besten Baum nieder, daß er zerstückelt auf dem Mosaikboden liegt und meine zweite Frau sich die hübsche Haut aufstößt ...«

»Ich bitte dich, Herr«, sagte ich und legte ein wenig

Kälte in meine Stimme. »Du hast mir noch nicht deinen Namen genannt. Ich weiß ja gar nicht, ob das wirklich dein Baum war. Du könntest dir die ganze Geschichte ausdenken, um dir mein Mitleid zu erschleichen – und meinen Wein!«

Mit Hilfe der Stuhllehne richtete er sich auf. Er versuchte, etwas zu sagen, seine dicken Lippen stülpten sich auswärts und bliesen Luft, seine Wangen liefen rot an und seine Augen traten aus den Höhlen. Dann endlich: »Beim blonden Haar vom Primat Proc! Ich bin Uppippoo aus Niederpattelonien! Ich genieße Ansehen in dieser Stadt und besitze große Ländereien auf dem Festland, unterhalb von Perithia, zehn Breitschiffe sind mein Eigen und drei der entzückendsten Frauen, die ein Mann nur vorzeigen kann – und die mich jetzt aus dem Haus getrieben haben, weil ihr schöner, beschatteter Garten zerstört worden ist!«

Seg konnte nicht mehr an sich halten und verspritzte etwas Wein in dem Bemühen, ein Lachen zu unterdrücken. Ich blieb ernst.

»Also gut, Uppippoo aus Niederpattelonien. Ich wünsche keinem Mann etwas Übles, schon gar nicht einem von drei Frauen. Sei versichert, ich werde den Schaden ersetzen.« Mir kam ein Gedanke. »Kann man denn keinen anderen Baum erwerben?«

Uppippoo wurde von einer seltsamen Erregung ergriffen. »Hohlköpfe! Diese Bäume brauchen hundert Jahre, um *so* alt zu werden!«

Das entsprach auf Kregen etwa einer halben Lebensspanne.

»In diesem Fall wird mein Freund hier, der aus Erthyrdrin stammt, schnell in sein Land zurückkehren und dort dafür sorgen, daß dir ein frischer Baum zugeschickt wird. Was könnte fairer sein?«

Uppippoo starrte mich wortlos an.

»Zur Überbrückung bist du sicher mit etwas Gold zufrieden; das ist bei weitem nicht so romantisch wie ein Baum, aber du könntest eine hübsch gestreifte Markise damit kaufen und damit deine süßen Frauen vor der Sonne schützen.«

Und ich legte eine Handvoll Gold auf den Tisch.

Uppippoo starrte das Gold an. »Eine Markise?«

»Ja.«

»Eine Markise.« Er überlegte. »Aber ein Baum lebt, sieht schön aus und rauscht im Wind, und die Blätter erzeugen die entzückendsten Licht- und Schattenmuster auf den Steinen. Meine Mosaike sind in ganz Pattelonien bekannt, Pur Dray – berühmt!«

»Das mag sein. Nimm das Gold, kauf dir eine Markise oder einen neuen Baum von anderer Gattung. Doch geh jetzt, Uppippoo – verstehst du mich? Das Gold ist ein ausreichender Ersatz.«

Zum erstenmal nahm sich Uppippoo die Zeit, mich anzusehen, anstatt nur herumzureden und zu stöhnen und Seg und den abgeschnittenen Stab düster anzustarren. Ich war mir keiner Veränderung meines Gesichtsausdrucks bewußt, doch Uppippoos wütende Drohungen verstummten urplötzlich, als hätte ihn jemand am Hals gepackt.

Er trat einen Schritt zurück, beugte sich langsam vor und hob die Hand, um das Gold vom Tisch zu nehmen. Dann zog er sich zurück. Die vorstehenden Augen waren auf mein Gesicht gerichtet; die Zunge fuhr immer wieder über die dicken Lippen.

»Fazmarl!« rief ich. »Der Herr geht jetzt wieder!«

Der junge Gardist führte den Proconier auf die Straße.

Er hatte kein Wort mehr gesagt, seit er sich mein häßliches Gesicht angesehen hatte. Seg ließ sich stöhnend in einen Stuhl fallen.

»Was dich angeht, Seg Segutorio, solltest du dich schämen! Einen Stab aus einem Baum herauszuschneiden – das sind doch Jungenstreiche!«

»Ja!« brüllte er lachend los. »Wie damals, als ich mir

den Stab aus Kak Kakutorios Baum herausschnitt! *Hai*, ich sterbe fast vor Lachen!«

Ich muß zugeben, daß auch mir nach Lachen zumute war.

Der Zwischenfall mit dem Bogen und dem Schattenbaum der Uppippoo-Frauen überzeugte mich, daß ich mir über Seg Segutorio keine Sorgen zu machen brauchte. Trotz seiner auffälligen Erfolglosigkeit bei Thelda war er noch immer in bester Form.

Delia drängte zum Aufbruch, und nachdem ich mich im Krieg am Binnenmeer nicht mehr nützlich machen konnte, hielt mich nichts in dieser Stadt. Ich sagte Seg ziemlich direkt, daß er wohl leider keine Zeit mehr hätte, seinen neuen Bogen zu beizen. Daraufhin lachte er in einem grimmig-sarkastischen Tonfall, der mich aufhorchen ließ.

»Du hast aber eine schlechte Meinung von den Bogenschützen aus Erthyrdrin, wenn du annimmst, daß sie ihre Bögen nicht überall beizen und formen können. Und wenn du mich mit einem Stock bis zur Hüfte in den Malarsumpf stellst – ich mache dir einen Bogen, mit dem du einem Chunkrah das Auge ausschießen kannst.« Und er versprach nicht zuviel. Er bastelte sich eine schmale Röhre aus gegerbtem Leder, die er gut abdichtete und in die er außer seinem kostbaren Stab eine selbst zusammengemixte Flüssigkeit tat – die zum Zim stank. Dann verschloß er das Gebilde und sah mich zufrieden und trotzig an.

»Wenn wir durch den Damm der Tage sind, ist das Holz gebeizt.«

Ich brachte es nicht fertig, Seg zu verraten, auf welche Art wir nach Vallia reisen wollten, und dafür gab es eigentlich keinen Grund. Delia wußte genau, wo das Flugboot aus Port Tavetus – einer Hafenstadt jenseits der Unwirtlichen Gebiete an der Ostküste Turismonds – versteckt lag: in den Vorbergen, die vielfarbig am fernen Festlandhorizont schimmerten. Die Bewohner Havilfars, die die Flugboote herstellten, hatten es abgelehnt, den Menschen am Binnenmeer ihre Produkte zu zeigen, so daß man damit außerhalb des Gebietes bleiben mußte.

Schließlich rückte der Tag der Abreise heran. Alle Vorbereitungen waren getroffen. Unsere Besitztümer waren sorgsam in Bündel und Ledersäcke verpackt worden, denn als erfahrene Fliegerin wünschte Delia keine scharfkantigen Kisten an Bord. Unser Gepäck wurde auf Calsanys verstaut, die es nach unten zum Hafen bringen sollten. Der junge Fazmarl kam mir seltsam traurig vor, als ich mich von ihm verabschiedete. Ich schlug ihm auf den Rücken – was für einen so jungen Möchtegernkrieger aus Sanurkazz ein ziemlich eindrucksvolles Erlebnis sein mußte – und kam mir irgendwie alt vor, als ich zusammen mit Zenkiren und Delia zum Hafen hinabwanderte. Thelda war auf einem Calsany mit dem Gepäck vorausgeritten, um die Sache im Auge zu behalten, obwohl wir wußten, daß sie in Wirklichkeit nur nicht zu Fuß gehen wollte. Hinter uns kam Seg, das übelriechende Lederrohr über der Schulter.

Am Kai stiegen wir alle in das Schiff. Diesmal benutzten wir nicht das alte, gestohlene Fischerboot, das ich mit einer Entschädigungssumme an seinen vielleicht noch lebenden Besitzer zurückgeschickt hatte. Wir fuhren mit der Admiralsbarke, auf der sich zwanzig kräftige Burschen mächtig ins Zeug legten. Als wir die Mole verließen, und der Bug der Barke sich auf das Festland richtete, warf mir Seg einen Blick zu.

»Ich sehe unser Schiff nicht, Dray. Und warum fahren wir zum Festland?«

Ich erkannte, daß er die seltsamen Unwetter, die uns überfielen, sobald wir nach Osten steuerten, nicht mit mir oder unserem Kurs in Verbindung brachte; ich hatte dieses Problem absichtlich noch nicht mit ihm besprochen. Jetzt aber war die Zeit gekommen, Seg Segutorio reinen Wein einzuschenken und ihm von unserem Reisemittel zu erzählen.

Ich sagte ihm alles.

Er starrte mich einen Augenblick mit aufgerissenem Mund an, während die Barke durch das sonnenhelle Wasser pflügte. Alle Augen waren auf ihn gerichtet.

»Ein Flugboot«, sagte er schließlich und überraschte mich mit seiner Antwort. »Die habe ich schon gesehen, und ich begrüße die Gelegenheit, in so einem Ding zu fliegen. Aber ...«

»Aber, Seg?«

»Die Stratemsk! Die Unwirtlichen Gebiete! Mann – weißt du überhaupt, was du tust? Das ist der Tod!«

Delia sagte: »Wir fliegen nach Vallia – und du, Seg, nach Erthyrdrin, wenn du das wünscht. Wir würden dich gern mitnehmen, aber wenn du das nicht möchtest, hätten wir Verständnis für deine Entscheidung.« Sie fügte boshaft hinzu: »Jedenfalls sind Thelda und ich auf diesem Wege hergekommen.«

8

»Ossa türmten sie auf Olympos, und auf Ossa Pelion mit seinen raschelnden Wäldern, damit sie den Himmel selbst erklimmen konnten.«

Dieser Wunsch der Aloadai – Otos und Ephialtes – war mir immer recht vernünftig vorgekommen, hatte ich mich doch auch aus dem Unterdeck zum Achterdeck emporgearbeitet und hatte mir seit meiner überraschenden Versetzung nach Kregen unter Antares verschiedene eindrucksvoll klingende Posten und Titel erkämpft. Allerdings hatte ich den Ehrgeiz der beiden Riesenzwillinge immer für rhetorisch gehalten; die Vorstellung, daß mehrere Berge übereinandergestapelt werden sollten, war mir immer wie eine Allegorie erschienen, wie ein Wahn. Ich habe den Himalaja gesehen, der mich entsprechend beeindruckt hat.

Die Stratemsk jedoch, Kabri über Nanda Devi über Kangchenjunga über Annapurna über Nanga Parbat – und der Chimborasso aus dem Anden als kleiner Vorberg – und darüber noch der Mount Everest als unvorstellbare Zugabe ... ja, die Stratemsk, obwohl sie nicht das größte Gebirge Kregens unter den Sonnen von Scorpio sind, bieten einen unvorstellbaren Anblick, bieten ehrfurchteinflößende Schrecknisse und Schönheiten einer aufgebrachten Natur, die ihre Kräfte spielen läßt. Die Stratemsk sind riesig und unendlich. Sie übersteigen jedes Vorstellungsvermögen. Schnee umhüllt die Gipfel und ist bizarr zu ewigem Weiß erstarrt. Wolken umhüllen die tieferliegenden Abgründe. Wilde, raubtierhafte Wesen suchen die unteren Hänge heim, und Riesenvögel und andere Flugtiere kreisen ewig durch die Täler und Pässe, die grausamen Krallen und gierigen Schnäbel zum Zuschlagen bereit.

Über diese Abgründe und Schluchten und Spalten und Gletscher, die den Geist erstarren lassen, flogen wir – Delia, Seg, Thelda und ich – mit unserem schwachen Flugboot. Wir rasten durch die eiskalte Luft.

In Flugseide und Leder gekleidet, von riesigen Pelzen eingehüllt, drängten wir uns aneinander.

Das Flugboot war eine einfache Holzhaut auf einem Metallgerüst. Es sah etwa wie eine Blüte aus und hatte eine stromlinienförmige Windschutzscheibe, Ledergriffe und hölzerne Schutzgeländer. Wenn der Antrieb versagte – wie es bei Flugbooten oft vorkam –, war es aus mit uns. Unter uns lauerte der sichere Tod.

Wir mochten an Kälte und Frost sterben oder an Hunger oder Wahnsinn. Wir mochten zu Opfern der halbmythischen Ungeheuer der oberen Berge werden, wo die Bewaldung dünner wird und die Geröllhänge sich meilenweit erstrecken, ehe bei tiefer Kälte die Schneegrenze beginnt.

Der Tod mochte uns auch von den Fängen und Krallen der zahlreichen Raubvogelarten ereilen, die hungrig das Gebirge durchstreifen. Von ihren Aussichtspunkten konnten sie sich herabstürzen, zielstrebig auf ein so kleines Ziel losgehend. Oft sahen wir die unheimlichen geflügelten Punkte in der Ferne. Ich packte den Griff meines Langschwerts und war entschlossen, Delia bis zum Äußersten zu verteidigen, falls wir von so einem Vieh angegriffen wurden.

Pechschwarze Impiter, Corths, Xi – die schimmernden Fangechsen der feuchten Dschungeltäler, die tief in die Stratemsk vorstießen –, Bisbis, Zizils, die gelben Adler von Wyndhai und viele andere Flugmonstren lassen sich im bizarren Gebiet der Stratemsk finden – oder sollten lieber nicht gefunden werden.

Als wir die ersten Hänge erreichten, ehe wir Höhe gewannen, um den geeignetsten Paß zu finden, flogen wir über viele Lager von Tiermenschen hin, die die Außenbezirke der Stratemsk bewohnen. Es gibt hier viele Stämme, die jedoch einheitlich Crofermenschen genannt werden – wilde, grausame und mißtrauische Wesen, deren größte Freude es ist, die äußeren Hänge der Stratemsk zu verlassen und Siedlungen zu überfallen. Ihre Ponshos waren durch die riesigen, geflügelten Raubtiere der Stratemsk besonders gefährdet. Das Leben hier war hart und entbehrungsreich.

Wegen ihrer unvorstellbaren Größe, wegen der Raubvögel und der Crofermenschen, die eine ständige Gefahr darstellten, waren die Stratemsk zur Barriere geworden zwischen dem Auge der Welt und Ostturismond – eine Barriere, die schon seit vielen Jahrhunderten wirkte.

Und meine Delia aus den Blauen Bergen hatte sich diesen Gefahren ausgesetzt, um mich wieder in die Arme zu schließen!

Kein Wunder, daß die Seeleute des äußeren Ozeans den langen Weg durch das Cyphrische Meer wählten, an Donengil und der zerklüfteten Küste entlang, bis sie durch den Damm der Tage das Binnenmeer erreichten. Denn außer den Gefahren der Stratemsk lagen vor uns die unbekannten Risiken der Unwirtlichen Gebiete.

Wir hatten die ersten Pässe überwunden und flogen mit Höchstgeschwindigkeit dahin, als mich Delia plötzlich am Arm berührte.

»Schau mal, Dray …«

Der rotgoldene Raubvogel kreiste langsam und mit ausgestreckten Krallen über unseren Köpfen. Ich kannte dieses Tier. Der Gdoinye war Bote oder Beobachter der Herren der Sterne. Er stieß nun ein rauhes, herausforderndes Krächzen aus – eine Herausforderung oder ein Lebewohl – und schwenkte ab. Ich nahm nicht an, daß es ein Corth oder Zizil oder sonstiges Flugungeheuer gewagt hätte, diesen schimmernden Sendboten der Herren der Sterne anzugreifen.

Wir wechselten uns an den Kontrollen ab und aßen und tranken nur wenig, während die Dwaburs unter uns dahinrollten. Die Luft blieb dünn und kalt, denn Delia flog nicht in die wolkenverhüllten wärmeren Täler hinab, weil dort die schimmernden Xi kreisten und über den feuchten Bergdschungeln auf ihre Beute lauerten.

Allmählich blieben die riesigen Gipfel zurück. Langsam wurde die riesige, zusammengewürfelte Masse der Stratemsk mit ihren unvorstellbar hohen, silbrigen Gipfeln kleiner, wenn es auch noch mehrere Tage dauern würde, bis die Gebirgskette am Horizont verschwand. Allmählich begann ich mir einzureden, daß wir das gewaltige Hindernis erfolgreich überwunden hatten.

Da griffen die Impiter an.

Mit peitschenden Flügeln näherten sie sich von einem fernen Felsvorsprung und brachten die Luft um uns in Bewegung. Sie versuchten, uns mit sich zu zerren. Riesige Krallen näherten sich wie die Schaufeln eines irdischen Baggers. Rauhes Gekrächze aus reißzahnbewehrten Mäulern, aus denen gespaltete Zungen zuckten, sollte uns vor Entsetzen erstarren lassen. Das Flugboot begann zu schwanken. Die Impiter waren wild, doch ich stand in meiner Raserei den Angreifern nicht nach.

Mein Langschwert, dick von Blut, wirbelte hin und her. Und Segs Pfeile flogen, so schnell er die Sehne spannen konnte. In Wirklichkeit tötete er weitaus mehr Vögel als ich, wenn ich mich auch der Tiere annehmen mußte, die gefährlicher für uns waren – die uns mit ihren stachelbewehrten Schwänzen aufspießen oder uns mit ihren Klauen zerreißen wollten.

Die Impiter waren riesig, doch bewegten sie sich in ihrem luftigen Element mit der Geschwindigkeit und Wendigkeit irdischer Falken. In meinem Schwertarm verkrampften sich die Muskeln, und ich schlug immer wieder zu – doch sie griffen unentwegt an. Bald begann das Flugboot abzusinken, kippte ab, verlor an Höhe.

»Die Kontrollen reagieren nicht mehr!« rief Delia.

Thelda kreischte aus voller Lunge und behinderte mich bei meiner Arbeit, als sie sich in meine Arme zu werfen versuchte. Ich stieß sie ins Innere des Flugboots zurück und rief Delia zu: »Halt sie fest, Delia! Ihr wird der Kopf abgerissen, wenn sie aufsteht!«

Pfeile sirrten von Segs Bogen. Mein Schwert zuckte vor und schlug zu. Die Impiter setzten ihre Angriffe fort, obwohl das Boot jetzt tiefer flog. Ich konnte nicht erkennen, was sich unter uns befand; ich mußte mich voll darauf konzentrieren, das nächste angreifende Ungeheuer auszumachen, seine Angriffstaktik vorauszuahnen, zu erraten, ob es mit den Fängen angreifen oder sich herumwerfen würde, um mit dem tödlichen Schwanz zuzuschlagen. Ich sah, daß sich ein Schwanz in das Holz des Geländers bohrte. Die Widerhaken setzten sich nicht fest; ein Muskel schien sie einzuziehen, sobald der Impiter erkannte, daß er sein Ziel verfehlt hatte. Ich schlug ihm den Schwanz ab.

Wie lange der heftige Luftkampf dauerte, weiß ich nicht. Meine Brust wies zahlreiche, über Kreuz verlaufende Striemen auf, die von den Schwanzstacheln der Wesen stammten, und Blut – mein Blut – rann mir über Bauch und Schenkel. Doch ich wehrte mich weiter. Ich konnte aufstehen und im Flugboot balancieren. Auch Seg erlahmte nicht in seiner Gegenwehr und schoß Pfeile ab, als hätte er eine der sagenhaften Maschinenarmbrüste der Sonnenaufgangszivilisation zur Verfügung.

Plötzlich huschten Bäume dicht an uns vorbei. Einem Ast wäre fast gelungen, was die Impiter bisher nicht geschafft hatten. Ich duckte mich und konnte im letzten Augenblick mit dem Schwert die Kieferknochen eines angreifenden Impiter abwehren. Das Tier kreischte auf und wirbelte davon – und im nächsten Augenblick waren wir wie durch ein Wunder von einer erdrückenden Masse winziger rosa-gelber Körper umgeben.

Kleine Vögel! Tausende von Tieren! Winzige rosagelbe Vögel, die schrille Schreie ausstießen, warfen sich den riesigen Impitern entgegen, griffen sie an und hackten mit langen, scharfen Schnäbeln in empfindliche Stellen – in Flügelmuskeln, Schwanzwurzeln und blutunterlaufene, starre Augen. Die Impiter drehten durch.

Ich warf das Langschwert zu Boden – es hatte mir gute Dienste geleistet, doch jetzt war etwas anderes wichtiger. Ich packte Delia und schob sie gewaltsam unter einen Haufen Seidenstoffe und Lederbahnen.

»Seg!« brüllte ich. »Geh in Deckung – und nimm Thelda zu dir! Schnell!«

Dann hockten wir vier unter Seidenballen und Pelzen, während Myriaden winziger Vögel die mächtigen

Impiter in die Flucht schlugen. Wir hörten den Lärm des Kampfes durch das breite Tal hallen, in dem wir gelandet waren. Das Kreischen und Keckern dauerte lange an, und als es schließlich verstummte, steckte ich vorsichtig den Kopf aus der Deckung und sah, wie das letzte der fliegenden Ungeheuer mit schweren Flügelschlägen über uns kreiste, bedrängt von den winzigen rosa-gelben Punkten.

Thelda bebte am ganzen Körper und schluchzte hysterisch.

Das war eine ganz normale Reaktion, auf die ich nicht weiter achtete. Seg versuchte, sie zu trösten, doch sie wischte sich die Augen und zeigte ihm die kalte Schulter. Über ihr Schulterblatt zog sich ein breiter Riß.

»Nun«, sagte Delia, »an die kleinen Vögel werde ich immer gern zurückdenken. Was waren das für Tiere?«

Niemand kannte den Namen der Vögel; keiner aus der Gruppe hatte je von solchen Tieren gehört. Wir waren erschüttert, angeschlagen, erschöpft – doch wir lebten.

Nach einer eingehenden Inspektion erklärte Delia das Boot für fluguntauglich.

Ob der Schaden auf einen Hieb der Impiter oder auf ein technisches Versagen zurückzuführen war, wußten wir nicht. Uns war nur klar, daß wir jetzt zu Fuß gehen mußten, wenn wir Port Tavetus erreichen wollten.

Am westlichen Horizont erstreckte sich endlos die mächtige Kette der Stratemsk. Vor uns lagen ein Tal und dann offenes Land, auf dem sich Flüsse und Wälder abzeichneten.

»Wir gehen zu Fuß«, sagte ich.

Thelda war inzwischen etwas zur Ruhe gekommen, und wir hatten getrunken und gegessen. Jetzt verzog sie das Gesicht. »Ich bin noch nie gern gelaufen.«

Wir trafen unsere Vorbereitungen. Thelda bestand drauf, daß wir viele Dinge mitnahmen, die sie als ›lebensnotwendig‹ bezeichnete. Doch ich warf einen hübschen, silberbesetzten Handspiegel ins Gras. »Das ist reiner Ballast, Thelda. Wenn du dich anschauen willst, mußt du einen Teich benutzen.«

Sie wollte Einwände erheben, und Delia versuchte, auf sie einzureden, doch ich sagte nur: »Wenn du den ganzen Kram mitnehmen willst, mußt du ihn selbst tragen.«

Und damit war das Problem gelöst.

Wir nahmen Langschwerter, Bögen und Pfeile, Dolche und Messer. Wir rollten unser Schlafzeug zusammen. Wir packten soviel Lebensmittel ein, wie wir für nötig hielten, ehe wir uns angepaßt hatten und von der Jagd leben konnten. Wir nahmen auch unsere Wasserflaschen mit – große Behälter aus sanurkazzischem Leder.

Auf Delias Vorschlag hin vergruben wir alle Wertsachen – Gold, Juwelen und Luxusgüter. Wenn wir jemals wieder in die Gegend kamen, konnten wir den Schatz vielleicht noch retten, und wenn ein unbekannter Krieger zufällig auf die Markierung stieß, mochte er zu ungeahntem Reichtum kommen – und wir wünschten ihm dazu Glück. Was das Schuhwerk anging, so nahmen wir alles mit – vor allen Dingen wegen Thelda. Ich gehe am liebsten mit nackten Füßen, und auch Seg war es sicher gewöhnt, in seinen erthyrischen Bergen barfuß zu jagen. Delia, das wußte ich aus unserer gemeinsamen Zeit auf den Ebenen von Segesthes, kam ebenfalls ohne Schuhe aus.

Arme Thelda!

Seg machte sich darauf gefaßt, sie notfalls tragen zu müssen.

Ich muß zugeben, daß ich im Grunde ganz unbesorgt war. Wir waren heil gelandet. Wir hatten Waffen und Proviant, wir waren gesund – und vor uns lag ein Kontinent, den wir erkunden konnten. Vallia lief uns nicht weg. Ich hatte es nicht eilig, dieses geheimnisvolle, mächtige, schreckliche Inselreich zu erreichen und dem Herrscher-Vater des Mädchens gegenüberzustehen, das ich heiraten wollte. Die Zukunft würde schnell genug auf uns zukommen; im Augenblick war die Gegenwart wichtig – und schritt nicht Delia aus den Blauen Bergen, meine Delia aus Delphond, frei und munter an meiner Seite?

9

Delia sang beim Marschieren, und mir juckte die Brust.

Kaum hatte sich Thelda erholt und die Wunden an meiner Brust gesehen, als sie auch schon mitleidsvoll die vollen Lippen schürzte und sich daranmachte, einige blaue Wildblumen zu pflücken, die sie zerstampfte und zu einer Salbe vermengte. Delia hatte sich dabei über sie gebeugt und die Blumen und Theldas konzentriertes Gesicht gemustert. Dann hatte sie mich von der Seite angelächelt und war summend weitergeschlendert.

Inzwischen hatte mir Thelda die blaue Salbe auf die Brust gestrichen. »Wird dir guttun, Dray! Dies ist ein altes vallianisches Heilmittel – sehr wirksam! Die kleinen Vilmyblumen werden deine arme Brust im Nu heilen!« Die Salbe juckte, als hätte sie mir einen ganzen Bienenstock auf der Haut festgebunden.

Delia marschierte an der Spitze unserer kleinen Karawane und sang. Sie hatte eine wunderbare Stimme. Sie sang fröhliche, spöttische Lieder, die unseren Füßen im Gras Flügel verliehen, und kleine Klagelieder, die mich an all die großartigen Augenblicke meines Lebens und an die bedeutenden Männer denken ließen, die ich gekannt hatte und die es nicht mehr gab – dazu dumme, kleine Scherzlieder, in die wir alle einfielen.

Aber die verdammte Brust juckte so sehr, daß ich es nicht mehr aushielt.

»Da soll doch der Schwarze Chunkrah kommen!« brüllte ich, riß mir die klebrige Paste vom Leib, warf sie ins Gras. »Meine Brust brennt wie Feuer.«

»Also wirklich, Dray!« sagte Thelda seufzend und ein wenig verärgert über meine Undankbarkeit. »Du mußt durchhalten. Die Salbe muß ihren Heilzauber ausüben können!«

»Pah, Heilzauber!« brüllte ich sie an. »Versuch's doch selber! Kleb dir das Zeug vor die eigene prächtige Brust – dann spürst du, wie sich das anfühlt!«

»Dray Prescot!«

»Naja … Ist doch auch wahr!«

Das Plätschern eines Flusses in der Nähe wies mir einen Ausweg aus der peinlichen Situation. Ich lief hinüber und tauchte hinein, und wenn sich in diesem Moment alle Ungeheuer aus den berühmten *Legenden vom Spitz und seinem Verzauberten Schwert* mit schnappenden Kiefern und Schuppen auf mich gestürzt hätten, wäre mir doch die Kühlung meiner Brust wichtiger gewesen. Seit Delia und ich am Becken der Langlebigkeit am Zelphfluß des fernen Aphrasöe untergetaucht waren – niemand wußte, wo Aphrasöe, die Stadt der Savanti, überhaupt lag –, schienen wir die unglaubliche Eigenschaft gewonnen zu haben, nicht nur ständig gesund zu sein und eine Lebenserwartung von etwa tausend Jahren zu haben, sondern uns auch bemerkenswert schnell von allen Verletzungen zu erholen.

Ich kehrte zu den anderen zurück und hörte, wie sich Delia nachdenklich über eine kleine, blaue Blume äußerte, die sie gepflückt hatte.

»Wie hübsch sie ist, Seg! Siehst du die Blumenblätter und die Stempel und den seltsamen silbrigen Umriß auf jedem Blatt, wie ein Herz …«

»Oh!« machte Thelda und hob die Hand vor den Mund.

»Geht es dir nicht gut, Thelda?« fragte Seg besorgt.

»Oh! Wie dumm von mir … Oh, Dray, was wirst du nur von mir denken?«

»Nachdem ich diese ekelhafte Paste losgeworden bin, denke ich überhaupt nichts mehr«, sagte ich. Ich bemerkte Delias lächelndes Gesicht und wußte, daß hier etwas im Gange war …

»O Dray!« klagte Thelda. »Ich habe dir ja gar keine Vilmys verpaßt! Die Blume hatte keine silbernen Herzen. Es war Fallimy, eine Pflanze, die wir benutzen, um die Zisternen zu reinigen – und ich habe dir das Zeug auf die Brust geschmiert! Oh, Dray!«

Ich sah sie finster an.

Sie legte die Hände vor das Gesicht und begann so laut zu schluchzen, daß ich sie anbrüllen mußte: »Dummes Ding – das ist doch nun egal! Ich bin nicht tödlich verwundet – oh, beim süßen Zim-Zair, hör mit dem verdammten Geheule auf!«

»Sag … sag …, daß du mir … verzeihst! Ich bin ja … so … dumm!«

»Schon gut, Thelda!« sagte Delia – schärfer, als ich es von ihr erwartet hatte.

Seg versuchte, der Schluchzenden einen Arm um die Schulter zu legen, doch sie schüttelte ihn ab und hatte sich im nächsten Augenblick an meine geplagte Brust geworfen und kuschelte sich weinend an mich: »Ich bin ja so ein dummes Mädchen, Dray! Was du nur von mir halten mußt … aber …«

»Thelda!«

Delia nahm ihr Bündel auf und nickte Seg zu.

»Es wird Zeit, daß wir weitermarschieren.«

Sie sprach mir aus der Seele. Ich schob Thelda von mir und folgte den anderen.

Oh, wie Delia diese Szene genossen hatte! Sie war nicht tumb und taub, sie war gelenkig und lebendig, ein spritziges Lebewesen voller Humor – und war in unserer Liebe doch absolut treu und ehrlich und furchtlos. Wir hatten uns kennengelernt und liebten uns und bildeten auf allen Ebenen ein vollkommenes Ganzes. Nein, auf zwei Welten gibt es keine Frau wie meine Delia aus den Blauen Bergen!

Kurz darauf stießen wir auf eine Gruppe runder Hügel, die wir, dem Flußufer folgend, durchwanderten. Dichte Vegetation bedeckte die Erhebungen, und wir fanden Tierspuren am Wasser. Trotzdem kamen wir gut voran – wobei wir stets nach den Wesen Ausschau hielten, die die Spuren hinterlassen hatten. Die Insekten waren zuerst eine große Plage, bis Delia einige gutriechende, hellgrüne Kräuter fand, die sie zerdrückte und zu einem Sirup verarbeitete. Nachdem wir uns damit im Gesicht und am Körper eingeschmiert hatten, waren wir die Insekten los.

Wieder tat sich vor uns eine Ebene auf, die am Horizont von fernen Bergen begrenzt war – im Vergleich zu den Stratemsk handelte es sich um winzige Erhebungen. Trotzdem mußten wir diese Berge überwinden, und zwar zu Fuß. Zahlreiche Tiergattungen bevölkerten die Ebene, und ich wünschte mir einen schnellen Zorca zwischen den Knien. Seg begab sich auf die Jagd, schlich ein Tier geschickt an und erlegte mit einem einzigen Schuß unser Abendessen. Wir wählten unsere Lagerstätten sehr vorsichtig aus, denn die schrecklichen Berichte über die Unwirtlichen Gebiete, die sich allerdings bisher noch nicht bewahrheitet hatten, waren nicht vergessen. So näherten wir uns langsam den fernen Bergen. Zweimal sahen wir in der Ferne Rauch aufsteigen, doch wir machten einen Bogen um diese Gebiete.

Wer – oder was – dort lebte, wußten wir nicht und wollten es auch gar nicht wissen.

Wie weise diese Entscheidung gewesen war, wurde uns eines Morgens bewußt, als die Doppelsonnen Scorpios am Himmel aufstiegen und ihre schrägen Strahlen durch die zarten Wolken schickten. Wir bauten unser Lager ab, nahmen die Lasten auf die Schultern und wanderten los. Der Weg, den wir einschlugen, mündete in einen Engpaß, dem wir natürlich auswichen und dabei über Hänge voller Dornefeubüsche klettern mußten.

»Seht«, sagte Seg plötzlich leise.

Vor uns schimmerte etwas in einer Vertiefung des Hangs, der zum Hohlweg hinabführte. Wir näherten uns mit dem leisen Schritt des Jägers.

Zwei Tote lagen dort. Es handelte sich nicht um Menschen – auch waren es keine kregischen Halbmenschen, wie ich sie bis zu diesem Augenblick kennengelernt hatte: Fristle, Och, Rapa, Chulik, Sorzart und andere. Aber auch meine Begleiter kannten diese Wesen nicht. Die Toten waren mittelgroß und hatten zwei Beine und zwei Arme. Die Gesichter erinnerten mich an die Jagdhunde einiger segesthischer Steppenklans, doch es zeigten sich auch gewisse Züge des Leem. Mir fielen besonders der vorspringende Unterkiefer und die herabhängenden Wammen auf. Die Körper verwesten bereits, und die Fliegen hatten sich längst an die Arbeit gemacht. Die Mädchen traten zurück, um dem Gestank auszuweichen, doch Seg und ich waren abgehärtet und wußten, was wir feststellen mußten.

Zuerst die Waffen: Kurze Stoßschwerter, die den Kurzklingen meiner Klansleute ähnelten. Lange, schmale Lanzen mit stachelbewehrten Spitzen. Tomahawkähnliche Äxte. Metall: Aus der Stahl-Bronze-Mischung schlossen wir, daß diese Wesen etwa auf der Entwicklungsstufe der Völker des Binnenmeers standen, wo man Stahl verwendete, wenn man welchen bekam – andernfalls Bronze. Rüstung: Praktisch nicht vorhanden, hauptsächlich lederne Armschützer, eine Lederkappe und ein lederner Brustschild, auf dem Streifen einer ziemlich harten Substanz festgenäht waren. Seg vermutete Bein oder eine Art Horn. Kleidung: Minimal – Lendenschurze, wie sie überall auf

Kregen zu finden waren, unter dem Brustpanzer eine gepolsterte Weste. Keine Schuhe oder Sandalen. Sonstiges: Die üblichen Ledergürtel und verschiedene Beutel.

Dann sahen wir uns an, woran die Tiermenschen gestorben waren.

Aus dem Gesicht der beiden ragte je ein langer Pfeil. Ein ungewöhnlich langer Pfeil. Seg hantierte vorsichtig mit dem Messer und löste die Geschosse. Er knurrte etwas und hielt mir die Spitzen hin. Zu meiner Überraschung waren es keine Stahlspitzen.

»Feuerstein«, sagte Seg und verzog das gebräunte Gesicht. »Sieht aus, als hätte ich Verwandte in der Gegend!«

Hastig maß er mit ausgestreckten Fingern den Pfeilschaft und pfiff durch die Zähne.

»Sie kommen von einem Meisterbogen.« Ich wußte, daß die Esoterika der Bogenkunde in Segs Leben eine große Rolle spielten. Es gab verschiedene Bogengrößen, die jeweils ihre Bezeichnung und Bedeutung hatten. Die Notwendigkeit war mir klar. Seit unserer ersten Begegnung hatte mir Seg manches über den Langbogen beigebracht, so wie auch ich ihm Einzelheiten über den zusammengesetzten Bogen meiner Klansleute und die Armbrust mitteilen konnte, die ich meinen alten Voskschädeln verordnet hatte. Er selbst hatte eine Reihe von Langbögen gefertigt, natürlich nicht aus Yerthyrholz, und wir hatten manches freundschaftliche Wettschießen veranstaltet. Wie erwartet, war er dabei zuerst weitaus besser als ich.

Als ich mich dann jedoch an den Langbogen gewöhnte, machte ich ihm das Siegen nicht mehr so leicht.

»Du erkennst die Federn, Seg?«

Er schüttelte den Kopf. »Eine Meisteranordnung.« Er nannte den technischen Ausdruck für die Art und Weise, wie die Flugfedern zurechtgeschnitten und eingesetzt waren, der Winkel der Hauptfeder, die Zwirnung und die Schlitze. »Wer immer diese Pfeile gemacht hat, kannte sich aus.«

»Wer immer es war – man hatte ihm einen Hinterhalt gelegt, und er wurde damit fertig.«

»Und zwar überragend!«

»Diese Tiermenschen hatten keine Schußwaffen. Sie müssen die Speere geschleudert haben ...«

»Aber es hat ihnen nichts genützt«, sagte Seg Segutorio. »Gegen einen Langbogen aus Loh gibt es kein Mittel.«

Wir marschierten weiter und nahmen dabei nur die beiden Pfeile mit. Die anderen Waffen hätten uns nur belastet, wenn ich es auch bedauerte, sie zurücklassen zu müssen.

Als wir weiter über die Ebene wanderten, waren wir zwar ständig auf der Hut vor unbekannten Gefahren, doch wir konnten uns ausgiebig unterhalten. Sie haben sicher erkannt, daß mein Zusammensein mit Delia meine Spannungen gemindert und mich so aufgelockert hatte, daß ich mehr als einmal zu meinem eigenen Erstaunen in lautes Gelächter ausbrach – in ein echtes, befreiendes Lachen über einen Witz, eine scherzhafte Bemerkung oder eine komische Situation. Wir unterhielten uns und scherzten und sangen, während wir auf die Ostküste Turismonds zuwanderten; von Port Tavetus aus wollten wir mit dem Schiff nach Vallia weiterreisen.

Thelda lief das erste Paar Schuhe durch – dann das zweite. Sie plapperte weiter auf mich ein und umhegte mich wie eh und je, doch mit Delia an meiner Seite konnte ich mir Schlimmeres vorstellen als eine aufdringliche Frau. Auch meine Freundschaft mit Seg vertiefte sich, während wir gemeinsam auf die Jagd gingen. Ich erinnere mich mit einer gewissen Wehmut an diese Zeit. Meine Suche nach Delia war beendet, wir waren wieder beisammen. Vallia konnte warten, und was Aphrasöe anging, die Schwingende Stadt, die ich eines Tages wiedersehen wollte – so lag diese Reise in der fernen Zukunft.

Seg erzählte mir von seiner Heimat Erthyrdrin und den Erthyrern, die ausgeprägte Einzelgänger waren. Dort wurde viel gesungen in den Tälern, und von den Gipfeln hallte Harfenmusik. Überall gab es Gipfelfestungen, von denen einige nur einfache Steintürme waren, während sich andere zu befestigten Burgen ausgewachsen hatten und vier oder fünf durch Mauern verbundene Türme umfaßten. Alle diese Siedlungen waren unabhängig und schützten ihre Ernten und Herden vor den Räubern aus der Nachbarschaft. Viele junge Männer verdingten sich als Söldner, denn ihre Langbogen, die sich in Jahrhunderten als Jagdwaffe herausgebildet hatten, erwiesen sich in der Schlacht als unübertrefflich. Die Yerthyrbäume wurden nach der Zahl der Bogen beurteilt, die sie erbrachten; doch es galt als Recht des Kämpfers, seinen Bogen vom besten Stamm zu schneiden, den er finden konnte – wo auch immer. Die Yerthyrbäume enthalten ein Gift, das für Tiere tödlich ist, und nach Segs Angaben wurden nur die Thyrrixe durch ihren zweiten Magen vor diesem Schicksal bewahrt.

»Wir Erthyrer bildeten das Rückgrat der Walfargarmee. Ich bin sicher, daß der Bogenschütze, dessen Pfeile wir gesehen haben, aus Erthyrdrin stammte. Walfarg war ein mächtiges Reich – ist es noch immer –, doch in seiner großen Zeit beherrschte es ein riesiges Gebiet, das ganz Loh und im Osten und Süden Pandahem umfaßte, dazu Kothmir und Lashenda und die Ostteile Turismonds. Nur die Stratemsk beendeten den Vormarsch des Reiches Loh im Westen.«

»Diese sogenannten Unwirtlichen Gebiete gehörten also früher zum Reich Loh?«

»Ja. Loh als Land weine ich keine Träne nach. Es ist untergegangen. Räuberische Barbaren aus dem nördlichen Turismond drangen ein, die ein ausgesprochen wildes Volk waren. Was jetzt als Unwirtliche Gebiete gilt, wurde im Osten durch Barbarenstämme aus Menschen und Halbmenschen abgeriegelt, und jetzt ist nur noch eine Handvoll Städte und Handelsposten für die Seeleute des äußeren Ozeans geöffnet.« Er machte eine umfassende Handbewegung. »Was in den Unwirtlichen Gebieten heutzutage passiert – wer kann das wissen?«

Seg Segutorio konnte von den alten Tagen Lohs ebenso singen wie von seiner eigenen hohen Kultur.

Ich will erst gar nicht versuchen, die Worte seiner Lieder zu übertragen. Sie dröhnten und polterten mir im Kopf herum – und ich könnte sie jetzt auch noch vortragen –, doch es waren typisch kregische Lieder.

Von Zeit zu Zeit stießen wir auf Jagdgruppen, die die weite Ebene durchstreiften – doch jedesmal gingen wir sofort in Deckung, bis sie vorbei waren. Seltsame Wesen, die auf seltsamen Reittieren ritten, gingen uns nichts an. Allerdings spürte ich Delias inneres Bestreben, unseren Marsch zu beschleunigen. Sie wollte nach Vallia zurück.

»Ich kann außerhalb Vallias keine gültige Ehe schließen, Dray. Wieder der Umstand, daß ich Prinzessin Majestrix bin – du weißt schon.«

»Ich kann warten, meine Delia – allerdings muß ich mir Mühe geben.«

»Wir müssen ja bald am Ziel sein.« Sie sah mich fragend an, während wir die Schneisen eines Waldes durchwanderten, der uns den Weg versperrte und den wir nicht hatten umgehen können. »Wenn du irgendwelche …« Sie hielt inne und begann den Satz noch einmal: »Wenn du dich irgendwie bewogen fühlst …« Und sie stockte wieder.

»Ich weiß ein paar Dinge über Vallia, Delia. Unser Zusammenleben soll so gestaltet sein, daß du stolz darauf sein kannst. Ich weiß, daß dein Vater in Vallia der Herrscher ist, und ich habe von der Macht seines Inselreichs gehört. Vielleicht …«

»Nichts da! Du wirst mein Mann und Prinz Majister sein! Hab Vertrauen, Dray. So schlimm wird es gar nicht.«

»Was das angeht«, sagte ich leichthin und wahrscheinlich auch ein wenig gedankenlos, wie mir hinterher bewußt wurde, »so haben wir unser Ziel ja noch nicht erreicht!«

»Aber das werden wir, mein Liebling! Das werden wir!«

Sobald wir am Himmel etwas fliegen sahen, gingen wir instinktiv in Deckung, ohne uns näher mit der Erscheinung zu befassen.

Im Wald rechneten wir allerdings nicht mit Impitern oder Corths und kamen schneller voran. Als die Nacht hereinbrach und das vermischte Licht der beiden Sonnen durch die Wirrnis der Äste brach, suchten wir einen Lagerplatz und stießen auf eine Reihe Höhlen in einem Erdhang. Unförmige, verdrehte Wurzeln ragten schimmernd ins Freie. Das Laub und die Wege ringsum sahen unberührt aus. Seg nickte. Wir machten uns daran, Holz zu sammeln und unser Lager aufzuschlagen.

Ich war etwas in Sorge, daß sich Delia einbilden könnte, ich hätte Angst vor einem Besuch ihrer berühmten Heimat und vor der Begegnung mit ihrem mächtigen Vater. Nun, wenn ich Delia wirklich in aller Öffentlichkeit als die Meine heimführen wollte, kam ich um diesen Schritt nicht herum, und mehr brauche ich zu diesem Thema nicht zu sagen.

Als wir in die Schlafsäcke krochen, die wir uns aus weichem, sanurkazzischem Leder und bequemen Seideneinlagen gemacht hatten, ließ ich meine Gedanken wandern, wie so oft vor dem Einschlafen. Ich verstand Delias Sehnsucht, nach Hause zurückzukehren. Was mich betraf, war ich längst auf Kregen und bei

Delia zu Hause. Doch auch bei meinen wilden Klansleuten hatte ich mich sehr wohl gefühlt, und ich wußte die Freuden eines freien Lebens zu schätzen. Seg hatte die Barbaren erwähnt, die aus dem nördlichen Turismond herabgestiegen waren, um die Reste des walfargischen Reiches zu vernichten. Ich überlegte, ob sie wohl gewalttätiger und barbarischer gewesen waren, als ich und meine Klansleute manchmal sein konnten …

Ehe ich einschlafen konnte, hörte ich aus dem hinteren Teil der Höhle ein leises Kratzen. Ein abgestumpfter Städter der Erde hätte müde die Augen geöffnet, doch ich war in Sekundenschnelle aus meinem Schlafsack und wandte mich mit blankgezogenem Schwert in die Richtung, aus der die Gefahr drohen mochte.

»Was ist?« fragte Seg.

Er stand neben mir, ebenfalls die Klinge in der Hand.

»Keinen Laut, Thelda!« sagte Delia, und ich hörte einen unterdrückten Laut, als habe sie ihrer Gesellschafterin die Hand über die breiten, roten Lippen gelegt.

Wieder ertönte das seltsame Scharren, und dann fiel die gesamte Rückwand der Höhle nach außen. Wir hatten den Raum sorgfältig abgesucht, ehe wir uns hier einquartierten, doch so etwas hatten wir nicht erwartet. Das unheimliche rosa Licht der kregischen Monde fiel auf uns.

Und in dem schwachen Mondlicht vermochte ich das gedrungene Oval zu erkennen, das sich langsam bewegte. Ich sah zwei dicke Beine, die sich krümmten, um die Masse des Körpers in die Höhle zu tragen, und ich sah die Reihen tentakelähnlicher Arme, die von gebogenen Schultern ausgingen.

Der Kopf des Wesens war herabgebeugt und im Gegenlicht nicht zu erkennen. Mir kam der Gedanke, daß das Ding vielleicht gar keinen Kopf hatte.

Es stieß ein pfeifendes Zischen aus, das mich eher an eine defekte Lenzpumpe als an eine Schlange erinnerte – trotzdem wollte mir das Blut in den Adern gefrieren.

»Hai!« brüllte Seg und griff mit erhobenem Schwert an.

Er senkte die Waffe zu einem kräftigen Hieb, und ein Tentakel entrollte sich und packte ihn am Unterarm. Das Langschwert verharrte unbeweglich über den zusammengerollten Tentakeln des Wesens. Zwei weitere Arme packten Seg um die Hüfte, hoben ihn hoch und begannen, ihn auf den rosafarbenen Schatten zuzuzerren.

Lautlos setzte ich mich in Bewegung, den Kopf vorgestreckt, um der Höhlendecke auszuweichen – und im nächsten Augenblick zerschnitt ich die beiden Tentakel, die Seg festhielten.

Sie fielen zu Boden und verschwanden wie Schlangen in einer Spalte.

Das Wesen kreischte auf – ob aus Wut oder Schmerz, wußte ich nicht –, und Seg vermochte, seinen Schwertarm zu befreien.

»Spitze, Seg!«

Gleichzeitig griff ich erneut an und grub meine Waffe bis zum Heft in den Körper des Wesens. Das Weitere passierte nun unglaublich schnell. Inzwischen weiß ich, daß diese Tiere gegenüber den meisten Lebewesen feindlich eingestellt sind. Der Angreifer hatte uns offenbar von hinten überraschen wollen. Die Morfangs, wie diese Kreaturen genannt werden, sind halbintelligent, heimtückisch und unglaublich kräftig. Und sie bewegen sich unheimlich schnell. Das Wesen lag im Mondschein vor uns, und wir sahen den klaffenden Mund mit den mächtigen Zahnreihen, die winzigen, boshaften Augen, die dünnen, schwarzen Lippen und die schmalen Atemschlitze anstelle einer Nase. Beim Ausatmen zischte das Wesen. Später erfuhren wir mehr über die Morfangs; was wir damals noch nicht wußten, war die Tatsache, daß sie meistens in Rudeln jagten.

Im Schatten am vorderen Höhleneingang bewegten sich zielstrebig einige Gestalten. Ich eilte auf die Öffnung zu. Mit schnellem Blick zählte ich sechs dieser Wesen. Thelda stöhnte und versuchte, sich aufzurichten, während Delia sie am Boden festhielt. Ich konnte mich jetzt nicht um Thelda kümmern, wir waren in höchster Gefahr!

»Seg! Nimm alles, was wir unbedingt brauchen! Und die Mädchen! Beeilt euch!«

Ich überprüfte den Hinterausgang der Höhle, wo der Überraschungsangriff begonnen hatte. Halbintelligent waren diese Wesen zwar nur, aber äußerst schlau. Wir hatten schreiend vor dem ersten Angriff fliehen und direkt in die Tentakel der draußen wartenden Artgenossen rennen sollen. Der Weg nach hinten war frei.

»Seg!« sagte ich noch einmal drängend. »Führ die Mädchen hinten hinaus – beeil dich!«

Er wollte Einwände erheben, doch ich brachte ihn mit einem wütenden Knurren zum Schweigen.

Thelda hatte die Arme verschränkt und wiegte sich stöhnend hin und her. Seg faßte sie unter die Achseln und zerrte sie hoch. Delia nahm unsere Sachen, und als sie die Höhle verließ, drehte sie sich um und warf mir einen Blick zu, bereit, Schlafsäcke und Proviant und Medizin liegenzulassen und mir mit ihrem langen, juwelenbesetzten Dolch beizustehen.

»Bitte, Delia! Geh! Versteckt euch und macht dann etwas Lärm – nicht viel, aber genug, um die Wesen abzulenken – verstehst du?«

»Ja, Dray ... o mein ...«

Ich ließ sie nicht zu Ende sprechen und scheuchte sie hinaus. Dann wandte ich mich dem Höhleneingang zu.

10

Die Geräusche aus der Höhle entsprachen nicht den Erwartungen der tentakelbewehrten Ungeheuer. Wie auf ein Kommando näherten sie sich der Höhlenöffnung.

Rosa Mondlicht lag auf den Blättern und auf dem zertretenen Boden. Es erhellte die Äste, warf purpurne Schatten auf sich windende Tentakeln.

Ich wartete vor der Höhle. Ich spürte, wie meine Füße fest auf dem Boden standen, dem Erdreich dieser Welt, vierhundert Lichtjahre vom Planeten meiner Geburt entfernt. Ich spürte den ruhigen Schlag meines Herzens. Ich war gelassen, denn ich stand im Banne der durch langes Training erworbenen Disziplinen von Zy. Ich mußte einen schrecklichen Anblick bieten.

Kaum entdeckten mich die Wesen, blieben sie stehen und verstärkten ihr Zischen. Ein Ungeheuer bückte sich und warf einen Stein nach mir. Ich schlug das Geschoß mit dem Schwert zur Seite. Das Klirren wirkte wie ein Gongschlag, die sechs Wesen huschten zischend und kreischend auf mich zu, und ein zuckender Wald aus Tentakeln versuchte, nach mir zu greifen, versuchte, mich zu packen und in die zahnbewehrte Tiefe der Mäuler zu zerren.

Ich schlug kraftvoll um mich; immer wieder stieß die scharfe Klinge zu, und wenn ich zunächst vielleicht noch Mitleid mit den hungrigen Wesen gehabt hatte, so ging dieses Gefühl im Fieber des Kampfes schnell unter. Nur das Schwert konnte mich retten. Die Absicht meiner Gegner war klar – sie wollten mich töten. Die Tentakel vereinigten sich zu suchenden, tastenden, sich windenden Ästen, deren ungeheure Kraft darauf gerichtet war, mich zu umschlingen. Ohne Waffe hätte ich keine fünf Minuten durchgehalten.

Aber auch mit der Waffe mußte ich langsam zurückweichen, mußte über Hindernisse springen und immer wieder zuschlagen, als wäre ich ein gespenstischer Holzfäller, der sich durch einen lebendigen Wald kämpfen mußte. Das nervenaufreibende Zischen ließ keinen Augenblick nach, und das schrille Geschrei zeugte sicher von Wut und nicht von Schmerz. Denn die abgetrennten Tentakel richteten sich kraftvoll auf und wanden sich wie der aufgescheuchte Inhalt einer Schlangengrube hin und her. Und diese abgetrennten Tentakel verschwanden nicht in Spalten und Rissen; die schlangengleichen Gebilde kamen auf mich zu. Sie krochen über den Boden und versuchten, sich an meinen Beinen hochzuziehen. Ich spürte ihren feuchten Griff, der meine Muskeln einengte, und als ich sie abschüttelte und durchtrennte, kam jeder neue Teil über das Laub und den Boden sofort auf mich zugekrochen.

Es gab für mich nur einen Ausweg.

Mit voller Kraft landete ich einen Hieb auf dem Kopf des nächsten Wesens. Der Kopf klaffte auf, Blut und Gehirnmasse spritzten nach allen Seiten. Das Schwert drang an den bügelähnlichen Schultern vorbei in die Tiefe des ovalen Körpers. Das Wesen fiel zurück, und ich mußte mich anstrengen, die Waffe wieder freizubekommen.

In diesem Augenblick faßten mir Tentakel um den Nacken.

Sofort zerrte ich mit der linken Hand die Main-Gauche heraus, und der rasiermesserscharfe Stahl – den ich tatsächlich zum Rasieren verwendete und entsprechend schärfte – fuhr über die muskulösen Rundungen. Auch ich bekam dabei eine kleine Wunde ab.

So konnte es nicht weitergehen.

Jetzt lagen zwei Ungeheuer am Boden, und im nächsten Augenblick taumelte ein drittes auf einem Bein davon. Ich atmete in tiefen Zügen, die ich exakt mit meinen Schwerthieben koordinierte. Die Main-Gauche bohrte sich in das Auge eines Angreifers zur linken – wieder zu tief, denn ich mußte mich anstrengen, die Waffe freizubekommen, und vermochte nur mühsam die Schwertklinge über den Kopf zu heben und andere Tentakel abzuwehren. Abgetrennte Schlangen fielen mich von hinten an, und ich spürte, wie ich das Gleichgewicht verlor.

»Hai!« brüllte ich – eine reine Atemverschwendung, die mir aber psychologisch Auftrieb gab. Im Stürzen drehte ich mich um und schob das Schwert hoch, so daß das Monstrum, anstatt auf mich zu stürzen, in die Klinge fiel, deren Griff ich gegen den Boden gestemmt hatte.

Ich löste mich und schüttelte den Kopf. Noch zwei Gegner waren übrig, wenn die anderen wirklich ganz außer Gefecht gesetzt waren – dazu eine Unzahl sich windender Tentakelreste, die mir wie eine Höllenbrut vorkamen. Noch immer ein schlechtes Verhältnis.

Dann hörte ich einen Ruf – Segs Stimme: »Hai!«

Die verbleibenden Ungeheuer zögerten. Sie waren intelligent genug, um zu wissen, wann sie mit Kämpfen aufhören mußten. Wären sie bewaffnet gewesen ...

»Hai! Jikai!« rief ich. Und sprang vor.

Das Schwert zischte durch die Luft. Links, rechts, links, rechts. Ich griff mit der Entschlossenheit eines Mannes an, der seine Aufgabe schnell zu Ende bringen will.

Die beiden Morfangs sanken zu Boden, und ich zerrte das blutverschmierte Schwert zurück. Nachdem die letzten beiden Wesen gefallen waren, entfernten sich die schlangengleichen Tentakelenden und verschwanden im mondhellen Wald. Schon damals hatte ich die Vermutung – die sich später bestätigte –, daß aus jedem dieser Teile später ein ganzes Morfangungeheuer werden würde.

Sekunden später war ich wieder bei meinen Mitreisenden und vermochte, sie zu beruhigen. Wir brachen sofort zu einem Nachtmarsch auf, um den gefährlichen Wald hinter uns zu lassen.

Es waren nur sechs Tiere gewesen, die mir aber mehr Arbeit gemacht hatten als die doppelte Anzahl bewaffneter Soldaten. Von nun an waren wir doppelt wachsam und hatten wirklich Glück, daß wir ähnliche Zusammenstöße vermeiden konnten. Die Tentakelmonstren bevölkerten einen ziemlich großen Landstrich, in dem wir ständig auf der Hut sein mußten. Vom Süden zog sich ein breiter Wüstenstreifen herauf und zwang uns, nach Ostnordost auszuweichen. Delia schüttelte den Kopf und meinte, sie erinnere sich nicht, auf dem Herflug solche Gebiete überquert zu haben. Sie war sich ihrer Sache nicht ganz sicher, doch mein seemännischer Orientierungssinn verriet mir, daß wir bei der Überquerung der Stratemsk tatsächlich zu weit nach Norden abgekommen waren und daß uns der Impiterangriff noch weiter vom Kurs abgebracht hatte.

Doch ich behielt meine Gedanken für mich – war ich doch dankbar, daß wir noch lebten, daß wir noch wandern konnten! Thelda gewöhnte sich langsam an unser Leben, und Delia war von der frischen Luft und der körperlichen Betätigung womöglich noch schöner geworden.

Der überwältigende Schatten der Stratemsk lag jetzt weit hinter uns. Die Wüste schien das Ergebnis von gewissen Mangelerscheinungen im Boden zu sein; offenbar hatte das Fehlen bestimmter Mineralien über Jahrtausende hin die Erosion gefördert. Die unbekannte Bergkette wurde ebenfalls überwunden; im Vergleich zu den Stratemsk waren die Berge winzig, doch bereiteten sie uns manche Mühe, und wir wären mehrfach fast erfroren. Auf der Ostseite veränderte sich die Landschaft völlig.

Hier mußten wir uns Mühe geben, besiedelten Gebieten auszuweichen, unbemerkt an Städten und Dörfern vorbeizukommen und Landstraßen zu meiden, die sich in Städten und an Wegstationen kreuzten.

Nun kundschafteten wir jede denkbare Einzelheit sorgfältig aus. Wir erkletterten Aussichtspunkte, von denen aus wir unseren Weg planen konnten. Einige Städte, die wir entdeckten und mieden, waren schon fast Großstädte. Oft lagen wir hinter Hecken, während Kavalkaden Bewaffneter vorüberritten oder langsame Wagen auf gepflasterten Straßen an uns vorbeirollten. Die Straßen waren großartig. Ich mußte an die alten Straßen der Inkas und der Römer denken, deren guter Zustand nur auf das Können der Erbauer zurückzuführen war. Ähnliches vermutete ich hier, denn die derzeitigen Bewohner des Landes wirkten primitiv und brutal und schienen die Arbeit zu scheuen; ihnen stand der Sinn mehr nach Silber und Gold und den leichten Dingen des Lebens.

»In ihrer strengen Art erinnern sie mich sehr an mein Volk«, sagte Seg. »Diese Städte und Dörfer müssen ständig im Krieg miteinander liegen.«

»Durchaus möglich«, meinte Delia. »Die Straßen verbinden die Orte, doch zwischen jeder Stadt und ihrem Einflußgebiet liegen unbevölkerte Landstriche.«

Mehr als einmal sahen wir hochfliegende Vögel und geflügelte Ungeheuer und versteckten uns, denn wir wußten, was wir von solchen Wesen zu erwarten hatten.

Langsam begannen wir zu begreifen, was es mit der Bezeichnung ›Unwirtliche Gebiete‹ auf sich hatte. Dieser Name bezog sich weniger auf die Natur oder die wilden Tiere als auf die Menschen. Ich machte mir weiter Gedanken über die Richtung unserer Wanderung, doch wie die Dinge standen, trafen wir mit nervenaufreibender Konsequenz immer wieder auf Umstände, die uns nach Norden abdrängten. Ich wußte, daß sich Turismond in einer breiten Halbinsel in die Cyphrische See erstreckte, und wenn wir Pech hatten, legten wir bis zu fünfhundert Meilen unnütz zurück, während wir weiter südlich längst das Meer erreicht hätten. Doch ich war nicht gewillt, eine Begegnung mit den Einwohnern dieser befestigten Siedlungen zu riskieren, denn soweit ich erkennen konnte, unterschieden sie sich erheblich von den Menschen, die ich bisher auf Kregen kennengelernt hatte.

Mehr als einmal passierten wir Städte, die von Tiermenschen bevölkert waren – Spezies, die noch niemand von uns gesehen hatte –, wobei ich zuweilen eine fast komische Erleichterung verspürte, wenn sich die Halbmenschen mancher Städte als Ochs oder Rapas erwiesen, so sehr ich solchen Wesen auch mißtraute oder sie verabscheute – Gefühle, von denen damals, das muß ich hinzufügen, mein Überleben abhing, unabhängig von den Veränderungen, die mein langes Leben und die Erfahrung inzwischen gebracht haben. Niemand von uns hatte etwas dagegen, einen großen Umweg um eine riesige Stadt voller Chuliks zu machen, auf die wir beim Eintritt in ein weites Tal stießen.

Wir stiegen wieder in die Berge, und als ich nach Süden zu wandern versuchte, wurden wir von einem Fluß aufgehalten, an dessen Ufern sich zahlreiche Wachttürme befanden. Wieder blieb uns kein anderes Ausweichen als nach Norden.

Das ganze Land war in Stadtstaaten unterteilt. Historiker und Archäologen behaupten, es habe in der alten minoischen Zivilisation auf Kreta neunzig Stadtstaaten gegeben, die freilich sehr klein gewesen sein müssen. Hier erstreckten sich die Stadtstaaten über große Gebiete oder drängten sich um eine Festung auf einem Hügel innerhalb eines Tals. Wie wild und menschenleer die dazwischenliegenden Gebiete waren, läßt sich am besten aus der Tatsache ersehen, daß Seg und ich oft überraschende Leemangriffe abwehren mußten. Dabei handelte es sich um achtbeinige, katzenhafte Raubtiere, deren riesige Reißzähne Lenkholz durchschlagen können. Und wir trafen sogar auf Graints, jene herrlich vitalen und stolzen Tiere, die ich bereits in der Nähe Aphrasöes mit den magischen Schwertern der Savanti bekämpft hatte, die nicht töteten, sondern nur betäubten. Wilde Tiere dieser Art waren in der Nähe menschlicher Siedlungen normalerweise nicht zu finden.

»Wenn ich mich nicht verrechnet habe«, sagte Delia, als wir in einem grünen Tal rasteten und das saftige Fleisch eines rehähnlichen Tiers verzehrten, das Seg erlegt hatte, »müßte die Entfernung zwischen den Stratemsk und Port Tavetus etwa zweihundert Dwaburs betragen.«

»Ja.«

»Und so weit sind wir bestimmt schon gewandert – wir sind ja schon eine Ewigkeit unterwegs.«

»Ja. Delia. Aber wir sind etwas nach Norden abgekommen …«

»O ja. Ich weiß, daß du dir deswegen Sorgen machst.« Sie überlegte und fuhr mit entschlossener Kopfbewegung fort. »Also gut. Das Flugboot hat uns ziemlich weit gebracht, und wir haben eine weite Strecke zurückgelegt. Wir sind zu weit nach Norden geraten und kommen hier nicht nach Süden durch – also müssen wir versuchen, weiter nordöstlich an die Küste zu gelangen. Die nächste vallianische Hafenstadt ist Ventrusa Thole. Es gibt dort auch pandahemische Hafenstädte, die wir aber lieber meiden sollten.«

Ich wußte, daß Pandahem und Vallia im Handel auf dem äußeren Meer Konkurrenten waren. Doch in Delias Tonfall lag eine unterschwellige Feindseligkeit, die mich überraschte.

»Haßt du die Pandahemer so sehr, Delia?«

»Ob ich sie hasse? Nein, eigentlich nicht. Beide Länder versuchen, sich an den Überresten des lohischen Imperiums zu bereichern. Beide unterhalten Siedlungen an der Ostküste Turismonds. Beide versuchen, ihre Einflußgebiete nach Westen auszudehnen ...«

»Und was das wohl nützt!« schaltete sich Thelda ein. Sie hatte auf unserer Wanderung einige Pfunde verloren, so daß ihr nun etwas von ihrer stämmigen Schönheit abging, was den armen Seg ziemlich beunruhigte. »Bei Vox!« sagte sie ziemlich heftig. »Ich wünsche den Teufeln aus Pandahem ein Grab im Meer, wo es am tiefsten ist!«

»Ruhig!« sagte Seg mit scharfem Tonfall. Das grüne Licht Genodras verlieh seinem hageren, gebräunten Gesicht das Aussehen einer Totenmaske.

Wir schwiegen sofort und rührten uns nicht mehr.

Nach wenigen Sekunden hörten wir das Schlagen zahlreicher Flügel. Ein seltsames, unheildrohendes, atemberaubendes Rauschen drang an unsere Ohren.

Schatten zuckten über die Hügel, Doppelschatten der Doppelsonne – zuerst nur vereinzelte Umrisse, dann Gruppen, bis sich der ganze Himmel verdunkelt hatte. Wir behielten die Köpfe unten.

Delia sah mich an, und ich blickte sie an; ihr Gesicht blieb unbewegt, der Blick ihrer schimmernden Augen ruhte spöttisch auf meinem Gesicht, und ich sehnte mich danach, sie in die Arme zu schließen. Doch wir blieben reglos und stumm liegen.

Und jetzt hörte ich ein seltsames Klirren am Himmel, begleitet von den gewaltigen Windstößen riesiger Flügel.

Der Lärm ließ nach, und die Schatten zuckten über uns dahin. Seg berührte mich am Arm; er hatte alles sehen können.

»Sie sind fort.«

Wir blickten hoch und sahen, wie die Schar fliegender Ungeheuer wolkengleich über den fernen Hügeln verschwand.

Segs Gesicht blieb ernst, während Thelda ihrer Erleichterung Luft machte.

»Was war das, Seg?« fragte Delia.

»Ich kenne die Vergangenheit – alle Lohier kennen die Vergangenheit unseres großen Reiches, das Walfarg auf Turismond gründete. All die uralten Legenden. Aber …« Er wischte sich mit der Hand über die Stirn, auf der Schweiß schimmerte. »Aber ich hätte nie gedacht, daß ich sehen würde, wie sie zum Leben erwachen!«

»Was meinst du?«

»Das waren Impiter. Aber – sie trugen Männer auf dem Rücken!«

Sofort erinnerte ich mich an Pur Zazz, den Ersten Abt der Krozairs von Zy, und an seine Abschiedsworte. »Ich würde mich über Schilderungen deiner Erlebnisse freuen, Pur Dray, über Beschreibungen der Dinge, die du dort siehst. Es heißt, jenseits der Berge, in den Unwirtlichen Gebieten, gibt es Stämme, die auf dem Rücken gewaltiger Lufttiere reiten.«

Und hier waren sie nun.

Wenn man allerdings bedenkt, daß die Menschen der Erde Pferde und Kamele und Esel gezähmt haben und als Reittiere benutzen, daß auf Kregen Zorcas und Voves und Sectrixes und Yulankas und andere herrliche Tiere geritten werden, dann ist das gar nicht so verwunderlich. Waren die Impiter und Corths groß genug, um einen Menschen zu tragen, wäre es eher seltsam gewesen, wenn diese gewaltigen Vögel *nicht* als Reittiere gezähmt worden wären. Und so kam es, daß mich Seg Segutorios Worte eigentlich nicht überraschten.

»Seg hat sie so früh gesehen, daß sie uns nicht bemerkt haben«, sagte ich. »Bei Zim-Zair, wenn wir vier solche Flugtiere hätten, wäre die Reise nach Port Tavetus oder Ventrusa Thole etwas angenehmer für unsere Füße.«

Delia sah mich von der Seite an. Ihre Überraschung war verständlich; sie wußte, wie sehr ich unser langsames Vorankommen genoß. Als ihr dann bewußt wurde, daß ich wirklich nach Vallia wollte, begann sie zu lächeln. Und doch war sie unsicher, wie mein Auftritt in Vallia verlaufen würde. Ihr Vater hatte einen schlimmen Ruf.

»Aye!« sagte Seg und sprang auf. »Und den Umgang mit den Vögeln lernt man bestimmt schnell! Sie müssen gut gezähmt und trainiert sein.«

»Auf jeden Fall«, sagte ich. »Sonst würden die Reiter entweder abstürzen oder zwischen die Füße der Vögel rutschen.«

Mit diesen Worten suchten wir unsere Sachen zusammen, nahmen die Waffen zur Hand und setzten die Wanderung fort.

Im Tal unter uns marschierte eine Armee.

Sofort verschwanden wir hinter einer Erhebung. Aus unserem Versteck beobachteten wir Infanterie, Kavallerie und Artillerie – verschiedene Arten von Varters und Katapulten –, und ich hörte, wie Seg leise durch die Zähne pfiff.

»Was ist, Seg?«

»Ich komme mir vor wie in Loh«, sagte er. Sein Blick ruhte sehnsüchtig auf den marschierenden Kolonnen. »Es ist, als blickte ich durch die erleuchteten Bildrollen meines Volkes – ich sage dir, Dray Prescot, die Armee da unten ist eine Armee aus der Vergangenheit wie diese Krieger auf den Riesenvögeln!«

Ich schwieg; ich respektierte die Stimmung, die ihn plötzlich ergriffen hatte. Er hatte mir von den erleuchteten Bildrollen seines Volkes erzählt. Diese Darstellungen waren besonders in Ländern bekannt, in denen das Lesen und Schreiben nicht sehr verbreitet war, und erzählten auf langen Bändern in vielen tausend Bildern ihre Geschichten. Eine Rolle dieser Art konnte so dick sein wie ein Chunkrahschenkel. Zahlreiche Künstler widmeten ihr Leben der Gestaltung solcher Bildrollen, die unabhängig von der erzählten Geschichte oft von großer Schönheit waren.

Segs Stimme bebte, als er sagte: »Eine Armee aus der Vergangenheit – eine Armee Lohs, die in der Pracht des Walfargreiches aufmarschiert!«

Auf der Erde und auf Kregen habe ich viele marschierende Armeen gesehen, und ich wußte die Qualitäten wie auch die Schwächen solcher Kolonnen zu beurteilen. Die Männer unter uns schritten mit besonderem Schwung aus, in einwandfreiem Gleichschritt, die Speere in identischem Winkel geneigt. Die Kavallerie ritt in Schutzformation. Die Artillerie – im Vergleich zu den Schleuderwaffen, die ich vom Binnenmeer gewöhnt war, sahen die Varters seltsam aus – fuhr in sauberer Formation. Ich registrierte alle diese Einzelheiten und zog daraus meine Schlüsse. Doch es war Delia, die das Wichtigste erkannte.

»Am liebsten würde ich fluchen wie Thelda!« sagte sie aufgebracht. »Siehst du nicht – sie marschieren genau in die Richtung, die wir einschlagen wollen!«

Ich stieß einen Fluch aus – sie hatte recht! Uns blieb nichts anderes übrig, als die etwa zehntausend Soldaten vorausziehen zu lassen und ihnen sehr vorsichtig zu folgen. Wie Seg und ich sofort feststellten, waren die Kundschafter dieser Armee vorzüglich.

»Allerdings«, sagte ich zweifelnd, »scheinen sie ein bißchen zu gut zu sein.«

»Wie meinst du das?«

»Nun – sie sehen sich im Vorfeld um, überprüfen jeden Hügel und Hohlweg und haben die Flanken unter Kontrolle. Aber das alles scheint mir irgendwie mechanisch abzulaufen, als hätte jeder Mann ein Regelbuch in der Hand. Wenn ich zum Beispiel Befehlshaber dieser Armee wäre, würde ich mich auch dafür interessieren, ob nicht etwa vier Räuber hinter einem benachbarten Hügel lauerten – es könnte ja noch mehr von der Sorte geben.«

Thelda sah mich einen Augenblick lang besorgt an,

dann lachte sie und schlug mir auf den Bizeps. »Oh, Dray! Du meinst ja *uns!*«

»Ja, Thelda!« sagte ich ernst.

Als wir der Armee langsam folgten, kam Seg nach seiner anfänglichen ungläubigen Reaktion etwas zur Ruhe und erzählte uns, daß die Uniformen der Soldaten aus einer Zeit vor etwa dreihundert Jahren stammen mochten, und ich glaubte ihm, denn die kregischen Uniformen sind meistens bunt und praktisch und verändern sich mit der Zeit nur wenig. Obwohl Leben und kulturelle Entwicklungsstufen auf Kregen ganz unterschiedlich sind, ging es im allgemeinen doch vorwärts – es gab eine kulturelle Fortentwicklung, neue Länder, die erschlossen wurden, neue Königreiche, neue Imperien. Viele neue Völker entstanden aus den Trümmern des Reiches Loh, und hier in den Unwirtlichen Gebieten waren wir auf eine Armee gestoßen, die so ausgerüstet war wie im alten Loh.

Seg lachte unsicher. »Im ersten Augenblick dachte ich schon, ich hätte eine Geisterarmee vor mir.«

In Wirklichkeit hatten sich Überreste lohischer Sitten und Gebräuche über den Zusammenbruch des alten Reiches und den Ansturm der Barbarenhorden hinweggerettet. Diese Armee gehörte sicher zu einem Stadtstaat, der im wesentlichen seinen lohischen Charakter bewahrt hatte. Ich muß heute eingestehen, daß mich diese Schlußfolgerung zunächst aufmunterte. In dem verrückten Gewirr aus Stämmen und Stadtstaaten hatten wir vielleicht endlich ein zivilisiertes Volk gefunden, bei dem wir Unterschlupf finden und etwas zur Ruhe kommen konnten.

Sie fragen sich vielleicht, warum ich dann nicht spornstreichs hinabrannte und mich dem Armeekommandanten vorstellte. Wenn Ihnen dieser Gedanke tatsächlich gekommen ist, mein Freund, haben Sie sich meinen Bericht über Kregen nicht aufmerksam genug angehört.

Seit der Verdunklung der grünen Sonne Genodras durch die rote Sonne Zim – ein Ereignis, das im fernen Magdag schlimme Folgen für mich gehabt hatte – ging die grüne Sonne als erste auf und auch wieder unter. Als wir an diesem Abend im Licht der dunkelroten Strahlen Zims unser Lager aufschlugen, konnten wir die Lagerfeuer der Armee sehen – wie winzige, flammende Spiegelungen der Sterne über uns.

Am Morgen formierte sich die Armee mit lautem Rasseln zum Abmarsch, es wurde viel gedrillt und an flatternden Fahnen vorbeiparadiert, ehe man endlich aufbrach. Mein Unbehagen gegenüber dieser Streitmacht wuchs und fand seine schlimme Bestätigung, als plötzlich, einen Dwabur entfernt, die unheimliche Wolke über einem Hang auftauchte. Fasziniert sahen wir zu.

Der Kampf ging uns nichts an, und sein Ausgang brachte uns weder Vorteile noch Nachteile. Wir gingen auf einer Anhöhe in Deckung und sahen zu. Wir hatten zuvor an einem Hochlandsee Wasser getrunken und Palines verzehrt – und wir hatten keine Lust, in die Auseinandersetzung zwischen der lohischen Armee und dem flügelschlagenden, berittenen Vogelheer einzugreifen. Die fliegende Armada raste mit großer Schnelligkeit heran und begann mit ihrem Angriff auf die Männer am Boden. Diese reagierten mit der strengen Disziplin gutgedrillter Soldaten, die sich nach ihren Vorschriften richten. Und hier offenbarten sich nun die Schwächen, die ich schon befürchtet hatte. Die Voraussetzungen für eine Abwehr des Luftangriffs waren bestens, doch die Art und Weise, wie die laut gebrüllten Befehle ausgeführt wurden, schuf Verwirrung. Die Offiziere waren sichtlich außerstande, die Vorteile zu nutzen.

Bei den Flugwesen handelte es sich um Impiter – vermutlich um dieselbe Gruppe, die wir schon gesehen hatten. Die Männer auf den Rücken der Vögel waren zu weit entfernt, als daß man sie genau erkennen konnte, doch ich vermutete, daß sie neben ihrer Tierhaftigkeit auch gewisse menschliche Züge hatten.

»Seht doch!« kreischte Thelda, und Seg mußte sie gewaltsam zu Boden drücken, so aufgeregt war sie.

Die Flugwesen stießen herab, und die Männer in den Sätteln schossen Pfeile ab oder schleuderten Wurfspieße. Sofort gewannen sie wieder an Höhe und machten kehrt, um erneut anzugreifen. Die Lohier schossen in den Himmel und erlegten manches Flugwesen, doch die Armee war in heilloser Verwirrung, und verschiedene Gruppen hatten bereits die Flucht ergriffen. Im Tal vor uns entwickelten sich Hunderte von Einzelkämpfen.

»Nein, nein, nein!« sagte Seg immer wieder. Seine Augen verrieten die Erregung, die ihn gepackt hatte. Unentwegt ballte und öffnete er die Fäuste. Er hob seinen Langbogen, und ich fragte leise: »Seg?«

Er musterte mich mit starrem Blick. Er atmete heftig. »Sie kommen aus Loh!«

»Du kommst aus Erthyrdrin, Seg. Aber wenn du es wünschst…«

Ich machte Anstalten, meinen Langbogen zu spannen.

»*Nein!*« rief Delia. »Nein, Dray! Das wäre Wahnsinn! Selbstmord!«

»Oh, Dray!« klagte Thelda.

Nur eine Frau konnte mich in meinen Entscheidungen wankend machen, ob sie nun richtig oder falsch waren.

Ich zögerte…

Und dann schwebte ein dunkler Schatten über uns, und ein Dutzend riesiger Flugwesen umkreiste unsere Deckung – umkreiste auch eine verängstigte Reitergruppe, die ihre Tiere zwischen die Hügel gelenkt hatte, um dem Angriff zu entkommen.

Die Reittiere waren Nactrixes – verwandt mit den

mir bekannten Sectrixes, große, sechsbeinige Tiere mit gedrungenen Köpfen, allerdings größer und mit breiterem Brustkorb. Ihr schieferblaues Fell war länger und dichter und sauber geschnitten und gestriegelt.

Bei den Reitern handelte es sich um Offiziere mit blitzendem Sattelschmuck und bestickten Brokatdekken und nicht minder kostbaren Uniformen. Einige Männer versuchten, ihre Pfeile abzuschießen, doch die Sorge um ihr Leben trieb sie weiter, und die Pfeile verfehlten ihr Ziel.

Thelda kreischte.

Seg fluchte. Er zog die Sehne durch und ließ den Pfeil losschnellen, der sich in den Körper eines Flugwesens bohrte.

Während noch der Schmerzensschrei ertönte und der Riesenkörper herabstürzte, fand bereits mein erstes Geschoß sein Ziel.

Damit waren Seg und ich in den Kampf verwickelt. Ringsum peitschten die Riesenflügel der schimmernden Impiter die Luft. Wir duckten uns und wichen den Wurfspeeren und Pfeilen aus, während unsere Geschosse Flügel und Bauch, Brust und Kopf der Angreifer trafen. Ich sah drei barbarische Reiter schreiend in den hohen Sätteln schwanken, festgehalten von den Gurten, während die schwerverletzten Tiere verzweifelt in der Luft zu bleiben versuchten.

»Hinter dir, Dray!« – Delias Stimme.

Ich fuhr herum, duckte mich und sah die riesigen Krallen knapp meinen Kopf verfehlen. Sie schlossen sich um Kopf und Schultern eines Mannes auf einem Nactrix und zerrten den Schreienden in den Himmel. Seg feuerte, doch ein Windhauch von einem schlagenden Flügel lenkte sein Geschoß ab. Ich sah ein anderes herabstoßendes Flugmonstrum, und die bösartige Kreatur auf seinem Rücken – ein Wesen mit eng beieinanderstehenden Augen, einem verkrampften, eckigen Mund und rotgefärbten Haaren, die ihm grotesk um den gedrungenen Kopf flatterten. Ich sah den wilden Schimmer in diesen Augen, wich dem Wurfspieß aus, packte ihn, als er sich neben mir in den Boden bohrte, drehte ihn um und warf ihn zurück. Die Feuersteinspitze bohrte sich in den reichverzierten Brustpanzer aus Leemleder. Der Impiter drehte ab, und ich sah, wie der Reiter den eckigen Mund öffnete und hellrotes Blut hustete.

Ein Nactrix, dessen Gedärme auf dem Boden schleiften, galoppierte, wie von Sinnen vor Schmerz brüllend, an uns vorbei. Der Reiter wurde vor meinen Füßen zu Boden geworfen, und ich bückte mich und richtete ihn auf. Sein junges, bleiches Gesicht war schweißbedeckt; ein Auge war zugeschwollen und lief dunkelrot an, und hellrotes Haar verkrustete sich um eine große Kopfwunde.

»Nimm dein Schwert und kämpfe!« sagte ich und zerrte ihn hoch.

Er riß die Augen auf, und der Ausdruck blanken Entsetzens verschwand. Er schien wieder einigermaßen zu sich zu kommen, zog sein Schwert – ein Zahnstocher im Vergleich zu den Langschwertern, die Seg und ich in den Kampf brachten – und nahm Kampfstellung ein.

Thelda kreischte noch immer.

Ich sah Seg drei Pfeile abschießen – so schnell hintereinander, daß der letzte schon in der Luft war, ehe der erste sein Ziel fand. Drei weitere rothaarige Angreifer sanken in ihren Gurten zusammen. Auch mein Bogen sirrte, und ein weiterer Impiterreiter zuckte zurück und rutschte mit wild um sich schlagenden Armen und Beinen vom Hals seines Reittiers, so daß die Flügel gnadenlos gegen seinen Körper trafen, als der Vogel aufzusteigen versuchte.

Ringsum war das Gras mit Blut besudelt. Tote Nactrixes lagen neben ihren Reitern am Boden; doch der junge Mann, den ich gewaltsam aus seiner Erstarrung gerissen hatte, schwenkte sein Schwert, und sein rotes Haar schimmerte hell im Schein der Morgensonnen, und er brüllte sinnlos anfeuernde Worte.

Seg keuchte und schoß wieder. Ein angreifender Impiter wurde durch das Auge ins Gehirn getroffen und stürzte mitten im Flug wie ein Felsbrocken ab.

Ich rannte los, um mich mit seinem Reiter auseinanderzusetzen, der geschickt von dem toten Tier sprang und ein langes, dünnes Schwert zog. Sein Leempelz war bunt eingefärbt, die bronzenen Knöpfe und Schnallen schimmerten im Sonnenlicht und blendeten mich im ersten Augenblick. Den Langbogen in der linken Hand, zog ich mit der rechten das Langschwert. Entschlossen stellte er sich zum Kampf; offenbar meinte er, er müsse mich nur besiegen, um von seinen Kameraden gerettet zu werden. Über seine Schulter blickend, sah ich, wie einer seiner Mitkämpfer die Zügel seines Flugwesens herumzog und es mit ledergeschützten Füßen anspornte. Der Riesenvogel kam direkt auf mich zu. Ich machte mich darauf gefaßt, mit zwei Gegnern gleichzeitig zu kämpfen.

»Hai!« brüllte der Mann am Boden und griff an.

Mit mächtiger Bewegung schlug ich seine Klinge zur Seite, ließ sie hochwirbeln und stieß zu; aus der Bewegung heraus rollte ich mich am Boden ab. Ich spürte das Sausen riesiger Flügel und einen kalten Luftzug. Fast hätte ich es geschafft; doch eine scharfe Kralle ritzte an meiner Flanke entlang, raubte mir den Atem und ließ einen teuflischen Schmerz durch meinen Körper zucken.

Doch ich vermochte den Schmerz zu beherrschen. Noch immer mein Schwert haltend, kam ich taumelnd und keuchend hoch und drehte mich um. In dem Moment wurde Delia von den grausamen Krallen eines Impiters gepackt und in die Höhe gerissen!

Ich brüllte – irgend etwas, ich weiß nicht mehr, was. Meine Delia wurde entführt! Die Angreifer zogen sich jetzt zurück; sie hatten keine Lust, den wehrhaften Männern am Boden weitere Opfer zu bringen. Aus dem Nichts traf mich plötzlich ein Schlag am Hinterkopf, und ich stürzte vornüber ins blutige Gras.

Ungeschickt rollte ich mich herum. Dann konnte ich mich nicht mehr bewegen. Ich mußte mit ansehen, wie ein letzter Wurfspieß Seg am Bein traf und ihn zu Fall brachte. Ich blickte dem verfluchten Impiter nach, der meine Delia in seinen Klauen forttrug. Das Wesen auf seinem Rücken schwenkte seinen Speer und ließ einen lauten Siegesschrei ertönen.

Meine Delia war mir entrissen, von einem abscheulichen und gnadenlosen Wesen entführt, wie ich es noch nie gesehen hatte. Ich hatte sie wieder verloren, meine Delia aus Delphond... Die Schwärze, die mich umgab, war von abgrundtiefer Verzweiflung erfüllt.

11

Das Schauspiel *Sooten und ihre zwölf Freier,* das in dem geschlossenen Theater vorgeführt wurde, begeisterte das Publikum sehr. Obwohl ich diese Tragödie sehr bewunderte, die fast im gesamten zivilisierten Kregen bekannt ist, irritierte mich heute die Handlung, die Worte kamen mir sinnlos vor, die melodischen Sätze schienen mir bloßes Gewinsel zu sein. Die Wunde auf meinem Schädel war mit der üblichen Schnelligkeit verheilt – eine nützliche Nebenwirkung des Bades im Taufteich von Zelph, das mir im übrigen eine tausendjährige Lebenserwartung verliehen hatte. Doch was nützten mir tausend Jahre, wenn meine Delia aus den Blauen Bergen sie nicht mit mir teilen konnte?

Eine seltsame innere Lähmung hielt mich gepackt. Auch Seg war verwundet worden und wurde nun hier in Hiclantung gesundgepflegt. Was Thelda anging, so mußte ich Lügen erfinden und Tricks anwenden, um vor ihren ständigen Klagen und Tränen etwas Ruhe zu haben. In diesem Augenblick wähnte sie mich schlafend im Bett – in den Räumen, die man uns in einer rotweißen Backsteinvilla auf einem Südhang der Stadt in Nähe der Stadtmauer zugewiesen hatte. In meiner erschöpften und seltsam entrückten Stimmung langweilte mich Sooten mit ihren endlosen Sticheleien, die ihre aufdringlichen Freier zu spüren bekamen – sie war wohl so etwas wie eine kregische Penelope, fürchte ich. Entschlossenheit und Zorn waren mir fremd geworden. Ohne Delia bedeutete mir das Leben nichts mehr.

Wenn Sie sich wundern, daß wir drei einsamen Wanderer plötzlich eine im lohischen Baustil errichtete Villa zur Verfügung hatten, so entspricht das durchaus meinen damaligen Gefühlen. Der junge Mann, den ich wieder zur Besinnung gebracht hatte, war – wie an seiner Uniform und an seinem Hochmut zu erkennen – in der Armee Hiclantungs von hohem Rang. Der junge Hwang – so hieß er, gefolgt von zahlreichen wohlklingenden Namen und Rangbezeichnungen und Besitzaufzählungen – war der Neffe der Stadtkönigin, die, obwohl wir sie ganz offiziell schon kennengelernt hatten, eine Fremde für uns geblieben war. Doch hatten wir es ihr zu verdanken, daß wir so gut behandelt wurden.

Diese Entwicklung ist nicht überraschend. Jeder Kämpfer weiß, wenn er einem Mann in schimmernder Uniform voller hoher Rangabzeichen einen wertvollen Dienst erweist, kann er mit der Dankbarkeit der Machthaber rechnen – *ceteris paribus* –, und seine Tat mag ihm manche Vorteile bringen. Wir hatten den Neffen der Königin aus Todesgefahr gerettet und erhielten nun unsere Belohnung.

Ich hätte alle Neffen der Königin frohgemut zu den Eisgletschern Sicces geschickt, wenn dafür meine Delia zu mir zurückgekehrt wäre.

Eine Hand berührte meinen Arm.

»Langweilt dich das Stück, Dray Prescot?«

»Ich kenne es bereits, Hwang, und bewundere den geschickten Aufbau – schließlich sollen schon Teile der Handlung auf jahrtausendealten Tontafeln zu finden sein. Nein – es liegt nicht am Stück, sondern an mir.«

Trotz seines etwas stutzerhaften Benehmens und seines Zusammenbruchs auf dem Schlachtfeld war Hwang im Grunde in Ordnung, ein junger Mann, der einmal über dem Durchschnitt stehen konnte, wenn man ihm nur die Chance dazu gab. Jetzt lachte er und sagte: »Ich kann dich zu einem vollblütigeren Sport führen, wenn du es wünschst.«

Ich hatte solche Angebote schon in Zenicce abgelehnt. »Vielen Dank«, sagte ich. »Ich habe kein Interesse. Ich möchte lieber einen kleinen Spaziergang machen.«

Über dem Theater stand der größte der sieben kregischen Monde – die Jungfrau mit dem Vielfältigen Lächeln – am wolkenlosen Himmel. Die ganze Stadt war in rosa Mondlicht getaucht. Bald würden zwei weitere Monde aufsteigen, die Zwillinge, die einander umkreisten. Als wir aufbrachen, lösten sich dunkle Gestalten aus Nischen und schlossen sich uns an. Die Leibwache des jungen Hwang, von der Königin gestellt, eine Vorsichtsmaßnahme zum Schutz des Thronfolgers – aber eine Störung für mich, der ich allein sein wollte.

Die Häuser in Hiclantung besaßen Dächer, die zum Himmel hin bewehrt waren; jeder Dachgarten besaß eine Abdeckung, die am Abend geschlossen wurde. Über den Dächern waren kräftige, dünne Drähte gespannt, die mit der Hand gezogen und in stundenlanger Arbeit geschmiedet worden waren. Metalldorne ragten in häßlichen Bündeln an jeder Ecke, an jedem Vorsprung empor. Die ganze Architektur war darauf abgestellt, keinen Angriffspunkt zu bieten. Überall in der Stadt ragten hohe, schmale Türme auf, die sich nach oben hin wie Tulpen zu kleinen Festungen mit spitzen Dächern verbreiterten. Tulpenförmig, zwiebelförmig, mit Kuppeln oder Spitzen – doch niemals flach. Nirgendwo konnte sich ein größeres Flugwesen niederlassen.

»Die Tänzerinnen im Shling-Feraeo sind ausgesprochen hübsch«, versicherte Hwang. Ich merkte wohl, daß er sich noch keinen Reim auf mich machen konnte. Doch mir war gleichgültig, was er von mir hielt oder nicht von mir hielt, und selbst wenn es mir etwas ausgemacht hätte, ich hätte mir keine Mühe gegeben, ihn aufzuklären.

»Vielen Dank, Hwang. Aber für Mädchen bin ich heute abend nicht in der Stimmung, so hübsch sie auch sein mögen.«

Im Mondlicht hatte Hwangs rotes Haar eine seltsam dunkle Färbung angenommen. Er war ein gutmütiger, junger Bursche; in Anbetracht der Umstände und seiner Herkunft war er sogar erstaunlich freundlich. Ein oder zwei Jahre bei Hap Loder und meinen Klansleuten von Felschraung hätten ihm sehr genützt.

Von Hwang hatte ich all meine Informationen über die Stadt, über diese zivilisierte Insel in einer Wildnis der Barbarei. Als das von Walfarg geschaffene Reich in Loh zerfiel, hatten hier in Ostturismond die Städte ihre Kultur zusammengehalten und sich nach besten Kräften gegen die Invasoren aus dem Norden gewehrt. Einige Städte waren gefallen und waren nur noch Ruinen, von Leem und Wölfen und Risslaca bewohnt. Andere hatten ihren Stadtstatus halten können, dienten jetzt jedoch den Barbaren, Tiermenschen oder Halbmenschen als Unterkunft. Einigen war es jedoch gelungen, ihre lohische Kultur und Zivilisation zu bewahren, und sie beschritten als Städte und Stadtstaaten ihren eigenen Weg – Inseln des Lichts in einem Meer der Dunkelheit.

Von Loh wußten diese Menschen nichts.

Legenden und Fabeln, Bruchstücke von Überlieferungen und dann und wann ein wagemutiger Reisender – dies waren die einzigen Kontakte zur alten Heimat.

Ich ahnte, daß Vallia und Pandahem, die neuen expansionsfreudigen Reiche, die sich an der Ostküste festsetzten, in diesem Land kein leichtes Spiel haben würden. Mit dem Schwert allein kam man hier nicht weit.

Hwang bemühte sich redlich, mir meine Depression auszutreiben.

»Wenn du keine Mädchen magst, dann begleite mich zu den Nactrixställen. Ich müßte neue Tiere kaufen, weil ...« Er unterbrach sich hüstelnd. Ich wußte wohl, warum er neue Nactrixes erwerben mußte.

»Vielen Dank, Hwang, aber ...«

Er unterbrach mich mit einer Handbewegung und blieb stehen. Seine Leibwächter starrten hinter uns in die Schatten.

Das Leben war für die Lohier von Hiclantung ein kostbares Gut, etwas, das man jeden Tag neu genießen sollte in dem ewigen Kampf gegen das Meer der Barbarei, das ständig gegen die alten Mauern brandete. Loh hatte sich zurückgezogen, und es gab für diese Menschen keinen Weg in die Heimat, keinen Weg durch die Unwirtlichen Gebiete, in denen Raubtiere und Barbaren hausten – selbst wenn sie Heim und Herd hätten im Stich lassen wollen. Ich ließ den jungen Hwang also gewähren. Damals vermochte mich kaum ein anderer Gedanke zu fesseln als die qualvollen Erinnerungen an die Entführung meiner Delia aus Delphond.

Doch Hwang gab sich noch nicht geschlagen. »Dann sehen wir uns eben die Corths an, die mir der gerissene Nath verkaufen will ...«

Ich horchte auf, ehe mir zu Bewußtsein kam, daß es

einen solchen Zufall nicht geben konnte. Nath ist ein sehr verbreiteter Name auf Kregen; ich hatte bereits in Zenicce Nath, den Dieb, und meinen alten Ruderkameraden Nath aus Zolta kennengelernt.

Dieser Nath war ein dicker, fröhlicher Mann mit Stubsnase und wäßrigen Augen. Er trug einen lockeren Turban, der schräg auf einem Ohr saß, an dem ein großes, pagodenähnliches Gebilde baumelte, größer als jeder Ohrring, den ich je gesehen hatte. Seine Robe war neu und auf lohische Art mit schlangenähnlichen Risslaca und Orchideen bestickt, die sich um Mondblumen wanden. Nur seine Schuhe waren – was mich doch sehr enttäuschte – schlicht und rechteckig. Er hätte Pantoffeln mit eleganten Schnabelspitzen tragen müssen.

»Lahal, Dray Prescot«, sagte er, als wir so etwas wie ein Pappattu hinter uns gebracht hatten – ich brauchte also nicht mit kämpfen oder ihm Obi zu gewähren, wie das in anderen, ebenso zivilisierten Gegenden des Planeten bei der ersten Begegnung üblich war. Er schwang seinen mächtigen Körper herum und ließ ihn wieder auf einen Stapel Decken, Kissen, Ledergeschirr und Flugseide sinken. Hwang musterte bereits die Corths, die unter den Dachbögen des Corthodroms sich auf ihren Stangen bäumten, an denen sie mit Flügeln und Beinen festgekettet waren.

»Ein paar gefallen mir, Nath«, sagte er, ohne auch nur den Versuch zu machen, um den Preis zu feilschen. Die beiden begannen zu verhandeln, während ich mir die fliegenden Ungeheuer näher ansah, die unseren Flug durch die Stratemsk gefährdet hatten.

Der Corth ist vogelähnlicher als der Impiter, wenn auch nicht so groß und temperamentvoll. Soviel ich weiß, übertreffen nur zwei andere Flugwesen den Impiter an Kraft und Ausdauer. Ein Corth trägt im allgemeinen nicht mehr als zwei Passagiere. Er hat große, runde Augen, einen schmalen, gefiederten Kopf, eine breite Brust und lange Flügel, was auf gute Flugeigenschaften schließen läßt; die Beine sind kurz und stämmig und in ihrer Befiederung – je nach Corthart – verschieden. Die Tiere traten unruhig von einem Fuß auf den anderen und legten die Köpfe schief, um mich nacheinander von beiden Schnabelseiten her zu mustern. Ihr Gefieder wies die Farben des ganzen Spektrums auf, und die verschieden geformten Muster verliehen den Vögeln etwas ungeheuer Prachtvolles. Im Vergleich zu den Impitern, die neben ihren Stachelschwänzen und Reißzähnen ein pechschwarzes Gefieder hatten, boten die Corths einen herrlichen Anblick.

Auf eine Frage von mir reagierte Nath mit solchem Gelächter, daß sein ganzer Körper in wabbelnde Bewegung geriet. »O nein, mein Lieber! Wir würden es unserem schönen Corth nicht gestatten, auf einer Stange *vor* dem Fenster zu hocken! Die Barbaren würden herabstoßen und ihn töten und würden die Stange zu ihren eigenen Zwecken benutzen. Wir wollen ja tunlichst verhindern, daß Flugwesen in unserer Stadt landen!«

»Das ist mir aufgefallen.«

Das Corthodrom nahm das Obergeschoß eines großen Gebäudes ein, das auf demselben Südhang stand wie unsere Villa. Ich dachte an Seg, der sich langsam erholte, und an Thelda, die mich im Schlaf zu bewachen meinte. Als wir die Gehege verließen und von Nath mit einem heiseren »Remberee, Dray Prescot« verabschiedet wurden, war ich müde genug, um nach Hause zurückzukehren.

Hwang hielt mich zurück. Er blickte gespannt die lange Treppe hinab, die zur Straße führte und die alle zwanzig Stufen einen von Schießscharten gesäumten Absatz hatte. Eine Gruppe Bewaffneter kam uns auf den weißen Steinstufen entgegen, die im rosa-purpurnen Mondlicht schimmerten.

Hwang lachte plötzlich auf, und ich spürte, wie die

Leibwächter hinter uns ihre Langbogen wieder sinken ließen.

Die beiden Gruppen trafen sich.

»Du bist noch spät unterwegs, Hwang.«

»Jawohl, Majestrix.« Hwang neigte den Oberkörper in die Waagerechte. Da mir diese Sitte schon in Zenicce nicht gepaßt hatte, machte ich nur eine Verbeugung. Königin Lilah von Hiclantung musterte mich.

»Anscheinend habe ich hier zwei Impiter mit einem Pfeil erlegt. Ich bin gekommen, um mit dem dicken Corthmann Nath zu feilschen, und nun wird mir das Vergnügen bereitet, Sie kennenzulernen, Dray Prescot. Ich hatte mir eine formellere Begegnung vorgestellt – ich fürchte, ich habe Ihnen noch nicht genug dafür gedankt, daß Sie den armen Kopf meines törichten Neffen gerettet haben.«

Auf solchen höflichen Unsinn findet ein schlichter Seeoffizier und Kämpfer normalerweise nicht die rechten Worte. Ich verbeugte mich noch einmal und sagte nur: »Das Vergnügen ist ganz auf meiner Seite, das versichere ich Ihnen.«

Wie lange dieses seichte Geschwätz noch weitergegangen wäre, weiß ich nicht. Königin Lilah war sehr groß, ihre dunklen Augen waren auf gleicher Höhe mit den meinen, und ihr rotes Haar war zu einem Turm frisiert worden, in dem Juwelen und Perlenschnüre schimmerten. Das dunkelblaue Kleid, reich bestickt und steif vor Gold- und Silberfäden, ließ nicht erkennen, wie sie gebaut war; ihr Gesicht jedoch war sehr bleich und glatt und stark geschminkt; ihre Augen wurden durch schwarze Striche betont, und ihre Lippen waren dick bemalt. Sie musterte mich eingehend, und ich erhielt einen ersten Eindruck von ihrer majestätischen Ausstrahlung; ihre dunkelschimmernden Augen hatten etwas Hypnotisches, das durch die Schatten auf ihren Wangen und die steilen Brauen noch betont wurde.

Neben ihr stand ein Mann in einer eleganten, dunkelgrünen Robe. Er hatte ein auffälliges, bärtiges Gesicht und ausdrucksvolle Hände mit zahlreichen Ringen an gepflegten Fingern. Er sprach davon, daß die Kundschafter, die die Heimat der Angreifer feststellen sollten, bisher noch nicht zurückgekehrt waren. Ich hatte also noch keine Spur von Delias Aufenthaltsort.

»In ein paar Tagen sind sie bestimmt wieder hier«, sagte der Ratsherr Orpus, der das Vertrauen der Königin genoß. »Dann wissen wir, was wir unternehmen müssen.«

»Ich bin ganz sicher, daß sie im Sold der Rasts aus Chersonang standen. Bald stehen unsere Pläne fest, und dann...« Die Königin sprach nicht zu Ende, obwohl nun ein für mich interessantes Thema diskutiert wurde – Chersonang war ein mächtiger Stadtstaat, dessen Gebiet an Hiclantungs Grenzen stieß und mit dem es, wie nicht anders zu erwarten, ständig Reibereien gab –, denn in diesem Augenblick brach völlig überraschend ein Pfeilhagel über uns herein.

Schon stürzte sich eine Horde schwarzgekleideter Männer auf uns, und in der nächsten Sekunde war ich wieder einmal in einen Kampf auf Leben und Tod verwickelt.

»Wehrt euch!« brüllte ein Hikdar und stürzte schreiend zu Boden, ein Pfeilschaft ragte ihm aus der Brust. Ein Geschoß zischte knapp an mir vorbei und bohrte sich in den Rücken eines Leibwächters, der sich umgedreht hatte, um den heranstürmenden Männern entgegenzutreten. Hwang brüllte etwas und zerrte am Ärmel der Königin. Ich sah ihr bleiches Gesicht im rosa Mondlicht, und sie wirkte entschlossen und mächtig, und zugleich ausgezehrt und krank. Und ich sah die harten Linien, die sich um den stark geschminkten Mund zogen, und begriff etwas von der Last, die sie zu tragen hatte, und von der Härte und Intoleranz, mit der sie das tat, was sie für ihre Pflicht hielt.

Die Angreifer schienen unser Schicksal für besiegelt zu halten, als auch noch eine Horde Impiterreiter am Himmel erschien, über die mauerbewehrte Treppe heranraste und sich mit der Gewalt eines Chunkrahangriffs auf uns stürzte.

Wenn wir diesen Überfall lebend überstehen wollten, durften wir keine Sekunde mehr verlieren. Hwang hatte die Königin noch immer nicht von der Stelle bekommen; sie stand in ihrer schweren Robe starr und aufrecht da. Ringsum sanken ihre Leibwächter zu Boden, und mir wurde klar, daß die nächtlichen Angreifer die Herrscherin des Stadtstaates entführen wollten.

»Die Königin!« rief jemand.

»Bis zum Tod!« kam die Antwort von der Leibwache.

Hwang griff mit seinem kleinen Schwert geschickt in den Kampf ein. Mein Langschwert, das in dieser vornehmen Gesellschaft plötzlich unhandlich wirkte, streckte drei Angreifer nieder; doch ich wurde zurückgedrängt, so daß Hwang und ich zusammen mit der Königin nach kurzer Zeit von den übrigen getrennt waren.

Ich fühlte mich beengt. Main-Gauche und Rapier hatte ich lange nicht mehr zusammen benutzt – den Jiktar und den Hikdar – und ich mußte ohne den Vorteil eines Langschwerts auskommen.

»Wir müssen durchbrechen und im Corthodrom Schutz suchen«, rief ich Hwang zu. Wenn nur Seg hier wäre! Ich schlug einen Mann nieder, der sich auf mich stürzte – eine fast unbewußte Kampfreaktion. »Du mußt die Königin zwingen ...«

»Lebend sollen sie mich nicht haben!«

Königin Lilah von Hiclantung hielt einen juwelenbesetzten Dolch in der Hand, dessen Spitze nadelscharf zu sein schien. Ich wußte, daß sie sich die Klinge in die Brust stoßen würde, wenn es keinen anderen Ausweg mehr gab. Trotz meines Kummers um Delia erwachte in mir ein Gefühl der Entrüstung, daß hier eine Frau sterben sollte.

Ich schwang mein Schwert in mächtigen Kreisen über dem Kopf, wie es die Klansleute aus Viktrik mit ihren Äxten machen, und verschaffte mir dadurch etwas Luft. Ringsum sanken die entsetzlich zugerichteten Gegner blutend zu Boden. Ich bewegte mich so schnell es ging, riß mir die Königin Lilah unter den linken Arm und stürmte, um mich schlagend, die Treppe hinauf. Ich rief Hwang zu, er solle mir folgen.

Als ich die Stufen hinaufhastete, tötete ich zwei, drei, vier von den Dunkelgekleideten. Ich zwang meinen Atem in den vertrauten, regelmäßigen Rhythmus. Das einzige, was mich noch aufhalten konnte, war ein Pfeil ins Rückgrat. Doch mein Zorn war so groß, daß ich selbst mit einem ganzen Fächer von Pfeilen im Rücken die große Tür des Corthodroms erreicht hätte.

Als wir unter dem geschwungenen Torbogen ankamen, huschte eine Gestalt heraus, und die Türflügel begannen sich zu schließen. Gleich mußten sie vor uns zuschlagen! Unter uns auf der Treppe gellte das Geschrei der Impiter, gefolgt von schnellen Schritten und Waffengeklirr, unüberhörbare Anzeichen für das Schicksal, das uns dort erwartete.

Ich stieß einen wilden Schrei aus, stürmte die letzten Stufen hinauf und warf mich mit der Schulter gegen die zufallende Tür.

Von innen antwortete mir ein erschreckter Schrei, dann waren wir hindurch, und Nath, der Corthmann, und zwei oder drei seiner Stallsklaven machten sich verzweifelt an den Türen zu schaffen. Hwang eilte ihnen zu Hilfe.

»Stellen Sie mich hin, Sie Dummkopf!«

Ich hatte die Königin völlig vergessen, die ich noch immer mit dem linken Arm umklammerte. Als ich sie vorsichtig absetzte, rief sie hochmütig: »Der Riegelbalken, ihr Dummköpfe! Bei Hlo-Hli – beeilt euch!«

Nath, der Corthmann, watschelte händeringend herum und begann zu schluchzen. »Meine schönen Corths! Die Barbaren werden sie mitnehmen oder töten – meine fliegenden Wunderkinder!«

»Hör auf zu jammern, Cramph, oder ich schlitze dir die Ohren!«

Nath verbeugte sich hastig vor der Königin, während wir die Türen zu schließen versuchten. Dabei glitten wir mit den Füßen immer auf dem Mosaikboden aus, unsere Muskeln verkrampften sich, der Atem stockte uns vor Anstrengung in der Kehle.

Pfeilspitzen wurden durch den Spalt zwischen den Türflügeln geschoben, Pfeile sirrten herein. Von draußen erklang Gebrüll, die peitschenden Befehle und das tierische Grunzen der Angreifer, die sich uns entgegenstemmten.

Die Unruhe der Corths auf den Stangen äußerte sich in pfeifenden Lauten; außerdem begannen die Vögel, einen seltsamen Geruch nach staubigen Federn zu verströmen. Ich blickte nach oben. Uns blieb keine Zeit mehr, einen der Corths loszuketten und die Deckenluken zu öffnen, die sich nur in einzelnen Sektionen zur Seite schieben ließen – die Angreifer hätten uns mühelos eingeholt.

Während wir uns an der Tür abmühten, stand Königin Lilah hochaufgerichtet hinter uns. Ihr Gesicht war von einer wächsernen Blässe, der Dolch in ihrer Hand spiegelte das Licht der Wandfackeln wider und warf bunte Blitze durch den Saal.

»Der Verteidigungsdraht über der Treppe ist entfernt worden«, sagte sie mit harter, tonloser Stimme. »Die Männer haben im Hinterhalt gelegen. Oh, Orpus, Unglückseliger! Wenn du diesen Angriff überlebt hast, sollst du es bereuen!«

Wenn der Ratsherr tatsächlich an der Verschwörung

beteiligt war, blieb er bestimmt nicht in Hidantung; hatte er damit nichts zu tun, lag er jetzt in seinem Blut auf den Treppenstufen.

Die Türen ächzten, als die Männer ungleichmäßig dagegen drückten. Die Bronzescharniere quietschten. Langsam wurden die Stallsklaven und wir zurückgeschoben. Es war nur eine Frage der Zeit, bis die Mörder über uns herfallen würden.

Alle meine Instinkte drängten mich, die Tür aufspringen zu lassen und die Hereindrängenden mit dem Schwert zu enthaupten. In diesem Falle hätte das aber wahrscheinlich den sicheren Tod Hwangs und der Königin bedeutet. Ich sah mich verzweifelt im fackelerhellten Innern des Corthodroms um.

Hinter den Stangenreihen, auf denen die Corths pfiffen und ihr Gefieder sträubten, verlief eine schmale Treppe in einer Spirale um die Innenwand. Sie führte oben zu einer schmalen Tür aus Lenkholz, die Zugang zum Windenraum bot, in dem sich die Rollen und Hebel und Geräte befanden, mit denen das Dach geöffnet wurde.

»Hwang!« brüllte ich. »Bring die Königin dort hinauf – *sofort!*«

Ehe Hwang antworten konnte, hatte Lilah mit dem Fuß aufgestampft und meinen Vorschlag mit eisigem Ton verworfen.

»Wenn Sie nicht gehen, Lilah«, sagte ich, »nehme ich Sie wieder unter den Arm – und diesmal bekommen Sie eine Abreibung!«

»Das würden Sie nicht wagen.« Sie sah mich entrüstet an. »Ich bin die Königin!«

»Aye – und Sie sind bald eine tote Königin, bei Zim-Zair, wenn Sie nicht tun, was ich sage! Los!«

Im Flackerlicht der Fackeln sah sie mich an, und mein Gesicht muß einen dämonischen Ausdruck getragen haben, denn sie erschauderte und wandte sich ab.

»Los!«

Mit einem Laut, der ein Fluch, aber auch ein Schluchzen sein mochte, schürzte sie den schweren Brokatrock, so daß ich ihre juwelenbesetzten Sandalen blitzen sah, eilte zwischen den Stangen hindurch und begann den anstrengenden Aufstieg. »Ihr nach, Hwang!« rief ich.

»Aber was ist mit dir?«

»Wenn ich sterben soll, dann ist dieser Ort nicht schlechter als jeder andere!« Ich scheuchte ihn fort, und die Türen öffneten sich knirschend noch weiter. Den Stallsklaven rief ich zu: »Wenn ich es euch sage, lauft ihr fort! Versteckt euch! Diese Männer wollen nicht euch!«

»Aye, Herr!« jammerten sie und mit hageren, nackten Armen stemmten sie sich verzweifelt gegen die Türflügel; über ihre Gesichter rann Schweiß.

Ich streifte meine kostbar bestickten, lohischen Roben ab. Gegen ein Langschwert hätte das dicke Polster, das ich mir dann um den linken Arm wickelte, nichts genützt, doch die Angreifer benutzten lange dünne Säbel – keine Rapiere –, und ich konnte die Hiebe vielleicht soweit abblocken, daß ein Gegenangriff möglich war.

Ich schleuderte die eleganten Sandalen fort, die mir meine lohischen Gastgeber geschenkt hatten. Dann zog ich mein Langschwert – eine Krozairwaffe mit breitem Griff, den ich trotz des Polsters um meinen linken Arm notfalls mit beiden Händen packen konnte.

»Jetzt los!«

Angstvoll aufschreiend, huschten die Stallsklaven von den Türen fort und verschwanden im Schatten.

Ich wartete kampfbereit und spürte die nächtliche Brise an Brust und Beinen; der Griff des Krozairschwerts lag in meiner Faust.

Ja – meine Delia, meine Delia aus den Blauen Bergen – wenn ich sterben sollte, dann sollte es hier und jetzt geschehen.

Die Türflügel öffneten sich und krachten mit lautem Knall gegen die Wände.

Wie eine dunkle Flut strömten die Angreifer in den Saal, und ich stürmte ihnen mit einem lauten Schrei entgegen, der sie erstarren ließ. Im nächsten Augenblick wütete ich zwischen ihnen, stieß zu, köpfte, ehe sie einen klaren Gedanken fassen konnten – und die noch lebten, schreckten entsetzt zurück, als sei ich ein zum Leben erwachtes Ungeheuer aus alten Legenden. Doch die Nachdrängenden schoben sie mir vor die Klinge.

»Hai!« brüllte ich und kämpfte weiter. »Hai, Jikai!«

Wir standen viel zu eng beieinander, als daß die Schwarzgekleideten ihre lohischen Langbögen hätten ins Spiel bringen können. Ich ließ das Schwert nun in wohlberechneten Hieben ausschwingen, suchte mir meine Ziele, streckte einen Gegner nach dem anderen nieder. Zweimal vermochte ich, einem überraschten Fremden das Schwert abzunehmen und ihn mit der Linken um die Gurgel zu packen, bevor ich ihn niedermachte.

Wie lange dieser Kampf hätte weitergehen können, weiß ich nicht. Jedenfalls nicht ewig. Doch plötzlich hörte ich aus dem Innern des Corthodroms eine durchdringende Stimme:

»*Dray!*«

Und ich wußte, daß Hwang und die Königin die Tür zum Windenraum erreicht hatten.

Um mir einen Abgang zu verschaffen, stürzte ich mich auf den nächsten Mann, hob ihn mit der Linken über den Kopf und schleuderte ihn den Männern entgegen, die sich bemühten, über ihre gefallenen Kameraden hinweg durch die Tür zu steigen. Und was nun kam, gefiel mir weniger – doch ich konzentrierte meine volle Kraft darauf. Ich machte kehrt und ergriff die Flucht. Ich, Dray Prescot, Lord von Strombor, rückte vor meinen Gegnern aus! Ich erreichte den Fuß der Treppe, ehe die Angreifer zur Besinnung gekommen waren, und begann mit Riesenschritten den Aufstieg – Sprünge, die sicherlich erstaunlich waren für die Männer aus Kregen, die in ihrer geringeren kregischen Schwerkraft noch nie die volle Muskelkraft eines Erdenmenschen erlebt hatten. Ich hatte vermutet, daß es etwa auf halbem Wege gefährlich werden konnte, und ein Schrei Hwangs bestätigte meine Annahme.

Mit erhobenem Krozairschwert schwang ich herum und schlug die heranzischenden Pfeile zur Seite, wie wir es auf der Insel Zy im Auge der Welt so oft geübt hatten.

Die rothaarigen Männer hatten nun den Fuß der Treppe erreicht und eilten die Stufen herauf. Ihre Schwerter waren wie schimmernde Streifen im unruhigen Fackelschein. Sie wollten die Königin; sie würden alles tun, um dieses Ziel zu erreichen.

Oben angekommen, schlug ich einen Pfeil zur Seite, der für Hwang bestimmt war – und im nächsten Augenblick waren wir durch die kleine Lenkholztür.

Ich knallte sie hinter mir zu und verriegelte sie. Ich atmete in tiefen Zügen, doch nicht übermäßig schnell. Ich spürte den Schweiß auf meiner Brust und an den Beinen, Blut tropfte von meiner Klinge.

»Sie …«, stammelte Königin Lilah aus Hiclantung.

Jenseits der versperrten Tür wurde es nun laut, doch die Schläge gegen das kräftige Lenkholz hörten bald wieder auf. Aus der Ferne vernahmen wir das Geschrei von Männern und das Klirren von Waffen.

»Die Gardisten!« rief Hwang. Auf seinem Gesicht leuchtete plötzlich Hoffnung. »Wir sind gerettet!«

Ich knurrte etwas vor mich hin und legte die Hand auf den Riegel.

Königin Lilah stand neben mir, und ich sah, wie sich

ihre Brust unter dem steifen Brokat heftig hob und senkte. »Dray ...«, begann sie. »Dray Prescot.«

Ich sah sie an.

»Sie haben etwas gesehen, das bisher nur wenige erlebt haben«, sagte ich, ohne mir damals der Ironie dieser Worte bewußt zu sein. »Sie haben gesehen, wie Dray Prescot vor seinen Gegnern geflohen ist. Jetzt gehe ich zurück, um mit ihnen abzurechnen.«

Natürlich tobte in mir in diesem Augenblick der böse, faszinierende Kampfrausch. Ich wollte den Riegel heben, doch sie legte mir eine Hand auf den Arm.

»Nein, Dray Prescot. Das ist nicht notwendig: Unsere Gardisten werden mit diesem Gesindel schon fertig. Aber ich möchte nicht, daß Sie jetzt noch verwundet oder vielleicht gar getötet werden.«

»Wollen Sie, daß ich hinter einer verschlossenen Tür lauere?«

Sie schüttelte ärgerlich den Kopf, und in ihren dunklen Augen spiegelte sich hell das Licht der Fackeln.

»Ich möchte, daß Sie leben, Dray Prescot – und vergessen Sie nicht, daß ich die Königin bin. Mein Wort ist Gesetz. Sie täten gut daran, mich nicht zu verärgern – Fremder!«

»Da haben Sie recht – und ich tue noch besser daran, meinen Wünschen zu folgen!«

Und ich hob den Sperriegel, öffnete die Tür und rannte die Treppe hinab.

12

»Oh, Dray Prescot!« sagte Thelda. »Ich weiß wirklich nicht, was noch aus dir werden soll!«

Wir standen im sonnigen Frühstückszimmer der Villa, und Thelda musterte mich mit geneigtem Kopf und in die Hüfte gestemmten Händen. Sie trug – wohl um mir zu gefallen – einen roten Lendenschurz und eine weiße Bluse, die so gut wie durchsichtig war. Das dunkelbraune Haar hatte sie sorgfältig frisiert, Fingernägel und Zehennägel waren rot lackiert. Ihr Gesicht war so sorgfältig gepflegt worden, wie wohl seit ihrer Abreise aus Vallia nicht mehr. Nachdem sie auf der Reise einige Pfund verloren hatte, sah sie wirklich verführerisch aus.

»Dray Prescot, du hast eine schreckliche Wunde, treibst dich mitten in der Nacht in der Stadt herum, läßt dich in Kämpfe verwickeln und rettest die Königin – o Dray! Du mußt dich vorsehen! Lilah ist hinterhältig. Ich weiß das, denn Seg hat mir von den berühmten lohischen Königinnen erzählt.«

»Ich weiß Bescheid«, erwiderte ich. »Man nennt sie die Königin des Schmerzes. Aber nur, wenn sie nicht in der Nähe ist.«

»Die Königinnen von Loh waren schrecklich! Seg hat ihre Taten nur angedeutet, doch mir ist fast übel geworden! Und unsere Königin ist genauso! Ich möchte nicht wissen, mit wie vielen Kerlen sie sich abgegeben hat, die sie dann abschob und zu Tode foltern ließ …«

»Thelda! Jetzt redest du Unsinn!«

»Aber du verstehst doch, warum ich mir solche Sorgen um dich mache, Dray!«

»Nein. Außerdem hat Loh seit dem Zusammenbruch des Walfargreiches solche Dinge zum Teil überwunden – zum Beispiel tragen die Frauen keine Schleier mehr, wie es in den geheimnisvollen Gärten Lohs geschieht.«

»Du bist schon mal in Loh gewesen, Dray?«

»Nein, aber ich habe davon gehört …«

Thelda sah mich sehnsüchtig an, kam auf mich zu und drängte sich an mich. Offenbar erwartete sie, daß ich die Arme um sie legte und ihr den Lendenschurz aufknüpfte.

»Oh, du dummer Kerl! Spürst du nicht, warum ich

mir solche Sorgen um dich mache, daß mir das Herz in der Brust zu zerspringen droht? Komm, fühle mein Herz, wie es schlägt ...«

Ich bezwang mich und trat einen Schritt zurück. »Ich glaube, Seg ist aufgestanden. Seine Wunden heilen gut ...«

Sie wich zurück, und ihr Gesicht schien sich zu einer häßlichen Fratze verziehen zu wollen, doch mit einer Willensstärke, die ich erst jetzt in ihr spürte, schürzte sie nur schmollend die Lippen.

»Es hat keinen Sinn, an Delia zu denken, Dray ...«

»Was?«

»Also, hast du es nicht gesehen? Ich dachte, du wüßtest es ...«

Ich packte sie bei den Schultern und starrte in ihr emporgerecktes Gesicht, auf dem der Schmollmund einem Ausdruck der Verblüffung Platz machte.

»Dray – du tust mir weh ...«

»Sag mir, was du weißt!«

»Delia – Prinzessin Majestrix – der Impiter hat sie fallen lassen, Dray – ich dachte, du wüßtest das! Er ließ sie in einen See fallen – einen der kleinen Tarns, die man überall im Hochland findet, und ich habe geschrien – warum habe ich da wohl geschrien, Dray, etwa meinetwegen?« Sie fuhr sich mit der Zunge über die Lippen. »Ich wußte, daß Delia tot war, und habe aus Angst um dich geschrien, Dray!«

Ich ließ sie los, daß sie zu Boden stürzte. Im gleichen Augenblick sagte Seg: »Ich habe sie nicht fallen sehen! Beim verschleierten Froyvil – sie kann nicht tot sein! Das darf nicht sein!«

Er betrat das Zimmer mit der alten unbekümmerten Art; dabei humpelte er fast nicht mehr. Es ging im offenbar viel besser.

»Nein«, sagte ich mit krächzender Stimme. »Nein – es wäre wirklich undenkbar, so etwas darf nicht sein! Meine Delia, sie ist nicht tot ...« Ich fuhr zu Thelda herum, die sich langsam aufrichtete. »Welcher Tarn war es, Thelda! Ich werde den See absuchen!«

Nichts vermochte mich aufzuhalten.

Hwang wies mich auf die Gefahren hin und machte mich darauf aufmerksam, daß die Impiterreiter noch in der Gegend sein konnten – doch ich schob seine Einwände beiseite. Ich legte mein rotes Lendentuch an, gürtete mein Langschwert und wickelte mir einen Schlafsack und etwas Proviant ein. Schließlich nahm ich meinen neuen Langbogen, warf mir den vollen Köcher über die Schulter, lieh mir einen Nactrix und galoppierte los.

Wie erwartet, ritt nach kurzer Zeit Seg neben mir.

Als wir den Ort des Massakers erreicht hatten, waren uns Hwang und ein Regiment seiner Kavallerie dicht auf den Fersen. Der Neffe der Königin hatte mir einige der Gründe genannt, die zu der katastrophalen Niederlage geführt hatten. Die Kämpfer der Stadt hielten ihre Traditionen hoch und bestanden auf strengen Formationen und Vorschriften, die schon allein wegen ihres Alters unantastbar waren. Ein gewisser Ratsherr Forpacheng hatte Verrat geübt – nicht Orpus, den die Königin verdächtigt hatte und der beim Angriff auf der Treppe wie durch ein Wunder verschont worden war. Forpacheng hatte die Truppe in das Tal geführt und sie dort ihrem Schicksal ausgeliefert. Unter seinen widersprüchlichen Befehlen war die Ordnung im Heer zusammengebrochen. Hwang berichtete mir, daß nun aus den Überresten der Truppe und mit jungen Rekruten eine neue Armee aufgestellt würde, die die Fehler der Vergangenheit vermeiden sollte.

Der Teich lag düster und unheildrohend unter den Sonnen.

Ich tauchte hinab. Ich schwamm hinaus und tauchte, bis meine Lungen zu brennen begannen und alle Sonnen des Universums vor meinen Augen kreisten. Delia fand ich nicht.

Die Erinnerung an diese Zeit ist seltsam unscharf. Ich erinnere mich, daß Männer auf mich einredeten und mich drängten, meine Versuche einzustellen; ich weiß noch, wie ich qualvolle tiefe Atemzüge machte und immer wieder hinabtauchte, begleitet von der alptraumhaften Befürchtung, daß meine Hände den aufgedunsenen und halb zerfressenen Körper meiner Delia aus Delphond ertasten würden.

Für Erschöpfung war in meinen Plänen kein Platz.

Ich gedachte, jeden Quadratzentimeter des Seegrundes und jeden Kubikzentimeter Wasser abzusuchen; und wenn ich meine Delia nicht fand, wollte ich noch einmal von vorn beginnen. Ich wollte sie weiß Gott nicht finden; aber ich wollte die Aufgabe nicht unerledigt lassen und den Rest meiner Tage von Unsicherheit geplagt werden.

Vielleicht rettete mich schließlich nur die Ankunft Orpus' mit weiteren Soldaten. In meinem abgestumpften Zustand kamen mir diese Männer ganz vernünftig vor, weiß Zair. In ihrer Begleitung war ein Mann, dessen Haar tiefrot gefärbt war.

Ich richtete mich auf und hatte plötzlich das Langschwert in der Hand. Ich eilte auf den Rothaarigen zu und hörte Seg etwas rufen; er packte meinen Arm.

»Nein, nein, Dray! Der Mann stammt aus Hiclantung. Er hat sich nur das Haar gefärbt, weil er gekundschaftet hat ...«

»Ein Spion«, sagte ich tonlos.

»Ja, ja – und hör dir an, was er zu sagen hat! Er glaubt, den Ort gefunden zu haben, an dem Delia gefangengehalten wird!«

Als ich wieder etwas zu mir gekommen war und die Neuigkeiten verdaut hatte, war mein nächster Schritt klar.

Der Spion, ein gewisser Naghan, hatte sich sehr klug angestellt; er war offenbar ein mutiger und erfindungsreicher Mann. Er hatte feststellen sollen, wer den nächtlichen Angriff auf die Königin angestiftet hatte. Dazu war er zunächst nach Chersonang gereist, in den benachbarten Stadtstaat, der mit Hiclantung im Unfrieden lebte. Dort stellte er fest, daß sich die ganze politische Situation verändert hatte. Eine neue Macht war in die Unwirtlichen Gebiete eingedrungen. Aus dem fernen Nordwesten war eine Barbarenhorde nach Süden vorgestoßen – ähnlich wie damals beim Niedergang des walfargischen Reiches. Sie waren auf Impitern, Corths und Zizils südwärts geflogen mit der Absicht, neues Land zum Siedeln zu finden. Sie hatten ein Gebiet erobert, das von Rapas bevölkert wurde, hatten diese Wesen zu Tausenden umgebracht und sich zu Oberherren aufgeschwungen. Und der Anführer dieses neuen Volkes, ein gewisser Umgar Stro, hatte den Verräter Forpacheng gedungen und bezahlt. Und jetzt hatte Umgar Stro seine Absicht offenbart, den Landstreifen in der Nähe seiner Hauptstadt Plicla zu beherrschen und danach die gesamten Unwirtlichen Gebiete in seine Gewalt zu bekommen, einschließlich der Ostküste mit den Stützpunkten der Pandahemer und der Vallianer. Kühn hatte er verkündet, er werde später auch über die Stratemsk vorstoßen und alles besiegen, was sich dahinter befinden mochte.

Natürlich war das Binnenmeer, das Auge der Welt, diesen Menschen nur aus vagen Überlieferungen bekannt.

»Und Delia befindet sich in einem Turm in Plicla. Möge der verschleierte Froyvil sie beschützen.«

»Bist du sicher?« fragte ich Naghan, als Segs besorgte Worte verklungen waren.

»Ich weiß nicht sicher, ob die Gefangene deine gesuchte Prinzessin ist«, sagte Naghan. »Ich habe sie nicht zu Gesicht bekommen.« Er war klein und kräftig und wirkte seltsam bleich um die Augen. Er hatte sich mit eingeöltem Ton das Gesicht verunstaltet, doch bei vernünftigem Licht hätte ihn niemand für einen Barbaren aus Umgar Stros Stamm gehalten. Er hatte sein Leben riskiert, um mir diese Information zu bringen, und ich war ihm dankbar. »Ich kann dir aber alle nötigen Informationen über den Turm geben – was das Äußere angeht! Sobald du drinnen bist …« Er breitete die Hände aus.

Umgar Stro.

Das Gebiet zwischen den Stratemsk und der Ostküste war nach dem Zusammenbruch des Walfargreiches zu einer kulturell und politisch zersplitterten Zone geworden. Das Erbe, das Walfarg hinterlassen hatte – die vorzüglichen Landstraßen, die gemeinsame Währung, die Waffenkenntnisse, ein einheitliches Gesetzeswerk, das die Barbaren natürlich sofort zerstörten, eine Religion, die auf der Verehrung des Weiblichen basierte –, all diese Elemente hatten die Auflösung und Zersplitterung des Landes eher gefördert als verhindert.

»Wenn ich erst in Umgar Stros Turm bin«, sagte ich zu Naghan, »bin ich zufrieden.«

Er blickte mir ins Gesicht und wandte sich unruhig ab.

»Wie heißt die barbarische Nation, die auf Impitern gegen Hiclantung kämpft?«

»Sie kommen aus Ullardrin, das irgendwo im nördlichen Teil der Stratemsk liegt – und sie werden Ullars genannt.«

»Wir müssen fliegen, Dray«, sagte Seg.

»Ja«, sagte ich. Allerdings hatten die Männer aus Hiclantung etwas gegen das Fliegen, und es gab nur wenige Corths in der Stadt. Diese Tiere wurden von Adligen und Ratsherren eher zum Vergnügen gehalten; das normale Volk und die Soldaten haßten Flugtiere aller Art, und der Grund dafür war durchaus verständlich. Ihre Vorfahren hatten endlos gegen die Luftbarbaren gekämpft, ein Krieg, der auch jetzt noch nicht beendet war. Sie hatten wirksame Taktiken und

Waffen gegen Impiter und Corths entwickelt, und nur durch Forpachengs Verrat waren sie an jenem schicksalhaften Tag in die Rolle des Verlierers gedrängt worden.

Wir eilten in die Stadt zurück.

Weinend versuchte Thelda, mich von meinem Plan abzubringen. Sie habe doch gesehen, wie Delia in den See fiel, und wenn ich diesen Turm aufsuchte, käme ich bestimmt nicht wieder!

Doch es war wichtiger, daß ich den Umgang mit einem Corth lernte, und ich schob sie zur Seite und rief nach Seg. Hwang hatte darauf bestanden, uns seine beiden besten Vögel zur Verfügung zu stellen, und wir suchten den dicken Nath auf, um uns unterweisen zu lassen.

Alle behandelten uns, als wären wir verrückt, und man sagte uns höflich, aber kopfschüttelnd Remberee, ehe wir aufsteigen durften.

Ich sagte Seg, daß ich seine Begleitung nicht wünschte, doch er lachte nur.

»Ich muß zugeben, daß ich noch keinen Schwertkämpfer erlebt habe wie dich! Doch so geschickt du dich mit dem Langbogen auch anstellen magst, mit dieser Waffe übertriffst du mich nicht; und du brauchst einen Bogen, du wirst sehen. Also komm ich mit.« Er starrte mich an, und sein hageres, gebräuntes Gesicht, das verständnisvolle Leuchten in seinen blauen Augen und die wilde, schwarze Haarmähne waren ein herzerfrischender Anblick. »Auch ich schätze deine Delia Majestrix«, fügte er gelassen hinzu.

Ich brachte einen Augenblick lang kein Wort heraus und ergriff seine Hand. Ich war nicht so dumm, die Worte auszusprechen, die mir auf der Zunge lagen – daß ich nämlich angenommen hätte, er würde die Gelegenheit begrüßen, bei Thelda zu bleiben. Sie hatte mir in letzter Zeit Kummer gemacht, und ich wünschte mir, daß sie sich Seg zuwandte. Wenn er es nur endlich schaffen würde, sie aufs Kreuz zu legen, damit ich meine Ruhe vor ihr hatte.

Wir ergänzten unsere normale Bewaffnung und Ausrüstung durch warme Flugpelze, Zusatzköcher, Bögen und einige schwere Speere mit Feuersteinspitzen. Ich packte warme Kleidung für Delia ein, denn ich war mir meiner Sache ziemlich sicher.

An diesem Abend suchte ich den Palast auf, der im Licht der untergehenden Sonnen einen eindrucksvollen Anblick bot, wenn er auch wegen der Notwendigkeit, angreifenden Vögeln keinen Landeplatz zu bieten, etwas verschnörkelt wirkte. Ich wollte der Königin meine Aufwartung machen.

Lilah empfing mich in einem kleinen, nach Parfüm duftenden Nebenzimmer, in dem die Lampen alte Möbel, wertvolle Felle und herrliche Teppiche erhellten; an den Wänden hingen Waffen, auf dem Boden lagen Lederpolster, Kristall blitzte auf kleinen Tischen. Überall herrschte der goldene Schimmer und der Silberglanz von gediegenem Luxus. Die Königin des Schmerzes, so wurde sie heimlich genannt. Doch ich kannte Frauen ihres Kalibers. Die verrufenen Königinnen von Loh, die sadistisch und grausam sein sollten, hatten eine ergebene Jüngerin in dieser Frau mit dem dunkelroten Haar, den hochgezogenen Augenbrauen, den bemalten Wangenknochen und dem kleinen, festen Mund. Sie hieß mich freundlich willkommen, und wir tranken den vorzüglichen Purpurwein Hiclantungs und aßen erlesene Palines. Sie trug ein aus Juwelen gewirktes Kleid, das ihre weiße Haut durchschimmern ließ. Lieblich und begehrenswert sah sie aus, doch zugleich war etwas Starres, etwas Entrücktes an ihr – eine echte Königin, deren Wünsche und Begierden über dem normalen Niveau lagen. Mir kam der Gedanke, daß Delia – auch wenn sie später einmal über ein viel größeres Reich herrschte – niemals diese harte, geschliffene Aura einer Despotin erlangen würde.

»Sie haben mir das Leben gerettet, Dray Prescot, und jetzt eilen Sie davon, um Ihr Leben im Dienste an einer anderen Frau aufs Spiel zu setzen.«

»Es handelt sich nicht um irgendeine Frau, Majestät.«

»Und ich bin wohl keine Frau!. Ich bin die Königin und – das habe ich Ihnen schon gesagt – mein Wort ist Gesetz. Sie haben sich im Windenraum des Corthodroms meinen Wünschen widersetzt. Manche Männer sind schon wegen geringerer Vergehen gestorben.«

»Das mag sein – aber ich gedenke deswegen nicht zu sterben.«

Sie hielt den Atem an, und die Juwelen an ihrem Körper blitzten im Lampenlicht. Anmutig streckte sie ihren weißen Arm aus und hob ihren Kelch. Der Wein verdunkelte einen Augenblick ihre Lippen, die purpurn und grausam wirkten.

»Ich brauche einen Mann wie Sie, Dray Prescot. Ich kann Ihnen alles geben, was Sie sich wünschen. Nachdem die Ullars auf unser Gebiet drängen, brauche ich einen Kämpfer wie Sie zur Führung meiner Regimenter. Sie sind wohl gedrillt, doch sie kämpfen nicht gut. Die Barbaren verspotten uns.«

»Männer kämpfen, wenn sie an etwas glauben.«

»Ich glaube an Hiclantung! Und ich glaube an mich!«

Ich nickte.

»Setzen Sie sich neben mich auf den Thron, Dray! Ich beschwöre Sie – zwischen uns könnte eine große Zuneigung entstehen – mehr als Sie sich im Augenblick vorstellen.« Sie atmete schneller, und ihr Mund öffnete sich leidenschaftlich. Ich – was dachte ich in jenem Augenblick, in dem ich mich doch mit jeder Faser meines Körpers danach sehnte, die Suche nach Delia zu beginnen?

»Sie ehren mich über die Maßen, Majestät. Ihr seid eine schöne und begehrenswerte…«

Doch ehe ich weitersprechen konnte, hatte sie sich an mich geworfen. Sie legte mir die Arme um den Hals, und ich spürte, wie sich die Juwelen ihres Kleides in mein Fleisch drückten. Ihr Mund, feucht und heiß, suchte meine Lippen. Ihre Brüste und ihr Leib drängten sich an mich. Behutsam versuchte ich, sie zurückzudrängen.

»Dray!« keuchte sie. »Wenn ich eine richtige Königin wäre, hätte ich dich für deinen Ungehorsam entmannen und vierteilen lassen. So kühn, so furchtlos, so unerschrocken – du hast dich mir widersetzt, mir, der Königin von Hiclantung! Und doch lebst du noch, und ich knie vor dir und beschwöre dich…«

»Bitte, Lilah!« Ich vermochte, mich von ihr zu lösen, und sie sank auf die herrlichen Teppiche und sah mich verlangend an. Sie atmete keuchend, und ihr Körper bebte. »Bitte, Sie sind die Königin, eine große Königin. Sie haben Pläne mit Ihrer Stadt, und ich werde Ihnen dabei helfen, das schwöre ich… Aber ich muß Umgar Stros Turm finden, Lilah. Wenn mir das nicht erlaubt ist, kann ich auch nichts anderes tun.«

Da sah sie mich mit mörderischem Blick an und sprang auf. Ich ahnte, daß sie mich ohne weiteres umbringen lassen konnte.

Sie öffnete den Mund, doch da steckte eine Palastsklavin – ein hübsches Mädchen in einem goldgefaßten, grauen Sklavenschurz – den Kopf durch die Tür und sagte: »Lady Thelda aus Vallia…« Schon wurde sie zur Seite geschoben, und Thelda marschierte herein.

Wir erstarrten. Ich muß gestehen, daß ich trotz meines natürlichen Ernstes in diesem Augenblick am liebsten laut losgelacht hätte.

Denn die beiden Frauen standen sich starr gegenüber, mit wogendem Busen und vorgestrecktem Kinn. Ihre blitzenden Blicke kreuzten sich wie zwei Rapiere – so erregten sie sich über einen häßlichen Mann, der am liebsten beide losgewesen wäre und sich auf die Suche nach seiner wahren Geliebten gemacht hätte.

Soviel über die Qualen der Schönheit.

Königin Lilah hätte Thelda und mich wohl jederzeit in ein dunkles Verlies werfen und zu Tode foltern können. Doch sie sagte nur mit vernichtender Vornehmheit: »Bedeutet dir diese ... diese Frau ... irgend etwas, Dray?«

»Ich habe großen Respekt vor Lady Thelda«, sagte ich schlicht. Vor meinem inneren Auge sah ich einen nächtlichen Himmel, windzerzauste Wolken und Umgar Stros Turm. Ich konnte nicht länger warten. »Ich schätze sie ebenso sehr wie Ihre königliche Person, Lilah. Nicht mehr – und nicht weniger.«

»Oh, Dray!« Der Ausruf hätte von jeder der beiden Frauen kommen können.

»Ich muß fort.«

Instinktiv legte ich die Hand auf den Schwertgriff – eine Geste, bei deren Anblick sich Lilahs Gesicht zornig rötete. Ein so unmögliches Benehmen war sie in ihrem zivilisierten Palast wohl nicht gewöhnt. Thelda kam auf mich zu und umfaßte meinen Arm. Sie blickte die Königin herablassend an.

»Ich bin für das Wohlergehen meines Lords von Strombor verantwortlich«, sagte sie, »nachdem seine Verlobte, Prinzessin Majestrix von Vallia, tot ist.«

Ich ließ sie nicht weitersprechen, sondern drehte meine Hand herum, preßte ihr den Arm zusammen, lächelte Lilah an und sagte entschlossen: »Ich stehe ewig in Ihrer Schuld, Lilah, denn Sie haben mich und meine Freunde gütig aufgenommen. Doch jetzt muß ich mich auf die Suche nach Umgar Stro machen und ihn notfalls umbringen. Damit täte ich wohl auch Ihnen einen großen Gefallen, und ich bitte Sie daher, Thelda ungeschoren zu lassen und mich nicht zu behindern. Ich bin Ihr guter Freund und wünschte mir nicht, euch die Tiefe meiner Feindseligkeit offenbaren zu müssen.«

Große Worte, die aber ihre Wirkung nicht verfehlten.

Als ringe sie sich zu einem Entschluß durch, nickte die Königin und entspannte sich. Sie hatte eine gute, wenn auch etwas hagere Figur, doch das erhöhte nur die majestätische Wirkung ihrer Gestalt. Sie hob eine Hand an die Brust und preßte sie auf das Herz. Ich sah, wie sich ein riesiger, blitzender Diamant in ihr Fleisch drückte.

»Also gut, Dray Prescot. Räche dich an Umgar Stro. Ich werde nichts vergessen. Ich werde hier sein, wenn du zurückkehrst. Dann unterhalten wir uns weiter; was ich vorhin sagte, war ernst gemeint.«

»Daran zweifle ich nicht.«

»Was Sie angeht, Lady Thelda, würde ich Ihnen raten, Ihre Zunge etwas im Zaum zu halten. Verstehen Sie mich?«

Ehe Thelda in ihrer Erregung etwas Falsches antworten konnte, preßte ich ihr die Finger in die Hand, so daß sie zusammenzuckte. Dann zog ich sie aus dem Raum.

Lilah, eine großartige Erscheinung im Lampenlicht, rief mir nach: »Ich wünsche dir alles Gute, Dray Prescot! Remberee!«

»Remberee, Lilah!« antwortete ich.

Als wir draußen waren, riß sich Thelda von mir los und sagte: »Dieser weibliche Cramph! Ich würde ihr am liebsten die Augen auskratzen!«

Da mußte ich schließlich doch lachen.

13

Es war dunkle Nacht und ein scharfer Wind wehte. Seg und ich waren gestartet, ehe die Zwillingsmonde am Himmel erschienen. Im Schein der Jungfrau mit dem Vielfältigen Lächeln sahen wir unter uns die schlafende Stadt, deren Wachttürme zum Himmel aufragten. Unruhige Männer hielten dort Ausschau nach gefährlichen Angreifern, und nur der schwache Lampenschein aus den schmalen Schießscharten verriet ihre Anwesenheit.

Wir überflogen das Handwerkerviertel, wo die Arbeiter in atriumartigen Häusern schliefen und zahlreiche Gassen zwischen den Gebäuden still und verlassen dalagen. Dort unten glimmten halb erloschen die Schmiedefeuer, die Hämmer lagen still, die Blasebälger ruhten nach stundenlanger Arbeit. Bronze und Kupfer und Stahl für Waffen und Kriegswerkzeuge, Silber und Gold und Nathium für Schmuckstücke und Kunstwerke lagen in den Regalen und erwarteten den Morgen.

Hinter diesem Bezirk lagen die Quartiere der Gerber und Töpfer und Glaser. Großstädte bestehen nicht nur aus Palästen und Villen, Straßen und Tempeln – irgendwo muß es auch einen Bezirk geben, in dem die Bevölkerung ihrem Broterwerb nachgeht. Sobald Genodras morgens aufging, öffneten sich die Tore, und das Landvolk, das stets in Sorge vor Barbarenangriffen lebte, traf mit Eseln und Calsany-Wagen oder mit großen Bündeln über dem Rücken ein, um den besten und vorteilhaftesten Platz auf den großen Märkten zu finden. Im Augenblick schlief die Stadt – bis auf die Wächter in den Türmen und auf den Mauern. Morgen früh würde sie zu neuem Leben erwachen, ein neuer Tag würde beginnen, und die Menschen würden ihren heidnischen Göttinnen danken, daß sie noch am Leben waren.

Ich fragte mich – nicht ohne Sorge um Seg –, ob auch wir den nächsten Morgen erleben würden.

Die Corths, die uns Hwang zur Verfügung gestellt hatte, waren kräftige Tiere. Die Flügel peitschten die Luft in gleichmäßigem Rhythmus, und wir kamen schnell voran. Die Tiere waren bestens trainiert, wie es bei solchen Flugwesen unerläßlich war, und wir nahmen an, daß sie unsere Erwartungen erfüllen würden. Wir ritten auf zwei Corths, und ich hatte den langen Zügel eines dritten Vogels an meinem Sattel befestigt. In warme Pelze und Seidenstoffe gehüllt, hockten wir in schräger Stellung unmittelbar hinter den Köpfen der Corths. Wir mußten uns so hinsetzen, um den mächtigen Flügeln nicht in den Weg zu kommen. Ein Vogel, der etwa die Gestalt eines Falken hatte, wäre wahrscheinlich als Reittier gar nicht geeignet gewesen, denn ein Sattelvogel muß einen ziemlich langen Hals haben, wenn die Beine des Reiters nicht ständig die Flügel behindern sollen.

Das Gefühl des Fliegens berauschte mich förmlich. Dabei war dies etwas völlig anderes als die Navigation an Bord eines Flugboots aus Havilfar. Ich begann, mich zu fragen, ob wir nicht im Sattel eines Flugwesens die Stratemsk besser überwunden hätten – am besten vielleicht auf dem Rücken eines Impiter, der viel wilder und kräftiger ist als ein Corth.

Wir folgten dem schwachen Schimmer der Straße unter uns, die sich fast in gerader Linie von Hiclantung entfernte. Man hatte uns den Weg gewiesen, und wir waren sicher, daß wir Plicla nicht verfehlen würden, die Stadt der Rapas, die nun Umgar Stro als Hauptstadt diente.

Plicla lag inmitten zerklüfteter Berge und tiefer Schluchten. Gutes Flugland mit vielen Aufwinden, und doch gefährlich wegen der tiefen Abgründe und Luftlöcher. Die Stadt war von Rapas gegründet worden, die vor langer Zeit als Sklaven oder Söldner in die Gegend gekommen waren und sich zu einer eigenen Rapanation zusammengeschlossen hatten. Umgar Stro und seine Ullars hatten diesen Plänen ein Ende gesetzt.

Wir erblickten nun die hohen Türme und die Klippen, die die massiven Mauern stützten und deren Spitzen in die Wolken ragten. Eine mißtrauische, übelriechende, unangenehme Rasse – so meinte ich damals, als ich noch neu auf Kregen war und nur unangenehme Begegnungen mit den Rapas gehabt hatte. Die vogelähnlichen Gesichter und ihre Beweglichkeit und Entschlossenheit machten sie zu guten Wächtern und Söldnern, doch auch als Sklaven waren sie beliebt. Ich fragte mich, wie sie sich wohl als einfache Bürger eines Stadtstaats machten.

Eine natürliche Vorsicht bei den Nationen, die die Dienste von Söldnern in Anspruch nahmen, führte dazu, daß sie Soldaten verschiedener Rassen anwarben. Chuliks, Rapas, Ochs, Fristles – Rassen, die ich bereits kannte – und all die anderen seltsamen Halbmenschen und Tiermenschen, denen ich noch begegnen sollte.

Doch nun herrschten Umgar Stro und seine rothaarigen Ullars aus dem fernen Ullardrin im Plicla der Rapas.

Naghan hatte uns genaue Angaben gemacht.

Natürlich konnten Seg und ich uns nicht unterhalten, denn die Spannweite der Corthflügel zwang uns ziemlich weit auseinander; außerdem mußten wir gegen den scharfen Wind ankämpfen. Doch als ich mit dem Speer nach unten zeigte, nickte Seg und zog an den einfachen Zügeln, wie man es uns beigebracht hatte. Der Corth begann, an Höhe zu verlieren.

Als wir näherkamen, schien der Turm an Größe und Umfang zuzunehmen. Weiter im Norden vermochten wir die Steinmauer auszumachen, die die Yerthyrpflanzungen vor den Stadttieren schützte. Seg hatte mir seine Meinung über die Qualität der Bäume in Hiclantung mitgeteilt. Wohin wir auf unseren Reisen auch kamen, erfaßte Seg mit sachkundigem Auge sofort den Zustand von Wald und Baum. Die Yerthyrbäume Hiclantungs hielt er für ausgezeichnet, und die

Bögen, die man uns überlassen hatte, zauberten ein zufriedenes Lächeln auf seine Lippen.

Im ersten, schnellen Anflug wollten wir uns nur orientieren. Unsere Corths, die man auch bei diesem Licht nicht für Impiter oder Yuelshi halten konnte, vermochten natürlich ebensowenig auf dem Turm oder den Festungsmauern Pliclas zu landen, wie die Ullars auf einem Dach in Hiclantung niedergehen konnten. Hier wurde dieselbe grundlegende Taktik angewandt. Mein Corth, ein kräftiger Bursche mit klaren Augen und davon ausgehenden Pigmentstreifen, wie man sie auch beim irdischen Kormoran antrifft, bewegte sich kraftvoll durch die Nacht, passierte mit gewaltigem Flügelrauschen den Turm und verschwand mit mir in der schützenden Dunkelheit. Einige kleinere Monde Kregens standen am teilweise bedeckten Nachthimmel, die jedoch die Dunkelheit kaum zu erhellen vermochten.

Wir hatten noch etwas Zeit, bis die Zwillinge über den östlichen Horizont rollten und ihr rosa Licht über die zerklüfteten Berge und die schlanken Türme Pliclas warfen. Seg wußte genau, was er tun mußte – er hatte mir versprechen müssen, genauso zu handeln, wie wir es besprochen hatten. Ich wußte, daß er mich auch so begleitet hätte; doch ich wollte nicht, daß er leichtfertig ums Leben kam.

Ich gab ihm das Zeichen und sah ihn nicken. Ich zog meinen Corth herum, bis er wieder auf den Turm des Umgar Stro zuflog, und traf meine letzten Vorbereitungen. Eine normale Landung war nicht möglich – also mußte ich zu ungewöhnlichen Mitteln greifen.

Meine alte seemännische Fingerfertigkeit ließ mich nicht im Stich, als ich die Lederschnüre verknotete. Die Zügel des Corth wurden verlängert. Ich löste die bereits vorbereiteten Schnüre vom Sattel und ließ sie im Flugwind frei unter dem Vogel schweben. Die Schlingen und das Trapez am Ende sahen nicht besonders einladend aus. Ich atmete tief ein, löste meine Sattelgurte und ließ mich über die Seite gleiten. Einen Augenblick lang zappelte ich mit den Füßen in der Luft herum, dann hatte ich wieder Halt und vermochte mich hinabzuhangeln, bis ich rittlings auf dem Trapez saß, die Hände in den Schlaufen über mir. Meine Finger umfaßten die verlängerten Zügel, die durch Rollen am Sattelknauf liefen.

Plötzlich überwältigte mich die nostalgische Erinnerung an meine Tage in Aphrasöe, in der Stadt der Savanti – die Erinnerung an die Schwinger. Wie schön es gewesen war, in leichtem und scheinbar freiem Flug von Pflanze zu Pflanze zu schwingen! Auch jetzt schwang ich – obwohl ich diesmal unter den gekrümmten Krallen eines Riesenvogels hockte und nicht zum Vergnügen hier war, sondern wegen des Mädchens, das ich liebte. Ich wollte ihr das Leben retten. Die Kälte schnitt mir beißend in die Haut, doch ich achtete nicht darauf.

Umgar Stros Turm schien vor mir hin und her zu schwanken. Ich kämpfte das Gefühl des Schwindels nieder und paukte meinen Sinnen ein, daß der Turm stillstand und daß ich, Dray Prescot, so übel hin und her pendelte. Meine langjährige Erfahrung auf schwankenden Bramstangen kam mir zugute; ich vermochte, die Entfernungen abzuschätzen und meine Sinne in den Griff zu bekommen.

Segs Corth näherte sich von der Seite, und die fingerähnlichen Federn an den Flügelspitzen krümmten sich, als sich der große Vogel mit spielerischer Leichtigkeit der Geschwindigkeit meines Corth anpaßte. Seg mußte irgendwie die Zügel meines Tieres an sich bringen und es für unseren Rückflug bereithalten.

Das Turmdach raste auf mich zu.

Ich zog vorsichtig an den Zügeln, und die Welt legte sich schief, dann wurde der Turm wieder senkrecht, und ich sah die grausamen Eisenspitzen, die Stolperdrähte und die schrägen Dachpfannen, die mir nirgendwo Halt boten.

Ich rückte auf dem Trapez vor, während der Wind an meinem Kopf vorbeipfiff, mir im Haar zerrte und meine Augen und Wangen zu sticheln schien.

Näher … näher … wollte sich der Corth denn nicht endlich aufbäumen?

In diesem Augenblick reagierte der Vogel endlich auf mein heftiges Rucken an den Zügeln und flatterte hastig mit den Riesenflügeln. Der Körper richtete sich in der Luft auf und entblößte seine Unterseite; Beine und Krallen zuckten nach vorn und nach unten. Das Trapez knallte gegen das Dach, und ich ließ mich nach vorn fallen und rollte über die Schulter ab.

Während ich auf den unvorstellbaren Abgrund zurollte, flatterte der Corth wild auf der Stelle, ohne zu landen, und zog dann davon. Der dritte Corth, der durch einen Zügel mit meinem Sattel verbunden war, folgte ihm, und die beiden Vögel verschwanden. Ich hoffte, daß Seg die Zügel zu packen bekam.

Die Kante des Schrägdaches kam mit erschreckender Geschwindigkeit auf mich zu. Wenn ich abstürzte, gab es gar nichts mehr – keine Delia, kein Vallia, kein Aphrasöe …

Meine Hand knallte schmerzhaft gegen eine eiserne Spitze. Meine Finger krümmten sich darum und packten instinktiv zu. Und dann hing ich mit ausgebreiteten Armen und Beinen auf dem Dach, vom Wind umtost, und sah ringsum nur schwache, sternendurchsetzte Schatten.

Nach einer Weile war ich wieder soweit bei Atem, daß ich mich in eine weniger verkrampfte Stellung hochziehen konnte. Die Falltür, die für Dacharbeiten als Ausstieg diente, hielt meiner Schwertklinge nicht stand. Ich ließ mich mit gekrümmten Beinen hinabfallen, das Schwert in der Hand. Staub, Spinnweben, Gerümpel …

Ich fand eine Leiter, die nach unten führte, und stieg vorsichtig hinab. Dabei begann ich mich über die Ruhe zu wundern, die hier herrschte.

Bis jetzt hatten sich Naghans Informationen als richtig erwiesen. Doch ins Innere des Turms war er nicht vorgedrungen, so daß ich es ab sofort mit unbekannten Gefahren zu tun hatte. Doch für mich, Dray Prescot, ist das nichts Ungewöhnliches.

Ich glaubte in der Luft der Turmkammer noch einen schwachen Rapageruch wahrzunehmen. Ich tastete mich weiter und glitt in der Dunkelheit von einer schwach brennenden Fackel zur nächsten. Verzweifelt versuchte ich mir einzureden, daß meine Mission nicht vergeblich gewesen war. Doch ich hatte das Gefühl, als sei der Turm verlassen – doch dann erstarrte ich.

Vor mir ertönten Stimmen, die sich gelassen unterhielten – und ich war sofort hellwach. Vorsichtig näherte ich mich den beiden Ullarwächtern.

»Bei der violetten Scheiße des schneeblinden Feisterfeelt! Ich schwöre dir, mein Hals ist trockener als die ausgedörrten Südländer! Nath! Bring mir einen Löffel von dem Chremson!«

Es waren Ullars – die rauhen, widerhallenden Stimmen von Männern, die es gewöhnt waren, auf dem Rücken ihrer Impiter zu sitzen und durch den Wind zu brüllen. Aber der Name – Nath!

»Aye«, antwortete das Wesen, das Nath hieß. »Und ich halte mit, Bargo! Du wirst als erster mit den Füßen voran hinausgetragen!«

Im Halbdämmer kroch ich näher. Der Wachraum lag in einem kreisförmigen Anbau am Turm, aus dem die Wächter einen ungehinderten Ausblick nach allen Himmelsrichtungen hatten. Das Schwert in meiner Hand zitterte nicht. Das Gluckern von Wein, der aus einer Lederflasche geschüttet wurde, beruhigte mich.

»Daß wir hier Wache schieben müssen, ist ein Pech, mein armer Dom!« Neues Gluckern. »Seit wir aus

Ullardrin fort sind, habe ich keine Plünderung verpaßt ...«

»Ich auch nicht, Bargo. Ich auch nicht.«

Wieder wurde getrunken, dann ertönte ein lautes Rülpsen. Ich kauerte längs hinter der Ecke, bereit, durch die halb geöffnete Lenktür zu stürmen. Ich konnte einen von den beiden erkennen; ich sah seinen gedrungenen Kopf mit dem indigoroten Haar und dem eckigen Mund, der sich um den gehobenen Weinkrug schloß. Der Griff eines Schöpflöffels bewegte sich auf und nieder – der andere Ullar trank unentwegt. Die beiden waren sehr menschenähnlich, um einiges menschenähnlicher als die Rapas, die sie aus diesem Turm und aus der Stadt vertrieben hatten. Sie trugen Lederkleidung, die mit Bronze und Kupfer besetzt war, und als ich mich näher heranschob, um beide im Blick zu haben, sah ich, wie ähnlich sie uns waren – wilde, kriegerische Gestalten, Eroberer und Herren der Lüfte. Beide hatten an der Hüfte ein raffiniert verknotetes Bündel aus Lederschnüren, und obwohl ich damals noch wenig über dieses Volk wußte, ahnte ich, daß es sich hier um den Clerketer handelte, ein sorgfältig geknüpftes Geschirr, mit dem sie sich auf ihrem Impiter sicherten und von dem in der Luft ihr Leben abhing.

»Mehr Wein, Nath, bei den Eisnadeln von Ullarkor, mehr Wein!«

Ich hatte Pfeile auf Ullars abgeschossen und sie im Sattel schwanken und dann an ihrem Clerketer baumeln sehen.

Diese beiden – Nath und Bargo – waren schon ziemlich angeheitert, das war klar. Auf einer Bank in der Nähe lagen die Leempelze, mit denen sie sich im Sattel warmhielten. Ihre langen, schmalen Schwerter waren eingewickelt.

Die Zeit schien reif zu sein.

Schnellen Schrittes betrat ich den Raum und schlug

Nath mit dem Schwertgriff auf den roten Haarschopf, daß ihm Blut aus Nase und Mund drang und er zu Boden ging. Dem anderen, der Bargo hieß, preßte ich die Schwertspitze gegen das Leder über seinem Herzen. Ich stemmte mich gegen die Klinge, die Leder und Haut durchdrang. Bargos eckiger Mund verkrampfte sich. Er starrte mich düster an, doch in meinem Gesicht stand der Tod – ein Ausdruck, den er richtig zu deuten wußte. Trotzig starrte er mich an.

»Wo ist die Gefangene, Bargo?« fragte ich. Mein ruhiger Tonfall schien ihn noch mehr zu erschrecken.

Er blieb mir keinen Blick schuldig – doch schließlich senkte er die rotfleckigen Lider und sagte: »Unten ...«

Der heftige Sprung meines Herzens kam zu früh – ich mußte ihn unterdrücken!

Die beiden Ullars waren allein im Wachzimmer. An der Wand hinter der offenen Tür lehnten zwei Toonons, die speziellen Waffen der Ullars, die sie bei einem Luftkampf am liebsten einsetzten. Jeder Toonon hatte einen etwa drei Meter langen Bambusschaft, der es dem Ullar ermöglichte, in einem ziemlich großen Umkreis zuzuschlagen. Bei einem Kampf zwischen Vogelreitern nützte ein Schwert wenig; also hatten die Ullars eine Art Kurzschwert auf einen langen Schaft gesetzt, es auf der anderen Seite durch das Blatt einer schmalen, geschwungenen Axt ergänzt – und so war nun tatsächlich auch in der Luft eine Art Schwertkampf auf große Entfernung möglich. Die Waffe ähnelte entfernt einer irdischen Hellebarde.

Bargos schmale, tiefliegende Augen waren auf mein Schwert gerichtet. Er trug ein goldbesticktes Hüftband. Seine Beine, die in schützendes Leder gehüllt waren, bebten. Wenn ich in meiner Wachsamkeit auch nur einen Augenblick nachließ, würde er sich auf mich stürzen.

»Geh voraus, Bargo«, sagte ich ganz ruhig.

Als ich meine Waffe in die andere Hand nahm, so

daß er sich an mir vorbeischieben konnte, nahm ich ihm als einzige Vorsichtsmaßnahme das Schwert weg. Die Klinge aus erstaunlich elastischem Stahl war ungewöhnlich lang und dünn und sehr gut geeignet für Hiebe, die man vom Rücken eines Impiter austeilen konnte. Ich warf die Waffe in eine Ecke, denn ich nahm an, daß mein Krozairschwert eine noch größere Reichweite hatte. Bargos Fackel begann, rot zu zischen.

Als wir mit gleichmäßigen Schritten die Wendeltreppe hinabgingen, drangen neue Geräusche von unten herauf. Leises Lachen, Rufen und Dudelsackmusik. Ich glaubte, sogar das Klirren von Flaschen und das Klappern von Würfelbechern zu hören. Bargo schwieg; er wußte, daß sein Leben in meiner Hand lag und an einem dünnen Faden hing.

Ich war mir meines Erfolges so sicher, daß ich sogar an Seg denken konnte. Ich hoffte, daß er den Impiterpatrouillen ausweichen konnte, die in der Umgebung Pliclas unterwegs sein mußten.

Wir betraten einen Korridor, in dem dicker Staub lag; nur in der Mitte zeichnete sich eine dunkle Spur ab. Vor jeder der Zellentüren war der Staub unberührt – nur vor einer nicht.

Und Bargo führte mich zu dieser Zelle. »Aufmachen!«

Schweigend gehorchte Bargo; er nahm dazu einen großen, unhandlichen Holzschlüssel von seinem Gürtel, fast dreißig Zentimeter lang. Quietschend öffnete sich die Tür. Ich hielt den Atem an, blickte hinein und …

Ein alter Mann erhob sich von dem schmutzigen Strohlager und starrte mit blinzelnden Augen kurzsichtig zur Tür.

»Ich hab's dir immer wieder gesagt!« rief er mit einer Stimme, die vor Alter und vor Angst bebte. »Ich kann es nicht tun! Du mußt mir glauben, Umgar Stro –

es gibt Dinge, die den Zauberern aus Loh verboten, ja, sogar unmöglich sind.«

Ich packte Bargo an seiner Ledertunika und hob ihn hoch. Meine Schwertspitze legte sich an seinen Hals. In diesem Augenblick stand er dem Tod sehr nahe, was er sehr wohl wußte.

»Wo ist sie, Dummkopf! Die Gefangene, das Mädchen – schnell!«

Er gurgelte etwas und preßte die Worte heraus. »Dies ist der Gefangene! Beim schneeblinden Feisterfeelt – ich schwör's!«

»Es muß noch jemand hier sein, Rast! Ein Mädchen – das hübscheste Mädchen, das es gibt. Wo steckt sie?«

Er schüttelte schwach den Kopf, und sein Mund verzog sich vor Angst. Das rote Haar hing ihm wirr bis auf die Schultern.

»Hier ist niemand sonst!«

Ich schleuderte ihn zu Boden, und mein Schwert schlug wie ein Risslaca zu; doch im letzten Augenblick drehte ich die Klinge, so daß ihn die Flachseite am Kopf traf und er bewußtlos zu Boden sank.

»Du gehörst nicht zu den Ullars, Jikai.« Der alte Mann hatte sich aufgerichtet und rückte die Lumpen zurecht, die er am Körper trug. Im unruhigen Licht der hingefallenen Fackel blitzten seine Augen dunkel in der runzligen Landkarte seines Gesichts. Er hatte eine lange, schmale Nase, praktisch keine Lippen und rotes Haar, das noch nicht angegraut war.

»Hast du noch einen anderen Gefangenen gesehen, alter Mann, ein wunderschönes Mädchen?«

Er schüttelte den Kopf, und ich fragte mich, warum ihm bei dieser Bewegung nicht das Genick quietschte.

»Ich bin hier allein, ich, Lu-si-Yuong. Hast du eine Möglichkeit, aus diesem verflixten Turm zu fliehen, Jikai?«

»Ja. Aber ich gehe nicht ohne das Mädchen!«

»Dann mußt du ewig hierbleiben.«

Obwohl sich die Gedanken in meinem Kopf überstürzten, ahnte ich in diesem Augenblick, daß ich Delia hier wirklich nicht finden würde.

»Bist du schon lange gefangen, alter Mann?«

»Ich bin Lu-si-Yuong, und du nennst mich San.«

Ich nickte. Die Anrede San war überliefert und bezeichnete einen Meister oder Weisen. Dieser Vertreter der Zauberer aus Loh hielt sich nicht nur für wichtig, sondern war offenbar tatsächlich eine bedeutende Persönlichkeit. Ich habe nichts gegen einen Titel, wenn er wirklich verdient geführt wird.

»San, beantworte mir bitte eine Frage: Weißt du etwas von einem Mädchen, das von Umgar Stro gefangen und in diesen Turm gebracht wurde?«

»Von den Gefangenen bin ich als einziger noch am Leben. Die Ullars kennen die Fähigkeiten der Zauberer von Loh, und sie wollten mich für ihre Zwecke einspannen. Alle anderen Gefangenen wurden umgebracht.«

Ich, Dray Prescot, hörte die geflüsterten Worte des alten Mannes, die meinen Hoffnungen ein jähes Ende setzten.

Ich wollte ihn bedrängen, ihm einen Widerruf abringen, ich wollte seinen faltigen Hals mit beiden Händen umschließen und ihn die ersehnten Worte sagen hören. Offenbar entging ihm meine innere Erregung nicht, denn er sagte: »In dieser Sache kann ich dir nicht helfen, Jikai – doch ich kann dich in … anderer … Beziehung unterstützen, wenn du mich rettest …«

Im ersten Augenblick brachte ich kein Wort heraus. Meine Delia konnte doch nicht brutal getötet worden sein! Das ergab keinen Sinn – wer löschte rücksichtslos solche Schönheit aus?

San Yuong bückte sich ungeschickt nach der zischenden Fackel und flüsterte: »Unten wird heute abend gefeiert. Es sind viele Männer – wilde, kühne

Barbaren des Himmels. Sie zu überwinden, Jikai, ist eine übermenschliche Aufgabe ...«

»Aber wir gehen nach oben«, sagte ich kurzangebunden. All meine Instinkte standen im Widerstreit, erfüllten mich mit Unentschlossenheit, Zweifeln und einer wilden, sinnlosen Wut. Sie *mußte* hier sein! Es gab keine andere Möglichkeit! Doch alle Anzeichen sprachen dagegen. Dieser Zauberer – warum sollte er lügen? Es sei denn, er wollte mich dazu bringen, daß ich ihn rettete!

Ich sah ihn an. Er hatte sich aufgerichtet, so daß das Licht der Fackel auf seine hageren Züge fiel, auf die dunklen Augen, die lange, dünne Nase und den fast lippenlosen Mund. Ich wußte von dem Entsetzen und der abergläubischen Ehrfurcht, mit denen das einfache Volk den Zauberern von Loh begegnete.

Tatsächlich umgab ihn eine Kraft, eine seltsame Aura, die niemand übersehen konnte. Schon oft haben die Zauberer von Loh Taten vollbracht, die jeder normale Mensch für unmöglich halten würde, und ihre Geheimnisse sind mir ein Buch mit sieben Siegeln. Sie verlangen unbedingten Gehorsam vom einfachen Volk – das, Zair sei gelobt, auch viele kritische Seelen zählt –, und den Hochstehenden im Lande begegnen sie mit einer Art wachsamer, zynischer, amüsierter Toleranz. So konnte Umgar Stro diesen alten Mann foltern, um seine Mithilfe zu erzwingen, und seine Männer schüttelten vielleicht die Köpfe darüber – doch da sie Barbaren waren, reagierten sie anders als Männer aus Walfarg.

Sobald ihm der alte Mann nicht mehr nützen konnte, mußte ihn Umgar Stro beseitigen; denn tat er es nicht, drohte ihm eine ebenso schreckliche wie unvermeidliche Rache.

»Hör zu, San. Wenn du die Wahrheit sagst, wenn es hier wirklich keinen weiblichen Gefangenen gibt, dann schwöre mir das bei allem, was dir heilig ist.

Wenn du mich aber anlügst, Lu-si-Yuong, wirst du sterben!«

Yuongs Zunge fuhr über die rauhen Kanten seines Mundes. »Es stimmt. Ich schwöre es bei Hlo-Hli und bei den sieben Gewölben – ich bin hier der einzige Gefangene.«

Wir standen uns lange Zeit gegenüber. Ich merkte es kaum, als ich schließlich die Schwertspitze senkte.

»Also gut.« Ich konnte jetzt nicht mehr ausbrechen; ich konnte mich nicht meiner Verzweiflung und meinem Kummer hingeben, nicht, solange der getreue Seg draußen in höchster Gefahr über der Stadt kreiste und auf mich wartete. »Komm, alter Mann. Bete zu deinen heidnischen Göttern, daß du die Wahrheit gesagt hast – und doch wünschte ich, du hättest gelogen!«

Wir verließen die Zelle und stiegen über die Wendeltreppe in den Dachraum. Für mich war dies ein unwürdiger Abgang.

Thelda hatte gesagt, Delia sei in einen Tarn gestürzt und ertrunken. San Yuong meinte, sie sei nicht hier. Hatten beide gelogen?

Ich bat Lu-si-Yuong zu warten, kehrte ins Wachzimmer zurück und nahm die beiden Toonons an mich. Die Schäfte waren natürlich nicht aus echtem Bambus, sondern stammten aus den Buranccl-Sümpfen. Ich fragte mich, was Seg von den Waffen halten würde. Mein Gehirn begann, allmählich wieder zu funktionieren.

Seg freute sich sehr, mich wiederzusehen. Er lenkte die Corths geschickt heran, und ich klemmte mir den zerbrechlichen Zauberer unter den Arm und schwang mich auf das Trapez. Wir verschwanden in der kregischen Nacht, während der rosafarbene Schein der Zwillingsmonde die Türme und Befestigungsanlagen Pliclas einhüllte.

Die mächtigen Corthflügel schlugen auf und nieder, und wir entfernten uns schnell von der Festung

Umgar Stros. Schließlich landeten wir auf einer Lichtung zwischen Tuffabäumen, um unseren Rückflug nach Hiclantung vorzubereiten.

Seg war sehr still.

»Ich hätte mir fast gewünscht, daß wir entdeckt worden wären«, sagte er heftig. »Wir brauchen einen Kampf, Dray.«

»Aye«, sagte ich. Und ließ das Thema ruhen.

Ich glaubte nicht, daß meine Delia tot war. Nicht nach allem, was wir durchgemacht hatten! Erst wenn ich Umgar Stros Hals umklammerte und ihm die Wahrheit abrang, konnte ich absolute Gewißheit erhalten. Doch selbst dann würde ich weiter hoffen ...

14

Eine der seltsamen und auch unheimlichen Eigenarten der Zauberer von Loh wurde uns bereits auf jener Tuffalichtung enthüllt, während wir unsere Corths ruhen ließen. Ohne ein Wort der Erklärung hockte sich Lu-si-Yuong auf den Boden, hob die geäderten Hände vor die Augen, warf den Kopf in den Nacken und verharrte reglos in dieser Stellung.

»Ich glaube, er ist in Lupu«, flüsterte Seg mir zu.

»Oh?« Das war mir ziemlich egal.

»Ja. Es heißt, die Zauberer von Loh können in die Zukunft blicken ...«

»Ein einfacher Trick für primitive Gemüter. Solche Leute glauben doch jeden Unsinn, der schlauen Betrügern manche Kupfermünze verschafft.«

Seg starrte mich mit aufgerissenem Mund an. Er schloß den Mund, warf einen Blick auf Yuong und verkniff sich die Worte, die ihm auf der Zunge lagen. Ich wollte ihn freundlich aufmuntern, denn er war schließlich aus Loh, doch ich sagte nichts. Delia! Ich erinnerte mich an meinen Schmerz, als ich zwischen den Zelten und Wagen und Chunkrahherden der Klansleute von Felschraung erfuhr, daß meine Delia tot sein sollte – und ich erinnerte mich an meine Entschlossenheit, am Leben zu bleiben und zu kämpfen, so daß ich ihr nach besten Kräften helfen konnte, wenn sie doch noch lebte – was ich ehrlich glaubte. Während der Zauberer aus Loh seine Sprüche vor sich hin murmelte, erneuerte ich dieses feierliche Gelübde.

Ich wandte mich an Seg. »Ich habe heute nacht den Turm wieder verlassen, weil ich gute Gründe dafür habe. Ich kann nicht glauben, daß Delia tot ist. Ich will weitermachen und mich bemühen, Umgar Stro zu finden, wo immer er sich aufhalten mag. Es war sicher sein Glück, daß er vorhin nicht zu Hause war – und in gewisser Weise auch sein Pech.«

»Wieso, Dom?« fragte Seg.

»Ich hätte ihn im Handumdrehen getötet. Doch je länger ich brauche, um ihn zu finden, um so mehr wird sich der Unwille in mir anstauen, um so mehr Zeit habe ich, mir Mittel und Wege zu überlegen, ihn zum Reden zu bringen.«

Seg wandte den Blick ab.

Lu-si-Yuong begann zu zittern. Seine hageren Schultern bebten, sein dürrer Körper schwankte, und langsam nahm er die Handflächen vom Gesicht. Seine Augäpfel waren verdreht und zeigten das Weiße, und er hatte praktisch zu atmen aufgehört.

»Lupu«, sagte ich. »Ist das Lupu?«

»Aye, Dray, das ist der Lupu-Zustand. Er hat Visionen. Wer kann sagen, wo sich sein Geist jetzt umsieht …«

»Nimm dich zusammen, Seg!«

In Seg Segutorio waren die übersinnlichen Eigenschaften seiner Rasse angesprochen, die dunklen und verborgenen Überlieferungen.

Als der Mondschein auf das hagere Gesicht fiel und

die blinden Augen zu gelben Abgründen wurden, sah ich mich auf der Lichtung um und betrachtete die drei Corths, die sich unruhig das Gefieder zupften – und ich erkannte, wie wenig ich eigentlich über Kregen wußte.

Ein gurgelnder Schrei drang aus Yuongs Kehle. Sein Zittern hörte auf. Schwankend richtete er sich auf. Er spreizte die Finger und breitete die Arme aus. Er taumelte wie eine sturmzerzauste Vogelscheuche hin und her, wie ein tanzender Derwisch kurz vor dem Zusammenbruch. So abrupt, wie er begonnen hatte, beendete er den Tanz, nahm wieder eine besinnliche Haltung ein, legte die Hände flach auf den Boden und öffnete die Augen.

»Und hast du in die Zukunft geblickt, alter Mann?« fragte ich.

»Dray!« Segs Entrüstung berührte mich nicht.

San Yuong sah mich an. Er schien noch nicht recht zu wissen, was er von mir halten sollte; offenbar war ich anders als die Menschen, mit denen er sonst zu tun hatte. Ich mußte damals noch in einer Art Schockzustand gewesen sein, in dem es mir ziemlich gleichgültig war, was ich tat oder sagte. Jedenfalls behandelte Yuong mich mit Vorsicht. Dafür war ich ihm später sehr dankbar; damals zuckte mir nur der Gedanke durch den Kopf, daß ich wohl wieder meine Teufelsmaske aufgesetzt hatte – ein Gedanke, der mir in meinem Kummer und Schmerz auch noch Freude machte, Zair möge mir verzeihen!

»Die Zukunft kümmert mich im Augenblick nicht, mein Freund. Ich werde dir zu passender Zeit noch für meine Rettung danken. Ich habe nur festgestellt, wie Königin Lilah mich empfangen wird …«

»Sie gibt dir nicht die Schuld an der Niederlage ihrer Armee«, sagte ich. »Wenigstens hat sie dich in diesem Zusammenhang nicht erwähnt – sie hat überhaupt nicht von dir gesprochen.«

»Kein Wunder.«

»Was hast du entdeckt, San?« fragte Seg.

»Die Königin braucht in der bevorstehenden Zeit meinen Rat. Aber sie war seltsam entrückt und kalt. Es gibt da eine Frau, eine andere Frau, mit der sie erbittert gekämpft hat ...«

»Thelda!« rief Seg und starrte mich entsetzt an.

Ich horchte auf. Hatte dieser Mann tatsächlich sehen können, was jetzt in Hiclantung geschah? Unmöglich! Aber bedenken Sie, daß ich damals noch jung war und mich in kregischen Dingen wenig auskannte – und schon gar nicht mit den Fähigkeiten der Zauberer von Loh.

»Die Königin hat diese Frau gefangengenommen, diese Thelda, und sie weint um ihren Liebsten.« Yuong neigte den Kopf, so daß seine kecke Nase über meine rechte Schulter wies. »Ob sie wohl von dir träumt, Jikai?«

»Wenn das der Fall ist«, sagte ich, »tut sie das ohne meine Erlaubnis.«

»Seit wann braucht ein Mädchen eine Erlaubnis, wenn sie sich nach einem Mann sehnt?«

Ich wollte dieses Gespräch nicht fortsetzen, nicht, solange Seg uns zuhörte. Ich ging zu meinem Corth und inspizierte Sattel und Zügel.

»Wir wollen weiterfliegen«, sagte ich. »Wenn Königin Lilah Thelda ins Gefängnis geworfen hat, müssen wir sie befreien. Das sind wir ihr schuldig.«

Seg sprang in den Sattel. Seine Faust packte den Zügelknoten, während sich die andere Hand vergewisserte, daß der Langbogen griffbereit hing und die Federn des Pfeilköchers hinter seinem rechten Ohr emporragten.

Ich erkannte die Ironie der Situation – die gefährliche Umkehrung aller Dinge, die mir teuer waren: Ich war losgezogen, um meine Delia aus den Klauen eines bösartigen Ungeheuers zu befreien, und eilte nun zurück, um eine aufdringliche Frau zu befreien, die sich mit ihrer Geilheit und sinnlosen Eifersucht selbst in diese mißliche Lage manövriert hatte.

Oh, wie sehr hätten meine Klansleute über diesen Witz gelacht.

Als wir starteten, sah ich mich um, wie ich es schon auf der Erde stets zu tun pflegte, wenn ich das Achterdeck eines Schiffs betrat. Fast bedauerte ich es, daß hinter uns keine feindlichen Impiter, Corths oder Yuelshi zu sehen waren.

Wäre ich aus dem Stoff gewesen, aus dem die romantischen Helden der kregischen Legenden sind, hätte ich in diesem Augenblick anders gefühlt, hätte ich nicht Kummer und Reue empfunden, die mich mit brennendem Schmerz erfüllten. Ich wußte nur, daß ich weitermachen mußte – irgendwie.

Wir landeten außerhalb von Hiclantung.

»Wenn Thelda wirklich eingesperrt worden ist«, sagte ich, »wäre es töricht, morgen früh einfach in der Stadt zu landen.«

Ich wußte, wie Seg zumute war.

»San, ich habe eine Bitte«, sagte ich. »Kannst du deinen Geist vorausschicken und feststellen, wo sich die Gesuchte befindet?«

»Drück dich klar aus, Jikai. Meinst du Thelda, die du vor der Königin retten willst – oder die Frau, die du liebst?«

Ich zuckte zusammen.

Dummkopf! Warum war ich nicht schon längst darauf gekommen?

Ich umfaßte seine dünnen Schultern. Er zuckte nicht zusammen, sondern starrte mich ruhig an. Ich begann zu sprechen, doch er schüttelte den Kopf.

»Ist deine Liebste wirklich so schön, wie du sagst?«

»Ja.«

»Unglaublich schön?«

»Ja.«

Er löste sich aus meinem Griff, und ich ließ ihn gewähren. »Ich kann sie leider nicht suchen, da ich keine Möglichkeit der Ortsbestimmung habe wie bei Thelda, die sich bei der Königin aufhielt.« Er trat einen Schritt zurück. »Aber wenn sie so schön ist, wie du behauptest, nehme ich an, daß sie noch lebt. Umgar Stro liebt schöne Dinge.«

»Delia aus den Blauen Bergen ist kein *Ding!*«

»Bei Umgar Stro sind alle Frauen nur Dinge, nicht mehr.«

Ich wandte mich von ihm ab. So alt und selbstsicher er auch war – ich hätte ihn in diesem Augenblick niedergeschlagen, wenn ich ihm nicht den Rücken zugekehrt hätte.

»Beim verschleierten Froyvil, Dray! Wir müssen weiter!«

Wieder zog San Lu-si-Yuong seine Schau ab, wie ich seine Verrenkungen in meiner Anspannung und Verzweiflung damals nannte. Aber Yuong gab uns eine klare Antwort.

»Sie ist immer noch bei der Königin – im Palineverlies ...«

»Das kenne ich!« sagte Seg.

»Ich will euch den Gefallen tun«, fuhr Yuong fort, »und morgen früh in Lupu gehen, wenn die Stadttore geöffnet sind und wir in die Stadt können.«

»Glaubst du«, erwiderte ich, »daß Seg und ich hier ruhig warten, bis man uns die Tore aufmacht?«

Er nickte mit düsterem Blick und zusammengepreßten Lippen. »Was wollt ihr sonst tun. Jikai?«

Seg lachte.

Ich stand wortlos auf und ging zu meinem Corth, der noch das Trapez am Sattel trug, und machte ihn flugfertig. Seg folgte mir.

Als der Corth bereit war, wandte ich mich an Yuong.

»Du solltest mit uns fliegen – hier draußen treiben sich Leem herum ...«

Er schüttelte den Kopf. »Nein, Jikai. Wenn du mir einen deiner unhandlichen Speere leihst, müßte das genügen.«

»Wie du willst. Die Speere waren ja auch ganz unnütz – wie mein ganzer Plan.«

»Dray!« sagte Seg. »Noch ist nichts verloren!«

»Komm!« sagte ich knapp. Und wir ließen den Zauberer aus Loh, San Lu-si-Yuong, mit einem langen Speer zurück, damit er den Aufgang der Doppelsonne Scorpios und das Öffnen der Stadttore erwartete. Für die kurze Reise nahmen wir nur einen Corth und ließen uns nacheinander von dem schwingenden Trapez auf das gesicherte Dach des Königspalasts fallen. Der reiterlose Corth verschwand in der Nacht. Ich rechnete damit, daß uns von einem der zahlreichen Wachttürme scharfe Augen erspäht hatten. Doch das machte uns noch keine Sorgen. Wir hasteten eine Sturmholztreppe hinab und öffneten mit unseren Schwertern zahlreiche Lenkholztüren. Die Wächter, die sich uns entgegenstellten, töteten wir nicht, denn sie waren schließlich unsere Gastgeber.

Ich mußte nicht an eine ähnliche Szene denken, als wir uns stumm an den Wächtern vorbeischlichen, denn diesmal brannte nicht Hoffnung und Angst um Delia in meinem Herzen – diesmal versuchten wir nur, einer Reisegefährtin zu helfen. Doch dann fiel mir ein, was Seg für Thelda empfand, und ich seufzte.

Wir stießen auf einen jungen, hiclantungischen Wächter, der in die prunkvolle Robe eines Speerträgers der Königin gekleidet war, voller Gold- und Silberknöpfe und Schnallen. Er half uns bereitwillig weiter, nachdem Seg ihm einen Dolch an die Kehle gesetzt hatte. Wir wurden in einen staubigen Korridor geführt, in dem da und dort aus Wandschlitzen Licht auf den Boden fiel. Ich erkannte, daß ich mich in einem Gang befand, wie er in gewissen Palästen für unerläßlich gehalten wurde – ein Gang mit Spionlöchern für verschiedene Zimmer.

Als wir das Zeichen erhielten, daß wir das richtige Beobachtungsloch erreicht hatten, schlug Seg dem jungen Mann leicht auf den Kopf, und ich fing ihn auf und ließ ihn vorsichtig auf den Boden sinken. Dann schauten Seg und ich durch den Schlitz.

Wir blickten in eine kleine Kammer der Palinegewölbe, die sich unter einem Flügel des Palasts befanden. Als erstes bemerkte ich die herrliche Silberschale mit einem Haufen saftiger, belebender Palines, und ich fuhr mir durstig mit der Zunge über die Lippen.

»Die Königin hat einen Dolch!« flüsterte Seg.

Das weiche Licht der Samphronöllampe spiegelte sich funkelnd auf den Edelsteinen am Griff des Dolches. An der Spitze der Klinge schimmerte ein Stern. Diese Spitze bebte über Theldas Brust.

Ich tastete den Spalt der Geheimtür ab. Seg atmete heftig und konnte sich kaum beherrschen.

Die Geheimkammer war in unauffälligem Luxus eingerichtet – Lingpelze auf den Sofas, überall bunte Seiden- und Satinstoffe zwischen den verstreuten Kissen.

»Du vergißt, daß ich die Königin bin!«

»Und du vergißt, daß ich eine Lady aus Vallia bin!«

»Vallia! Ich spucke auf dein Vallia!«

»Was ist denn dieser elende Misthaufen, der sich Hiclantung nennt? Mein Land ist eine große Nation, die unter einem allmächtigen Herrscher vereint wurde! Die Macht Vallias ist die eines Leem im Vergleich zu deinem winzigen Kaff Hiclantung!«

»Bei Hlo-Hli! Diese Unverschämtheit sollst du bereuen!«

Ich seufzte. Die beiden Mädchen waren mal wieder voll in Fahrt. Den armen Seg nahm das sichtbar mit.

Lilah trug ein enges, rotes Kleid, das bis zur Hüfte geschlitzt war und ihre langen Beine enthüllte. Haar,

Brusttuch und Arme waren von Edelsteinen bedeckt. Thelda war in ein kurzes, zerrissenes Kleid gekleidet, das ihre kräftigen Schenkel entblößte und ihr schief von den Schultern hing. Um ihre Handgelenke zog sich eine Schnur. Doch sie hatte trotzig den Kopf gehoben, und ich mußte ihren Mut bewundern – trotz all der lächerlichen Szenen, die es schon zwischen uns gegeben hatte.

»Ich weiß, warum du den weiblichen Cramph spielst!« fauchte Thelda jetzt mit gerötetem Gesicht und blitzenden Augen. »Es geht um meinen Dray! Du willst meinen Dray Prescot im Bett haben!«

»*Deinen* Dray!«

»Ja! Du weißt ja nicht, was wir füreinander empfinden! Ich liebe ihn – und nun, da Prinzessin Majestrix nicht mehr lebt, wird er mich lieben! Ich weiß es ...«

»Du weißt gar nichts, du geiles Dreckstück! Was kannst du ihm schon bieten? Ich bin Königin, die Königin einer großen Stadt und einer großen Nation ...«

»Umgeben von Feinden, die darauf warten, sie zu vernichten!«

»Das sollen sie nur versuchen; sie werden es nicht schaffen! Ich kann Dray Prescot alles bieten ... du ... du fetter Rast ...«

Thelda warf den Kopf in den Nacken, öffnete die vollen Lippen und lachte! »Du!« kicherte sie. »Eine dürre Vogelscheuche wie du! Dray Prescot braucht eine Frau, eine wirkliche *Frau!*«

Lilahs Hand begann zu zittern, und der Dolch schickte funkelnde Lichtreflexe in alle Ecken des Zimmers. »Du Lardklumpen! Dray braucht eine feurige, leidenschaftliche Frau, die ihm auf gleichem Niveau begegnen kann!«

Seg drückte mit der Hand gegen die Geheimtür. Ich litt mit ihm.

Ein lautes Klopfen von der gegenüberliegenden Tür ließ Lilah wie eine Katze mit erhobenem Dolch herumfahren. Ein Sklavenmädchen führte Ratsherr Orpus herein. Sein bärtiges Gesicht zeigte höchste Erregung, und die zahlreichen Ringe an seinen Fingern blitzten im Lampenlicht. Er hob die lange Robe zur Seite, als er sich tief verbeugte und sagte: »Verzeihen Sie die Störung, Königin! Doch es gibt wichtige Neuigkeiten! Wir nehmen an, daß wir den Aufenthaltsort von Umgar Stro kennen!«

»Was meinen Sie mit ›Wir nehmen an‹?«

Lilah steckte den Dolch ein und näherte sich Orpus. Sie war nun wieder ganz Königin, majestätisch, hochmütig, fordernd, gnadenlos.

»Die Kundschafter berichten …«

»Warten Sie.« Lilah deutete auf Thelda. »Wächter! Bringt diese elende Kreatur wieder in die Zelle. Sie soll dort verrotten, bis ich meinen Spaß mit ihr gehabt habe. Komm, Orpus – wir begeben uns ins Beratungszimmer – rufen Sie die Kundschafter, meine Generäle und alle Ratsherren zusammen. Wir müssen uns sofort beraten!«

Als Orpus zur Seite trat, um die Königin mit festem Schritt ihrer entblößten Beine an sich vorbeigehen zu lassen, verneigten sich die Wächter. Sie kamen in den Raum, und ihr Deldar stieß Thelda mit der Speerspitze an, die aus Stahl bestand, wie es sich für einen Speerträger der königlichen Garde geziemte.

»Los, mein Schatz. Hübsche Spielgefährtinnen wie dich brauchen wir immer!«

Sie umringten Thelda und zerrten sie fort, und sie stimmte ein jämmerliches Geschrei an.

Seg legte die Hand an die Geheimtür, doch es war mein Fuß, der uns den Weg freitrat.

Gemeinsam stürmten wir in die leere Kammer, die Schwerter in den Händen, Schulter an Schulter eilten wir auf die Tür zu.

15

Auf dem Weg zur Tür nahm ich mir mit der linken Hand einige Palines aus der Schale. Sofort tropfte mir der Saft von den Fingern.

»Hier hast du etwas zum Kauen, Seg…«

»Keine Zeit, Dray! Ahnst du denn nicht, was man Thelda antun will?«

Ich hielt ihm die Palines hin. »Nimm schon, Seg! Du brauchst sie!«

Ich grinste ihn an. Mit wildem Fluch drängte er sich an mir vorbei, nahm einige Palines und stopfte sie sich in den Mund. Erst jetzt lief ich zur Tür.

Die Wächter hatten die erste Korridorbiegung erreicht. Wir eilten lautlos auf die Ecke zu. Ich verharrte hinter der Alabasterstatue eines Risslaca, der einen Leem packt, und blickte um die Biegung. Seg hüpfte ungeduldig von einem Bein aufs andere. Die Wächter führten Thelda im Eilschritt ab, gewiß von freudiger Erwartung erfüllt. Einige andere Sklaven und Funktionäre wanderten durch den Gang, der sich hier verbreiterte und in der Mitte von einer Reihe breiter Säulen gegliedert wurde. Ich kannte den Palast gut genug, um eine ungefähre Vorstellung von seinem Grundriß zu haben; im Gegensatz zu den meisten anderen kregischen Palästen, die ich kannte, hatte sich dieses Gebäude, das in der Mitte einer Stadt lag, von Häusern und Mauern bedrängt, nicht zu einem endlosen Gewirr von Gängen und Höfen und Sälen ausgedehnt.

Wir schlichen hastig weiter.

Sklaven blickten uns an, doch Sklaven sind Sklaven, und sie achteten nicht weiter auf die beiden Krieger, sondern sahen sich nur vor, uns nicht in den Weg zu kommen. Die Wächter zogen Thelda um eine weitere Ecke, hinter der ich eine breite, verzierte Doppeltür erkannte. Dahinter lag die Ratskammer, in der Königin Lilah nun mit den Kundschaftern zusammentraf, um zu erfahren, wo sich Umgar Stro befand.

Ohne zu zögern, ging ich in diese Richtung.

»Dray! Sie sind hier entlang gegangen…«

Ich wandte mich um. Seg sah mich an, und ich vermochte den Ausdruck auf seinem gebräunten Gesicht nicht zu deuten. Ein Lichtstrahl von einer Fackel stach ihm in die blauen Augen.

»Umgar Stro…«, sagte ich.

»Die Wächter haben Thelda hier ins Verlies geführt! Und sie haben Erlaubnis, sie zu vergewaltigen!«

Ich kam sofort wieder zu mir. Vor mir stand Seg Segutorio, der Mann, der mir ohne zu zögern in den Turm Umgar Stros gefolgt war, um Delia zu retten! Jetzt mußte ich ihm folgen, um Thelda zu befreien. Natürlich! Wie hätte ich anders denken können? Ich würde mich schon zu Umgar Stro durchkämpfen – keine Sorge. Dieser Gedanke erfüllte mich, als ich Seg durch den Seitenkorridor, durch eine bronzegefaßte Lenkholztür und über eine nackte Steintreppe folgte, die zu den Verliesen der Königin des Schmerzes führte.

Männer in der traditionellen Kleidung ihres Handwerks waren nun zu den Wächtern gestoßen. Sie trugen schwarze Schürzen und Masken, und ihre stämmigen Arme waren nackt. Man hatte Thelda den dünnen Fetzen vollends vom Leib gerissen, und sie kauerte an einer Steinwand, an der Eisenringe auf sie warteten. Ein Stück entfernt, stützten sie ein Skelett, an dem verwesende Fleischfetzen hingen.

Einer der Männer packte Thelda und hob ihren Arm zu einem Eisenring. Unter seiner Maske verriet das massige Gesicht boshafte Freude.

Seg hatte sein Schwert in die Scheide gestoßen und den Langbogen zur Hand genommen.

Ehe ich etwas unternehmen konnte, bohrte sich Segs

Pfeil in den breiten Lederrücken. Der Folterknecht schrie auf wie ein abgehäuteter Vosk und sank zur Seite. Im nächsten Augenblick wütete ich zwischen den Folterknechten. Ich hieb mit der Flachseite meines Schwerts um mich, denn trotz meiner verzehrenden Wut war ich noch so vernünftig, den Zorn der Königin nicht zu vergessen. Einen Folterknecht mochte sie verschmerzen – weitere Ausfälle konnten Seg und mir nur Probleme bereiten.

»Bring sie nicht um, Seg!« rief ich, als ich den Deldar mit dem Knauf zu Boden stieß und meine Klinge einem anderen flach vor den Bauch drosch, daß ihm die Luft wegblieb.

Seg keuchte und fluchte. Er schulterte seinen Langbogen wieder und stürzte sich mit dem Langschwert in den Kampf. Unser Angriff kam so überraschend und war so kraftvoll, daß die Wächter praktisch wehrlos niedergeschlagen wurden. Nur zwei vermochten ihre Stahlspeere zu heben, und wir durchtrennten die Speerschäfte mit unseren Klingen und schickten die Männer ebenfalls zu Boden.

»Ich mache doch noch einen Schwertkämpfer aus dir, Seg!« sagte ich. Der schnelle Kampf hatte mein träges Blut belebt.

Doch Seg hatte bereits Thelda in die Arme geschlossen, drückte ihren nackten Körper an sich und flüsterte ihr unverständliche Worte ins Ohr.

»O Dray!« rief Thelda. »Ich wußte, daß du kommen würdest! Ich wußte, daß du mich retten würdest!«

»Danke Seg dafür«, sagte ich mit einer Heftigkeit, die ich nicht zu spielen brauchte.

»Aber Dray ...« Sie löste sich von Seg und stand mit ausgebreiteten Armen und gerötetem Gesicht schweratmend vor mir. »Diese Lilah ... diese Königin ... ist ein weiblicher Cramph! Ich hasse sie! Aber du, Dray ... du hast mich gerettet!«

Ich wich Segs Blick aus.

»Wir müssen sofort hier raus. Ehe die Schläfer wieder zu sich kommen«, sagte er kurzangebunden.

»Zieh was an, Thelda«, sagte ich. »Seg und du – ihr müßt hier verschwinden.« Ich nahm dem Deldar der Wächter ein kostbar besticktes Tuch ab und reichte es ihr. »Leg dir den Stoff um. Ihr schafft es bis nach draußen; ihr kennt den Weg ...«

»Dray! Kommst du denn nicht mit?«

»Ich habe etwas mit Lilah zu besprechen.«

Thelda wich zurück, als hätte ich ihr eine Ohrfeige versetzt.

»Du – Dray – du und die Königin? *Nein!*«

Trotz ihrer Worte war Thelda, die Lady aus Vallia, irgendwie verändert. Sie hatte ihren Schwung verloren. Ich dachte an ihre Schreie, als die Wächter sie fortzerrten. In diesem Augenblick hatte sie sich dem Tode nahe geglaubt, und ein düsterer Schatten dieser Erinnerung würde sie für den Rest ihres Lebens begleiten.

»Nicht Lilah und ich, Thelda – so nicht. Aber sie hat neue Informationen über Umgar Stro – die ich in Erfahrung bringen muß.«

»Wenn du zur Königin gehst«, sagte Seg, »bleibe ich an deiner Seite.«

»Seg ...« »Und ich?« kreischte Thelda.

»Ich glaube nicht, daß die Königin dir etwas antut, wenn Dray für uns alle eintritt.«

Segs Worte, so ruhig und sicher gesprochen, beeindruckten und überzeugten mich.

»Ich habe Angst ...« Und das sah man Thelda an.

Ich verließ den Raum und wandte mich zur Treppe. »Die Königin wird mich anhören«, sagte ich. »Gehen wir.«

Auf unserem Weg zum Ratszimmer der Königin trat uns niemand entgegen.

Es kommt mir heute seltsam vor, daß ich nur undeutliche Erinnerungen an dieses Ratszimmer habe. Oh, es war riesig und voller massiver hiclantungischer Pfeiler mit Risslaca- und Schlangendarstellungen und mit Statuen, die Corths nachgebildet waren; der Saal war bunt und hellerleuchtet und voller Menschen – doch ich erinnere mich nur an die große, rotgekleidete Gestalt Lilahs mit ihrer juwelenblitzenden, roten Frisur, den dunklen Augen, den steilen Augenbrauenbögen, den Schatten unter den Wangenknochen und dem kleinen, harten und doch sinnlichen Mund.

»Du bist also zu mir zurückgekehrt, Dray Prescot!«

Ich mußte daran denken, wie sie vor mir auf dem Boden gelegen und mir einen Platz auf ihrem Thron angeboten hatte. Sie hob stolz den Kopf, als ahnte sie meine Gedanken.

»Wenn Sie Nachrichten von Umgar Stro haben, o Königin, dann sagen Sie mir, an welchem Ort ich seinen Hals zwischen die Hände nehmen und zudrücken kann!«

»Langsam, langsam, Lord Strombor! Die Auskunft ist nicht sicher. Die Kundschafter haben Vermutungen; wir erwarten noch eine Bestätigung.«

»Sagen Sie mir, wo er sein soll – dann bestätige ich ...«

»Nicht so hastig.« Lilah wandte sich Thelda zu. Wächter umringten uns mit schimmernden Lanzenspitzen. Seg hielt den Bogen in der linken Hand – zog mit der anderen einen Pfeil aus dem Köcher und setzte ihn auf die Sehne. Ich wußte, daß er den Pfeil durch das Herz der Königin schicken konnte, ehe einer der Wächter an ihn herankam. »Nicht so schnell. Was macht diese ... Frau ... bei euch?« Ich starrte Lilah herausfordernd an.

»Sie hat mit diesen Dingen nichts zu tun, o Königin. Wir haben sie in einer Situation vorgefunden, die mir außerordentlich mißfallen würde, wenn ich annehmen müßte, daß Sie dahintersteckten.«

Sie erwiderte meinen Blick. »Ich verstehe.«

»Es gibt da einen Mann, einen Zauberer aus Loh, einen gewissen San Lu-si-Yuong.«

Ihr stockte sichtlich der Atem. »Was ist mit ihm?«

»Seg Segutorio und ich haben ihn aus dem Turm in Plicla befreit. Er war der einzige Gefangene. Er wird Hiclantung betreten, sobald morgen früh die Tore geöffnet werden, obwohl er es sicher begrüßen würde, wenn Sie ihn schon jetzt durch eine Gruppe Wächter in die Stadt holten. Draußen treiben sich viele Leems herum.«

»Ja.« Sie machte eine herrische Handbewegung, und ein Hikdar verließ das Zimmer, um den unausgesprochenen Befehl auszuführen. »Der San bedeutet mir viel. Seinen Verlust bei dem Massaker habe ich sehr bedauert. Und du hast ihn gerettet?«

»Seg Segutorio und ich.«

»Ja.« Sie schien nicht zu wissen, was sie sagen sollte, und als sie schließlich weitersprach, schien sie etwas von ihrer Selbstsicherheit verloren zu haben. »Anscheinend stehe ich schon wieder in deiner Schuld, Dray Prescot.«

»Sie wissen, was ich will. Umgar Stro. Sagen Sie mir …«

»Sobald ich erfahre, wo sich diese Bestie befindet, sollst du es wissen. Soviel wir bis jetzt herausgefunden haben, befindet er sich in Chersonang.«

Chersonang war das Nachbarland, das mit Hiclantung in Feindschaft lebte. Ich ahnte Probleme voraus.

Lilah beugte sich auf ihrem Thron vor, stützte eine Hand unter das bleiche Kinn und sah mich düster an. »Ich werde meine Armee gegen Chersonang aufmarschieren lassen, um Umgar Stro zu fangen. Ich glaube, wir können beide Ziele mit einem Schlag erreichen. Dir böte sich dabei eine Gelegenheit, die Frau zu finden, die du dir ersehnst. Ich biete dir die Chance, meine Armee zu führen, und mit meinen Generälen gegen Umgar Stro vorzugehen. Was sagst du dazu?«

Thelda hielt den Atem an. – Die Wächter drängten noch näher heran. – Ich brauchte nicht zu überlegen.

»Ich danke Ihnen für das großzügige Angebot, Lilah. Aber ich kann nicht warten. Ich werde sofort nach Chersonang abreisen.«

»Dummkopf!« schrie sie mir nach, als ich mich zum Gehen wandte, und Segs Hand zuckte mit dem Pfeil hoch, doch ich stand ihm für einen schnellen Schuß im Wege, und eine Speerspitze brachte ihn zu Fall. Mein Schwert war halb aus der Scheide, als mich etwas – eine Speerspitze, die Flachseite einer Klinge – am Kopf traf und ich in den tiefen Brunnen der Bewußtlosigkeit stürzte.

16

Wenn Ihnen mein Verhalten unverständlich vorkommt, könnte ich Ihnen nicht widersprechen.

Heute führe ich meinen Starrsinn auf die Angst zurück, daß Delia nicht mehr leben könnte – sie schien mich damals aus dem Gleis geworfen und mir jeden vernünftigen Gedanken geraubt zu haben.

Nur ein einziger Umstand war sicher: Ob sie nun tot war oder noch lebte – Delia hätte bestimmt darauf bestanden, daß ich weiterlebte, daß ich mich ans Leben klammerte, daß ich niemals aufgab.

Seg und ich erholten uns in einem bequemen Zimmer, das irgendwo im Palast liegen mußte. Der fensterlose Raum war so denkbar luxuriös eingerichtet und wurde von Samphronöllampen erleuchtet. Überall standen Gardisten herum – Speerträger der königlichen Leibgarde in bestickten Roben und mit schimmernden Helmen. Seg und ich waren nackt und hatten keine Waffen.

»Wir könnten diesen Marionetten leicht die Speere abnehmen«, sagte Seg.

»Möglich«, erwiderte ich. »Mag sein, daß wir durchkommen, wenn wir wirklich fliehen wollten. Aber was ist mit Thelda?«

Sein Blick betrübte mich.

»Thelda«, sagte er und legte den Kopf auf seinen muskulösen Unterarm.

Wir berechneten unsere Chancen, die rundliche Lady aus Vallia mitzunehmen. Sie standen nicht gut.

Wenn wir im Palast der Königin unterwegs waren, hatten wir stets eine große Eskorte aus Speerträgern und Bogenschützen um uns. Besonders die Bogenschützen wären bei einer Flucht zum Problem geworden. Und doch waren wir keine Gefangenen im eigentlichen Sinne. Wir spürten eine Atmosphäre zielstrebiger Vorbereitung in Hiclantung. Überall waren Soldaten zu sehen. Irgend etwas war im Gange.

»Die Leute haben nicht vergessen, was Umgar Stro ihnen angetan hat«, sagte Seg anerkennend. »Durch den Verrat des Ratsherrn Forpacheng wurden sie in ihrem Stolz verletzt.« Seg bewegte vielsagend die Hände. »Nun formieren sie sich neu, wobei sie sich an ihre Traditionen halten. Sie wollen denselben Fehler nicht noch einmal machen.«

Hwang, der Neffe der Königin, besuchte uns. Ihn bekümmerte, daß Lilah uns dies antun mußte – was, wie er sagte, zu unserem eigenen Besten war.

Sein junges Gesicht zeigte einen Ausdruck, wie man ihn manchmal bei Kindern findet, die einen Streich begangen haben und ihn ausbügeln wollen. Er streifte beim Hinsetzen die bestickten Roben zur Seite. Zuvorkommend schenkte ihm Seg einen Kelch Wein ein – einen ausgezeichneten Jahrgang, vollmundig, aber nicht zu süß –, und Hwang nahm das Getränk, als wolle er vergessen, was ihn beschäftigte.

»Ich komme gerade von den Tänzerinnen in Shling-Feraeo«, sagte er. »Langweilig!«

»Umgar Stro«, sagte ich.

Hwang nickte. »Ja, Dray Prescot. Du hast es erraten.«

Wir stürzten uns in eine technische Diskussion über Ausrüstung und Taktik der hiclantungischen Armee, wobei sich Seg besonders auszeichnete. Bei jedem anderen Mann hätte mich vielleicht die Art und Weise amüsiert, wie er sich um die Chancen dieses winzigen Walfargüberbleibsels sorgte. Segs Heimat, das geheimnisvolle, düstere Erthyrdrin der Berge und Täler, sollte ich später kennenlernen; doch nichts vermochte den brennenden Stolz in Seg zu unterdrücken, einen Stolz, den auch Hwang empfand, das Bestreben, daß die Tugenden Lohs überleben müßten und daß er als Erthyrer mit allen Kräften für ihre Verbreitung zu sorgen hatte. In jenem luxuriösen Gefängnisraum im Palast Hiclantungs erhielt ich damals einen ersten Eindruck vom Zusammenbrechen der Nationalitätsschranken, das mein Leben auf Kregen noch sehr beeinflussen sollte.

Seg hatte mir freimütig berichtet, daß sein Volk bei den anderen Stämmen Lohs gefürchtet war, und jetzt saß er hier und war bereit, unbekannte Feinde der Lohier niederzukämpfen.

Unsere Feinde waren insofern unbekannt, als Seg und ich die Chersonanger noch gar nicht zu Gesicht bekommen hatten und Umgar Stro militärisch noch eine unbekannte Größe war.

Hwang schwenkte lächelnd seinen Weinkelch und wandte sich an mich. »Du bist ein kluger Mann, Dray Prescot, daß du nicht zu fliehen versuchst. Wenn du wirklich die Absicht hättest, könntest du es wohl schaffen. Aber sowohl die Königin als auch ich stehen in deiner Schuld, und wir sind uns dessen bewußt ...«

»Du stehst nicht in meiner Schuld.«

»Ich, der ich dich als Freund ansehe, bin ja froh, daß du nicht allein gegen Umgar Stro ziehst, sondern mit einer Armee.«

»Wie bitte?« fragte Seg.

Hwang neigte den Kopf und starrte in seinen Wein.

»Du darfst mich nicht falsch verstehen, Seg. Mit ›allein‹ meinte ich in deiner Begleitung und ohne meine Armee.«

»Führst du das Kommando?« fragte ich.

»Man könnte es so nennen. Orpus ist gleichberechtigter Heerführer. Daneben gibt es noch andere Generäle. Wir sind überzeugt, daß du zu uns stoßen wirst, Dray Prescot, um uns mit deiner Weisheit zur Seite zu stehen.«

»Auch Seg ist es gewöhnt, Männer in den Kampf zu führen.«

Hwang sah mich mit seltsamer Zuneigung an. »Ja. Seg kommt aus Erthyrdrin, und wir, die wir vom walfargischen Reich abstammen, kennen diese Menschen. Es gab einmal eine Zeit, da …« Er leerte seinen Kelch. »Nun ja.«

Hwang wandte sich zum Gehen.

An der Tür blieb er stehen und blickte auf mich herab. »Ich habe von Naghan gehört. Du erinnerst dich doch an Naghan, den Spion?«

»Ja.«

»Er wird bald wieder hier sein. In seinem Bericht – der so vorsichtig abgefaßt ist, wie es sich für einen Spion gehört – heißt es, daß er Informationen über Delia hat …«

Im nächsten Augenblick lagen Hwangs Schultern im Griff meiner Fäuste, und mein häßliches Gesicht starrte ihn an.

»Was?«

Er wand sich frei. Ich nahm die Hand fort und atmete tief ein.

»Sobald sich Naghan bei uns meldet, bringe ich ihn zu dir.«

»Tu das, Hwang. Ich bete zu Gott und Zair, daß er gute Nachrichten hat.«

Wir hatten darauf bestanden, uns sportlich betätigen zu können, und der Kommandant der Gardisten führte uns jeden Tag in eine große Halle, in der Seg und ich herumhüpften, um die Wette liefen und mit langen Stöcken gegeneinander kämpften, bis wir schwitzend und völlig außer Atem zu Boden sanken. Ich kann nicht behaupten, daß wir müde waren, denn solche vorgetäuschte Fechterei kitzelte im Grunde nur die Muskeln, die die Mühen echter Feldzüge und Kämpfe gewöhnt waren.

Endlich kehrte Naghan zurück.

Königin Lilah, Orpus und Hwang suchten unser Luxusgefängnis auf und führten Naghan herein. Im Hintergrund drängte sich eine bewaffnete Truppe der königlichen Speerträger und zeigte an, daß sich die Königin auf kein Risiko einließ. Zu unserer Überraschung entdeckten wir auch Thelda in dieser Gruppe. Sie war in ihr kurzes, braunes Kleid gehüllt und trug die Hände auf dem Rücken gefesselt. Ihr Gesicht war erregt gerötet, sie warf arrogant den Kopf zurück und sah sich verächtlich um. Als sie Seg und mich erblickte, war es mit ihrer Fassung vorbei. Eine Sekunde lang sahen wir das einsame, verschreckte Mädchen, das sich hinter dem vornehmen Getue verbarg. Dann nahm sie sich zusammen und setzte wieder die hochherrschaftliche Miene auf, die die einzige Barriere zwischen ihr und dem Wahnsinn war.

»Sprich, Naghan«, ordnete Lilah an.

Der Spion blieb ganz ruhig und sah mich neugierig an. Sein stämmiger Körper war in eine einfache, schmucklose Robe gekleidet, und seine hellen Augen taxierten mich auf eine Weise, die ich nur von wenigen Kregern gewöhnt war.

Er öffnete den Mund und sagte: »Ich weiß nun ganz bestimmt, daß sich Prinzessin Delia von Vallia ...« Doch schon unterbrach ihn Lilah mit einem knappen Befehl.

Sie sah mich an. Seit dem dramatischen Gespräch in ihren Privatgemächern, wo sie mir juwelenschimmernd zu Füßen gelegen und mich angefleht hatte, sie zu nehmen, waren wir nicht mehr allein gewesen. Vermutlich war sie innerlich unsicher und wollte nicht mehr ohne ihre Höflinge, Generäle und Wächter mit mir sprechen, vor denen sie sich eisern beherrschen mußte.

»Lassen Sie ihn sprechen, Lilah«, sagte ich.

»Nachdem *wir* uns unterhalten haben, Dray Prescot.«

»Dann fassen Sie sich kurz.«

»Ich wünsche, daß du mit meiner Armee gegen Umgar Stro ziehst. Du wirst sie anführen, sie inspirieren. Mit dir an der Spitze wird sie den Sieg erringen.«

»Das ist kein Problem – und mag genügen, um Rache zu nehmen. Doch ist in Chersonang mehr als nur Rache zu finden, Lilah?«

Sie runzelte die Stirn, was ihr ein düsteres, fast teuflisches Aussehen verlieh. Sie trug eine grüne Tunika und einen kurzen, grünen Rock über ledergeschützten Beinen. Um ihre schmale Hüfte zog sich ein goldener Gürtel und betonte ihre weibliche Figur. An dem Gürtel hing ein kleines, juwelenbesetztes Schwert, und in der linken Hand trug sie eine Peitsche. Während unseres Gesprächs achtete ich unbewußt auf die Bewegungen dieses Instruments.

»Du sollst mir auf den heiligen Namen Hlo-Hlis oder auf den Namen deiner sonstigen heidnischen Gottheiten schwören, daß du die Armee nicht verläßt, ehe du sie zum Sieg geführt hast.«

»Und wenn Umgar Stro die Oberhand behält?«

»In dem Fall ist die Angelegenheit ja wohl erledigt.«

»Im Krieg ist nichts gewiß.«

Ihr Verhalten zeugte von großer Unsicherheit, denn wir redeten im Grunde über Nebensächlichkeiten – dabei war sie eine Königin.

»Gib mir dein Wort ...«

»Im Kampf gegen Umgar Stro will ich für deine Armee tun, was ich kann – weil das zufällig in meine Pläne paßt, Lilah. Doch darüber hinaus vermag selbst deine Hlo-Hli nichts auszurichten. Und jetzt laß bitte Naghan weiterreden.«

Sie preßte die schmalen Lippen zusammen und hob die Peitsche. Schließlich wandte sie sich gefaßt an Naghan und bat ihn fortzufahren.

»Ich habe lange Zeit einer Gefangenen nachgeforscht, die sich aber letztlich leider nicht als die gesuchte Prinzessin Delia aus Vallia herausgestellt hat...«

Ich starrte ihn fassungslos an. Ich konnte nicht sprechen oder mich bewegen. Ich blickte auf diesen ruhigen, sachlichen Mann, der Naghan genannt wurde, und er bemerkte meinen Blick, schluckte und fuhr fort: »Wie San Yuong schon gesagt hat, wurden außer ihm alle Gefangenen in Plicla getötet. Daraufhin habe ich mich in Chersonang umgesehen. Es gibt dort zwar eine gefangene Frau, bei der es sich um Prinzessin Delia aus Vallia hätte handeln können – aber das ist ziemlich unwahrscheinlich. Ich habe nur herausfinden können, daß sie in einem Verlies ein elendes Leben führt. Sprechen konnte ich nicht mit ihr, doch sie hat weibliche Diener und Sklaven. Es heißt, daß Umgar Stro im Augenblick zu sehr mit seinem Krieg beschäftigt ist. Nach dem Sieg will er sich mit ihr befassen...«

Königin Lilah schnaubte durch die Nase. »Nach dem, was man so über Umgar Stro hört, scheint das zu seinem üblen Charakter zu passen. Er liebt Frauen, die berauscht von ihm sind. Er verschwendet keine Zeit darauf, mit einer Frau zu kämpfen; er verlangt, daß sie sich ihm mit falscher Freude hingibt.«

»Ich kenne diese Art Untermensch«, sagte Seg, ohne mich anzusehen.

»Wann ziehen wir los?« fragte ich.

»Morgen früh«, sagte Orpus und nickte zufrieden. »Die Pläne stehen fest. Du wirst an der Spitze der

Truppe reiten, Dray Prescot. Die Generäle der Königin haben jede Einzelheit sorgfältig festgelegt ...«

Erzürnt schaltet sich Seg Segutorio ein. »Was ist mit Delia?«

Naghan schwieg. Lilah ließ die Peitsche hin und her zucken, doch auch sie sagte kein Wort.

»Kann sein, daß Delia diese Frau ist«, sagte Seg. »Wir wissen es nicht ...«

»Seg«, sagte ich. »Wir beide werden an der Spitze reiten. Wir werden kämpfen. Wenn die hiclantungische Armee mir folgen kann, bitte sehr. Doch ich werde bis zu Umgar Stro vorstoßen, glaube mir – oder sterben.«

Orpus nickte lebhaft. »Ausgezeichnet. Unsere Pläne sehen einen massiven Angriff vor, bei dem wir die Cramphs aus Chersonang zertreten werden. Es sind doch nur Harfnars ...«

»Harfnars!« sagte Naghan ruhig. »Doch sie kämpfen ausgezeichnet. Sie mögen Halbmenschen sein, doch sie kämpfen.«

Orpus lachte dröhnend.

»Diesmal gibt es in unseren Reihen keinen Verräter, wenn die Ullars aus der Luft angreifen. Inzwischen haben wir es gelernt, uns gegen Impiter und Corths zu verteidigen. Wenn die verfluchten Harfnars ihre Verbündeten fliehen sehen, werden sie nicht mehr so entschlossen kämpfen wie früher.«

Orpus meinte den langen historischen Konflikt zwischen den beiden Völkern. Seit vielen Jahren schwelten Haß und Rivalität zwischen Hiclantung und Chersonang. Jetzt waren die Ullars als neues Element in diese Auseinandersetzung eingetreten. Aus Orpus' Worten sprach Vernunft – Vernunft und eine große Gefahr, die die Lohier nicht zu erkennen schienen.

Am Morgen brachen wir auf, eine stolze, kampflustige Armee. Königin Lilah war bei den Truppen. In eine grüne Tunika mit schimmerndem Brustpanzer gekleidet, führte sie uns an. Seg und ich ritten auf Nactrixes bei Hwangs Kavallerieregiment. Gepanzerte Lanzenreiter mit atemberaubend schönen Stickereien auf Geschirr und Seidenbannern ritten arrogant und zuversichtlich hinter uns.

Die Infanterie marschierte in geordneten Formationen, und zwischen den Truppenteilen rollten Varters. Auch sah ich viele seltsame Geräte auf Rädern, deren Zweck ich erst in späteren Jahren ganz begreifen sollte. Damals erlebte ich sie zum erstenmal im Kampf und war beeindruckt.

Thelda ritt bei Seg und mir. Lilah hatte sie im Auge behalten wollen. Seg und ich trugen Halbpanzer – herrlich geschmiedete Brustschilde und Schulterstükke. Bei manchen Völkern sind die Rüstungen dermaßen verziert, daß die Zweckmäßigkeit völlig in den Hintergrund gedrängt wird. Das walfargische Reich war nicht allein der Barbareninvasion zum Opfer gefallen – es hatte auch innere Probleme gehabt, und ein Symptom dieser alten Krankheit zeigte sich in der auffälligen Schönheit unserer Bewaffnung, in der übertriebenen künstlerischen Bearbeitung, in der Bequemlichkeit und Polsterung, in Schnallen und Riemen – und in den fahrlässigen Spalten zwischen den einzelnen Stücken, in den Lücken an Nacken und Schulter.

Mir war das gleichgültig.

Ich fühlte mich seltsam befreit. Ich war in einem Luxusgefängnis eingesperrt gewesen, ohne ausbrechen zu können; jetzt aber ritt ich wieder unter der Doppelsonne Scorpios dahin und stürzte mich in eine kregische Auseinandersetzung. Ob Delia noch lebte, wußte ich nicht. Ich würde es herausfinden – dessen war ich gewiß.

Die schimmernde Prozession hielt entschlossen auf Chersonang zu, gefolgt von einem gewaltigen Zug von Versorgungswagen. Bei einem lohischen Feldzug durfte es den Soldaten an nichts fehlen. Jedenfalls sollte es nur wenige Tage dauern, bis wir die Grenze überschritten und uns der Stadt Chersonang näherten.

»Du hast hoffentlich gemerkt, Dray, daß dich dieser weibliche Leem nur zum Kommandanten ihrer Armee machen wollte? Sie will, daß du als erster durchbrichst und ihren Lakaien einen Weg freikämpfst. Bei der Strategie hast du doch nicht mitreden dürfen, oder?«

»Ja, Thelda«, sagte ich, und: »Nein, Thelda. Doch ich habe mehr oder weniger mein Versprechen gegeben. Du mußt mich verstehen.«

»Aber das war doch ganz unnötig!« Sie biß sich auf die Unterlippe und mißachtete Segs Blick, als sie ihr Tier zwischen uns lenkte. Sie trug einen Reitanzug und machte wieder ganz auf große Dame.

»Oh?«

Ihr Nactrix drängte sich an den meinen; sie streckte mir die Hand hin, und auf ihrem Gesicht stand ein seltsamer Ausdruck des Mitleids, der verwirrten Sehnsucht, der Reue – vielleicht sogar des Zweifels. Dabei war Thelda gar kein unsicherer Typ.

Ich wollte mir schon anhören, was sie bewegte, als plötzlich die schrillen Töne hiclantungischer Trompeten an mein Ohr drangen. Die Armee geriet in Bewegung.

»Seht!«

Eine Myriade schwarzer Schatten näherte sich im Tiefflug über Hügeln und Bäumen – zuerst ein Schwarm winziger Gestalten, die in Sekundenschnelle größer wurden und sich dann als reißzahnbewehrte Impiter entpuppten. Auf ihrem Rücken saßen Ullarreiter, die in wilder Freude ihre Speere schwenkten.

Zwischen den vereinzelten Baumgruppen wellte sich sanft der Boden, bedeckt von Gras, das sich wie ein Meer endlos im Wind bewegte. Die Ullars steuerten ihre Tiere direkt auf uns zu und gaben sich keine Mühe, etwa aus der Sonne heraus anzugreifen. Sofort stellten sich die kompakten Reihen der hiclantungischen Infanterie um, und ich sah den Wald hochgereckter linker Arme und die gespannten Langbögen. Das Sonnenlicht spiegelte sich auf den Pfeilspitzen.

»Diesmal überraschen sie uns nicht!« brüllte Seg.

Er richtete sich in den Steigbügeln auf und zog sein Langschwert.

Die seltsamen Geräte der Männer aus Hiclantung offenbarten nun ihr Geheimnis. Als die Impiterhorde den Angriff begann, stieg ein Pfeilsturm zum Himmel empor und traf Brust und Flügel und Bauch der Vögel. Zugleich wirbelten Netze, Ketten, Bolas und Sternklingen empor. Es war ein großartiger Kampf, ein Kampf, mit dem die Armee Hiclantungs das Konto ausglich – mit dem sie den Fliegern aus Hiclantung zeigte, wie sie einem wilden Luftangriff begegnete.

Ein Krieger auf dem Rücken eines großen Flugtiers – auch wenn es sich um ein kraftvolles Wesen wie einen Impiter handelt – ist im Nachteil gegenüber einem Kämpfer, der sich auf seinen zwei Beinen bewegen kann und eine Schußwaffe hat. Es ist schwierig, vom Rücken eines Pferdes – oder Zorcas oder Sectrix – genau zu zielen; noch schwieriger muß diese Aufgabe im Sattel eines Impiter oder Corth sein. Geschickte Schützen finden ihr Ziel, und in diese Klasse gehörten die rothaarigen Halbmenschen aus Ullardrin. Doch die Langbogenschützen aus Hiclantung übertrafen sie mühelos. Flugtiere und Männer stürzten nach und nach vom Himmel; die Angreifer bekamen eine erbitterte Abwehr zu spüren.

Ich sah zwei Impiter, die sich im gleichen Netz verfangen hatten. Ihre Flügel versuchten auszuschlagen und das Gewebe zu durchbrechen, und ich sah, wie sie sich hin und her drehten und schließlich am Boden zerschellten. Überall stürzten die fliegenden Soldaten ab. Da und dort taumelte auch ein Mann aus Hiclantung, von einem Pfeil oder Speer getroffen, zurück. Doch die fliegenden Krieger hatten ihren Meister gefunden. Disziplin, Ausbildung, Waffenkunde brachten den Sieg, den diesmal kein Verräter verhindern konnte.

Während ich die Ullars beobachtete, die uns auf ihren Impitern nun ziellos umkreisten und verbittert brüllend ihre Waffen schwenkten, mußte ich an die sinnlosen französischen Kavallerieangriffe denken, die ich auf dem Schlachtfeld von Watterloo hatte beobachten können – und mir kam eine Idee, wie man diese Luftkavallerie besser einsetzen konnte, wie sich eine durch die Luft herangetragene Infanterie daraus machen ließ.

Trotz des heftigen Kampfgeschehens hatte ich keinen einzigen Pfeil abgeschossen. Und auch Seg hatte sich in seiner Erregung zurückgehalten. Wir saßen mit vollen Köchern auf unseren Nactrixes.

Königin Lilah ritt auf uns zu. Ihre Haltung verriet, wie sehr sie in diesem Augenblick triumphierte.

»Siehst du, Dray Prescot!« rief sie zu uns herüber.

»Ja.«

»Nichts vermag uns aufzuhalten.«

Ich hob den Arm.

Auf der nächsten Hügelkette erschien eine lange, dunkle Linie. Ich sah das Sonnenlicht auf Speerspitzen und Schwerterklingen, auf bronzenen Helmen und Brustpanzern schimmern. Ein Regiment nach dem anderen tauchte auf und trottete im Eilschritt über den Hang auf uns zu. An den Flanken erschien Kavallerie – zahlreiche Schwadronen Nactrixes. Die Reiter hatten sich im Sattel aufgerichtet und brüllten aus vollem Halse. Ihre Waffen schimmerten drohend.

Lilahs Gesicht verzerrte sich. Sie versetzte ihrem Nactrix einen heftigen Peitschenschlag. Ehe sie davongaloppierte, rief sie mir zu: »Dort ist dein Gegner, Dray Prescot! Dort sind die Harfnars aus Chersonang! Greif sie an! Vernichte sie!«

Doch es war bereits zu spät.

Wer immer diesen Feldzug organisiert hatte – Orpus oder Hwang oder Lilah persönlich –, hatte sich verrechnet. Die neue Formation unserer Armee, die sich so erfolgreich gegen die fliegenden Truppen Umgar Stors gewehrt hatte, war nicht mehr in der Lage, sich dem plötzlichen konzentrischen Angriff der chersonangischen Armee wirksam zu widersetzen. Nach kurzer Zeit waren die ersten Kriegerreihen heran. Als die Männer aus Hiclantung die Flucht ergriffen, war ich bereits von wild zuschlagenden Halbmenschen umringt. Die Armee Königin Lilahs verwandelte sich im Handumdrehen in einen fliehenden, kreischenden Mob. Und Seg, Thelda und ich waren allein in einem stürmischen Meer feindlicher Klingen.

17

Ich kämpfte.

O ja, ich kämpfte. Ich hatte endlich wieder einen greifbaren Gegner vor mir, spürte seine Klinge an meiner Waffe. Ich hieb und säbelte und fühlte den psychischen Schock, wenn mein Stahl in einen Schädel oder Körper drang, fühlte die elektrisierende Energie jedes Hiebs im Arm – all diese Dinge schenkten mir eine seltsame, düstere Freude. Ich muß es gestehen – ich genoß diesen Kampf, wie ich selten einen Kampf genossen habe. Ich hatte den Eindruck, als müsse jeder Gegner, der mir gegenüberstand, Umgar Stro sein, obwohl mir der gesunde Menschenverstand sagte, daß er den Kampf bestimmt von einem sicheren Punkt hinter den Linien leitete. Ich empfand Haß auf jeden Ullar und Harfnar. Hatten diese beiden Rassen mir nicht meine Delia entrissen?

Die Harfnars waren seltsame Gestalten. Dabei ähnelten sie dem Menschen sehr und waren nicht so fremdartig wie Rapas oder Ochs oder Fristles.

Ihre Feindschaft mit Hiclantung stammte aus der Zeit, da die Harfnars nach dem Rückzug der walfargischen Streitkräfte Chersonang übernahmen. Sie waren kräftig, schlau, teuflisch – mit flachen Nasen, die so breit waren wie ihre Lippen, mit hellen, lemurenähnlichen Augen, die zusammen mit dem eckigen Kinn ihr Gesicht seltsam kantig wirken ließen. Sie trugen hellkarierte Kleidung aus fließender Seide, über der Brustschilde aus Bronze schimmerten.

Seg und ich versuchten, Thelda zu beschützen und eine Abteilung hiclantungischer Kavallerie zu erreichen, die auf einem kleinen Hügel abgeschnitten war. Die Männer stammten aus Hwangs Regiment.

Pfeile vedunkelten den Himmel über uns. Aus dem Gras stieg der unangenehme Geruch frisch vergossenen Blutes auf. Der Hufschlag unserer Nactrixes klang unregelmäßig, als wir die Tiere hierhin und dorthin lenkten. Segs Langbogen sirrte unentwegt, und jeder Pfeil fand sein Ziel, und wer in die Reichweite meines Langschwerts kam, lebte nicht lange.

Thelda ritt voraus und duckte sich tief in den Sattel – so galoppierten wir auf Hwangs Männer zu.

Sie öffneten uns eine Gasse und schlossen hinter uns die Reihen. Die Männer wußten, daß sie sterben mußten. Ich sah diese Erkenntnis auf ihren Gesichtern und tief in ihren Augen, doch sie flohen nicht, sondern kämpften. Wir zügelten unsere Tiere und stiegen ab. Hwang begrüßte uns mit grimmigem Gesicht.

»Die Armee ist ausgerückt!« rief Thelda und ließ sich schluchzend vor Wut auf den Boden sinken.

Seg versuchte, sie zu trösten – und sie ließ sich seine Fürsorge gefallen – was mich sehr erleichterte. Ich bemerkte, wie sie die Hand in die seine schob. Er sah mich nicht an, doch ich merkte, daß er sich unwillkürlich aufrichtete. Sie unterhielten sich, während draußen der Kampf weitertobte. Seg hatte noch genug Zeit, seine übrigen Pfeile zu verschießen.

»Sind wir wirklich verloren, Dray?« fragte Hwang.
»Wir sind noch nicht tot.«
»Die Königin? Hast du sie gesehen? Ist sie in Sicherheit?«
»Keine Ahnung.«
Ich blickte über die Reihe der Kämpfer, die diszipliniert ihre Pfeile verschossen und einen Angriff nach dem anderen zurückwarfen. Die Soldaten Hiclantungs waren in Ordnung; wenn sie diese Schlacht verloren, so lag dies an der unzureichenden Vorbereitung des Feldzugs, nicht an der Disziplinlosigkeit oder mangelnder Tapferkeit. Die Armee Chersonangs hatte die Verfolgung aufgenommen, und die versprengten hiclantungischen Truppenteile verschwanden in den Hügeln. Wir hatten also noch eine Frist ...
»Wenn du jetzt angreifst, Hwang, kann ein Regiment wie das deine durchkommen.« – » Möglich.«
Hwang hatte einen Schock erlitten, wie es vielen Soldaten erging, die überraschend einen Kampf verloren.
»Du darfst dich nicht opfern«, sagte ich. »Suche nicht den Tod! Dein Untergang wäre sinnlos. Wenn dein Regiment zu retten ist, *mußt* du es retten, das ist deine Pflicht!«
»Möglich.«
»Wenn du noch etwas erreichen willst, mußt du jetzt losschlagen, ehe sich die Ullars wieder sammeln. Abgeschnitten und ohne Varters kannst du dich nicht so gut wehren wie ...«
Vor uns bohrte sich ein Pfeil ins Gras.
Die Verwundeten waren neben den festgepflockten Nactrixes untergebracht worden. Die Tiere stampften und schnaubten unruhig, doch sie behielten die Nerven. Ich wußte nicht, wie es mit der Versorgung aussah, doch ich nahm an, daß die Armee als Kind eines großen historischen Reiches gut vorgesorgt hatte. Auf jeden Fall reichte der Pfeilvorrat noch für eine Weile; ständig liefen Männer zwischen den Versorgungswa-

gen und den Kampflinien hin und her. Hwangs Offiziere hatten ihre Soldaten gut im Griff. Ordnung, Tüchtigkeit, Beachtung der Vorschriften – all diese eindeutigen Vorteile wurden hier demonstriert –, aber trotzdem …

»Du mußt einen Ausfall machen, Hwang, ehe ihr in Stücke gehauen werdet!«

Ehe er wieder »Möglich« sagen konnte, näherte sich Seg im Gefolge Theldas. Ihr liefen die Tränen über die Wangen. Seg schien verärgert zu sein.

»Du kannst nicht hierbleiben«, begann er sofort. »Wir werden ja völlig aufgerieben! Steig auf und reite los! Die Langbögen Lohs können Granitmauern niederkämpfen!«

Hwang blickte zwischen Seg und mir hin und her. Er nahm sich zusammen – und ich verstand seine Lage. Was mich anging, so wußte ich, was ich zu tun hatte. Als Seg und Hwang eine hitzige Diskussion begannen und zu Hwangs Offizieren gingen, berührte Thelda meinen Arm.

»Dray …«

Ich nahm ein Stück Tuch und wischte ihr über das Gesicht.

»Es wird schon alles gut werden, Thelda. Seg wird dafür sorgen.«

»Der gute Seg …«

»Er ist der beste Mann, den du dir wünschen kannst – in Vallia oder sonstwo.«

»Ich weiß – und ich habe ihn schlecht behandelt. Aber Dray, es blieb mir gar nichts anderes übrig, das verstehst du doch? Ich mußte es tun!«

»Ich verstehe gar nichts.«

Hinter den bewegten Bogenenden und Helmbüschen unserer Männer formierten sich die Harfnars plötzlich zu einem heftigen Sturmangriff. Unsere langen Lanzen stießen in geübter Präzision zu, die schmalen Schwerter fanden ihr Ziel, und der Ansturm wurde wieder zurückgeschlagen. Doch mit jeder Mur lichteten sich die Reihen der Männer aus Hiclantung. Wenn Hwang nicht bald etwas unternahm, war es um uns geschehen.

Thelda schluckte und rang die Hände. Sie schien am Ende ihrer Kräfte zu sein.

»Aber ich mußte so handeln! Ich hatte Befehl ...«

»Befehl?«

»Jawohl, Dray! Du weißt doch, wie die bevorstehende Verbindung zwischen dir – einem einfachen Lord der Klansleute – und der Prinzessin Majestrix in Vallia aufgenommen wurde! Selbst das Presidio vermochte sich nicht darüber zu einigen. Jedes Mitglied muß seine eigenen Interessen wahren.«

Ich ahnte, was sie jetzt sagen würde. Ja, nur ein gutgläubiger Idiot wie Dray Prescot hatte die unmißverständlichen Anzeichen übersehen können!

»O Dray! Sag, daß du mich nicht haßt – bitte!«

»Ich hasse dich nicht, Thelda.«

Sie musterte mich unter Tränen.

»Als Delia darauf bestand, sich selbst auf die Suche zu machen, mußte ich sie als ihre Gesellschafterin begleiten. Die Partei der Ractoren gab mir einen Befehl – und diese Leute sind sehr mächtig, unglaublich mächtig.«

Ich nickte.

»Sie haben einen eigenen Kandidaten für die Hand der Prinzessin. Sie wollen um jeden Preis verhindern, daß du sie heiratest ...«

»Du hattest also Befehl, mein Interesse von Delia abzulenken – auf dich?«

Arme Thelda! Wie hatte sie sich einbilden können, daß mich eine andere Frau von Delia abbringen konnte! Sogar Mayfwy, die liebe, wunderbare Mayfwy, hatte das nicht vermocht.

Die Schlacht konnte nicht mehr lange dauern. Die Reihe der Verwundeten war nun schon sehr lang. Ich nahm an, daß Hwang seine Verwundeten nicht zurücklassen würde – und er brauchte jetzt in vorderster Reihe jeden schwerterfahrenen Mann. Ich berührte Theldas Schulter, um sie zu beruhigen, doch sie ergriff meine Hand und drückte ihre Lippen darauf. Ich spürte ihre heißen Tränen.

»Ich hatte meine Anweisungen und versuchte, sie zu befolgen – und dann habe ich mich wirklich in dich verliebt, Dray! Das würde wohl jeder Frau so gehen. Aber Seg – er ist so…«

»Zu deinem eigenen Besten, Thelda, solltest du mich vergessen. Wende dich Seg Segutorio zu. Er wird dir all die Liebe und Sicherheit bieten, die sich eine Frau nur wünschen kann.«

Sie sah mich mit tränenfeuchten Augen an. »Aber Dray – ich bin töricht! Ich bin das Gehorchen gewöhnt. Die Ractoren verlangen totalen Gehorsam. Und, Dray…«

Sie versuchte, mir noch etwas anderes mitzuteilen, etwas, das ihr nicht leicht über die Lippen wollte. Seg brüllte etwas, und ich drehte mich um. Er winkte mir zu. Im Kampflärm verstand ich nur die letzten Worte: »… keine Sekunde mehr verlieren!«

Hwangs Männer kämpften mit der Präzision englischer Gardesoldaten.

»Wir brechen durch, Thelda. Los, komm. Und halt dich an Seg!«

Sie warf sich plötzlich zitternd in meine Arme. »Aber Dray – ich muß dir noch etwas sagen! Dray – Delia ist gar nicht in den Tarn gefallen. Ich habe nichts dergleichen gesehen. Ich habe das nur gesagt, damit du sie vergißt…«

Ein seltsames Brausen erfüllte meinen Kopf. Dieser Bericht, diese falsche Aussage, bildete die Grundlage meiner Ängste, auf der sich alles andere aufbaute; wenn Delia bei dem Kampf nicht gestorben war, konnte sie noch leben! Ich wußte es. Ich spürte es mit jeder Faser meines Körpers. Delia lebt – das glaubte ich! *Delia lebte!*

Die lohischen Soldaten aus Hiclantung rannten diszipliniert zu ihren Nactrixes und stiegen auf. Einige Gruppen gaben Feuerschutz. Energisch hob ich Thelda in den Sattel und bestieg mein Tier. Seg war bei uns.

Hwang brüllte einen Befehl. Die leeren Versorgungswagen wurden mit Verwundeten beladen. Ein Keil formierte sich. Ich schob mich zur Spitze vor – und dachte ironisch daran, daß dies ja wohl die Position war, die mir Königin Lilah zugedacht hatte, eine Position, an der mein tollkühner Mut ihre Armee beflügeln und vorantreiben sollte. Jetzt kam ich ihren Wünschen nach, um ein zusammengeschmolzenes Regiment aus Hiclantung zu retten.

Seg lenkte sein Tier neben mich, während sein Bogen mit tödlichem Rhythmus Pfeile verschoß. Er steuerte sein Reittier mit den Knien, wie es bei den Erthyrern üblich war, während die Kavalleristen aus Hiclantung die zusammengerafften Zügeln locker in der Hand hielten, die auch den Bogen umklammerte. Ich war Segs Beispiel gefolgt, obwohl mein Reittraining aus der fernen Zeit mit Hap Loder und meinen Klansleuten auf den großen Ebenen von Segesthes stammte. Hätte ich in diesem Augenblick eine Phalanx meiner Voves im Rücken gehabt, wären die Harfnars aus Chersonang im Nu überrollt gewesen.

Seg wandte mir sein gebräuntes Gesicht zu. Im Fieber des Kampfes lenkten ihn seine Instinkte. Ich sah, wie sich sein Gesicht veränderte, wie ein Ausdruck blanken Entsetzens darauf trat, der von wilder Entschlossenheit abgelöst wurde. Auch ohne hinzuschauen, wußte ich, was geschehen war.

Mit lautem Schrei zog Seg sein Tier herum. Er steckte den großen Langbogen fort und galoppierte zurück.

Hinter uns war Theldas Nactrix von einem Pfeil in

den Bauch getroffen worden. Sie lag etwas seitlich von unserer Keilformation im Gras. Pfeile sirrten durch die Luft und bohrten sich in Männer und Tiere. Die Wagen ratterten schwankend hinter den Kavalleristen her, und die Verwundeten schrien jämmerlich auf, wenn sie durchgeschüttelt wurden. Staub wirbelte. In all dem Chaos hatte Seg nur Augen für Thelda, das wußte ich.

Als er sie erreichte, wurden beide von einem Flügel chersonangischer Kavallerie überrannt. Ich sah sein Langschwert aufblitzen; dann war er nicht mehr zu sehen.

Irgendwo in dem Durcheinander aus Tiermenschen und trampelnden Nactrixes, aus zuhackenden Klingen und zustoßenden Lanzen lagen Seg und Thelda.

Ich dachte an Königin Lilah und an meinen Platz an der Spitze des Keils – doch wir waren auf dem Rückzug, wir griffen nicht an, um den Sieg zu erringen!

Ich zog meinen Nactrix herum, gab ihm die Sporen und lenkte das halb wahnsinnige Tier zurück.

Mit blitzenden Waffen tauchten Harfnars vor mir auf.

Pfeile zischten mir durch den Helmbusch. Geschosse prallten von meinem Panzer ab. Einer bohrte sich tief in den Hals meines Nactrix. Es überschlug sich mehrmals, und ich wirbelte durch die Luft, ohne mein Langschwert loszulassen. Ich sah Seg und Thelda nicht wieder. Ich sah überhaupt nur rotzuckende Schwärze.

Es folgte eine Periode nur verschwommen wahrgenommener Bewegungen und unbestimmter Geräusche. Ich hörte eine Stimme, die etwas in der überall bekannten kregischen Sprache sagte – und wußte, daß es sich um einen rothaarigen Ullar handelte, der sich an einen Harfnar aus Chersonang wandte.

»Bring ihn her. Er soll bei den Vergnügungen mitmachen.«

Dann spürte ich Bewegung und hatte das Gefühl des Fliegens, das vom Rauschen gewaltiger Flügel begleitet wurde. Die Schmerzen in meinem Kopf wurden etwas weniger unerträglich, und als ich wieder zu mir kam, war ich in einem dunklen Verlies an eine Granitwand gekettet.

Verliese sind Verliese, doch einige sind schlimmer als andere. Dieser Raum unterschied sich kaum von menschlichen Folterkammern, wie ich sie bisher erlebt hatte, auch wenn er von Harfnars eingerichtet worden war.

Lautes Stöhnen verriet mir, daß noch weitere Männer aus Hiclantung für die ›Vergnügungen‹ geschont worden waren. Ich brauchte mir nicht erst auszumalen, was auf uns wartete.

Als die ersten Wärter die Lenkholztür aufstießen und über die schlüpfrigen Stufen auf uns zukamen, hatte ich mein linkes Handgelenk befreit und zum Teil auch die Kettenglieder geöffnet, die meinen rechten Arm hielten. Jetzt oder nie, sagte ich mir und bäumte mich mit voller Kraft auf. Meine Schultern sind nicht nur breit, sondern haben auch ausgeprägte Muskeln. Das letzte Kettenstück riß mit klirrendem Laut.

In dem Licht, das plötzlich hereindrang, blinzelte ich. Dann packte ich zwei Harfnarwächter an den Hälsen, drückte zu und schleuderte sie ihren Begleitern entgegen. Die ganze Zeit über tönte ein leises Knurren durch das Verlies. Die Harfnars rappelten sich brüllend auf und zogen die Schwerter. Vorsichtig kamen sie näher. Ich war noch an den Füßen gefesselt und mußte mich, während ich die Tiermenschen mit herumschwingenden Kettenstücken abwehrte, immer wieder bücken und an meinen Beinfesseln herumzerren. Doch ich hatte keine Zeit, die Ketten zu öffnen, ich mußte aufpassen, daß mir die Gegner nicht zu nahe kamen.

»Tu die Ketten fort, du Cramph aus Hiclantung!«

»Ich schlitze dir den Bauch bis zum Hals auf, Rast!«

Ich beantwortete die Rufe nicht, sondern zerrte an meinen Fesseln und ließ die Ketten herumwirbeln, während das bestialische Knurren durch das Verlies dröhnte.

»Beschäftige sie weiter!« brüllte ein Kavallerist aus Hiclantung. Die anderen Gefangenen versuchten, ihre Fesseln zu sprengen, doch das war ein vergebliches Bemühen.

»Schlagt dem Idioten über den Kopf!« brüllte der Kommandant der Wache.

Die Männer drängten näher. Einer ging mit zerschmettertem Gesicht blutüberströmt zu Boden. Dann hatten sie meine Ketten gepackt und hoben die Speere, um mich damit bewußtlos zu schlagen.

»Kommt, ihr Rasts – beim Schwarzen Chunkrah! Holt euch den Tod!«

Als ich diese Worte brüllte, hörte das unheimliche Grollen auf. Erst jetzt fiel mir auf, daß ich, Dray Prescot, diese wilden Laute ausgestoßen hatte.

Der Schock ernüchterte mich.

In diesem Augenblick erschien ein stämmiger Halbmensch in der Tür zum Verlies, und die Wächter verloren endgültig die Geduld. Einer zielte mit seinem Speer auf meine Brust.

Ich schmetterte die Waffe zur Seite, packte ihn mit der linken Hand um den Hals und ließ ihn Luft treten, während ich den Speer herumdrehte und dem nächsten Wächter in den Leib stieß. Dann schleuderte ich den Mann, den ich gepackt hatte, zwischen die Angreifer und brachte den Speer erneut in Angriffsstellung.

»Worauf wartet ihr … ihr Abschaum?«

Die Harfnars zögerten. Sie waren über und über mit

dem Blut ihrer Kameraden bedeckt und sahen die reglosen Gestalten auf dem Boden – die Tat eines Mannes, der auch noch an den Füßen gefesselt war! Der Neuankömmling begann zu toben. Er war außer sich vor Wut.

»Ihr Dummköpfe! Bei Hlo-Hli, der Unwürdigen! Ich lasse euch alle auspeitschen! Ergreift ihn! *Ergreift ihn auf der Stelle!*«

Angestachelt von der Angst vor ihrem Anführer warfen sich die Harfnars auf mich. Sie schleuderten einige Seile um meinen linken Arm und zerrten mich brutal zu Boden. Ich keuchte und kämpfte mich wieder hoch. Eine Speerklinge knallte gegen meine Schläfe, und ich vermochte, den Aufprall nur halb abzublocken. Allerdings konnte ich die Seile durchschneiden – die Feuersteinspitze meines Speers war schärfer als Stahl – und fuhr hoch, während das Blut mir die Sicht versperrte und meine Beine sich anfühlten, als hielte ein Chank aus dem Binnenmeer sie gepackt.

»Du mußt Dray Prescot sein, der Lord von Strombor genannt wird!«

»Und was nützt dir das?« rief ich und schleuderte den Speer in seine Richtung. Die Spitze bohrte sich in seinen Magen. Er stieß einen gurgelnden Schrei aus, packte den Schaft und versuchte, das Blut zurückzuhalten, das auf den Boden spritzte.

Er riß den Mund auf und wollte etwas rufen, doch nur ein Schwall Blut kam heraus.

Er stürzte. Und ich, Dray Prescot, lachte. Danach war der Kampf schnell vorbei.

Die anderen Gefangenen wurden nacheinander fortgebracht, und als ich an der Reihe war, wickelte man mich in Ketten und Seile ein und schleppte mich die Treppe hinauf. Auf den eckigen Gesichtern meiner Wächter stand die Vorfreude. Sie wußten, was mich erwartete, und freuten sich auf die Schrecken, die ich durchmachen mußte. Rothaarige Ullars kamen unserem Zug an einem Torbogen entgegen, durch den das grelle, grünrote Licht der Scorpiosonnen hereinströmte.

Wir betraten eine offene Fläche, die mich sehr an eine römische Arena erinnerte. Die Flugabwehrnetze waren zur Seite gerollt worden und hingen schlaff herab. Ringsum stiegen Sitzreihen auf, die bis auf den letzten Platz besetzt waren. Frische Blutflecke schimmerten im Sand. Ullars eilten geschäftig hin und her. Ich versuchte, Umgar Stro zu finden – vermutlich bildete er den Mittelpunkt der Würdenträger und Edelleute, die in einer großen, girlandengeschmückten Lage saßen.

Am anderen Ende der Sandfläche ragte ein Backsteingebilde auf. An seiner Vorderseite befand sich ein Gitter. Hinter dem Gitter war undeutlich ein sich windender Schatten zu sehen, ein Aufzucken böser Augen, das Schwenken von Tentakeln.

Und dann! Und dann!

Im Sand erhob sich ein hölzerner Scheiterhaufen, an der Spitze ein Dreieck aus Baumstämmen.

Sie war nackt. Nackt und bleich im Licht der Sonnen.

Dicke Schnüre fesselten sie an das Holzdreieck, die rauhe Rinde drückte sich tief in ihre weiße Haut. Ihr Körper schimmerte im Sonnenlicht, festgehalten von den Fesseln, die über ihre gespreizten Beine verliefen und in ihre Schenkel, ihren Magen, ihre Arme und ihren Hals schnitten.

Den gierigen Blicken der Ullars und Harfnars preisgegeben – auf Befehl Umgar Stros –, so hing sie vor mir, *Delia,* meine Delia aus Delphond! Und sie erwartete den Tod, der sich gegen eiserne Gitterstäbe warf. Und ich stand wie erstarrt vor ihr, an Händen und Füßen gefesselt, hilflos.

18

Ein kleiner Ullar sagte etwas zu mir, doch ich konnte unmöglich auf ihn achten, selbst als er mir seinen Speer in die Seite stieß. Ich konnte den Blick nicht von Delia wenden! Sie hatte mutig den Kopf gehoben, und ihr herrliches, braunes Haar schimmerte im Licht der Sonnen. Sie sah mich – und schrie nicht auf.

Wir sahen uns an, Delia und ich. Wenn das Unvermeidliche geschehen mußte, durften wir wenigstens zusammen sterben – diese Gewißheit erfüllte uns.

Der Ullar brüllte etwas. Ich vermochte mich in meinen Ketten zur Seite fallen zu lassen, gegen den Ullar auf meiner rechten Seite, und als er automatisch fester zugriff, um mich zu stützen, schnellte ich mich herum. Wie ein Taschenmesser klappte ich in meinen Fesseln zusammen, und meine Füße schossen hoch und knallten dem Ullar ins Gesicht. Er heulte auf und ging zu Boden, und ich hörte das Gebrüll der Zuschauer.

Ja, wir sollten ihnen ein Schauspiel bieten, das zum Vergnügen der halbmenschlichen Bevölkerung Chersonangs veranstaltet wurde. Wie ich jetzt feststellte, hatte man die Rassen sorgfältig getrennt. Die Ullars saßen auf der rechten und die Harfnars auf der linken Seite. Die prunkvolle Loge Umgar Stros überragte die Anlage.

Der Ullar sprang auf und faßte sich an die Nase, die stark blutete. Er hätte mich am liebsten mit dem Speer erledigt, doch ein Ruf stoppte ihn, und er wandte sich gehorsam ab. Umgar Stro mußte klare Befehle erlassen haben.

Auf den Mauern des Stadions hockten riesige Impiter. Ihr pechschwarzes Gefieder bildete einen Kontrast zu dem hellen Himmel. Die Hitze war drückend. Ich mühte mich weiter mit meinen Ketten ab. Gab es hier ein Glied, das schwächer war als die anderen? Vorsichtig zerrte ich daran, versuchte, eine Hebelwirkung zu erzielen, spürte, wie das schwächere Glied die Form veränderte.

Die Gefangenen, die hier in der Arena sterben sollten, hatten in den letzten Tagen einen übelriechenden Brei zu essen bekommen, damit sie bei Kräften blieben und den Zuschauern etwas bieten konnten. Wenn ich in meinem Leben je Kräfte gebraucht hatte, dann in diesem Augenblick.

Jetzt schälten sich aus dem Lärm des Publikums erkennbare Worte heraus, die rhythmisch gesprochen wurden: »Ullgishoa! Ullgishoa!«

Wie eine Antwort auf diesen Ruf bewegte sich das Wesen im Eisenkäfig. Es ließ seine Tentakel zucken. Was immer es sein mochte – die Ullars hatten es offenbar aus Ullardrin mitgebracht. Während ich mir das Wesen ansah und an meiner Kette arbeitete, war die allgemeine Aufmerksamkeit auf den Käfig und seinen Bewohner gerichtet.

»Ullgishoa!«

Einige Halbmenschen eilten durch den blutbefleckten Sand der Arena auf uns zu. Sie näherten sich dem Käfig. Hastig wurden die Eisenstäbe herausgezogen. Wie Herbstblätter im Wind verstreuten sich die Ullars wieder und verschwanden eiligst über die Seitenmauern. Der Käfig war offen.

Der Ullgishoa floß heraus, breitete sich über die Schwelle und in dem sonnenwarmen Sand aus. Ich warf einen Blick auf das Wesen und kämpfte mit der verzweifelten Wut eines Verrückten gegen meine Ketten an.

Die Kreatur war riesig. Der Schuppenpanzer nahm nur den oberen Teil des halbkugelförmigen Rückens ein, darunter war eine einzige, zuckende Tentakelmasse. Doch was für Tentakel! Jeder einzelne ringelte und wand sich. Jeder Auswuchs war am Körper schenkelstark und verjüngte sich zur Spitze, die noch etwa daumendick war und in einer Art Klumpen endete, der schwarzrot schimmerte und irgendein schleimiges Sekret absonderte.

Zentimeterweise kroch der Ullgishoa durch den Sand. Vorn unter dem Schuppenrücken befand sich ein einzelnes, gelbrotes, lidloses Auge, das starr auf die gefesselte, weiße Gestalt Delias gerichtet war. Ich wußte, was das Wesen tun würde, sobald es den Körper meiner Delia erreicht hatte.

Ich kämpfte, wie die Teufel in Dantes Hölle gekämpft haben mußten. Wenn es eine Hölle gab, war ich ihr in diesem Augenblick so nahe wie nie zuvor.

Ich spürte, wie das Kettenglied nachgab. Ich spürte, wie es sich weiter verbog. Das Wesen hatte Delia fast erreicht.

Ich bäumte mich noch einmal auf. Ich stemmte die Arme auswärts und drückte; meine breiten Schultern ergaben eine gute Hebelwirkung, meine Muskeln knackten und wölbten sich – und mit knirschendem Laut sprang die Kette auf.

Jetzt mußte ich sehr schnell handeln.

Die Ketten fielen klirrend zu Boden. Das Klirren ging im Toben der vielen tausend Zuschauer unter. Der Doppelschatten der kregischen Sonnen fiel vor mir auf den Boden, als ich losrannte. Bestimmt versuchten einige Ullars, mich aufzuhalten, doch ich achtete nicht darauf, sondern ließ meine zusammengelegten Ketten schwingen. Darin war ich inzwischen Fachmann. Und so ließ ich eine Spur von zusammengesunkenen, blutenden Gestalten im Sand zurück.

Der rote Schleier, der vor meinen Augen lag, ließ mich nur den Ullgishoa und Delia erkennen!

Die Tentakel zuckten hin und her, rollten sich auf und tasteten nach Delia. Die aufgedunsenen, rotschwarzen Spitzen sonderten übelriechenden Schleim ab. Die Auswüchse peitschten vor und zurück, als freuten sie sich auf ihre Beute. Und ich lief, so schnell ich konnte.

Delia beobachtete mich. Als ich den Ullgishoa erreichte, riß sie die Augen auf. »Jikai! Dray Prescot!«

Ich holte mit den Ketten aus. Ich ließ sie hoch über dem Kopf kreisen und legte meine ganze Kraft in den barbarischen Schlag. Fortgeblasen waren alle Spuren von Erziehung und zivilisierter Contenance. In diesem Augenblick war ich ein primitiver Barbar voller Haß und Abscheu vor dem Wesen, das die Frau zu vernichten suchte, die ich liebte.

Die urwüchsige Wildheit, die mich durchströmte, steigerte die Kraft meiner Arme. Die Ketten klatschten in das lidlose Auge. Es zerplatzte in rotgelbe Fragmente. Der Gestank war entsetzlich, doch nichts konnte mir etwas anhaben – nicht, wenn Delia aus den Blauen Bergen zusah, wie ich um ihr Leben kämpfte.

Der Ullgishoa war noch längst nicht geschlagen.

Er stieß einen schrillen Schrei aus, und die Tentakel zuckten vor, um mich einzuhüllen. Geschickt sprang ich zur Seite, und ein Pfeil huschte an mir vorbei. Wieder duckte ich mich und änderte ständig meinen Standort, während neue Pfeile heranzischten. Viele Geschosse trafen den Ullgishoa – und ich lachte!

Ich packte die dicken, rauhen Schnüre, die Delia fesselten, und zerrte daran – sie rissen beim ersten Versuch. Sie sank mir in die Arme, ihr Körper preßte sich an mich, mein Gesicht ruhte in ihrem Haar.

Doch wir hatten keine Zeit, uns zu begrüßen oder Atem zu schöpfen.

Das ganze Stadion war in Aufruhr. Ullars und Harfnars gestikulierten wild und schrien durcheinander. Pfeile wurden auf uns abgeschossen, Krieger rannten durch den Sand, und ihre Schwerter und Speere schimmerten im Licht der Sonnen.

»Umgar Stro!« schrie ich und blickte zur prunkvollen Loge empor.

Ich schob Delia zur Seite und stellte mich dem ersten Ullar entgegen. Ich brach ihm das Genick, packte sein Schwert, zerschmetterte dem nächsten das Gesicht und erledigte den dritten mit einem Stich in den Magen. Delia hatte ebenfalls ein Schwert ergriffen und stürzte sich neben mir in den Kampf. Ich begann, mir Sorgen um sie zu machen, doch sie spornte mich an: »Jikai!«

Wir liefen im Zickzack los. Mein Schwert brach ab, und ich nahm dem ersten Ullar, der so dumm war, mir in den Weg zu laufen, die Waffe weg.

Die Feuersteinspitze eines Speers zog eine blutige Furche über meinen Rücken. Ein Wurfspieß schnitt mir ein Stück Fleisch aus dem Oberschenkel. Ich lief weiter. Delias Haar flatterte im Wind, während sie mit mir Schritt hielt. Wir liefen geradewegs auf die Loge zu, die im Schatten bunter Markisen lag, und der Aufruhr im Stadion wurde zu einem unbeschreiblichen Toben.

Umgar Stro stand auf und umfaßte das vergoldete Geländer vor seiner Loge. Er war groß, stämmiger als ich, und sein rotgefärbtes Haar war zu einer phantastischen Frisur aufgetürmt. Der Blick seiner eng beieinanderstehenden Augen ruhte ergrimmt auf seinen Kriegern, die uns aufzuhalten versuchten. Er trug einen prunkvollen Goldpanzer, auf dem sich ziselierte Risslaca und Leems wanden. Darüber stieg sein dicker Hals auf, an dem sich Muskeln und Adern abzeichneten.

»Haltet ihn auf, ihr Dummköpfe!« brüllte er. »Streckt ihn nieder!«

Doch ich hatte schon gesehen, was ich sehen wollte.

An Umgar Stros Hüfte hing ein großes Langschwert, neben dem die langen, dünnen Klingen der Ullars und Harfnars wie Zahnstocher wirkten. Diese Waffe war ein Krozairschwert. Es war die Klinge, die Pur Zenkiren mir vor unserem Flug über die Stratemsk und die Unwirtlichen Gebiete geschenkt hatte. Ich konnte verstehen, daß ein Mann wie Umgar Stro eine solche Waffe schätzte.

Vor meinen Füßen bohrte sich ein Pfeil in den Sand. Ich schlug einen Haken, und der nachfolgende Pfeilschauer zischte harmlos durch die Luft.

Delia hielt mit mir Schritt; sie lief mit schnellen, sicheren Schritten durch die Arena. Ihr Blutkreislauf war wieder in Gang gekommen und behinderte sie nicht mehr, doch ich ahnte die Schmerzen, die sie durchmachte, und meine Wut auf Umgar Stro und die Ullars und Harfnars wurde womöglich noch größer.

Diese Bestie hatte uns an der Fortsetzung unserer Reise gehindert. Er hatte dafür gesorgt, daß Seg und Thelda vor der Kavallerie seiner Verbündeten starben. Er schuldete mir viel, dieser Halbmensch, dieser Umgar Stro. Ich rannte auf ihn zu, ohne einen Laut von mir zu geben. Er sah mich kommen, zog das große Schwert, das mir gehörte, und nahm eine Verteidigungsstellung ein, während er zugleich seine Gefolgschaft verfluchte.

Arrogant und selbstbewußt, von einem Stolz besessen, wie ihn auch viele irdische Politiker besitzen, erwartete er mich. An Mut fehlte es ihm nicht.

An seinem mächtigen Körper baumelte und klirrte goldener Schmuck, schimmerten barbarisch gefärbte Leempelze im Licht der Scorpiosonnen. Er ließ seine dicken Armmuskeln spielen.

»Wenn meine Cramphs dich nicht töten können, beim violetten Kot der schneeblinden Feisterfeelt, schicke ich dich persönlich zur Hölle!«

Er sprang über das Logengeländer und landete geschickt im Sand der Arena. Sofort nahm er wieder die Verteidigungsposition ein. Er war ein erfahrener Schwertkämpfer. Ich gab mir keine Mühe, die Klinge mit ihm zu kreuzen, kannte ich doch die Qualität des Krozairschwerts nur zu gut. Das Schwert, das ich in der Hand hielt, mochte bereits beim ersten Parierschlag zerbrechen.

Plötzlich herrschte eine gespannte Stille in der weiten Arena. Alle Blicke richteten sich auf die königliche Loge, vor der das entscheidende Drama abrollen sollte. In die Stille tönte das Kreischen und Krächzen der Impiter, die rings um das Stadion sich auf ihren Stangen bäumten. Ein Riese der Luft hockte unmittelbar über der Loge.

Ich hatte keine Zeit für raffinierte Spiegelfechterei, für Finten und Riposten, für Vorstöße und Parierschläge. Platz hatten wir genug, doch mir blieb keine Zeit. Umgar Stros brutales Gesicht verzog sich zu einem lauten Lachen, als er mit dem herrlichen Schwert vor mir herum fuchtelte.

»Stirb, du Zwerg! Stirb und schenke dein Leben den Eisnadeln Ullarkors!«

In der königlichen Loge lachte seine Gefolgschaft gehorsam über diese Worte. Dort oben saßen parfümierte und geschminkte Frauen, Begleiterinnen der Harfnars und der Ullars, juwelengeschmückte Höflinge und Soldaten, Impiterherren und Schwertmeister. Im Hintergrund entdeckte ich einen Mann mit den roten Haaren eines Lohiers. Er starrte nervös zu uns herab. Dieser Mann mußte Forpacheng sein. Ich prägte mir sein Gesicht ein, denn sein Verrat an der hiclantungischen Armee hatte dazu geführt, daß Delia entführt wurde.

Mein großes Krozairschwert zuckte herab – es war auf meinen Kopf gezielt!

Mühelos wich ich aus, doch ich griff nicht an. Delia stand etwas abseits, das winzige Schwert erhoben. Sie atmete heftig, doch auf ihrem Gesicht stand die Entschlossenheit, die ich an ihr so mochte.

Umgar Stro brüllte etwas, stampfte mit dem Fuß auf und stieß zu. Ich riskierte eine Begegnung der Klingen, indem ich parierte und auswich – und prompt brach mein Schwert am Heft ab!

Das Lachen Umgar Stros hallte durch das Stadion.

»Dray!« rief Delia und hob ihre Waffe, um sie mir mit dem Griff voran zuzuwerfen.

»Halt, Delia!« brüllte ich. Ich täuschte nach links, dann nach rechts, und ehe sich Umgar Stro zurechtfinden konnte, war ich über ihn hinweggesprungen. Ich landete und fuhr wie ein Leem herum. Meine linke Hand zuckte hoch und packte seinen rechten Bizeps. Meine rechte Hand legte sich um seinen Hals und drückte seinen Kopf zurück.

Er versuchte, noch etwas zu sagen.

Ich drückte mit den Fingern der linken Hand zu, und seine Rechte öffnete sich langsam, so daß das Krozairschwert in den Sand fiel. Er sank zusammen und schob mich mit verzweifelter Anstrengung von sich. Ich zerrte ihn zurück, rücksichtslos, ohne Mitleid und auch ohne Haß – denn seine letzte Stunde hatte geschlagen – drückte ich zu, bis ihm mit lautem Knacken das Genick brach. Ich schleuderte ihn von mir.

Dann bückte ich mich, um mein Langschwert aufzunehmen, und Pfeile zischten an mir vorbei, und im gleichen Augenblick wurde die Sonne verdunkelt, als sich ein mächtiger Schatten von der Stadionmauer stürzte.

Umgar Stros Impiter! Das Tier wollte seinen Herrn rächen!

Der Vogel war riesig, ein pechschwarzes Tier mit gewaltiger Spannweite und unglaublich scharfen Krallen, mit einem verzerrten Maul, das die goldschimmernden, spitzen Zahnreihen entblößte. Der Schwanz zuckte bösartig auf mich zu, und ich wich zurück.

»Delia!« brüllte ich. »Das ist unsere Chance! Wir springen auf. Sei bereit, Liebste!«

»Ich bin bei dir, immer!«

Ich wollte mir von dem wilden Tier nichts bieten lassen und sprang. Ich packte die hochgezogenen Zügel und zerrte daran. Ich hob das Schwert und legte die Klinge mit der Breitseite gegen den schmalen Vogelkopf.

»Komm, du sollst merken, wer hier der Herr ist!«

Ich zerrte den Kopf des Impiters zur Seite und zu mir herab, schlug noch einmal zu, zwang ihm meinen Willen auf. Furchtlos und mit sicheren Bewegungen stieg Delia in den Sattel – ein Anblick, der mir das Herz erwärmte. Während sie die Sattelgurte festmachte und den Clerketer für mich vorbereitete, sprang ich auf und nahm die Zügel mit. Der Kopf des Impiters fuhr empor. Der Vogel war wütend. Ein Pfeil rutschte über sein schwarzschimmerndes Gefieder, er stieß ein rauhes Krächzen aus und flatterte mit den Flügeln. Dann rannte er los und schwang sich mit mächtigem Flügelschlag in die Luft. Ich brauchte nur noch drei Pfeile zur Seite zu schlagen, da waren wir schon an den Sicherheitsnetzen vorbei und stiegen in den hellen, kregischen Himmel.

Im Stadion unter uns herrschte ein unglaubliches Durcheinander. Ullars pfiffen nach ihren Impitern, Harfnars liefen kopflos durcheinander und schossen ins Leere. Mit kräftigen Flügelschlägen segelten wir durch die Luft. Umgar Stro hatte sein Tier gut ausgebildet. Der Impiter mochte aufgebracht und verwirrt sein – doch er begriff den Sinn der Schwertspitze, die ich ihm gegen den Hals drückte. Die Flügel bewegten sich gleichmäßig. Der Wind fuhr uns durchs Haar. Nackt, wie wir waren, begannen wir zu frieren. Doch immer schneller wurde unser Flug, immer höher stiegen wir, immer größer wurde der Abstand zu Chersonang und den barbarischen Zuständen, die dort herrschten.

Aus der Stadt stieg ein dunkler Schwarm Impiterkrieger auf. Wie eine Rauchsäule wallten sie empor und eilten, vom Wind begünstigt, hinter uns her. Ich trieb meinen Impiter mit der Schwertspitze zu größerer Eile an.

Unzählige Felder erstreckten sich unter uns. Bald folgten eine Heidezone und das Ödland, durch das die herrlichen Steinstraßen des alten Reiches führten. Die Gruppe unserer Verfolger mußte auf viele Dwaburs zu sehen sein. Unser Tier raste kraftvoll durch die Luft und vergrößerte unseren Vorsprung immer mehr. Wie es sich für Umgar Stro geziemte, hatte er das größte und stärkste Tier besessen. Doch irgendwann würde sich das doppelte Gewicht bemerkbar machen, so daß wir über kurz oder lang mit dem Schlimmsten rechnen mußten.

Wenn es so etwas wie ein Schicksal gibt, dann muß ich sagen, daß es mir zuweilen auch zu Hilfe gekommen ist und mir nicht nur Rückschläge bereitet hat. Als erfahrene Fliegerin war es Delia, die den fernen Punkt ausmachte. Nach dem ersten Freudenschrei zeigte sie sich besorgt, als ihr andere Gründe für das Vorhandensein eines Flugboots über den Unwirtlichen Gebieten in den Sinn kamen.

Aber wir konnten nichts machen. Der ferne Flieger wechselte den Kurs und kam direkt auf uns zu. Wir versuchten, etwas zu erkennen: Ich machte einen schmalen Blütenumriß aus, der offenbar viel größer war als das Boot, mit dem wir die Stratemsk überflogen hatten, sogar größer als die Flugboote der Savanti im fernen Aphrasöe. Banner flatterten an den Aufbauten. Delia kniff die Augen zusammen. Ich spürte ihren warmen Körper neben mir und legte instinktiv die Arme um sie.

»Liebling, ich glaube ...«, sagte sie. »Ja! Es ist ein Boot aus Vallia!«

»Dank sei Zair für seine Gnade!« erwiderte ich.

Das Schiff mußte die Gruppe unserer Verfolger entdeckt haben. Ich wußte mit absoluter Gewißheit, warum das vallianische Flugboot hier war und warum es sich sofort in unsere Richtung wandte. Nach kurzer Zeit manövrierte es neben uns. Ich zügelte den Impiter und blickte hinab.

Das Fahrzeug war schmal und schnittig gebaut. Bei

seinem Anblick dachte ich unwillkürlich an die Ordnung und Disziplin an Bord englischer Schiffe und an Bord der Ruderer, die ich auf dem Auge der Welt kommandiert hatte. Varters von unbekannter Bauweise waren auf uns gerichtet. Auf die erste falsche Bewegung hin konnte man uns vom Himmel pusten. Eine Gruppe Männer im höherliegenden Heck blickte zu uns herauf. Ich sah die vertraute vallianische Kleidung, die bei diesen Männern zu schmucken, dunkelblauen Uniformen umgearbeitet worden war. Offenbar handelte es sich um Männer des vallianischen Luftdienstes.

»Springen Sie, Prinzessin!« rief einer der Männer, ein stämmiger Mann mit breiten Achselklappen und einem weiten, orangefarbenen Umhang. An seiner Hüfte baumelte ein Rapier, das auf der anderen Seite durch eine Main-Gauche ergänzt wurde. Er trug einen Hut mit weicher Krempe und orangefarbenen Federbüschen am vorderen Hutrand. Sein Gesicht war voller Falten und von Wind und Wetter gegerbt. Er schien ein erfahrener Flieger zu sein.

Vorsichtig lenkte ich den Impiter tiefer, so daß die Männer unter uns die Köpfe einziehen mußten. Delia ließ sich als erste hinab, und ich folgte und wurde sofort von starken Händen gepackt. Umgar Stros Impiter flatterte befreit davon.

»Prinzessin Majestrix!« sagte der stämmige Mann, der als Chuktar einen hohen vallianischen Rang bekleidete.

»Lord Farris«, sagte Delia. Sie wurde sofort in einen weiten, orangefarbenen Mantel gehüllt, und ihr Gesicht zeigte Stolz und Erleichterung. »Sie sind mir höchst willkommen!«

Lord Farris, der befehlshabende Chuktar des Flugboots, das *Lorenztone* hieß, verbeugte sich tief. »Und dies …?« Er deutete höflich auf mich.

Delia lächelte. »Dies ist Dray Prescot, Lord von

Strombor, Kov von Delphond und Verlobter der Prinzessin Majestrix.«

Farris neigte steif den Kopf und wandte sich wieder an Delia. »Ihr Vater, der Herrscher, erfuhr von Ihrem Flug und …« Er zögerte, und ich ahnte die Szenen, die dieser Entdeckung gefolgt waren. »Seither sind viele Flugboote auf der Suche gewesen, Prinzessin, und ich freue mich sehr, daß ich und die *Lorenztone* die Ehre haben, Sie zu finden!«

»Auch ich freue mich, Farris, doch …«

Der Ausguck stieß einen Warnruf aus.

Alle drehten sich um. Der Himmel war voller Impiter.

Farris schien sich zu freuen. Lächelnd rieb er sich die Hände.

»Diese heruntergekommenen Abkommen eines dekadenten Reiches sollen erfahren, was eine neue Nation kann!« Ruhig und nüchtern gab er Befehle.

Die geflügelten Horden Umgar Stros drangen auf uns ein, doch die Luftkämpfer Vallias schlugen sich hervorragend. Ihre auf Drehgestellen montierten Varters spien einen ständigen Strom von tödlichen Geschossen. Flatternd sanken Impiter in die Tiefe. Bogenschützen, die kleinere Bögen benutzten als die Lohier, forderten ihren blutigen Tribut. Jeder Ullar, der den Mut und das Glück hatte, einen Fuß an Deck zu setzen, wurde sofort niedergestreckt. Dabei setzten die Vallianer lange Enterspeere ein. Mit dem Langschwert schaltete ich mich in die Auseinandersetzung ein. Der Kampf brachte keine großen Aufregungen mehr. Delia war in Sicherheit, und vor uns lagen der Flug nach Vallia und die Begegnung mit ihrem Vater, dem mächtigen, erbarmungslosen, ehrfurchtgebietenden Herrscher Vallias.

Endlich gaben die Impiter und ihre Ullarreiter auf.

Wir rasten über die Unwirtlichen Gebiete dahin, während die Doppelsonnen Zim und Genodras langsam hinter dem Horizont versanken. Ich sah mich an Bord des vallianischen Flugboots um. Es war etwa fünfzehn Meter lang und maß an seiner breitesten Stelle drei Meter. Daß es so schmal wirkte, lag an dem langen Bug und dem hochgereckten Heck, vor dem sich eine Kabine befand. Varters waren an strategisch wichtigen Punkten montiert. Irgendwo unter Deck befand sich an sicherer Stelle der Mechanismus – damals ein Rätsel für mich –, der das Vehikel durch die Luft trug.

Ein mitleidiges Mannschaftsmitglied reichte mir ein Stück Tuch und erwartete offenbar, daß ich damit meine Blöße bedeckte. Leider war es grün. Ich wischte die blutige Klinge meines Langschwerts damit ab. Aus einem Haufen Seide wählte ich eine rotschimmernde Bahn, die ich mir um die Hüfte wand, zwischen den Beinen hochzog und am Bund feststeckte. Delia beschaffte mir einen breiten Ledergürtel mit einer massiven Silberschnalle.

»Wir haben leider keine Scheide für deine große Klinge, Dray; wir müssen erst eine machen lassen.«

»Egal. Ich kann das Schwert solange in ein Tuch hüllen …«

Nach dem Kampf die typische Reaktion – wir redeten belangloses Zeug. Das Flugboot raste durch den Himmel. Delia sah mich ernst an, den Kopf ein wenig auf die Seite gelegt.

»Seg? Und – Thelda?« Ich schüttelte den Kopf.

Sie hielt den Atem an, ein erstickter Laut drang aus ihrer Kehle, dann senkte sie im Licht der untergehenden Sonnen ihren Kopf und legte ihn an meine Schulter. So standen wir eine Zeitlang an Deck des Flugboots.

Bald wurden wir nach hinten gebeten und nahmen in der Achterkabine eine vorzügliche Mahlzeit ein. Chuktar Lord Farris von Vomansoir stellte seine Offiziere und die anderen Würdenträger vor, die für die

Suche nach der Tochter des Herrschers diesem Boot zugeteilt worden waren. Ich schnappte Fetzen der Unterhaltung auf, achtete auf versteckte Andeutungen und versuchte zu erkennen, wer etwas gegen meine Ehe mit Delia einzuwenden hatte, und wer nicht. Wahrscheinlich gab es keinen Vallianer, der sich wirklich wünschte, daß ich Delia freite – wenn ich's mir recht überlegte, war nicht einmal Vomanus dafür gewesen.

Ein Mann fiel mir besonders auf – er war jung, hatte einen blonden Haarschopf, ein offenes, sympathisches Gesicht und die hohe, gekrümmte Nase des Vallianers – ein Merkmal, das auch ich aufzuweisen hatte. Ich behielt den Jüngling im Auge, nachdem er mit leisem Lachen gesagt hatte: »Noch nie habe ich ein großes Schwert so vorzüglich geführt gesehen, Lord von Strombor. Ich könnte mir vorstellen, daß ein Kavallerieregiment, das im Umgang damit geübt ist, auch die beste Infanterie durcheinanderbringt.«

Er hieß Tele Karkis und schien kein hoher Herr zu sein, was mal eine Abwechslung war. Seine Funktion war die eines Hikdars. Ich beugte mich über den Tisch, um eine Handvoll Palines zu greifen, und fragte: »Und auf welches Reittier würdest du diese hypothetischen Kavalleristen setzen, Hikdar Karkis?«

Er lachte leise. »Ich habe von den Voves gehört, die deine Klansleute auf den großen Ebenen von Segesthes reiten, Lord von Strombor.«

Ich nickte. »Hoffentlich hast du eines Tages Gelegenheit, uns zu besuchen, und unser Gast zu sein.«

Im nächsten Augenblick lief ein Beben durch die *Lorenztone.* Chuktar Farris verschüttete seinen Wein und sprang auf.

»Bei Vox!« rief er. »Ich möchte diese Rasts aus Havilfar lehren, wie man ein richtiges Flugboot baut!«

Ein Mann, auf den ich wegen seines unauffälligen Gesichts zunächst nicht geachtet hatte – was mich hätte warnen sollen –, stieß einige Flüche aus, die sehr wohlklingend waren und sich sogar für das Ohr einer Prinzessin eigneten. Er hieß Naghan Vanki und besaß Ländereien auf einer der Inseln vor Vallia. Im Gegensatz zu den Männern des Luftdienstes trug er einen einfachen, silberschwarzen Anzug im vallianischen Stil.

Doch nicht nur sein Name erinnerte mich an Naghan, den hiclantungischen Spion – auch im Aussehen waren sich die beiden überraschend ähnlich.

Wir gingen an Deck.

Das Flugboot verlor an Höhe, und die Mannschaft vermochte nichts dagegen zu unternehmen. Schließlich kampierten wir zwischen Dornefeubüschen am Ufer eines Flusses und hatten es gar nicht mal unbequem. Wie es sich geziemte, wurden Delia und ich ziemlich weit voneinander untergebracht. Während wir das Lager aufschlugen, wurde nicht ohne Murren von den Profitsuchern aus Havilfar gesprochen. Auch der Name Pandahem kam in diesen Gesprächen vor, gewöhnlich von Flüchen begleitet.

Ein Feuer wurde angezündet; wir setzten uns um die Flammen und tranken eine Schale angewärmten Wein. Naghan Vanki machte einige abfällige Bemerkungen über Barbaren und ungebildete Männer und pries die Zivilisation Vallias. Delia reagierte nervös auf seine Worte. Ich merkte wohl, daß er auf mich anspielte, doch das war mir egal. War ich nicht bei meiner Delia aus Delphond, war ich nicht auf dem Weg nach Vallia? Die Reparatur des Flugboots konnte nicht lange dauern – dann erwartete uns eine rosige Zukunft!

»Der Herrscher hat Himmel und Hölle in Bewegung gesetzt, um Sie zu finden, Prinzessin«, sagte Farris, der sich sichtlich freute, daß sein Boot erfolgreich gewesen war. »Sie bedeuten ihm und dem vallianischen Volk sehr viel.«

»Ich bin dafür sehr dankbar, Farris. Ich weiß aber auch, daß ich meinem Lord aus Strombor sehr viel bedeute – wie auch umgekehrt. Vergessen Sie das nicht.«

»Wie dem auch sei«, sagte der junge Tele Karkis vorlaut, »es wird eine harte Nuß sein, sich gegen den Herrscher durchzusetzen.« Er breitete die Arme aus. »Ich würde ihn nicht erzürnen ...«

»Hikdar!« sagte Farris schneidend, und Karkis brach ab und schwieg.

Doch der Same brauchte gar nicht erst ausgesät zu werden; jeder wußte um den Kampf, der mir bevorstand, und insgeheim fragten sich vermutlich viele, ob ich den Mut haben würde, mich dem Herrscher zu stellen.

Gewiß, jeder, der schon einmal von Vallia gehört hatte, warnte mich davor.

Der warme Wein war ein guter Jahrgang und hatte einen süßlich-bitteren Geschmack, der mir neu war.

Ehe wir uns hinlegten, kam Delia zu mir. »Du willst doch nicht wirklich nach Vallia reisen, mein Schatz?«

»Was für eine Frage!« Ich nahm ihre Hand. »Ich reise mit dir nach Vallia und stelle mich deinem Vater vor, keine Sorge.«

»Aber ...«, begann sie. »Ja, mein Schatz, ich weiß.«

Mir kam der Gedanke, daß sie mich nun vielleicht in einem neuen Lichte sah, nachdem sie nun wieder unter Vallianern war. Vielleicht war meine einfache Herkunft plötzlich doch unter ihrer Würde. Ich versuchte, den Gedanken abzuschütteln, doch vergeblich. Ich kroch in meine Decken und gähnte. Ich war plötzlich sehr müde und schlief fast augenblicklich ein.

Als mir die Doppelsonne Scorpios am nächsten Morgen mit heißen Strahlen in die Augen stach, erwachte ich in einer Mulde unter einem Dornenbusch.

Das Flugboot war fort!

Ich stand allein zwischen Dornefeubüschen auf der

endlosen Ebene der Unwirtlichen Gebiete, und während ich mich noch umsah, hörte ich über mir ein Krächzen. Am Himmel kreiste der herrliche, rotgoldene Raubvogel der Herren der Sterne.

Ich drohte dem Gdoinye mit der Faust.

Gleich darauf tauchte die weiße Taube der Savanti auf – doch diesmal beachteten sich die beiden Vögel nicht. Meine Lage interessierte weder die Herren der Sterne noch die Savanti.

Ich war in großer Gefahr. Ich hatte fürchterliche Kopfschmerzen und erkannte, daß man mir am Abend zuvor mit dem Wein ein Schlafmittel gegeben hatte. Ob man mich hatte vergiften wollen, wußte ich nicht. Wütend richtete ich mich auf.

Die Überreste des Feuers und verschiedener Unrat bezeichneten unsere Lagerstätte. Die Spuren des Flugboots waren noch ziemlich frisch; offenbar hatten die Techniker der Mannschaft den Mechanismus über Nacht repariert. In einiger Entfernung leuchtete ein roter Fleck. Ich näherte mich der Stelle.

Es handelte sich um ein Stück rote Seide, das um mein Langschwert, ein Rapier und eine Main-Gauche gewickelt war. Daneben lagen ein Bogen, ein Köcher mit Pfeilen, eine Wasserflasche und ein Beutel mit Proviant.

Ich bildete mir nicht ein, daß diese Dinge meinetwegen hier lagen.

Wer immer mich betäubt und zurückgelassen hatte, wollte, daß diese Gegenstände an Bord fehlten, um damit den Eindruck zu erwecken, als ob ich mich aus eigenem Antrieb heimlich entfernt hatte. Der Plan hatte geklappt. Man war den unbequemen Freier los. Die Menschen an Bord der *Lorenztone* mußten annehmen, daß ich fortgelaufen war, weil ich mich vor der Begegnung mit dem vallianischen Herrscher fürchtete. Und zu den Menschen an Bord gehörte Delia – meine Delia aus Delphond!

Glaubte sie, daß ich sie verlassen hatte?

Ich nahm es nicht an – aber…

Tatsächlich deutete einiges auf meinen Wunsch hin, nicht mit ihr nach Hause zurückzukehren. Je mehr ich mir einzureden versuchte, daß meine Ängste grundlos waren, daß sie Vertrauen in mich haben würde, um so größer wurden meine Zweifel. Ich war niedergeschlagen. Mein Magen schmerzte, in meinem Kopf dröhnten Hämmer, Arme und Beine zitterten, die Umwelt verschwamm vor meinen Augen.

Ich packte das Krozairschwert.

Hieran glaubte ich – man hatte mir ein schlimmes Unrecht zugefügt! Mein Mädchen war mir entrissen worden, und ich konnte es ihr nicht übelnehmen, wenn sie das Schlimmste von mir dachte. Ich ahnte, wie sie die Dinge sehen mußte, ich ahnte den Druck, den man auf sie ausüben würde, ihrer Liebe zu entsagen.

Nun, mit diesem Plan hatten die Herren der Sterne eindeutig nichts zu tun, ebensowenig wie die Savanti. Sie hatten sich nur überzeugt, daß ich noch lebte, und waren zweifellos bereit, mich wieder zu verschleppen und in das Durcheinander ihrer Pläne zu stürzen, wenn es die Lage erforderte. Doch zunächst hatte ich Vallianer zum Feind, die mir meine Delia von neuem entrissen hatten. Nun, ich würde nach Vallia reisen. Ich würde bis zur Ostküste Turismonds wandern, ein Schiff nehmen und zu Fuß bis zum gefürchteten Herrscher Vallias vorstoßen, dem Vater Delias, um allen meine Liebe zu beweisen.

Ich nahm die Sachen vom Boden auf und legte sie an. Ich atmete tief ein und blickte auf den fernen, gewellten Horizont. Mit dem Langschwert in der Hand tat ich den ersten Schritt.

Über mir flammten die Sonnen Scorpios, und ringsum verhieß mir das offene Land Kregens Gefahren und Schrecken, Schönheit und Leidenschaft. Ich konnte nicht fehlgehen – nicht, solange ich die Vision Delias vor Augen hatte.

Mit raumgreifenden Schritten wanderte ich ostwärts, den Abenteuern entgegen, die das Leben für mich bereithielt.

ALAN BURT
AKERS

Aus der SAGA VON DRAY PRESCOT erschienen in der Reihe HEYNE SCIENCE FICTION & FANTASY:

1. Roman: *Transit nach Scorpio* · 06/3459
2. Roman: *Die Sonnen von Scorpio* · 06/3476
3. Roman: *Der Schwertkämpfer von Scorpio* · 06/3488
4. Roman: *Die Armada von Scorpio* · 06/3496
5. Roman: *Der Prinz von Scorpio* · 06/3504
6. Roman: *Die Menschenjäger von Antares* · 06/3512
7. Roman: *In der Arena von Antares* · 06/3534
8. Roman: *Die Flieger von Antares* · 06/3547
9. Roman: *Die Waffenbrüder von Antares* · 06/3567
10. Roman: *Der Rächer von Antares* · 06/3585
11. Roman: *Die fliegenden Städte von Antares* · 06/3607
12. Roman: *Die Gezeiten von Kregen* · 06/3634
13. Roman: *Die Abtrünnigen von Kregen* · 06/3661
14. Roman: *Krozair von Kregen* · 06/3697
15. Roman: *Geheimnisvolles Scorpio* · 06/3746
16. Roman: *Wildes Scorpio* · 06/3788
17. Roman: *Dayra von Scorpio* · 06/3861
18. Roman: *Goldenes Scorpio* · 06/4296
19. Roman: *Ein Leben für Kregen* · 06/4297
20. Roman: *Ein Schwert für Kregen* · 06/4298
21. Roman: *Ein Schicksal für Kregen* · 06/4357
22. Roman: *Ein Sieg für Kregen* · 06/4358
23. Roman: *Die Bestien von Antares* · 06/4359
24. Roman: *Der Rebell von Antares* · 06/4394
25. Roman: *Die Legionen von Antares* · 06/4395
26. Roman: *Die Verbündeten von Antares* · 06/4396

ALAN BURT
AKERS

27. Roman: *Die Labyrinthe von Scorpio* · 06/4472
28. Roman: *Delia von Vallia* · 06/4510
29. Roman: *Die Feuer von Scorpio* · 06/4511
30. Roman: *Die Klauen von Scorpio* · 06/4554
31. Roman: *Die Masken von Scorpio* · 06/4593
32. Roman: *Seg der Bogenschütze* · 06/4624
33. Roman: *Die Werwölfe von Kregen* · 06/4642
34. Roman: *Die Hexen von Kregen* · 06/4675
35. Roman: *Sturm über Vallia* · 06/4717
36. Roman: *Die Omen von Kregen* · 06/4789
37. Roman: *Der Kriegsherr von Antares* · 06/4806
38. Roman: *Wiedergeborenes Scorpio* · 06/4849
39. Roman: *Meuchelmörder von Scorpio* · 06/4864
40. Roman: *Invasion von Scorpio* · 06/4882
41. Roman: *Scorpio in Flammen* · 06/4923
42. Roman: *Die Trommeln von Scorpio* · 06/4928
43. Roman: *Der Triumph von Scorpio* · 06/4989
44. Roman: *Die Intrige von Antares* · 06/4807
45. Roman: *Die Banditen von Antares* · 06/5137
46. Roman: *Die Dämonen von Antares* · 06/5170
47. Roman: *Die Geißel von Antares* · 06/5241
48. Roman: *Die Fehde von Antares* · 06/5327
49. Roman: *Der Zorn von Antares* · 06/5396
50. Roman: *Schatten über Kregen* · 06/5498

Die Bände 1, 2 und 3 erschienen auch als Sonderausgabe: Die Scorpio-Bänder · 06/5497

Weitere Bände in Vorbereitung